U0553933

英国文学史

王佐良 著

商务印书馆
SINCE 1897
The Commercial Press

2019年·北京

图书在版编目(CIP)数据

英国文学史/王佐良著.—北京:商务印书馆,2017(2019.4 重印)
ISBN 978 - 7 - 100 - 12955 - 8

Ⅰ.①英… Ⅱ.①王… Ⅲ.①英国文学—文学
史 Ⅳ.①I561.09

中国版本图书馆 CIP 数据核字(2017)第 030158 号

英国文学史

王佐良 著

商 务 印 书 馆 出 版
(北京王府井大街 36 号 邮政编码 100710)
商 务 印 书 馆 发 行
北京通州皇家印刷厂印刷
ISBN 978 - 7 - 100 - 12955 - 8

2017 年 7 月第 1 版 开本 880×1230 1/32
2019 年 4 月北京第 2 次印刷 印张 22⅝
定价:75.00 元

序

　　近年来一直在从事文学史的研究和撰写，有一个问题始终令我困惑，即一部文学史应以什么为纲。没有纲则文学史不过是若干作家论的串联，有了纲才足以言史。经过一个时期的摸索，我感到比较切实可行的办法是以几个主要文学品种（诗歌、戏剧、小说、散文等）的演化为经，以大的文学潮流（文艺复兴、浪漫主义、现代主义等）为纬，重要作家则用"特写镜头"突出起来，这样文学本身的发展可以说得比较具体，也有大的线索可寻。同时，又要把文学同整个文化（社会、政治、经济等）的变化联系起来谈，避免把文学孤立起来，成为幽室之兰。

　　这些话说来容易，做来却有不少困难。为了取得经验，我先写了一部文学潮流史（即《英国浪漫主义诗歌史》），接着又写了两部品种史（即《英国散文的流变》和《英国诗史》），并与同志们合力写了一部断代史（即《英国二十世纪文学史》）。在这样的基础上，我才进而写这部通史即单卷本《英国文学史》。

　　在这过程里，我也参考了外国已出的文学史，发现不论总的结构原则如何，到一定阶段（特别是近现代）总要分章论述小说、诗歌、戏剧之类品种。此外，由于我是中国研究者，冥冥之中，总有一条以唐诗、宋词、元曲、明清小说为线索的中国文学演化图显现于我的脑海，使我更信以品种演化为经之不误。

因此，我在这部新著中运用以品种为纲的原则也就比较彻底，即从文艺复兴以后，就循各个品种的大线条分别叙述，直到二十世纪七十年代。其实所谓品种，也有不同情况，例如散文就包罗较广较杂，但仍有平易与繁复两种风格的起伏作为导线，而正因较杂，也容纳得下广播与电视散文等较近发展。

至于编写外国文学史的其他原则，我的想法可以扼要归纳为几点，即：要有中国观点，要以历史唯物主义为指导，要以叙述为主，要有可读性。

所谓以叙述为主，即是以介绍而不是以评论为主。当然，评论仍然存在，在本书往往还是颇带个人色彩的评论，不过包含在叙述之中。着重叙述，是因为书的对象是中国的文学爱好者，需要首先把有关文学的事实向他们介绍清楚，为此我尽量通过译文引用原作。这些引文除自译外，很多摘自选本，特别是我自己主编的《英国诗选》（上海译文社，1988 年出版），出于师友之手，除在引用处一一注明姓名外，谨在这里一起鸣谢。

本书的部分材料来自我已出诸书，二十世纪一章还从周珏良教授和我主编的《英国二十世纪文学史》（外语教学与研究出版社，1994 年）采用了少量素材，即：周强先生执笔的狄伦·托马斯部分，何其莘教授的格林和戈尔丁部分，张中载教授的福尔斯部分。对于他们，我也在此表示感谢。

还要感谢我的青年朋友杨国斌和姜红两位。他们帮我借书找资料，我也常同他们讨论文学史的写法。

最后，我的妻子徐序和四儿王竟帮我抄写，在抄写过程中还不时纠正我的错别字，长年累月如此，就不是仅仅一个谢字能够表达我对他们的心意了。

　　书中的缺点和错误则是我自己的,还望同行学者和广大读者
批评指教。

　　　　　　　　　　　　　　王佐良
　　　　　　　　　　　1992 年 9 月,北京清华园

目 录

第一章　引论

对于英国文学,外国研究者的看法不同于英美研究者,他们总有自己的偏爱和独特的着重点。法国人在英国文学中寻找的是符合法国人口味的东西,例如智慧、理性、明彻的风格。在法国文学史家的笔下,乔叟的重要性在于其以法为师,而拜伦的主要缺点则在于其非理性的气质。德国人说莎士比亚是一个错生在英国的德国天才。有的苏联文学史家发掘出一本名叫《牛虻》的英文小说,而对在英国家喻户晓的《傲慢与偏见》一书只字不提。

也有另外一种倾向,即在英国文学中寻找自己本国文学所缺乏的东西。在美国长大并任教多年的西班牙哲学家桑塔亚那(George Santayana)曾经这样论述英国和英国人:

> 英格兰是气氛之乡,到处弥漫着一种发亮的雾。这雾揉和了距离,扩大了远景,使熟见之物变得幻异,罕见之物变得和谐,美丽的东西更为神奇,丑恶的东西可以入画。……一切都沉吟着,一切都是发亮的、灰色的。
>
> 英国人听命于他心里的气氛,他灵魂里的气候。
>
> (《在英格兰的独白》)

文章是写得美极了!然而如果人们跟着这位向导去读英国文学,那么势必会只去寻求英国的幽默,英国人的怪脾气,像《阿丽丝漫游奇境记》那样的奇怪作品,兰姆的小品文,爱德华·李亚的"荒谬诗"（nonsense verse），吉尔勃特与沙利文的滑稽歌剧，等等。这里无疑有许多好东西——有谁能不被阿丽丝的奇遇和更奇的语言和逻辑所吸引呢？——但是这类作品却不能代表英国文学的全貌。还有数量极大的其他作品是英国文学里的珍宝。如果只着重气氛，那么人们又怎么去看待那些既善于写出诗意的气氛又能给读者以深刻的现实感，既有阳光又有阴影的作家，例如莎士比亚、密尔顿、济慈、狄更斯和哈代等人呢？

然而偏爱与独特的着重点又是不可免的。就以本国读者而论，每一代人对于古典名著都有程度不同的新看法，都会对传统的看法有所修正和发展；在这个意义上，可以说是每一代人都在重新发现古典名著。而就外国读者和外国的研究者而言，那么不同的环境、文化传统，不同的立场和观点，更是势必要带来不同的看法。

而且，这样的事也是有益的。只要外国研究者了解并尊重有关作家、作品、所处时代、社会等等的事实，那么在深入阅读和研究具体作品之后，提出自己的看法和解释正是有助于维护和发扬人类优秀文化遗产的大好事。一部文学作品从来不是一个孤零零的密封世界；它需要众多读者的关心与阅读，众多作者的观摩与仿效，众多批评者的评头品足和互相争论，才会以其题材和艺术不断丰富人类的精神生活，才会获得"不朽"，否则它只会变成文学博物馆里的木乃伊。一个重要作家之所以重要，在于他还有超越本国国界的影响，这样人们也就理所当然地把他看成是属于全人类的。一种民族文学固然需要钻进去研究，但有时也需要从外边、从远处有一个全面观——这样人们不仅可以纵观它的整个轮廓，而且还会看清其高峰之所在，以及这些高峰与别的民族文学的高峰之间的距离和关系。

下面写的是一个中国研究者对于英国文学的一个纵观。

第二章　中古文学

英国文学是欧洲文学里的重要一支,欧洲是一个整体,它"兼有两种文化,即古代地中海文化和近代西方文化"。[①] 同样地,英国文学也兼有两种成分,即拉丁成分和日耳曼成分,在初期它们都各有重要的代表作家和作品,但是另有一些更重要的作家和作品却是两者融合——不同程度的、有所侧重的融合——的结晶,而在十六世纪以后,这种融合发展了,一种独特的生气勃勃的英国民族文学崛起了,而它又回过头来丰富与提高了全欧洲的文学,并且进而对世界文学作出了重要贡献。

史诗《贝奥武甫》

英国中古文学分为两个阶段:前为古英语阶段,后为中古英语阶段。最初的古英语诗是三个日尔曼部落——盎格鲁人、撒克逊人和裘特人——在五至六世纪时入侵英格兰时从北欧带来的。他们原居是一个寒冷、荒凉的地方,大自然是冷酷的,人生则充满苦

---

① E. R. 寇底厄斯:《欧洲文学与拉丁中世纪》,1948 年,1953 年纽约英译本,第 9 页。

辛。这些部落所产生的诗也是其声激越,其情悲壮,道出了一个独处黑暗森林或面对惊涛拍岸的无情大海时的心情。它也描绘了人同自然的激烈斗争。史诗《贝奥武甫》所歌颂的英雄业绩是动人心魄的。它的诗体不用脚韵,而压头韵;每行分成两半,中间有明显的停顿,而每半行各有两个突出重读的音节,形成两个重拍。一个英国历史家曾经形象地说:这些古英语诗的粗厉的节拍听起来就像当时日耳曼武士"在酣战中的刀砍声"①。这一点,请以下引一节为例:

> 怪妖跨进一步,
> 伸爪就要掀住静心假寐的健儿,
> 魔爪未至,武士坐直,
> 先发制人,抓住兽爪。
> 魔鬼马上明白,漫游广袤天涯
> 也没遇见一个如此有力的英雄,
> 不觉心惊胆战,决计立即脱身。
> ……
> 　　骤然之间只见——
> 妖精震颤,肌肉撕裂,
> 筋腱崩断,肩甲脱臼。
> 英雄一举赢得降妖胜利;
> 妖精失去巨臂一蹶不起——
> 踉踉跄跄,落荒逃回老巢;
> 即使栖息穴室,休想得以歇息,

---

① 约翰·理查德·格林:《英国人民短史》,1874(伦敦万人丛书版,1915,上卷,第26页)。

它已气息奄奄，毙命只在旦夕。

生死之战终于取胜，

妖孽已除，如愿以偿。

（范守义译文）

散文:比德的《宗教史》

诗歌如此。散文作品,也有十分出色的,只不过当时作家喜用的文字不是古英文,而是拉丁文,原因是拉丁文是中世纪欧洲各族教士和学者之间通行的文字。下面是一段有名的散文文章。它出自一本七世纪的历史书,那时候有几个日耳曼部族已经从欧洲大陆渡海而占据英格兰,建立了几个国家,其一名诺胜勃利亚。文章记载该国国王召开一次重要会议,会上人们辩论着是否应该舍弃他们原来的宗教而接受一个传教士从罗马带来的基督教。这是一个困难的然而关键的抉择。几个人发言之后,一个贵族站起来对国王说了这样一番话:

呵,国王,我们在世的一生如果同它以前或以后的神秘莫测的时间对比一下,我看就像是冬天夜晚您和大臣、贵族们围坐欢宴的时刻一样。大厅里生着火,很温暖,而外面雨雪交加,还刮着大风。这时候有一只燕子从一道门飞进屋内,又很快地从另一道门飞了出去。当它还在屋内的时候,它受不到冬天风暴的袭击,可是这只是极短促的一瞬间,接着,这来自黑夜的燕子又飞回黑夜去了。人生在世也是短短一会儿;以前怎样,以后怎样,我们全无所知。因此,如果这新的宗教能带来一点使我们安定或满足的东西,它就值得我们信奉。

(比德:《英国人民宗教史》)

这段话是从拉丁文译成英文又译成中文的,但是虽然几易其手,这一个比喻——把人生比作一只燕子从寒冷的黑夜飞进一个温暖光亮的大厅,在短短的停留之后又飞进黑夜的过程——却依然新鲜而有力。它使我们体会到,在那样一个部落社会里,人们在怎样探索着人生的秘密。

《农夫皮尔斯之幻象》

古英文文学写的不全是人对命运的沉思或对人生意义的探索,它还有许多别的东西,而且随着时间的推移,英格兰为来自法国北部的诺曼第大公所征服,中古英文文学出现了。以诗歌而论,在上层社会里,流行的是音韵优美的法国式的宫廷诗,所歌咏的是爱情和骑士制度。但是在民间,盎格鲁撒克逊诗的老传统还在继续,而且迟至十四世纪,还放出了最后的异彩,这就是长诗《农夫皮尔斯之幻象》。作者可能是一个名叫兰格伦的小教士,又可能是好几个不同的人,他假托做梦——这是中古文学里常用的方式——写下了他所见的大地上的景象:

> 我做了一个古怪的梦:
>
> 我屹立在旷野——
>
> 是什么地方

并不知道。

我眺望东方，

在迎着朝阳的高处，

看到山顶上

耸立着

一尊雄伟壮观的塔；

山下深谷中

有一座监狱塔楼，

黑且深的护壕

在四周环绕——

一幅阴森森的景象。

两塔之间

是郁郁葱葱的田野，

田野上

熙熙攘攘，

有穷人，也有富人——

或是劳作，

或是逍遥：

均在天意。

种田人难得有闲暇

去做游戏，

他们撒种插秧，

勤勤恳恳地劳动；

而收获却被饕餮者挥霍。

富人过着奢侈的生活，

个个穿着豪华的服装。

（范守义译文）

一上来诗人就通过对照来点明有人种地,有人则坐吃种地人流汗得来的粮食。他有严峻的是非之感,在后面的梦里还要勾画出"七大罪恶"的嘴脸,用以谴责当时社会上和教会里的各种恶行,同时他又有民间的幽默和观察细节的慧眼:

一个赦罪僧

在那边传道

仿佛他就是教士,

取出盖着

主教印鉴的

教皇之训谕;

并且说道,

他本人有权

将他们人人赦免——

诸如忘记戒斋,

抑或未能恪守誓言。

大字不识的汉子

相信他,

喜欢听他的话,

纷纷挤到跟前,

双膝跪下,

亲吻训谕。

他用委托书

敲敲信徒的头，

使他们感激不尽，

泪水涌涌。

于是他把训谕

卷成筒状，

将胸针、戒指

一起往袋里扒。

就这样，

你们把金钱送上，

去填满

贪婪之徒的袋囊，

把钱白白花在

寻花访柳的

淫棍身上。

（范守义译文）

诗人是细心观察人生的，但其观点是农民的，开头写耕田就是农民本色，他所树立为好人典范的皮尔斯更是地道的庄稼汉；而他所讽刺攻击的又正是当时饱受瘟疫、坏气候和贵族同主教们的欺压之苦的农民所痛恨的人和事。他的深刻的现实感也来自农民——试看上面这一段描写多么像一幅农村市集的风俗图。正因如此，这诗也深受农民和农民的朋友们的爱好。从影响来说，在它出现之后不久，皮尔斯的名字就成为1381年农民大起义中的富有号召力的口号，在十六世纪又成为激励宗教改革运动的力量；经过四五百年，这首诗至今还有四十七种不同的抄本存在着，可见它的流传之广。总之,这是一首比历史记载还要真实而又有历史记载所没有的浓厚的情感色彩的好诗。

乔叟的《坎特伯雷故事集》

《农夫皮尔斯之幻象》是民间的,地下的,而十四世纪英国最有名的诗篇《坎特伯雷故事集》却出自一个常同贵族打交道的人的手笔。这个人叫杰弗里·乔叟(约1343—1400)。他受过法国和意大利文学的很大影响,翻译并仿效过它们的作品,他后来用的诗体也截然不同于英国本土的头韵体,而是"双韵体"这一欧洲大陆的诗体。根据这些,人们可以说乔叟是一个欧洲文学传统的因袭者,是英国文学中拉丁文成分的忠实代表人。但是只要深入一点观察,人们就会发现情况并不如此。就仍拿诗体来说,乔叟虽然用了双韵体,却没有去仿效法国诗的过分整齐的音节排列,而是另辟途径,既取法国诗的优雅和纪律,又取英国本土诗的力量和奔放,创造出一种兼有两者之长的新诗体,用它来写一个真实的英国。

我们一揭开《坎特伯雷故事集》的总引,就呼吸到了英国春天的清新空气:

夏雨给大地带来了喜悦,
送走了土壤干裂的三月。
沐浴着草木的丝丝茎络,
顿时万花盛开,生机勃勃。
西风轻吹,留下清香缕缕,

田野复苏,吹出芳草绿绿;

碧蓝的天空腾起一轮红日,

青春的太阳洒下万道金辉。

小鸟的歌喉多么清脆优美,

迷人的夏夜怎好安然入睡——

美丽的自然撩拨万物心弦,

多情的鸟儿歌唱爱情的欣欢。

香客盼望拜谒圣徒的灵台,

僧侣立愿云游陌生的滨海。

信徒来自全国东西南北,

众人结伴奔向坎特伯雷,

去朝谢医病救世的恩主,

以缅怀大恩大德的圣徒。

（范守义译文,下同）

接着我们进入朝圣客所住的地方——泰巴旅店:

那是个初夏方临的日子,

我到泰巴旅店投宿歇息;

怀着一颗虔诚的赤子心,

我准备翌日出发去朝圣

黄昏前后华灯初上时分,

旅店院里拥入许多客人;

二十九人来自各行各业,

不期而遇都到旅店过夜。

这些香客人人都虔心诚意,

次日要骑马去坎特伯雷，

客房和马厩宽敞又洁净，

店主的招待周到而殷勤。

夕阳刚从地平线上消失，

众人同我已经相互结识；

大家约好不等鸡鸣就起床，

迎着稀微的晨光赶早把路上。

用同样具体而又风趣的笔法，诗人又把朝圣客逐一介绍，在我们面前展开了一幅又一幅生动的肖像画。首先是一位骑士，接着是：

骑士的儿子跟随他左右，

年纪虽轻却已历尽风流。

外表看去大约二十上下，

有一头好像烫过的秀发。

他的个子适中，不高也不低，

他的动作敏捷，一身是力气。

有时他随骑兵远征法国，

弗朗德斯等地他都到过。

服役时间虽短，表现却不赖，

希望得到贵妇对他的垂爱。

彩绣外衣漂亮得像草地，

鲜花妍丽别有一番丰姿。

从早到晚哼小曲，吹口哨，

宛如快乐的五月整天笑。

由上至下衣合体，巧打扮，

> 恰是善骑的士兵英姿展，
> 能谱曲，会填词，才华横溢，
> 善格斗，能舞蹈，书画全会。
> 欲火在他心中彻夜燃烧，
> 同夜莺一样也很少睡觉。
> 他谦虚有礼，手脚也勤快，
> 在餐桌旁替父切肉上菜。

这最后一行也让我们略知当时骑士家庭里儿子服侍父亲的情况，因此乔叟不仅写了人，也透露了社会风俗，增加了这首长诗的吸引力。更生动的是下面这段修女写照：

> 还有个修女是院长嬷嬷，
> 满面笑容诚挚又温和。
> 她效法圣罗伊从不发誓，
> 起了个芳名叫玫瑰女士。
> 礼拜式上唱颂歌动听优美，
> 浑圆的鼻音平添一分韵味。
> 她的法语讲得高雅而流畅，
> 但是带有很浓重的伦敦腔——
> 她是在斯特拉弗学的法语，
> 地道的巴黎法语不会半句。
> 餐桌规矩她可懂得很不少，
> 从她口中一颗饭粒也不掉；
> 手指不会伸进菜汤给沾湿，
> 如何捏着面包她都很在意，

不让一星半点渣子落胸前，
她最讲究斯斯文文地用餐。
两片朱唇擦得干干净净，
在口杯上不留一丝油痕；
饮料喝完后再去拿食物，
一举一动都文雅而不俗。
她的性格开朗，乐乐呵呵，
谈吐有风趣，待人很温和。
学习宫廷礼节用心良苦，
举止端庄稳重颇有风度。
她的行为值得大家仰慕，
一幅善良心肠人人佩服。
仁慈宽厚还有恻隐之心，
即使见到鼠儿落入陷阱，
也会抽抽泣泣伤心落泪；
她养了几只小狗亲自喂，
每天都给面包牛奶烤肉；
倘若有人用棍猛击小狗，
或是爱犬死了她就要哭，
真是个心软肠柔的妇女。
头巾迭了几褶大方得体，
鼻子俊俏，眼珠似灰玻璃，
樱桃般的小口殷红柔软，
额头漂亮，一道皱纹不见，
她的上额足足有一掌宽；

确实她那并不矮的身段，

穿上长袍看去十分雅致，

一串珊瑚念珠套在左臂，

绿色的大珠子夹在其间，

一枚金质饰针挂在上面，

镂雕着一个王冕装饰的 A，

下方镌刻着 Amor Vincit Omnia[①]

这里不仅有人物呼之欲出，而且当时的社会风尚也历历在目，这后者包括修女的世俗化、高雅化，英国上层人士说法语的腔调，餐桌上的规矩和礼貌，爱狗的习惯，妇女的装饰打扮，等等——一切出之以幽默、风趣的笔调，一切都是通过细致观察而得的细节，而贯穿所有这些的则是那优美、动听的诗韵。

使我们惊讶的，还有乔叟所写的人物与风尚同现代的英国社会相差无几。表面的差别是有的，今天没有武士乡勇等等了，结队朝圣的队伍也不会这样骑马走在伦敦郊外的大路上了，然而纨绔子弟和讲究餐桌礼貌的中年妇女等等仍有同样的举止和情感，人们仍有大体相似的喜怒哀乐甚至嗜好、偏见，而且这样的人不限于英国。

这也就是说，乔叟有一种现代气质。

这一点，也可在别的方面看出。全诗的结构颇见匠心，而且有思想上的侧重点。乔叟让每个朝圣客讲一个故事，不少故事来自外国的浪漫传奇，也有民间下层的故事，所表达的是日常生活里的

---

① 拉丁文，意为"爱战胜一切"。饰针上的 A 即这句话的第一个字的大写字母。

小麻烦，小闹剧，女人的聪明和善于捉弄，男人的笨拙和不济事，手工匠人的受欺和报复，等等，都带有浓厚的生活气息和热辣辣的讽刺味道。这当中固然有中古欧洲大陆市井故事（fabliaux）的痕迹，但乔叟注入了自己的思想观点。例如他所写的巴斯的婆子，不只是能言善道，理直气壮地为自己嫁过五次作辩护，而且她所讲的故事也是替妇女张目，点题的一句话总是：女人所爱不是别的，只是"独立自主之权"。这样一来，她的性格更加突出，而且使我们看到：在那个还未脱尽中古风气的十四世纪英国，这个普通婆子居然有了女权主义思想的萌芽。

结构上的匠心还见于故事的安排。有些故事是成双出现，而且互相对立。例如一个磨房主刚说了一个木匠受到自己年青老婆欺骗的故事，曾经做过木匠的小管事人就怒不可遏，立刻讲了一个磨房主的妻女被人勾引的故事作为报复。故事与故事之间有穿插，有问答和评论，但是用笔十分经济，要言不烦，然又具体生动，一万七千多行的长诗读起来没有一点沉闷之处。

我们说"读"是针对外国读者而言，对于英国本国读者，也许说"听"更合适，因为乔叟的诗宜于朗诵，也只有朗诵，听众才能尽得其妙。从书面文字上看，乔叟的中古英文有许多难认之处；然而一朗诵，英国普通人在克服了最初的不习惯之后，会听懂他的基本内容和优美的韵律，因为乔叟用的是伦敦的方言。他是第一个用伦敦方言写作的大作家，而经他一用，就提高了伦敦方言的地位，使它成为英国的主要文学语言，而这是有助于英国民族意识的形成和民族文化的繁荣的。

通过以上的简介，可见乔叟不但是一个充分自觉的艺术家，而且是英国语言发展史上的功臣。

本土传统的民谣

　　乔叟的世界是明亮的,充满了有趣的人物和故事,但是十四世纪下半叶却是一个动荡不安的时期。封建主之间争战不断,天灾频仍,人民生活极为困苦,1381 年爆发了农民大起义。我们已经说过,当时起义者常常提到兰格伦所写的农夫皮尔斯的名字,用它作为鸣泄不平和互相激励的口号,同时出现了这样挑战性的问题:

　　　想当初亚当耕地,夏娃纺织,

　　　　谁又是老爷绅士?

　　在民间,在底层,又流传着一曲一曲的民谣。它们在经过长时间口头传诵之后,于十五世纪逐渐写成文字,成为英国诗歌的一个重要分支。民谣一般都有故事,叙述方式看似自然、朴素,实则颇有艺术,平行结构和叠句的运用就是一例。它们一般通过对话来叙述情节,戏剧性和音乐性都很强,朗诵起来更见其妙。有几组民谣以罗宾汉的故事为中心,写他和他的伙伴们驰骋在绿色林子里,劫富济贫,同政府官吏和教会长老作对,为普通人民出气。多数民谣的题材是海上冒险、家庭纠纷、男女爱情、谋杀案件,也掺杂一些民间的迷信,但不以耸人听闻为目的,其动人处在于讽刺和悲剧性,有时淡淡几句,但寓意深远。这里举一首为例:

派屈克·司本斯爵士

　　国王坐在邓弗林城里,

喝着血红的酒。
"啊,哪儿能找到一位能人
    来把我的船儿开走?"

一位老爵士坐在国王右首,
    他站起来向国王回话:
"派屈克·司本斯是一把好手,
    航海比谁都不差。"

国王下了一道圣旨,
    亲手签了他的御名,
派人送给派屈克爵士,
    他正散步在海滨。

派屈克爵士读了第一行,
    他张嘴大笑哈哈,
派屈克爵士读了第二行,
    泪水从他的双眼流下。

"啊,谁人干了好事,
    要我担这倒霉的差使,
在一年里这个季节,
    要我出海行驶!"

"快点,快点,我的伙伴们,

咱们明早就出海。"
"啊，可不能呀，好船长，
　我怕有大风暴到来。"

"昨夜我看见新的月亮
　一手抱住了老的月亮，
我怕，我怕，好船长，
　我们会碰上灾殃。"

啊，苏格兰的汉子们做得对，
　不肯让海水打湿他们的鞋跟。
可是好戏还没演到一半，
　他们的帽子就在水面浮动。

啊，他们的夫人坐门前，
　手拿扇子苦苦等，
等不到派屈克·司本斯爵士
　驾船靠岸回家门。

啊，他们的夫人立门前，
　发插金钗表欢迎，
迎不来他们的丈夫，
　心上人永无踪影。

去阿勃丁的半路上，半路上，

　　海水深达五十丈，

　派屈克爵士就躺在那里，

　他脚下尽是苏格兰儿郎。

这首民谣原来流传在苏格兰，既表现了国王的自私和残忍，又表现了水手们的英雄气概，中间还有一点宿命论。简洁是它的特点，要言不烦，但是形象生动，最后一节只说事实，比大声控诉更感人。

　　这类民谣既朴素，又新鲜，有一种持久的魅力。从十五世纪起，大量在英格兰和苏格兰流传。往往同一首民谣有几个不同文本，而每本都无写者姓名，实际上是几经改动的民间集体创作。到了十八世纪，文人学者把它们搜集在一起加以整理出版，托马斯·珀西主教的《英诗辑古》（1765）就是最著名的一集，对创作界产生了重要影响。十八世纪后半的彭斯、十九世纪初期的华兹华斯、柯尔律治、济慈等都有仿民谣体的作品，不少且是英国诗歌的最优秀的成品。也正是因为民谣的强大存在，使得英国诗歌能够用土地的芬芳驱散过多的书卷气，保持了本土传统的活力。

苏格兰两诗人

　　与乔叟同时或稍后，英国还有别的诗人。高厄就是一个。高厄是乔叟的朋友，长诗《情人的坦诉》是其名著，但是今天读它的人已经不多。高厄以下，更无足以与乔叟并提的人了。

　　在十五世纪，诗歌活动的中心移到了苏格兰。那里出现了以低地方言为基础的英语诗和两个大诗人，即亨立生和邓巴。

罗伯特·亨立生(约1420—约1490)的最著名作品是叙事长诗《克莉塞德的遗言》,它继续乔叟讲过的故事,谈克莉塞德在背弃了特洛伊罗斯之后的遭遇,主要情节是:她不久即为台米德所弃,染上了麻风,于道旁乞食时,特洛伊罗斯骑马带兵经过,看到了她虽不认识,却想起了克莉塞德:

> 由于怜悯,记起了
> 美丽的克莉塞德,他脱下腰带
> 连同一袋金子和珠宝,
> 朝地下扔到她怀,
> 然后骑过去了,一言不发,
> 心里忧郁,回到城台,
> 想着往事,几乎掉下马来。

克莉塞德已经瞎了眼,看不见他,等旁人告她过路的是特洛伊罗斯,心碎而死,死前托人把一个戒指送给特洛伊罗斯,后来:

> 有人说他盖起一座灰色大理石的墓,
> 刻上了她的名字和铭志,
> 在她葬身之处,
> 用金字写出哀词:
> "淑女们,特洛伊城的克莉塞德,
> 人夸众女之花,
> 染上了麻疯,躺在此石之下。"

亨立生写得生动感人,但又写得简洁,这在当时诗人中是难得的优点。

威廉·邓巴(约1460—约1520)则写得奔放,诗路也更广,犹如他自由不羁的性格。过去文学史上称他为"乔叟派",其实他更接近法国狂放诗人维庸。他留下许多体裁的诗,内容从向国王陈情到咏自己头痛都有,既写宗教题材,也写民间故事,如《两位已婚妇女同一个寡妇的讨论》,涉及房闱私事,连乔叟的巴斯婆子听了都要脸红的。他最擅长的则是抒情诗,例如:

冬 日 沉 思

进入了凄惨的黑暗日子,
天地穿上了黑衣,
　只见乌云、灰光、大雾,
　没有半点爽心处,
没有歌、戏和故事。

夜晚越来越长,
风、雪、冰雹猖狂,
　我的心忧郁低沉,
　怎样也打不起精神,
都只为缺少了夏天的芬芳。

半夜惊醒,翻来覆去不成眠,
沉沉的脑海里烦恼无边,
　跋涉了整个世界,
　心里越是有事难解,
越是要到处寻找答案。

四面八方都来打击，

绝望说:"时间会给你东西，

　找点什么事活下来，

　否则就作好准备，

同苦难住在一起。"

耐心接着说:"别慌！

只要紧抱希望和真理不放，

　任凭命运肆虐，

　理智如不能解决，

时间会自然帮忙。"

审慎在我的耳边进言:

"你为什么一定要上外边，

　为什么总想多跑路，

　渴望去到别人处，

天天都在找旅店?"

年龄接着说:"来,朋友，

别见外,听我的，

　兄弟,把我的手握起来，

　记住你得——交代

你在这儿的时间是怎样消磨的。"

最后是死亡把门敞开，

说:"你就在门口好好待，

> 虽然你算不了一个大个子，
>
> 　　到这门可得弯下身子，
>
> 否则过不了这个台阶。"

> 我怕这一切，整天发着愁，
>
> 柜中的钱，杯中的酒，
>
> 　　女人的美貌，爱情的欢乐，
>
> 　　都不能使我忘掉这个，
>
> 虽然我曾吃喝悠游！

> 但当夜晚开始缩短，
>
> 我的心也逐渐变宽，
>
> 　　被雨雪压抑着的精神，
>
> 　　叫喊着夏天早日来临
>
> 让我能在花朵里寻欢。

这首诗的特点，在于选择中古寓言诗的格局而用强烈的个人情感冲破了它，所以尽管有"绝望"、"耐心"、"审慎"、"年龄"、"死亡"等人格化了的抽象名词，里面则是口语化的现实谈吐，有一种维庸—波德莱尔式身居穷巷的精神抑郁。换言之，气氛是欧洲大陆式的，而这正是苏格兰诗歌有异于英格兰诗歌的一点。苏格兰同大陆，特别同法国，历来就关系密切。在这个意义上，十五世纪的苏格兰诗比英格兰诗更多文明气质。

诗的结束处闪现了光明，由于前面的重重黑暗而更显珍贵。邓巴死在 1520 年左右，在他的身上中世纪已在隐退，文艺复兴的太阳正在升起。

第三章　文艺复兴时期文学：
诗 与 诗 剧

　　上面说到乔叟的贡献。然而终乔叟之世，英国还不是欧洲的重要国家，英国文学也还没有全欧洲的重要性。在此之前，欧洲已经有了希腊和罗马的古典文学，有了意大利的但丁、配屈拉克、蒲卡丘和法国的龙沙、拉伯雷、蒙田等人的作品，而英国却拿不出一定数量的达到同样水平的作品。乔叟虽然不凡，然而一只鸟的歌唱还不能迎来一个春天。

　　等到英国人在 1588 年打败了西班牙无敌舰队，情况就大变了。入侵的威胁一解除，英国人民的心胸突然开阔起来。不知从哪里来了一股巨大的力量，把英国人民带进了思想和学术的新境界，犹如他们的船只正在驶向新的海洋和新的地域。知识界诸家竞起，形成一种热潮：托马斯·摩尔在设计他们理想国，甘姆登在写英格兰和苏格兰的历史，托马斯·艾略特在研究统治人物应受何等教育，托马斯·威尔逊在提倡古典修辞术，等到弗兰西斯·培根出来，更是抱负不凡，敢于夸口要以天下全部的学问为己任。人们纷纷要求了解古代和外边世界，这种气魄就是所谓文艺复兴时期巨人的气魄，因而又出现了一个规模巨大的翻译运动——译希腊史诗，译罗马历史和传记，译法国蒙田的《随笔》，译西班牙塞万提斯的《唐吉诃德》，影响更深远的则是译基督教《圣经》。这部大书曾

经有几个前人用心译过,现在又在他们努力的基础上,在 1611 年
出版了国王詹姆士一世钦定译本,成为今后三百年间英国教堂里
天天要读要讲的书。与此同时,作家从喜爱欧洲大陆的作品进而
模仿,而且公然为之,毫不掩饰——一时竟有成百个年轻人在模仿
配屈拉克用十四行诗歌颂他们爱人的一颦一笑。

但是在一个真正伟大的文学时期,没有任何精力充沛的年轻
作家会甘心于仅仅做一个模仿者;就在模仿的过程里,他们也总要
改动一下,增加一点新东西,而最后则跨过所模仿的对象而大步
向前。

诗歌的花朝

十分繁荣的诗歌写作就体现了英国式的改造和创新。以十四
行诗为例,众多的英国诗人是从模仿配屈拉克的意大利原型开始
的,但不久他们就把这个诗体英国化了,韵脚的排列变了,内容上
也自有新意。可举下列一首为例:

爱 情 小 唱

第 54 首

我们演出在这世界的舞台

我的爱人悠闲地看着戏,

她观赏我演出各种题材,

用不同形式排遣我不安的心意,

> 一时的兴会令我欢喜，
>
> 于是我戴上了喜剧的假面；
>
> 一时我转欢笑为唏嘘，
>
> 于是我又把悲剧扮演。
>
> 她却用不变的眼睛看我幻变，
>
> 不因我喜而喜，不因我悲而悲；
>
> 我笑她讥讽，等我泪流满脸，
>
> 她却大笑而心如冰块。
>
> 什么能感动她？哭笑都不是，
>
> 那么她非女人，而是顽石。

作者是艾德蒙·斯宾塞（1552？—1599）。他把十四行诗从意大利原型的三段结构变成了四段，脚韵安排相应地由 abba abba cdecde 改为 abab bcbc cdcd ee（上面的译文照此），其好处之一是可以在三段的陈述和引申之后，用互韵的两行作结，压住阵脚。（后来的所谓英国式十四行，如莎士比亚所写的，就是根据斯宾塞的格局而略作变动。）从内容上说，这首诗提到世界如舞台，演出各种类型的剧本，包括喜剧、悲剧、假面剧，足证当时舞台演出已是人们所习见，而这后者又是对英国文学的兴盛和发展有极大关系的事情。

斯宾塞的长处，远不限于写十四行诗。他还写过有名的婚曲和许多其他作品，而其最主要作品则是长诗《仙后》（1596），它为歌颂颇有作为的伊丽莎白女王而作，表现了民族主义的自豪。他在诗律上多所创造，如建立了优美流畅的九行诗段（人称斯宾塞体），影响深远，后世拜伦、雪莱、济慈、丁尼生等人都曾用它写出佳作，因此人们称他为"诗人的诗人"。

诗剧的兴起

这个时期最重要的文学事件是诗剧的出现与成熟。上面说到斯宾塞注意了舞台演出。但演出的不是一般话剧，而是主要用韵文写的剧本，即诗剧。写诗剧的有各种人，有马洛、查普曼、格林等"大学才子"，也有琼森、戴克等浪迹江湖的风尘客，后来又出现了波蒙、弗莱彻等宫廷文人和韦勃斯特、特纳等专写恐怖剧的怪才，而全面驾驭了诗剧的各种写法，使之达到艺术最高峰的则是演员兼剧团股东莎士比亚。

这些人的剧本主要用"白体诗"（blank verse）写成，白体诗是不押脚韵然而富有节奏感的诗体，每行五音步，每音步有一轻一重两个音节，即所谓抑扬格，但实际上作家们常常变化它，使它成为扬抑格、抑抑格、扬扬格，而且他们的考虑并不限于一个音步或甚至一行，而白体诗的特点正在于能够跨行，往往一跨就是三四行或更多，形成一种诗段。它是一种灵活多变的诗体，比一般说话高昂，比一般的诗则又更近口语，既能作帝王的堂皇、庄严之言，又能作亲切的小儿女语，因此特别适宜用在剧本里，因为演剧不比作文，需要一种能够担任各种戏剧任务——叙述、咏叹、问答、开玩笑等等——又在风格上能上能下，能文能白的诗体。

这些剧作家寻到这一诗体，又使它迅速发展、成熟，变得更加锋利，更加伸缩自如，用它写出了几百个剧本，表达了人世间各种感情，其中至少有五十个至今还能使世界各地的观众和读者震撼、感动、高兴、又悲又喜，将来还要继续存在下去——这就是十六世纪下半叶到十七世纪上半叶之间英国诗剧对于世界文学的伟大贡献。

马洛的历史想象力

第一个成功地使白体诗变成戏剧媒介的是克利斯多弗·马洛（1564—1593）。他是皮匠的儿子，但上过剑桥大学，为政府执行过秘密使命，喜欢同一批离经叛道的无神论者往来，最后在酒店里被人用匕首刺死，年仅29岁。他留下了许多诗和六个诗剧，其特色是：1. 喜写扩张型的大人物，如《帖木儿》（1590）中的中亚大帝国的建立者，《浮士德博士的悲剧》（1604）中的追求无限知识的德国博士；2. 风格瑰奇，人们赞他所写为"壮丽的诗行"；3. 表现了丰富的历史想象力。

这三者都在下面这段不同寻常的台词里有所反映：

> 就是这张脸使千帆齐发，
>
> 把伊利安的巍巍城楼烧成灰的么？
>
> 甜蜜的海伦，你一吻就使我永生。
>
> 看，她的嘴唇吸走了我的灵魂！
>
> 来，海伦，还我的灵魂来！
>
> 我住下了，天堂就在你的唇上！
>
> 凡不是海伦身上的，全是粪土。
>
> （《浮士德博士的悲剧》第5幕第1场）

马洛的想象力是无限扩张的，拿来写追求一切知识、想要尝试

29

一切经验的浮士德真是恰好。在这里,浮士德靠魔鬼之助,一下子从中世纪回到了古希腊时期,居然想尝到海伦这位挑起了希腊与特洛伊的十年战争、千古闻名的美人的爱情,真可谓异想天开!然而这一段咏叹却又真是写得高明,无论所想到的情节,所用的形象、调子、措辞都是高昂的,然而又是温柔的,甚至是甜蜜的,不愧是"壮丽的诗行"。而这里所突出的,是人:人的力量,人的征服,能超越时空、驾驭一切的人的想象力的伟绩。我们之所以称这个时期为标志着人文主义的胜利的英国文艺复兴时期,这就是例证之一。

马洛的另一功绩是写出了《爱德华二世》(1594)。这是英国最早的历史剧之一。他同莎士比亚是这一新剧种的创始人。

琼森的现实主义

如果说马洛是英国诗剧的奠基者,那么它的后期的大家是班·琼森。琼森(1572?—1637)做过泥水匠,当过兵,演过戏,杀过人,几乎被处绞刑;另一方面,他上过有名的中学,受过正规古典教育,懂得希腊、拉丁文学,很有学问。这一个结合——丰富的社会经验和在古典文学的薰陶下获得的诗才——使他在从事戏剧创作的时候有一套理论,同时又有卓越的实践。理论是:戏剧应"将时代的病态解剖清楚……事情和语言都要真像常人。"[1]这可以说是现实主义的理论,是针对时弊而提出的。他虽也写过悲剧和假面

① 《每人合乎气质》修订版(1612?)序曲。

舞剧，其长处则在喜剧，特别是《伏尔蓬尼》（1607）和《炼金术士》（1612）两剧是他的杰作，至今还常上演。

他的艺术是一种突出和放大的艺术，即为了解剖时代的病态，他集中来写某些典型的"气质"，而所谓气质，实际上是一个人身上的主要精神状态，如上述两剧都是集中写了贪婪：伏尔蓬尼的遗产吸引了有强烈的贪婪心的男男女女，而炼金术士则用骗术引来了一批贪婪的财迷。这样，琼森不仅将贪婪这一气质放在强光灯下解剖，而且让我们看清了当时社会风气和诸色人等，展开了十七世纪初年的伦敦市井百态图。

他还有足够的诗才来把剧本写得生动活泼。伏尔蓬尼在出场时的一段独白就把他的贪欲写得淋漓尽致：

> 我要叫人把所有的床垫打上气，
> 连羽绒我也觉得不够软了；
> 我的大圆房要四面挂上名画，
> 完全不亚罗马皇帝取自海外的
> 珍品，更不论亚列丁粗劣的仿作。
> 我的镜子各有刁钻角度，反映出
> 处处有人，一人多面，而我全身赤裸
> 让镜子照着，穿行在一群妖妇之间。
> 我将用香水作雾，叫它弥漫全屋，
> 我们就隐身其中。我的浴盆
> 大如池塘，浴后出来不用擦身，
> 只消在薄纱和玫瑰花上一滚就干。

（《炼金术士》第 2 幕第 1 场）

这位财神爷不只是摆阔,连他的色情狂也自我暴露了。琼森对马洛的堂皇悲剧是加以嘲笑的,但是他的人物却同马洛的人物一样,也有极为丰富的想象力。这也说明,这个时期的剧作家又是有共同倾向的。

琼森还写了另一个重要喜剧,叫作《巴塞罗缪节集市》(1614)。这个剧写伦敦下层社会形形色色的人,包括当时已很引人注目的清教徒,在一处集市上跑来跑去,有许多生动的情节,有趣的对话。作者仍然写得笔酣墨饱,只不过这里已不见韵文,全剧是用散文写的,而这后者也给了我们一个消息,即白体诗活跃在舞台上的日子已经不多了。

集大成的莎士比亚

在时间上,站在马洛与琼森之间的,是莎士比亚。

威廉·莎士比亚(1564—1616)一生从事演剧和写剧,对舞台情况最熟悉,在诗剧艺术的提高和发展上走在最前。

但是他不是一个通常意义的"作家"。他写剧主要不是为了建立文名,而是为了自己所属的戏班能有新戏上演,着眼于舞台效果,希望能打动观众。当时的戏院是简陋的,只有楼座是有屋顶遮盖的,戏院中间的池子则是露天的。舞台伸入池子中间,形如一张围裙,故后人称为"裙形舞台"。台上只有很原始的布景和道具,剧的情节、地点、时间之类靠角色自己宣告,因此台词特别重要,演员的口才也得到高度发挥,而演技则是程式化的。来看戏的观众也各色各样,既有坐在楼座或甚至舞台两边夸耀地位和衣饰的贵族子弟，又有大量的挤在露天池子里站着看戏的小市民和学徒之类，各有不同的爱好和趣味。莎士比亚及其同伴的任务就是写出能在这样的戏院里上演、使这样的观众满意的剧本，因此他必然要走群众性、娱乐性的一路。十六世纪英国诗剧首先是大众娱乐，犹如今天的电影、电视一样。

它是充分入世的，芜杂的，甚至粗糙的，洋溢着这个活动频繁、思想活跃的文艺复兴时代的精神。它比任何其他文学形式更接近民间，更能反映社会现实，因而也就能在内容上不断更新，具有强大的生命力。

而同时，它又为剧作家们提供了一个广大的场地，任凭他们的天才在当时当地的条件之下任意驰骋。各种题材，各种情节，各种演技，各种语言效果，各种奇思怪想，凡能放上舞台的都得到了试验的机会。最简陋的戏院，最重实际的观众，却能允许最大胆的戏剧创新就在他们之间进行。而剧作家们也充分利用了这个历史性的机会。我们已经看到了马洛和琼森的作为，但是莎士比亚比他们更懂戏，更能发掘这一戏剧的各种可能性，在白体诗和戏剧语言的运用上也更有想象力和创造精神；他把这两者结合起来，表现了人生各种处境各种感情，塑造了几百个人物，探索了人生和社会的根本问题，在历史剧、喜剧、悲剧、传奇剧各方面都写出了大量杰作，和他的伙伴们一起把英国诗剧推到了世界文学的高峰。

舞台上的历史和历史观

莎士比亚在写剧之始，首先搬上舞台的是英国历史。写英国历史剧是莎士比亚和马洛的创举。但马洛只写了一个，而莎士比亚从 1589 到 1599 的十年之内,一共写了九个,不仅数量大,而且连贯起来展示了从十三世纪到十五世纪的三百年的英国大事,包括英法之间的百年战争和英国国内的玫瑰之战。挑选这一时期来写,显示出莎士比亚的历史见地,因为它正是英格兰走向统一的民族国家的关键时期。这一系列的连台好戏的主题是爱国主义。1588 年英国打败西班牙无敌舰队以后,向外扩张,海外贸易发达,一个世界规模的殖民帝国正在形成。莎士比亚表现了这一时期英国人的自豪感。通过剧中人物之口,他这样地歌颂自己的国家:

> 这国君的御座,这树着王节的岛
> 这华贵的大地,这战神的故乡,
> 这另一个伊甸园,这小天堂,
> 大自然替自己造了这个堡垒,
> 为了不遭污染和战争的袭击;
> 这一群快乐的人,这个小世界,
> 这颗嵌在银色海洋里的宝石,
> 海水起了护墙的作用,
> 就像家宅有外濠防卫,
> 抵住了命苦的其他国家的妒忌,
> 这福地,这宝壤,这国家,这英格兰……

（《理查德二世》,2 幕 1 场 40—50 行）

另一个角色这样地宣告:

> 英格兰从来没有,永远也不会,
> 倒在征服者骄傲的脚下,
> 除非它先伤害了自己。

（《约翰王》,5 幕 7 场 112—114 行）

而等到 1599 年莎士比亚来写《亨利五世》,他不仅写了英军如何在阿祥古大败法军,而且写了他们的统帅亨利五世是怎样贤明的一个国君。他在未登基的时候是一个不务正业的纨绔子弟,来往的尽是偷鸡摸狗之徒,但是一旦登上大位,他同昨天和昨天的伙伴决绝,变成了一个英明有为的君主。这个转变有点突然,批评家认为他对以前的朋友们太薄情了,但是莎士比亚显然认为一个坐在王位上的人对国家负有特别的责任,不该沉溺在欢娱之中,因此着力写的是他怎样坚毅果敢,甚至近于残酷(如下令杀掉俘虏过来的法军),但却又能与士卒同甘苦,不辞辛苦地深夜巡视营房,做好战前的动员工作,终于取得了阿祥古的大胜。至今人们还记得他的激励人心的号召:

> 再一次冲进缺口,亲爱的朋友们,再一次!
> 否则用我们英国人的尸体封住城墙!
> ……

(3 幕 1 场 1—2 行)

这样的民族英雄赢得了莎士比亚的尊敬,而残暴的阴谋家如理查德三世则只受到他的谴责。近来的研究者还注意莎士比亚对于政治和权力结构的看法,另有一些人则认为莎士比亚不一定在剧中歌颂或谴责什么,他照例是看到了问题的复杂性,心情是矛盾的,甚至对人对事有所讽刺。尽管如此,把这些历史剧连贯起来看,莎士比亚对于这一段英国历史是有一个总的看法的。这是一个处身于伊丽莎白朝盛世的英国人的看法,即厌乱思治,拥护一个能平定诸侯的强有力的中央政权,以昔日之乱为镜子对照今天之治而庆幸自豪。因此,展现在舞台上的,不只是英国三百年的历史,还有剧作家的历史观。

作为剧本,这些历史剧大多是莎士比亚的少作,结构上较为松散,程式化的台词较多,素体诗也显得拘谨。但是人物已经写得出色,除了战场上的英雄之外,下层社会里的普通人也写得真实、活跃。人们认为写得特别好的是《亨利四世》上下部(1596—1598)。亨利五世在这里是以王太子的身份出现的,他的一批酒肉朋友中有一个约翰·福斯泰夫爵士,这位酗酒、贪色、好吹牛而胆小怕死的大胖子是剧中最放荡的人物,然而莎士比亚又把他写得很有生气,说话充满了机智。通过他和一伙流氓的活动,我们从朝廷和战场进入了伦敦的街巷和酒店,看到了市井百态。这里不仅有两条情节线索交织,而且有两个剧种并存,即历史剧与喜剧。莎士比亚从来不追求纯粹和单一,他的艺术是混合的艺术。

喜剧:丰富与奇幻的结合

福斯泰夫重新出现在《温莎的风流娘儿们》(1597)一剧里,然而神态大不如前了,他的光彩随着他所代表的没落中古武士阶层而消失了,我们也离开了历史舞台而进入莎士比亚的喜剧世界。

这是一个异常丰富多彩的世界,充满了欢笑,戏谑,爱情的逗引,机智的对答,然而不是没有阴影——正因有阴影而使剧本更有深度,而且越到后来阴影越浓。如果说《错误的喜剧》(1592—1594)、《驯悍记》(1593—1594)、《维洛那二绅士》(1594)等初期作品是欢快的喜剧,用的是女扮男装、孪生兄弟等手法,闹出了各种笑话,那么到了《仲夏夜之梦》(1595—1596)、《威尼斯商人》

(1596—1597)、《皆大欢喜》(1599),就出现了其他因素,大自然进来了,哲学沉思进来了,人世的现实露出了残酷的一面,连海外贸易和重利盘剥也跟着出现;而更后的《特洛伊罗斯与克瑞西达》(1601—1602)和《一报还一报》(即《请君入瓮》,(1604)则只有背信弃义和滥用权力之类的令人不快的情节了,喜剧变成了"阴沉的"问题剧——正因如此,它们也就成为二十世纪后半一些批评家的宠物:存在主义者喜欢前者的"荒淫加战争"的主题,新历史主义者发掘了后者所包含的权力结构的意识形态。

这期间他还写了《第十二夜》(1601—1602),一个仍然欢快的喜剧,只是增加了对于清教徒的嘲弄。这个戏结构匀称,几条情节发展得既平行又交叉,有一种小步舞式的典雅,而人物中女扮男装的维奥拉异常动人,清教徒型的马尔伏里奥则提供了必要的对照和笑料,所以向来为演员和观众所喜,上座率极高。1986年上海越剧团将它改编演出,也取得了很大的成功。

莎士比亚的喜剧是能打动全世界的观众的,然而它们的艺术仍然是混合的艺术。《威尼斯商人》混合了喜剧和悲剧,正像后来的《哈姆雷特》、《李尔王》等剧混合了悲剧和喜剧。就喜剧本身而论,《仲夏夜之梦》和《皆大欢喜》又有一种混合,即奇幻的想象与英国现实的混合。在仲夏夜月光下的树林里,有两对情人在追逐,有精灵之王在同他的王后口角,又有一群工匠在忙忙碌碌地排戏。这群工匠是土生土长的英国佬(虽说故事发生在遥远的雅典),他们的排演过程义透露了十六世纪英国舞台和演技的实况,这就增加了观众的现实感,然而主要情节却是属于贵族圈子和精灵世界的,弥漫于月夜树林的是一片诗情,在那里

> 恋人和疯人都头脑发烧，
>
> 充满了幻想，想出了
>
> 冷静的理智不能接受的东西。
>
> 疯人、恋人、诗人
>
> 都是幻想的化身，
>
> 疯人看到的魔鬼多得连地狱也装不下，
>
> 恋人也同样的疯狂，
>
> 把埃及的黑女看成了美人海伦。

（5 幕 1 场 4—11 行）

而能把这一切糅合在一起，形之于笔的，则只有诗人，在这里则是有戏剧天才的大诗人。

《皆大欢喜》的主要情节也发生在林子里，即有名的阿登森林（这是英国的森林，虽说故事似乎发生在意大利，莎士比亚照例是不顾地点和时间的一致的），人们也在林子里漫游，唱歌作乐，但是那里并不是世外桃源，也有忧郁和沉思，畸零人杰奎斯发了这样一番感慨：

> 整个世界是一大舞台，
>
> 所有男人女人都是演员，
>
> 各有上场和下场的时间，
>
> 扮演许多角色，
>
> 一生的演出可分七个时期。……

（2 幕 7 场 139—143 行）

这是莎剧中有名片断之一，虽然这"人生如戏"的看法颇为平常，我们在前面已引过斯宾塞的表达同样看法的十四行诗，但是这种谈吐却把哲学思辨带进了喜剧,增加了剧本的深度。同时莎士比亚又在罗莎兰德的性格构造上下了大力,使她出落得美丽,机智,勇敢,能干,成为莎剧中最可爱也最有风趣的青年女性。然而另一方面,世道的险恶和人情的刻薄却也一直在威胁这座森林,弟夺兄位,兄剥弟产,才使得森林里充满了不幸者,最后是篡位的公爵率领一支大军杀来,只不过到了森林边上遇见一位修行老人,听了他几句话,忽然改悔,把大位还给长兄,而自己遁入了空门,于是才有皆大欢喜的结局。此剧的情节原有所本,当初的结局是篡位的公爵被人杀死,莎士比亚这样一改,使得气氛融洽起来,但也显得有点奇幻——幻想与现实的混合依然是这个喜剧杰作的特色之一。

在别人的作品里,也常有现实与幻想的结合。莎士比亚不同于众的,在于他写的现实更实在,那群土气朴朴的工匠就是明证;而他的幻想也更奇特,更富于浪漫色彩,仲夏夜精灵的活动和阿登森林里的周旋都说明了这一点。

悲剧的试笔

就在他把主要精力用在历史剧和喜剧的时期,莎士比亚就已经写了几个悲剧,当中有《罗密欧与朱丽叶》(1595—1596)。

这个剧本歌颂自由恋爱,通过一对纯真青年的死对封建门第的残酷做了有力的控诉。它是年青人的剧本,台词明丽,情节开展快速,恋人们在星光下花园中隔着阳台对谈的一景(二幕二场)写得太美了,赢得了所有钟情男女的心,虽说最后是死亡的黑夜吞没了青年人,但在他们身上还流溢着热血的时候,人生又是何等美好！它像朝露一样新鲜，为后来的西欧乃至世界文学以及其他艺术形式（例如音乐、芭蕾）提供了一个有长远吸引力的主题。

另一个早期悲剧《裘力斯·凯撒》（1599）写的是古罗马的政治斗争。当时罗马正面临一个重大的历史转折，元老院的寡头民主制度即将为皇帝的绝对统治所代替。代表前者的是勃鲁托斯，一个重道德原则的理想主义者，认为凯撒的独裁不利于人民而聚集一批人把他刺死了，却无力收拾后来的紊乱局面而很快在内战中败亡。代表后者的是凯撒，他虽然被刺却已树立了帝国的基础，因此他的侄子才能踏着他的血迹夺取帝位。然而莎士比亚笔下的凯撒却并不引起人们多大的同情或爱怜——他大言不惭，喜听别人吹捧自己，倒有点像后世的莫索里尼之流。结果，在戏中大出风头的是玛克·安东尼。他忠于朋友，又能言善辩，利用了勃鲁托斯允许他说话的机会，在凯撒尸旁面对罗马市民群众，说了这样一番话：

> 朋友们，罗马人，同胞们，听我一言。
>
> 我是为埋葬凯撒而来，不是来赞美他。
>
> 人做了恶事，死后恶名长留；
>
> 人做了好事，一死好名也随着埋葬。
>
> 但愿凯撒也这样吧。尊贵的勃鲁托斯
>
> 告诉你们凯撒怀有野心，
>
> 如果确实，那是一桩大罪，
>
> 凯撒为它付出了惨重的代价也罪有应得。
>
> 承蒙勃鲁托斯和别位的允许
>
> ——勃鲁托斯是正大光明的人，

别位也是,都是正大光明的人——

让我在凯撒的葬礼上说几句话。

我要说他是我的朋友,对我忠诚公正,

可是勃鲁托斯说他怀有野心,

而勃鲁托斯是正大光明的人。

凯撒把许多俘虏押回罗马,

用他们的赎金来充实公家的财库,

这能说是怀有野心么?

听见穷人哭,凯撒也流泪,

有野心的人能有这样的软心肠么?

可是勃鲁托斯说他有野心,

而勃鲁托斯是正大光明的人。

你们大家都看见在卢柏克节那天,

我三次献给他一顶王冠,

而他三次都拒绝了,这能说有野心么?

可是勃鲁托斯说他有,

而勃鲁托斯确是正大光明的人。

我现在不是要推翻勃鲁托斯的话,

我只想说说我知道的事实。

你们过去也爱过凯撒,而且爱得有理,

那么现在又有什么东西不许你们哀悼他呢?

唉,理性呵! 野兽倒还有理性,

而人已无是非之心了! ——原谅我,

我的心已随凯撒飞进了棺材,

让我喘口气等它飞回来吧。

(3 幕 2 场)

这是莎剧中另一个有名的片断。在那个紧要关头,安东尼沉住气,巧妙地列举事实来说明凯撒没有野心,反证勃鲁托斯和他的一伙并非"正大光明的人",于是激动了原来倾向这批刺客的罗马市民,使他们改变态度。这里面有演讲术的作用。莎士比亚和他的同行都善于运用演讲术,而当时来看戏的人也欣赏演讲术。但是真会运用演讲术的高手,又能把它与剧情化为一体,推进剧情而不露"术"的痕迹。莎士比亚在这里运用得很成功,但还未臻化境,最后两句话——"我的心随凯撒飞进了棺材,让我喘口气等它飞回来吧"——给了演员一个绝好的摆弄姿势的机会,然而过分戏剧化了,反而成了缺点。

悲剧艺术的顶峰

一年之后莎士比亚写了《哈姆雷特》(1600—1601)。他的艺术的成熟期开始了。

《哈姆雷特》是戏剧史上的一个奇迹,奇在剧作家把一个原来充满血腥气的中古式报仇故事写成了一个不仅情节生动而且思想深刻的近代戏剧。在这里,第一个现代知识分子型的英雄人物登场了。

自然,剧本仍然是莎士比亚所处的英国文艺复兴时期的产物。1600 年左右的英国,伊丽莎白朝的统治已到强弩之末,女王年老了,王位继承权问题变得日益尖锐;经济上,圈地的发展使得乞丐遍地,抢面包的事不时发生,而统治阶级内部则有专利权的争夺。莎士比亚是在这样的现实和这样的思想气候中写作的,他的喜剧中越来越加深的阴影是时代的阴影,而到了这个悲剧阶段,阴影变成了笼罩一切的黑夜。

当哈姆雷特在台上说:"丹麦是一座监狱……一座最坏的监狱!"台下的观众是有同样的感慨的,而且心里明白:何止彼岸的"丹麦"!

然而黑夜里还有人世家屋里的灯光和天空的星光。哈姆雷特又给人希望。是的,他曾沉痛地诅咒:

> 时代脱节了;呵,可咒的命运!
>
> 怎么偏要生我来重整这乾坤!

(1 幕 5 场)

然而诅咒中有壮志,有理想——毕竟乾坤是可以重整的。而他也确是一个令人爱慕的人物:既是"风流时尚的镜子",爱好哲学和艺术,重友谊,忠于爱情;又是能干的实践者,在紧急关头能够挺身而出,坚决果敢地行动。作为一个政治人物,他有道德原则,虽居高位而关心民间疾苦,因此才能十分感慨地说道:

> 谁甘心忍受人世的鞭挞和嘲弄,
>
> 让恶霸欺凌,受豪门白眼,
>
> 忍受失恋的痛苦,法庭的拖延,
>
> 衙门的粗暴……

(3 幕 1 场)

毫无疑问,莎士比亚是把当时人文主义者理想中的英雄人物的优秀品质集中到了哈姆雷特身上。

然而他却有他的困惑。面对丑恶的凶险的现实,面对一个具体的问题——他的父王是怎样死的？——他犹豫、怀疑，而行动起来又操之过急，杀错了人，误了事，而周围的人，包括最亲爱的人，在紧要关头几乎都不能信任，或者早被邪恶势力收买了。这一切，非一个刚从大学里出来的青年知识分子所能应付。他从自己想到了别人，想到了整个人类的处境，因此他对于生和死的感喟就脱出个人的荣辱而有了普遍意义：

> 生或死，这就是问题所在。
> 什么更高贵？是在心里承受
> 恶劣命运的矢石镖枪，
> 还是拿起武器面对难题的大海，
> 用斗争去消灭它们？

（3 幕 1 场）

为什么这段独白，这整个剧本，吸引了一代又一代的观众和读者，直到今天？

因为哈姆雷特的困惑是我们所有人的困惑。这种困惑是所有处于矛盾之中的人都会感到的，但在一个变动剧烈的时刻更加突出，英国文艺复兴的年代是那样一个时刻，十九世纪资本主义工业化紧张进行的年代是另一个时刻，今天这个经历了两次世界大战，至今许多根本矛盾未决，而科技开辟了崭新局面，到处吹拂着变革之风的二十世纪又是一个，不仅困惑，而且焦灼，不安，问题也越来越复杂。对于这种困惑，感之最深的是知识分子。哈姆雷特有当时和以后的知识分子的许多优点：敏感，深思，对人对事采取开明的、人文主义的态度；他的弱点，例如上面提到的犹豫，怀疑，也是知识分子的，而且正是由于知识分子总想凡事想得周详、公平等等——也就是他们的优点——所引起的。这就是为什么知识分子特别强烈地被哈姆雷特所吸引。他们完全可以说："哈姆雷特——他就是我们！"

换言之，这剧本不仅有普遍意义，而且有现代性。

现代性还见于剧本内容的复杂。它有几个层次，除了丹麦朝廷内部的权利之争，还有丹麦与挪威以及英国的外交往来；除了哈姆雷特一家，还有波乐纽斯一家，两家的儿子既有联系，又形成对照，最后两人决斗身亡；结构上的戏中戏不同一般，不是一种插曲，而与主要情节密切有关；哈姆雷特本人出入于几个世界之间：他的亡父的鬼魂世界，他与叔父周旋的政治世界，他与贺雷修谈心的知识世界，还有他同戏班子里的人讨论演技的艺术世界，姑不论他同莪菲丽雅之间的情欲世界——他的接触面十分广泛，他的内心世界也更加丰富而深刻，剧本用的是多调复音的艺术。

这些不同层次、不同世界各有相应的不同的戏剧语言。单从语言风格来讲，《哈姆雷特》也是最为丰富最多变化的。不仅是上中下三体并存，而且体与体之间的差别和对照起了戏剧作用：波乐纽斯的咬文嚼字更显出哈姆雷特的直截了当，两位同学的躲躲闪闪更衬出哈姆雷特的真诚和失望，而在哈姆雷特自己，也是在不同场合不同对象前面变化了语言，甚至在同一对象前面，他也随着心情的起伏而变，例如在写给莪菲丽雅的情书里，他先是用了公子哥儿们常用的华丽诗体：

> 你可以怀疑星辰的发光，
>
> 　　你可以怀疑日月的运行，
>
> 你可以疑心真理会说谎，

> 你可别怀疑我的爱情。

而等到信的最后,则突然迸发出了真心的呼喊:

> 呵,亲爱的莪菲丽雅,我不会搞这写诗的一套,我没本领说出我的痛苦,可是相信我吧,我最爱你,我最爱你!

> (2 幕 2 场)

这里就不再是白体诗,而是散文了。而同样是散文,也是有几种文体并存:这里的呼喊是一体,另处关于人生的谈论又是一体:

> ……这个覆盖众生的苍穹,这一顶壮丽的帐幕,这个金黄色的火球点缀着的庄严的屋宇,只是一大堆污浊的瘴气的集合!……

> (2 幕 2 场)

富于想象力的散文达到了俗套诗体所达不到的抒情境界,这又是一个对照!这些对照,这些变化,形成一种新的丰富,语言本身成为剧情即内容的一个重要方面。在这里,莎士比亚像后世现代主义作家那样注意传达工具本身,这样又从根本上构筑了人物性格:对语言的异常敏感正是历来知识分子的一个特征,正是复杂多变的语言烘托了哈姆雷特的知识分子气质。在整个剧里,最会运用语言的是哈姆雷特:语言的解决实际问题的能力和语言的游戏作用都体现在他的台词里。

这样的语言给观众以愉快,正同整个剧的形式上的匀称给读者以美学上的享受。哈姆雷特的死使人惋惜,然而剧本却不以悲调结束:恶人除掉了,原则伸张了,悲壮的模范行动给后世以鼓励,阴雾拨开了一些,光明增加了一分,卓越的语言艺术证明了人的想象力的丰满和锐利，在一定程度上乾坤是重整了。一代一代的观众被吸引着来看这个戏，当他们离开的时候，会有许多人扬起头来看灿烂的天空，感到一种震撼之后的清醒和安慰。

＊　　＊　　＊

震撼和清醒——这也是其他的几个主要悲剧所产生的效果。它们是《奥赛罗》(1604)、《李尔王》(1605) 和《麦克白》(1606)，同《哈姆雷特》合称四大悲剧。

它们各有特点，显现了莎士比亚戏剧天才的广阔。

《奥赛罗》从所表现的爱情来说，是一曲长恨歌。黑人大将奥赛罗娶了最为纯洁的白人妻子，却因中了小人的奸计，怀疑她不贞而亲手扼杀了她，造成永恒的悲剧。剧本涉及了种族问题，虽说威尼斯不比美国，摩尔武将也不是乔治亚田奴，然而黑白通婚还是触犯了白人社会的一大禁忌，因而不得善终。不过莎士比亚笔下的奥赛罗不只是一个黑色皮肤的赳赳武夫，他有非凡的勇敢，同时又有敏锐的想象力。当一群威尼斯人拿了刀剑来责问他为何拐骗了白人姑娘的时候，他迎上前去，冷冷地说：

> 收起你们闪亮的剑吧，
>
> 当心沾了露水要生锈的。

诗行表现了他的无畏，镇定，对这群乌合之众的鄙视，也表现了他的色彩感和对于水城威尼斯美丽的夜晚的感应。一个简单的形象照亮了他的整个性格。

同样，杀妻一场的独白也是用形象的语言把剧情推向高潮：

> 先灭这盏灯，再灭这一盏！
>
> 灭了你这光明的使节，

还可以重新点亮，

如果我后悔——但是灭了你，

你这大自然最精巧的制品，

我就不知到哪儿去寻普鲁米修斯的天火

来把你重新燃起！

（5 幕 2 场）

光明同黑暗在奥赛罗的胸中交战，黑暗终于战胜，奥赛罗亲手熄灭了那"最精巧的制品"的生命之火，而他是逆普鲁米修斯的义行而为，扼杀了无辜的爱妻，自己受了骗而反以为是免得世人再受她骗！莎士比亚震撼了我们，又使我们清醒过来。

　　《李尔王》的主角李尔经历了一个巨大的变化——从至高无上、刚愎自用的国王变成流浪荒野、衣食无着的可怜老人，而在这过程里，通过血的教训体会到了真正的世情、人情，也认识了他自己。在荒野中，他的身体遭受风暴的袭击，他的内心里也有一场风暴在翻腾，这就给了他的悲鸣以异样的沉痛：

轰个痛快！火，喷吧！雨，淋吧！

风雨雷电都不是我的女儿，

我不能责备你们不孝，

我没给你们国土，没称你们为孩子，

你们对我没有义务。尽量发作吧，

在我的头上！我站在这里，你们的一个奴隶，

一个可怜、衰弱、站不稳、被鄙视的老头！

（3 幕 2 场）

沉痛里有智慧。他似乎是疯了，但他说的是这样奇怪的疯话：

……一个人不用眼睛，也可以看出世道。可以用耳朵来
看。瞧，那里有个法官，在大骂那个乞丐，看见了吧？来，靠近
我，听我说：假使把他们换一个位置，那么你猜得出谁是法官，
谁是小偷？你见过地主的狗对着乞丐吠叫么？……见过人见
狗就逃么？这就是威权的神气。哪怕是一条狗，只要有权就
有人听它的。——

　　混账的法警，停住你的狗手！

　　你凭什么鞭打这婊子？先抽你自己吧！

　　你想搞她而搞不成，

　　现在倒怪她同别人搞了！放高利贷的绞死了小骗子！

　　衣服穿得破，小疙瘩也遮不住；

　　绸缎上了身，什么肮脏也包住了。

　　罪行有金子裹着，法律的长矛刺不进，

　　只有破布遮着，一根小小的稻草也戳穿！

（4 幕 6 场）

真是慨乎言之！如果李尔还养尊处优，能说得出这样的话来么？
位置的转变使他能从老百姓的角度看事物，苦难的锻炼则恢复了
他的善良。

　　《麦克白》另有一种混合。一方面，这是一个古老的苏格兰故
事。一个大将杀了国王，篡了位。国王对他奖励有加，然而他趁国
王巡幸他的古堡、深夜熟睡之际把他刺死了。以后他又连续杀了
多人。另一方面，这个名叫麦克白的篡位者又不同于沙士比亚以
前写过的理查三世之类，他喜欢反思，想象力丰富，因此这剧里许
多血淋淋的景象，总是伴随有一种思辨的空气，例如在动手杀人之

前,麦克白有一番独白:

> 我眼前所见是一把匕首么?
> 它的柄朝着我的手。来,让我抓住你——
> 没抓住,但我还看得见你。
> 难道你只是眼所能见,要命的形象,
> 而不是手所能触?或者你不过是
> 心里的匕首,一种虚假的构想,
> 出自热昏了的头脑?

(2幕1景)

而在杀了国王之后,他又总感到自己沾满鲜血的手怎样洗也洗不干净了:

> 这是什么样的手?呵,
> 一看它们我的眼珠都要崩出了!
> 海神的全部海洋能把这手上的血
> 洗掉么?不,洗不掉!倒是
> 我这手会把五洋七海一起染红,
> 把绿的染成一片大红!

(2幕2场)

"洗手"变成了此剧的一个突出形象,出现在台词中,也出现在动作中,连麦克白夫人在深夜梦游的时候也不断做着洗手的动作。虽则平时她是一个比麦克白更坚决无情的人,为了实现丈夫的野心甚至喊道:"来吧,改变我的性别吧!"并说她只要决心一下,"就连婴儿也敢从奶头摘脱,扔他一个脑浆开花!"然而后来她变成了一个神经错乱的梦游人，终于郁郁死去。

在十七世纪初年的英国，写谋杀罪行的剧作家大有人在——他们构成了一个所谓"血与雷"剧派——但是没有谁让剧中人物把犯罪前后的心理活动交代得如此细微，做了如此深刻的自我剖析！麦克白本是一个在迷信的黑雾里出现的中古将军，然而他的想象力的敏锐和思想感情的复杂却使他带上现代文学中的某些人物的品质。在这里莎士比亚又开辟了一个新的境界。

传奇剧的得失

在四大悲剧之后，莎士比亚还有发展。一方面，他写了更多的悲剧，如《安东尼与克莉奥配特拉》（1607）。这个以古代跨越欧非两洲的战争和爱情为主题的剧本气魄大，格调高，女主角埃及女皇克莉奥配特拉成为后来西方舞台和电影里风流女皇的原型，但无数的后来者没有一个能有她那样的魅力和尊严。又如《科利奥兰纳斯》（1608）提出了一个人对国家是否忠诚的政治主题，而在主人公对群众的咒骂上透露了一种新的戒惧之心，也许是因为1607年中部诸郡农民起义震撼了剧作家本人；但是同时，善于看清事情另一面的莎士比亚又把这位罗马大将写得十分可憎，在全部莎剧中没有另一个主要人物比他更不得人心了。《雅典的泰门》（1608）题材集中，专写黄金怎样腐蚀了人性。主人公泰门在有钱无钱之间，饱尝了世态的炎凉，发了这样的感慨：

> 金子？黄黄的，发亮的，宝贵的金子？……

> 只要这么一点儿，就变黑为白，变丑为美，
>
> 错误变成正确，卑贱成为高贵，老变少，怯变勇……

（4 幕 3 场）

一个资产者深知金钱的作用的自白吸引了后世的观众和读者，其中包括马克思，他在《资本论》里引用了这段台词。

另一方面，莎士比亚又转而创作传奇剧，写出了《佩力克利斯》（1607—1608）、《辛白林》（1609—1610）、《冬天的故事》（1610—1611）和《暴风雨》（1611）。当时写传奇剧的能手是比他年轻的鲍茫和弗莱契，莎士比亚多少受了这两位宫廷宠儿的影响，在这几个剧本里着力于情节，结果情节写得复杂、离奇，勉强凑成大团圆为结局，而人物则深度不足，白体诗也出现了僵硬、不自然的现象。当时另有琼森在写颇有生气的讽刺性社会喜剧，莎士比亚的前期喜剧如《温莎的风流娘儿们》里也有生动有趣的描绘市井人物的场面，写起社会喜剧来不会比琼森差，然而他却没有朝这方面发展，留下了英国戏剧史上一个耐人寻味的问题。

传奇剧虽有不少缺点，但是《暴风雨》却仍是佳作。它充满非尘世的音乐，包括几支有名歌曲。它正面写海上航行，写沉船和小岛上的栖息；它有类似《皆大欢喜》中的弟篡兄位的情节，只不过兄长被放逐到小岛之后掌握了呼风唤雨、支使精灵的能力，制服了当地的原来居民凯列班，犹如后世殖民主义分子奴役所谓“当地土著”。他在女儿米兰达的成长上获得了晚年的安慰。米兰达是莎翁所写的最后一个天真美丽的姑娘。她的一段台词：

> 啊，真是奇迹！
>
> 这儿有多少美好的生物！

人类是多么美丽!呵,灿烂的新世界,

里面有这样的人活着!

(5幕1场)

表现了年轻人发现了新的景象的兴奋和喜悦,而她的注意中心则是人。而对此,她的父亲只冷冷地说道:"只对你才是新的。"这是一个饱经沧桑的老人对一切都显得新鲜的青年的回答:智慧与天真,幻灭之感与赤诚之心在进行着对话,两者互相衬托,使世界丰富,使人深刻——我们伟大的剧作家也在写完这样一个完美的剧本之后搁下了笔。

*　　*　　*

莎士比亚于1616年去世。诗剧还有多人继续创作,但是败象已逐渐显露,内容猥琐,追求刺激性效果,道德格调低落,韵文也虚浮,固然投合宫廷所好,却为信仰清教主义的资产阶级所厌恶。后者在政治上日益强大,他们所控制的国会于1642年通过法令,封闭了所有戏院,从十六世纪兴起的英国诗剧,在经历了六十年的光辉灿烂的成长过程之后,至此乃告衰竭。

然而衰竭的只是这一特殊戏剧形式,而且主要是针对剧本创作而言。后世英国多少代诗人想要复兴诗剧,包括拜伦、雪莱那样的天才,尽管诗才出众,也写出了剧本,甚至剧本得到了上演的机会,获得了掌声,却没有一个能够站稳舞台。二十世纪现代主义诗人艾略特对十六七世纪诗剧作了深入研究,花了许多时间和精力来创作现代诗剧,有几个剧本也曾盛大演出,到头来仍然昙花一现,未能重振诗剧。

这就更加使我们感到莎士比亚和他的同时剧作家的伟大。他们做到了几件最难的事:诗与剧的结合,创新与传统的结合,个人天才与群众艺术的结合,而在他们的作品内部,还有浪漫主义与现实主义、悲剧与喜剧、文雅与通俗等等的结合——不是勉强、生硬的凑在一起,而是有生气、有创造性的结合,不是一个人、几件孤零作品问世,而是有一百多个剧作家带着五百个剧本在一个不长的时间内一齐涌向前来,其中有二十个作家和五十个剧本是至今我们还在欣赏的。这盛况,这声势,这成就,以后没有再现。

在这群剧作家之中,莎士比亚又确实高出一头。他留下的剧本最多,还写了十四行诗等其他作品,他的天才最广,他在戏剧艺术上探索得最远。

在二十世纪八十年代,我们回头来看他,仗着时间所给的优势,至少看清了下列几点:

1. 他描绘了几百人物,许多有典型意义,而又每人各有个性。

2. 他不止让我们看到人物的外貌,还使我们看到他们的内心——复杂、多变、充满感情的内心。

3. 他深通世情,写得出事情的因果和意义,历史的发展和趋势,社会上各种力量的冲突和消长。

4. 他沉思人的命运,关心思想上的事物,把握得住时代的精神。

5. 他写得实际,具体,使我们熟悉现实世界的角角落落;同时他又最善于运用隐喻,象征,神话,幻想,于是我们又看得见山外有山,天上有天。

6. 他发挥了语言的各种功能,包括游戏功能;他用语言进行各种试验,包括让传达工具起一种总体性的戏剧作用。

7. 他的艺术是繁复的、混合的艺术,从不单调、贫乏,而是立足于民间传统的深厚基础，又如饥如渴地吸收古典和外国的一切有用因素，而且不断刷新，不断突进。

8. 而最后，他仍是一个谜。他是古老的，又是现代的；他似乎不偏向任何方面，但我们又隐约看得出他的爱憎和同情所在；他写尽了人间的悲惨和不幸，给我们震撼，但最后又给我们安慰，因为在他的想象世界里希望之光不灭。他从未声言要感化或教育我们，但是我们看他的剧、读他的诗，却在过程里变成了更多一点真纯情感和高尚灵魂的人。

因此，我们对他的了解也难有止境。

第四章　文艺复兴时期散文

在英国文艺复兴时期，散文作品也是丰富多彩的。

求知欲与好奇心席卷了学术思想领域，出现了一个大规模的翻译运动。希腊罗马的古典文学、哲学著作、传记、政论，欧洲大陆上的卡斯提里翁涅、拉伯雷、蒙田等人的作品都纷纷译成英文，并且产生了重大影响。到了十七世纪初年，五十四位学者合力译出了英文《圣经》，由国王詹姆斯一世钦命印行，更是影响深远，直到今天。

这个翻译运动之所以能够取得巨大成功，也有语言上的原因。十六世纪的英国文学语言有两大特点，一是吸收性强，对外来的和民间下层的词汇说法大量采用；二是表达力强，叙事、状物、写景、辩难，无所不能。语言处于这样开放的状况，翻译才能顺利进行；而反过来，大量的翻译又给了语言以多方面的锻炼，使它有更大的伸缩性，更胜任各种繁难的具体工作，同时又更富于探索和创造精神。

因此这是一个伟大的翻译家时期，到现在人们一谈英文翻译，总要回忆这个伊丽莎白朝盛世，提到诺斯、弗洛里欧、欧克特、霍兰德等名译手。这又是一个新的散文风格和品种纷纷涌现的时期，重要的作家作品在十六世纪后半有黎里的《尤弗伊斯》，纳什的《不幸的旅人》，胡克的《论教会政策的法则》，培根的《随笔》，十七世纪前半又出现了勃顿的《忧郁的解剖》,汤玛斯·勃朗的《医生的宗教》和《瓮葬》,密尔顿的《论出版自由》,沃尔顿的《垂钓全书》,以及无数的人物特写,传记,历史书,地方志,海外旅行记,席间谈话,无数的布道文,无数有关宗教、政治、社会问题的小册子。

英国散文从未有过这样兴旺发达的局面。在风格上,千姿百态;在内容上,几乎什么都谈,现实人生之外,还有人探究隐秘心理,涉猎外国古俗;既有沃尔顿的水边的凝思,也有密尔顿的当朝抗言;在小册子之战中,不仅有绅士们的说教,还传来了"平均派"、"掘地派"的群众呼声,一场人民革命的雷鸣已隐约可闻。高雅文化在这里,下层文化和边缘文化也在这里,二者的对立和冲突使得这个时期的散文更充实,也更有光彩。

两种风格的争论;科学家的介入

冲突也见于关于散文风格的争论。在十六世纪,古罗马的拉丁散文风格还有重大影响,虽然英国本土的散文传统也日益壮大;但同样是古典风格模式,西塞罗式与色尼加式显著不同:前者讲究修辞术,用大量的明喻、暗喻、拟人、夸张等手段铺陈一事,句子是长的,丰满的,音调是铿锵的;后者则相反,着重论点的鲜明与表达的有力,句子是短的,不求堂皇的韵律而接近口语的节奏。起初,英国散文家中大多学习西塞罗式,而黎里的《尤弗伊斯》讲究用典、对仗和音韵上的铿锵和谐,则雕琢更过于西塞罗风格,创立了类似中国骈文的"尤弗伊体",略举一例如下:

> 曰：否，此大不然也，盖唯心所指则变物之性。日照粪壤，
> 不损其明；钻石入火，不损其坚；水有蟾蜍，不染其毒；鹳鹟栖
> 鳄吻，不为所吞；贤者不涉遐想，不动绮思。冬青竿出搁林；薜
> 荔罩笼磐石；柔菌能当利刃；此非物之常乎？
>
> （周珏良译文）

这类美文自有爱好者，当时的贵族夫人小姐还竞相仿效，却为一些真要用散文把事情说清楚的务实之士所忌。他们不仅反对"尤弗伊体"，就连一般的修辞术也不以为然。有一位写蒙田式即培根式随笔的康华利斯把西塞罗式的修辞术比作"翻文字跟斗……明明一个字能说清的事却硬要用三个字!"而培根本人更是认为整个十六世纪的主导风格是"追求词语过于内容"，是讲究修辞手段而不问内容是否重要，必须加以改革。

这些人推崇的是色尼加风格。当时另一位散文家霍尔主教因其文章的朴实被称为"英国的色尼加"，他特别称赞色尼加风格的简短，曾说："简短使得文章内容更便记忆，更易应用。"就连写得并不简短的勃顿也在《忧郁的解剖》第六版（1651）的前言里说："我有啥说啥。我尊重内容而不是词语。……我不注意妙句，只尽全力使读者理解，而不是取悦他的耳朵。"

但是色尼加风格也有它的毛病，有时太突兀，有时太散漫，靠许多联结词松散地串成一片。这时知识界出现一股新的力量，干脆要求把事情说清楚，而不问什么风格不风格。提出这主张的是科学家们。他们是时代的宠儿，在1660年成立了皇家学会。他们早已讨厌修辞术之类了，学会一成立，就共同约定，要用

> 一种紧凑、朴素、自然的说话方式，正面表达，意思清楚，

自然流利,一切尽量接近数学般的清楚,宁用工匠、乡下人、商贩的语言,不用才子、学者的语言。

这一空前革命性的主张,又表达得空前彻底,完全不留余地,是斯泼拉特写在 1667 年出版的《皇家学会史》里的。它至少表示:散文能否写得清楚不是一件小事,关系到思想文化的全局,关系到将来社会的发展,因此自然科学家们当仁不让,要从外面来解决才子和学者们争论不休的问题了。

英文《圣经》的文学成就

我们且来通过具体篇章,略窥这时散文的风貌。

首先,英文《圣经》。它本身是翻译,我们引的则是翻译的翻译。

《圣经》由《旧约》、《新约》两大部分构成。《旧约》主要是希伯来人最早的传说、历史、先知的言行、格言、哲理书等等,一上来就是《创世记》①:

> 起初,神创造天地。地是空虚混沌,渊面黑暗。神的灵运行在水面上。神说:要有光。就有了光。神看光是好的,就把光暗分开了。神称光为昼,称暗为夜。有晚上,有早晨,这是头一日。……

---

① 此文中圣经各段,引自中华圣经会印发的《新旧约全书》(1946 版),但标点现代化了。

以后就是上帝创造亚当、夏娃两位人类始祖的故事,他们如何因吃了禁果而被逐出伊甸园;摩西的故事,他如何率领以色列人逃出埃及,后来又如何在巴勒斯坦重建家园;接着来了以色列人历代君主和族长的史传……

但是《旧约》也包括了美丽的《雅歌》,如所罗门的歌:

> 听呵,是我良人的声音。看哪,他穿山越岭而来。我的良人好像羚羊,或像小鹿。他站在我们的墙壁后,从窗户往里观看,从窗棂往里窥探。

> 我良人对我说:我的佳偶,我的美人,起来,与我同去。因为冬天已往,雨水止住过去了。地上百花开放、百鸟鸣叫的时候已经来到,斑鸠的声音,在我们境内也听见了。无花果树的果子渐渐成熟,葡萄树开花放香。我的佳偶,我的美人,起来,与我同去。

> ……

> 王女呵,你的脚在鞋中何其美好。你的大腿圆润好像美玉,是巧匠的手做成的。你的肚脐如圆杯,不缺调和的酒。你的腰如一堆麦子,周围有百合花。你的两乳好像一对小鹿,就是母鹿双生的。……

雅歌也不尽是这类愉快的吟唱,还有更深更强烈的感情流露:

> 求你将我放在你心上如印记,带在你臂上如戳记,因为爱情如死之坚强,嫉恨如阴间之残忍,所发的电光是火焰的电光,是耶和华的烈焰。

> 爱情,众水不能熄灭,大水也不能淹没。若有人拿家中所有的财宝要换爱情,就全被藐视。

而在《约伯记》里，还有震撼灵魂的人天对话，涉及如何看待命运和苦难，深刻地端出了悲剧性的人的处境，连文字也带上了激动、焦灼的节奏：

> 人在世上岂无争战么？他的日子不像雇工人的日子么？像奴仆切慕黑影、像雇工人盼望工价，我也照样，经过困苦的日月，夜间的疲乏为我而定。我躺卧的时候，便说：我何时起来，黑夜就过去呢？我尽是翻来覆去，直到天亮。我的肉体以虫子和尘土为衣。我的皮肤才收了口，又重新破裂。我的日子比梭更快，都消耗在无指望之中。……
>
> 全能者既定期罚恶，如何不使认识他的人看见那日子呢？有人挪移地界，抢夺群畜而牧养，他们拉去孤儿的驴，强取寡妇的牛为当头。他们使穷人离开正道，世上的贫民尽都隐藏。这些贫穷人，如同野驴出到旷野，殷勤寻找食物。他们靠着野地给儿女糊口，收割别人的禾稼，摘取恶人余剩的葡萄，终夜赤身无衣，天气寒冷毫无遮盖，在山上被大雨淋湿，因没有避身之处就挨近磐石。又有人从母怀中抢夺孤儿，强取穷人的衣服为当头，使人赤身无衣，到处流行，且因饥饿扛抬禾捆，在那些人的围墙内造油、酿酒，自己还口渴。在多民的城内有人唉哼，受伤的人哀号。神却不理会那恶人的愚妄。

而最后神的回答是轰轰的雷声：

> 那时耶和华从旋风中回答约伯说：谁用无知的言语，使我的旨意暗昧不明！你要如勇士束腰。我问你，你可以指示我。我立大地根基的时候，你在哪里呢？你若有聪明只管说罢。你若晓得，就说是谁定地的尺度，是谁把准绳拉在其上？地的

根基安置在何处？地的界石是谁安放的？那时晨星一同歌唱，神的众子也都欢呼。海水冲出，如出胎胞，那时谁将他关闭呢？是我用云彩当海的衣服，用幽暗当包裹他的布，为他定界限，又安门和闩，说：你只可到这里，不可越过，你狂傲的浪要到此止住。……

一阵阵的雷声，一连串的问和答，上帝在上天入地，收集各种事实，来表自己的功绩，用以证明自己的"全能"。故事以约伯认罪、受到上帝加倍赐福而结束，然而深印人心的却是约伯所受的各种苦难，而他所提的问题和所作的诅咒更是不断震响，比雷声更要持久，更为可怕。

《新约》另是一番景象。它讲的主要是耶稣的生平和言行，而耶稣是一个穷人的儿子，站在平民百姓一边，说了许多对异族统治者和本地的文士伪善者之流不利的话，最后被钉死在十字架上。

可以举有名的"登山训众"为例，来看看耶稣说了些什么：

耶稣看见这许多的人，就上了山。既已坐下，门徒到他跟前来，他就开口教训他们说：

虚心的人有福了，因为天国是他们的。哀恸的人有福了，因为他们必得安慰。温柔的人有福了，……因为他们必得见神。使人和睦的人有福了，因为他们必称为神的儿子。为义受逼迫的人有福了，因为天国是他们的。人若因我辱骂你们、逼迫你们、捏造各样坏话毁谤你们，你们就有福了，应当欢喜快乐，因为你们在天上的赏赐是大的。在你们以前的先知，人也是这样逼迫他们。

你们是世上的盐。盐若失了味，怎能叫他再咸呢？以后无用，不过丢在外面，被人践踏了。你们是世上的光。城造在山上，是不能隐藏的。人点灯，不放在斗底下，是放在灯台上，就照亮一家的人。你们的光也当这样照在人前，叫他们看见你们的好行为，便将荣耀归给你们在天上的父。

耶稣所赞扬的是虚心的人，哀恸的人，温柔的人，使人和睦的人，受辱骂和遭逼迫的人，也就是下等人，而不是那些骄傲的、暴虐的、得意洋洋的上等人。前者是世上的盐，世上的光，也就是一个简朴的社会里最重要、最不可缺的人。一直到今天，说英语的还在用"世上的盐"来称高尚的人，真正的社会中坚。

当然，耶稣并不号召下等人起来斗争，而是还说了一些希望人们和睦相处、彼此宽恕的话：

你们听见有话说：以眼还眼，以牙还牙。只是我告诉你们：不要与恶人作对。有人打你的右脸，连左脸也转过来由他打。有人想要告你，要拿你的里衣，连外衣也由他拿去。有人强逼你走一里路，你就同他走二里。有求你的，你就给他。有向你借贷的，不可推辞。

你们听见有话说：当爱你的邻舍，恨你的仇敌。只是我告诉你们：要爱你们的仇敌，为那逼迫你们的祷告。这样就可以作你们天父的儿子，因为他叫日头照好人，也照歹人，降雨给义人，也给不义的人。

这些话也是很有影响，成为基督教义里一大要点，甚至影响了后世殖民地人民的"不抵抗运动"之类。但是耶稣全部言行的倾向却富于颠覆精神，颠覆旧的宗教，颠覆不义的人的统治。这一点统治者是看得清楚的，所以把他钉死在十字架上。但就是耶稣之死，《新约》也并不把它写得轰轰烈烈;同以前的古典史诗不一样,这里并无英雄主义的光彩。耶稣一生是朴实无华的,纪录他这一生的《新约》的文字也采取了朴素的风格,同《旧约》的雄迈、瑰丽形成了对照。

总的说来,《旧约》更富文学情调,《新约》更多宗教精神。而两者共有的则是对尘世生活的苦难感,对理想天国的憧憬,还掺杂有对民族兴亡的历史感,对压迫和奴役的反抗精神。

英文《圣经》对英国的语言、文学都有深刻的影响。它为后来无数的英文作家提供了题材,密尔顿的《失乐园》、班扬的《天路历程》就是例子。后世又有无数作家模仿纯朴的"圣经体"风格,班扬、笛福、斯威夫特、科贝特、萧伯纳等散文大家都得益于此。它的无数说法、典故、格言、比喻等等至今仍是核心英语的一部分。它的散文节奏——这是外国人所不注意的一面——也随着将近四百年在教堂里周复一周的朗读而融入每个基督教徒的意识之中。因此虽然这部1611年出版的译本有不少误译,所用文字在当年就已有点陈旧,译法也有过分希伯来化的毛病,但是后来几次大规模的修正与改译,直到1970年出版的《英文新圣经》,尽管有众多学者的参加,提出了更准确的译文,却始终无法取而代之。

培根的《随笔》:小作品,大作用

我们再来看看培根的《随笔》(1597,1625)。

培根是大哲学家,英国唯物主义的始祖,自称"以天下全部学问为己任";他又是大官僚,登上了大理院长的高位,却又以受贿罪而被弹劾去职，从此绝望仕途。后世诗人蒲伯称他为"最聪明、最出色、最卑鄙的人"。他的主要著作是用拉丁文写的，《随笔》只是一些摘记式的短文，所以才用英文来写，却不料他的文学声誉就建立在这本薄薄的小书上。从文学史来看，他是第一个把法国蒙田创立的随笔这一文学形式移植到英国来的人，后来它变成英国散文中最令人爱读的品种之一，培根之功不可没。而他自己所作，也确实出色，篇幅很短，而充满深刻的见解，表达方式则力求扼要而又周到。读者可以看出他的智慧像医生手里锐利的手术刀，在一层一层地解剖着人生和社会里的各种问题：真理、死亡、宗教、爱、逆遇、高位、友谊、父母与子女、读书、利己的聪明，等等；同时，他也谈美，谈旅行、娱乐、庭园、营造，笔下出现诗情，以至雪莱称他为一个"诗人"。

培根的随笔往往起句就不凡，立时吸引读者的注意，例如：

人怕死犹如儿童怕入暗室。

有妻儿者实已向命运押了人质，从此难成大事，无论善恶。

真理何物？彼拉多笑而问曰，不待人答而去。

文章当中，也是闪耀着名言妙语，例如：

善择时即省时。

道德犹如宝石，朴素最美。

顺境易见劣性，逆境易见德性。

一切腾达，无不须循小梯盘旋而上。……须做尽不光荣之事，方能达光荣之位。

声名犹如大河，空虚无物者浮，实学有才者沉。

下面再拿一个长段，来看看培根的思想脉络和风格特色：

> 读书足以怡情，足以傅彩，足以长才。其怡情也，最见于独处幽居之时；其傅彩也，最见于高谈阔论之中；其长才也，最见于处世判事之际。练达之士虽能分别处理细事或一一判别枝节，然纵观统筹、全局策划，则舍好学深思者莫属。读书费时过多易惰，文采藻饰太盛则矫，全凭条文断事乃学究故态。读书补天然之不足，经验又补读书之不足，盖天生才干犹如自然花草，读书然后知如何修剪移接；而书中所示，如不以经验范之，则又大而无当。有一技之长者鄙读书，无知者羡读书，唯明智之士用读书，然书并不以用处告人，用书之智不在书中，而在书外，全凭观察得之。读书时不可存心诘难作者，不可尽信书上所言，亦不可只为寻章摘句，而应推敲细思。书有可浅尝者，有可吞食者，少数则须咀嚼消化。换言之，有只须读其部分者，有只须大体涉猎者，少数则须全读，读时须全神贯注，孜孜不倦。书亦可请人代读，取其所作摘要，但只限题材较次或价值不高者，否则书经提炼犹如水经蒸馏，淡而无味矣。
>
> ——《谈读书》

使人惊讶的是作者思想的周密，什么可能情况都想到了，什么问题都有答案，很自信，但也很实际，就是时至今日，他的话对读书人也是有帮助的。而同时，作者一句废话也不讲，文章紧凑，脉络清楚，步骤分明。他的比喻也通俗易懂：修剪花草、饮食消化之类，到段末则用蒸馏水来比拟经过别人提炼的书之索然无味，十分确切。

总之，这是务实的散文。但并不是培根的唯一风格。他还用不同的风格写了许多他自己认为更重要的其他作品。《随笔》的风格当然不是西塞罗式,但也不是色尼加式,培根对于两者都不满意;他虽然写得紧凑,有时也略略放松,正是在放松时露出他的人情味和诗情。但他确是实现了自己的主张,即内容重于词语,写得准确,清楚,而这正是新的时代精神所要求的。皇家学会的科学家们从培根得到的启发是多方面的,不仅有实验主义的哲学和所罗门宫的蓝图,还有"一切尽量接近数学般的清楚"的风格范例。

巴洛克和其他风格

同培根的简约明晰的《随笔》相对照的,是一类繁复、华美、甚至带点神秘色彩的文章,代表作如汤玛斯·勃朗的《医生的宗教》(1642)和《瓮葬》(1658)。现在从这两本书各引一小部分:

> 学者是爱和平的人,他们不携带武器,但他们的舌头却比阿克提乌斯的剃刀还锋利;他们的笔更厉害,比雷声还响;我宁肯忍受大炮的震撼,也不愿忍受一支无情的笔的怒袭。聪明的君主奖掖文学,不仅仅是因为他们热衷学术或敬重诗神,才以宽容的脸色对待学者,而是因为想借学者们的著作垂名千古,并防后人的直笔,因为当他们演完了他们的戏,下台去了,就轮到学者出来,讲述一下从这出戏中人们应得到什么教训,给后人开一张清单,哪些是善,哪些是恶。可以肯定地说,历史的编纂,很大一部分是个良心问题;在历史里进行污蔑,并不被人认为是过错;讹误变成了真实,而且以权威的姿态丑

化我们的美名,散播到万国和后代。

(《医生的宗教》,Ⅱ.3,杨周翰译文,本节下同)

生命是纯净的火焰,我们是靠内心的一个看不见的太阳生活着。为满足生命,微小的火就足够了,但死后一片大火还似乎太小,人们为虚荣所驱使,专爱华贵的柴堆,像萨尔达那帕罗斯那样燃烧。但后人认为这样疯狂地焚烧是愚蠢的,订立了明智的葬律,削减了这种毁灭性的焚烧,举行清醒的葬礼,当然也没有人咎责到连木柴、沥青、一个哭丧人、一只瓮也不准备。

(《瓮葬》第5章)

金字塔、拱门、纪念柱,不过是古人过分虚荣和狂妄自大的表现。而最宏伟的心胸则存在于基督教中,它把骄傲踏在脚下,把野心骑在胯下,怀着谦卑的心追求确实可靠的永恒,与此相比,其他的所谓永恒只得缩小它们的直径,从最小的角度去看,显得十分寒碜。

(《瓮葬》第5章)

以上几段都值得细细咀嚼。我们看出这位医生不仅知识渊博,很有见地,而且有极丰富的想象力,奇特的形象一个接一个而过,加上大量的典故,文章如富丽的锦缎。这就是所谓巴洛克风格。

*　　*　　*

此外,还有一些十七世纪的特殊品种可提。

其一是人物或性格特写,如欧佛伯里所写的"宫廷侍臣":

他散发香气,他的脑筋大部分用在衣服之是否适体上。他认识的都是名人。像金盏花一样,随着太阳开,因此十点钟以前,他是不起来的。他对字眼把握大些,对意义把握不大;对吐音有把握,对字眼把握不大。机会是他的小爱神,他只有一张求爱的处方。他只遵循反复无常,只赞扬漂亮,只尊崇财富,什么都不爱。他谈话的素材是新闻,他对人对事的品评像一颗炮弹,火力视火药多寡而定。在宫廷之外他不存在,就像一条出水的鱼,呼气死掉。他的运行,他的方位都没有规律,但他却在高空层运行,折射着更高物体的光。如果在那里你找不到他,你定会在保罗教堂里找到他,帽子里插一根牙签,穿一件斗篷,穿着长袜子。

（杨周翰译文）

*　　*　　*

另一种是教士的布道文。

多恩以写"玄学派诗"出名,但他的布道文也是传世之作,形象新奇,雄辩滔滔,例如这样一段:

没有谁是个独立的岛屿;每个人都是大陆的一片土,整体的一部分。大海如把一个土块冲走,欧洲就小了一块,就像海岬缺了一块,就像你朋友或你自己的田庄缺了一块一样。每个人的死等于减去了我的一部分,因为我是包括在人类之中的,因此不必派人打听丧钟为谁而敲,它是为你敲的。

（杨周翰译文）

二十世纪三十年代美国作家海明威写了一本以西班牙内战为内容的长篇小说,就用了《丧钟为谁而敲》的题名,可见多恩此文的影响。

* * *

又有一种书叫"闲谈录"。约翰·赛尔顿写过一本,其中有这样一段:

> 我们总是拿自鸣得意的本身长处去衡量别人。有诗人名纳西,穷甚(诗人总是穷的),走到街上见一市议员佩金链、骑高马迎面而来,就对身边同伴不屑地说:"看见那家伙么? 多神气,多伟大! 可是,他连一行白体诗也写不出来!"

多么像《世说新语》里的某些文章! 附带说,这位纳西不仅写诗和诗剧,也是一位散文能手,所作《不幸的旅人》一书用民间的语言写漫游城乡的见闻,是英国第一部流浪汉小说。

* * *

沃尔顿的《垂钓全书》(1653)用的是对话体,写得随便、亲切,但并不全写水边风光,而是常常由鱼而想到人和人的社会,例如有这样一段:

> 狗鱼都活得很长,养鱼人却吃不消,因为这种鱼是以其他许多鱼的死来维持生命的,它甚至吃它的同类,有的作者称之为河霸,或淡水狼,因为它有胆大、贪婪、吞食的性格。盖斯纳讲过一件事,说有一个人牵了一头驴到池边饮驴,池里有一条狗鱼,看来已经把其他的鱼都吃光了,那狗鱼一口把驴子咬住,驴子把狗鱼曳出水面,就这样驴子的主人用驴把狗鱼钓了出来。

> (杨周翰译文)

写的是狗鱼,指的是靠别人的死来维持自己生命的社会恶霸,因此此书还带有寓言性质。

沃尔顿也以人物传记著称,所记人物中有邓约翰和沃顿,都写得传神。有一句名言:"使节是一个派往国外为了国家的利益而扯谎的好人",便出自他的沃顿传。

政治斗争的武器

以上的散文,风格或庄重,或简约,或华丽,或闲适,都是写个人观察、思索、想象所得的。

但这是一个剧烈变革的时期,充满了争论,四十年代起还充满了火药味,散文还常被用作斗争的武器。

武器式的散文当中,也是有各种风格。

大致说来,可分上、中、下三格。

上格如密尔顿的论战文。以下两段摘自他的《论出版自由》(1644):

夫为国献言,大夫条陈于明堂,议政于国会,一介之士则撰文章。文章,大业也。执笔之际,情为之移,神为之奋,或忧其败,或虑其祸,或切盼成功,或信其说必行。余作此文,各种心情悉有之,于此卷首,宜以主要动机,为读者述之。然今既脱稿,不日将见于公众,激越澎湃,不能自己,殊非卷首数语可毕其辞。虽然,余纵不作序,谅世人亦不余责。此文之作无他,为国之爱慕自由之人,为国之提倡自由之人,为与彼等共雀跃同欢庆耳。全篇文字,可作争取自由之实证,甚或可作赢得自由之丰碑。

　　教会与国家,于书之为好书坏书,公民之为好人坏人,不能不表极大关注。地点余亦承认。治坏人,或予禁闭,或投牢中,或处以极刑。然则书非可以致死者也。书之生命力,乃作者灵魂所赋予。书,作家智慧之精华,如炼金丹,升华净化,臻于至纯,乃纳玉壶,以为珍藏。谚言,龙之齿,植地生幼龙。书之孳衍,与龙似。植书于野,异日或生持矛武士。人可以错杀,好书亦可以错毁。是不可不慎也。杀一人,杀一有理性之生命,杀一上帝之子孙耳。若毁一好书,实毁理性本身,无异毁上帝之目。

(许国璋译文)

密尔顿是大诗人,但也以雄迈的散文风格著称。这两段调子高昂,文字庄严,句子结构繁复,是高度拉丁化的风格。他有崇高的使命感,谈到一个关系到自由人命运的大问题,情感激动,因此拿出来他从古典文学里学到的全部雄辩术,侃侃而谈。主题、说话人的身份、场合三者都要求高昂、庄严的语言风格。密尔顿没有辜负人们的期望:他提供了这样一种风格。

　　只不过这已不是一般平民百姓所能理解——更谈不上欣赏——的风格。他们另有代言人。那就是从"平等派"、"掘地派"里出来的群众领袖。他们的演讲和政论小册子用了完全不同的风格,即我们所称的下格。

　　请看下列两例:

　　1. 呵,如果国会和市政府能听见我们肚子里的饥叫就好了!能把我们挨饿的孩子的眼泪装在瓶子里就好了!能把他们善心的母亲要求拿面包去喂他们的哭声刻在铜牌上就好了!……

呵,你们这些国会议员,市政府的阔人,过得舒舒服服,喝着大碗酒,睡着鸭绒床,你们刮我们的脸,剥我们的皮,却没有一个留心一下,看一看我们的脸因愁苦和饥饿而变黑了呀?没有任何人值得怜悯么?海怪还会拉出奶头给它的孩子喂奶,而我们的统治者却变得像荒野里的鸵鸟一样残酷了么?

呵,英格兰的大人物,你们以为正义的上帝不会注意到你们像吃面包那样吃我们的肉么?你们大多数不就是国会议员,海关关员,税局局员,司库,城镇和堡垒的长官,军队里的司令,法庭那贼窝里的法警么?你们的亲戚和盟兄弟不就是替国王收税、替主教收租、执行扣押的那些人么?你们的绸缎呢绒,你们的金线银线编的花边又是什么呢?不就是我们额上的汗水,我们的瘦脊梁和空肚子么?

(《几千由于商业凋零即将死亡的穷苦商贩的悲惨呼声》,1648)

这个小册子的作者没有署名,有人说是掘地派领袖约翰·利尔本。这样的散文完全不同于密尔顿的或前面引过的任何别人的,没有修辞术,也没有闲适情调,只有呼声和骂声。

2. 过去,我们受不了国王的压迫和专制,把他的王袍剥掉了,现在如果国会议员以为只要穿上国会的袍子就一样可以压迫我们,那是妄想!不,不,那离我们想的太远了!不管来自国王或国会,我们一概不会允许;他们都不公平,哪儿出现不公平,我们就在哪儿反抗。……

一切官职、称号,无论来自帝国、王国、国会或别的什么,都得服从于大众的安全,都以这个为根据,都只是为这个而制定,因为没有这个就没有人类社会,没有群居和生存,因此必须保持安全,这是人类最大的好事。东西可毁,人可死,但必须在地球上保存人类,人人有保存之权,除敌人外,任何人的这个权利不能剥夺。这是上帝在自然界立下的规矩,适用于一切官吏、政府,一切法律、行政、管理,而与此相反的官吏与政府都是反上帝、反自然、信魔鬼的,都是叛逆,人们可以用一切方式、一切办法去憎恨,谴责,抵抗。

这本小册子用了一个挖苦的标题,明明是人民的告示,却说成《在威思敏斯特聚会的腐败的英格兰下议院向代表一般自由人民的机构的呼吁》(1647)。作者理查德·峨弗顿又是一个"掘地派"。他除了大喊,还说出了一个大道理,即一切服从大众的安全。散文在这里不仅谴责,还讲政治理论,这就接近我们所谓的中格了。

*　　*　　*

中格的代表者是托马斯·霍布斯。他是一个保皇党,又是一个政治哲学家,写了一本名著,叫《利维坦》(1651)。下面一节出自该书:

> 3. 明显的是,当人们生活在没有一个共同的力量足以震慑他们的时候,他们可称为处于战争状态,而且是一场每人把别人都当作敌人的战争。……
>
> 在人感到除自己力量外别无安全保障、一切靠自己想办法的时候,情况就同人各为敌的战争时候一样。在这种情况下,不可能有工业,因为没有把握出产品;也就没有耕作,没有航行,对海运来的商品没有用处,没有宽敞的建筑,没有工具

足以输送需要大力才能移动的物件,没有关于地球表面的知识,没有时间的计算,没有工艺,没有文艺,没有社交;而最坏的是,只有对于暴死的经常恐惧和实际危险,于是人的生命变得孤寂,穷困,肮脏,野兽不如,而且短促。

这里的主要思想是:国家必须有威力强大足以震慑一切臣民的中央政权,才能秩序井然,百业兴盛。文章写得清楚,逻辑性强,句子安排得井然有序。但霍布斯的笔锋也常带情感,例如引文最后一句就露出了这位政治哲学家对人生的悲剧感,五个形容词一个比一个厉害,最后则归结到"短促"——短促的生,永恒的死。

世纪中叶的回顾与展望

1660 年左右,西塞罗与色尼加之争已经过去,英国散文呈现这样一种局面,即说理性、辩论性的散文与随意性、抒情性的散文两类并存,各有佳作,而很多文章则融合两者之长,同时不论何类,都受到科学家的实用风格的冲击。

形成这一局面,是变的结果。我们永远得记住,这是一个剧烈变化的时代。从十六世纪到十七世纪前半,整整一百多年,散文诸家竞起,两种风格之争,小册子之战,文胜于质还是质重于文的辩论,都反映了英国文艺复兴时期经济、政治、宗教上的重大动荡,举凡原始积累、海外扩张、王位继承、清教主义的兴起、大革命的逼近与爆发,科学上的突破与发展……都影响了散文,也都有求于散文,因此在散文家的文句后面有着意识形态的风云变幻,连巴洛克式的华丽怪诞也代表着一种思想情态。

这些变化给了英国散文以莫大的好处。散文能从书斋走到自然界,走到激烈争论的街头或者炮火纷飞的战场,总是能磨炼得更加坚强而灵活的。这一百多年的大运动量给了英国散文以蓬勃的生气和无穷的活力,英语也变得更加壮健而又敏锐,才有可能在以后的时间里担当起新的任务。人皆称道英国十八世纪散文,然而如果没有十七世纪的锻炼和实验,就不会有以后的局面。

这是一个关键时期。到了十七世纪中叶,革命和内战解决了一批政治、宗教的矛盾,资产阶级和地主贵族联合专政了,大局平稳下来,英国散文也在继续变化。

怎样变化?

简单地说,不同类型的散文各奔前程,但又有一个主导方向,那就是平易,于平易中见思想,见艺术。

这平易是一种文明的品质。英国散文在扔掉过去的芜杂,粗鲁,怪僻,土气,岛国的狭隘性等等,正同英国语言在改掉不规则和不雅洁而走向规范化。这两者是同时并进,互为补益的。

这平易蕴藏着许多深刻影响后世的重大发展。说理文从霍布斯发展到洛克,而洛克抚育了美国独立宣言的起草者。随意性抒情性散文发展为英国式的小品文。特莱顿融合说理和抒情而写出了《论戏剧诗》那样的英国式文论。笛福则继续平等派、掘地派的小册子传统,运用捕捉具体细节和说故事的本领,创建了近代现实主义小说。混合了这一切,面对广大的新的读者群,又出现了越来越繁荣的期刊文学。……

十七世纪的散文为这些变化准备了条件。等这些变化逐一实现的时候,英国散文也从文艺复兴的黄昏进入了启蒙主义的黎明。

第五章　十七世纪诗歌

诗歌在十七世纪依然繁荣,并在题材和写法上有了新的发展。

首先有多恩和他的追随者,即所谓"玄学诗派"。多恩本人(1573—1631)经历了生活放荡和皈依国教两个阶段,写的诗也是关于爱情和宗教两个主题,写法奇特,即总像在同人辩论哲学问题,诗句口语化,特别引人注意的是他用的新奇的比喻和形象,往往取自天文、地理、科学发现、海外航行之类。现以《别离辞:节哀》一诗为例:

> 正如德高人逝世很安然,
> 　　对灵魂轻轻地说一声走,
> 悲恸的朋友们聚在旁边,
> 　　有的说断气了,有的说没有。

> 让我们化了,一声也不作,
> 　　泪浪也不翻,叹风也不兴;
> 那是亵渎我们的欢乐——
> 　　要是对俗人讲我们的爱情。

> 地动会带来灾害和惊恐,

人们估计它干什么,要怎样,
　可是那些天体的震动,
　　虽然大得多,什么也不伤。

世俗的男女彼此的相好
　　(他们的灵魂是官能)就最忌
别离,因为那就会取消
　　组成爱恋的那一套东西。

我们被爱情提炼得纯净,
　　自己都不知道存什么念头
互相在心灵上得到了保证,
　　再不愁碰不到眼睛、嘴和手。

两个灵魂打成了一片,
　　虽说我得走,却并不变成
破裂,而只是向外伸延,
　　像金子打到薄薄的一层。

就还算两个吧,两个却这样
　　和一副两脚规情况相同;
你的灵魂是定脚,并不像
　　移动,另一脚一移,它也动。

虽然它一直是坐在中心,

可是另一个去天涯海角，

　它就侧了身，倾听八垠；

那一个一回家，它马上挺腰。

你对我就会这样子，我一生

　像另外那一脚，得侧身打转；

你坚定，我的圆圈才会准，

　我才会终结在开始的地点。

（卞之琳译文）

诗里提到风浪，大地和天体的震动，官能，心灵，提炼，手工打金，而最后三段里又提出一个新奇的比喻，即拿一个圆规的两脚来比一对夫妻，表示虽离别也仍彼此相联，夫动妻也跟着动，因此不必因离别而悲。

　　由于多恩用这样的写法，十七世纪后半的特莱顿说他"喜弄玄学"，十八世纪的约翰逊说他"把杂七杂八的想法用蛮力硬凑在一起"，而二十世纪的艾略特则赞他"将思想与感觉化成一体……一朵玫瑰在他不是一个概念而是一种感觉"。褒贬不一，但都说明多恩是一个很有特色的诗人。他好辩，热情，写情诗固然谈肉体的饥渴，写宗教诗也像在用炽热的情感去向上帝求爱，同时对海外新发现的天地充满了好奇心，在技巧上则反对旧的优美情调和音乐性，而用讽刺性的现实笔触和口语韵律——这一切使他的诗新颖，复杂，耐读。

　　多恩造成了一时影响。有不少人追随他的诗风，其中有教士，如赫伯特、克拉肖、佛恩等；也有政治人物，如马伏尔。

安德鲁·马伏尔(1621—1678)做过密尔顿的助手,王政复辟后当了国会议员,写诗不多,但有两首至今传诵。

一首是《致他的娇羞的女友》:

> 我们如果有足够的时间,
> 你这娇羞,小姐,就算不得罪愆。
> 我们可以坐下来,考虑向哪方
> 去散步,消磨这漫长的恋爱时光。
> 你可以在印度的恒河岸边
> 寻找红宝石,我可以在亨柏之畔
> 望潮哀叹。我可以在洪水
> 来到之前十年,爱上了你,
> 你也可以拒绝,如果你高兴,
> 直到犹太人皈依基督正宗。
> 我的植物般的爱情可以发展,
> 发展得比那些帝国还寥廓,还缓慢。
> 我要用一百个年头来赞美
> 你的眼睛,凝视你的蛾眉;
> 用二百年来膜拜你的酥胸,
> 其余部分要用三万个春冬。
> 每一部分至少要一个时代,
> 最后的时代才把你的心展开。
> 只有这样的气派,小姐,才配你,
> 我的爱的代价也不应比这还低。
> 但是在我背后我总听到

时间的战车插翅飞奔,逼近了;
而在那前方,在我们面前,却展现
一片永恒沙漠,寥廓,无限。
在那里,再也找不到你的美,
在你的汉白玉的寝宫里再也不会
回荡着我的歌声;蛆虫们将要
染指于你长期保存的贞操,
你那古怪的荣誉将化作尘埃,
而我的情欲也将变成一堆灰。
坟墓固然是很隐蔽的去处,也很好,
但是我看谁也没在那儿拥抱。

　　因此啊,趁那青春的光彩还留驻
在你的玉肤,像那清晨的露珠,
趁你的灵魂从你全身的毛孔
还肯于喷吐热情,像烈火的汹涌,
让我们趁此可能的时机戏耍吧,
像一对食肉的猛禽一样嬉狎,
与其受时间慢吞吞地咀嚼而枯凋,
不如把我们的时间立刻吞掉。
让我们把我们全身的气力,把所有
我们的甜蜜的爱情揉成一球,
通过粗暴的厮打让我们的欢乐
从生活的两扇铁门中间扯过。
这样,我们虽不能使我们的太阳
停止不动,却能让它奔忙。

　　　　　　　　　　　　（杨周翰译文）

81

粗粗一看,这首诗的主旨只是劝告女友要及时行乐,接受"我"所表白的爱情。实际上,它并不如此简单。一上来,它有一种奇怪的夸大:为了表示可以长时谈爱,把圣经里的洪水、辽远的印度、历史上的大帝国等等都拉了进来,对女友的赞美也是愿意"用一百个年头来……凝视你的蛾眉,用二百年来膜拜你的酥胸"。这里有着时间观念的玩弄,掺杂有对于女性肉体的倾慕。其次,它有玄学式的机智,新颖而又俏皮,如说"坟墓固然是很隐蔽的去处,也很好,/但是我看谁也没在那儿拥抱"。第三,它有明显的变化,可以说是包含了一个三段论法。第一段整个是假设:"如果我们有足够的时间"。第二段内容突变,说的是"时不我待",而展望前途,只见"一片永恒沙漠,寥廓,无限",这就从男女间的游戏转到了永恒的死寂。第三段提出一个解决办法:要立刻相爱,而且要全力以赴地、猛烈地相爱,相应地出现了强烈、凶猛的形象:"喷吐热情","烈火的汹涌","食肉的猛禽","立刻吞掉","用全身的气力,把所有/我们的甜蜜的爱情揉成一球",韵律也带上迫不及待的急促声音,于是最后的"粗暴的厮打"和"扯过生活的铁门"不仅可见,而且可闻了。这样,诗就有了几个层次,而在从一层进到另一层的过程里实现了戏剧性的运动。总之,这是一首多方面、多层次,既有思想,又有文采,具有强烈吸引力的抒情诗,把玄学派诗的许多优点都体现出来了。

马伏尔的另一名作是《花园》。它的玄学成分更浓,因此更有深度,同时又仍然写得十分动人。它属于"牧歌"一类,写的是理想世界。诗人感到在人世追逐荣名不如隐居花园,后来凭想象进入了一个无忧的"花园境界"。中间经过若干层次,一层比一层更纯净,更自在,直到超脱风尘,但立刻又感到:

> 然而想要独自一个在此徜徉，
>
> 那是超出凡人的命分，是妄想。

（杨周翰译文，下同）

于是最后仍然回到中层境界，安于"用碧草与鲜花"来计算时间的人世普通花园。

这只是一种粗浅的说明，原诗有许多词句学者们解释不同，其中第六段的最后两行更是耐人寻味：

> 把一切创造出来的，都化为虚妄，
>
> 变成绿荫中的一个绿色思想。

这两行究是何意？译文中的"化"，在原文中是 annihilating（消灭），一个非常强调的字，而末行"绿"（green）字重复两次，也显然是为了强调。强调什么？人们提出的解释中，有两个似乎可取：1. 强调要把全部物质世界化为非物质的；2. 强调绿色思想的优越，相比之下物质世界毫无意义。至于绿色思想的特质，则诗人在前面（第三段）早有交代，即绿色远比庸俗的粉白脂红（代表性爱）"可爱"，它代表和平，安静，新鲜，而情人们的欲火则是"残忍"的，残忍到不惜用野蛮手段（在树上刻爱人之名）来毁灭绿色的"花园境界"。

可见这首诗是流动的，思潮起伏，自问自答，最后归结到用花草来计算"甜美健康的时辰"，既有美丽的前景可见，但又并不自我陶醉，而有清醒的思考在作全诗的坚实核心。以哲理入诗而诗不仅不减本色，反而更加动人——这就是玄学派诗的难能可贵之处。

*　　*　　*

明白晓畅的骑士派

当时另有一些诗人写法不同。他们师法的不是多恩,而是班·琼森。他们不追求新奇的形象,而像琼森那样着力于文雅、有节制,作品形式完整,音调也优美。这些人大都是朝臣、骑士,在内战中为国王效力,所以后世称他们为"骑士派诗人"。

有几首骑士派的诗篇至今传诵,例如赫立克(1591—1674)的一首:

致妙龄少女:莫误青春

趁早吧,快采那玫瑰花苞,
　　时间老人永在飞翔,
同一朵花儿今天还在微笑,
　　明天就要枯萎死亡。
这旭日,空中华灯一盏,
　　总是在冉冉升高,
万里行程很快就要走完,
　　日近西沉黄昏到。
人生最美好的是妙龄韶华,
　　这时青春热血在燃烧;
虚度了,往后就是每况愈下,
　　青春美景再也难寻找。

因此,别害臊,享用你的妙龄时光吧,

趁早和你的意中人结婚;

因为一旦失去了最美妙的时光,

你或许永远要感到悔恨。

(何功杰译文)

这首诗中心意思同马伏尔的《致他的娇羞的女友》差不多,都是要求女友及时行乐,早点结婚,但写法大为不同:明白,晓畅,音调优美,而无后者的奇喻,联想和深度。这差别也就是骑士派诗和玄学派诗的差别。很难说哪种一定更好:读多了骑士派会觉得玄学派深刻。而读多了玄学派又会觉得骑士派流畅。各有各的好处,而两者并存才使得英国十七世纪诗歌更加丰富多彩。

文艺复兴的最后光华:密尔顿

这个时期的真正大手笔,则另有人在。他就是密尔顿。

约翰·密尔顿(1608—1674)集学者、诗人、革命家于一身。剑桥大学毕业后,他在家乡潜心读书,把能找到的希腊、拉丁的哲学、文学的古典名著都读了,诗歌创作也卓露才华。接着出游欧洲大陆,遍访名师,然而一旦英国内战爆发的消息传来,他就中止旅行,赶回英国,因为他感到——用他自己的话说——"在我的祖国公民们在国内为自由而战时,我还在为娱乐而旅行就太卑鄙了"。不久他担任了革命政权的拉丁秘书,暂时放下了诗笔,而致力于写政论文章同欧洲大陆上的保王派文人进行笔战,为英国人民处死国王查理一世的革命行动进行辩护,工作过分紧张,卒致双目失明。1660 年王政复辟,他不仅身受迫害,而且亲历民主政体崩溃的痛苦经验,一腔孤愤,泄之于诗,写出了史诗《失乐园》(1667)、《复乐园》(1671)和希腊式诗体悲剧《力士参孙》(1671),三者都是杰作。

在他的身上,不仅有清教主义的严峻,还有人文主义的文雅,二者结合,使他的诗既雄迈,又俊美。

密尔顿的最著名作品是《失乐园》。这首史诗讲的是人类始祖亚当和夏娃如何因受撒旦(魔鬼)的诱惑吃了智慧树上的禁果而被上帝逐出伊甸园的故事。这样的宗教题材在一个平庸的作家手里可以写得很枯燥;密尔顿则不仅将它写得波澜壮阔,生动引人,而且实现了深刻的思想和卓越的诗艺的高度结合,使得又一部英国杰作闪耀在欧洲文坛之上,更加提高了英国诗歌在世界文学里的地位。

这部作品历来在中国读者不多,论者更少。这里客观原因之一是:密尔顿所用的文字艰深,充满了神名、人名、地名、典故,句子结构是拉丁文式的,修辞手法是希腊罗马的古典式的。但是如果能够有点耐心好好看下去,就会发现《失乐园》的丰富,深刻和俊美。它有若干层次,各种情调,在史诗这一总体裁之中包含了几类明显不同的小体裁,在叙事体中有回忆、自白、感叹、呼吁等等极富于个人色彩的抒情体。例如在第三章之首,诗人正在歌颂上帝之光,忽然插进了这样一段:

> 一年又过,
> 季节转回了,却再也转不回
> 我的白天,甜蜜的黄昏和清晨也不再来;
> 再不见绿叶和夏天的玫瑰,

> 不见牛羊，不见圣洁的人脸，
> 只有云雾，只有永在的黑暗
> 笼罩着我，将我从人世的欢乐
> 隔绝；代替了最好的知识大书的
> 是遮天盖地的一片白茫茫，
> 抹掉了大自然的一切景物，
> 把接收智慧的一个大门完全关闭。

一个爱好生活、爱好知识的诗人忽然什么都看不见了，这是发自灵魂深处的痛苦呼声！还有比这更动人的个人抒情么？而这里的文字又是何等纯朴，真切！这样的各体并存不仅使《失乐园》在艺术上更丰富，而且在情感上、思想上也更深厚。

现在让我们来看看史诗的主体。

欧洲的文学史诗有一套章法。一上来诗人总要祈求神助。密尔顿也一样，但是立意更高：

> 唱吧，天上的缪斯，唱人的初次违令，
> 唱他如何尝了禁树上致命之果，
> 从而把死亡带到人世，后来的一次灾难，
> 失去了伊甸园，直到有更高尚的人出现，
> 我们才恢复了幸福的旧居。
> ……我求你照亮
> 我心中的暗处，把卑下的上升，
> 使我能够登达这个伟大主题的高度，
> 这样来申明永恒的天意，
> 阐释上帝对人之道。

（第 1 章：献词）

而诗人立即揭开的，也果真是一个悲壮的场面：两大天使集团的一场决战刚结束，败军的主将撒旦已被打入地狱，猛然醒来，在对眼前局势做着痛苦的重新估量：

> 胆敢同万能上帝较量的他，
>
> 经不住千钧一击，从天空直落万丈，
>
> 遍体鳞伤，火焰包身，
>
> 跌入无底的深渊，
>
> 身披铁硬的枷锁，天火烧着全身，
>
> 就这样困在地狱。
>
> 日月星辰运转九次，
>
> 凡人已九度年轮，他和他的
>
> 可憎的部下倒在地上，在火沟里
>
> 辗转呻吟，虽不死也惶惑
>
> 不知所措。这却激起他更大仇恨：
>
> 失去的欢乐，当前的痛苦，
>
> 都叫他内心如焚。于是他
>
> 举目四望，刚看过一场浩劫，无尽伤心，
>
> 现在却充满不屈的自豪和持久的敌忾。

(第 1 章 44—58 行)

估量的结果，就是立下了复仇的誓言：

> 打败了又有什么？
>
> 并不是一切都完了！不屈的意志，
>
> 复仇的决心，永恒的仇恨，
>
> 决不低头认输的骨气，

都没被压倒,此外还有什么?

他发火也好,用武也好,却永难从我身上

夺得胜利的光荣。前不久我这里

壮臂高举,震撼了他的帝座,

难道现在我却要低声下气,

屈膝求饶,把他的权力奉为神圣,

那才是卑鄙,才是比打败仗更丢人的

耻辱;既然天神的力量

和神仙的体质命定不灭,

又经过这场大变的教训,

武器依旧,见识却大为增加,

胜利的希望更大了,

只要我们下定决心,用武力或计谋

同大敌进行永不调和的战争,

尽管他现在得意洋洋,

一人称霸,把持了天堂的权柄。

(第 1 章 105—124 行)

　　这一节诗真是写得慷慨激昂,充满了反抗权威、血战到底的决心。后世的人们经常引它,除了赞美诗艺,还用以证明密尔顿这位革命者在写此诗的时候,是在针对王政复辟以后的政治局势,发泄他永不妥协的情绪。毫无疑问,这个因素是有的,作品确是寄托了作家本人的悲愤心情。然而这首诗里的英雄,却并不是作这番雄迈之言的撒旦。撒旦在诗里是有发展的,即从一个叱咤风云的大帅发展成为一条暗施诡计的毒蛇。就在这段引诗里,诗人对此也有点透露——"用武力或计谋"——而后来的情况是：完全用了计谋，这就使本来显得高大的撒旦形象大为缩小了。这诗里的英雄也不是上帝。上帝当然拥有无上威权，但是他凡事都靠天使代行，自己却高远而不可亲。他几乎没有面目，他的形象是模糊的。也许上帝就应如此；但正因如此，我们读者也就不会将他看成可信的英雄。

那么，真正的英雄何在？也许可以说，在人类始祖身上。要将亚当和夏娃写活并不容易，但密尔顿笔下的两位最初的人却充满了人性：庄严而不板重，谦卑而无奴气，谨慎而又进取，虔诚而又敏感，而两人之间则是互相敬重，互相体贴。特别是夏娃，密尔顿把她写得分外温柔。我们看她如何向亚当诉说她的心情：

> 同你谈着话，我全忘了时间。
> 时辰和时辰的改变，一样叫我喜欢。
> 早晨的空气好甜，刚升的晨光好甜，
> 最初的鸟歌多好听！太阳带来愉快，
> 当它刚在这可爱的大地上洒下金光，
> 照亮了草、树、果子、花朵，
> 只见一片露水晶莹！潇潇细雨过后，
> 丰饶的大地喷着芳香；甜蜜的黄昏
> 带着喜悦来临，接着安静的夜晚
> 降下，这里鸟在低唱，那里月光似水，
> 天上闪着宝石，全是伴月的星星。
> 但是早晨的空气也好，鸟的欢歌
> 也好，可爱的大地上刚升的太阳

也好,带露的草、果、花朵也好,

雨后大地的芳香也好,温柔的黄昏

也好,安静的夜晚和低唱的鸟,

游行的月亮和闪亮的星光也好,

没有你,什么也不甜蜜。

(第4章 639—656行)

这里不断重复的词是"甜"和"甜蜜"——很难想象有比夏娃更甜蜜的妻子了! 但是这番话却不是我们通常所谓的"甜言蜜语"。密尔顿用了卓越的古典主义艺术,一方面把"甜蜜"二字放在最强调的位置(请看最后七行的结构:"……也好,……也好……也好……也好……也好……也好……也好,没有你,什么也不甜蜜"),另一方面又使景物描写普遍化、典型化(只说树、果子、花朵,而不说什么树、什么果、什么花),一切写得大方,合度,得体,符合伊甸园的环境(是天上乐园而不是人间某一小公园),符合夏娃的身份:甜蜜,多情,一心向着丈夫,然而庄重。

而等到大错已成,即将被押送出天上乐园,夏娃又显得方寸不乱,对亚当说了另一番不仅温柔而且有预见性的话:

只管带我走吧,

我不会拖延的;与你同行,

等于同住此地;无你而住此地,

则如万般无奈中孤身飘零;你对我是

天底下一切事物,一切地方,

怪只怪我任性犯了罪,你才被赶出此地。

但我也将从此地带了确实的安慰离开:

> 虽然一切由我而失,我却有幸,
>
> 无行而承天恩,能凭
>
> 未来的子孙将一切恢复。

(第 12 章 614—623 行)

于是亚当也振作起来,既痛苦,又见到了希望。史诗就是在这种两人在苦难中互相支持的意义深远的情景中结束的:

> 他们流下了泪,但不久擦干了:
>
> 全世界躺在他们面前,任凭他们去挑选
>
> 住的地方,有上苍在前引导。
>
> 两人手挽着手,缓步漫行,
>
> 孤零零地穿过了伊甸园。

也许我们可以说:正是这一被放逐的处境促使人的社会的出现。从严峻的宗教教义来说,失去伊甸园是无可比拟的灾难;从人文主义来说,这又是一个新世界的开始。密尔顿用他的卓越的古典主义艺术写出了人的痛苦经历和从痛苦中见到的希望,为英国文艺时期放出了最后的灿烂光华。

第六章　王政复辟时期和十八世纪文学：小说的崛起

新古典主义与本土传统；班扬的意义

1660 年,革命政权崩溃,查理士二世中止了他在法国的流亡,回到英国,登上了王座。这就是所谓"王政复辟"。但它并不代表绝对王权的恢复,实际上大权掌握在地主和商人手里。他们厌弃激进的清教徒政权,但也不喜欢绝对君主制。当查理士二世去世,继位的詹姆士二世想在政治上搞专制、宗教上定天主教为一尊,他就又被国会赶走,于是而有 1688 年的"光荣革命"。这次革命才真正解决了政治、宗教上的一些尖锐矛盾,大局开始安定下来,工商业的发展加快,资产阶级更加强大,主要由他们控制的国会变成了政治上的真正权威。

文坛上也出现了新局面。一开始,法国式的新古典主义成为风尚,出现了一些新体裁,如用双韵体写的社会讽刺诗和两类新戏剧,即"英雄诗剧"和"风尚喜剧"。这当中,"风尚喜剧"颇有一些成功之作,其中如康格里夫的《世风》和韦丘里的《乡下老婆》,是至今还常上演,叫座不衰的。文学评论也增强了理论性,呈现出法国文论家如布华洛的直接影响。

然而本土传统并未死灭,虽然一度被赶到地下,不久就又抬头。维护这个传统的作家大多来自下层人民,在政治上是民主派,在宗教上是不服国教者,尽管遭受歧视、迫害,却因宣泄了城乡贫民的感情而势不可侮。班扬(1628—1688)是这类作家的代表者。他本是小炉匠,当过议会军,后来才义务传道,官方认为他不合法而把他监禁多年。他的《天路历程》(1678)用寓言的形式叙述了虔诚教徒在一个充满罪恶的世界里的经历,例如他们在"名利场"里的遭遇:

> ……这是一个出卖各种名利的市场,全年开放,出售各种货物,例如房、土地、行业、地位、荣誉、官职、称号、领土、王国,满足各种淫欲、欢乐、趣味,提供诸如妓女、老鸨、妻子、丈夫、儿童、主人、仆人之类,也贩卖生命、血、身体、灵魂、金、银、珍珠、宝石等等。

> 而且此处终年可见变戏法的、骗子、搞游戏的、演戏的、傻瓜、模仿者、坏蛋、流氓,各色各类。

> 这里还不用花钱就可看到偷窃、杀人、通奸、作伪证等等,全涂上了血红的颜色。

而等教徒们来到场里,除了他们的衣服、语言引起当地人的嘲笑之外,还面临这样一个场面:

> 有一人看见这几个教徒的举止,就挖苦地问他们:"你们买什么?"他们庄重地看着他,答道:"我们买真理。"这话一说,引起人们对他们更大的鄙视,有的嘲笑,有的谩骂,有的责备,有的叫人来打他们。最后人声嘈杂,市场沸腾,乱了起来。事

情传到市场主管那里，他走了过来，差他的几个最亲信的朋友把这几个闹翻市场的人带去审问。审问者问他们来自何地，前往何地，为什么穿那样奇怪的装束，想在市场里干什么？他们答道：他们是过路的教徒，世界上的陌生人，前往他们自己国土，即天国耶路撒冷；他们没有招惹当地居民，更不必说卖货商人，不知为什么要这样骂他们，不让他们继续走路。他们只做了一件事情，就是当有人问他们想买什么的时候，他们说想买真理。但是审问者认为这几个人都是疯子、狂人，或是故意来捣乱市场的家伙。于是把他们抓住，打了一顿，满身涂泥，关在铁笼里，放在市场里示众。

通过以上的引文，我们可以略见《天路历程》这本群众喜爱的名著的一些特点：在精神上崇扬追求真理的虔诚信徒，而谴责压迫者、欺骗者、享乐者；在语言上用纯朴的民间口语，但又有浓厚的《圣经》风格；在技巧上采取寓言形式，然而叙事写物十分真实，实际上是一种新的文学样式的先驱，即写实小说。

值得中国读者注意的，是英国不服国教者在思想上和文学上的重要地位。他们以工匠和小市民为主体，继清教主义的余烈，酝酿着"饥饿请愿"、"毯子进军"等等的未来斗争，其思想感情构成英国民族性格中的一个历时长远、影响深刻的成分。从文学上说，十八世纪写实小说的兴起是一件大事，而它的创始人，一个是这里所谈的班扬，一个是即将出现的笛福，都是不服国教者。

德莱顿的诗和文

王政复辟时期的文坛领袖则是约翰·德莱顿(1631—1700)。他有多方面的才能,在"英雄诗剧"、政治讽刺诗、散文、文论、翻译等方面都有贡献。就在今天,人们仍然爱读他的表示"音乐的力量"的《亚历山大之宴》和针对当时朝廷斗争中党派首领的政治讽刺诗。这后者可举一小例:

> 思想僵化,错误不断,
>
> 什么都干,什么都干不长,
>
> 仅仅一次月亮重圆,
>
> 他就把官、学、伎、丑演遍。

> (《亚布萨伦与阿琦图菲尔》)

政治讽刺诗不易写好,即使一时耸动听闻,也常因事过境迁而为人遗忘。但是德莱顿此诗却至今仍有人爱读,这是因为他在这里写出了普遍性格,而写法则简洁、俏皮、挖苦。在诗律方面,他也作了创新,即不用曾经流行一时的无韵白体诗而用了双韵体,而且用得这样精妙,奠定了它成为十八世纪英国主要诗体的地位。

德莱顿想在文坛上建立的,是新古典主义。他的英雄诗剧、政治讽刺诗、文论都是力图体现新古典主义的精神的。但是就在他的身上,英国人的常理也仍在起着作用。因此我们看到在他的著名文论《论戏剧诗》里,有些话固然颂扬了代表新古典主义的法国诗剧,有些话却又赞美莎士比亚和班·琼森,但又赞美得很有分寸。

对于莎士比亚,他通过文中一个人物之口,发表了这样的看法:

> 他在所有近代——也许还有古代——的诗人当中,有最宽广最灵敏的才智,他的心灵洞悉宇宙万象,他能轻巧地,而不是费力地,描绘它们。每当他写一物,你不仅能眼见,而且能感到。有人嫌他缺乏学问,实际上这是给了他更大的赞美,因为他是天生就有学问的,不需拿书本当眼镜去读自然,只需内观己心,自然就在那里。我不能说他处处都好;要是那样,最伟大的作家也不足与他相比了。他常平淡乏味,有时机智成了诨谑,有时严肃变为浮夸。但是只要时机不凡,则他也能身手不凡,从无题材合适而他不能写得大大超过其他诗人的情况。

这是很好的实践批评。在这里,德莱顿不是以一个理论家、而是以一个同行作家的身份在说话,而且说的是真实的感受。这正是英国式文论的精神。以后约翰逊博士等人,也是能做到不因自己的理论倾向而埋没所评作品的优点,也是重具体分析,不怕谈切身感受。他们的文章也常富于文采,使人爱读。德莱顿的这篇文论用了会话体,穿插有风景描写,整个气氛是亲切的,语言也平易,口语化,体现了这个时期的新散文的风格。

报刊文学的兴起

这种新散文酝酿已久,十七世纪上半叶就已露头角。现在经过德莱顿的示范,就在文人学者之间也立定了脚跟。进入十八世纪,它又循两路发展:一是更加口语化,更胜任于描写实物,叙述事件经过,模拟诸色人等的谈吐,于是以班扬、笛福为前导的写实小说终于崛起;另一是于平易中见文雅,词句更加规范化,更像客厅和咖啡店里的谈话,这就为另一种新的文学形式——报刊文学——提供了所需要的散文。

这两种新的文学形式的出现是头等大事。它们标志着近代文学的兴起,意义深远,到今天还在深刻地影响着我们。

先说报刊文学。近代报刊的出现说明一种新的传播工具已经进入社会生活。用语言或文字传播新闻当然是古已有之,但要等到十八世纪之初,才有定期出版、专人编辑、面向一般读者的刊物。这些刊物不仅传播时事和社会新闻,而且发表议论。这后者是一个新因素,由于有这个因素,刊物就不只是宫廷公报或街头传单的重演,而变成现代的舆论工具,能够对社会施加强大影响。当时英国已经出现的托利与辉格两大政党之争,促成了又利用了报刊的发展,而广大中产阶级读者群的存在又使得报刊能有市场,于是从世纪之初,各种名目的报刊相继出现,而当时文坛上的头面人物又无不与这家或那家报刊发生关系,或主笔政,或撰文稿:艾狄生、斯梯尔、笛福、斯威夫特、费尔丁、约翰逊、哥尔德斯密等都是。

这当中,主持《旁观者》报(1711—1712)的艾狄生在确定报刊文学的作用、格调和写法上起了特殊作用。《旁观者》报并无多少新闻,主要是议论。议论的范围广泛,除时事外,还涉及社会风尚、个人修养、科学发明、文艺鉴赏等等,其目的在于提高社会的文明程度。刊物本身的格调是高的,在写法上也下功夫,用艾狄生自己的话说,就是要"使教育有趣,消遣有用","用才智活跃道德,用道德陶冶才智"。他还有一句名言,说明自己办刊物的用意:

有人说苏格拉底把哲学从天上拉到了地上的人中间，我的野心是希望有人说我把哲学引出书房和学校，让它进了俱乐部和会议厅，停留在午茶桌上和咖啡店里。

（《旁观者》报，1711 年 3 月 12 日）

这句话本身就说得自然，亲切，但又典雅，其语言正是当时伦敦上层人士在咖啡店和客厅里用以交谈的语言。后来约翰逊博士称艾狄生的风格为"亲切而不鄙俚，典雅而不炫耀，值得讲究英文风格之士日夜读之"。艾狄生的风格既反映了社会交谈，又促使这种交谈变得更加高尚文雅。

《旁观者》报出版不久，就造成巨大影响，销路达三千份。按照艾狄生自己的估计，一份约有二十人看，因此读者总数达到每期六万人。这在十八世纪初年是一个惊人的数字，可见新起的中产阶级读者群已是如何巨大，同时也说明《旁观者》报受到了多大的欢迎。

就是时至今日，艾狄生所创导的报刊编法和文风也在英语国家的某些老资格的刊物中依稀可见。虽然经历了作者、读者、思想潮流、社会趣味、印刷技术、广告影响等等的巨大变化，伦敦、爱丁堡、都柏林、纽约、波士顿等等地方仍然在出版着一些周刊、月刊，它们愿意匀出篇幅，发表几篇个人观感式的随笔小品，刊载若干书评、剧评、乐评、艺评、影评，关心所谓"生活质量"的提高，仍然注意文风，力求文章写得自然、亲切，而又有文采。这些情况说明报刊文学中有一个独特的英国传统，至今还有生命力。

笛福的现代性

报刊文学中最活跃的人物却不是艾狄生,而是笛福。

旦尼尔·笛福(1660—1731)是十八世纪英国文学中最使我们神往的人物。他活动频繁,做过小商人、编辑、记者、政治评论家、旅行家,为政府干过秘密差使,又被政府下过狱,最后又成为英国第一个名符其实的现实主义小说家。他曾长期从事报刊工作,除了写报道文章之外,还曾主编一个名为《评论》的期刊,一共编了十年(1704—1713)。他深通世情,足智多谋,能转不利为有利,例如有一次他因文祸被判上枷示众,这本是容易遭到街头围观群众吐唾沫、掷石子之类的折磨的事,但他在狱中赶写了一首《枷颂》,诗的大意是政治腐败,真正的坏人做了大官,而好人则因说了真话而上枷,其中有句云:

> 谁能凭刑罚而定人有罪?
>
> 党徒主国政,法律紧跟随;
>
> 司法学了乖,见利而低头;
>
> 昔日封功勋,今天为死囚!

这首诗他请人事先印发,等他上枷立在街头,群众不仅不折磨他,反把他当作反暴政的英雄而加以保护。

他写了长短各类文章共五百多篇,不少至今还颇值一读。这些文章的特点是:

1. 在思想上他是一部分不服从国教的商人、市民的代言人。

他们富于民主精神,同时讲求实际,注意工商业的发展,笛福以身为他们中的一员为荣,多次写文歌颂中产阶级商人的伟大,高呼"自由和财产!"的口号。

2. 观察敏锐,注意细节,能把所见所闻准确、生动地记录下来。同时有丰富的想象力,能根据传闻和前人记载构想某些未曾亲历的事件,如在《大疫年日记》(1722)中所写的1664—1665年的伦敦瘟疫,就曾使不少读者信以为真。

3. 会说故事,能够绘影绘声,娓娓动听。

4. 文字平易,句子短,口语化,速度快。特别善于模拟小市民、店员、家庭妇女、工匠、仆人、路途上的旅客等等的口吻、腔调,许多段落宛如二十世纪小说。

总起来说,笛福同我们的距离是惊人地近:无论在思想、感情、价值标准、文章风格等方面,他都表现出惊人的现代性。

以上的这些特点,也就使笛福胜任于另一个重大的文学任务,即在英国的文学地图上牢牢树立起现实主义小说的地位。当他在生命的晚年来写长篇故事的时候,他也是做得同样出色,结果写出了《鲁宾孙漂流记》、《摩尔·弗兰德斯》、《罗克善娜》等一系列不朽作品。

鲁宾孙的世界意义

这当中《鲁宾孙漂流记》(1719)就是至今吸引全世界读者的小说。书的主要情节是有事实根据的:1704—1709年间,一个名叫赛尔扣克的英国水手,曾长期孤居于一个远洋荒岛。这样的事有一时的新闻价值,但不易写好,因为荒岛生活一开始也许显得新鲜,时间长了就容易因为缺少变化而变得单调沉闷。

笛福的本领却在于:他把这个故事不仅写得极为生动有趣,而且赋予它以对几乎所有的人——一般读者、普通市民——严肃的思想家如卢梭,文学家如柯尔律治,甚至创立新学说的政治经济学家如马克思——都有启发的重大社会意义。

这意义的中心点——也就是本书最有趣又最使人深思的一点——就是人如何处理好同大自然的关系,使自己不仅能维持生命,而且日子越过越好。靠了敏锐的头脑和能干的双手,靠了劳动,鲁宾孙做到了这一点。

船只的沉没和同伴的死亡意味着过去所熟悉、所依赖的世界终结了,荒岛上的栖息意味着一切得从头开始。鲁宾孙所面对的是人生的最基本最实际的难题,即衣、食、住、行。在这个异常艰苦的新环境里,懒汉、懦夫、宿命论者只配消灭,而能靠双手劳动的坚强的人则能重建自己的家园。

我们看鲁宾孙在初期的沮丧之后如何投入维持生命的斗争。他趁落潮选择了最近的距离游到沉船上,查看了船里还剩下什么未给海水浸湿的东西,然后用船上的木料做了一个筏子,装上了急需的面包、大米、奶酪、酒、衣服、火枪和弹药等等,分成几次运到岛上,每次都十分艰苦,好几次木筏险些儿翻了,然而靠了意志、镇静和能力,每次都渡过难关,连人带东西安全抵岸。

另一次游泳,另一只更好的筏子,另一个更大的收获……一共十二次,连木匠的工具、钉子和磨刀石都运到了岸上。

生活重新开始了,并且逐步在改善。首先是吃饱肚子,其次挖好洞穴,使它能挡风雨、防袭击;同时动手做桌子凳子,让自己舒服起来，甚至在几次试验失败之后，终于用陶土烧出了能煮肉汤的沙锅！这后者引起了鲁宾孙这样的感慨：

> 没有任何人能由于这样一件普通东西感到比我更大的快乐了！我终于做成了一个能耐火的锅！没等它冷下来，我就又把这锅放在火上，倒了一点水在里面，放上一块小羊肉煮着。这锅极为好使，一会儿就煮出了绝好的肉汤，只不过缺了麦片和其他作料，否则味道可以更美！

这里有一个自己能动手改善生活的人的骄傲，安慰；任何别人处于同样境地会有同样心情，但是只有笛福能写得这样实际、具体、细节分明，而最后关于作料的一笔不仅增加了真实感，还道出笛福是如何地富于人生经验，又如何地日子好了还想更好。

这也就透露出了笛福的社会地位：商人。在这海外贸易越来越频繁、英国的工商业越来越发达的历史时刻，只有商人才不怕艰险困苦，远涉重洋，取得远处的资源，并在所到之处开辟市场；只有商人才能如此勤奋，足智多谋，在最不利的环境里站稳脚跟。

不仅站稳，而且趁机扩充。鲁宾孙后来搭救了一个另一个岛上的黑人，把他训练成服侍自己的奴隶。荒岛上的情况开始复杂起来，有了人际关系，有了社会，一个小小的殖民地出现了。

鲁宾孙并不把"礼拜五"（这是他给予这个黑人的名字，他掌握着对后者人身的各种权利，包括命名）当作平等的同伴，而是使唤他，训练他，使他成为有用的劳力——正同当时以及后世的商人、资本家们在世界各处扩充殖民帝国，对"土著"一律慑之以武力，驯之以"西方文明"。

　　鲁宾孙并不是一个深刻人物。他的精神生活似乎限于表层，并不触及真正的灵魂。他敬上帝，但这是一个不服从国教的商人的上帝，照管他个人的良心，并且会帮他致富。自强不息是他真正的信条；当他已把岛上的洞穴建成一个"英国人的堡垒"的家，每天下午喝起英国人的茶的时候，他是颇感自满的。他的真正的愉快是清点他的财产：书中多处写到他点数藏在箱子里的钱币，即使在无人的岛上，他也一边感叹金钱毫无用处，一边仍然数得起劲，而且毫不马虎，一先令一便士都要数个清楚。

　　能把这一切如实写下，使我们读得有趣，这便是笛福的艺术的力量所在。这部小说的结构是松散的，最后奇峰突起，增加了鲁宾孙回国途中在欧洲大陆的荒野中遇见狼群的惊险情节，也与中心故事无关。这也说明近代小说脱胎于中世纪口述故事，仍不免有只将若干情节串联起来，可以随意临时增删的毛病。但是此书以主人公的遇险和被救为始终，毕竟有了一个中心，而笛福的拿手本领，如会说故事，能够生动地描绘细节，文字又清楚、流畅、口语化，则都得到了充分的施展。

　　近代英国小说找到了笛福这样一个商人而不是文人作为创始者，而笛福又以《鲁宾孙飘流记》这样一部实实在在，却又大有新意的作品吸引了世界各地广大读者，这也许不是历史的偶然，其结果则是：一种描绘近代社会中某类关键人物的文学形式破门而出，显示了它的生气和魅力。这是一个饶有意义的开始，于是一系列新事物接踵而至。

摩尔：现实主义的力量

如果说鲁宾孙有广泛的世界意义，那么笛福另一部小说的女主角摩尔的遭遇更能使我们看清十八世纪初年的英国社会。

《摩尔·弗兰德斯》（1722）的故事同样吸引人，但是背景更为深厚，书里有一整个伦敦下层社会，带着它的诸色人等的憧憧黑影，它的街道、市场、商店、家宅，它的叫卖声和在笛福笔下永远充满生气的人物对话。

这里同样有细节的真实。除了笛福，谁能写出摩尔在靠行窃谋生的时候所用的各种方法，使得书的这一部分可以称为《偷窃大全》呢？

然而书的意义却在于它写出了一个穷苦女人在那样的英国社会里必然要遭到的命运。摩尔的母亲就是在刚生下她之后，因偷窃罪而被遣送到美洲弗琴尼亚去的。摩尔自己几经挣扎，也免不了同样因偷窃罪而被遣送到弗琴尼亚。摩尔善良，真诚，对生活充满了幻想，但很小就做了女仆，受到少爷们的诱惑而失身，然后被踢出大门，于是浪迹江湖，碰上或好或坏的男人，最后沦为小偷。在当时的英国社会，有千千万万的贫穷弱女子有同样凄惨的身世。

笛福是不怕端出这故事的教训的。书中一个人物做了他的代言人：

"你这话怎么说的，"姐姐说。"这妞儿缺少一样，就等于什么都缺了！因为眼前市场对我们女人不利。如果一个年轻女人有美貌、家世、教养、才智、见地、风度和妇德,每样都好到极点,可是就缺钱,那她就算不上一个人物,不如什么也没有。现在只有钱才能推荐一个女人,男人会搞这套玩意儿,占尽一切便宜。"

然而这小说却不只是流水账似的叙述加上说教,而有着强烈的吸引力。首先,由于笛福会说故事,使我们读着读着,不由自主地卷入书中主要人物的命运。其次,他的细节描写不是一般的真实,而是真实之中还有深度。我们看摩尔怎样第二次行窃:

> 我走过奥台斯门街的时候,看见一个漂亮的小女孩从舞蹈学校出来,独自一人回家。我心里的魔鬼挑起了我的坏心,叫我对这天真的孩子下手。我就同她说话,她喁喁地回答我,我握住她的手,牵着她走进一条石子铺的小巷,从那里又进到巴索罗缪围地。孩子说那不是回她家的路,我说是的,亲爱的,我会把你带到家的。孩子戴着一条金项链,我早已看中了,在小巷黑暗的地方我弯下身来,装着是替她系好松了的木鞋,随手把项链摘了下来,孩子一点儿也没觉察。我牵着她再往前走。这时我心里的恶鬼要我在黑巷里把孩子掐死了,那里不怕她叫喊——可是这一念头太可怕了,叫我腿都发软了,我让孩子转过身来,说是路走错了,她该走原路回去,孩子也说她自己会走了。于是我穿过巴索罗缪围地,从另一个通道进入朗巷,再走到渣特霍斯广场,进入圣约翰街,接着越过司密斯园,直下乞克巷,进入菲尔德巷,到达荷尔本桥,在那里混入人群,再也不怕给人认出了。就这样,我对大世界作了第二次的进击。

这里面有许多意想不到的笔触，摩尔弯身为女孩系鞋就是其一，使得情节更加生动，而居然想要在黑巷杀死女孩，又使故事增加了可怕的阴影，摩尔的起念、转念也使读者更加了解她的为人。就连最后一连串的街名也是有其作用的：表明行踪的迂回曲折，表明经历困难不少，最后又表明这一切确确实实发生在伦敦的闹市地区，任何久居伦敦的人一看就感到亲切的。

这一切，说明笛福的现实主义非同小可，它是有深度，也有艺术的。

理性和理性的颠倒：斯威夫特的天才

这时期另一个伟大的散文家是斯威夫特。

江纳善·斯威夫特（1667—1745）首先以《格利佛游记》（1726）见称。这是一部奇书。它的出版比笛福的《鲁宾孙漂流记》只晚七年，也是讲海外航行的故事，也是讲得十分生动；与笛福不同的是斯威夫特想得更加奇幻，而奇幻中又包含了理性主义的精神。

书的主人公是一个名叫格利佛的随船医生。他四次海行，去了四个奇怪地方，书的四卷就分别讲他在每个地方的遭遇。

第一个去的是小人国。那里的人身高仅六英寸，仅欧洲人的十分之一，一切器物、建筑也按比例缩小，因此当一场大火烧到王后娘娘寝宫的时候，格利佛一次小便就浇灭了它。然而侏儒们却保有欧洲人的一切劣根性：贪婪，残忍，对内党派倾轧，对外侵略好战。格利佛利用他的身长和体力，帮助小人国打赢了一次对外战争。

第二个去的是大人国。这里比例完全颠倒,居民身高如塔,格利佛变成了小东西,被宫女们玩弄于股掌之上,她们当他的面不怕赤身裸体,而他对那些天仙们比常人放大了几十倍的汗毛肤孔等等也只感恶心。这里的国王问起英国的情况,格利佛据实以告,谈到了国内政治制度、社会风尚种种,国王听了说道:"根据你说的情况,我不得不下这样的结论,即你那国家的大多数人是大自然容许在地球上爬行的最可憎的小虫所形成的丑恶种族"。

第三个去的地方是一个能飞行的岛。这里作者的讽刺对象是哲学家、科学家、历史学家,献各种各样怪策的经济学家。格利佛到了他们的科学院,看见那里的教授们在做各种科学试验,其一是怎样从黄瓜中提取阳光。

第四个去的地方是马的国家。马有理性,干净,高贵,而那个国家另有一种动物,叫"牙胡",具有人形,却十分肮脏、下流、野蛮,把人的劣性发挥到了极致,同主宰这个国家的高尚的马形成鲜明对照。

这部书打动了各类读者。儿童们喜欢头两部的故事,历史学家看出了当时英国朝政的侧影,思想家据以研究作者对文化和科学的态度,左派文论家摘取其中反战反殖民主义的词句,甚至先锋派理论家把它看作黑色幽默的前驱,而广大的普通读者则欣赏其情节的奇幻有趣,其讽刺的广泛深刻。

这部书是游记,神话,寓言,理想国的蓝图,又是试验性小说。它的试验性至少见于下列几个方面:

1. 结构上的变化和对照:小人国继之以大人国,比例突变,妙趣横生。

2．叙事观点的几次变换：通过大人国王来评论欧洲人，通过马来看牙胡。

3．情绪的深化：第一部主要是游戏笔墨，后几部越来越加重政治性、讽刺性，到第四部对于人性来了一个无情剖析，显示其极其丑恶。

4．幻想力的运用到了空前程度。似乎在遵循思辨逻辑，最后却把逻辑颠倒过来；洋溢着十八世纪理性主义的思想，但又掩不住非理性的偏见。

5．这一切都包藏在文雅的语言之下。用娓娓动听的文雅语言写极丑极坏的事，是斯威夫特的一大特点。他像笛福一样会写实事，但在散文艺术上又高一筹。

这最后一点又提醒我们：斯威夫特是一个高明的风格家，是英国散文史上的关键人物。

正是他，提出了有关散文风格的一句名言："把恰当的词放上恰当的位置，这就是风格的真正定义。"

不是讲究词藻，不是摆弄修辞术，不是掉书袋，而是要做到用词"恰当"，而更重要的，是把这些词放上恰当的位置。一句简单明白的话，却充满了理性主义的精神。

其实，这是斯威夫特自己的经验之谈。他就是善于把恰当的词放上恰当的位置，以取得预期的效果。例如他在一篇题为《零碎题目随想》的文章里，有这样一些妙句：

　　我们身上的宗教，足够使彼此相恨，而不够使彼此相爱。

　　怨言是上天得自我们的最大贡物，也是我们祷告中最真诚的部分。

　　人人都想长生,但无人愿意年老。

　　维纳斯,美丽而和善,是主爱的女神;朱诺,可怕的长舌妇,是主婚姻的女神。这两位始终是不共戴天的仇敌。

　　既然神道与人道的结合是我教的重要信条,奇怪的是:有些牧师写文章只有神道,而没有一点人道。

这些句子每一束都是自成起落的小段,都经得起咀嚼,都有富于讽刺意味的对比,而关键词总是出现于全段之末,也就是最受注意的位置。这主要是为了强调,但也常是为了使人惊讶,而无论是强调或惊人,又都是为了促使读者深思。由于斯威夫特又总写得干净利落,我们不仅思想上受到触动,美感上也得到满足。所谓散文艺术,在这等地方是清楚可见的。

但斯威夫特写文不是为了艺术,而是总有实际目的的。他是一个政治动物,虽然不得已进了教会成了神职人员,却先后为辉格、托利两党服务,写过许多政论文章,而且是若干场大论战的中心人物。他的笔锋的凌厉,讽刺的尖刻,不是从书本上学来,而是在党派斗争里锻炼出来的。

而最后,在生命的晚年,他回到了出生地都柏林,亲眼看到爱尔兰人民在英国殖民者的剥削和压迫下的极度困苦状况,他受到了思想情感上极大的震撼,于是毅然用笔为爱尔兰人民执言,写出了一系列无论在讽刺性或打击性上都空前强烈的政论文章。

这当中有《布商的信》。这是一系列未署名的揭发性小册子的总名，所揭发的事实是：伦敦政府将铸币权卖给英格兰商人伍德，他铸了一批掺杂质的劣币在爱尔兰流通。这是对爱尔兰人民的明目张胆的欺骗和剥削，小册子号召他们起来拒用这些劣币，并指出最后的罪责应由伦敦政府和英国国王本人担当。这样的文章当然被殖民统治者看作洪水猛兽。他们悬重赏捉拿这个未署名的作者。但是虽然有人知道斯威夫特是执笔者，却没有一个人去告发他。他已经变成了爱尔兰民族灵魂的代言人，得到了广大爱尔兰人民的深挚的爱戴和保护。

后期著作中还有一篇题为《一个小小的建议》的长文。它采取了当时流行的"献策书"的形式，貌似政治经济学界的著作，数据充实，说法有条有理，用了策士们似乎非常严密的逻辑提出一个对贫民最为残酷的建议，而这一切却只为了深刻地揭露英格兰殖民者和爱尔兰的地主们。

文章是这样开头的：

> 路过这个伟大城市，或在乡下旅行的人，常见一种凄惨景象，即街上、路边、屋门外有许多女乞丐，拖着三个、四个或更多的小孩子，衣不蔽体，向行人苦苦讨吃。这些做母亲的本该好好干活谋生，现在却被逼着整天在街上游荡，求人救济她们的可怜的孩子。这些孩子长大了也找不到工作，不是变成小偷，就是离开祖国去西班牙替觊觎王位者打仗，或去巴巴多斯岛卖身投靠。
>
> 各方人士想必都会同意，在我国目前可悲的状况之下，如许大量儿童，不论手抱、背负，或随其父母走路，总是构成了一

个额外的困难问题,因此若有人能提出一个公正、不费钱,而又简单易行的办法,能使这些儿童变成国家的健全、有用的成员,则此人必被公众尊为民族的保卫者,值得为他塑像。

这两段,一段端出爱尔兰经济困难的真相,城乡贫民的生活到了何等凄惨程度;另一段陈述献策的动机,表示完全为公,但最后一句已掩不住讽刺的锋芒了。

所献的策即建议本身是这样表述的:

> 我在伦敦认识一个见识很广的美国人,他向我保证说:一个奶水充足的健康儿童养到一岁的时候是最鲜美、最滋养、最健康的食物,不论炖、烤、焙、煮都好,也可以用做油煎肉丁或蔬菜肉汤。

> 现谨建议如下,祈请公众垂鉴。上面所统计的十二万名儿童,两万名可留下传种,其中四分之一可为男性,此数已比牛羊猪豕之类留种为多,且上述儿童大多非正式婚姻产物,粗鄙之流亦不重视此点,因此一男可配四女。其余十万名可在一岁时卖给全国有钱、有地位的人,事前切嘱母亲们在最后一月喂足儿童的奶水,让他们长得胖嫩,以便用于宴席。如是友朋小集,一儿可作两菜;家庭自用,则其上下半身都可各作一道好菜,若能调以少量胡椒和盐,则存放四天后煮吃仍佳,冬季尤然。

> 我曾算过,一个初生儿平均重十二磅,一年后如养育得当可增至二十八磅。

> 我承认这种食物相当昂贵,因此也就特别适合地主们享用。地主们既已吞下了他们的父母,显然也最有资格吃这些儿童。

这真是天下少有的可怕文章。由于说得实际、具体，又用了斯威夫特向有的文雅笔调，娓娓动听，曾经使得有些人以为这是郑重其事的真正的献策书。

其实细心的读者可以在不少地方发现作者故意泄露了他的真实用意。上面已经提过第二段之末所说值得把献策者尊为民族英雄为之塑像一点含有讽刺，现在我们又清楚地看到了上面最后一段是完全针对爱尔兰的地主们而发：既已吞其父母，又何不食其子女？

下面接着这样一段：

> 至于我本人，在多年劳而无功地提出许多空洞不切实际的意见之后，以为再无成功之望了，幸而想到了这个建议，不但完全是新的，而且有切实的内容，花钱不多，费事不大，靠我们自力就能实行，因此不会有得罪英格兰的危险。因为这些商品不能拿来出口，它的肉质太嫩，不宜长期盐腌——虽然我也可以说出一个国家的名字，它是不用加盐也乐于把我们整个民族吃掉的。

这里把造成爱尔兰一切苦难的罪责最后归在英格兰头上，更是毫无遮掩，无需我们再来多说了。

这一种虚虚实实、真真假假的写法一直贯穿到长文之末，最后回到献策者自己，似乎是在作个人表白，实际上是对当时充塞英国朝野的"政治算学家"即献策者们抽了最后一鞭：

> 我恳切声明：我提议此事，确因必要，绝无半点个人企图，动机只是为了国家的公益，为了增加我国的贸易，安置儿童，救济贫民，同时也给有钱人一点乐趣。我本人并无子女能从

中取得分文,盖最幼之儿已经九岁,老妻也早过生育之年了。

*　　*　　*

对于这位伟大作家,二十世纪的爱尔兰诗人叶芝写了这样的墓志铭:

> 斯威夫特驶进了他的安息港,
>
> 在那里再没有激烈的义愤
>
> 撕裂他的胸膛。
>
> 迷醉于世界的旅行人,
>
> 模仿他吧,如果你敢,
>
> 他为人的自由使出了力量。

盖棺定论:对于斯威夫特的一生,没有比这几行诗更恰当的小结了。

叙事艺术的重要发展

写实性小说在十八世纪初的出现,标志着英国现代文学的开始。笛福对此做出了重大的贡献。在笛福之后,又有一批作家继续努力,使这个文学新形式不仅保持锐气,而且向深广发展。

这当中有散缪尔·理查森(1689—1761)。他本是书商,由于一个偶然的机会,他做了一个尝试,即用一系列书信讲一个连续的故事,从而树立了英国的"书信体小说"。这种用第一人称写的小说有明显的限制性,如只能写"我"所参与的事,局面太狭小,然而也有好处,即能细致地写当事人的思想情感,特别是紧要关头的心理变化，因此而出现了自我心理分析的新因素，深化了小说艺术，读者则更感亲切。

理查森的第一本书信小说题为《潘米拉》又名《德行有好报》（1740），写的是一位名叫潘米拉的青年女仆怎样不断遭到少主人的诱惑、威逼而始终没有失身，最后少主人被她的坚贞不拔感动了，正式向她求婚，她才答应了而成为明媒正娶的太太。此书的副题《德行有好报》向读者点明：女人保持了贞操是会得到丰厚的物质报酬的；换言之，贞操是一种待价而沽的商品。

这种市侩哲学引起了另一位作家的嘲笑。他是贵族家庭出身的亨利·费尔丁（1707—1754）。他写过讽刺性剧本，因得罪政府而改入法律界，也编过期刊。现在看到《潘米拉》，就仿其情节而写了《显米拉》（1741），把那位漂亮的女仆写成一个很会替自己打算的淫荡女人。不以此为足，他又进而写了《约瑟夫·安特鲁斯》（1742）。在这里，他把《潘米拉》的情节颠倒过来，说是潘米拉有一个弟弟，名叫约瑟夫，也是一个仆人，在男主人死后受到女主人的不断诱惑，而始终不为所动，因为他早已爱上了一位叫作范尼的青年女仆，因此而为女主人逐出，在大路上遭到了抢劫，被剥去衣服，又遭一阵毒打，呻吟于道旁沟中。不久来了一辆驿车。听说沟中有受伤的人，马车夫和多数乘客不愿停车救他，只在一位律师指出他们如果不管，法律上会有谋杀罪的嫌疑之后，才不得不让这个可怜人搭车。可是这人却说自己赤身裸体，车上又有女客，不肯上车。写到这里，费尔丁来了这样一段文字：

虽然车上有几件大衣，但很难解决约瑟夫提出的难题。那两位绅士抱怨天冷，说是脱不下任何衣服。那个爱说俏皮话的人笑着说了一句:仁爱先施于己。车夫虽然身下垫了两件大衣,却一件也不肯拿出,因为怕沾上血迹。那位太太的仆人也用同样的理由拒绝了,虽然太太本人极端憎恶裸体,却认为仆人这样做是对的。但是可怜的约瑟夫却坚持非有遮盖不可,这样他很可能就要死于伤、冻了,要不是车夫的助手(这孩子后来因偷鸡罪被判流放)自愿脱下了他的大衣(也是他仅有的一件外衣),口中骂了一声,说:"他宁愿一生只穿衬衣乘车,也决不让一个同他一样的人处于那种凄惨景况。"这一骂引得旅客纷纷对他训斥。

这就早已跳出仿作的范围,而是一个新起的小说家在施展他的才能了:他的观察敏锐,讽刺有力,善用对照手法,而背后还有他的社会信念——真正的同情心只见于下层人民。

因此这一次仿作事件倒是推进了英国小说的发展,而且受惠者不止费尔丁。理查森也在费尔丁的刺激之下力图改进。他没有放弃"书信体"这一体裁,而是把它提到了更高的境界:原来信都由一个人写,后来变成几个人写;同一件事同一个场面,却通过几双不同的眼睛来看,各有不同反应和判断,这样就不仅使得叙述更丰满,而且较早地解决了小说艺术家一直关心的通过什么角度来叙述的问题——理查森竟是亨利·詹姆斯的前驱!

在这种情况下,他写出了《克莱丽莎》(1747—1748)一书。这是一部真正的杰作,讲一位少女怎样由于反抗家庭逼婚而落入一个貌似同情实则阴险的花花公子之手,终于被他用药物麻醉而失身的故事,描写心理细致入微,毛病是篇幅奇长,但是当时英国读小说的人像是手上有无限时间,犹如我们今天看电视连续剧一样,一卷一卷看下去,直到第八卷最后出现一个具有巨大震撼力的希腊悲剧式的结局。女主角克莱丽莎对爱情有崇高理想,绝不迁就半分,然而家庭却要拿她作为经济上的筹码,而社会上则处处是邪恶和欺诈,她一个弱女子在憧憧鬼影的包围里终于不支,然而至死也保持了灵魂上的尊严。一位有独立人格的新女性在这里出现了,现代小说——以别于只有宫廷贵妇的中古罗曼司或充斥市井泼妇的中古民间故事——毫不含糊地占据文坛了。

理查森的作品不仅受到英国读者的欢迎,在欧洲大陆也造成了重大影响。在法国,启蒙主义大师狄德罗把他比作荷马。另一位启蒙主义大师卢梭则在他的启发之下写出了小说《新哀洛伊斯》,《新哀洛伊斯》又影响了德国歌德的《少年维特之烦恼》,而歌德此书又影响了世界上所有钟情的少年和怀春的少女。理查森未必有意为之,但他不知不觉中打开了一个闸门,汹涌而至的是欧洲的感伤主义浪潮,后面跟着更大的浪漫主义洪流。

同时,费尔丁也从《约瑟夫·安特鲁斯》更进一步,写出了他的杰作《汤姆·琼斯》(1749)。汤姆·琼斯本是弃儿,为善心的乡绅峨华西收养,长大后与邻居乡绅韦斯顿的女儿苏菲亚相爱,受到峨华西的侄子勃莱菲尔的陷害,被逐出乡绅之家,上了通向伦敦的大路,苏菲亚也违反父命,离家上路紧追汤姆。这种写大路跋涉和路上各种奇遇的小说在欧洲有一个长远的传统,其中一类盛行于西班牙和法国的以骗子为主角的"流浪汉小说"对费尔丁有直接影响。然而汤姆并非那样的"流浪汉",他是一个善良青年,充满了好心和正义感,忠于对苏菲亚的爱情,但又耳软心热,经不起异性诱惑,因此也做过荒唐事。同样,苏菲亚虽然自己纯洁如雪,却对人性持有一种现实的、宽厚的态度,没有让汤姆的某些错误阻碍她对他的爱情。换句话说,此书洋溢着宽厚、乐观的人道主义精神,对于人物性格的刻画更加真实,而全书情节安排巧妙,又博得十九世纪英国诗人兼文论家柯尔律治的赞誉,他称它为世界上三部情节最完美的作品之一。

合起来看,这两书一部写少女受难,是悲剧,其心理描写空前地深刻细致,是集中的艺术;另一部写青年相爱而成眷属,是喜剧,其所写英国城乡人物和大路旅行景象丰富,画面广阔,是开放的艺术。而在这一集中、一开放之间,英国小说不仅传播了感伤主义、人道主义的新思想,还进行了变换观察角度、如实刻画性格和更匀称地构筑全书等项重大艺术试验,向前跨进了一大步。

这一时期及略后还活跃着别的一些小说家,如斯莫力特、斯登、哥尔斯密斯,后来还有一群以渲染中世纪恐怖气氛闻名的所谓"哥特式小说"的作者。

我们在这里只能对劳伦斯·斯登(1713—1768)略述几语。他是一个教士,除宣道文之外,只写了一部小说和一本游记。小说是《屈里斯坦·先迪》(1759—1767),写主人公出生前后的事情,情节松散,时空颠倒,在印刷字体、标点、空页的使用上也别出心裁,似乎在嘲弄小说这个新的文学形式,同时又在对它进行各种写法的试验,例如运用了"意识流"技巧。有几个人物(如当过军官的托比大叔)写得生动,不少场面非常有趣,对于人生中许多事情能表达出其荒诞的一面,不仅运用幽默、讽刺,而且引进了性的暗示,例如写主人公的父母在卧房谈得投机,正要做爱之际,忽然母亲突发一问:"喂,你上了客厅大钟的发条没有?"斯登的游记《动情的旅行》(1768)也是一部奇书。它以突兀的会话开始,又以突兀的未完句结束,行程不过从加莱到里昂一段距离,然而对于旅途所见的法国人,作者却一反过去英国游历者的挑剔态度,充满了同情和谅解精神,对漂亮的法国女人——不论贵妇或女店员——更是钟情。作者高呼"亲爱的性灵!"(Dear Sensibility!)书题中的"动情"实是"性灵"的意思,而这也从一个侧面表明,到了十八世纪七十年代英国和欧洲的文坛已经处在一种新的情感气候之中,以人道主义为基调的启蒙思想已在弥漫了。

戏 剧 一 瞥

最后,让我们看看这个世纪的戏剧情况。

大的事件有:

1. 世纪初,风尚喜剧继续流行。

2. 有大量的改编活动,继续改编包括莎士比亚在内的十六、十七世纪的老剧,以适合新时期的趣味。

3. 约翰·盖依(1685—1732)写了别开生面的《乞丐的歌剧》(1728)。它原是对当时意大利歌剧的嘲弄性仿作,但因它讽刺辛辣,其中许多人物影射权臣贵妇,揭露他们是赤裸裸的男盗女娼,加上英国本土的歌曲十分动听,变成了十八世纪最受欢迎的剧目之一,二十世纪英国安诺德·贝耐特和德国勃莱希特都改编过,后者也颇成功。

4. 世纪后半出现了两位有特殊成就的剧作家,即奥立弗·哥尔斯密斯(1730?—1774)和理查德·谢立丹(1756—1816)。前者的《委曲求全》(1773)和后者的《造谣学校》(1777)是至今叫座的社会喜剧。

5．演出频繁,戏班子众多,演员如盖列克成为名流。

6．戏剧创作从旁推进了小说的发展。不少小说家原是想靠写剧出名的,由于 1737 年国会通过了法令控制剧本上演,费尔丁等人改而写起小说来,把原来用在舞台上的技巧——特别是喜剧手法——带进了小说。萧伯纳说:"费尔丁从莫里哀和阿里斯托芬的职业里被赶了出来,改操塞万提斯的行当,从此英国小说成为文学中的荣耀,而英国戏剧则为人不齿。"这话有一定道理,只是抹杀了十八世纪八十年代哥尔斯密斯和谢立丹的贡献。

第七章　十八世纪后半散文

英国散文经过十七世纪的多方面锻炼,又经十八世纪初年艾狄生、斯威夫特等人开辟新的文风,到 1750 年左右确立了平易与优雅为其主要格调。两者合起来就是一种文明格调。

文明化的进程

这文明来之不易,是整个社会日渐文明化的一种表现。政治、经济、宗教、哲学上仍然争论迭出,但是人们学会了坐下来讲理,用理性的精神来对待不同意见。写文章不再追求"强烈的句式"和奇思怪喻,要炫耀的是机智和干净利落的妙对,而炫耀的场合也不再是街头或群众集会,而是客厅和咖啡店,可以从容而谈,用不着高声大喊,因此英国十八世纪的典型散文是低调的,娓娓动听的,即使思想上剑拔弩张,也掩盖在合理、委婉的文字之下。出现了新的读者群——来自中产阶级,受过教育,经济上的繁荣使他们在政治上也更加自信,日渐扩展的贸易使他们注意市场和远处的信息——于是期刊与期刊文学日益兴盛,而众多的中产阶级女读者又有教育水平和闲暇能够阅读法文言情小说,并成为理查森式的冗长说部的热心崇拜者,哪怕他"花了八大卷篇幅单写一颗少女的心如何受到袭击"。

这文明是一种全欧洲的品质。以法国而论,十八世纪同样是一个伟大的散文时期,前承巴斯卡尔、笛卡尔等哲学大家的余烈,后继狄德罗、伏尔泰、卢梭等启蒙主义思想家的辉煌成就,中间有一大批历史、科学、寓言、日记、书信、格言的佳作,足以傲视任何其他国家。然而英国散文又自有特色。旁观者先生和他的朋友们聚头处不是沙龙,而是咖啡店和俱乐部,他们无须取悦女主人,谈吐也更切近人生世务。同时,他们当中有人似乎更清楚地意识到在文明社会的华丽遮掩之下有一个可怕的野兽人。法国似乎没有产生过一个像斯威夫特那样的作家。同样也没有产生过一个约翰逊博士,一个熟读希腊拉丁名著的古典主义者,却没有让古典学问压倒他的英国佬本性和常理。

文学商品化:独立作家的出现和文论的社会作用

而约翰逊等人的文学生涯还标帜着另一件文明化的大事,即独立作家的出现。以前,写文章的人或本人是贵族、大臣,或是贵族、大臣的清客,或另有收入,似乎没有人单靠写作谋生。到了十八世纪初年,期刊的兴起和印书业的繁盛需要各种稿件,于是在伦敦的格勒勃街聚居着一群穷文人,以写作为业,随书商命题撰文编书。他们的收入仍是微薄的,生活也极清苦,但是卖文为活毕竟有了途径。名诗人蒲柏居然能靠翻译荷马的收入,在乡下建了庄宅庭园。约翰逊则本是格勒勃街中人,后来得到了政府的养老金,更增独立精神,以致能在写给恰斯特菲尔勋爵的信上自豪地说:"我从未有过恩主。……也不愿意公众认为我曾得任何恩主之助,因为靠了上帝之福,助我者唯我本人。"

其实约翰逊虽然可以傲视公侯,却不得不出入出版商的门下,而出版商又不得不仰读者的鼻息。然而读者趣味各异而又容易受到社会风尚和精英人士爱恶的影响,于是文论的重要性也就比以前任何时期都要突出。众多的期刊使文论有地方发表,发表了也容易传播。大量新出版物——不仅是诗文集子和小说剧本,还包括荷马史诗的英译、莎士比亚全集的新版以及大小各种字典——涌入市场,关于它们的争论也急剧增多,这当中纠缠着文人之间的恩怨与党派的倾轧,但更主要的原因却是经济的,无论赞贬都着眼于促进和影响书的销路。同时,各方面都希望能有一定的批评准则,使人们能够分别作品优劣,造成或纠正读书趣味。这样,文论家也就取得了独特的重要地位,特别是几个领袖人物的评论文章甚至一言半语都有重大影响。略早一点的特莱顿,世纪初的艾狄生、蒲柏、斯威夫特,世纪后半的约翰逊都是这样的左右文坛的人物。

而这些人也没有辜负时代的希望。他们虽然情况各异,但在三点上是相同的,即:

1. 遵奉一种开明的、英国化了的新古典主义;

2. 着力于实际批评,即针对具体作品发言;

3. 全写得一手好散文,因为他们本人就是卓越的作家。

这几点形成了英国文论的独特传统,从十七世纪直到二十世纪;就在高度理论化、哲理化的"新文论"流行的今天,这个传统在英语国家也仍然在持续下去。

散文样式的繁多

除了期刊文章和文论之外，这一时期还有许多其他种类的散文。

首先，随意体裁，如日记（较早的比卜斯、伊夫林，后来的鲍斯威尔），书信（斯威夫特，蒙塔古夫人，恰斯特菲尔勋爵，格雷，古柏，霍雷斯·华而波尔），游记（斯登，杨格）。

这类体裁的文章，写得亲切，反映出写的人的性格与爱恶，同时也记录下一些实况。蒙塔古夫人的信有许多是写她在外国旅行所见，所以又兼有游记之长。但不少的写信者是愿意所写能在朋友间传阅或甚至公开出版的，并非一挥而就的真正书信。也许斯威夫特写给斯泰拉的信是例外，这位大作家对于他的爱人真是无所不谈，但有时他故作小儿女语，又不是通常的散文。

也有借用书信形式来写的期刊连载文章，如哥尔斯密斯的《中国人信札》，后来集为《世界公民》于1762年出版。作者通过一个假想的中国哲学家的眼睛来观察与评论英国社会，文章写得很有风趣，但与中国并无关系——除了一点，即反映当时英国和西欧正流行着对中国文化、东方智慧的好奇。这种借用外国人的观点来评论自己社会的方法，以前已有法国孟德斯鸠的《波斯人信札》（1722）开其端，以后也有仿效者，主要的目的在于讽刺。

其次，各类理论性写作，如哲学、科学、美学、政治学、经济学之类文章，即所谓"知识分子散文"。这类散文比期刊小品之类更值珍视，因为都是为了传达重要的思想而作，不是舞文弄墨。以哲学著作而论,本世纪的两大哲学家,即休谟与巴克莱,都是文章好手,后者尤长会话体。科学名著有吉尔勃特·怀德的《赛尔朋的自然史和古迹》(1788),其中有对于大自然和野生物的细致观察,是达尔文少年时期爱读的书。资本主义经济学的开山老祖亚当·斯密司也是能文之士,他的名著《国家财富的性质与成因》(1776,即严复所译的《原富》)写得明白晓畅,论证的细密标志着政治经济学的成熟,例子的恰当又增加了他的说服力。

第三,自传,传记,历史。

这些品种古已有之,但在十八世纪后期以新的完整形式出现,在艺术性上也大大跃进了一步。主要是三个人的功绩:吉朋,鲍斯威尔,约翰逊。

吉朋的罗马史

爱德华·吉朋(1737—1794)不是一个词章家,他首先是一个文化人,身上欧洲文化的修养超过当时别的著名作家,因为他虽上过牛津大学,却深厌其浅薄闭塞,曾经多年在瑞士洛桑读书,甚至爱上了一位当地姑娘,遭到父亲反对,于是"我作为情人而哀叹,作为儿子则遵命。"这句话出自他的《自传》。也是在这部《自传》里,人们可以读到他是如何起意写他的巨著《罗马帝国衰亡史》的:

> 1764年10月15日,在罗马,我坐在加比陀山的废墟里沉思,听着朱比特神庙里赤足修士们唱起了晚祷曲,这时想写这个城市的衰落和灭亡的念头第一次涌上了我的心头。

这时他27岁。而等到他在1787年即50岁时最后完成了这部大书的时候,他又这样写自己的心情:

> 1787年6月27日晚上,在十一点和十二点之间,我在花园的凉亭里写完了最后一页的最后一行。我放下了笔,在金合欢树荫盖的步道上走了几个来回,从那里可以看见田野,湖水和远山。空气凉爽,一轮银月映照在水面,大自然寂静无声。我不想掩盖我当时首先感到高兴,由于恢复了自由,也许还建立了文名。但很快我的得意被压下去了,心里充满了一种冷静的忧郁,由于想到我已永远地告别了一位多年的良友,想到不论这历史会存在多久,写史人的生命则必然是短促而不安的。

以上都是名文,然而只不过是旁白,正文还是《罗马帝国衰亡史》(1776—1788)本身。这才是他的杰作,也是英国和欧洲史学界、文学界至今赞颂的不朽巨制。

它的优点何在?

首先,规模宏大,共六大卷,从纪元后二世纪一直写到十五世纪,包括十三个世纪的大事,如基督教的建立,日耳曼各族的迁徙与定居,西罗马帝国的灭亡,伊斯兰的兴起与征战,十字军的东征,东罗马帝国首都被土耳其人的攻占,等等。这一时期正是世界从古代发展到近代的关键时期。

其次,如此规模,细节繁富可知,然而却安排得井然有序,纳入三大部分之中,每部各有主题,合起来写出了一个帝国由盛而衰而亡的绝大变化。

第三,史料翔实,虽然经历了二百多年,后人有许多新发现,但是吉朋的主要事实经受住了考验,他总的准确性至今无人疑问。

第四,有卓见。吉朋忠于史实,但对史实的解释他自有见地,例如在写基督教兴起的第十五、十六两章里,他对于初期教会的"原始性",教会文件中的"夸大、不雅的虚构说法",传说与"奇迹"的不可信,教士的"贪婪与迷信"等等都有所指出。正因如此,这两章出版后,他遭遇到教会方面的激烈攻击。

第五,有与题材相称的史笔。吉朋的散文风格是有名的,但这是一种奇异的混合:表面上的典雅与骨子里的嘲讽的混合,而两者既是他的题材所需要的,又是他所呼吸的理性主义精神的产物。像当时许多别的作家一样,吉朋讲究句子的平衡与匀称,前一句往往与后一句形成对照,这就使他能够陈述一件事的两个方面,而不是只执一端;同时,这也使他能够在后一句点出前一句的破绽,从而揭露矛盾,或者巧妙地引进嘲讽。试举一例:

> 上帝亲手提出证据,诉诸人的感觉而不是理智,然而异教时期的古人安于旧习,对之毫不注意,我们又怎能原谅他们?……跛者起行,盲人重明,病人霍愈,死者重生,鬼怪逐走,自然法则常因照顾教会而中止施行。然而希腊罗马的圣哲们却不看这些惊人的景象,照常生活与学习,显得毫不感到世界的道德和物质秩序有任何改变。

这是针对基督教会所宣扬的"奇迹"而说的。一上来,作者像是要责备不信"奇迹"的古代世界的圣哲们,然而最后一句却说出了他的真意,即他认为古人的不信是有道理的:"惊人的景象"也许偶然一现,但世界的秩序却依然如故。毕竟这些"证据"只诉诸感觉而非理智,而吉朋和他的朋友们却是宁信理智而无所取于奇迹的,这就是启蒙时期的理性精神。

然而吉朋又不愿全然说穿,因此他靠对比事实与事实而在句子的夹缝中引进了嘲讽。这嘲讽是温和的,有时甚至是模棱两可的,但在吉朋着力使它的时候又非常厉害,以致有些人怪他暗示罗马帝国之亡,基督教的得势是原因之一。为此,他也博得了后世开明之士的歌颂。拜伦曾这样赞他:

> 他精炼武器,笑里藏刀,
> 用肃穆的冷笑笑倒了肃穆的宗教。①

鲍斯威尔的传记艺术

比起吉朋来,鲍斯威尔似乎不是一个英雄人物。然而他却写下了英文中最完美的传记,即《约翰逊传》。他本人的大量日记和私人文件在二十世纪上半叶的发现与出版又使学者们对他本人发生更大兴趣。

詹姆斯·鲍斯威尔(1740—1795)是苏格兰地主,学过法律,当过律师,然而志在文学与政治活动,曾支持科西嘉的独立运动。他的自由派政治信念却没有妨碍他对于政治上保守的约翰逊博士的钦佩,自从1763年结识这位大学者一直到1784年最后一次同他谈话,二十年中一直留心记录博士的言行,终于1791年出版了一部充实、生动的《约翰逊传》,这时博士已死去七年了。

---

① 《恰尔德·哈罗尔德游记》第3章107节。

作为一个传记家,鲍斯威尔的第一特点是勤奋——勤奋地收集一切有关材料,勤奋地记录下他所见所闻的有关约翰逊的一切,特别是他的谈话。加上鲍斯威尔有极好的记忆力,因此他的记录异常完整,包含了约翰逊的音容笑貌,连一个姿势一声喊叫也不放过。

然而他又有驾驭材料、组织细节的非凡本领。看起来他似乎只是信笔写下一切,实则他极为严格地选择了最有用的材料,但又力求把约翰逊写得全面;用他自己的话说,他要做到能使人们通过这部传记更充分地认识约翰逊,"比认识任何活过的人都要全面"。

他善于提问,向约翰逊提出了各种各样的问题,不怕碰钉子;又像一个戏剧导演那样善于安排场面。事实上,许多场面正是他一手安排的,例如保王党人约翰逊与激进自由派政治家杰克·韦尔克斯的一次见面就是鲍斯威尔本人竭力促成并具体安排的,而且由于他当场周旋得法,结果这两个本来互存戒心的不同政见者相处融洽,各自表现了最好的态度和口才。

最后,这部传记用了一种新的写作方式,主要不靠传记作者的叙述而靠传记主人公本人的谈话、书信、笔记等等来表达一切,特别是谈话,整部书是按年月排列的约翰逊谈话记录,而且都是私人之间的真实谈话。作者只提供必要的说明,而让主人公一直谈下去,谈一切题目,人生、文学、人物、事件、哲理、宗教等等无所不谈,表现了博士的学问、趣味,他的善良、诚实和人道主义,他的癖好、偏见和坏脾气,总之,一个鲍斯威尔称为"真实的却不是完美无缺的人"的一切。

这些都是鲍斯威尔有意为之,传记的序章提出了他的写作原则。二十年的辛苦经营使他完全实现了自己的意图。于是我们第一次看到了一个真人的最丰满的写照,通过他又看到了十八世纪后半叶英国文人社会的真实面貌。

这种真实地、多面地写人的艺术是鲍斯威尔第一次用在一部大型传记里的,从此传记文学走入了现代化的阶段,这便是他的重要贡献。

约翰逊的人格与风格

塞缪尔·约翰逊(1709—1784)不仅成为当时新型传记的主人公,他本人也是写传记的能手,只不过这是另一类的传记,即诗人评传,虽也涉及生活轶事,却以品评作品为主。

这些评传原是他应出版商之请为印行若干诗人的集子而写的长序,一人一篇,后来收集在一起,合称《英国诗人传》(1779—1781)。所评的诗人共五十二人,包括密尔顿、特莱顿、考黎、蒲柏、斯威夫特、格雷等人,也有几个约翰逊特别推荐而后世不甚欣赏的次要诗人。

书中的叙述十分精彩,论点则有后人不能接受的,如对于密尔顿的挽友之作《力息达斯》的贬词。然而就全书而论,这是一本经典之作,文学传记与文学批评的结合从未达到如此完美的地步。

传记必须真实,这是约翰逊揭悬的目标,他不仅自己努力以赴,也一再告诫鲍斯威尔在为他自己立传的时候要力求真实。在文学批评上,他有他的原则,即新古典主义,但又不奉它为教条,更着重他自己在阅读中的真实感受。

正因他说实话,加上他有诗人的敏感,常有意想不到的妙喻隽言,所以他这《英国诗人传》至今还有许多人爱读。约翰逊还编过一本大字典,一部莎士比亚全集,写过一个剧本、一本小说和大量期刊文章,还写过诗,各有优点,然而最能打动一般读者之心的完整作品却得推《英国诗人传》。

而对于后世的诗人和文论家来说,这些评传更是充满了可供他们学习和欣赏的东西。甚至约翰逊明显的偏见也值得他们思考。例如他不赞成以多恩为代表的十七世纪玄学派诗人,但他对他们诗歌特点的分析却是后世爱好这路诗的现代主义者也认为是真正抓住了要害的:

> 才气如不论其对听者的影响,可以严格地、科学地看作一种"和谐的不和谐",一种能把不相似的形象加以结合,或在表面上不同的事物之间发现隐秘的相似处的本领。这样的才气是玄学派诗人充分具备的。他们把极不相同的概念强行套在一起,为了找到例证、比拟和隐喻而搜遍大自然和人的制作,其学力给人教益,其巧心令人惊讶,然而读者又总觉得所获教益是付了巨大代价的,而且虽然有时惊叹,却罕见喜爱。

一直到今天,多少文学研究者还在不时重复这句"把极不相同的概念强行套在一起",认为对于玄学派诗人所擅长的"奇思""怪喻",没有比这更好的评论了!值得注意的,是约翰逊下笔时着眼普通读者,不用术语,宁用普通说法,形象地用"套在一起"来画龙点睛,表示是人为的矫揉造作,而不是才气的自然流露。

这里,我们已经看到了约翰逊的散文风格的一个例子了。

这风格有显然的缺点:句子往往太长,用词往往太文、太拉丁化,总是追求对仗,节奏则或肃穆,或堂皇,似乎只宜于写高昂、庄严的题目,适合叙述大事而难以用来抒情或作私下恳谈——然而尽管如此,人们仍然爱读约翰逊的文章,原因又何在?

首先,他运用这类句子极为纯熟,能使原本是生硬的形式出之以自然,使人忘了他是在"做文章"。

其次,他常有奇笔。句式虽是板重的,思想却是新鲜的。例如在谈到莎士比亚喜爱追求双关语时,他写道:

> 双关语对他是要命的克莉奥配特拉,为她他丢掉了整个世界——而且心甘情愿。

将双关语比作有倾城倾国之貌的古埃及女皇已经出人意外,而最后居然还加一句"心甘情愿"就更非一般人所能想象得到,发挥了"圆周句"①的巨大后劲,达到了强调艺术的最高点,同时又是那样地富于人情味。

而最重要的一点是,这风格的最后力量不在文字,而在文字下面的人生经验。约翰逊饱尝过人生的艰辛和痛苦,经过多年的奋斗才过上了好日子,但他绝无自满之心,始终对人的命运采取现实的、无幻想的态度,正如他在《雷息拉斯》这本书里所写:

> 人生到处都是同一情况,即需要忍受者多,能供享受者少。②

正是这种悲剧感使他对人充满同情,对事看得深远,他的风格的最大力量是这种痛苦的人生经验的力量。

---

① 即一类要到句子之末意义才能完全显露、圆周才能合拢的句子。英文称为 the periodic sentence。

② 《雷息拉斯》第 11 章。

一个归纳，一点透视

英国散文发展到约翰逊的对仗句、圆周句，是达到了另一个高峰。

对仗句、圆周句是十八世纪英国思想气候的产物，它们象征一种平衡的心情，一种周到的思想方法，背后是一个文明的社会。它们在形式上也是美的，匀称的，犹如同一时代的小步舞、交响乐、宫殿式建筑。它同诗歌里的双韵体也是一致的。

发展到了极致也就意味着衰落。这种风格在用滥了的时候，特别显得板重、机械，书卷气太重，离口语越来越远。平易不见了，优雅变成了肃穆的说教，传达思想的效率降低了，也容纳不下澎湃的大片感情。

于是等到浪漫主义来临，新思想新感情的狂潮也冲开了这个风格模式。节制与匀称让位于感情泛滥与慷慨放言，句子短了，韵律急促了，然而文章却长了，滔滔不绝了。浪漫派不一定都作野性的呼喊，然而他们的心胸是开放的，想象之翼是驰骋于星空的，也就无所用于这封闭式的风格。同时，还有一些脚踏实地的平民政论家要求新的平易文体，反对对仗句、圆周句的堂皇的贵族架势。当人们在1784年把约翰逊下葬的时候，法国革命已在接近爆炸点，政论家潘恩已经快从刚刚经历了一场革命的北美洲回来，另一个政论家科贝特正在经历从保守的英国佬变成过激的新闻记者的过程，浪漫主义散文家兰姆和兰陀已经9岁，海什力特已经6岁，德昆西快要出生……在这些人的笔下英国散文寻到了新的风格。

第八章　十八世纪诗歌

十八世纪,英国诗歌继续活跃,有众多诗人写出了有特色的诗篇。

这特色可以简单归纳为:在世纪前半,新古典主义得势,诗歌城市化,题材主要是伦敦等大城市里上层社会各方面生活,感伤主义出现,主要的诗体是"英雄双韵体";在世纪后半,诗歌乡村化,题材主要是大自然和大自然中不幸者的纯朴而强烈的感情以及诗人们悲天悯人的感伤情绪,在诗体方面则是古民谣体渐占上风,白体无韵诗也重新抬头。

这只是一个大概的图景。有显著的例外,如乡村化首先见于汤姆生的长诗《季节》,而它是在 1730 年即世纪前半出版的。但总的说来,世纪的两半确是各有上述的特色。

有意思的是:诗歌的进程与散文的进程大体平行。双韵体和对仗句在形式和精神上都是一致的,在起伏的时间上则略有参差,双韵体的解体略早于对仗句的放松。

十八世纪最好的诗有同时期最好的散文的品质:匀称,平衡,理性化,在艺术上加工细腻——以致十九世纪中叶的诗人兼批评家马修·安诺德认为这个世纪只有好的散文而无好的诗歌,特莱顿和蒲柏所作的诗只是"散文的经典之作"。① 二十世纪现代主义

---

① 《诗歌的学习》,《批评论文集·第二集》,伦敦麦克米仑公司,1927,第42页。

诗人兼批评家艾略特则另持一说,认为"十八世纪的诗之所以是诗,部分原因在于它有好的散文的优点"。① 其实两者都有道理,只不过代表了两种不同的诗歌观,而诗歌观又是受时代影响的。

诗歌观还将变动,不过经过这番沉浮,十八世纪英国诗的优点和短处也就更加清楚了。

蒲柏的造诣

蒲柏是这个世纪的大诗人,也是全部英国诗史上艺术造诣最高的一人。

亚历山大·蒲柏(1688—1744)一生多病,没有结婚,由于出生在政治上受排斥的天主教家庭而绝望仕途,又因从小才华太露而遭人忌,受到多方攻击,因此他曾十分感慨地写道:

> 赏我诗者有友而无妻,
>
> 缪斯陪伴了这一生的病体。
>
> (《致阿勃斯诺特医生书》)

然而这样的痛苦处境却只使他比别人更加勤奋,更加追求艺术上的完美,于是作品不断出版,后来因翻译了荷马史诗得到巨额稿酬而能盖屋建园,过起了乡绅似的生活,成为第一个靠自力跳出贫穷线的职业作家。

他的成名作是《论批评》(1711)。在这首七百多行的长诗里,

---

① 约翰·海华德编:《艾略特散文选》,企鹅版,1953,第165页。

23 岁的蒲柏俨然以文学大师自居,纵论了:1. 文学批评的重要与高明的批评家如何养成(1—200 行);2. 批评之十弊及其原因(201—559 行);3. 批评的正确原则与欧洲文学批评史的简要回顾(560—744 行)。

如此架势,如此内容,这诗完全可以写得枯燥,理论化,难于吸引读者的。但是在蒲柏手里,它却成了一首有内容、有文采、音调铿锵而多变、充满了令人喜悦的佳段名句的艺术制品。当然,蒲柏是有所本的,不仅内容是西欧古典主义早已确立的准则,就连写诗来论诗这一方式也早有古罗马的贺雷斯、文艺复兴时期意大利的维达和近代十七世纪法国的布瓦洛等人示过范了,但蒲柏又不甘心于仅仅做一个模仿者、转述者,而力图写得比这些人更巧妙更艺术,而且他又是针对英国诗坛的情况发言,因此这诗仍然显得清新有力。正如他自己在本诗中所提出的:

> 真才气是把自然巧打扮,
>
> 思想虽常有,说法更美满。

这是他为"才气"或"巧智"(英文 wit)所下的有名定义,而表现了这种才气的,首先是蒲柏自己。

上引两行诗的英文原文是:

> True Wit is Nature to advantage dress'd,
>
> What oft was thought, but ne'er so well express'd;

所用诗体即是十八世纪多数英国诗人都用的"英雄双韵体",蒲柏以外,艾狄生、斯威夫特、约翰逊等人也都用它。这一诗体古已有之,乔叟、斯宾塞、马洛等大诗人都用过,但后来白体无韵诗盛行,用者少了，到十七世纪才由华勒、特莱顿等人恢复，经蒲柏的运用而达到最高的艺术境界。它的格律是：每行五个音步，每步两个音节，一轻一重；两行成一组，互相押韵，故称"双韵体"。其好处是整齐优美，其缺点是这种安排——两行一韵，下两行换一韵，这样两行两行下去，容易陷于单调、机械。蒲柏的贡献在于：使它更工整，又使它更多变化，特别是在行中停顿点的变换上下功夫，不仅每行之中必有一顿，而且往往每半行之中也有一顿，顿的位置不一，从而增加了各种音节配合与对照的机会；另一个好处是能将重要的词放在顿前或顿后，取得额外的强调效果。上引两行中，第一行Nature（"自然"）后有一顿，既可喘一口气，又强调了此词；第二行thought（"想到的"）后一顿，而行尾 express'd（"表达出来的"）也一顿，二者在音韵上形成了一郑重、一急促的对照。此外在尾韵的选择上，也有各种变化：一般用单音节重读词，但也有用弱读音节为尾的，即用了所谓"阴韵"，如这两行之尾的 dress'd 与 express'd 就是，读时须口齿伶俐，使人感到巧妙，而这巧妙感又正是意义上"巧打扮""更美满"所要求的效果。这也就是音与义互相增益的一例。

除了运用音韵上的各种技巧之外，蒲柏的另一突出长处是文字上极为干净利落。他善于用词，善于把它们放在恰当的位置，笔下经常出现巧对、名句，许多流传到了后世，至今为人引用，例如：

谁又拿车轮去碾一只蝴蝶？

天使怕涉足处，笨伯争先涌入。

这个涂脂抹粉、又臭又毒的小人！

活着招人笑,死了无人顾!

还有大段大段的讽刺名诗,例如针对艾狄生的一段:①

……

他对人阳里不屑一顾,背里妒羡向往,

自己走捷径起家,却恨别人这种伎俩。

要大骂先小捧,明里点头,暗中白眼,

自己不肯讽刺,却教唆别人出击,

心中不满只暗地示意,吞吐迟疑。

该责怪,或者该赞扬,都不肯开口,

真是个胆小的敌人,多疑的朋友!

……

(吕千飞译文)

这里对仗整齐,一行中两个部分互相矛盾,而每部分之内又有矛盾,写出艾狄生阴阳两面,然又一切正确,叫人抓不到错处。讽刺的力量在此发挥无遗了!

总之,蒲柏对于双韵体,做到了绝对的掌握。然而在双韵体内部,他又是有发展,有扩充的。以发展论,他初期不免有点文绉绉,丽词、锦句常有出现,但是后来则多用最常见的普通词,在句子结构上也越来越近口语,但又力求精练,以致写出了这样的诗行:

关,关上门,好约翰,我累了,

系上扣环,说我病了,死了。

(《致阿勃斯诺特医生书》)

---

① 此诗早在1715年写成,几经修改,最后成为《致阿勃斯诺特医生书》(1735)中的一节。

这也就是我们中文"闭门谢客"的意思,然而写得何等跌宕自如,何等口语化!所谓扩充,是指他用双韵体写了各种类型的诗(文论、故事、田园诗、讽刺史诗、书信、哲学论文),还用它来译了荷马的史诗,在当时都取得了巨大成功。换言之,蒲柏虽然着力于一个诗体,但在这个诗体的范围内,他遍涉各种体裁、风格、题材,诗才是很广的。

特别是他用双韵体来写《人论》(1733—1734)那样的规模巨大的哲学论文,今天想想,也令人惊讶。在内容上,《人论》分为四封长信,从创世主、宇宙一直谈到人性、人类社会、道德和人的快乐,其中心思想则是柏拉图的"伟大的生存之链",宇宙万物在此链中各有位置,人则处于天使与野兽之间。诗人认为人只有安于这个位置,才能快乐。不幸的是,他常因视界窄狭,只见邪恶;其实应该坚信上帝,学着看远看全,就会发现一切都是合理的:

> 整个自然都是艺术,不过你不领悟;
>
> 一切偶然都是规定,只是你没看清;
>
> 一切不协,是你不理解的和谐;
>
> 一切局部的祸,乃是全体的福。
>
> 高傲可鄙,只因它不近情理。
>
> 凡存在的都合理,这就是清楚的道理。

(第一信之末,289—294 行)

蒲柏说的道理后世的人并不重视,实际上他也是掇拾人言,并无多少创见,但是人们倒记住了这些有点辩证意味的卓越诗行,而其结语——"凡存在的都合理"——更是被一再引用,变成了对现存秩序的最简洁的肯定语。

而这也可能正是蒲柏想要达到的效果。统观他的一生,他既是诗艺上不断追求完美,终于登峰造极的艺术家,又是道德上憎恶一切伪善,不断用诗来揭发、讽刺、鞭挞坏人与恶行的有心人。他也常陷入私人意气之争,有些诗篇格调不高,有些则是时间和精力的浪费,然而无人能够否认:正是在这位最讲究诗艺的诗人手里,英国诗有力地发挥了它的多方面的社会作用。

散文家也写好诗

斯威夫特、约翰逊和哥尔斯密斯是重要的散文家,前面已经说过。但是他们也写了很好的诗。

斯威夫特的诗同他的散文一样,讽刺性强,也开些玩笑,包括对他自己,《咏斯威夫特教长之死》(1739)就是一例。但实际上在这首诗里他着眼的是普遍的人性之恶。名为咏自己之死,实则发挥了他在诗的开头所引的法国箴言作家娄舍夫考得的名言:

> 好友遭不幸,我们并不完全感到不高兴。

他举例说明这点:

> 如果你有个最好的朋友,
>
> 他参加了一场战斗,
>
> 杀灭了强敌,缴获了战利,
>
> 立下了丰功伟绩,
>
> 与其让他就此爬到上边,
>
> 你会不会盼望他失去桂冠?

> 好友奈得的痛风病从天而降,
>
> 他痛得翻滚,而你安然无恙,
>
> 听到他呻吟,你平心静气,
>
> 只要自己没事就欢天喜地。

（吕千飞译文,下同）

但这位自称痛恨全人类的教长又是很喜欢朋友的,在私人交往上极为真挚热情。在这首诗里他提到了几个最好的朋友,像是在说自己恨他们,实则表达了他真挚的赞赏:

> 蒲柏的诗我一读一叹息,
>
> 这样的好诗,可惜不是我写的。
>
> 他两行诗中的丰富蕴含,
>
> 我用六行诗也难以写全。
>
> 他简直使我嫉妒得发疯,
>
> 但愿他本人遭瘟,诗才落空。

下面他用同样的笔调写了盖依、阿勃斯诺特、圣约翰、波尔屯尼等人,全是他的好友,诗的这一部分变成了人才榜,但又无溢美之词。

后来谈到了他自己,也是力求客观,写出了他的真性格:

> 若有公爵乐于接待、过从,
>
> 他决不引以为荣。
>
> 他宁肯溜到旁边,
>
> 找聪明的穷汉聊天。

后来归结到他的奋斗目标:

> 他全部要求只是自由公正,
>
> 为争取它,宁可献出生命。
>
> 为争取自由他奋勇孤立,
>
> 为争取自由他不顾自己。
>
> 两个王国,各持一派,
>
> 两边都悬赏买他的脑袋。
>
> 但是人们不肯对他背叛,
>
> 给六百个金镑也没有人干。

这最后两行指伦敦政府于1714年悬赏三百镑捉拿《辉格党人的公众精神》一文作者,都柏林政府又于1724年悬赏三百镑捉拿《布商的信》的作者,两文都是斯威夫特写的,但虽悬重赏,却无人告发。

这样的诗也是英国文学史上的珍品。同蒲柏一样,斯威夫特也是在发挥诗的社会作用,写出了当时的社会面貌,写得具体,有叙有评;同时在艺术上也见功力,在隽言妙语中寄托了讽刺,简洁,入木三分,音韵则爽快,干脆,也正是双韵体所擅长的效果。此外,全诗写得十分口语化,比他的散文更近口语,更伸缩自如。

读读这样的诗会扩大诗歌爱好者的视野,使他知道诗不都是吟风弄月或感时遣怀的抒情诗,还有别种别样的,读起来同样受用,而且别有风味。大量推出不同于抒情小唱的其他类别的诗,使诗更加接近社会,正是英国十八世纪诗歌的成就之一。

*   *   *

这种特色,也见于另一个散文大家约翰逊的诗。

他也写双韵体诗揭露和鞭挞社会,名作有《伦敦》(1738)、《人生希望多空幻》(1749)等,但是不像斯威夫特那样跌宕自如,而是

更多感慨,笔调也更沉重,例如这样写学者生涯:

> 自从学院录取新生榜上有名,
>
> 那青年对声誉就不再无动于衷,
>
> 他患了难抗的追求名声的热病,
>
> 因为大学制服带来了病毒深重。……
>
> （吕千飞译文,下同）

下面是一连串以"如果"开始的诗行,展示了一连串的学府病毒:

> 如果"理性"能以最亮的光线把你引导,
>
> 消除模糊的"怀疑",使你一切明了;
>
> 如果虚假的仁慈不会诱你失去愉快,
>
> 赞扬不会使你松弛,困难不会吓坏;
>
> 如果"新奇"不会光临、诱你误入歧途,
>
> "懒惰"喷吐毒雾,不能使你迷醉糊涂;
>
> 如果"美观"的锋芒只能在纨绔队里消磨,
>
> 不能夸耀自己征服占领了学者的心窝;
>
> 如果疾病不能悍然侵入你麻木的血脉,
>
> "忧郁"的幻影也不能折磨你愁容长在……

如果你幸而逃过了这些病毒,你的日子是否就好过了呢? 诗人的回答是:

> 即使如此,也不要妄想没有忧愁危险,
>
> 也不要妄想人类厄运你能侥幸避免,
>
> 请你屈尊抬起眼睛,饱览现实世界,
>
> 暂且抛开书本,以求变得聪明起来;

> 到这时你才看清学者的生平艰辛：
>
> 受累，受妒，受穷，赞助无人，入狱有门！

这最后一语总结了学者生涯的艰苦，饱含着约翰逊本人大半生的痛苦。

从诗艺上讲，约翰逊虽然仍用双韵体，却带来了一些变化。上引段中有一连串名词：理性、怀疑、新奇、懒惰、美貌、忧郁等等（在原文都以大写字母开头，在译文都用上了引号），是把一些抽象的东西人格化了，这是新古典主义诗歌的一个修辞特点，十七、十八世纪诗人常用，后人的诗里也不时出现（如格雷的《墓园挽歌》、雪莱的《暴政的假面舞》、济慈的《夜莺颂》，一直到奥登的《悼念叶芝》），其作用在于突出某些抽象品质，使之普遍化、典型化，或者戏剧化。约翰逊在这里一连用了七、八个这样人格化了的抽象词，可说是把这个修辞手法运用到了极致。

约翰逊在运用双韵体上还有两个特点。一个是每行都更谨严，更多书卷气，而不是像斯威夫特和某些情况下的蒲柏那样口语化。另一个则是将许多行连结起来，成为长长的诗段，例如上引段中以"如果"开始的诗行一共五对，组成了一个长诗段的前半，属"假定"部分；后随六行则是诗段的后半，属"结果"部分，两部分合起来完成了一个逻辑的推论，而用最后一行归纳了学者艰苦的一生：

> 受累，受妒，受穷，赞助无人，入狱有门！

这情形有如约翰逊在散文里常用的"圆周句"，把最要紧的话放在最后，在那里才郑重端出结论，结论也就特别有力。这样的诗具有同时期散文的特点，而这是一个优点，因为它丰富了诗的写法和意境。后来有些批评家反而斥为没有诗意,是因为他们的诗歌观太窄狭了。

田园诗的变化

除了上面说的社会讽刺诗,还有一类诗也在发展,这就是田园诗。

蒲柏就写过田园诗,不过他着重的是所谓富于画趣的美景,所用的诗体仍是他所擅长的双韵体。1730 年出版了詹姆斯·汤姆生(1700—1748)的长诗《季节》,这就不同了,写的是季节的更换和随之而来的自然界的变化,固然不乏良辰美景,但也常有惊雷暴雨,不只是细致地描写它们,还表达出它们所引起的人的思想感情。汤姆生自己指出这类题材的重大意义:

> 我不知道有什么题材比大自然的业绩更能使人提高又喜悦,更能引起诗的激情、哲学思考和道德情绪了。什么地方去找这样的丰富,美丽,豪放?这一切都能扩大并且激荡人的灵魂![①]

不仅题材是新的,所用的诗体也不是流行的双韵体,而是白体无韵诗。这当然是莎士比亚和密尔顿用过的诗体;当时另一个诗人、《夜思》的作者爱德华·杨称之为“不曾堕落、无人咒骂的诗体,现

---

① 《冬季》篇(1726)序言。

在重新被承认并被纳入天神的真语言了"。①

这表示就在蒲柏在世的时候，就有另一路诗。等到进入世纪的后半，诗风的变化更加显著。文学批评界就有人认为蒲柏等人写诗作道德"说教"已经搞过头了，应该着重"创造"和"想象力"，才能使诗走上正途。蒲柏等人珍视"巧智"，现在人们则提倡"想象力"、"创见"、"灵感"、"性灵"、"天才"；蒲柏要求写得"正确"，"优雅"，现在人们鼓励写得有生气，有深情；蒲柏等人的作品使读者得到道德上和美学上的满足，而后来的田园派、自然派的诗使他们感喟、沉思、忧郁。总之，新古典主义已在解体，一种新的情感气候正在形成。

这后面一路诗的作者中，汤姆生是先驱，继起者有柯林斯、司玛特、先斯顿、考珀等人，在当时都有盛名，但今天很少读者。我们还有兴趣的，是哥尔斯密斯和格雷两人。

奥立弗·哥尔斯密斯是多面手：诗人、小说家、剧作家、散文家，在这些方面都有出色作品。他的文章写得平易冲淡，他的诗也写得自然流利。名作有《荒村》（1770）。他没有放弃双韵体，倒是使它在这首诗里再现了叙事的本领，描画了美好的田园风光，有许多有趣的人物写照和生活细节，可能都带上了回忆的霞光，有点理想化了，然而诗人的用意是惋惜田园生活的消逝，用昔日的欢乐来对照后来的凄惨：

> 但是，现在村庄的声音已经安静，
>
> 再没有欢乐的音响在微风中飘动，

---

① 转引自罗杰·朗斯台尔编，《从特莱顿到约翰逊》（《圆球文学史》卷四），伦敦，1987 纸面本，第 318 页。

再没有匆忙脚步践踏长草的小径，

因为生命的青春活力全已逃遁。

只留下远处寡居的孤独的东西，

在溅水的泉旁衰弱地弯着身体；

她，可怜的主妇，暮年生活艰辛，

从小溪里摘取到处长满的水芹；

从荆棘丛里采集冬季的柴薪，

夜晚归守茅棚，一直哭泣到早晨；

当时那无害的群众只剩她一人留存，

留下来做这悲惨大地的伤心见证人。

这是写劫后孑遗，但这劫不是战争，不是天灾，而是十八世纪后半的圈地运动。此诗发表于1770年，稍后，另一个诗人克莱普写了《村庄》（1783）一诗，也是用双韵体写农村的凄惨情况，但是笔触更现实，口气更严厉，对于圈地运动的谴责也更强烈。

格雷的沉思和前瞻

圈地运动是产业革命加紧进行的一个征象。经济上的大变动影响了几乎一切人的日常生活。在农村里，极少数人发财了，多数人则沦为流民或贱价出卖劳力于新建的工厂。敏感的诗人接触到遍地的哀鸿，感觉到新旧道德风尚和价值观的尖锐冲突，于是写起诗来，再也不能像蒲柏那样歌颂现存秩序了，而表现了不满、愤慨、对旧日的依恋，或者寄望于出现一个更好的社会。

对旧日的依恋见于对古文献、古民歌的发掘,应运而生的有珀西主教所编的《英诗辑古》(1765)。他所收集的古民歌、十四行诗、故事诗等等表现了北欧人的纯朴而又刚强的气概,引起了浓厚的兴趣,也引起了更多的发掘、仿作,甚至伪造——于是出现了少年天才恰特顿由于伪造被发现而于 17 岁自杀的悲剧。在苏格兰,麦克弗孙编辑的古史诗《芬格尔》(1762)也是在古代材料里掺杂有编者个人的仿作,流传之后却赢得了苏格兰知识界的赞美,并在欧洲大陆造成了深刻印象,热心的读者中有歌德、席勒和拿破仑。

对将来社会的希望在历代诗歌里都有所表达,但是到了十八世纪后半这种表达不再只是一般地向往丰足、自在的生活,而带上了强烈的政治性:要求人民当政,要求自由、平等、博爱,要求人权。美国、法国两大革命是在这种思想气候里形成的,在革命前后特别是在法国大革命激烈开展的过程里,不少诗人处于异常激动的情感状态中,写出了在题材和格律方面都迥然不同于新古典主义的新的诗歌。

浪漫主义诗歌的涛声已经清楚可闻了。

然而在它到来之前,英国诗歌还经过了一个感伤主义时期,这时候有不少诗人徘徊乡野,同情贫苦,然而所作怨而不怒,所表达的是一种悲天悯人的情绪。

这类诗的代表作是格雷的《墓园挽歌》(1750)。

托马斯·格雷(1716—1771)是学者型诗人,生性散淡,一生隐居在剑桥大学,有教授名号而从未讲课。他的诗作也少而精,除《墓园挽歌》外还有别的好诗,然以《挽歌》最受后世欣赏,公认它为精雕细刻、结构最完整、在情绪上最易引起普通读者共鸣的新古典主义典范之作。

《挽歌》以一种沉静的调子开始：

> 晚钟响起来一阵阵给白昼报丧，
> 牛群在草原上迂回，吼声起落，
> 耕地人累了，回家走，脚步踉跄，
> 把整个世界留给了黄昏与我。

> （卞之琳译文，下同）

多么奇妙的最后一行！我们又会发现，这里没有用风行十八世纪的双韵体，而是用了隔行押韵的四行诗段。这一诗体的改变带来了不同的空气，不再是客厅谈吐的俏皮、机智，而是一人独行墓园的肃穆心情。

徘徊墓园的人免不了要沉思生和死的问题。然而这里诗人想到的，首先是埋在地下的一般乡民。是他们在田野上出了大力，才能收获粮食，使人免于饥饿，于是他告诫上层社会：

> "雄心"别嘲讽他们实用的操劳
> 家常的欢乐，默默无闻的运命；
> "豪华"也不用带着轻蔑的冷笑
> 来听穷人的又短又简的生平。

倒是炫耀门第和权势的人应该想到死亡不会饶过他们：

> 门第的炫耀，有权有势的煊赫，
> 凡是美和财富所能赋予的好处，
> 前头都等待着不可避免的时刻：
> 光荣的道路无非是引导到坟墓。

另一方面，诗人又指出：在这些长眠地下的穷人之中，有无数

149

得不到施展机会的天才：

> 也许这一块地方，尽管荒芜，
>
> 就埋着曾经充满过灵焰的一颗心；
>
> 一双手，本可以执掌到帝国的王笏
>
> 或者出神入化的拨响了七弦琴。

> 可是"知识"从不曾对他们展开
>
> 它世代积累而琳琅满目的书卷；
>
> "贫寒"压制了他们高贵的襟怀，
>
> 冻结了他们从灵府涌出的流泉。

接着来了令人惊讶的一段：

> 世界上多少晶莹皎洁的珠宝
>
> 埋在幽暗而深不可测的海底；
>
> 世界上多少花吐艳而无人知晓，
>
> 把芳香白白的散发给荒凉的空气。

从形象、音韵和整个意境，这一段诗跳出了墓地，跳出了新古典主义，而飞进了下一世纪的浪漫主义！当然，个别形象——例如花吐艳而无人知——是前人用过的，但是写法不一样，搭配不一样，音韵效果不一样，环境更不一样。这一诗段是在一个整篇极为工整的新古典主义式挽歌里，众多的拟人化的抽象品质（"雄心"、"豪华"、"知识"、"贫寒"等等）之间，突然闪现了具体的珠宝和具体的花，而它们的背景则或是幽深的海底，或是荒凉的沙漠，这就造成了一种突出，一种想象力的腾跃！这节诗可以放在济慈的作品里而无愧色——不,济慈还做不到这样的工整。

于是诗的后半部的变化也就不只是一般的峰来路转之笔,而有了新的意义。诗以对长眠的"粗鄙的父老"的感喟开始,而以对写诗人自己命运的预见作结:

> 至于你,你关心这些陈死人,
>
> 用这些诗句讲他们质朴的故事,
>
> 假如在幽思的引领下,偶然有缘分,
>
> 一位同道来问起你的身世——

这是转笔的开端,写得很亲切。而回答不来自作者本人,而来自一位"白头的乡下人":

> 也许会有白头的乡下人对他说:"我们常常看见他,天还
> 刚亮,
>
> 就用匆忙的脚步把露水碰落,
>
> 上那边高处的草地去会晤朝阳……"

这是一个值得注意的改变,把本来是诗人对死亡的主观感想变成了乡下人对诗人结局的客观叙述,挽歌里出现了古民歌式的小故事。诗歌的局面扩展了。一种新的悲愁加强了原有的墓地哀思,因为这个诗人是一个失意青年,一个漫游者,一个畸零人:

> "那边有一棵婆娑的山毛榉老树,
>
> 树底下隆起的老根盘错在一起,
>
> 他常常在那里懒躺过一个中午,
>
> 悉心看房边一道涓涓的小溪。

"他转游到林边,有时候笑里带嘲,

念念有词,发他的奇谈怪议,

有时候垂头丧气,像无依无靠,

像忧心忡忡或者像情场失意。……"

一个浪漫诗人的形象出现了,他已经在寻找什么,追求什么,他与下一世纪的追求者——华兹华斯、雪莱、济慈——的差别只在他还不清楚他追求的具体目标。

这也就是说,这首极为工整的新古典主义诗歌带来了浪漫主义的消息。这也是不足为奇的。格雷这位静居剑桥的学者实际上很醉心古代北欧人的朴素而强烈的原始浪漫主义诗歌,他译过他们的史诗。他实是一个穿着新古典主义外衣的浪漫主义者。然而富于嘲讽意味的却是:当新一代诗人、浪漫主义者华兹华斯登上文坛,宣布他的诗歌观时,他却拿格雷开刀,用他的另一首诗为例,指出十八世纪式的"诗歌词汇"如何僵化、虚假,不足以表达真情实感,因此写诗必须大力革新语言。也许连这点也不足为奇。在文学潮流的消长起伏里,常有一种现象,即后起者急于清除的,往往不是真正的敌人,而是表现出哪怕有细微不同的前驱者。

第九章　浪漫主义诗歌（上）

十八世纪中叶以后感伤主义出现于英国文坛，但它只是一个前奏。接着而来的浪漫主义才是英国文学中少见的几次大变之一，而其影响则及于全球。

它是在法国革命的思想、情感气候里形成和发展的。文学与政治，诗歌与革命，从来没有这样紧密结合，而同时，诗艺的精湛、诗歌语言的革新也开辟了一整个新的时期。

从1786年《苏格兰方言诗集》出版起，到1824年《唐璜》最后两章（15、16）发表，不到四十年内，英国出现了一群诗人，其中至少七八个是头等重要的，全写下了不朽作品，对后人、对英国以外的读者，全留下了至今还能感受到的影响。他们在许多具体主张上，在题材和诗艺上各有不同，有时还彼此对立，然而在主要倾向和探索精神上却又惊人地一致。他们的持续努力把英国诗歌再度推上世界文学的高峰。

这七人中，一个是苏格兰农民，一个是伦敦雕刻匠，各干各的，与后来者并无明显联系，后来者又可分两代，早一代是两个大学生，他们紧密合作，写诗又发宣言，行径已近现代文人集团；但是他们的理想之光不久就熄灭了，后一代诗人——一个贵族，一个富家子，一个外科医生的小助手——继续探索，如此一浪紧接一浪，后浪又高过前浪，不仅写出了在意境和诗艺上更锐进的作品，使得英

国浪漫主义内容更加丰富,而且积累起更大力量,像命运之神般向
全欧洲扑去。

苏格兰农民之子彭斯

　　上面说的苏格兰农民就是罗伯特·彭斯(1759—1796)。他一
生未离苏格兰一步,干着农活,后来成了税局小职员,贫穷和劳累
使他在 37 岁的英年就一病不起。然而他却敏锐地感到外面世界
的风云变幻,为美国革命和法国革命的社会思想所强烈吸引,加上
原有的苏格兰民族主义情绪,使他写出了这样的诗句:

> 国王可以封官:
> 公侯伯子男一大套。
> 光明正大的人不受他管——
> 他也别梦想弄圈套!
> 管他们这一套那一套,
> 什么贵人的威仪那一套,
> 实实在在的真理,顶天立地的品格,
> 才比什么爵位都高!
>
> 好吧,让我们来为明天祈祷,
> 不管怎样变化,明天一定会来到,
> 那时候真理和品格
> 将成为整个地球的荣耀!

> 管他们这一套那一套，
>
> 总有一天会来到：
>
> 那时候全世界所有的人
>
> 都成了兄弟，不管他们那一套！

（《不管那一套》）

彭斯在这里表达的是对现存秩序的鄙视和对未来平等社会的向往，并且明确提出真正可贵的品质是"实实在在的真理，顶天立地的品格"，而世界上所有的人应该都是兄弟的思想则正合乎法国革命所标揭的口号之一：博爱。

这在当时是颠覆分子的语言，当权者和贵人们是不会喜欢的；使他们更难忍受的，则是诗还有一种嘲弄口气和一种天不怕地不怕的挑战气概。这后者之所以能传达出来，彭斯是受惠于他所用的民歌形式和韵律的。正是那叠句"不管那一套"的不断回响，才使得上层人士感到他特别刺耳，特别放肆。

彭斯同苏格兰古民歌的关系不同一般。他不只是收集、保存了约三百首旧民歌，而且做了或大或小的加工，给了它们以新生命。这样他就不仅发展了民歌传统，而且在关键的一点上为英国的浪漫主义做出了贡献，因为民歌的复兴正是这个新的文学潮流的特点之一。

彭斯的民歌并不都涉及政治，绝大多数是歌唱爱情的。然而在这方面他也有特色。爱情的各种表现他都写到了，从精神到肉体，从初恋到养儿育女，从相见欢到离别恨，从男人的自信和忏悔到女人的娇羞、无私和做了母亲的骄傲，各种情景和心绪都有。突出的则是青年人的感情，因此坦率、大胆，不怕顶撞社会上的正人

君子:

> 正人君子将我讥讽,
>
>   我看你们才是蠢驴,哦,
>
> 人间最聪明的英雄,
>
> 无一不热爱美女,哦。

>   合唱:
>
>   青青苇子草,哦,
>
>   青青苇子草,哦;

>   人生极乐的时刻
>
>   是同姑娘们一道,哦。
>
>   (《青青苇子草》)

就在完全是令人神往的抒情咏唱之中,这种顶撞的声音也清楚可闻:

> 如果一个他碰见一个她,
>
>   走过山间小道,
>
> 如果一个他吻了一个她,
>
>   别人哪用知道!
>
>   (《走过麦田来》)

而对于爱人,他唱出了最真挚的情歌:

> 呵,我的爱人像朵红红的玫瑰,
>
>   六月里迎风初开;

呵,我的爱人像支甜甜的曲子,

　　奏得合拍又和谐

(《我的爱人像朵红红的玫瑰》)

这里的韵律温柔,用词和意象则是完全新鲜的。

当他传达生离死别的痛苦时,也是分外感人:

多少遍誓言,多少次拥抱,

　　我俩难舍难分!

千百次相约重见,

　　两人才生生劈分!

谁知,呵,死神忽然降霜,

　　把我的花朵摧残成泥,

只剩下地黑,土凉,

　　盖住了我的高原玛丽!

(《高原的玛丽》)

然而彭斯不仅仅是一个歌唱自由和爱情的民歌手。他的诗路广,范围大。除了民歌型的抒情诗,他还擅长讽刺诗(如《威利长老的祷词》),咏动物诗(如《挽梅莉》、《老农向母马麦琪拜年》),诗札(如《致拉布雷克书》),叙事诗(如《汤姆·奥·桑特》),还有那首包罗万象的大合唱——《爱情与自由》(又名《快乐的乞丐》)。

无论哪类诗,也无论长诗或短诗,彭斯的作品总有一种独特的口气,例如:

呵,费格生!你灿烂的不世之才,

　　用在枯燥的法典上岂不浪费!

157

> 诅咒爱丁堡的绅士之辈,
>
> > 你们真是铁石心肠!
>
> 分半点你们赌输的钱财,
>
> > 诗人就不会断粮!

> > > (《致威廉·辛卜荪》)

这是他的诗札中的一段,谈到的费格生是十八世纪苏格兰的杰出诗人,因贫困以抄写法律文书为生,后精神失常,死于疯人院中,年仅 24 岁。彭斯佩服其诗才,又感叹其身世,多次提到他,还特别写了一首挽诗,全文如下:

> 薄命的奇才,天授的费格生!
>
> > 谁个有心人能不掉泪,
>
> 想到生命的太阳未升就陨,
>
> > 枉有你灿烂的诗才!

> 呵,为什么绝顶英才不得志,
>
> > 在穷和愁的铁掌里呻吟?
>
> 为什么荣耀全归小人和白痴,
>
> > 让他们把幸福享尽?

他总是说得十分透彻,对于天才诗人的爱和对于绅士们的恨表达得同样淋漓尽致,而又出之以形象化的铿锵诗行,一切都具体,生动,对照鲜明。

　　还有一类诗是彭斯特别擅长的,即写农村习俗的一类。可以举一首中等长度(243 行)的叙事诗《圣集》为例。所谓"圣集"类似我国农村的庙会,不过在长老会统治的苏格兰,总有教会中人在这

种场合大讲上帝之道。彭斯也写这些长老们,并且写得生动,但口气又是充满了嘲讽:

> 你听他把教义的主要之点,
> 　讲得如何声色俱厉!
> 有时平心静气,有时怒火高燃,
> 　一会儿顿脚,一会儿蹦起!
> 呵,他那长下巴,翘鼻孔,
> 　长老的姿势和尖叫,
> 哪个虔诚的人看了不激动!
> 　有如贴上了起疱药膏,
> 　　热辣辣,那一天。

这最后的比喻——把正人君子的话比作热辣辣的起疱药膏——是绝妙的一笔,是从农村日常生活里取来的,贴切而带着揶揄。

紧接着他写下面听众的反应:

> 忽然帐篷下讲道换了声音,
> 　听众再也按捺不住,
> 有地位的人都站起身,
> 　脚步朝外面带怒。
> 原来史密斯冷语把人伤,
> 　讽刺了缺德的行为,
> 不爱听的教徒全朝酒店闯,
> 　把瓶瓶桶桶都倒过来,
> 　　喝个光,那一天。

然后是针对酒店的特写镜头：

> 现在酒店里里外外都坐满，
>> 到处是酒杯上的评论家；
> 这边大喊快把饼干端，
>> 那边几乎把杯都碰炸。
> 人越挤越多，嗓门越叫越高，
>> 摆了逻辑，又引圣经，
> 吵得不可开交，
>> 到头来造成裂痕，
>>> 气呼呼，那一天。

在这一切嘈杂吵闹之中，真正自得其乐的是农村青年：

> 小伙子和姑娘们高高兴兴，
>> 既注意灵魂，也留心身体，
> 他们围桌团团坐紧，
>> 用匙子把加糖热酒搅一气，
> 谈这人的长相，那人的衣着，
>> 评头品足一番。
> 还有几对躺在舒服的角落，
> 偷偷约好再寻欢，
>> 不久后，某一天。

很少能在诗里看见这样生动的农村百态图，其写实、其嘲讽笔触使人想起十六世纪比利时布留格尔（Pieter Breughel）的风俗画，但布留格尔似乎更从中年人的世故眼睛看人生，而彭斯此诗则主要从年轻人的角度来观察世态。

彭斯的优点是说不完的,除了诗路广和现实性,还有音乐性(他的短诗都能歌),戏剧性(他总写运动中的事物,诗行有速度,而且善于对比)等等。他是一个自然之子,天授的诗人,不是后世那种自我意识特强的艺术家。但他又不是没有他的诗歌观和文学主张的。这些主张也表现在诗里,只不过又用了他特有的强烈方式:

> 批评家们鼻子朝天,
> 　指着我说:"你怎么敢写诗篇?
> 　散文同韵文的区别你都看不见,
> 　　还谈什么其他?"
> 　可是,真对不住,我的博学的对头
> 　　你们此话可说得太差!

> ……

> 我只求大自然给我一星火种,
> 　我所求的学问便全在此中!
> 　纵使我驾着大车和木犁,
> 　浑身是汗水和泥土,
> 纵使我的诗神穿得朴素,
> 　她可打进了心灵深处!

但他并不是一切由自己开始,他的心目中也有可贵的传统,苏格兰的传统:

> 呵,给我兰姆赛的豪兴,

> 给我费格生的勇敢和讽刺,
>
> 给我新朋友拉布雷克闪耀的才智,
>
> 假如我能有此缘分!
>
> 我就有了所需要的一切,
>
> 胜过天下的学问!
>
> (《致拉布雷克书》)

这就又回到了我们在前面说过的苏格兰本土的、民间的传统,回到不幸的才人费格生那样的用心血沤成的诗,而不是希腊文、拉丁文和文法等等的学院里稀罕的一套。自大的、充满偏见的学院教不出诗人来,要学会作诗得投身大自然之中:

> 没有诗客能寻到缪斯女神,
>
> 除非他学会独自一人
>
> 徘徊在潺潺的流水之滨,
>
> 但又不推敲太多;
>
> 甜蜜呵,漫步中凄然低吟
>
> 一支动心的山歌!
>
> (《寄……威廉·辛卜逊》)

这就不只是宣告主张了,诗句本身就体现了这种主张的胜利,写得多么动人! 独自徘徊,凄然低吟:这也是以后在雪莱和济慈的诗里要出现的意境,正同人与山水融合的主张是华兹华斯以后要用更加理论性的语言加以阐明的写诗原则。

所以说,彭斯虽身处偏僻的苏格兰乡村,却是英国浪漫主义诗歌的真正的前驱。这也正是浪漫主义诗歌之幸。它不是庙堂、学院和客厅的产物,而是在法国大革命风云激荡的历史时刻由几种从不同方面要求解放人性的思想趋势形成的,彭斯在这当中提供了浓厚的土地气息,提供了古苏格兰民间文学的深长根子,使得这个新的诗歌运动不至于过分智理化、抽象化,不至于轻飘飘,而有坚实性、强韧性,而同时又有朴素、生动而持久的美。

雕刻匠诗人布莱克

同样,能有布莱克作为另一个开路人也是英国浪漫主义诗歌之幸。他也提供了浪漫主义所需而别人所缺的某些思想和艺术品质。

正如彭斯是深知大地脾气的农民,威廉·布莱克(1757—1827)是一个用手干活的工匠。他的工具是雕刻刀和画笔,他用它们制作版画,画彩色插图,刻印图书,除了接别人的活,也刻印自己的书——因为这位匠人还颇会写诗,《天真之歌》(1789)就是他第一本自写自刻的诗集。

他的画、他的诗同样受后世推重,而在当时,欣赏这两者的人不多。

是什么样的画,又是什么样的诗呢?

先说画。一幅以《古时》为题的铜版画,着了色,画的是混沌初开,一个裸体老人白发白须飞扬,伏在一个黄边红里的圆形物内,伸出左手,在用一对巨大的圆规测量下面的一片沉沉黑暗。这是他为自己的诗篇《欧罗巴:一个预言》(1794)所作的插图。这个老头显然是圣经里的上帝,《旧约·箴言》里有段话:

耶和华还没有创造大地,和田野,并世上的土质,我已生出。他立高天,我在那里。他在渊面的周围,画出圆圈,上使穹苍坚硬,下使渊源稳固,为沧海定出界限,使人不能越过他的命令,立定大地的根基。

这也是密开朗琪罗画过的创世的上帝,但是虽然布莱克也喜欢这位文艺复兴时期大师的作品,他自己的画却有很大不同:不仅构图和色彩都带一种梦般的神秘感,而且用意也不是写出上帝的伟大,而是表达他的邪恶——因为他创造了一个黑暗世界,所以他只能是邪恶之神。或者说,他不是真正的上帝,而是布莱克自己神话系统里叫作尤力申的"天上的鬼"。

另一幅画可以做这幅的注脚。画的是科学家牛顿,也是裸体,不过侧身坐在一块岩石上,左手也是拿着一个圆规,右手则按着一卷纸,也在测算什么。牛顿身上筋肉隆起,眼睛虽只见侧面,却显得锐利。这是布莱克画他所厌恶的人的形象,而圆规则象征测量和计算,代表着他所恨的理性主义。若问布莱克究竟对牛顿本人有什么想法,那么请看他写的一首诗:

> 嘲笑吧,嘲笑吧,伏尔泰,卢梭,
> 嘲笑吧,嘲笑吧,但一切徒劳,
> 你们把沙子对风扔去,
> 风又把沙子吹回。
>
> 每粒沙都成了宝石,
> 反映着神圣的光,
> 吹回的沙子迷住了嘲笑的眼,

却照亮了以色列的道路。

德谟克利特的原子，

牛顿的光粒子，

都是红海岸边的沙子，

那里闪耀着以色列的帐篷。

布莱克把伏尔泰和卢梭这两位启蒙主义者看成是嘲笑真理的人，他们所宣扬的理性主义则是沙子，但迷不住别人，却被大自然的风吹回来盖住了他们自己的眼睛，而代表宗教的古以色列更显光彩。最后，他还把理性主义的根子抓住了，即古希腊原子论者德谟克利特和近代物理学家牛顿。

牛顿是罪魁祸首之一，所以布莱克才把他画成那个精明而无情的样子，而圆规在两幅画里起了同一作用，代表计算，智力，科学，最终就是邪恶。

在布莱克以前，既没有这样的画，也没有这样的诗，两者都异常深刻，其形象鲜明，又叫人一看难忘。

事实上，布莱克的诗同画是不可分的。诗往往是他自刻的画页中的一个构成部分，两者互作印证。把诗从画里抽出来读，等于是去掉了图像的美，只剩下苍白的文字了。

当然，布莱克的文字绝不是苍白的，上面这首小诗就是明证。他擅长用最简单的文字以最形象的方式说最深刻的道理。简单得像童言，但也富于乐感如儿歌，而形象则或明亮如金阳，或沉郁如黑夜，但都是来自大自然的所谓原始性根本性形象，如所引诗里的"沙子"，"帐篷"，都是在圣经里常见的一类。这不是说布莱克没有创新;创新不仅有,而且接触大的根本问题,如良善与邪恶,天真与世故,肉体与灵魂,专制与革命,等等。然而形象仍是原始性的一类,如"欲望的箭","一床猩红的喜悦","心灵铸成的镣铐","魔鬼的磨房","放高利贷的冷手"等等。在形象的对比和叠嵌上则他比后世的现代主义诗人还要大胆:

> 不幸兵士的长叹
> 化成鲜血流下了宫墙。
> ……
> 用瘟疫摧残了婚礼丧车。

长叹变成了鲜血而鲜血流下宫墙——这是把战争的罪恶直接归到了帝王身上。瘟疫指的是性病,妓女传染了它,结婚的喜庆被摧毁了,婚车也就变成葬车。这里形象连接的紧密、快速和对比的尖锐,叫人几乎透不过气来。

上引几行诗句出自《伦敦》一诗,这是布莱克早期写的最沉痛也最深刻的短诗之一:

> 我走过每条独占的街道,
> 徘徊在独占的泰晤士河边,
> 我看见每个过往的行人
> 有一张衰弱、痛苦的脸。
>
> 每个人的每声呼喊,
> 每个婴孩害怕的号叫,
> 每句话,每条禁令,
> 都响着心灵铸成的镣铐。

多少扫烟囱孩子的喊叫

震惊了一座座熏黑的教堂

不幸兵士的长叹

化成鲜血流下了宫殿。

最怕是深夜的街头

又听年轻妓女的诅咒！

它骇住了初生儿的眼泪，

又用瘟疫摧毁了婚礼丧车。

此诗收在《经验之歌》(1794)内，是在《天真之歌》之后五年出版的。实际上，两集是钉在一起问世的，而且有不少诗题两集都见，但内容和情绪却显著不同，用布莱克自己的话说，就是"表现人的灵魂的两种相反状态"。"天真"与"经验"确是两种意境：前者比较开朗，甚至活泼；后者沉重，思想也更深刻。例如同样以《扫烟囱孩子》为题，前作的一首虽已诉说母亲死了，父亲把自己卖给人家去扫烟囱的痛苦心情，但梦中还有天使降临把扫烟囱的孩子从棺材里放了出来，而结语是：

托姆就醒了；屋子里黑咕隆咚，

我们就起来拿袋子、扫帚去做工。

大清早尽管冷，托姆的心里可温暖；

这叫作：各尽本分，就不怕灾难。

（卞之琳译文，下同）

这里面显然有讽刺，但还没有正面谴责社会。后作一首则锋芒毕露了：

风雪里一个满身乌黑的小东西

"扫呀,扫呀"的在那里哭哭啼啼!

"你的爹娘上哪儿去了,你讲呀?"

"他们呀都去祷告了,上了教堂。

"因为我原先在野地里欢欢喜喜,

我在冬天的雪地里也总是笑嘻嘻,

他们就把我拿晦气的黑衣裳一罩,

他们还教我唱起了悲伤的曲调。

"因为我显得快活,还唱歌,还跳舞,

他们就以为并没有把我害苦,

就跑去赞美了上帝、教士和国王,

夸他们拿我们苦难造成了天堂。"

这些诗写在 1790 年及稍后,正是法国革命刚刚爆发,英国极度动荡不安的日子。要知道当时英国特别是伦敦是什么样子,没有比这些诗更好的写照了!布莱克写得异常具体,对照分明:孩子们的洁白身体被烟囱里的煤灰弄得"满身乌黑","扫呀""扫呀"的叫声变成了"哭哭啼啼",而夜行伦敦的泰晤士河边,则但见一张张"衰弱的脸",害怕的婴孩,流血的伤兵,在街头出卖肉体的青年妓女。韵律也随着情景而变:独行人的脚步声迟缓而沉重,一声声禁令和镣铐的响声传达了镇压的严峻气氛,而最后则是妓女诅咒命运的凄厉喊声!同时,他也写得深刻,把扫烟囱孩子的痛苦同"上帝、教士、国王"联系起来,而伦敦的夜行人则一上来就慨叹连泰晤士河和河边的街道都被享有专利权的贵族和商人们独占了!

也是在这样的紧张年月里,他还写了《老虎》一诗:

老虎! 老虎! 黑夜的森林中

燃烧着的煌煌的火光,

是怎样的神手或天眼

造出了你这样的威武堂堂?

你炯炯的两眼中的火

燃烧在多远的天空或深渊?

他乘着怎样的翅膀搏击?

用怎样的手夺来火焰?

又是怎样的臂力,怎样的技巧,

把你心脏的筋肉捏成?

当你的心脏开始搏动时,

是用怎样猛的手腕和脚胫?

是怎样的槌? 怎样的链子?

在怎样的熔炉中炼成你的脑筋?

是怎样的铁砧? 怎样的铁臂

敢于捉着这可怖的凶神?

群星投下了它们的投枪,

用它们的眼泪润湿了穹苍,

他是否微笑着欣赏他的作品？

他创造了你,也创造了羔羊？

老虎！老虎！黑夜的森林中

燃烧着的煌煌的火光,

是怎样的神手或天眼

造出了你这样的威武堂堂？

（郭沫若译文）

《天真之歌》有咏羔羊的诗,现在《经验之歌》里却专门写了老虎。这两者也是对立物:羔羊代表和平、良善、温顺,为上帝所爱抚;老虎呢,正相反,它代表野性、凶恶、暴力。正如布莱克能写良善,他也会写力量。这首诗里的形象,除了"群星投下了它们的投枪"是指统治势力的失败,其余都烘托一点,即老虎是如何"威武堂堂":他是森林里的烈火,他的身躯和脑筋都是天神在熔炉中炼又在铁砧上打的——诗的韵律也真如打铁的砧声,一下下有节奏地打着有力的拍子。这砧声是对夜伦敦街上禁令的回答,正如"威武堂堂"的老虎是对一切独占者和统治者的惩罚。总起来说,这首诗是一个身处风声鹤唳的伦敦的手工匠人对于英吉利海峡对岸的法国革命者所拥有的革命暴力的颂歌。

　　对于法国革命,布莱克不只是一般地赞成,而是热烈地拥护。用行动①,也用作品。除了《老虎》之外,他还有一系列其他作品表达了向往革命的强烈感情。长诗《法国革命》(1791)即是其一。

――――――――――――

　　①　他同革命者潘恩等人交往,1803年又因与士兵冲突、口出谋反之词而受到法庭传讯。

此诗的第一章——也是迄今所见的唯一一章——用了长达十八音节一行的新格律,写出了法国国王与国民议会的尖锐对立,从巴斯底大狱里的黑牢、卢浮宫里的御前会议,一直写到国民议会命令全军撤离巴黎,写得气势磅礴,十分戏剧化,然而尽管贵族们跃跃欲试,想用武力镇压议会,最后的胜利者则是议会:

　　微弱的炉火使得冰凉的卢浮宫略现生气;冻僵的血重流了。

　　国王威严地站起;公侯们紧跟在后;他们眼见宫里的广场空无一人,巴黎不剩一卒,沉默着;人声已随军队远去,议会在平静地开会,清晨的阳光照着他们。

我们还可以看看一部刻在1790—1793年间的散文作品《天堂与地狱的婚姻》。这里面是一些奇异的格言和小故事,充满了似乎矛盾的讽刺性的反话,却包含了十分独特的精辟见解,如:

　　愤怒的老虎比善教诲的马更聪明。

　　精力是永恒的愉快。

　　密尔顿写天使和上帝时,是戴着镣铐的;写魔鬼与地狱时,却自由了。原因在于:他是一个真正的诗人,属于魔鬼一党而不自知。

　　繁茂是美。

　　诅咒束缚;祝福放松。

> 狮吼,狼嚎,海啸,剑伤人:凡此皆永恒的组成部分,因其
> 伟大而反无人见。

这些和其他写于法国革命初起的 1790—1793 年间的作品都强调革命者的胜利,国王和"群星"般的贵人们的失败,而在精神上则是从一切方面谴责压制,束缚,歌颂自由与人民的力量。不仅如此,布莱克还将革命暴力看作是一种极大的精神力量,足以摧毁旧世界,改造人的灵魂,建立世上天国,即他常说的耶路撒冷。他是经常把革命同神魔之争联系起来看的,对革命的热望实是他的宗教信仰的一部分——只不过就在这方面他也是官方教会的叛逆者,而自有他独创的一套神话系统。①

随着法国革命形势的起伏,布莱克的思想也有了变化,但没有同时期知识分子如华兹华斯等人的幻灭感,而只是看待事物更深入了。例如他早就认识到法国革命的思想前驱是伏尔泰、卢梭等人,曾在《法国革命》中几次提到过他们,但并无贬词,直到后来他看出这些人的理性主义也是一种精神枷锁,也是违反真正的上帝之道的,他才谴责他们,所以才有前面引过的"嘲笑吧,嘲笑吧"那样的诗。

他更倾向于辩证地看问题。他早就看出人生里充满矛盾,但又认识到矛盾不是坏事,"没有相反就没有进程"。同时,事物之间有联系,小东西里有大宇宙:

> 从一粒沙看世界,

---

① 读者可参阅张德明:《论布莱克诗歌的神话原型形式》,《外国文学评论》1990 年第 1 期。

从一朵花看天堂,

把永恒纳进一个时辰,

把无限握在自己手心。

(《天真的兆象》)

然而要看出这种联系,必须有想象力。想象力是英国浪漫主义诗人的中心信条,后来华兹华斯、柯尔律治、雪莱、济慈等人还要大加发挥,但是布莱克早就强调了想象力的世界是如何至高无上:

> 这个想象力的世界是永恒的世界,是我们所有的人在我们的肉身死亡之后都要返归的神圣之怀。这个想象力的世界是无限的,永恒的,而繁殖的、生长的世界是有限的,暂时的。

(《最后审判之一瞥》,1810)

在布莱克的后期作品里,想象力的运用似乎是达到了极致:在《四佐亚》(1794—1807)、《密尔顿》(1804—1808)、《耶路撒冷》(1804—1820)等诗里,他致力于构筑一个庞大的、复杂的神话世界,至今学者们还在细读那些长长的诗行,想从那充满神魔和动物的语言丛林中找出一个系统。但想象力不是一切,神话也不是一切,这些诗里还有许多人们熟悉的东西,仍然有羔羊与老虎,天使和魔鬼,纯真的孩子和白发飞扬的先知老人,仍然有成对的相反物:压制与反压制,过分的理性与繁茂的精力,人身上的兽性与神性,等等。在大段大段的呼喊、预言、警告之间,我们忽然又听到了一种熟悉的人的声音,在诉说经验和经验的代价:

> 经验的代价是什么? 能用一曲歌去买它么?
>
> 能用街头舞去买智慧么? 不能! 要买它

173

得交出人所有的一切，妻子，儿女统统在内。
智慧的出售处是无人光顾的荒凉市场，
是那农夫耕种而收不到粮食的干枯田地。

在夏天太阳照耀下取得胜利是不难的，
在葡萄丰收时坐在满载粮食的大车上唱歌也不难，
劝受折磨的人要忍耐也不难，
拿审慎的规则去劝无家的流浪汉也不难，
同样不难的是在冬天听着饿鸦的号叫，
当自己身上血管里流着热酒和羔羊的骨髓的时候。

不难的是向发怒的风雨雷电大笑，
是听狗在冬天的门外狂叫，或狐狸在屠宰场上哀鸣，
是看每阵大风吹来天使，每声雷轰带来祝福，
是从摧毁仇人房屋的风暴里听到爱的声音，
是庆幸霜冻冻坏了仇人的庄稼，病疫夺走了仇人的儿女，
而我们自己有葡萄和橄榄遮住门口，有子孙送上花果。

这时候谁会记得呻吟和哀愁，记得磨房里干活的奴隶，
锁链下的俘虏，牢狱里的穷人，战场上的士兵，
谁管他头破骨折，倒地呻吟，羡慕四周的死者都比他幸福！

身居繁荣的帐幕而庆幸是不难的，
我也能唱歌，能庆幸，但我却不干！

（《四佐亚》，第二夜）

美洲的惠特曼读过布莱克的这类作品么？他那滔滔不绝的自由体诗在六十年前已经有了开创者！

对于后来者来说，布莱克是挖掘不尽的——无论从思想、象征、神话出发，还是仅仅从格律和诗艺出发，他的作品里还有大量值得深入研究的东西。

然而在他在世之日，这位卓越的诗人却被看成疯子或坠入魔道的怪人。一直要到十九世纪末叶，随着叶芝等人编订他的诗集，他才受到注意；等到人们认真阅读他的作品，他们才惊奇地发现：他的诗美丽而深刻，他的语言朴素而清新，他的韵律音乐性强而又强劲有力，英国浪漫主义的革命热诚在他的身上表现得最充分，而在想象力的运用上他是诗人中的英雄；同时他的神秘性和独特的宗教信仰又增加了他的复杂性，吸引了又困惑着深思的学者，他对神奇景象的向往则使他被超现实主义者和处于社会边缘或甚至地下状态的诗派奉为精神祖先。二十世纪后半对他的评价更高了，他被列为全部英国文学史上最伟大的六个诗人之一（其余五个是乔叟、斯宾塞、莎士比亚，密尔顿，华兹华斯）①，而由于他的画在文艺复兴时期以后开启了不重形似而重精神力量的新路，他又被赞为"英国艺术方面最重要的人物之一"。② 把这两者合起来，我们才能看出布莱克在整个英国文化史上的地位。

---

① 这是 F. 寇莫特与 J. 荷兰特主编的有影响的《牛津英国文学选集》（两卷，1973）的评价。

② E. H. 冈勃里其，《艺术的故事》，第 14 版，1984，第 388 页。

华兹华斯的创始精神

威廉·华兹华斯(1770—1850)是"湖畔诗人"们的领袖人物。人们谈到他的诗,常用"崇高"等字眼形容,但他的文字却似乎极其普通,甚至平庸。他活到80岁,然而诗歌上的活跃时期不过青年阶段中十几年光景。他在英国诗史上被看作五六个或三四个最伟大的诗人之一,然而在世界文坛上却似乎影响不大,读者不多——虽说这些不多的读者却又爱之弥深。

这些与其看成矛盾,不如看成特点。

还有一个特点,即他似乎没有像别的作家那样经历过一个漫长的学徒时期。一本薄薄的《抒情歌谣集》于1798年出版,这是他与友人柯尔律治的诗作合集,那时他还不过28岁。此前他虽已发表过几首诗,这本集子则标志着他第一次认真登上文坛,而这时他对自己一生中该写什么,怎样写法已经成竹在胸。

而且这位新来者毫不怯场,对于自己所写完全自信。诗集的第一版上有一条广告就不客气地指摘前人的诗歌用语,到了第二版(1800)出来,他加了一篇长序,这是一篇浪漫主义新诗歌向古典主义旧诗歌的全面宣战书。

他在这篇序言里提出了这样一些主张:

1. 诗不是游戏文字。"所有的好诗都是强烈感情的自然流露",但这种感情又是"经过在宁静中追忆的"。

2. 诗的内容不应是贵人淑女喜欢的一套,而应是"普通生活里的事件和情景"。

3. 诗的语言要排除新古典主义式的"诗意词藻",应是"人们真正用的语言",但在运用时又要能给普通事物以"想象力的色泽"。

4. 诗的性质极为崇高,是"一切知识的开始和终结,同人心一样不朽"。

5. 诗人的作用伟大,他是"人性的最坚强的保卫者,是支持者和维护者,他所到之处都播下人的情谊和爱"。但他又不高踞在上,而是在群众中进行"人对人谈话"的一个普通成员。

以上不是序言的全部内容,但就所列五点我们就可看出:第一,它们把有关诗歌的主要方面都包括了;其次,作者道前人所未道,不仅全面否定新古典主义诗歌,宣传一种全新的浪漫主义诗歌,而且其主张的重要性超出诗歌和文学范围,涉及整个社会——把诗人提高到类似柏拉图的哲人君王的地位就是关系全社会的事情。

这理论是华兹华斯长时期沉思的结果,正同他诗里的内容也是积累有年的。

因为在1798年以前,这位大学生就已经历了一场情感风暴。他在1790、1791年两次去到法国,目睹革命初起时的景象,非常兴奋,多年后回想那时心情,还写下了这样的诗行:

> 幸福啊,活在那个黎明之中,
> 年轻人更是如进天堂!

(《序曲》第11章)

1791年他再去时住了下来,直到1793年1月,在这一年多时间里他同一位名叫安耐特·伐隆的法国姑娘恋爱,同居,不久女儿出生;同时法国革命进入了一个激化阶段,革命者内部派别之争日趋尖锐,华兹华斯的朋友们大多属于温和派即吉伦特派。1793 年 1 月他别了安耐特和女儿回到英国,一月后法国对英国宣战,他无法再去法国,只得怀着不安的心情在英国住了下来,开始了一个长达五年的苦思时期。起初他对法国革命的热情未减——1793 年他还在写给兰达夫主教的公开信里为革命辩护,但雅各宾专政却使他戒惧,吉伦特派被镇压更增加了他的幻灭感,他思索的中心变成人的本性,越来越相信只有恢复人的单纯和良善,才能革新社会,而回顾自己,由于在政治理想和私人生活里遭遇挫折,心灵有了创伤,能医治自己的只有大自然。他从小就喜欢跋涉山水,现在更在深山大泽之间寻到"整个道德生命的灵魂":

> 我高兴地发现:
>
> 在大自然和感觉的语言里,
>
> 我找到了最纯洁的思想的支撑,心灵的保姆,
>
> 引导,保护者,我整个道德生命的灵魂。

(《丁登寺旁》)

这诗写在 1798 年。在此之前三年,他认识了柯尔律治,另一位对初期的法国革命怀有热望并对写诗有新想法的大学生,两人一谈即合,于是互相鼓励,彼此的诗作都进入丰收时期,《抒情歌谣集》就是在这样的情况下产生的。

对于华兹华斯来说,他所重视的"强烈感情"早已存在,而这苦思的五年是一种冷却时期,让他有了"在宁静中追忆"的机会。所以他这关于诗的有名定义实是经验之谈。

两人在《抒情歌谣集》里有个分工:柯尔律治专写"关于迷信的、至少是浪漫的人物",其成品是《古水手咏》、《夜莺》等诗;华兹

华斯则致力于"赋予日常事物以新鲜的乐趣"，其成品包括叙事诗《刺树》、《痴儿》、《西门·李》等和抒情诗如《丁登寺旁》和《写在早春》，1800 年再版时又加上了叙事诗《迈可》和有关露西的一组爱情诗。

我们可以先来看看《写在早春》：

> 我躺卧在树林之中，
> 　听着融谐的千万声音，
> 闲适的情绪，愉快的思想，
> 　却带来了忧心忡忡。
>
> 大自然把她的美好事物
> 　通过我联系人的灵魂，
> 而我痛心万分，想起了
> 　人怎样对待着人。
>
> 那边绿荫中的樱草花丛，
> 　有长春花在把花圈编织，
> 我深信每朵花不论大小，
> 　都能享受它呼吸的空气。
>
> 四围的鸟儿跳了又耍，
> 　我不知道它们想些什么，
> 但它们每个细微的动作，
> 　似乎都激起心头的欢乐。

179

> 萌芽的嫩枝张臂如扇,
>
> 　捕捉那阵阵的清风,
>
> 使我没法不深切地感到,
>
> 　它们也自有欢欣。
>
> 　
>
> 如果上天叫我这样相信,
>
> 　如果这是大自然的用心,
>
> 难道我没有理由悲叹
>
> 　人怎样对待着人?

这诗里有许多华兹华斯独特的东西:朴素、清新的文字,对自然的细致观察,对花鸟的亲切感情,但又总同人联系起来——在这里就是人对人的残酷。也许,在写这首诗的时候,华兹华斯想到了正在法国遭受杀害的他的吉伦特派朋友们,也许他还想到由于人虐待人而造成的广泛的人间不幸,诗句背后是有深切的感慨的。

　值得注意的是大自然在这里不是背景,而是一种使人良善和纯净的精神力量,美好事物也不只是好看,而是通过诗人"联系人的灵魂"的,因而诗人更感到"痛心万分",因为人是如此冥顽不灵,不能吸取大自然的教益。这个意思在集子里另一首诗里写得更清楚,诗人直接点出了大自然施与人的恩泽:

> 绿色树林里的一个灵感,
>
> 　会教给你更多道理,
>
> 关于人,关于人的恶和善,
>
> 　超过的有圣人能说的。

大自然带来的学问何等甜美!

我们的理智只会干涉,

歪曲了事物的美丽形态,

解剖成了凶杀。

够了! 再不需科学和艺术,

把它们那贫乏的书页封住!

走出来吧,只须带一颗赤心,

让它观看,让它吸取。

(《反其道》)

这就更进一步提出人的理智、学问的危害了,其精神同布莱克反对理性主义是一致的,不过不借助神话和宗教之助,而是出自诗人特有的自然观罢了。

诗人也知道通过仅仅说理是不行的(虽说以说理为主的《反其道》并不干巴巴,而是颇有诗艺的,例如韵律和形象的运用——"歪曲了事物的美丽形态,/解剖成了凶杀"就是至今都有人吟咏的名句),所以他又拿自己作例,写出了大自然能在人身上起到什么作用。这就是《抒情歌谣集》最后一首诗《丁登寺旁》的主旨。

它是真正的压卷之作,无论在内容和诗艺上都是英国浪漫主义诗歌里最重要的作品之一。

诗一开始就是一段重见丁登寺废墟附近怀河两岸景色的感叹:

五年过去了,五个夏天,加上

长长的五个冬天! 我终于又听见

> 这水声,这从高山滚流而下的泉水,
>
> 带着柔和的内河的潺潺。

亲切而真挚的声音,无韵白体诗的格律给了它自然的乐音,写的又是"美好的形体",一点不枯燥。接下去却出现了一种在回忆中说哲理的诗行,这是英国诗史上前所未见的:

> 这些美好的形体
>
> 虽已久别,倒从来不曾忘怀,
>
> 不是像盲人看不见美景,
>
> 而是每当我孤居喧闹的城市,
>
> 寂寞而疲惫的时候,
>
> 它们带来了甜蜜的感觉,
>
> 让我从血液里心脏里感到,
>
> 甚至还进入我最纯洁的思想,
>
> 使我恢复了恬静:——还有许多感觉,
>
> 使我回味起已经忘却的愉快,它们对
>
> 一个良善的人的最宝贵的岁月
>
> 有过决非细微、琐碎的影响,
>
> 一些早已忘却的无名小事,
>
> 但饱含着善意和爱。

有点曲折,需要细读,因为这里所写的不是一个简单的结论,而是思索的过程。写思索过程而如此细微,这就是华兹华斯的这类诗新颖的地方,也是其现代化的一端。而他之所以选择白体诗这一诗体,也是出于内容的要求,因为这个诗体不像蒲柏等人用的双韵体那样人工雕琢气味太浓,比较自然,有迂回余地,可以跨行而形成诗段,适宜于写思绪的波动起伏。重新拾起莎士比亚、密尔顿用过而在十八世纪几乎喑哑的白体诗而发扬光大之,这也是华兹华斯在英国诗史上的功绩之一。

既写过程,诗就不是静止于一个平面上,而有层次,有前进的运动。他接着写了他自己在成长过程中对于大自然的反应的变化,经历了三个阶段:孩提阶段,只有"粗糙的乐趣和动物般的行径";青春阶段,对大自然的爱变成"一种情欲","半带痛苦的欢乐","令人昏眩的狂喜";而现在到了第三阶段:

> 我学会了
> 怎样看待大自然,不再似青年时期
> 不用头脑,而是经常听得到
> 人生的低柔而忧郁的乐声,
> 不粗厉,不刺耳,却有足够的力量
> 使人沉静而服帖。我感到
> 有物令我惊起,它带来了
> 崇高思想的欢乐,一种超脱之感,
> 像是有高度融合的东西
> 来自落日的余晖,
> 来自大洋和清新的空气,
> 来自蓝天和人的心灵,
> 一种努力,一种精神,推动
> 一切有思想的东西,一切思想的对象,
> 穿过一切东西而运行。所以我仍然
> 热爱草原,树林,山峰,

一切从这绿色大地能见到的东西，

一切凭眼和耳所能感觉到的

这个神奇的世界，既有感觉到的，

也有想象所创造的。我高兴地发现：

在大自然和感觉的语言里，

我找到了最纯洁的思想的支撑，心灵的保姆，

引导，保护者，我整个道德生命的灵魂。

经过"粗糙的乐趣和动物般的行径"，又经过"令人昏眩的狂喜"，也就是经过官感反应的两个阶段之后，现在终于沉静下来，从大自然得到了"崇高思想的欢乐"，"一种超脱之感"，最后是"整个道德生命的灵魂"。这就是一种进程，在华兹华斯看来是最为宝贵的进程，他竭尽全力用了一种新的语言来写。它仍是诗的语言，仍然有形象（"人生的低柔而忧郁的乐声"，"落日的余晖"，"大洋"，"蓝天"等），仍然有乐音（略比通常说话高昂，随着情绪起伏而调整响度和速度），但多了一些以前诗里少见的日常用语："一种精神"，"一种能力"，"美好的形体"，"无名小事"，以及不断出现的"东西"（"一种东西"，"高度融合的东西"，"一切有思想的东西"，"穿过一切东西"——英文原文是，"thing"，"things"，"something"之类）。这是一个大胆之举，然而正符合他所提倡的"人们真正用的语言"，连节奏都主要是日常口语，大部分是亲切的"人对人谈话"，只不过又常有迸发的激情罢了。

　　这激情的语言出现得最多的是诗的最后部分。在那里，华兹华斯赞颂了他的妹妹陶乐西。这对兄妹的互相关怀，陶乐西对于哥哥的体贴和支持，使得华兹华斯能够比较顺利地度过了他那苦

思的五年。他在她的身上寻到了自己过去的纯真:

> 你呀,我最亲爱的朋友,
>
> 我的亲而又亲的朋友,在你的声音里
>
> 我听见了我过去心灵的语言,
>
> 在你那流星般无畏的双眼里
>
> 我重温了我过去的愉快。但愿我能
>
> 在你身上多看一会儿我过去的自己,
>
> 我的亲而又亲的妹妹!

他又相信:由于陶乐西爱大自然,大自然也不会背弃她,不论以后发生什么情况,她将永怀爱心,而兄妹的关怀情谊也将超越时间而永存:

> 纵使孤独、恐惧、痛苦、哀伤
>
> 成为你的命运,你仍会带着亲切的喜悦
>
> 想起我,想起我今天的这番嘱咐
>
> 而感到安慰! 即便我去了
>
> 不能再听见你的声音的地方,
>
> 不能再在你那无畏的眼里看见
>
> 我过去生活的亮光,你也不会忘记
>
> 我俩曾在这条可爱的河岸
>
> 并肩站着;不会忘记我这个长期崇拜
>
> 大自然的人,重来此地,崇敬之心
>
> 毫未减弱,而是怀着
>
> 更热烈的爱——啊,更深的热诚,
>
> 更神圣的爱;那时候你更不会忘记

> 经过多年的流浪，多年的离别，
>
> 这些高大的树林，耸立的山峰，
>
> 这绿色的田园景色，对我更加亲切，
>
> 半因它们自己，半因你的缘故！

这结尾之所以有深意，还因为华兹华斯写到了人生的忧患——陶乐西可能遭遇不幸，他自己迟早要死去——而这却增强了诗的感染力，也突出了此时此刻兄妹并立河边享受着大自然的抚慰是怎样一个不朽的时辰！

在这种领悟之下，华兹华斯的笔下好诗不断涌现。至今人们都在吟咏着他的一些抒情短诗，如《我好似一朵孤独的流云》，《每当我看见天上的虹》，《给布谷鸟》，《孤独的割麦女》，与一位名叫露西有关的一组情诗，等等。这些诗仍然在抒情之中表达华兹华斯的自然观，但是有更多灵秀之气，更多声韵之美：

> 从没有夜莺能够唱出
>
> 更美的音调来欢迎结队商，
>
> 疲倦了，到一个荫凉的去处
>
> 就在阿拉伯沙漠的中央，
>
> 杜鹃鸟在春天叫得多么动人，
>
> 也没有这样子荡人心魂，
>
> 尽管它惊破了远海的静悄，
>
> 响彻了赫伯里底群岛。

> （《孤独的割麦女》，卞之琳译文）

就在译文之中，我们也能感到音乐与地名的神秘的结合，从眼前的歌声一直到辽远的阿拉伯的夜莺和赫伯里底群岛的涛声，联想的丰富与迅捷展示了诗人想象力的活跃。在这等地方英国浪漫主义诗歌显出了它独有的魅力。就在对华兹华斯的大部分作品不甚感兴趣的外国读者之间,这些抒情短诗却赢得了衷心的喜爱。

这些诗里都有一种沉思甚至忧郁的情调,增加了它们的感染力。而到了那组关于露西的诗,就出现了死亡的阴影,有时是在一个明朗的故事的最后,突然来了一个奇笔:

> 我有过奇异的激动,
> 我不怕把它说出,
> 但只说给多情的人,
> 我曾有过的遭遇。

> 那时候我爱的姑娘
> 每天都像玫瑰一样鲜艳,
> 我在一个月明的夜晚,
> 骑马走向她的家园。

> 我看着头上的月亮,
> 它把广阔的草原照耀,
> 我的马快步而上,
> 已到我喜爱的小道。

> 现在过了果园,
> 接着就爬小山,
> 月亮照着露西的屋檐,

越来越近地下降。

我甜甜做了一梦,
这是大自然赐的恩福,
但我的眼睛没有移动,
紧紧把下降的月亮盯住。

马儿继续前进,蹄声响亮,
不停地一直向前,
突然间那下降的月亮,
一头栽在她的屋子后面。

多么熟悉而奇怪的念头,
一下子钻进了情人的头脑!
"啊,慈悲的天,"我对自己喊叫,
"也许露西已经死了!"

(《我有过奇异的激动》)

这首诗用了民谣的格律写一个民谣中常见的故事,即一位多情人月夜骑马去会他的爱人,场面是明亮的,充满着期待,照通常的情况最后会有两人见面的快乐,可是这里却忽然月亮一头栽在姑娘的屋子后面,而骑马人立刻预感到了爱者的死亡。同样,在另一首也与露西有关的诗里,其最后两节是:

当我在你的山谷中徜徉,
　曾感到内心憧憬的欢欣;

我钟爱的姑娘坐在炉边，

　　传来了手摇纺车的声音。

暮去朝来，霞光明灭，

　　曾照亮露西嬉游的园亭，

你绿色的田野曾最后一次

　　抚慰过她临终时的眼睛。

　　　　　　(《我在陌生人中孤独旅行》,顾子欣译文)

我们原以为这个异乡飘零的旅人回来后会见到他钟爱的姑娘，然而最后一节又出现了死亡。

　　因此当诗人最后来哀悼的时候，诗句也传出了异乎寻常的悲痛：

沉睡锁住了我的心，

　　我已无人间的恐惧；

她也化物而无感应，

　　再不怕岁月来接触。

如今她无力也不动，

　　不听也不看，

只随地球日夜滚，

　　伴着岩石和森林转。

　　　　　　(《沉睡锁住了我的心》)

英文诗中悼亡之作不少，然而写得这样沉痛的却不多见，而最后把一个弱女子的命运放在整个大自然的运转里，从此而得到一种不朽,则又是华兹华斯的独有之笔。因为这样,通常写得轻快的爱情诗在华兹华斯手里也增加了感情的重量和哲学的深度,从而更加耐读了。

还有一类短诗是华兹华斯写得出色的,即十四行诗。

十四行诗在十六、十七世纪曾经盛行于英国,但在整个十八世纪几乎绝迹于诗坛。由于华兹华斯重新利用了这一诗体,雪莱和济慈又继起发掘它的潜力,十四行诗在十九世纪初年有了一个中兴局面。

华兹华斯以莎士比亚和密尔顿为他在写十四行诗时的楷模,特别是密尔顿。他写了一首《莫眨十四行》的十四行诗,其中说:

> 当阴影落在了
> 密尔顿的道路上,他的手举起这诗体
> 当作号角,吹出了乐调
> 振奋灵魂——可惜呵,吹得太少!

而在他另一首有名的十四行诗里,他一上来就呼叫密尔顿的名字:

> 密尔顿! 你该活在这个时候,
> 英国需要你! 她成了死水一潭:
> 教会,朝廷,武将,文官,
> 庙堂上的英雄,宅第里的公侯,
> 都把英国的古风抛丢,
> 失去内心的乐。我们何等贪婪!
> 啊,回来吧,快把我们扶挽,
> 给我们良风,美德,力量,自由!
> 你的灵魂是独立的明星,

　　你的声音如大海的波涛，

　　你纯洁如天空，奔放，崇高，

　　你走在人生大道上，面对上帝，

　　虔诚而愉快，还有一颗赤心

　　愿将最卑微的职责担起。

（《伦敦，1802》）

1802 年正是英国忙于对法作战并且加紧镇压国内民主活动的时候，华兹华斯却写它是"死水一潭"，朝野上下尽是"贪婪"之徒，使他特别怀念密尔顿，迫切地希望他能来挽救英国社会，"给我们良风，美德，力量，自由！"他也写了密尔顿的宗教虔诚，但更颂扬后者的独立的灵魂，"纯洁如天空，奔放，崇高"——总之是斗士密尔顿。华兹华斯的十四行诗也像密尔顿的一样，一反过去伊丽莎白朝盛行的香艳之作，而是黄钟大吕之音。

　　在这里他提到了"自由"，在另一首十四行诗里他专门歌颂为自由而斗争的海地岛黑人领袖卢维屠：

　　活下去，莫丧气，你留下了力量：

　　风，地，天都将为你效劳；

　　只要风在吹，人们就会不忘；

　　你有伟大的盟军；你的友好

　　是喜悦，痛苦，爱情，

　　和不可征服的人心。

（《致杜桑·卢维屠》）

　　同样地，当 1797 年威尼斯共和国为拿破仑征服，接着拿破仑又征服了瑞士，华兹华斯都写了十四行诗，慨叹它们失去了自由。当

191

然,这种自由已不是法国革命所标揭的个人自由,而是民族的自由和国家的独立,而华兹华斯对于法国革命的发展之所以感到失望,正因为如他在长诗《序曲》里所写的:

> 法国人转过来变成了侵略者,
>
> 把自卫战争变成了军事征服,
>
> 忘掉了原来奋斗的一切目的。

同时,这些诗也说明:在他从法国回来十年之后他还不是一个一味寄情山水的隐士,而还在关心时局,关心民族的命运。因此无论在思想上还是在诗艺上,他都是密尔顿的真正的继承者。

当然,他又是伟大的创新者。他那自然观就是创新,他的诗歌理论也是创新。他的许多作品都是创新的卓越成果。除了上面已经讨论过的,还有三类诗是华兹华斯的特殊贡献。

一类是中等长度的哲理诗。所谓哲理,仍是华兹华斯的自然观,但是比《反其道》之类的短诗要表达得更有来龙去脉,也就是更完整,比《丁登寺旁》则又少点自传色彩。这类诗最成功的也许是《不朽的兆象》(1802—1804写成)。在这里,说理并不空洞,一切出之的形象化的诗的语言,而纯净又达到一个新的境界。诗的中心问题是:童年的纯真去了何方?

> 驾着荣耀的云我们从天而下,
>
> 上帝原是我们的家。
>
> 天堂就在我们摇篮的周围!

然而这天堂的景象却无法保持:

> 成人终于看见它消亡,

化成了平常日子的淡白光。

但也无须绝望,因为"最初的感情和最早的回忆"是没有任何力量能够完全摧毁的:

> 尽管什么也难把时光颠倒,
>
> 追不回草的灿烂和花的荣耀,
>
> 我们却不悲伤,宁可培养
>
> 我们还剩下的力量;
>
> 力量也在那最初的同情心,
>
> 一旦同情就永难无情;
>
> 力量也在那苦难中涌现的思想,
>
> 它能抚慰心上的创伤;
>
> 也在那能够看穿死亡的信念,
>
> 也在那带来了沉思之心的时光。

沉思,免不了沧桑之感,然而也更多成熟的智慧,更有信心了:

> 对于注视过人间生死的眼睛,
>
> 落日周围的云也染上了
>
> 庄严的颜色,显得深沉。
>
> 又一场比赛过去了,又一些人得胜了。
>
> 感谢有人心使我们能够生存,
>
> 感谢它的温柔,喜悦和恐惧,
>
> 我看最低微的鲜花都有意思,
>
> 但深藏在眼泪达不到的地方。

这个结尾写得异常动人:深沉如大提琴的慢奏,绚烂如夕阳中的红叶,整个儿有秋天的苍劲的美,而最后的一对警句既表达了华兹华斯同有灵性的自然界的默契,又在伤感里露出了喜悦。

第二类是较长的叙事诗,如《毁了的村舍》和《迈克尔》。这类诗在十八世纪后半就已有过,著名的如哥尔斯密斯的《荒村》和克莱普的《村庄》。如果说《荒村》有一定的美化趋势,那么《村庄》却用写实的笔触写出了赤贫的土地和赤贫的人。华兹华斯所作同它们又有什么差别?

可以先从格律说起。《荒村》与《村庄》都用了十八世纪流行的双韵体,而华兹华斯所作则用了无韵白体诗。这点格律上的不同也许不必看得过分重要,但白体诗毕竟比双韵体更自然,更近一般口语,写简朴的农村生活也就更为合适。

而在华兹华斯手里,白体诗更是写得平淡朴素,有时达到平庸乏味的程度。这也正是当时以及后来的人们——包括青年一代的浪漫主义者——揶揄他的一点。但在他写得顺手的时候,他却能做到在平淡中见激情。《毁了的村舍》(1797—1799写成)讲的是一个乡下女子苦等她从军去了的丈夫而终未等着,郁郁死去了;而原是勤快的庄稼汉的丈夫之所以从军,是为一连两个荒年所逼。故事是由两个旅行人在这家人的村舍前相遇,彼此交谈中吐露出来的;他们曾见过这村舍过去是如何整洁、安静,女主人又是怎样热情地对待过路人,如今却屋毁人亡,情景全非。旅行人是深有感触的,但毕竟是谈别人的事,语气是平静的,而最后则把村舍中人的遭遇归结为一个梦,两人又继续上路,去寻找投宿的地方。这样一个平凡的故事,又用这样平淡的语气说出,却使我们读了久久不能放下,原因又在哪里?作者对于这类良善的乡下人的深切的同情是其一,但作者又不亲自出面,而让两位也是乡下人的旅行者做了他的代言人,他们没有一套城里人的谈吐,也不从知识分子的角度看事物,因而所说的话更朴实可信。另一方面,乡下人对人生的哀乐反应更直接,更深切,所以叙述尽管平淡,下面却有真正的激情。凡此都需要一种恰当的诗歌语言才能表达出来:任何花哨、夸张的写法都只会造成不真实的印象,所以华兹华斯的朴素和平淡在这里恰是他的主题所需要的,起了别的语言所不能起的艺术作用。

《迈克尔》(1800)也写乡下人,写法也朴素,但是叙述的角度却有了变化。诗人直接登场,讲的是一个他儿时所闻的故事。他从山谷里一堆石头谈起。原来这堆石头是一个老羊倌同他的孩子堆在那里,预备用来砌一个羊圈的。羊倌名迈克尔,深爱他的羊群,懂得山的奥秘和风的脾气,自食其力,又有勤劳的妻子相助,日子过得平稳满足。他在 70 岁时得子,当然喜欢得很,但不放松对他的教育,从小带他上山,学会放羊,干活,在共同劳动中父子变成了亲密的友伴。等到孩子长到 18 岁,忽然灾难来临。迈克尔为了替一个侄子还债,花掉一半积蓄,为了不致失去祖传的一点土地,不得不让儿子去城里跟亲戚干活。临别之前,他把孩子叫到山谷那堆石头旁边,叫他给羊圈立好一块基石,嘱咐他以后不论碰到什么困难,要回想这时情景,知道有一个老父亲永在爱他。孩子走了,起初家信很勤,写的都是好事,但不久他就在城里堕落了,终于逃往海外,再无音讯。

又是一个平常的故事。这样的悲剧曾发生在广大乡间无数人家。城市代表罪恶,也早有人写过。所不同的,在于迈克尔没有被写成一个可怜的弱者。他在七、八十岁的老年,依然身强力壮。他的力量来自大自然,性格中有大自然的纯净和高贵——这是华兹华斯独到的一笔,也正是他的哲学思想的体现。那圈石头是实物,又是象征:坚硬、耐久,经得起时间的冲蚀,它那自然的本色又是真正朴素的美。羊圈之终未完成,就像父子情谊之终于断裂,是近代文明造成的必然悲剧。然而老人并未被压倒,因为他有最深切的爱:

> 爱的力量给人安慰,
>
> 使得事情容易承受,要不然
>
> 就会使脑子错乱,心也破碎。
>
> 我同不止一个还记得这位老人的人
>
> 谈过,了解到他在听了那不幸的消息
>
> 又过了几年后的情况。
>
> 他的身子骨从青年时期起
>
> 就异常强壮,老年也一样。
>
> 他仍然去到岩石之间,看太阳看云,
>
> 听风的声音,同从前一样
>
> 为他的羊群干各种活儿,
>
> 也在他家传的小块土地上劳作。
>
> 他也常常走到那小山谷去
>
> 替羊圈加上一块石头。

一个写得具体的平常故事,然而因为接触到受大自然养育的人的最根本的情感,所用的语言又是纯净而又有力的,因此这首叙事诗就有了过去同类之作所无的思想深度和感染力。

*　　*　　*

以上把华兹华斯在创作丰收时期的各类作品大致论述了一

下。总起来说,他的长处是能用素净的语言表达深刻的思想,短诗清新,十四行诗雄奇,长诗于平淡中见激情。他并未忘却对法国革命的热情,只是在拿破仑大军的逼近之下,让英国式的民族主义复苏了,但仍然歌颂别的民族为自由而进行的斗争,而对乡下普通人的深切同情更是保持始终。至于他把人的向善的希望都寄托于大自然,则既是他的力量所在,又使他逐渐变得空洞,以致他后期的大量诗作简直不堪卒读了。可能这一点也正是他在世界文坛上影响不大的原因之一。

然而当他处于创作高峰的时候,他确是英国浪漫主义诗歌的骄傲,也是全部英国诗史的光荣,只是这个时期不长,大约从1797年起到1807年,不过十年光景。以后七、八年还有一些集子问世,如1815年的全集,但此后就进入一个漫长的衰落时期。

然而就在他的诗才衰落之前,他还完成了一部规模巨大的作品,即《序曲》。这就是我们说的三类诗里的最后一类。

《序曲》最初有一个短稿,分两部分,于1799年写成。后来诗人将它扩大,于1805年完成,共十三章,但未发表。在以后的三十五年中,他不断修改此稿,但改的主要是文字细节,总的骨架未动,此稿于1850年华兹华斯死后三月出版,内分十四章。

《序曲》有一个副标题:《一个诗人的心灵的成长》。它在英国开创了长篇自传诗的新形式。它的内容丰富,从诗人的童年、青年、上大学一直写到参加法国革命以后的岁月,有具体记述,也有说明自己思想变化的哲理篇章。这两点就使它在文学史上有重要价值,但它的意义不止这些,因为首先第一点是:华兹华斯在这里写下了一部分他最好的诗。

写自传诗当然要写自己,华兹华斯深信他自己是有可写的。

但他又有足够的客观态度知道他不是他所处的时代的中心,中心
是别的主题:

> 至于我自己,
>
> 不值同这伟大的主题
>
> 连起来谈(虽然又不得不谈),
>
> 因为我无足重轻。

(第 9 章,110—113 行)

这"伟大的主题"指的是法国革命。我们在读《序曲》时所关心的
一点正是法国革命对于这位英国浪漫主义的代表者的思想和艺术
所起的影响。华兹华斯对这个主题谈得详细。首先,他说明他在
巴黎是如何变成一个民主派的:

> 夜复一夜地
>
> 我去那些堂皇的场所,碰见
>
> 来自城里高贵门第的常客,
>
> 他们摈绝俗流,自成社会,
>
> 精于诗画,长于礼节,
>
> 由于这些或更深的原因,绝口不谈
>
> 时局,不论好坏,一律避免,
>
> 我感到这是一种限制,令人厌烦,
>
> 逐渐离开了这些人,进入
>
> 一个嘈杂的世界,不久就变成
>
> 一个民主派,把我整个的心,
>
> 全部的爱,都给了人民。

(第 9 章,113—124 行)

他写下了他此时的所思所见：

> 　　　　但是我更痛恨
>
> 绝对专制。一人的意志
>
> 变成了众人的法律，还有一批人
>
> 享有不公正的特权，站在
>
> 君主与人民之间，只为君主效劳，
>
> 对人民则骄横无比，我对此
>
> 越来越恨，掺和着怜和爱，
>
> 爱的是不幸的大众，对他们
>
> 寄以希望，所以也就有爱。
>
> 有一天我们碰见一个饥饿的姑娘，
>
> 臂上有绳系着一头牛，她跟在后面
>
> 拖着沉重的脚步，那牛在小巷里
>
> 到处低头寻找吃的，
>
> 姑娘的苍白双手忙着
>
> 织毛活，然而心不在那里，
>
> 神情凄凉。这景象激动了我的朋友，
>
> 他说："正是为了反对这类事
>
> 我们才战斗的。"同他一样，我相信
>
> 现在升起了一种仁慈精神
>
> 什么也挡不住它，将在短期内
>
> 使这样悲惨的穷困不再存在，
>
> 我们将看见大地无阻碍地
>
> 实现它的意愿，用产品去报偿

温顺的、卑微的、有耐心的劳动儿女。

一切排斥性的规定永远废止，

浮华的典礼、淫佚的制度、残酷的权力，

不论谁建立的，独夫或是寡头，

一律取消，而最后，

最高最重要的一点是：

让人民用他们强有力的手

创制他自己的法律，全人类的

美好日子将从此开始。

（第 9 章，501—532 行）

关于华兹华斯的政治思想，没有比这几十行诗更清楚更有力的表达了！那些只知道他是一个寄情山水的闲适诗人的人，读读这些诗行会惊讶于他对于人民革命的理解之深和期望之高，而他对于实际政治的观察的具体则又超出一般的乌托邦理想；那小女子街头牵牛求食的一景更是深印我们的心上，使我们知道华兹华斯的革命观是真正的信念，是有对人民的苦难的深刻的感受做基础的。能用诗句明确而又形象地表达这一切，使我们在将近两百年后读了还激动，这就是华兹华斯的胜利。

当然，华兹华斯在《序曲》里要表达的不止这一主题，他更致力于写他的"心灵成长"的过程，也就是他在思想上的变化，从对革命的热望到对它感到幻灭，又从思想上的深刻危机到逐渐能够解脱，以至能在大自然中疗治创伤，恢复了想象力和纯正的趣味，这才醒悟到人生中有宝贵的"时间之点"：

我们生命里存在时间之点，

它们有突出的重要性，

保有一种更新的能力。

当我们困于伪说和狂言，

或更沉重更恶毒的妄见，

或卷进琐务和社交的循环，

它们就向我们心灵提供滋养，

暗中医治。这是增加人生愉快的能力，

它深入，又帮助我们攀高，

已高的更高，跌倒的扶起再攀。

这神奇能力的藏身之处

在人生的某些片刻，它们提供

最深刻的智慧，指出终点和方法，

实现心灵的当家作主——而外界的感觉

只是忠顺的仆役。这样的片刻

散布一生，最初的开始

是在童年。

（第 12 章，208—225 行）

这些"时间之点"的更新能力，最后归结成一种"更高超的心灵"。
具有这种心灵的人能达到的境界是：

永恒和临时都给他们

鼓舞：他们在最小的示意上

建立最大的事业；永远警惕着，

愿意行动，也接受行动，

他们不需特别的召唤

就会起来；生活在日常世界上，

他们不迷惑于感官印象，

却有冲动的活动能够及时

同精神世界谈得契合，

也同时间里各个世代的人谈，

过去，现在，将来，一代又一代，

直到时间的消失。

（第 14 章，100—111 行）

这也就是人的想象力在摆脱各种"伪说"、"狂言"、"妄见"、各种日常"琐务和社交的循环"之后能达到的最高境界。而诗句本身也达到了哲理的高潮。这是一类边写边想的哲理诗，要紧的不在结论，而在过程，华兹华斯写这类诗是无人能及的。《序曲》的成功还在乎它包含了自传和哲理，两者的并存使它从几种不同乐曲的交替、对比与融合中取得一种交响乐式的丰富。以感染力而论，多数读者可能会觉得这些哲理段落不及写诗人在巴黎人群中见闻感触的章节动人，实则这类哲理段落也有激情，而且是一种更难表达的激情。写至高的善不易，写纯粹的精神世界也难，华兹华斯也常有写得不成功的时候，而且越到后期越差，因为毕竟这种精神世界是个人内省的、虚幻的，但是《序曲》却使我们看到：当一个诗人真有深刻的思考而且善于表达这种思考的时候，他可以达到什么样前人未曾攀越过的诗歌高峰。

柯尔律治与想象力

柯尔律治(1772—1834)的重要诗篇都写于1797—1798一年之内。此前有些少作,此后也偶有佳作,但对于一般读者来说,他只是三首诗的作者,这三首是《老水手谣》、《忽必烈汗》和《克利斯托贝尔》。

然而这三首却代表了英国浪漫主义的一个重要方面,即"超自然"、神秘主义的一面。三首诗本身也都写得瑰奇,不同凡响,似乎好懂而又难解,至今有一种特殊的吸引力。加上柯尔律治在文学理论上的重大建树,这就使得他在英国诗史上占有突出重要地位。

《克利斯托贝尔》只完成两部分,共六百七十七行。十八世纪后半英国出现一种"哥特式"小说,写幽灵出现于古堡之类的故事,柯尔律治此诗用了类似情节:一位名叫克利斯托贝尔的姑娘在月夜林中看见一个极美的女子在哭泣,说是被一群强人所劫半路扔下的,动了怜悯之心,请她进了父亲的古堡,安置在自己睡房里。第二天她父亲老爵士也很有礼貌地接待了她,听她说起家世,发现她的父亲是邻居的一位爵爷,原是自己过去最好的朋友,不过后来两人却吵翻了成为仇敌。现在老爵士早已后悔,看见这位小姐就想重续旧好,忙着布置派人前去把爵爷老友接来同他女儿一起在自己堡里团聚。不料这时自己的爱女克利斯托贝尔却跪在他的脚下,向他央求:"看在我死去的母亲面上,请您把这女人送走!"

为什么姑娘原来救了这个女人,而现在却要把她送走呢?这是因为她昨夜与这女人同寝,感到一阵昏迷,如中魔法,而今天又

在她父亲面前,看见那女人侧眼看着自己,显出了一条蛇的原形,忽然间:

> 这小姐的眼睛在她头上缩小,
>
> 缩成两只蛇的眼睛,
>
> 带着恶意,更带着恐惧,
>
> 侧面瞧着克利斯托贝尔!——
>
> 一会儿——这景象就已消失!

而这时倒是老爵士勃然大怒了,怎么女儿会不理解他要与老友重新和好的心愿! 于是他不顾她的央求,命令手下人立刻动身上路去接小姐的父亲。

至此第二部分结束。柯尔律治原来还要再写三个部分,但始终没有实现。

此诗写得既有故事,又有气氛,转接处颇为戏剧化,而在格律上又不用通常以音节组成的音步,而用了古英语诗的重音办法,即每行不论音节多少只有四个重音。已成部分作为手稿流传时,受到司各特和拜伦的称赞,柯尔律治才将它发表。实际上,司各特写《末代行吟诗人之歌》和拜伦写东方叙事诗中的《围攻柯林斯》,都受到柯尔律治此诗的影响,尤其在格律上如此。

另一首未完成的诗是《忽必烈汗》此诗可谓集梦之大成,不仅内容是诗人在读一本游记中间打盹时梦中所见,而且诗句也全是诗人在梦中所写,醒来还记得,于是赶快写下,不料写到五十四行忽然有客来访,等到客走重新执笔,却把下文完全忘了。这是诗人自己在本诗引言中说的写作经过。

从现存五十四行来看,此诗可分两个部分。第一部分同忽必烈有点关系。开始几行就提到了他：

> 忽必烈汗降下旨意,要在上都
>
> 修筑游乐之宫,堂皇富丽:
>
> 其处圣河阿尔夫
>
> 流穿深不可测的山窟,
>
> 注向阴暗的海里。

(吕千飞译文,下同)

接着是一番描写,不止写异国风光,而且出现了这样的凄丽景色：

> 但是啊,那条裂罅深邃而充满幻想。
>
> 斜劈青山,横过雪松林地!
>
> 荒野去处,一如既往,
>
> 半钩残月,圣洁而魅惑迷惘,
>
> 有女留连徘徊,为鬼恋悲泣!

这是一种与《克利斯托贝尔》一致的浪漫情思,属于中世纪的"哥特式"幻想。

　　然而这样的"鬼恋"气氛却立刻为怒潮轰鸣声所驱逐了,元朝大汗再度出现：

> 忽必烈在轰响中听见,
>
> 祖先在远方预言争战!

但是引起赞叹的却不是军事征服,而是那想象中的游乐之宫：

> 这设计稀罕,真天开异想,
>
> 教山窟冰霜伴殿宇朝阳!

冰雪晶莹而又殿宇朝阳闪耀,这一奇异的对照加强了图景的异域色彩。

第二部分则与忽必烈无关。它一上来就描写另一个梦中所见:

> 一次梦幻中,我曾见到
> 一张古琴,女郎怀抱:
> 那是位阿比西尼亚少女,
> 唱阿保拉山之曲,
> 弹琴伴奏歌调。

这是梦中之梦,地点从上都移到了非洲,格律也从轰响变成了古琴伴奏的歌曲,好像是安静下来了。但这歌曲却又突然变成呼喊:

> 小心! 小心!
> 他目光似电,长发飘风!
> 莫犯圣威,阖闭眼光,
> 围成圆圈,绕行三度
> 因为他已喝过甘露,
> 又饮过天堂乳浆。

这最后一段中的"他"指的是诗人,所描写的是诗人在灵感激发时犹如神灵附体,如疯如狂的样子。全诗至此倏然而止。

显然,此诗的主角并非蒙古大汗,而是诗人;所渲染、形容的是灵感,是想象力。情景转换的迅捷,形象对照的突兀,格律上多种乐音替换的频繁,都是为了突出想象力的作用,表现出它的不可捉摸性。英国浪漫主义诗歌的神秘、瑰奇的一面在此集中显现了,而此诗之着重音乐美和意境美而不讲思想或道德意义,则又成了后世纯粹诗、抽象诗的先导。

《老水手谣》是柯尔律治留下的唯一完整的长诗。称为"谣",是因为它采取了古民谣的格律,用词古朴,也有一个故事。三位青年应约参加婚礼,其中一位在途中被一个老水手拉住,要他听自己航海经历。青年并不愿意,但被老水手的炯炯目光镇住了:

> 婚礼客坐在石头上,
> 没有办法,只好倾听。
> 于是老水手继续讲述,
> 闪动着目光炯炯。

> （吕千飞译文,下同）

老人讲他的船一开始航行顺利,向南行进,直到赤道。但此后遭遇风暴,又碰到浓雾飞雪,天气突冷:

> 这里是冰,那里是冰,
> 到处是冰墙重重。
> 崩裂、咆哮、吼鸣、嚎啸,
> 真个是震耳欲聋。

接着有一只信天翁穿雪破雾飞来,受到水手们的欢迎,而船只也平安了:

> 霹雳一声,冰山便爆裂开来,
> 我们便从中间航行。

于是船只掉头向北返航,信天翁每天出现,跟船飞翔。似乎一切顺利了,可是又发生了可怕的事。婚礼客看见老水手说到这里,脸色

突变:

> "上帝拯救你,老水手,
> 你让魔鬼折磨得苦痛!
> 看你脸色,你怎么啦?"——
> 我用弩弓射死了信天翁。

这是第一节之末,也是故事的一个转折点。老水手突然射死信天翁,是在一种不可解的冲动之下干的,而信天翁原是吉鸟,现在无辜被杀,大自然替它执行了惩罚,停了风,船只陷入完全的死寂之中,不能动弹了:

> 和风停止,蓬帆落下,
> 情景极度悲凄。
> 我们开口说话只是为了
> 打破海洋的沉寂。

> 在灼热的、铜色的天空之中,
> 正午的骄阳血红可怕,
> 它就停在桅杆顶的上方,
> 并不比月亮更大。

> 日复一日,天复一天,
> 我们困住,风不吹,船也不动,
> 死呆呆,好像是纸画的船儿,
> 停留在纸画的海中。

> 海水，海水，四面是海水，
>
> 而船板都在干缩；
>
> 海水，海水，四面是海水，
>
> 却没有一滴可喝。

水手们极度干渴，他们以为这一切都是老人杀死信天翁所带来的，痛恨之下，也惩罚了他：

> 我看到了老老少少的面孔，
>
> 哎呀，脸色多么凶！
>
> 他们挂上我脖颈的，不是十字架，
>
> 而是那死的信天翁。

至此第二节告终。

　　我们也可以略作停留，对此诗做些初步分析。我们看到：第一，这是一个有深刻内容的故事，不仅感情强烈，而且有道德和宗教内容，例如罪与罚的问题。第二，作者的艺术手段适合这个内容，民谣的格律不繁琐而有力，有的段落有一种咒语式的节奏；语言朴实到近乎童语程度；所用色彩形容词都是鲜明的本色，互相之间对照强烈（例如上面引过的"灼热的铜色天空"，"正午的骄阳血红可怕"）这一切都是最基本的、原始性的手段，用以写一个赤诚而又难测的世界，而把文明社会（以钟鼓齐鸣的婚礼为代表的）排斥在外。

　　这些特点在后面几节中还要重现，而故事情节则继续变化。

　　在极度干渴之中，老水手看见一条船的残骸驶来，上有两个女人，一个是"死亡"，另一个是"死中生"，两人在掷骰子赌输赢，结果"死中生"赢了，她要下了老水手，于是别的水手都死了，唯他独活——但是活也是一种痛苦：

孤独啊,孤独啊,真正的孤独,
大海上孤单单一人!
没有一个圣者施予怜悯,
怜悯我痛苦的灵魂。

那许多人,非常美好的人,
他们都躺倒死去。
而千千万万可憎的东西,
却活下来,包括我自己。

特别可怕的,是死者谴责他的眼光:

孤儿的谴责可以把人
从天堂拉下地狱。
但是,咳,更为可怕的是
死者眼里的怨气。
我面对谴责,七天七夜,
自己恨不得死去。

这就开始了赎罪的过程,而因为是真诚的赎罪,事情又有了转机。
有生命的活东西出现了,奇幻的色彩也重见了:

在大船遮蔽的阴影以外,
我注视着游动的水蛇,
它们拖着白花花的踪迹,
顽皮地从海面闪闪竖起,
抖落雪白的水花。

> 在大船遮蔽的阴影以内，
> 我注视他们华丽的服装：
> 鲜蓝、紫黑和光泽的绿，
> 它们盘旋、游移，每一个踪迹，
> 都闪耀着金黄的火光。
>
> 啊，快乐的生物，它们的美，
> 难以用言语敷陈。
> 我心里涌起爱的源泉，
> 不禁祝福它们；
> 当然是保护神对我怜悯，
> 使我祝福它们。
>
> 就在我准备祈祷的时刻，
> 信天翁跌落下来。
> 它从我颈上落下，重似铅块，
> 径直地跌进大海。

这就是说：因为老水手有了爱心，能为美丽而快乐的生物祝福，他的厄运也开始解除了。

于是在后面几节，出现奇观。老水手终于长长睡了一觉，醒来时发现露水和雨水都降临了，不再干渴了，死去的同伴们忽然能站起来操作，船儿又顺利前进。但是，下面还有一段曲折。船儿又猛然跳动，老水手再度跌倒，昏沉中听见有两人在空中说话，在辩论是否还要延长他赎罪的苦行。老水手醒来，再度看见同伴们的尸

211

体站在甲板上,瞪着呆死的眼睛看他。幸而时间不长,赎罪的过程终于完结。船儿进入港湾后忽然沉没,老水手浮在水上,但已有小艇接近,把他救起。生命是保全了,但是老水手却解不脱心头的痛:

> 从那以后,说不定什么时候,
> 痛苦就回到心头。
> 我心中像燃烧一样痛苦,
> 直到故事讲完方休。
>
> 我像夜晚一样穿行四方,
> 我的口才极有力量。
> 我一见到这个人的面孔,
> 就知道他一定会听我的故事,
> 就把故事对他讲谈。

这就是为什么他一定要拉住婚礼客听他讲自己海上经历的原因。这也是一种继续赎罪的方式。他最后说:

> 别了,别了,参加婚礼的客人,
> 但有句话我要告你:
> 只有爱人、爱鸟、爱兽的人
> 祈祷才有效力。
>
> 热爱一切大小生命,
>
> 祈祷才有效力,
> 因为热爱我们亲爱的上帝,

> 他创造并热爱一切。

到了这个时候,听他说故事的婚礼客也起了变化,原来那样热切地要去参加婚礼,现在却"撇下婚礼走开"了:

> 他走了,像受到严重打击,
>
> 呆滞迟钝,感觉不灵,
>
> 明早起床时他会变得
>
> 更严肃、也更聪明。

这就是第七节也就是全诗的结束。

　　通观全诗,有一个精心构筑的骨架,首尾相接,语言一贯地纯朴而又美丽,而主题则挖掘深刻:罪行非理智所能解释,罚也不只是法律上的惩处,最痛苦的是良心上的责备,能解决一切的则是爱。这是诗人通过情节形象地逐步表达的,我们读者也是原来想赶路而终于留下听讲的婚礼客,在读完全诗之后也变得"更严肃、也更聪明"了。

　　能够写出这样出色作品的诗人却在1800年左右发现自己诗才在枯竭,感到难以为继了。他也曾力图振作,然而却只在1802年写出了《沮丧之歌》。在这首一百三十九行诗里,他回顾曾经有过的内心欢乐,这种欢乐是一切乐声、一切丽色,甚至"一个新地球和一个新天堂"的来源,然而:

> 如今苦难把我压倒在地上,
>
> 我不计较欢乐的失丧,
>
> 　可是呵! 每一次苦难来袭
>
> 都隔断了我天生的专长

> ——那塑造一切的想象力。

这一失落就非同一般,因为在柯尔律治的全部信念里,没有任何东西能比想象力更重要了。

想象力是他的诗歌理论的中心。他在他的著名的理论著作《文学传记》(1817)里这样写道:

> 诗是什么?这个问题与另一个问题几乎是同一问题,即:诗人是什么?答案也是互相关联的。因为诗的天才的特点正在它能充实、润色诗人自己心里的形象、思想和感情。最理想的完美诗人能使人的全部灵魂活跃起来,使各种才能互相制约,然又发挥其各自的价值与作用。他到处散发一种和谐一致的情调和精神,促使各物混合并进而溶化为一,所依靠的则是一种善于综合的神奇力量,这就是我们专门称为想象的力量。这力量是由意志和理解力所发动的,而且始终在它们的不懈的但又是温和的、难于觉察的控制之下(即所谓"驭而不紧");它能使相反的、不协调的品质平衡与和谐起来,例如同与异、普通与具体、想象与形象、个别的与有代表性的、新奇、新鲜感与旧的熟悉的事物、不寻常的情绪与不寻常的秩序,又例如清醒的判断力和始终如一的冷静的一方面与热忱和激荡的深情的另一方面。但是它虽调和自然与人工,却仍置自然于人工之上,内容于形式之上,对诗本身的感应于对诗人的赞赏之上。
>
> ……
>
> 最后,诗的天才以良知为躯体,幻想为外衣,运动为生命,想象力为灵魂——而这个灵魂到处可见,深入事物;并将一切

合为优美而机智的整体。

（第 14 章）

这种"善于综合的神奇力量"不是能够轻易获得的,很多人虽然写了不少诗,却只运用了"幻想"（fancy）,而幻想不是想象力（imagination）。两者的区别何在？柯尔律治的说明不如他举的例子清楚：

> 密尔顿有高度的想象力,而考黎多是很会幻想。

（同书第 4 章）

幻想和想象力可以同时存在于一个诗人的脑里。他以华兹华斯作例：

> 就我的感受而言,华兹华斯运用幻想并不总能做到优雅,有时还失之于古奥。……但是就想象力而言,他是近代作家里最接近莎士比亚和密尔顿的一人。而且他不乞灵别人,而是一切独创。

（同书第 22 章）

换言之,想象力是一个诗人所能取得的最高能力,只有极少数处于文学顶峰的大家如莎士比亚和密尔顿才能具有。

柯尔律治既然认为他的诗友华兹华斯具有这样的想象力,那么他自己呢？《沮丧之歌》里已经说了:他原来也是有的,但是后来失落了。因为有,所以他才能写出那样奇幻而又动人的三首诗;因为有过,他也就觉得曾经沧海难为水,不能满足于任何差一点的作品,所以就少写以至干脆不写了。于是他变成一个评论者,演讲家,以富于哲学思考和独到见解闻名,年青的济慈曾以同他散过步

215

听他谈过话而写信告诉弟弟。这是柯尔律治的另一种文学生涯，另一种光荣，然而作为诗人的柯尔律治却隐退了。这一急剧的变化也是富于浪漫主义色彩的，但却不是悲剧性的，因为毕竟留下了量少而质精的优秀作品，而在提出想象力理论这一点上他前抗古典主义，后引现代主义，而在他当时则成为几乎全部浪漫主义诗人——从布莱克到济慈——的代言人。

第十章　浪漫主义诗歌（下）

华兹华斯和柯尔律治的诗才暗淡之后，不过十年，新的一代诗人就崛起于文坛，继续推进浪漫主义诗歌。

这一代中有三个各有特长的大诗人：拜伦，雪莱，济慈。

如果用一句话来介绍他们，也许可以说：拜伦的影响最广，雪莱的探索最深，济慈在增进敏感上用力最勤。

三人也都是在法国革命思想的影响下写诗的，都是民主派，都遭受社会的迫害，都在青年死去。

拜伦和他的《唐璜》

乔治·戈登·拜伦（1788—1824）是没落贵族，入上议院之初就发言为破坏机器的工人们辩护，参加意大利、希腊的民族解放斗争，写的诗也多以反抗暴政为内容，最后病死在希腊起义军中。出现于文坛之初，他曾以有文才的青年贵族身份成为伦敦贵妇人客厅中的卜客，但不久就因与妻子离婚而受到非议，蜚言流传，于是他愤而出国，以后岁月就在意大利度过。但是英国上层社会仍然不放过他，攻击之声不断，而同时，他的诗作和言行激起了整个欧洲青年志士的崇拜和仿效。

起初,他写的是两类诗,即纪游诗和东方故事诗。

纪游诗集中于《哈罗尔德游记》(一、二章,1812;三、四章,1816,1818)。所游的国家先是西班牙、葡萄牙、阿尔巴尼亚、希腊等国,然后回到比利时,法国、瑞士、意大利,都是当时一些英国人向往的地方,他笔下的东欧各地尤其富于魅力;而漫游各地的主人哈罗尔德又是一个像拜伦自己那样的青年贵族,潇洒、敏感,然而忧郁,像是有不可告人的悲哀身世,加上吐属不凡,诗句也铿锵可诵,更增此书的吸引力,于是盛销于世,作者自称:"我一夜醒来,发现自己成了名人。"

拜伦并未就此陶醉,而是不断改进诗艺,加上涉世更深,所感更多,于是在后续的三、四两章里,写出了更成熟的诗。前两章的成功在于写异国风光,后两章则以写地方与历史见长。所谓历史并不是古代的往迹,而是发生不久的欧洲大事,如拿破仑的征战与败亡:

> 现在哈罗尔德站在骷髅堆上,
>
> 法兰西的坟墓,致命的滑铁卢!

(第3章第18节)

而关于滑铁卢大战前夕的舞会的描写,则是戏剧性的场面、音乐和抒情的动人结合,一曲未罢,战争的号角就把酣舞中的爱人们生生劈分:

> 夜深深,纵饮狂欢,乐不可支,
>
> 比利时京城从四处聚集了一厅
>
> 那么些美貌再加那么些英姿,
>
> 华灯把美女英雄照得好鲜明,

……

可是听！听啊！什么声音像丧钟的轰隆！

(卞之琳译文，下节同)

这是舞会的开始，但已传来了战事爆发的凶音。于是空气突变，出现了完全不同的场面：

啊！立刻到处是纷纷乱乱，

涕泪纵横，难过到直抖，直颤动，

脸庞都发白，全不像一小时以前

一听到赞美它们就那样羞红；

到处是突兀的离别……

这几段实际上是哈罗尔德行程上的一个插曲，由于写得动人，后来独立成篇，成为许多英国文学选本的必备之作。

从思想深度看，则更精彩的是主人公在瑞士境内见到几位启蒙主义大师遗迹时的感慨。他称卢梭为"自我折磨的狂生……提倡苦难，又使情欲更具魅力"，又咏叹了伏尔泰和吉朋这两位"太初巨人般"的无畏思想家，敢于"冲击上天，再取火焰"，特别是关于吉朋的两行警句：

他精炼武器，笔里藏刀，

用俨然的讥笑笑倒了俨然的宗教。

(第3章第107节)

显示出他对吉朋巨著《罗马帝国衰亡史》的精神的了解之深；实际上，他是把这些启蒙主义思想家作为他的精神祖先的。

在叙事诗方面他也成就巨大，不仅扩大了他的诗名，而且使得原来也以叙事诗见长的司各特自叹不如,转而写起历史小说来。实际上,两人的叙事诗在题材上有很大不同:司各特擅长写苏格兰家族之间的斗争,其吸引力主要是他的中古主义气氛;拜伦则写东欧地中海沿岸各国的海盗、异教徒、叛逆者,一些心怀人间不满、敢于同命运抗衡的硬汉,也就是所谓"拜伦式"英雄。加上这些故事中有火炽的打斗场面和爱情的穿插,对于年青读者是至今都有感染力的。人们提到英国浪漫主义,往往首先想起的是拜伦的这类作品。

离开英国之后,拜伦又在意大利写了一系列诗剧,其中《马林诺·法里埃罗》(1820)和《福斯卡里父子》(1821),探讨意大利城邦共和政体的建立和权力实际掌握在谁的手里的问题,冲突不仅戏剧化,而且有深刻意义,显示了拜伦对于民主政治的见解——他反对元老院的寡头政治,认为即使在一个共和国中,人民仍须为自由而斗争。另有《该隐》(1821)一剧则是反对宗教的,利用了《圣经》中该隐杀弟的故事,但剧中的该隐不仅不感到有罪,反而嘲笑上帝,认为人既有了理智,就应理智到底,为了扩充知识,应去了解死亡。这当中有启蒙思想的彻底的理性主义精神,剧本发表之后立即遭到英国教会人士的猛烈攻击。

这些剧本表明了拜伦在思索着一些重大问题,在艺术上也利用了自己之长写出了不少有戏剧性的场面和富于雄辩力的台词。拜伦是有心复兴英国诗剧的,但是诗剧却并未在他手里重振。这主要是因为拜伦创造的人物还不够丰满,思想感情单一化,诗和剧也不是密切结合的。拜伦自称他师法古希腊悲剧而不走十六、十七世纪"那些疯狂的老剧作家"、"那些浮夸的江湖贩子"的路,但是浪漫主义时期正值人们重新兴起对莎士比亚等人的诗剧的巨大兴趣,相形之下,拜伦的剧作就显得单薄而不深刻了。当时的批评家海什力特甚至说:老剧作家的"任何一行诗就抵得过拜伦一个剧本的全部说教性和描写性的铺陈",因为拜伦"写不出处于强烈激动状态的人物的所见所感"(《伦敦杂志》1821年5月号)。

在另一种文学形式里,拜伦却得到了没有争论的成功,即篇幅较长的讽刺诗。这当中有讽刺威尼斯社会风尚的《别波》(1818),有政治讽刺诗《审判的幻景》(1822),最后还有"讽刺史诗"《唐璜》(1819—1824)。

以前写《哈罗尔德游记》等诗,拜伦用的是斯宾塞的九行体。现在写这些讽刺诗,他找到了一种更适合讽刺性题材的新诗体,即意大利八行体(ottawa rima)。这一诗体不像斯宾塞九行体那样铿锵高雅,却能混合雅俗,容纳口语入诗,造成俏皮、滑稽的效果,正是讽刺性题材所需要的,同时口语体又是拜伦作长,两者结合,拜伦的诗歌天才得到了新的发展。

下面就是八行体的一例:

> 他曾写诗赞美杀国王的人,
> 　他又写诗赞美一切国王;
> 他曾写诗拥护共和国,不论远近,
> 　然后用加倍的仇恨将它们中伤;
> 他曾高唱泛民主的理论,
> 　表现了聪明,却无道德的向往,
> 然后变成雅各宾的死敌,
> 　反穿了外衣,还恨不得换身皮。

> (《审判的幻景》,第97节)

这里的"他"指邵赛,湖畔派的一员,原来非常激进,热烈拥护法国大革命,但不久就变得非常反动,终被王室封为"桂冠诗人"。拜伦在这里用三组对仗式的句子揭出他两种截然不同的嘴脸,而在最后两行中把邵赛的一生归结到一点,即他是一个变节者("翻穿了外衣"是英文中形容叛徒的成语)。在这里,拜伦利用了八行体的结构——包括它的脚韵格局 abababcc——和口语体的跌宕活泼,使他的讽刺更见犀利。实际上,此诗连诗题也是讽刺,因为《审判的幻景》原是邵赛悼念国王乔治第三而作的诗题,拜伦一字不改地拿了过来,而内容则针锋相对地变成了谴责国王及其走狗邵赛。

《别波》也有讽刺,但是一种对社会浮华风尚的讽刺,穿插着这样的段落:

> 由偷看而眉目传情,由传情而叹气,
> 由叹气而起念头,由念头而表白,
> 终于托捷足的水星递出信息……

这当然是文字游戏,然而又是同所写的威尼斯浮华世态完全合拍的。

以上两诗对于《唐璜》的写作是一种准备。通过它们,拜伦积累了运用八行体的经验,才能把《唐璜》写得那样得心应手。其次,他的讽刺也扩大了效力圈。《唐璜》有《别波》的社会讽刺,如第一章伯爵老爷带人来搜他夫人卧房的滑稽场面,活像来自一个意大利的喜歌剧;同时,它又有《审判的幻景》的辛辣的政治讽刺。但《唐璜》还有许多其他成分,而整体则是一部篇幅巨大(共十六章又十四节)、内容广阔、结构宏伟的世界文学杰作。

首先,它是一部戏剧性很强的故事,很少长篇巨制从头到尾有这样高的可读性。同时,它又是拜伦个人的闲谈录,他随时对故事中的人物、情节加以说明、评论,所谈涉及天下大事,政治人物,骚人墨客,风俗习惯,还道及作者本人的儿时回忆,读书心得,对游过欧亚大陆之间的海峡的自豪感,对于将来终会有人飞上月球的科学预言,内容非常丰富,而语言则是那种最本色的口头英语,展现了亲切、富于风趣的谈话艺术。此书实际上有两个主角,一个是故事中的热血青年唐璜,活动在十八世纪;另一个是闲谈者即作者,而他是写诗当时即十九世纪的人物,因此书里还有两重时间。

而故事之中又包含了一部游记。唐璜出生在西班牙,后来却因爱情纠纷而离家漂泊海上,由西而东,到了希腊、土耳其、俄罗斯,成了女皇宠臣;后来他又受女皇派遣,出使英国,这样他又由东而西,穿越大陆而出现在伦敦。拜伦本是写游记的能手,这是有《哈罗尔德游记》为证的,但哈罗尔德只是一个旁观的游客,而唐璜则是在旅行途中碰到各种事情的参与者和当事人;前者是悠闲的,后者则活动频繁,所遭遇的事或惊险(如海上遇风暴,所坐船只沉没,又如卷入伊斯迈城下一场血战),或滑稽(如被卖为女奴,在土耳其苏丹的后宫里同后妃宫女等厮混),而等到他进入英国,唐璜的新鲜感受又同作者拜伦的老练讽刺一起出现,有叙有议,使得这部"讽刺史诗"更是景象万千,在深浅几个层次上打动读者。

而就内容来说,上述两重性不止使它一般地更加丰富,而是使它收纳下了更多的欧洲现实。一东一西两次长途旅行所见就是欧洲现实,而两重时间则使读者知道:虽然故事似乎发生于十八世纪,但所指实是十九世纪初年,作者本人登场发表各种议论就是为了向读者点清这番用意。

例如作者用整整的七、八两章专写伊斯迈战役,把俄土两军的战略、战术、战斗实况、战场上谁对平民仁慈谁又残暴、将军们又怎样不爱惜士兵的生命,等等,都写得异常生动。而等到战役的故事讲完,在接下来的一章里,作者又把笔锋一转,转到了英国将军惠灵顿:

> 你"杰出的刽子手呵,"——但别吃惊,
>
> 　这是莎翁的话,用得恰如其分,
>
> 战争本来就是砍头和割气管,
>
> 　除非它的事业有正义来批准。
>
> 假如你确曾演过仁德的角色,
>
> 　世人而非世人的主子将会评定:
>
> 我倒很想知道谁能从滑铁卢
>
> 得到好处,除了你和你的恩主?

　　　　　　　　　　　(第9章第4节,查良铮译文,下同)

从伊斯迈转到滑铁卢,这是在时间上把十八世纪拉到了十九世纪,谴责的对象也从野蛮的哥萨克部队转到了滑铁卢战役的胜利者惠灵顿,这后者为保卫欧洲王公贵族的旧秩序而进行的反法战争正是当时欧洲的现实。

　　对于这样的现实,拜伦总是借题发挥,加以讽刺和评论。紧接上节,他来了这样一个小结:

> 既然你爱甜言蜜语多于讽刺,
>
> 　人们也就奉上一些颠倒的赞誉:
>
> "各族的救星"呀,——其实远未得救,
>
> "欧洲的解放者"呀,——使它更不自由。

这最后两行之中,前半是人们对于惠灵顿的阿谀,后半是拜伦的评论,简洁扼要,击中要害,像是压低了嗓门说的,却更使那大声朗诵的谀词显得空洞和荒谬。

这里拜伦运用了一种修辞手法,名为"倒顶点"——即对前面所着重的东西突然来一个否定,前面像是鼓足了气,后面则是一下子把它泄掉了。拜伦特别擅长此道,在《唐璜》里多次运用。有时是为了取得诙谐效果,如这样形容唐璜这小伙子的无所不能,无所不干:

> 骑马,击剑,射击,他已样样熟练,
>
> 还会爬墙越过碉堡——或者尼庵。

(第 1 章第 38 节)

越过尼庵当然就不是表演武艺,而是去偷情了。或者故意小题大作,只到最后才点明:

> 那软化一切,无坚不摧的声音,
>
> 这就是那灵魂的表钟——餐铃。

(第 5 章第 49 节)

人们读了第一行,以为作者要有什么了不得的声明或宣告,不料却只是招呼吃饭。

"倒顶点"出现的地方,往往是在八行诗段之末。这是一个最容易取得强调效果的位置。正是在这个上,拜伦推出了他的警句,例如:

> 帝王支配万物,但不能变其性,
>
> 而皱纹,该死的民主党,绝不奉承。

(第 10 章第 24 节)

　　然而更值得注意的,还是这些警句、这类"倒顶点"所传达的政治评论。拜伦在闲谈中也开玩笑,谈私事,变化很多,但是变来变去,最后总归纳到对欧洲现状的评论。他是在 1818 年开始写《唐璜》的,一直写到 1823 年他去参加希腊起义军还未最后完成。这段时间正是欧洲反动势力在打败了拿破仑之后加紧镇压民主活动的黑暗年月。拜伦则在诗里不断抨击王室、军阀、大臣和他们的帮凶,歌颂争取自由和民族解放的革命志士。上面已举的对于惠灵顿的讥刺就是一例。就在描写唐璜同海黛过着田园情趣的爱情生活的第三章里,他也插进了一支《哀希腊》:

> 希腊群岛呵,美丽的希腊群岛!
> 　热情的莎弗在这里唱过恋歌,
> 在这里,战争与和平的艺术并兴,
> 　狄洛斯崛起,阿波罗跃出海波!
> 永恒的夏天还把海岛镀成金,
> 　可是除了太阳,一切都已消沉。

(查良铮译文,下同)

这可不是拜伦通常用的闲话口吻,而是声调铿锵、意气激昂的长歌。长歌当哭,哭的是昨天的灿烂光华今已不存:

> 起伏的山峦望着马拉松,
> 　马拉松望着茫茫的海波;
> 我独自在那里冥想了一时,
> 　梦见希腊仍旧自由而快乐;
> 因为当我在波斯墓上站立,
> 我不能想象自己是个奴隶。

歌者进一步慨叹今天希腊的沉沦:

> 也好,置身在奴隶民族里,
>
> 　尽管荣誉都已在沦丧中,
>
> 至少,一个爱国志士的忧思,
>
> 　还使我在作歌时感到脸红;
>
> 因为,诗人在这儿有什么能为?
>
> 为希腊人含羞,对希腊国落泪。

然而,难道就安于这可耻的奴隶状态么? 不,想一想祖先的壮烈,就应该唤醒民族奋起斗争:

> 　　你听那古代的英魂
>
> 正像远方的瀑布一样喧哗,
>
> 　他们回答:"只要有一个活人
>
> 登高一呼,我们就来,就来!"
>
> 噫! 倒只是活人不理不睬。

歌者又告诫国人,斗争得靠自己,不要对西欧国家存幻想:

> 别相信西方人会带来自由,
>
> 　他们有一个做买卖的国王;
>
> 本土的利剑,本土的士兵,
>
> 　是冲锋陷阵的唯一希望;
>
> 但在御敌时,拉丁的欺骗
>
> 比土耳其的武力还更危险。

这就又把西欧的现实拉了进来,正是拜伦在此诗里一贯用的办法:杂糅时间,咏古为了讽今。

最后,歌者回到了最初的忧郁情调:

> 让我登上苏尼河的悬崖,
>
> 　在那里,将只有我和那海浪
>
> 可以听见彼此的低语飘送,
>
> 　让我像天鹅一样歌尽而亡;
>
> 我不要奴隶的国度属于我——
>
> 　干脆把那萨摩斯酒杯打破!

这就加深了意境,刺激性的对比和挑战性的反问之后,又多了一点海浪低语和天鹅临终的哀歌,于是余音不绝,浪漫诗人的人生忧患感随着抒情情调终究重现了。这长歌不仅写得激昂,而且写得很美。无怪乎在十九、二十世纪之交,三个中文译本相继出现在中国,使得当时也处于奴隶状态的汉人知识分子与歌者同哭,又与歌者互相激励,在推翻满清王朝的革命中起了不小的作用。

　　这歌是穿插在唐璜和海黛所举行的盛大宴会上的,所以格律和写法也不同于作品的主要部分,但是内容却不是吟唱爱情,而是号召希腊人民起来推翻土耳其苏丹的奴役。这是另一种形式的政治评论。

　　在作品的本体里,政治评论更是俯拾即是。我们再举几个例子:

> 是谁掌握世界的枢纽? 谁左右
>
> 　议会,不管它倾向自由或保皇?
>
> 是谁把西班牙赤背的爱国者
>
> 　逼得作乱? 使旧欧洲的杂志报章
>
> 一致怪叫起来? 是谁使新旧世界
>
> 　或喜或悲的? 谁使政客打着油腔?

是拿破仑的英灵吗？不,这该问

犹太人罗斯察尔德,基督徒巴林!

（第 12 章第 5 节）

金融资本家罗斯察尔德和巴林是真正的统治者——这是拜伦对于西欧现状的剖析。

出路何在呢？拜伦也说得毫不含糊:

唯有革命

才能把地狱的污垢从大地除净。

（第 8 章第 51 节）

他也清楚革命意味着什么。不是搞议会政治那一套,而是暴烈的人民行动:

法国人还没有学会使用灯光,

等他们学会了,却又不捻灯芯,

而是把恶徒吊上柱子来照明。

沿大街吊起一列高贵的绅士,

当然能给人类以光明和教化,

正如把地主的庄宅烧把野火。

（第 11 章第 26、27 节）

这里有着巴黎人民的革命实践。法国大革命之后的动荡年月里,巴黎人民唱着一首战歌,其最后的叠句正是:

一切都会好,一切都会好,

贵族吊在路灯上,

　　我们要把贵族都上吊！

在拜伦的闲谈里，就包藏着这类的言论。在别人，可能是空论；拜伦却以他在意大利参加烧炭党地下活动和最后死在希腊起义军里的事实证明他不是一个"客厅革命家"。回头来看《唐璜》这部巨制，我们也就更加清楚闲谈在其中所起的作用。它不止提供了另一重内容，使得这部作品有几个层次；它是拜伦为了加深作品的意义和现实性而进行的巨大艺术创新。可惜他没有能够活着完成全诗，令人对于英国部分的后来变化，作着种种揣测。

*　　　*　　　*

　　几位重要的英国浪漫主义诗人有共同的趋势，但又各有本身特点。拜伦的特点不同一般。一方面，在异域情调和号召民族解放等方面他最有浪漫主义精神；另一方面，在诗艺上他又是同浪漫主义唱对台戏的，如他追随被华兹华斯等人批判过的十八世纪诗人，特别是蒲柏。他以口语入诗，但这种口语不同于华兹华斯所提倡的普通人的自然语言，而是有文化教养的上层人士的闲谈语言，在这点上拜伦实际上是开创了以后维多利亚朝诗人勃朗宁要走的路，而勃朗宁的语言又影响了更后的英美现代派诗人。在英国诗史上，口语体诗构成一个传统，拜伦是其中承先启后的关键人物。

　　从所产生的影响来说，拜伦又明显地超过其他浪漫诗人。这影响既是文学的，更是政治的。拜伦的作品在全欧洲广泛流行，不仅在许多国家出现了仿作，而且许多青年在拜伦诗作和为人的激励下变成了果敢的革命者，诚如鲁迅所说：

　　　　其力如巨涛，直薄旧社会之柱石。余波流衍，入俄则起国
　　民诗人普式庚，至阇则作报复诗人密克威支，入匈牙利则爱国

诗人裴象飞,其他宗徒,不胜具道。

(《摩罗诗力说》)

我们还可以加上一句:就在我们中国,单是《哀希腊》一歌就激起了巨大的波澜。

拜伦的流行,还因为他的诗不论写什么,都是普通读者——包括外国读者——所能看懂,所能欣赏的。上面提到过《唐璜》的可读性。其实何止《唐璜》!《哈罗尔德游记》、一系列的东方故事、剧本、长篇讽刺诗等等无不如此。论可读性,英国古往今来的诗人没有几个能同他比。而同时,他又有足够的诗艺和复杂性使得一些高雅的人们也感到他的特殊魅力。二十世纪现代派诗人中,奥顿就赞他为"潇洒风格的大师"(《致拜伦勋爵书》),而且模仿这种风格而写出了他的也颇"潇洒"的某些十四行诗。

拜伦身上,也有许多矛盾。如他的诗接近人民,他的性格却又高傲。他的诗歌语言口语化,但同时又有修辞术所产生的堂皇化和抽象化。他写得随便,有时就因随便而草率。他有一种别的诗人罕有的英雄气质,但他不是一个深刻的思想家。这些都说明他是有缺点的;也说明他虽已成就巨大,但还在发展。然而他没有时间了,1824 年就在 36 岁的盛年因热病死于希腊起义军中。

雪莱的追求

我们在前面说过,在浪漫诗人之中,雪莱的探索最深。现在我们来看看:深在哪里?

首先,他对社会上人压迫人的现象深有所感,常作不平之鸣:

> 嚎啕大哭的粗鲁的风,
>
> 　悲痛得失去了声音;
>
> 横扫阴云的狂野的风,
>
> 　彻夜把丧钟打个不停;
>
> 暴风雨空把泪水流,
>
> 树林里枯枝摇个不休,
>
> 洞深、海冷,处处愁——
>
> 　号哭吧,来为天下鸣不平!

> (《哀歌》)

这是把大自然的风声雨声都当作人间的不平之鸣了!

他是一个所谓"多情种子",但是爱情也加深了他的人世苦难感:

> 离别时我听她声音发颤,
>
> 　却不知她的话来自碎了的心。
>
> 我径自走了,
>
> 　未曾留意她当时的叮咛。
>
> 苦难呵,苦难,
>
> 这广阔的世界里,处处碰到你!

> (《悼芳妮·葛德汶》,1817)

这是把一个小女子的不幸身世同全社会的苦难联系起来了。

这两首都是绝好的抒情之作,写法上的特点是都有最后一行的画龙点睛之笔,像是前面的细节都在积累一种力量,到最后才猛然一击。而所击是金石,又引起了不绝余音。试问有谁能读了这最后两行而不深思?

为什么他对不平事如此敏感? 他出身是富家子,但无论在家庭和学校都遭遇过压迫,于是很早就立下誓言:

> 我定要变得聪明,
>
> 公正,自由,温和,只要我能过问,
>
> 因为我不愿再看
>
> 自私者和有力者仍然横行
>
> 而无人制止。

> (《伊斯兰的叛乱》,献词)

从此,他"擦干眼泪,沉静下来,变得和善而又勇敢。"勇敢到在1812年他20岁时同两位姑娘跑到都柏林,在街上向路人散发他自撰又自费印刷的《告爱尔兰人民书》,号召受压迫的当地人民起来同英格兰殖民者斗争。

这样的一个青年又生在处处都见不平的十九世纪初年英国,其情感之愤激也就可想而知。然而他不止喊叫几声,而且还要问一问社会之所以有这样多的不平的原因。为此他读当时进步思想家葛德汶的《政治正义》。葛德汶影响了当时一大批人,包括青年时代的华兹华斯和柯尔律治,但是接受他的主张最多最彻底的却是雪莱。雪莱的第一首长诗《麦布女王》(1813)就是明证。不仅诗的主题——反暴政、反宗教、追求自由、追求真纯的爱情——正是葛德汶的主张,就连诗后注解里大段大段地引用葛德汶的文章也说明这一点。例如在注解诗里"雇用的暴徒"一语,雪莱就引了葛德汶的名言:"在各类的人当中,兵士是最完全的机器"。

他从个别不平事追索到社会制度,而且不止于感叹"这个坏制度"。感叹,甚至诅咒,是别的诗人也做的,雪莱却进一步触到了这制度的中心人物:

> 国王,僧侣,政客,摧毁了人的花朵,
>
> 甚至嫩苞也不留。

(《麦布女王》第4节)

在下面一节(第9节)里他还提到:

> 不需要暴烈的法律的锁链

加上前面提到过的"雇用的暴徒"即军队,这就把国家机器里的主要支柱都包括在内了。

而环视这种制度下受压迫的人,雪莱首先寄同情于妇女。十八、十九世纪之交是一个女权运动开始在英国抬头的时候。葛德汶的妻子玛丽·芙尔斯通克拉夫特写的《替妇女权利辩护》(1793)就是公然向男性中心社会提出了宣战书。作为他们家里座上客后来又成为他们女婿的雪莱无疑受过他们的影响。但是用诗来表达对妇女解放的支持的,又数雪莱最为突出。也是在这首少作《麦布女王》里,他已经想象一个男女完全平等的社会:

> 女人和男人,彼此信任,彼此相爱,
>
> 平等,自由,纯洁,相伴而行,
>
> 走在道德的山径上,那里的石级
>
> 再不沾染朝香客脚下的血。

(第9节,89—92行)

这最后提到朝香客,是说人们再不受宗教的愚弄,不至于再为迷信而流血了。

在接着而来的《阿拉斯特,或寂寞的精灵》(1816)里出现了一位女诗人,雪莱让她代表了完美的人生理想。在叙事长诗《伊斯兰的起义》(1817)里,女主角茜丝娜更是起义领袖之一,雪莱写她骑一匹大黑马挥剑而来:

> 忽地里敌群大骇,
> 　四散逃奔——瞧! 一匹高大的
> 鞑靼黑马风一样疾驰而来,
> 　践踏了路上的死尸,活的人
> 　也在这大马的铁蹄下流血,
> 马背上端坐一个白衣人,宛如天使,
> 　却挥舞着长剑……

(第 6 章第 19 节)

这是何等的气概! 但不是个人突发的勇敢,而来自她的觉醒,她的社会观:

> 人类的一半被关在笼里,成了
> 淫欲和仇恨的牺牲品,是奴隶的奴隶。

(第 2 章第 36 节)

> 如果女人是奴隶,男人能够自由么?

(第 2 章第 48 节)

这样的根本问题,以前有别的诗人问过么?

而等到雪莱在 1819 年来写他的杰作四幕诗剧《解放了的普鲁米修斯》的时候,他更进一步写理想社会里解放了的女性是什么

235

样子：

> 女人也洒脱，美丽，仁慈，一如
>
> 那向大地洒下光和露水的蓝天，
>
> 体态轻盈，光彩夺目，再没有
>
> 旧风俗打下的污渍，完全纯洁；
>
> 谈吐生智，而过去她们不敢思想，
>
> 真情袒露，而过去她们不敢感觉，
>
> 她们变了，过去不敢做的全实现了，
>
> 这一变使人世成了天堂……
>
> （第3幕4景，153—162行）

妇女的解放又只是全人类解放的一个部分，这思想是雪莱在几首诗里表达过的。然而到了那时，整个社会又是什么样子？也是在《解放了的普鲁米修斯》里，雪莱一再提到"发生了变化"，其结果是"御座、祭坛、法官的席位、监狱"全都空无一人了，宗教在过去是"黑暗和有力的，其权力之广阔一如其所毁灭的世界"，现在却同"国王和僧侣的骄傲"一样，只引起人们的"诧异"。过去人的生活像是蒙着一层纱巾，现在揭去了它，露出了新面目：

> 自由，不受管辖，不受限制，真正的人，
>
> 平等，没有阶级、种族、国家，
>
> 没有恐惧，迷信，等级，每人都是
>
> 自己的王，公正，温和，聪明……
>
> （第3幕4景，194—197行）

这种理想是从古以来许多人都有过的，然而把它用诗句明白地表

达出来,而且是通过一个在宇宙中进行了三千年大搏斗的戏剧性场面生动地表达出来,使人们能在惊心动魄之余沉痛而又清醒地思索"每人都是自己的王"这句名言的意义,又是雪莱第一个做到了的。

雪莱之所以深刻还有另外一个原因,即他是一个哲理诗人。几乎是不论什么题目,他都要作哲理性的思考。例如他有名的小诗《致——》:

> 致——
> 有一个被人经常亵渎的字,
> 　　我无心再来亵渎;
> 有一种被人假意鄙薄的感情,
> 　　你不会也来鄙薄。
> 有一种希望太似绝望,
> 　　又何须再加提防!
> 你的怜悯无人能比,
> 　　温暖了我的心房。
>
> 我拿不出人们所称的爱情,
> 　　但不知你肯否接受
> 这颗心儿能献的崇敬?
> 　　连天公也不会拒而不收!
> 犹如飞蛾扑向星星,
> 　　又如黑夜追求黎明,
> 这一种思慕远处之情,

> 早已跳出了人间的苦境！

这诗的开始十分巧妙，明明是求爱却不直说，到第二节首行才出现"爱情"字样，但又立即换作"崇敬"，紧接着是两个比喻——飞蛾扑火，黑夜追求黎明——把求爱同求理想联系了起来，扩大了意境，使得爱情更加高尚，脱尽脂粉气了，而最后一行虽说"跳出了"，却仍提到"人间的苦境"，又使得爱情不至于显得轻飘飘的。这是一首别开生面的情诗，其特点在于扩大、升高、精神化——也就是哲理化。

小诗如此，中长篇也如此。《智美颂》（1817）追求"美的精神"。《敏感木》（1820）探讨现象与真实的关系，认为只有美永存。《灵中灵》（1821）对于爱情本身进行哲理思考，认为一夫一妻制是"人生最长也最无味的旅行"，而反过来，

> 真正的爱情不同于金珠或陶土，
>
> 分享并非取走。

这一点就在今天也是许多人不能接受的，何况是在一百七十年前！《阿堂耐斯》（1821）既悼英年早逝的济慈，又探究存在与死亡的关系：

> 一存而众逝，
>
> 天光永照，地影飘散。
>
> 人生宛如圆顶上的七色玻璃，
>
> 永恒的白光被它沾染，
>
> 直到死亡又把它踩烂。……

这是富于哲理但又充满想象力的美丽诗行，其中形象的灿烂同思

想的深远形成了奇异的对照,使读者感到宛如置身于哥特式教堂之中。

当然,雪莱的哲学思想又是复杂的。他深受柏拉图的影响,《智美颂》里的"美的精神",《敏感木》里的永存的美,贯穿他全部诗作的泛爱思想,都属于唯心主义范畴。这些是与他的抗争精神和革命思想相矛盾的,但也是他真实的内心世界的一部分。从诗人自己来看,两者也并不矛盾,而是相通的:凡大爱人类者必大恨残暴。不同而又相通,雪莱身上就是有这样一点内在的自我争执,使他多思,使他深刻。

而对于整个英国浪漫主义诗歌来说重要的一点是:他还有诗艺能把他的哲学思考写得动人。他自己完全理解他写这类诗的困难,曾经借《解放了的普鲁米修斯》中的命运大神德莫高根之口说过一句意义深远的话:

真理之深者无形象:

(第2幕第4场,116行)

这就是说,最深刻的道理不能靠形象描绘出来。我们已经看到,像一切有能耐的诗人一样,雪莱是善用形象的;但他还有其他艺术手段,素朴甚至透明的语言是其一,音韵是其一,行与行间结构的变化又是其一。这些因素合起来,产生一种交响共鸣的总效果。这句关于真理的名言之所以有力,还因为它出现在一场大辩论之中。辩论展开在普鲁米修斯的妻子、海洋女神亚细亚同宙斯之子、命运大神德莫高根之间:

德莫高根:你想知道什么,就问什么吧。

亚细亚:你能回答什么?

德莫高根:一切你敢于提出的问题。

亚细亚:谁制造了有生命的世界?

德莫高根: 上帝。

亚细亚: 谁制造了

世界包含的一切:思想,热情,

理智,意志,想象力?

德莫高根:上帝,威力无边的上帝。

(第2幕4场,2—12行)

但这不是求知性的问答,接下来是一方的质问、谴责、呼吁和另一方的搪塞:

亚细亚:谁制造了恐怖、疯狂、罪恶、懊丧?

它们拖住了事物变化的大链,

使它难于运转,压抑了人心的每个思想,

使人人都如背负重物,

只能踉跄地奔向死亡的黑坑!

谁制造了失望,把爱转化为恨,

使人自鄙,这比血还难吞咽的苦汁!

痛苦的号叫,叫惯了也就无人理睬,

还有尖声的嘶喊,天天在耳边,

还有地狱,和对地狱的深刻恐惧?

德莫高根:他在统治。

亚细亚:说出他的名字。一整个痛苦的世界

在问他的名字。诅咒就会把他咒倒。

德莫高根:他在统治。

亚细亚：我明白,我感得到;但他是谁?

德莫高根：　　　　　他在统治。

(第 2 幕第 4 场,19—31 行)

亚细亚提出的问题实际是:邪恶是怎样产生的? 这是对天神的权威的直接挑战。诗行是咄咄逼人、锋芒毕露的。

　　这里的紧问慢答形成一种急→缓→急的节奏,伴之以高→低→高的音调,就是运用了音韵手段。等到雪莱在特意增加的第四幕里,用有韵的歌代替了前三幕的白体无韵诗,让众神咏唱,又让歌队此起彼落地相和,形成诗和音乐的交响,剧就提高到了另一境界,成功地表达出了旧事物的消亡和人的复兴。雪莱自己说:"我以为我在写这首诗时自己的实践比过去任何一次都好"(见玛丽·雪莱写的本剧后记)。当代西方的批评家如 C. S. 路易士和平素不喜他的诗的 T. S. 艾略特也都说这里所表现的雪莱的诗才达到了但丁的高度,也就是西方人眼里的诗的最高峰。[①]

＊　　＊　　＊

　　然而雪莱不仅是政治诗人和哲理诗人,他还首先是抒情诗人。他的抒情气质贯穿了他的全部诗作。上面引的许多诗之所以动人,一半原因在于它们的抒情色彩。当然,雪莱还写过别的体裁的诗,诗剧如《钦契一家》(1819),时事讽刺诗如《暴政的行列》(1819),对话体诗如《朱理安与马达罗》(1824),而且诗的风格有

---

　　① 　路易士说:雪莱以他的"净气和烈火"是半个但丁,"我要坚持说,他在《解放了的普鲁米修斯》第四幕中达到了但丁的高度"(见 M. H. 爱勃兰姆斯编《英国浪漫诗人论》,纽约,1960,第 263 页)。艾略特说:雪莱"很了解但丁,在他死前几年开始受益于他对于但丁的知识;他是十九世纪英国诗人中唯一有可能开始步但丁后尘的人"。(《论文选》,纽约版,1932,第 225 页)

过变化,语言也各有特色。但这些作品里也有抒情笔法,《钦契一家》里彼亚屈里丝在受刑时对那些屈服者的责备就是一例:

> 你们这卑鄙的心!
>
> 这一点皮肉之痛,最痛也超不过
>
> 四肢还有生命的那会儿,为了它
>
> 就使几百年的灿烂光华化为尘土?

这几行是无愧于处于悲剧巅峰时期的莎士比亚的。

当然,他还写了大量的短小抒情诗。我们在前面引过的《哀歌》、《悼芳妮·葛德汶》、《致——》就属于此类。一些十四行诗(如《奥西曼提底斯》、《1819 年的英国》)也属此类。此中佳作甚多,《悲歌》、《云》、《致云雀》都是,而《西风颂》一首更是赢得了全世界爱诗者的赞美,由于它充沛的革命精神,由于它完美的诗艺,由于它有力地写出了西风一身而兼二任:摧毁者和催发者:

> 豪迈的精灵,化为我吧,借你的锋芒,
>
> 把我的腐朽思想扫出宇宙,
>
> 扫走了枯叶好把新生来激发,
>
> 凭着我这诗韵做符咒,
>
> 犹如从未灭的炉头吹出火花,
>
> 把我的话散布在人群之中!
>
> 对那沉睡的大地,拿我的嘴当喇叭,
>
> 吹响一个预言! 呵,西风,

如果冬天已到,难道春天还用久等了?

这最后一问鼓舞了当时和以后全世界向旧事物进行斗争的人们。就在辽远的中国,也是有处于困境中的不幸人和革命者读了它而重新抬起头来的。

雪莱在诗的技巧上是做了多种试验的:白体无韵诗(如几部"抒情诗剧"),但丁三行体(如《西风颂》),意大利八行体(如《阿特拉斯的女巫》),以及用"普通白话"写的双韵体(如《朱理安与马达罗》)等等,所抒写的意境也各种各样。然而有一个特点又是贯穿他全部诗作,即他的音乐性。

我们已经提过《解放了的普鲁米修斯》的音乐性。更易看出他的音乐性的又是他的各种长短的抒情诗。短的如《悲歌》:

呵,世界! 呵,人生! 呵,时间!
登上了岁月最后一重山!
　回顾来路心已碎,
繁华盛景几时还?
　呵,难追——永难追!

日夜流逝中,
有种欢情去无踪。
　阳春隆冬一样悲,
唯独乐事不再逢。
　呵,难追——永难追!

这首诗使人想起陈子昂的《登幽州台歌》:

> 前不见古人，
>
> 后不见来者。
>
> 念天地之悠悠，
>
> 独怆然而涕下。

两诗都是篇幅奇小，而天地特大。同样是登高远望，思绪万千。同样是悲歌，只不过后者体会更深，而雪莱所作还有一种少年情怀，忧伤更多于感喟，而这忧伤之所以感人，原因之一是诗的音乐性强。

到了后期，雪莱又写了一首《致琪恩，随赠六弦琴一架》，其中有这样的一段：

> 用多情的声调轻唱：
>
> 山林的美好预兆，
>
> 幽谷的夏天风涛；
>
> 它学到了所有乐曲，
>
> 不论来自天空或泥土，
>
> 来自森林或山冈，
>
> 还有喷泉的流响，
>
> 山峰的清脆回声，
>
> 溪水的柔和清音，
>
> 鸟和蜜蜂的旋律，
>
> 夏天海洋的低语，
>
> 雨的拍打和露水的呼吸，
>
> 以及黄昏的歌；它熟悉
>
> 那难得听到的神秘声音

在作着日常的巡行，

飘过无边际的白天，

一路把我们的世界点燃。

这一节成功地用英雄双韵体表达了六弦琴的铿锵和变化，是雪莱全部作品中最富于音乐美的诗。

音乐美，抒情气质，使得雪莱在讲最深的哲理时也不枯燥，而同时他又总要把道理说清说透，不因文害质。甜美而又深刻，这是雪莱功力所在。

＊　　　＊　　　＊

雪莱的最后一部作品是《生的胜利》，虽未完成，却已显现其力量和深刻。它用但丁用过的意大利三行体写类似《神曲》中的地狱景象，一开始就描绘一大群人在狂奔，一辆叫作"生命之车"的大车开来，车后用铁链牵着一长串俘虏，其中有

一切在掌权或受苦中

变老了的人……

包括拿破仑、伏尔泰、弗烈德里克大帝、沙皇保罗一世和他的母亲叶凯杰林娜女皇，神圣罗马帝国皇帝利奥波特二世，古哲人柏拉图、亚里士多德和他的学生亚历山大，罗马帝国创始者凯撒和他的子孙，以及历代教皇和主教等。这些当年赫赫不可一世的"智者、伟人、未被忘却者"现在都被生活征服了。指点着这些人向诗人一一介绍的也是一位名人，即启蒙主义者卢梭。他自称：

我怕过，爱过，恨过，苦过，干过，死过，

并认为自己比那串人高明，因为：

> 他们被赋予权力,
>
> 却只用权力来毁灭。……而我
>
> 有过创造的经历,
>
> 尽管只创造了一世界的苦果。

然而生命之车也没有放过他;同那串人一样,他也因为赶不上车子的进程,终于筋疲力尽,落在道旁,不过直到最后,还在问:

> "那么,什么是人生?"

雪莱来不及回答这个问题,只留下这首被称为可能是他最伟大作品的一半,在斯比齐亚湾里被海浪吞没了。

不到30岁,这位卓越的政治诗人、抒情诗人、哲学诗人就死去了,但他敏锐的历史意识却已告诉他他是一个辉煌的文学世代中不朽的一员。在他的文论文章《诗辩》中有这样一段话:

> 英格兰文学再度升起,宛如获得了一次新生。每当我们的民族意志有一次伟大、自由的发展,必伴随以一次文学上的有力发展。不管思想低劣的人怎样从妒忌出发贬低当代的优点,我们这个时代必将成为一个以智慧上的成就著称的可纪念的时代。我们身边的哲学家和诗人的成就之高,是上一次〔按指十七世纪〕为人身和宗教自由进行了全国性斗争以后所出现的任何人不能比拟的。一个觉醒中的伟大民族在舆论和制度上实现有益的转变时,最可靠的先驱、伙伴和追随者就是诗。

将近两个世纪之后,我们验证了他这论断。在英国诗史、文学史、文化史上继文艺复兴高峰之后而来的第二个即浪漫主义高峰上,就有雪莱迎风挺立而长啸。

济慈的美和真的世界

济慈(1795—1821)比雪莱死得更早,整个写诗的时期不过六年(1814—1820),但在这短短的时间内诗艺的进展是惊人地迅速,最后虽被肺病夺去了年轻的生命,却已留下了足以使任何诗人不朽的卓越作品。

他是在困难条件下从事诗作的。一个经营马厩人的儿子,15岁做了外科医生的学徒,20岁通过药剂师考试,在最敏感的少年时期就同手术室、病人、伤口、药膏之类接触,长年住在肮脏的伦敦闹市区,因此也就特别喜爱难得一见的大自然,喜爱艺术、文学、诗,向往心智上的新天地。别人能上大学学希腊文,他只能通过译本来读荷马——一读之下,他按捺不住心头的狂喜,写下了这样一首十四行诗:

初读贾浦曼译荷马有感

我游历了很多金色的国度,

　　看过不少好的城邦和王国,

　　还有多少西方的海岛,歌者

都已使它们向阿波罗臣服。

我常听到有一境域,广阔无垠,

　　智慧的荷马在那里称王,

　　我从未领略它的纯净、安详,

直到我听见贾浦曼的声音

无畏而高昂。于是,我的情感

　有如观象家发现了新的星座,

或者像考蒂兹①,以鹰隼的眼

　凝视着太平洋,而他的同伙

在惊讶的揣测中彼此观看,

　尽站在达利安②高峰上,沉默。

(查良铮译文)

诗不仅写得清新,而且对希腊恢宏气概的体会超过了许多希腊研究者,而当时作者还未到 21 岁。他终于走出了医院,不再终日同脓血纱布打交道了,却要照顾弟妹,看护一个得了肺病的弟弟,不久自己也染上了这个当时的不治之症。创作生涯也不顺利,好容易出版了两本诗集,却因长诗《恩狄米昂》(1818)有缺点而遭到了几家有影响的主要期刊的尖刻攻击。还有其他不顺心的事,例如恋人范妮·勃朗迟迟不愿同他结婚。

　　然而他并未从此躺倒。当时以及后来,都有人——包括拜伦——说是凶恶的评论家杀死了青年诗人。事实不是这样。济慈对于恶意的评论是感到痛苦的,但他对自己更为严厉,如他写信给朋友所说:

　　赞美或责备对于一个爱好抽象的美而对自己作品采取严厉批评态度的人只有短暂的影响。我自己内心的批评给我的痛苦,根本不是《勃腊克武特》或《季刊》所能比的。……这次

---

　　① 考蒂兹(H. Cortez,1485—1547),西班牙探险家,实则第一个发现太平洋的欧洲人不是他,而是巴尔波(Vasco Nunez de Balboa,1475—1517,西班牙探险家)。
　　② 达利安(Darien),中美洲的海峡,在巴拿马与哥伦比亚两国之间。

我是没有用判断力而独立地写了，以后我将用判断力去独立
地写。……在《恩狄米昂》里，我一头扎进海里，因为知道了海
水深浅，何处有流沙，何处有岩石，而如果我呆在绿色的岸上，
抽一锅可笑的烟斗，喝茶，听取明智的意见，那我就什么也不
会懂了。我从来不怕失败，我宁可失败，也要进入最伟大的人
的行列。①

他把失败作为一种激励，更加努力钻研诗艺，增进敏感，在后来的
三年里写出了一万多行诗，遍涉各体，中间诗风经过几次重大变
化，最后笔下佳作迭出，特别在1819年七个月里，六大颂歌一气呵
成，终于"进入最伟大的人的行列"。

* 　　 * 　　 *

　　对于一个普通读者，首先吸引他的会是济慈的短篇作品，例如
十四行诗。初读荷马有感就是一首十四行诗。后来他又写了《再
读〈李耳王〉有感》、《每当我害怕》、《灿烂的星》等篇，都是至今传
诵之作，特别是《灿烂的星》：

> 　　灿烂的星！我祈求像你那样坚定——
> 　　　但我不愿意高悬夜空，独自
> 　　辉映，并且永恒地睁着眼睛，
> 　　　像自然间耐心的、不眠的隐士，
> 　　不断望着海涛，那大地的神父，
> 　　　用圣水冲洗人所卜居的岸沿，

---

　　①　1818年10月8日致J. A. 赫西函(H. H. 罗林斯编:《济慈书信集》,I,第
373—374页)。

> 或者注视飘飞的白雪,像面幕,
>
> 　灿烂、轻盈、覆盖着洼地和高山——
>
> 呵,不,——我只愿坚定不移地
>
> 　以头枕在爱人酥软的胸脯上,
>
> 永远感到它舒缓的降落、升起;
>
> 　而醒来,心里充满甜蜜的激荡,
>
> 不断、不断听着她细腻的呼吸,
>
> 就这样永生——或昏迷地死去。

(查良铮译文)

这首诗之所以好,是因为里面有两种境界,互相对照,互为层次:前八行是理想的爱情,后六行是肉体的痛苦;前者高远,是隐士、圣水、白雪的境界,后者是充满情欲的人间世,是酥软的胸脯、细腻的呼吸、甜蜜的激荡,最后死亡投下了巨大的黑影,人生有限而情意无穷了。

情调上有相似之处,也写得异常动人的,是中等长度的叙事诗《圣亚尼节前夕》。

它根据一个民间传说,说是每年 1 月 21 日纪念殉教的罗马女子圣亚尼的节日前夕,少女在祷告后就寝,可以梦见未来的丈夫。诗中的女主人公梅德琳匆匆从舞会赶回睡房,就脱衣上床:

> 只片刻,她已朦胧不甚清醒,
>
> 微微抖颤在她寒冷的软巢里;
>
> 接着来了睡眠,以罂粟的温馨
>
> 抚慰了她的四肢……

(查良铮译文,下同)

事实上，这不是圣亚尼在成全她，而是她的恋人波菲罗在施诡计。他买通了梅德琳的乳媪，事先藏在壁橱里，这时就乘她睡着走了出来，弹起了普罗旺斯的曲子《无情的妖女》，梅德琳被吵醒了，却不怪他，倒是央求他：

> 爱，别离开我，使我一生难过，

于是故事达到顶点：

> 听了这情意绵绵的话，他立刻
> 站起身，已经不是一个凡人，
> 而像是由云雾飘起，远远沉没
> 在那紫红的天际的一颗星。
> 他已融进了她的梦，好似玫瑰
> 把它的香味与紫罗兰交融；——
> 但这时，西北风在猛烈地吹，
> 刺骨的冰雪敲打窗户，给恋人
> 提出警告：节夕的月亮已经下沉。

这一节诗把男女之情写得热烈而又美丽，出版家怕过于露骨，曾要济慈修改，济慈说他不是"感情上的太监"，坚决不改，也就存在了下来。值得注意的，还有闺房的温馨和外面世界的寒冷的对照：冰雪在敲打窗户提出警告，房外又守着"苍白而清癯的"老僧老媪和披着甲胄的凶恶骑士，只有这对年轻人凭身上的热情冲了出去，奔向那不可知的命运：

> 于是他们逃了：呵，在那远古，
> 这一对情人逃奔到风雪中。

这是一个并不罕见的情景,但济慈是用新的敏感写的。我们读者也感受到了那种寒冷中的温馨。

尽管济慈还写了其他叙事诗,其中《伊莎贝拉》和《雷米亚》也各有特色,但是博得后世批评家们一致赞美的却是这首《圣亚尼节前夕》。

*　　　*　　　*

济慈的诗才除了优美的一面之外,还有刚强的一面。这后者主要见于他写的两个史诗片断,即《海披里安》与《海披里安之亡》。

海披里安是太阳神的名字,他属于泰坦族巨人,本是威力无穷的,却碰上了一个历史的大转折,即将为新生的奥林匹斯山巨人所代替,但他不甘心退让,还要斗争下去。他是唯一未曾在战阵中败过的天神。济慈写他仍然光辉满身,到一处照亮一处。但宇宙已为新人占领,他的努力无济于事,无法突破黑暗,于是听了天上传来的他父亲的话,一头扎进沉沉的黑夜,去帮泰坦族领袖色顿老人重整他们的统治。

第二章展现色顿召开的泰坦族会议,会上巨人们各抒所见,有的主战,有的主和。海神峨新纽斯明确主张接受"自然的法则":

> 能够承受一切赤裸裸的真理,
> 预见环境的变化,而处之泰然,
> 这才是最高的权威! 好生听着:
> 正同天与地比混沌和黑暗美丽,
> 美丽得多,尽管过去它们是统治者,
> 而我们又比天与地更美……

同样地,紧跟我们而进的是更新的完美,

更强大的力量,是我们所生,

但又命定胜过我们……

它们有如金翼的鹰,正在我们头上,

比我们美,也就有权

统治,因为永恒的法则是:

美居第一,强也居第一。

根据这法则,明天另一种族将迫使

征服我们的人像我们今天一样哀哭。

(Ⅱ.188—231)

这一段完全是密尔顿式的黄钟大吕之音,情景有如《失乐园》中撒旦在与天帝较量失败后在地狱所开的会议。但是济慈加进了他的哲学信条,例如"能够承受一切赤裸裸的真理……才是最高的权威",又如"永恒的法则是:美居第一,强也居第一",这就不是密尔顿的思想了。

海神的话遭到了别的巨人的反对,他们竭力主战,论点是:纵然败了,还有海披里安在,"他是我们最辉煌的兄弟,而且还没有蒙上耻辱"。众神看色顿,色顿却一言不发,"脸上无一点喜色"。第二章就此结束。

第三章开始处,出现新人阿波罗。他是即将取海披里安而代的新太阳神,但他不好斗,是一位喜欢音乐的青年,因为他同时是司艺术之神。他在向一位女神倾诉:

请为我指出

走向任何美丽的星的途径,

我将飞奔而往,带着我的七弦琴,

使它的银光因幸福而颤抖!

我听到了云中的雷鸣。力量何在?

谁的手,谁的精质,那位天神

造成了自然元素之间的大轰大闹,

而我坐在这里的海岸上,

不怕,但因不知真相的痛苦?

(Ⅲ.99—107)

这一段的诗歌风格不同于前二章,不是慷慨陈词的演讲体,而是抒情的甚至忧郁的絮语体,显示阿波罗这个继起的太阳神是爱好文艺、渴求知识的新型人物,又安能不取海披里安而代之!

但是正当我们兴趣更浓,希望看到他施展身手的时候,诗人却只写他经历了一场身体和感情上的大变,如生重病,全身颤动,突然:

阿波罗大叫一声——瞧吧,从他天神的四肢——

全诗到此就中断了。

为什么要中断?诗人说过一个理由,即"其中有太多密尔顿式的颠倒句子"。[①] 但他并未放弃写史诗的念头,四个月之后就又重新拿起这同一主题,开始写《海披里安之亡》了。

这篇新作和原来写的有很大不同。情节是重新构筑的。它不是一上来就写泰坦巨人的战败,而是写一个诗人的梦。他梦见自己醉后醒来,站在一个高坡之下,坡上有一雕像,高大直伸云天;像

———————————

① 见 1819 年 9 月 21 日致雷诺兹书。

下有一祭坛,可依石级爬登。诗人缓步上行,迟疑间忽听一位在祭坛旁照料香火的女神对他发话:

> 如果你走不上石级,
>
> 　就会死在所站的地方。

诗人感到浑身发冷,发麻,眼看死亡临头,于是叫喊,挣扎,竭尽平生的力量举腿上爬——而等脚一碰石级,生命的暖流就从脚趾流进了全身。

于是女神告诉他:

> 谁也达不到这个顶峰,
>
> 除了那些把世界的苦难
>
> 当作苦难,而且日夜不安的人。

(I. 147—149)

这段话是意味深长的。欲登艺术高峰,先须识尽人间苦难,同情所有的不幸人。这话出自本诗的一个关键地方,应该可以使那些认为济慈是唯美或颓废的人重新思考;其实,这一种精神贯穿他一生,在作品里也不时强调的。

接着女神又告他:真正刚强的人却又无须来爬此山,因为他们留在世上为别人的幸福而斗争。而诗人,她认为不过是一个"做梦的东西",对世界又能"带来什么好处"? 诗人对此的回答是:

> 　　　未必所有
>
> 唱给世界听的乐歌都无用处;
>
> 难道诗人不是一个哲人,一个
>
> 人文主义者,一个医生,对所有的人?

(I. 187—190)

这一番对于诗人作用的对话关系到诗同现实的关系,出现在这部叙述太初两族巨人之争的史诗里出人意外,值得我们把它放在济慈在书信中发表的诗话一起来考虑。最后女神说了一句,诗人与一般的梦幻者不同,他们是相反的两极:

> 一个给世界以安慰的香膏,
>
> 另一个使世界烦恼。

(I. 201—202)

实际上诗人已在上面那段话里回答了这个指责:哲人、人文主义者、医生怎么就只会使世界烦恼呢? 他是不服也不悔的。

问题是:女神——她名叫蒙尼塔——为什么不喜欢诗人? 是否同她自己的身世和遭遇有关? 济慈把她写得不同一般:

> 我看见一张憔悴的脸,
>
> 白得如漂过水,不因人间哀愁而瘦,
>
> 由于一种病,永远治不了但又不叫你死……

(I. 259—261)

而她的眼睛里却"有一种仁慈的光"。更神秘的是她的头脑:

> 一看到蒙尼塔的额角
>
> 我恨不得立刻看清她那空荡荡的头脑里
>
> 蕴藏着什么;什么大悲剧
>
> 在她颅骨的秘密暗室里上演,
>
> 使她冰冷的嘴唇能有这样可怕的
>
> 强音,使她那行星般的眼睛能有
>
> 这样的光,使她的话声带上

这样的悲哀?

(Ⅰ.275—282)

这一节诗充满了新的敏感,简直是开了后来象征派的门了,而往回看,则使人想到但丁在《神曲》里写的贝雅特丽齐,她也是因为面容苍白而引人注意的。

这也就是说,济慈的诗风到此有了一个改变。他早期曾受斯宾塞的影响,后来又受密尔顿的影响。《海披里安》就用了密尔顿式的雄迈风格,然而等到1819年9月下旬他来写《海披里安之亡》时,已充分认识到密尔顿尽管伟大,对他自己却是一个不良影响,以致说出"他之生即我之死"这样决绝的话来。① 在几位英国浪漫主义大诗人中,最能发现自己弱点的是济慈,最坚决加以改进的也是他。如此坚决地同密尔顿分了手,那么济慈又以谁为师呢? 到了这个时候,他首先想到的是必须回到北方传统,即英国本土传统,以莎士比亚和恰特顿为代表的"纯洁的英语"传统。

果然,在《海披里安之亡》里,摈绝了拉丁语式的颠倒句法,语言是清新自然的。不仅语言变了,诗的结构也变了,色顿部下开大会变为诗人同女神对谈;同时,诗人带着新的敏感来描写蒙尼塔神秘面目——可是一描写其情调就有越出史诗范围之势。等到诗人收起这类情调,回头来写色顿战败的事,刚写到海披里安颇有声势的登场,还未让阿波罗同我们见面,只到第二章六十一行全诗就又中断了。

同一主题只产生了两个断片,这是人们感到不解的事。特别

---

① 见1819年9月21日致弟妹书。同天他又写信给雷诺兹谈到此事。

是第二个断片表现了济慈的接近莎士比亚式的新诗风,得不到继续开展,更是人们感到遗憾的事。

＊　　　＊　　　＊

然而功夫没有白花。

这几年的实践不仅使济慈增加了经验,而且加深了对诗艺的钻研。这两者在济慈是结合进行的,从实践中有了心得,有了心得又付诸实践,继续前进。这些是一个深知写作甘苦的诗人的心得,不是用论文形式发表的,而是在与弟妹和好友的信件里用随感形式写下的,写得真挚、亲切、随便,却充满透彻的观察,敏锐的见解,大胆的主张,不少还对后世的诗人产生了深远的影响。

例如后来的文论家无不注意济慈的"反面感受力"说。1817年12月21日他写信给弟妹,中间提到:

> 我和戴尔克讨论了一些问题,没有争辨;有好几样东西在我的思想里忽然合拢了,使我立刻感到是什么品质能使人有所成就,特别是在文学上,莎士比亚多的就是这种品质。我指的是"反面感受力",那有能力经得起不安、迷惘、怀疑而不是烦躁地要去弄清事实,找出道理。……对一个大诗人说来,美感超过其他一切考虑,或者说消灭了其他一切考虑。
>
> ——1817年12月21日致乔治和汤姆·济慈
>
> （周珏良译文,下引各条同）

"反面感受力"是济慈所创极少数名词之一,至今学者有不同解释,但主旨是清楚的,即诗人要经受一切,深入万物,细致体会,而不要企图靠逻辑推理匆忙作出结论。

不仅感受力是"反面的",诗人本身也无"自我":

关于诗才本身……我要说它没有个本身——它什么都是又什么都不是——它没有特性——它喜爱光明与黑暗;它总要做到淋漓尽致,不管牵涉到的是美是丑,是高贵是低下,是穷是富,是卑贱还是富贵……使讲道德的哲学家看了吃惊的却使变色龙似的诗人狂喜。玩索事物的黑暗面和玩索事物的光明面一样无害,因为二者都止于冥想。诗人在生活中最无诗意,因为他没有一个自我,他总在不断提供内情,充实别人。太阳、月亮、大海、有感情的男人女人都是有诗意的,都是有不变的特点的——诗人可没有,没有个自我——他的确是上帝创造的最没有诗意的动物。

(1818年10月27日致理查·伍德豪斯)

一般的诗人听说"诗人是变色龙",是"最没有诗意的动物"一定会生气的,但济慈的意思仍是:诗人应适应一切,吸收一切,诗意在于他所作,而不在他本人。

这样的诗人也就不会写一种"别有用心的诗":

我们讨厌那种看得出来是有意要影响我们的诗——你要不同意,它就好像要把两手往裤子口袋里一插,做出鄙夷不屑的样子来。诗应当是伟大而又不突出自己,应能深入人的灵魂,以它的内容而不是外表来打动或激动人。甘于寂寞的花多么动人! 如果它们挤到道上,高声喊道:"美慕我吧,我是紫罗兰! 爱我吧,我是报春花!"那还会有什么美呢?

(1818年2月3日致雷诺兹)

这仍然是说:诗以其本身打动人,摇首弄姿是无济于事的,别有企图也是要失败的。

他也有他的正面主张：

> 首先，我认为诗应当写得有点恰到好处的过分，以此来使读者惊讶，而不是靠标新立异。要使读者觉得是说出了他自己最崇高的思想，有一种似曾相识之感。第二，诗的美要写到十分，要使读者心满意足而不是屏息瞠目：形象的产生、发展、结束应当自然得和太阳一样，先是照耀着读者，然后肃穆庄严地降落了，使读者沐浴于灿烂的夕照之中。当然，想想怎样写诗要比动手写诗容易得多，这就引到了我的第三个信条：如果诗来得不像树长叶子那么自然，那还不如干脆不来。

> （1818 年 2 月 27 日致约翰·泰勒）

这些都是新鲜说法，尤其是最后一条说得多么好啊！

对于人生，济慈也有前人从未谈过的独特看法：

> 我把人生比做一幢有许多房间的宅邸，其中两间我可以描述一下，其余的门还关着，还进不去。我们首先迈步进去的那间叫作"幼年之室"或者"无思之室"，只要我们不会思维，我们就得在那里老呆下去，会呆很久，虽然第二间房门已经敞开，露出一片光亮，我们却不急于进去。等到我们内在的思维能力醒来了，我们才不知不觉地被驱使而前进了，一走进这个我将称之为"初觉之室"的第二间房，我们就将为那里的光线和空气所陶醉，到处是新奇事物，使人心旷神怡，乐而忘返，想要终老斯乡了。但是呼吸了这种空气的后果之一，就是使人对人类的心灵和本性敏感起来，使我们觉得世界上充满了悲惨，伤心，痛苦，疾病和压迫。这一来"初觉之室"的光明逐渐消失，

同时四边的门都开了——都是黑黢黢的,都通向黑暗的过道——我们看不到善恶的平衡。我们在迷雾里。——这就是你我当前的处境。我们感到了"人生之谜的负担"。①

(1818 年 5 月 3 日致雷诺兹)

把人生比做一所屋子里的几间房,人从幼年的"无思之室"进到壮年的"初觉之室"又由黑暗的通道进到别的房间,每进一步有不同感受——这比喻何其像王国维的三种境界说! 只不过中国学者谈的是作诗的境界,而英国诗人谈的是人生的不同阶段,而且还明白点出在"初觉之室"里,先是陶醉,接着就因"心灵和本性的敏感"而看到"世界上充满了悲惨、伤心、痛苦、疾病和压迫",这就是另一种的觉悟了。这也就最后地回答了那种以为济慈只关心美,只钻研诗艺而不关心人生的论调。

*　　*　　*

济慈感到了"人生之谜的负担",但他不甘心停在"初觉之室"里,而要突破"迷雾",更向前行。其结果,就是写出了六大颂歌。

时间是 1819 年。3 月,济慈写《惰颂》;4 月,写《心灵颂》;5 月初,写《夜莺颂》;稍后,写《希腊古瓮颂》和《忧郁颂》;9 月 19 日,写《秋颂》。也就是说,都在半年略长一点的时间内写成,同时还写了一个五幕长剧《奥托一世》、叙事长诗《雷米亚》和史诗片断《海披里安之亡》,真可谓英才挺发、佳句涌流了。这一年的夏天将永远是英国诗史上的神奇季节。

---

① 语出华兹华斯《丁登寺旁》第 38 行。

六大颂歌各有主题，首首可诵。《惰颂》表达一种矛盾：是努力追求爱情、雄心、诗歌之神呢，还是安于惰逸？《心灵颂》呼唤基督教以前的精神世界重来。《忧郁颂》中也有神话人物，但主要是人的感情变化，经历过昏沉、忧郁、喜悦的过程。这三颂都有动人的段落，但诗篇本身比较单薄，不如另外三颂内容更丰富，音调更繁复。

感人最深的是《夜莺颂》。这是在 5 月一个早晨，诗人在花园李树下坐着听了夜莺的歌声之后花了二三个小时写下的。

诗的开始写夜莺的歌声引起的感觉，第一是麻木，"如刚把鸦片吞服"，接着是如饮醇酒，如坐南方的温暖、欢娱的气氛之中，于是而想跟随夜莺隐没而去：

> 远远地、远远隐没，让我忘掉
>> 你在树叶间从不知道的一切，
> 忘记这疲劳、热病、和焦躁，
>> 这使人对坐而悲叹的世界；
> 在这里，青春苍白、削瘦、死亡，
>> 而"瘫痪"有几根白发在摇摆；
>>> 在这里，稍一思索就充满了
>>>> 忧伤和灰眼的绝望，
> 而"美"保持不住明眸的光彩，
>> 新生的爱情活不到明天就枯凋。

（查良铮译文，下同）

越想"隐没"，越是忘不了身边的苦难世界。济慈少年时期在医院充当外科医生助手的生活经验进入诗中，转化成了形象和韵律，强烈得叫人摆脱不开!

然而夜莺的歌声还是把诗人的心带到了月夜星空,但并未从此远飞,而又落到幽暗的小径上,闻到了各种花香,又有一点沉醉了,觉得不如就此死去了:

> 我在黑暗里倾听;啊,多少次
> 　我几乎爱上了静谧的死亡,
> 我在诗里用尽了好的言辞,
> 　求他把我的一息散入空茫;
> 而现在,哦,死更是多么富丽:
> 　在午夜里溘然魂离人间,
> 当你正倾泻着你的心怀
> 　发出这般的狂喜!
> 你仍将歌唱,但我却不再听见——
> 　你的葬歌只能唱给泥草一块。

这是富于浪漫情思的倾诉,把死亡当作恋人追求,但并非冰冷无情的真正死亡,而几乎是一种"富丽"的感官享受。等诗人重新又悲叹身世,死亡才显得可憎。

但是诗人却没有沉溺在个人感情之中,现实感又回来了:

> 永生的鸟啊,你不会死去!
> 　饥饿的世代无法将你踩蹦;
> 今夜,我偶然听到的歌曲
> 　曾使古代的帝王和村夫喜悦,
> 或许这同样的歌也曾激荡

> 露丝①忧郁的心,使他不禁落泪,
>
> 　站在异邦的谷田里想着家;
>
> 　　就是这声音常常
>
> 在失掉了的仙域里引动窗扉:
>
> 　一个美女望着大海险恶的浪花。

伴随现实感来的依然有其他感情,依然有绝美的浪漫情调(特别是最后两行所展示的情景),但同前面各段相比,内容上有一个很大不同,即不再自怨自艾而想到古代和异域的别人别事了,情感上有一种超越,于是诗篇急转直下,在几声"别了!"的呼喊声中,谴责了"幻想,这骗人的妖童",这时候夜莺"怨诉的歌声"已经越溪登山而去,留下诗人在自问:

> 那歌声去了:——我是睡? 是醒?

这一问也就留下了不绝余音。

这里始终有两种力量在争夺诗魂:幻想与现实感,一上一下,一来一往,形成一种运动。最后,现实感重振了,人生因夜莺的甜歌而更显其苦辛了,我们读者的头脑也清醒了。

《希腊古瓮颂》则气氛迥然不同。它也有对照,却在艺术与人生之间。

希腊古文明对于几位年轻的浪漫主义诗人都有极大的吸引力,不懂希腊文的济慈不仅读荷马史诗译文,并且倾心于希腊的古艺术品,这里所写的古瓮就以它的几重的美——瓮本身造型的美和瓮上浮雕画面的美——深深地打动了他。

---

① 《圣经·旧约·路得记》中译为"路得"。——编者注

颂歌是这样开始的：

> 你委身"寂静"的、完美的处子，
>
> 　受过了"沉默"和"悠久"的抚育，
>
> 呵，田园的史家，你竟能铺叙
>
> 　一个如花的故事，比诗还瑰丽：
>
> （查良铮译文，下同）

比诗还瑰丽！这在这位视诗如命的诗人是最大的赞颂！

接着他描写瓮上雕的一个场面：一群人或神在舞乐声中如醉如狂地追逐着一些少女。爱情总是济慈所关注的，此诗第一行"你委身'寂静'的、完美的处子"也是用少女来比喻古瓮。

下面爱情仍要重来，但又提出了一个美学命题：

> 听见的乐声虽好，但若听不见
>
> 　却更美；所以，吹吧，柔情的风笛；
>
> 不是奏给耳朵听，而是更甜，
>
> 　它给灵魂奏出无声的乐曲；
>
> 树下的美少年呵，你无法中断
>
> 　你的歌，那树木也落不了叶子；
>
> 　鲁莽的恋人，你永远，永远吻不上，
>
> 　　虽然够接近了——但不必心酸；
>
> 她不会老，虽然你不能如愿以偿，
>
> 　你将永远爱下去，她也永远美丽！

诗又是写得极美，而意境则是新的：音乐的流动美同浮雕的静止美结合于古瓮之上。歌声、树叶都被固定于一瞬，而一瞬就是不朽，

265

艺术的生命是无限的。恋人想吻而又吻不上，这却又回到了实际
人生，多少人在热恋，一如济慈自己在热恋范妮，但又可望而不可
即，只有艺术带来了慰藉——在艺术里人永远年轻，爱情也永不
枯凋。

因而诗人慨叹浮雕中人的幸福：

　　　　幸福的是这一切超凡的情态：
　　　　　它不会使心灵餍足和悲伤，
　　　　　　没有炽热的头脑，焦渴的嘴唇。

这最后一行又把现实生活里的焦灼不安——特别是青年恋人之间
的——带了回来。

这样反复来回，古瓮浮雕上的每一画面都在诗人心里引起艺
术与人生之间的辩论，直到在观赏之末，看到一个小镇的热闹场面
之后，忽然另有一想：

　　　　呵，小镇，你的街道永远恬静；
　　　　　再也不可能回来一个灵魂
　　　　　　告诉人你何以是这么寂寥。

艺术虽能不朽，然而永恒的寂寥又如何排遣？

这里有矛盾。诗有了发展，进入耐人寻味的最后一段：

　　　　哦，希腊的形状！唯美的观照！
　　　　　上面缀有石雕的男人和女人，
　　　　还有林木，和践踏过的青草；
　　　　　沉默的形体呵，你像是"永恒"
　　　　　使人超越思想：呵，冰冷的牧歌！

> 等暮年使这一世代都凋落,
>
> 　只有你如旧;在另外的一些
>
> 　忧伤中,你会抚慰后人说:
>
> "美即是真,真即是美,"这就包括
>
> 　你们所知道、和该知道的一切。

"等暮年使这一世代都凋落,只有你如旧"——何等深长的感喟!何等的好诗!然而"冰冷的牧歌"却是"寂寥"的回响,人不能靠艺术为生,因此结论也是有限度的,暂时的:在多灾多难、变幻无常的人世里,只有古瓮所具有的美才是真实的,可靠的;然而美又必须依赖真实经验,必须通过艺术去捕捉强烈的人世情感才有永恒的美。辩证的道理通过概括性极强的哲学语言说了出来,诗人的功力又深了一层。

等到济慈在 9 月来写《秋颂》,他的诗艺和思想又有了发展。

诗艺的发展见于他对于诗段结构的改变。以前几个颂歌用的是十行诗段。这已是济慈在斯宾塞九行体基础上创造的,现在他加了一行,使之成为十一行诗段,最后部分不是二行互韵而是末行应和前韵,多了一重回响。

思想的发展见于《秋颂》写的是丰足,是从收获后田野散步所得的温暖感,叠音重奏的十一行诗段正适宜于用来写这种心情。

这首诗里还有济慈以前作品里少见的幽默笔触:

> 你有时随意坐在打麦场上,
>
> 　让发丝随着簸谷的风轻飘;
>
> 有时候,为罂粟花香所沉迷,
>
> 　你倒卧在收割一半的田垄,

267

让镰刀歇在下一畦的花旁……

（查良铮译文，下同）

那么,过去诗人心里的痛苦和焦灼就完全不存在了么? 且听诗人自己怎样说:

> 呵,春日的歌哪里去了? 但不要
> 　想这些吧,你也有你的音乐——
> 当波状的云把将逝的一天映照,
> 　以胭红抹上残梗散碎的田野,
> 这时呵,河柳下的一群小飞虫
> 　就同奏哀音,它们忽而飞高,
> 　　忽而下落,随着微风的起灭;
> 篱下的蟋蟀在歌唱;在园中
> 　红胸的知更鸟就群起呼哨;
> 而群羊在山圈里高声咩叫,
> 　丛飞的燕子在天空呢喃不歇。

这最后一段是写秋日的傍晚,经过早晨的喜悦和中午的迷醉,更显出一天最后一段时间里的闲适心情。景物也从葡萄架之类移到了夕照下的田野、河流、河边的树、树后高高的云天,境界扩大了,人在精神上也得到丰足了。

但是晚了,这罕见的闲适心情和丰足之感,成了济慈的空洞慰藉。他的肺病越来越严重,经常咯血,1820 年 9 月他遵医嘱乘轮去意大利,1821 年 2 月终于死在罗马。

他曾对朋友说:他死后的墓石上只需写下这样几字:

此地躺着一人,其名乃用水写。

水写? 应该说是用金汁写的。

因为他的许多诗篇属于英国文学史上最辉煌的成品之列,他的迅速发展是任何文学史上都罕见的,每一变化都增进了他的——也就是读者的——敏感,而他的诗论又是这种发展过程中的心得,因而是最富于启发性的。

因为他在英国浪漫主义诗史上是一个承先启后的关键人物。在吸收前人精华方面——从斯宾塞到密尔顿、又从密尔顿到恰特顿——他比别的浪漫诗人都做得多,但又能顺应自己诗艺的发展,不断变法;就后继者来说,从丁尼生、先拉斐尔派、司文朋直到现代的美国的华勒司·斯蒂文斯都蒙受他的重大的(有时是消极的)影响,在我们中国也有徐志摩、闻一多等人是他的崇拜者。

因为他既是十九世纪的,又是现代的。他要解决的思想和创作问题(经验的复杂和内在的矛盾、诗人的处境、诗艺的多面性、语言的限制力与可能性,敏感的增进对于社会文化的作用等等),都是属于现代世界的。在这个意义上,他是我们的同时代人。

第十一章 浪漫主义时期散文

英国散文在十八世纪达到了一种完美:理性主义的精神蕴藏在平衡、匀称的句子结构之中,其最后的大家是约翰逊和吉朋。

但是到了世纪的最后十年,文风变了。随着在诗歌上出现了浪漫主义,散文也在变。进入十九世纪,昔日人们赞美的约翰逊和吉朋现在成了攻击的目标。例如,有这样的言论:

> 在1688年的革命以后,出现了一种风格,内容平凡而在表现上故作惊人之语,意在满足无知者,讨好虚荣心。为了使最普通的头脑能够立刻了解,内容是小心地减到了最低限度,但是文字的外衣却精心编织,目的在使内容显得深刻。这种风格的要素是一种虚假的对仗,即仅仅声韵的对比,此外则热中于拟人化,把抽象的变成了有生命的,加上牵强的比喻,奇特的短语,片断的韵文,总之什么都有,就是没有真正的散文。风格当然只是恰当地、清晰地表达意义(不论是什么意义)的艺术;对于它有一个衡量标准,就是不能翻译,一翻译意义就要受损。约翰逊的风格之所以得到不少人的欣赏,正在于它有一个毛病,即可以不断翻译下去。他造成一种假象,好像很聪明,方法就是从来不用普通方式说任何事情。⋯⋯吉朋的

表现方式是最糟的,凡这种风格所有的毛病他全有。①

话是英国浪漫主义诗人、理论家柯尔律治说的。对于过分醉心十八世纪散文艺术的人来说,这是一服很好的清醒剂,但是未必能令他们完全信服,因为他把约翰逊等人的优点完全抹杀了。

然而柯尔律治的斩金截铁的论战口气却是有来源的。浪漫主义时期即是法国大革命震荡全欧时期。这时候,几位主要英国散文家卷入了激烈的政治争论,散文是论战的武器。

论战的武器

远在法国革命爆发之初,英国国内就对此事有赞成和反对两种意见,争论激烈。艾特蒙·伯克(1729—1797)就是下议院论战里的一个主要人物。他是以文章风格雄奇著称的文论家、政论家,曾经在爱尔兰、美洲殖民地问题上发言攻击保守党政府,也揭发过英国在印度的官吏横行,但在关于法国革命的争论上采取了维护旧制度的立场,写了《论法国革命》(1790)一书,其中有一段名文:

> 我在凡尔赛宫见到法兰西王后——当时她还是太子王妃——是十六、七年前的事。地球上从未降临过更叫人赏心悦目的景象了。她似乎足不沾地,显现在地平线上,正在进入一个上层仙境,为之增辉,使之挺发,闪耀如晨星,充满了活

---

① 散缪尔·泰勒·柯尔律治:1818年第十四次演讲,转引自《塘鹅英国散文选》,第4卷(1956),第XIX页。

力,散发着华彩和欢乐。呵,何等的变化!那样的崇高,这样的下降,我又该有何等的心肠,能眼看这变化而无动于衷!……我做梦也没想到,我会活着看到在一个仁侠的国家里,一个荣誉君子和骑士的国家里,竟会有这样的灾难落到她的头上!我以为只要有人胆敢轻侮地看她一眼,就会有一万支剑拔出鞘来执行惩罚!可是仁侠的时代过去了。接着来的是诡辩家、经济家、计算师的时代,欧罗巴的光荣已经永远熄灭了。

伯克并不只在悲叹玛丽·安东娃耐特由王后沦为囚人,他看得更远,看出了法国革命是真正的空前大变,它结束了一个封建主义时代,开始了一个资本主义时代。他极度厌恶后者,而把法国王后看作是前者的象征,因此运用了全部的修辞术来歌颂她。

这样的内容,这样的渲染,引起了汤姆·潘恩的极大反感。潘恩(1737—1809)是一个平民政治家,刚从胜利了的美国革命军的队伍里回到伦敦,就立刻参加了英国的民主活动。为了驳斥伯克的《论法国革命》,他写了《人的权利》(1791)一书,其中也有一段名文,就是对于上引伯克所言的直接回答:

〔伯克〕并不为苦难的实际动心,而是被炫目的虚象打中了想象力。他爱怜美丽的羽毛,却忘了毛下垂死的鸟。

这羽毛和鸟的比喻是人人能懂的,而潘恩写文的目的正是要使"几乎无阅读能力的人也能看懂",因而文章要写得"像字母那样简单明了"。

潘恩另有一些名言,也是至今人们还在引用的:

这是考验人们灵魂的日子。

　　夏季的士兵和晴天的爱国者会在这种危难时刻退缩，不
再报效国家。

　　伯克先生的最后一幕是，正同他如火箭般上升，现在又像
枯枝样下跌。

　　我的国家是世界，我的宗教是行善。

确实是平易，清楚，有力，而比喻则来自普通人的日常生活，但又常
有意想不到的妙笔，例如"夏季的士兵"，"晴天的爱国者"，只用两
个简单的形容词就充分表达了这些人是顺利时的战友，逆境中的
逃兵。

　　正同在十七世纪英国革命时期一样，散文又成为革命斗争中
的武器。

　　这里确实有两种散文风格在交战，而背后是两种敌对的政治
哲学。

山水画，流民图

　　潘恩后来又去参加了法国革命，由于反对杀人过多而为雅各
宾派监禁，几乎丧命，后来再去美国，又由于反对基督教而遭人攻
击，晚景凄凉。他死后却有一位志士把他的尸骨运回他的英国故
乡安葬。这人的名字是威廉·考拜特（1762—1835）。

　　这又是一位散文家,而且又是一位长于论战的平民政治家。同潘恩一样,他也写得平易,有力。不过他经历了一个从保守到激进的转变过程,始终如一的则是他的英国佬个性。他的政论主要发表在他自编的《政治纪闻》周刊上,用明快有力的平易语言揭露黑暗,攻击政府,拥有广大的城乡贫民读者。他也在这个刊物上发表游记,后来这些游记集成一书,称为《骑马乡行记》(1830)。后人最喜欢读的考拜特作品,就是这本游记。

　　然而这是一种奇怪的游记。它所展开的,与其说是山水画,不如说是流民图。

　　考拜特骑着马,或坐着马车从一个村子到一个村子,沿途看庄稼,查牛羊,问民生疾苦,作今昔对比,遇到大地主的庄园和有名无人的"烂选区",则大声咒骂;看见秀丽山水和风流人物,又留连忘返。一到旅店,喘息未定,立刻动笔疾书,夹叙夹议,一气呵成。写出来是这样的文字:

　　　　晨九时离欧卜赫斯班,坐马车来此,行程二十英里。经过河谷,至离村六英里处又入丘陵地带,碧草如茵的坡地向正西及西南方翻滚而去,直达德怀士与索氏贝利二城。……路遇许多农妇在等人验收其所割的麦子,她们衣衫褴褛,穿得不如法南姆打草的乞丐,庄稼人在收获季节而情况如此之惨,还是初次见到。其中不乏十分秀美的姑娘,也是满身补丁,脸如死灰。天冷,霜重,这些女孩子的手臂和嘴唇都冻得发紫,任何人见了都要心痛,只有那些卖官鬻爵、买空卖空之徒才会无动于衷。

而与流民图形成对照的,还有这样的温泉胜地:

华立克夏的爱望河在此处流入色纹河,两河沿岸若干哩水草丰美,前所未见。草地上牛羊成群,沿途不断。看着这景色,这牛羊,心想这些好肉可作多少用途,不禁感到神奇。但是再向前骑八、九英里,这神奇之感就破灭了;原来我们已到达一个毒瘤似的害人地方,名叫却尔特能,所谓温泉胜地是也。这地方充满了东印度的劫掠者,西印度的奴隶主,英国的税吏,吃客,酒鬼,淫棍,各色各样,男女俱全。他们听了一些窃窃暗笑的江湖郎中的鬼话,以为在做了多少丑事之后,一身尊障,可以到此一洗而净!我每次进入这等地方,总想用手指捏住自己鼻子。当然这话没有道理,但我一看见这儿任何一个两腿畜生向我走来,实在觉得他们肮脏不堪,像是一有机会就要把他们的毒疮传染给我似的!来这等地方的都是最恶劣、最愚蠢、最下流的人:赌鬼,小偷,娼妓,一心想娶有钱的丑老婆子的年轻男子,一心想嫁有钱的满脸皱纹、半身入土的老头子的年轻女人,这些少夫幼妻为了便于继承产业,不惜一切手段,坚决要为这些老妇衰翁生男育女!

这等丑事,尽人皆知。然而威廉·司各特爵士在1802年演讲,明白主张牧师不必定居教区,而应携眷到温泉游览,据说这样反能得到他们教区子民的尊敬云云。查此人作此语时,官任代表牛津城的国会议员!

这样的文字完全不同于约翰逊、吉朋和伯克笔下出现的,而是继续了斯威夫特的平易传统,但是比斯威夫特更质朴,句子更短,用字更普通,议论更直截了当,其前辈实是班扬和笛福,而其后人则是勃特勒、萧伯纳、普里斯特莱、奥威尔。这一线平易散文作家共有的一个特点是：对他们所处的社会采取批判态度，大多长于讽刺，长于论战，而由于写得实在，真挚，又使人感到亲切。

浪漫派散文诸家

人们更加注意的，则是这时期的所谓浪漫派散文。它有几个重要的作家。

首先要提到兰姆。查理士·兰姆(1775—1834)在我们中国也颇有人知，其世界性的文学声誉却建在几本薄薄的小书上，即《伊利亚随笔》(一集1823，二集1833)和他同姊姊玛丽·兰姆合写的儿童读物《莎士比亚故事》(1807，即林纾译的《吟边燕语》)。当然，还有人欣赏他的书信和他的选本《莎士比亚时期英国戏剧诗人选段》(1808)，其中都有重要的文学见解。然而人们最喜爱的还是他的随笔。在华兹华斯、柯尔律治等人咏唱大自然的年代里，兰姆却喜爱城市生活。有一次华兹华斯邀他去乡下同游，他回信说：

> 我的日子是全在伦敦过的，爱上了许多本地东西，爱得强烈，恐非你们这些山人同死的大自然的关系可比。河滨路和舰队街上铺子的灯火，各行各业的从业者和顾客，载客和运货的大小马车，戏园子，考文特花园一带的忙乱和邪恶，城中的风尘女；更夫，醉汉，怪声的拉拉鼓叫；你如不睡，就会发现城市也没睡，不管在夜晚什么时刻；舰队街不会让你感到片刻沉闷；那人群，那尘土、泥浆，那照在屋子和人行道上的阳光，图片店，旧书店，在书摊上讨价还价的牧师，咖啡店，厨房里飘出

来的汤味,演哑剧的人——伦敦本身是一大哑剧,一大化装舞会——所有这一切都深入我心,滋养了我,怎样也不会叫我厌腻。这些景物给我一种神奇感,使我夜行于拥挤的街道,站在河滨的人群里,由于感到有这样丰富的生活而流下泪来。这种感情可能会使你们感到奇怪,正同你们对乡野的感情使我觉得奇怪。①

这是他的一段名文,其情感、其风格都有独特的兰姆味道。他本是伦敦东印度公司的一个普通职员,并不富裕,有一个常要发疯的姊姊(有一次她用刀刺死了老母亲),家庭多忧患,但却嗜书如命,喜欢同文人来往,其生活情趣则是伦敦市民的,因此他的随笔谈的也大多是城里的人、事、市声、街景、回忆、幻想,包括扫烟囱的小孩、乞丐、老演员、老律师、穷亲戚、靠养老金过活的人等等,写法则是力求亲切,幽默中有伤感,嘲弄别人,更嘲弄自己,对不幸者则充满了同情,深通人情世故,但不怕说出自己的不受欢迎的独特见解,常有奇思怪想,常作文字游戏,爱好双关语、引语、典故,故意用些古词僻语,有时还效法十七世纪汤玛斯·勃朗等人的巴洛克笔调,而把这些融合为一的则是一个十九世纪初年的英国文人的敏感和个性。

兰姆的散文是地道的书面体英文,可以写得明白、具体:

一听敲门,就知是他。你的心告诉你:"那是——先生"。一声轻敲,界乎亲昵与尊敬之间,似乎有权要求招待,但又——怕遭到拒绝。进门脸带微笑,但又——局促不安。伸手

---

① 1801 年 1 月 30 日兰姆致华兹华斯函。

让你来握,但又——收了回去。说是偶然趁饭前来看看——不想已经满桌上菜。看见你有客人,他表示要走,但一劝也就留下。……

(《穷亲戚》)

这是写穷亲戚串门,把世态炎凉中这类人的窘态写得入木三分。但兰姆还有另一种写法,是留给情感激动的时刻的:

哪儿是芬立奇街?老明申巷的路石啊,我曾经每天来回走了三十六年之久,现在是哪个劳累的小职员在你那永恒的石板上响着脚步?……　　(《领养老金的人》)

这是近乎诗的抒情散文,连节奏也不同了。

因此,兰姆的文章很耐读,越读越有味,但不可学。学的人往往得其怪诞,失其真挚,有其古僻与文字游戏,无其典雅与风趣,反而显得有点忸怩作态了。

兰姆也是一个重要的文论家,其主要功绩在于重新引起对十六、十七世纪英国诗剧的兴趣。他所编的《莎士比亚时期英国戏剧诗人选段》着重选"激情的场面,有时是触动情感最深的场面",整个选本可说是若干次"感情危机"的汇集,这就给了十九世纪初年的英国读者以一种纵览莎剧以外的英国古诗剧精华的好机会。他不仅选,还对所选加以评论,写法跌宕生动,即使不同意他的看法的人也往往为其文字所吸引。例如他认为韦勃斯特的天才仅次于莎士比亚;为了说明这一点,他把《白魔》和《马尔菲公爵夫人》两剧中的女主角形容得异常动人。别的评论家并不服膺其说,但又都承认兰姆这番评论的文字魅力。经过他的评点,韦勃斯特、顿纳、查普曼、戴克等古诗剧作家又重新受到注意,读者群的文学趣味起了变化,显示出这种着重主观印象的浪漫派文学批评的力量。

＊　　＊　　＊

第二个重要散文作家是海什力特。威廉·海什力特(1778—1830)写文很多,收集在《莎士比亚剧中人物论》(1817)、《闲谈集》(1821—1822)、《时代的精神》(1825)等书中。他是兰姆的好友,但与兰姆文风不同。他主张平易风格,曾经以此为题专写一文;所作果然用字平易,句子也接近口语,但也有不平易处,如大量的典故和文学引语(有的并非常见的名言,有的字句还是他记错了的);然而行文气势磅礴,一泻到底,其间有许多隽言妙句,令人应接不暇。大致一个读者刚读他时,会嫌他啰苏,似乎话太多而无中心;但是读下去,就会发现他的论点鲜明,知识丰富,文章流畅中见犀利,能把平凡的道理说得很有吸引力。例如:

> 如果我们要知道人的天才的伟力,我们应该读莎士比亚;如果想看出人类学问的渺小,可以读莎学专家。

> 爱自由是爱别人;爱权势是爱自己。

> 荣誉之殿建在坟墓之上。

> 英国人(我们得承认)是一个嘴巴不干净的民族。

> 在所有的仆从当中,最低级的是文学仆从。

> 诗歌的语言同当权者的语言自然合拍。

他也有十分抒情化的名句,例如:

> 给我头上一片晴朗的天,脚下一片青草地,面前一条弯曲的路,三小时的步行行程,接着是晚餐——然后是沉思的时刻!(《谈出行》)

他另有两个特点:一是通晓艺术,特别是绘画,因此他的文章也富于色彩和形象;二是他是一个激进的民主派,曾经写道:

> 我的生命同法国革命一起开始,而可叹的是,竟然活着看到革命终结。……从那时起,说实话,我就不再感到自己年青了,我的所有希望也随之而灭。

因此他特别厌恶曾经高唱"生活在黎明里何等幸福"而后来转向的文人,而他自己则始终拥护法国革命的理想,死前还完成了大部头的《拿破仑传》(1828—1830)。

作为文论家,他的重要性超过兰姆。同兰姆一样,他也提倡读古诗剧,曾经作过一系列的演讲来说明它的特点。他还以古比今,认为拜伦的诗剧如《马琳诺·法里埃罗》不能同古诗剧如韦勃斯特的《马尔菲公爵夫人》相比,原因就在后者有活生生的人物,而前者则只是若干堂皇演讲词的串合。他的文论并无系统理论,注意的是作品是否把真实感情写得酣畅痛快,着重的是想象力,喜欢进行比较,不仅在英国文学内部,而是常同法、西等国文学相比(如拿莎士比亚同拉辛相比),而且还突破文学范围,进而同其他艺术特别是他所熟悉的绘画相比,其方面之广与见解之敏锐都超过当时其他的浪漫主义文论家。

＊　　＊　　＊

与海什力特的汪洋恣肆相对照的是兰陀的简洁隽永,人称为古希腊风的碑文风格。华尔特·萨维其·兰陀(1775—1864)也是民主派,喜与人争,在写作上则追求一种宁静的古典风格,但又用历史想象力去活跃它,其著名的散文合集是《幻想的会话》(1824—1829)。会话共约一百五十篇,都是历史上著名人物相对而谈的戏剧性场面,但并不依据史实,而是随作者兴之所至,或将活在不同时期的人拉在一起,或虚拟根本不曾发生过的事情。十五世纪的马基亚维里可以谈论十六世纪的西班牙无敌舰队,哲学家培根可以同已死的神学家胡克进行对话。这些戏剧性场面往往不是感情达到最高潮的危机时刻,而是危机之前或略后,例如英王亨利八世在他的废后安·波琳处死刑的前夕去看望她,而俄后卡撒琳则在杀害了她的丈夫彼得三世之后才出场。有时兰陀写得并不宁静,例如上述卡撒琳一篇就写她站在门外听着刚被刺死的丈夫的血一滴一滴地落在地板上作响,又如写彼得大帝在杀了儿子之后食欲大增,都显得过火了,表现出兰陀虽然十分崇拜古希腊文明,实际上还是一个喜欢渲染的十九世纪的浪漫派。他的散文风格尽管有许多崇拜者,毛病也不少,如雕琢过甚,其有名的特殊节奏也不堪久听。一百多篇会话并不都好,读多了使人感到单调。但是在他写得最好的时候,他确实写得动人,而且很耐玩味。

例如《里奥弗立克与戈狄华》。这是一对夫妻的谈话,事情发生在十一世纪英国茂西亚郡。丈夫是当地领主,由于在大灾之年人民无力向他交租而要惩罚全城;妻子则充满了对不幸灾民的怜悯,央求丈夫赦免他们。丈夫说:如果人民不交租,我们又怎能有钱举行庄严的节日庆典呢? 妻子反问道:在大批人民死于灾荒之后,喧哗一场,热闹一气,杀牛吃肉,狂歌乱舞,就算是过节么？难道一个行吟诗人能比我们的内心的声音更使我们向善么？

"呵,我亲爱的人！"她接着说。"让世上的一切都变成我们的快乐吧！只要我们愿意,一切就会这样。如果听了画眉在园子里歌唱,而我们毫不动心,那就真是悲哀的日子来临了,以后的日子也就更加悲哀了！里奥弗立克呵,上帝的仆人把最崇高的节日放在人的心灵里。"

对于这番呼吁,丈夫只冷冷地说:"你疯了！"

然而真正疯的正是这位丈夫自己。当戈狄华当着主教的面再度对丈夫说:赦免全城吧,他的回答是:

"主教大人！真没想到让你看到了她现在这个样子。要我赦免全城？好,戈狄华,我凭十字架起誓,我一定赦免他们,只要你在中午不穿衣服骑马在城里街道转上一转！"

这一要求使她吃惊,她感到丈夫的心完全变黑了。然而为了全城人的生命,她又不顾对自己的无比羞辱,慨然答应照办。

连她的残酷的丈夫也感动了。他发现她比任何时候都可爱了:

"呵,我的美丽的夏娃！你的身旁就是天堂！你一走动,一呼吸,世界就重新有了生气！你所在之处,我看不见也想不到任何邪恶。我真想就在这里把你拥抱！可是对于我自己,我看不出有任何好兆头。阳光不因我而跳跃,没有责备,没有不满,同时也没有任何人对我感兴趣。"

文章以戈狄华对自己说的一番话作结:

"良善的人民！天保佑这些良善、慈爱的灵魂！希望明天他们不要像现在这样把我紧紧围住。里奥弗立克呵,如果我的名字能被忘却,只有你的被记住就好了! 也许我的纯洁会使我免受指责,但多少像我一样纯洁的人生活在恐惧和灾荒之中! 朝我看的每只眼睛将会流泪不停! 作为这样一个大家庭的母亲,我是太年青了。年青是否有害? 不,靠上帝支持,年青给了我勇气。啊,早晨什么时候来到! 啊,中午什么时候过去!"

＊　　　＊　　　＊

兰陀的写法已接近诗的散文,等到德昆西登场,散文的诗化又进了一层。

托马斯·德昆西(1785—1859)写过大量杂志文章,包括有创见的文论如《谈麦克白斯一剧内的半夜敲门》,其主要作品则是《一个英国鸦片服用者的自白》(1821—1822)。这是一本自传性质的书,其中有作者 17 岁时流落在伦敦街头的描写,那时候同他作伴的只有一个比他还小一岁的妓女:

> 一天晚上,我们在牛津街上慢慢走着,我感到比平常更不舒服,头也是昏的,就请她同我折进索荷广场,到了那里之后,我们在一家屋子的台阶上坐下。……突然间我觉得自己更不行了。原来我的头靠在她的胸上,现在忽然脱开了她的手臂朝后倒在石级上了。当时我的最清楚的感觉是:得赶快有一种特别有劲的刺激品才能救我,不然我立刻要死了,不死也在那种无依无靠的情况下不可能恢复了。在这个命运的紧急关头,我的这位孤苦伶仃的友伴虽然自己从人世所得唯有损害,却向我伸出了救援之手。她惊恐地叫了一声,立刻跑往牛津街,不一会就拿了一杯撒了胡椒的葡萄酒回来。我当时肚子是空的,任何固体食物只会使我呕吐,这杯酒却立刻生效,使

我苏醒过来，而这杯酒是这位慷慨的姑娘毫不犹豫地从她的小小钱包里拿钱买的，当时——请记住！——她连自己吃的都买不起，而且完全清楚我是永远也还不了钱的。

以上选自书的第一部分《初步自白》，是作者对于少年时期的回忆，当时他还未染上鸦片瘾，文章写得很具体，也很动人。等到我们读到书的主体部分——《鸦片的乐趣》和《鸦片的痛苦》——就发现另一种笔墨：

在热带高温和直射阳光联合产生的感觉之下，我把所有的生物、鸟、兽、爬行动物，所有的树木，所有热带地区的风俗和现象都集中起来，放在中国或印度斯坦。在类似的感觉之下，我又把埃及和它所有的神明都放在同一法则之下。猴子、长尾鹦鹉、白鹦们紧盯我，轰斥我，向我怪笑，对我乱叫。我跑进宝塔，走上顶层，跌入秘室，在那里我被钉住了，几百年不能动弹。我是偶像；我是僧侣；我被崇拜；我被献为牺牲。为了躲避婆拉玛的怒气，我逃过了亚洲的所有森林……

这是写服了鸦片酊之后的梦境所见，出现了许多奇花异木，怪兽妖鸟，借来了东方异域的古老神祇，文字充满色彩，节奏类似念咒，散文已入诗境，其目的则在写鸦片影响下的奇特的、混乱的、却又异常强烈的感觉。这已经超越兰姆等人的怀旧、伤感和个人意兴，而把文学带入了潜意识的领域。

*　　*　　*

至此我们已将英国浪漫主义时期的几个重要散文作家简略介绍完毕。归纳起来，可以说有两条线索，一条是平易、有力的政论文传统，其代表人物是潘恩、考拜特；另一条是随笔性质的艺术散

文传统,其代表人物是兰姆、海什力特、德昆西。两者都有所发展:
平易文体在走向细密的说理和逻辑性,艺术散文的触须则伸向了
诗境。

然而散文的领域十分辽阔,还有别的方面。在这时期,英国的
定期刊物除了原有的包括各类文章的杂志,又多了一种以政论和
书评为主的"评论",如《爱丁堡评论》。不仅刊物的数量和种类增
加,它们之间的争论也更趋激烈。政治争论的焦点在对法战争、
"谷物法"、国会改革等有关和平与民主的大问题,文学争论的表现
之一是保守派对"伦敦佬派"的民主斗士和几位青年浪漫诗人的攻
击——《勃腊克武特》、《季刊》、《英国批评家》等刊物对济慈的围
剿就是例证。那些文学杀手写的也是散文,虽然是恶毒的、下流的
散文;而李·亨特和海什力特等人对保守派的犀利有力的反击则
给了散文以一种新的锋刃。

第十二章　十九世纪小说

十九世纪三十年代起,英国文学最活跃的领域是小说。

这是一个看了令人惊叹的领域:惊叹其作家之多,成果之丰,叙事艺术发展之多方面多层次。

任何一个普通读者,都可以在这一领域内找到他喜欢的读物。更使他高兴的是,这时候普及与高雅读物之分还不明显,他可以读到故事精彩而有意义、艺术性又高的大批长篇小说。这在二十世纪就难于做到了。

从世界文学的高度来看,我们会发现:

1. 这些作品有强烈的英国色彩。读了狄更斯,人们会忘不了伦敦的雾、煤气灯和市民的特殊性格。读了萨克雷,人们会听到伦敦大商人怎样谈公债市场。读了勃朗蒂姊妹,人们会在梦里跟随她们在约克郡的荒原上同怒吼的狂风作斗争。这类强烈的英国色彩正是世界上读者喜欢看到的。

2. 它们是对人生的写实——写得细节分明,入木三分,又是对人生的批评——批评社会上的不良现象,对不公正不人道表示愤怒和抗议;它们很少粉饰升平,而在不同程度上都报天下之忧。这时期所出现的一批所谓"英国国情"小说就既是写实,又是抗议。

3. 它们在叙事艺术和语言风格上做了各种试验,对小说写法作了大的创新。

由于这三点(且不说其他),它们合起来成为英国文学的一大成就,对世界文学作出了重要贡献。

这当中有些什么主要人物? 每人有什么特点? 这些就是本章将扼要讨论的题目。

历史小说家司各特

第一个要提到的是华尔特·司各特(1771—1832)。他原是诗人,擅长叙事诗,《末代行吟诗人之歌》、《玛密安》、《湖上夫人》等就是他的名作。后来他看年轻的拜伦写一类东方故事更畅行,转而另图发展,用散文写起历史小说来。这一改变使他开辟了一个新的小说领域,因为历史题材的小说在英国虽有歌德式小说等前例,但用民族、宗教之间的战争之类大事作为内容并发掘其社会意义,却是司各特的首创,而且他还影响了英国和欧洲一大批作家也写起同类小说来。近人卢卡契在他的著名论著《历史小说》里高度评价司各特,认为他"给予了一个阶段的基本进步趋势即历史上对进步的保卫以完美的艺术表现"。①

我们现在举一个实例,看看他写的是什么样的历史小说:

> 一句东方格言说:"沙漠之中无朋友。"现在这个全身披挂的异教徒已经像驾着鹰翅一般,飞快接近。十字军骑士对于来者是友是敌,毫不介意;作为宣誓保卫十字架的骑士,他毋

---

① 英译本(1962,1981 企鹅丛书重印本)第 69 页。

宁希望来者是敌。他从马鞍下抽出长矛,握在右手,平放在马上,矛尖向上;左手收紧缰绳,又用靴刺踢了马一下,振起它的精神,自己带着百战百胜的沉着和自信,准备迎敌。

撒拉逊人用阿拉伯骑士惯常的高速冲来,他靠移动身子操纵坐骑,很少动用松松地挂在腕上的缰绳,空出来的左手拿着一面包着犀牛皮的圆盾,盾上的银环套在他的臂上,现在他晃着这面小盾,像是要靠它来抵挡西方人长矛的猛刺。他自己的矛不是像他对手的那样平放着,而是从中握在右手,高举头上。他全速冲来,以为卧豹骑士也会拍马而上,同他接仗。可是这位基督教骑士完全熟悉东方战士的习惯,并不想用任何不必要的动作使他的好马过早疲惫,相反地他立刻把马停住,自信如果敌人突击过来,他自己的体重和他的强壮的战马的重量都会使他占到优势,而无需快速移动的冲力。撒拉逊骑士也看出了这一点,为了避免这样的结果,一冲到离基督徒约两支矛的距离时,立刻非常熟练地拉过马头向左,围着对手转了两圈,而对手也原地跟着转动,始终正面对着敌人,使他得不到乘隙而攻的机会。于是撒拉逊人转过马头,退到一百码以外。但他立刻又一次进攻,来势如鹰扑鹭,又一次未得交手,退了回去。第三次他又猛扑,这时基督教骑士不愿老让敌人用这种方式消耗自己力量,决定结束这种虚晃一着的战斗,突然拿起放在马鞍前穹上的钉头锤狠命地一扔,锤头准确地直指这个酋长的头部(看起来这个敌人的身份不会低于酋长)。撒拉逊人刚好感觉到有厉害的东西向自己飞来,举起小圆盾一挡,但锤的来势太猛,把那面盾重重地压在他的头巾上了,虽说减轻了锤的力量,却把他打下马来。基督徒还来不及利用这个机会,他的矫健的对手已经一跃而起,向马一喊,马应声回到他的身边,他不踏镫就飞上了马背,把原来卧豹骑士以为他会失去的优势又夺了回来。卧豹骑士也趁机捡起了自己的锤,现在他使锤的本领和力量已使他的东方对手牢记不忘,从此小心停在这种武器的攻击距离以外,同时他也决心从远处用他自己的投射武器继续战斗。他把长矛插在远处的沙堆里,敏捷地从背上取下一张弓来,策马急驰,围着对手转了两三个更大的圈子,边转边向基督徒射了六箭,箭箭中的,基督徒只因铠甲坚固才未受伤。第七支箭像是找到了一个铠甲的弱点,只见基督徒沉重地跌下马来。撒拉逊人立刻下马来查看倒地的敌人情况,不料突然被这欧洲人紧紧抓住,原来这是后者使敌人接近的一计。就在这决死时刻,撒拉逊人仍然保持清醒头脑,动作敏捷,立刻把被卧豹骑士紧紧抓住的佩剑腰带解下,脱出他的掌握,跳上那匹像人一样懂事、一直在注视着他的行动的战马,又一度跑走了。但是在这次搏斗里撒拉逊人不得不放弃他的腰带和挂在带上的剑和箭袋,还丢掉了他的头巾。这些损失似乎使这个穆斯林倾向于停战了。他向基督徒骑来,右手前伸,不再带威胁的姿势。

"我们两国之间已经停战,"他用惯常对十字军讲的语言说。"你我之间又何必打仗?——让我们和平相处吧。"

"我也满意了,"卧豹骑士回答。"不过你拿什么保证你会遵守停战?"

"先知的信徒从来信守诺言,"酋长说。"倒是该由我向你,基督教徒,要求保证,不过我知道勇敢容不得背信。"

十字军骑士见这位穆斯林教徒这样相信他,感到自己刚才对他怀疑,有点不好意思了。

"凭这剑的十字架起誓,"他把手放在剑上说,"我将做你的忠实旅伴,撒拉逊人,既然命运要求我们相处在一起。"

"我对先知穆罕默德起誓,对真主起誓,"他刚才的敌人回答,"我的心里没有对你有任何欺诈。让我们一同走向那边的清泉吧。休息的时间已到,我从同你交手以来一点水也未进。"

卧豹骑士立即客气地表示同意。于是这两位刚才的对手,不再怒目相视,也不表现疑心,并马向一小丛棕榈树骑去。

(《十字军故事:护符》,1825)

这个片断写一次沙漠中的战斗,把两个对手的装束、坐骑、武器、打法都写得细节分明,十分具体、生动。也写了两人的心理活动,虽然是浅层的,只针对当时的行动。但在背景里却有深刻的东西:不同的宗教信仰,几世纪的对立、仇恨,然而又有武士们共同遵守的荣誉守则,总起来说,就是有历史在后面。司各特选择了历史上一个戏剧性的时刻,即一次十字军东征,于是东方和西方在此交锋,伊斯兰统治受到基督教中古骑士制度的挑战,地点是在远离欧洲文明的沙漠之中,这就使得这部小说不仅是名符其实的历史小说,而且意义重大。司各特所用的文字也相应地是略早于他的时代的书面体(评者称为"必要的仿古体"),句子整齐,繁复,词汇是正式的,连对话都不是随常口语。

需要说明的是,司各特更典型的历史小说是关于苏格兰或英格兰的过去的,如《艾凡赫》(林纾译了此书,改题《撒克逊劫后英雄略》)。

琪恩·奥斯丁①

与司各特大体同时,小说写得别创一格的,是琪恩·奥斯丁(1775—1817)。

奥斯丁的作品可以《傲慢与偏见》(1813)作例。这书的开始一段极为有名,被人称为叙述文体的典范:

> 公认有这样一个真理:一个拥有大笔家产的单身汉必然需要一个妻子。
>
> 不论这样一个人在进入本区之初,其感情和见解如何难知,附近的人家已经深信上述真理,总把他当作他们之中某个女儿的合法的财产看待。

这里作者似乎是板着脸在向众人宣告;但是背后却另有一种声音,传达出一种嘲讽,点出了人们真正关注的是"财产"。

她的对话同样写得出色。可以分为两种情况:一种是应对式的随常谈话,例如:

> "他结过婚还是单身?"
>
> "呵!单身,亲爱的,没错儿!一个很有钱的单身汉,每年收入四五千。这对于我们的女儿们,是多么好的事呀!"

这是班纳特夫妇的一问一答,问得简单,答得兴奋,句子是不完整的,只听见一片惊叹声。

---

① 现多译为"简·奥斯丁"。——编者注

另有一种,语气是客气的,然而藏有锋芒。这种对话往往出现在一种激辩甚至对峙的场面。

一个这样的场面是牧师柯林斯向伊丽莎白求婚。牧师以为他求婚是给了伊丽莎白本人和她的全家以极大的面子和实惠,因为如她嫁他,不仅她有了一个收入可观而且背后有大靠山——即他经常挂在口上、不断夸耀的恩主卡塞林·德·勃夫人——的丈夫,而且由于他是她父亲班纳特先生的法定继承人,她家的房屋和其他财产也不会落入外人之手。然而伊丽莎白拒绝了他。他却以为这是姑娘们欲擒先纵的惯计,说什么也咬定她会嫁他,于是伊丽莎白说:

"……请相信我,我不是你所说的那种姑娘——如果真有那种姑娘的话——敢于拿幸福冒险,等待回头第二次的求婚。我的拒绝是完全认真的。你不可能使我快乐,我也绝不能使你快乐。再说,如果你的朋友德·勃夫人认识我的话,我敢说她会发现我在任何方面都是不适合的。"

伊丽莎白提出了一个概念:婚姻应该是使双方快乐的。她的话不能说得更明白了,然而对于柯林斯全然无效。他仍然相信伊丽莎白是在故作姿态,坚持说:

"你得允许我,亲爱的表妹,相信你对我的拒绝只是表面文章。我所以这样相信,理由可以简述如下:我的求婚似乎不是不值得你接受的,我所能提供的家业也绝不是毫无吸引力的。我在社会上的地位,我同德·勃家族的关系,我同你自己家的关系,都对我十分有利,而且你还得考虑一点,那就是:尽管你有许多动人之处,却难保是否还会有别人向你求婚。不幸的是,你能分到的遗产太少了,这就抵消了你的容貌和其他

优点。因此我的结论是：你不是真的拒绝我，我倒是认为你是
想用叫我悬着的办法来增加我对你的爱，正像文雅的女人们
惯做的那样。"

对于这样一个只打财产算盘、满口官样文章的俗物，伊丽莎白的回
答是：

"相信我，我一点也没有你所说的那种故意折磨一个好人
的文雅，我倒是希望人们相信我的真诚，那就是对我的尊重
了。你的求婚使我感到光荣，我是感激不尽的，但是接受却绝
对办不到。我每一方面的感情都不许我这样做。我还能说得
更明白么？不要把我看作一个想折磨你的文雅女人，把我当
作一个从心灵深处说真话的有理性的人吧。"

透过客气的措辞，伊丽莎白的独立性格在发言了，而她提出
"每一方面的感情"则是再度强调了她的婚姻观，在那个时代和环
境里是新的亦即现代的婚姻观。

然而柯林斯不过是小丑，不久伊丽莎白碰上了他的恩主德·
勃夫人。这才是一场意义重大的对峙。

高贵的德·勃夫人为了阻止她的侄子达西和伊丽莎白之间的
婚事，屈驾来到班纳特家宅。一到之后，她先是盛气凌人地挑剔他
们的园子和房间朝向，然后撇开班纳特夫人和她的小女儿，单独要
伊丽莎白同她在室外边走边谈。她说她来此的目的是要弄清伊丽
莎白是否同达西真有婚约。她指出达西早已"在摇篮中"就同她自
己的女儿订了婚，那才是门当户对的婚姻，而伊丽莎白则从家世、
财产、交往等任何方面都配不上达西，想同他结婚是僭越，因此她
要伊丽莎白保证：她绝不同达西订婚。

德·勃夫人是颐指气使惯了的,这次亲自出马,以为一定会使伊丽莎白这个小妮子慑服。然而她不知道社会已经在变,小妮子们开始不受家庭和尊者们的支配,有了自己的性格和看法。伊丽莎白的话仍然是客气的,然而却说得直截了当:

> "嫁给您的侄子我不认为是越出了我的社会圈子。他是一个绅士。我是一个绅士的女儿。这样,我们是平等的。"

伊丽莎白也用这种精神对待这位贵妇人自己。她们也是平等的。德·勃夫人的口气越来越凶,各种恐吓都用上了,于是伊丽莎白这样干脆地结束了这场会面:

> "德·勃夫人,我没有更多的话要说了。您已经知道了我的心情。"

> "那么你是打定主意要他了?"

> "我没这样说。我只是打定主意要按我认为会给我快乐的方式行事,不问您或任何与我无关的人的意见。"

> "好啦,你就这样拒绝我了。你这是拒绝责任和荣誉的要求,也是忘恩负义。你是决心要让他在他所有朋友的面前丢脸,变成全社会的笑柄!"

> "责任、荣誉、感恩图报之类,"伊丽莎白回答,"在这件事上都对我不起任何作用。我同达西先生结婚不违反任何原则。至于他家里人的不满,如果真是由于他娶我而引起,我一点儿也不会在乎。说到社会的公论,社会是有头脑的,不会参加那种无谓的嘲笑!"

这番话出现在十九世纪初年一本写闺中少女的"言情小说"

中,分外值得注意。这本小说的语言继承了十八世纪的文雅传统,但在书的最后却起了变化,变得斩金切铁似地直来直往了。人们也有批评奥斯丁生活在那个紧接法国革命之后的动荡时代而小说里一点也没有反映战争和革命的,其实她是在她自己熟悉的题材上传达了新的一代妇女的心声:她们不再被权势压倒,而要以平等人的身份去追求自己的快乐了。

狄更斯的特点

　　查理士·狄更斯(1812—1870)是这个时期最伟大——但不是最完美——的小说家。他有明显的特点。

　　例如,他经历了比当时别人更为明显的重要发展。起初,他主要是幽默作家,新鲜、活跃、难以捉摸,写人物、写对话有特别本领。偶然也讽刺一下国会选举丑剧之类的事,然而注意力不在那里,讽刺也不叫当事人难受。但是,很快这情形变了。他不仅着力讽刺,而且厉声斥责起来,笔锋所向,遍及孤儿院、学店、债务人监狱、法院、政府机关,而在《艰难时世》(1854)里又以十分愤激的情绪鞭挞了工业资本家,出现了有人称为"愠怒的社会主义"的火焰。在小说的结构方面,也有同样明显的发展。原来他写得比较松散:《匹克威克外传》(1836)利用了"流浪汉小说"的骨架,虽有许多绝妙的片断,但是这些片断之间并无内在的联系。我们看完一段,可以放下,跳过几处,也无大碍。这种松散的结构也自有其可爱之处。匹克威克先生和他的同伴们坐着马车到处旅行,看见各种人物,遭到各种奇遇,今夜走进旅店,就不知明晨要发生什么妙事!

但是虽然此书获得极大成功,狄更斯却不满足于已有成绩,在《奥列佛·退斯特》(1837—1838)里开始尝试新的写法,将小说的情节集中在一个穷孩子的身世上,将它的社会意义集中在对于贫民收容所的谴责上。在后期的一系列小说里,他更是刻意求工,竭力追求结构的完整,同时他又努力约束了自己的感情,对周围人物和所处社会有了更加清醒的看法,在认识和表现上都比以前深刻起来。换言之,他的技巧上的发展是伴随着他的思想上的发展并进的,亦步亦趋的,而在他最好的作品里则两条发展的线常常是合而为一的。

我们可以举《伟大的期望》(1861)为例,这是一本写在后期的成功作品。主人公有两个"伟大的期望":在爱情上他要高攀一位冷酷无情的高贵小姐,在社会地位上他要从打铁店的学徒上升为伦敦城区的绅士。他既然生活在一个金钱万能的社会里,他在爱情上的期望是否能够实现,也就取决于他在社会地位上的期望是否能够实现。由于某种机缘,他得到了一批钱,能够到伦敦去学法律了,慢慢地腾达起来,然而在这向上爬行的过程里,原是劳动者的他变得越来越势利,越来越看不起以前结交过的"下等人",直到有一天他终于发现:暗中资助他上学的不但正是一个"下等人",而且还是一个可怕的逃犯!而他所追求的高贵小姐,原来也只是逃犯的多年不见的亲生女儿。这样,主人公的"期望",无论在爱情上或在社会地位上,最后都归结到这个逃犯身上,而由于逃犯案发身死,又都落空了(最后的团圆结局是硬加上去的,属于狄更斯的败笔)。狄更斯写此书时,痛感英国当时那种势利社会的腐蚀作用之大,同时又看出那样一个社会不可能有任何"伟大的期望",用意十分深远,隐含的谴责也极严厉。但这一切不是出之以抽象的交代或简单的叙述,而是深入、细致地通过情节的安排、气氛的配合、主人公性格的逐渐发展(实际上就是一个灵魂的逐渐腐蚀)等等,亦即通过小说的结构来实现的。在这里,小说结构的完整不止表明狄更斯在技巧上做着巨大的努力,也表明他对于所处理的主题挖掘得更深了,而后者又表明他对于所处的社会认识得更深了。

狄更斯的另一个特点是,在他的艺术里,有一种十分动人的混合。一方面,他最会写实。我们读完他的小说,眼睛一闭,就浮现出十九世纪煤气灯下雾伦敦的种种情景,而且久久不忘。他的细节除了真实、生动之外,还有一种尖锐的敏感性。在《大卫·科波菲尔》(1849—1850)之中,当小孩子大卫第一次遇见墨特斯通小姐的时候,她正在忙着家务,毫不关心地"只将冷冷的手指甲让孩子握了一下"。这是极为深刻的一笔:冷的不只是墨特斯通小姐的手指,还有她的心,而这是通过一个孩子的敏感来表达的,一个具体的细节写出了两个人的性格,同时又托出了一个有社会意义的场面,使我们看出孩子是怎样需要温暖,而他所得到的,却只是可怕的冷漠。

狄更斯是写真实的细节的能手,然而另一方面,他又最奇幻、最夸张,在渲染、烘托上最走极端。他运用语言又是莎士比亚式的,即力求生动,力求强调,而不受语法等惯例的束缚。他是散文家,但有的时候他几乎将小说当作诗来写。他特别擅长创造气氛。例如他这样写伦敦的雾:

> 雾,到处的雾。雾在河的上游,流动于绿岛和草地之间;雾在河的下游,翻滚于一排排的樯帆和大城市肮脏的水边的各种污物上。雾在艾萨克郡的沼泽地上,雾在肯特郡的高地

上。雾钻进了运煤船的厨房里;雾躺在码头上,逗留在大船的帆缆上;雾在驳船和小船的舷边垂着头。雾在格林尼治领养老金的老人的眼睛里和嗓子里,他们坐在收容室的炉边喘着气;雾在生气的船长的烟斗斗里和柄上,他在他的小舱里抽着下午烟;雾在甲板上他的打着冷战的小徒弟身上,寒气凶狠地刺着他的脚趾和手指。偶然路过的人站在桥上,凭栏望着,望见下面一片雾天,四周也都是雾,他们自己像在一个气球之中,高悬在雾气迷漫的云端。

透过大雾在街上不同地方依稀可见煤气灯,如同庄稼汉和牵牲口的孩子透过田野的湿气依稀可见太阳。大多数铺子提前两小时点了灯——好像煤气也知道,因为它有一种憔悴的、老大不愿意的表情。

（《荒凉山庄》,1853）

雾不好写,容易写得浮泛,例如说弥天大雾一片茫茫之类,而狄更斯在这里写得很实在,但又不陷在实事之内,而靠想象力跳了出来,因此才有"雾在领养老金的老人的眼睛里和嗓子里","雾在生气的船长的烟斗斗里和柄上"等神来之笔,而说煤气似乎也知道灯点得早了,因而"有一种憔悴的、老大不愿意的表情",则更是典型的狄更斯写法,小说散文而有一种灵气,确是奇笔。

真实的细节与诗样的气氛的混合,具体情节与深远的社会意义混合,幽默、风趣与悲剧性的基本人生处境的混合——正是这一切使狄更斯的作品丰富厚实,而且充满了戏剧性。他的小说开始时动作不快,篇幅奇长,但这是当时许多别人的小说共有的情况,而只要人们有点耐心,很快就会进入一个充满了紧张冲突的世界。

他不仅擅长于正面写善恶之争,而且以抑恶扬善为快,非将坏人完全揭穿,他是不肯放下笔的。他的小说几乎无例外地都以大揭穿、大暴露为全书高潮。这种时候他总是笔酣墨饱,情绪特高。这正是他的可爱的地方之一。他的女儿曾看见他在紧张写作的时候,口中念念有词,泪流满面,完全忘了自己。在英国作家中没有谁比狄更斯更不能忍受社会上的不公平或更关心自己创造的人物的命运了。

在狄更斯的身上,若干相反的东西统一起来了:他幽默,然而他又富于悲剧感;他使人感到压抑,然而当他走出穷巷斗室,一车飞驰大路的时候,又使人感到精神上的空前解脱;他多次被人贬为庸俗、伤感、夸张,但连最清高的批评家也承认正是他紧紧抓住了真实人生的核心;他是大众的娱悦者,又是社会的良心;同莎士比亚一样,他运用语言是多层次、多方面、多声域的,令所有的学究皱眉,却使英语更加活跃;也同莎士比亚一样,他是最通俗的作家,又是在根本意义上最懂艺术的大师。

萨克雷的《名利场》

一提狄更斯,人们往往会同时提到萨克雷。他的最出色的作品是《名利场》(1847—1848)。

萨克雷有他独特的长处。他对于上层阶级人士比较熟悉,因此能将他们刻画得入木三分。在《名利场》里有伦敦大商人,当朝的大贵族,也有一个人手里握着两个下议员名额的乡下大地主。

他将他们写得十分具体,使读者不会弄错他们的时代。本书里的伦敦大商人老奥斯本多么活跃纸上！然而同是商人,他却早已不像十八世纪英国小说里所见的小买卖人了。费尔丁的《大伟人江奈生·魏尔德传》中的珠宝商人多么谨慎小心,多么守本分,经营的范围也极为狭窄,只要一个小首饰盒就可以藏起他全部的财产。老奥斯本呢,他是伦敦蜡烛业同业公会里的巨头,连他的子弟也完全以平等地位同贵族来往了,而且他已经懂得以现代金融资本家的方式来利用银行和交易所——你看他回家一不高兴,家庭老师乌德小姐就说,"大概是公债跌价"了。好一个"公债"！在萨克雷以前的英国小说里几曾见过呢？本书所写的纨袴子弟也是只能属于十九世纪中叶的,例如那位胖胖的乔瑟夫·赛特笠先生之所以能在欧洲的名都逍遥自在,是因为他在印度有一个挂名差使。原来英国资产阶级的剪息票上除了本国无产阶级的汗渍之外,早就沾满殖民地人民的鲜血了！便在女角当中,也有一位满身金刚钻,远从西印度群岛"圣·葛脱地方来的半黑种"施瓦滋小姐,她因为富可敌国,惹得伦敦的贵族子弟千方百计地追求,最后还获得入宫觐见国王的殊荣。可见萨克雷所写的不是泛泛的一般的资产阶级,而是一个特定的历史时期中的一群剥削者和寄生虫。

因此,萨克雷使我们更能了解他所写的那个时代。但是,同时,《名利场》又有其普遍的意义。要明白资产阶级是怎样残酷无情,无须再举他们剥削无产阶级的事实,只要看看他们彼此之间的倾轧和吞并也就可知了。书中赛特笠老人的遭遇是典型的。老奥斯本的起家原是靠赛特笠提拔的,因此两家的儿女也就早已由父亲们定好婚约。但是赛特笠在证券交易所里失败了,他就立即像一双破鞋子似的被资产阶级从他们的队伍中扔了出来。没有比老奥斯本更鄙弃老赛特笠的人了;在他以及别的资产阶级人士的眼

睛里,没有比在商业上失败更不可饶恕了。儿女的婚事当然无从
谈起——虽然他们终于私下结婚,那却是另有原因的。这样的事
可以发生在十九世纪中叶的伦敦,也完全可以发生在解放以前的
上海;在老奥斯本的谈吐里,我们岂不是听到了黄浦江边一些大商
人的谈吐么? 而萨克雷所写的老奥斯本刚刚死去的情况:

> "四天之后他就死了。医生从楼上下来,办丧事的从楼下
> 上去。凡是面对勒塞尔广场花园的窗口,所有的百叶窗都关
> 闭起来。白洛克急急忙忙从市中心赶来。'他留给那孩子多
> 少钱? 不能给他一半吧? 当然应该是三份平分啰?'这一刹那
> 真是紧张。"

(杨必译文,下同)

这又多么像《儒林外史》里的某些笔墨!

　　萨克雷的写法,对于看惯"看官须知"的旧小说的我国读者,应
该有一种亲切之感。他喜欢以作者身分登场说教,一切情节和人
物都通过他的眼睛来看,这样不仅让读者知道他用意所在,而且也
使整部作品获得了一致性。为了巩固这个一致性,他又在小说的
结构上别具匠心:全书情节围绕着两个女子的不同性格和身世,以
两人的荣辱浮沉互为对照。在过程里他创造了一个特别活跃的女
骗子蓓基·夏泼。

　　虽然书中有几个不必要的片断(如都宾在印度的一大段),萨
克雷的笔墨一般却是经济的,同时又很细腻,是一种闲话家常的笔
调,与他的嘲讽的口气和不以英雄人物为重心的写法(他称本书为
"一部没有英雄的小说")都是合调的。例如滑铁卢之战,别人一定
正面写战争,写军威之盛,写英雄业绩,他则自称"不是描写战争的

小说家,只管平民老百姓的事",写的是战役前布鲁塞尔城的社交生活,战役中英国贵妇人等逃难的窘态,而战役之后呢,读者只见作者静静地说:

> "布鲁塞尔的居民听不见枪炮了,英军一直向前追逐了好几哩。黑暗笼罩着城市和战场;爱米丽亚正在为乔治祈祷;他呢,合扑倒在战场上,心口中了一颗子弹,死了。"

这是常给人引用的一段,确实是又经济又有深意的笔墨:作者怎样巧妙地将战场上的胜败与孤儿寡妇的命运联在一起! 在这等地方,作者本人对于战争的讽刺便与小说情节化而为一了。

此书的主要缺点在于不论在暴露和讽刺方面,作者都不能坚持到底,而是刚挖了一下,刺了一阵,就忽然心肠软了起来,哈哈一笑,以一种和事佬的态度对一切妥协了:

> "唉,浮名浮利,一切虚空! 我们这些人里面谁是真正的快乐的? 谁是称心如意的? 就算当时遂了心愿,过后还不是照样不满意? 来吧,孩子们,收拾起戏台,藏起木偶人,咱们的戏已经演完了。"

这是本书的结尾。人生如梦耳,何必认真! 在一种哲理的烟雾里,作者眼中有泪,像是充满了同情心,然而真正的现实世界却给遮住了。

约克郡荒原上的三个青年女性

狄更斯和萨克雷主要写城市人物,要想听乡野的呼声,得读读勃朗蒂三姊妹的作品。

这三姊妹生长于约克郡荒野的一个穷牧师家庭里,都活得不长,都写出了小说。如果说小妹妹安(1820—1849)所写不是特别出色,那么大姊夏洛蒂(1816—1855)和二姊艾米丽(1818—1848)却在英国小说史上取得了十分重要的地位。

夏洛蒂·勃朗蒂的名著是《简·爱》(1847)。这本书的女主人公是一个家庭教师。她出自贫家,相貌平常,却维护独立人格,在婚姻问题上坚持要有真正的爱情,一旦确信主人罗彻斯特真心爱她,平等相待,她也冲破习俗的束缚,大胆表露她的情感。但此书不只是一个女家庭教师终于在婚姻上成功的情节小说,因为作者还写了她在情感、智慧和道德上的成长。她宁可失败,决不将就、凑合。当她以为罗彻斯特另有所欢、毅然离去的时候,对他说:"我是一个有独立意志的自由人,为了坚持这一点我现在离开你"。而等到最后她终于同他结婚了,她又说:"两人在一起了,应该像在孤独时一样自由,像同别人相聚时一样欢快"。

书中还有一个富于深意的对照。简离开罗彻斯特之后,碰上了里弗斯。后者真心爱她,希望她嫁了他后一起去印度传教。同罗彻斯特相比,他是一个严肃的、献身宗教的高尚人物;相反,罗彻斯特似乎是一个喜欢嘲弄、玩世的"拜伦式英雄"。但简虽然尊重里弗斯的人品,却拒绝了他的求婚,因为她想:

> 作为他的妻子,老在他的身边,老要约束自己,克制自己,老是不得不把我天性里的火焰压得低低的,使它只往内心烧,永远不许叫喊一声,尽管这被管束的火焰会把我的五脏六腑都烧成灰——这是不能忍受的。

(第3卷第8章)

而罗彻斯特在他玩世的外表之下却有一颗同她一样赤热的心。他同简有着一个共同的情感世界——强烈,强烈得如几乎要了简的生命的原始荒野。

然而还有更强烈的爱和恨,出现在夏洛蒂的妹妹艾米丽的小说《呼啸山庄》(1847)之中。

故事从孤儿希斯克里夫来到约克郡荒原中一处人家开始。那家的主人发善心,把这个孩子收养了,他同那家的女儿卡瑟琳一起长大,彼此相爱。他们同受她的哥哥欣德利的欺压,同样表现不屈的斗志,由于共同的经验而更彼此支持。然而卡瑟琳也对邻居的少爷林顿有好感。有一天希斯克里夫背地里听见卡瑟琳对老女仆说她不可能同他自己结婚,负气出走了,没有听到她接下去又说:

> "我在这世上的大苦难也是希斯克里夫的大苦难,我从头就注意并且感觉到了它们:我在生活里的最想念的就是他。如果一切别的都消灭了,而他存在,那么我也存在。如果一切别的都存在,而他消灭了,那么整个宇宙就变成完全陌生,我也不是它的一部分了。我对林顿的爱好比树上的叶子,时间会改变它,正同冬天会改变树木。我对希斯克里夫的爱好比基础上的岩石,表面上看不出有什么使我愉快的东西,但对我完全必要。耐利,我就是希斯克里夫!他永远,永远在我心上,不是作为一种愉快,就像我自己对自己不是一种愉快,而是我自己的存在。"

(第9章)

这番异乎寻常的表白在十九世纪小说里是罕见的,它用了一种特别的语言,带着几个原始性的比喻:树叶、岩石;也带着大的抽象名词:存在、宇宙、宇宙的一部分。正同这感情高于普通的肉体之爱,这语言也高于一般谈吐,而带着象征性的、诗意的光泽。

然而这又是一部非常现实的小说。与这番谈吐相对应的,是女仆耐利的当地方言,她的在场使我们不忘卡瑟琳所处的现实环境。而卡瑟琳对于林顿的好感中也包括着对他那富裕家庭的优美环境的羡慕("我将变成这一带最重要的女人"),经济的、社会的考虑是一直存在的。而希斯克里夫三年后重来此地,敢于为所欲为,也完全因为他已挣了大钱,成为上等人了。正因为他变成了一种社会势力,他对两家人命运的任意揉弄,他对林顿一家人的毫无怜悯,他对卡瑟琳哥哥一家人的绝对虐待,也就不止是对自己过去所受欺凌的报复,而带上了那个多事之秋的十九世纪四十年代的英国社会的残酷性。

但是象征却又时时重现。卡瑟琳在同林顿谈到她的葬身之地时说:"不要同你们林顿家的人葬在一起,不葬在教堂屋顶下,露天葬着就可以,前面立一块墓石。"换言之,她愿回到约克郡荒原的大自然里去。同样地,希斯克里夫谈到自己身后,也对耐利说:"只须在傍晚把我抬到墓园埋了。……不需要牧师,也不需要人们说我什么",两人都是不需要基督教的安慰,只想回归大自然。这是同书上关于荒野的描写,关于黑夜和风暴的描写,关于日月星辰和季节改变的描写等等一致的。这些因素又使这部非常现实小说成为非常诗意的。

最后,《呼啸山庄》以这样一段话结束:

> 我在那里徘徊了一会儿,在那慈祥的天空之下;我瞧着蛾子飞在野地上,那里还有钓钟柳;听着风轻轻吹过草地而来;

> 心里奇怪居然有人能够想象在这片安静的土地上长眠的人在做着不安的梦。

这是大风暴之后的宁静。春天重来了,天空变得"慈祥"了。然而确实有人想象到了埋在这片土地下的美丽的女人和倔强的汉子的充满激情的往日,而且把这想象注入了一部杰作。

乔治·艾略特的贡献

另一位女作家乔治·艾略特(1819—1890)也对小说艺术做出了重大贡献。

她的作品包括一般读者喜欢的《弗罗斯河上的磨房》(1860)和受评论界推重的《米德尔马奇》(1871—1872)。

这些小说有两大特点:1. 题材上着重伦理道德问题的探讨;2. 技巧上注意心理分析。

《弗罗斯河上的磨房》写的是麦吉姑娘的故事。这个磨房主女儿经历了家道中落的艰难日子,却因聪明美丽得到两个男人的爱慕,其中斐利浦是她父亲仇人的儿子,另一个斯蒂芬原是已同她的好友露西订婚,而麦吉本人从小热爱自己的哥哥汤姆,汤姆禁止她同斐利浦来往,她又不肯从露西那里夺过斯蒂芬,因而陷入很大的苦恼。后来由于别人的安排,她同斯蒂芬驾船沿弗罗斯河下溯,越过了目的地,不得不随着斯蒂芬上了一条荷兰轮船,在船上过了一夜,斯蒂芬要她同他一起外逃,她坚决不从,好不容易回到家里,汤姆却不许她进门,清白的她遭到了周围人的非议。不久弗罗斯河发了大水，汤姆被困磨房，麦吉划船去救，虽将汤姆救出，却因小船被上游流来的东西撞翻而两人拥抱着一同死去。

这是一个悲剧，因作者将麦吉写得非常善良而更增悲感。有的评论者认为最后这场大水是作者硬造的，其实作者曾经在书中多处暗示麦吉将有水祸，弗罗斯河既是实物，也是象征，生活在它的流声所及范围里的人实际上是处在一种悲惨命运的预感之中，所以大水也并非外加之物。

艾略特写得细腻，着力刻画人物的心理反应和行为动机，但不流于琐碎，而能使叙述荡漾于强有力的感情之上。尽管书里有许多成人和老妇，它的主调却是年轻的、清新的。

《米德尔马奇》是一部更为复杂的大书，作者也刻意经营。它更为丰满，人物众多，描写也深厚；同时，它对读者也提出了更高要求；需要耐心才能读它。

它的情节主线仍然围绕一个女性，即陶乐西亚。她是有钱人家的小姐，受过良好教育，相信新教教义，有济世的理想，但犯了一个判断上的错误，嫁错了人。这个人是高索朋，一位有钱的中年绅士，据说在写一本有关世界上一切神话的大书。作者写他们婚后，去罗马度蜜月，不到几天陶乐西亚就发现他不是她的理想人物，偷偷坐在房里哭泣：

> 两小时之后，陶乐西亚坐在西斯廷那街一座漂亮公寓的一个内房里。
>
> 我很抱歉，不得不补充一句：她在伤心地哭着。她平时由于自尊和对别人的关切习惯于控制自己，现在由于无人在旁，放手宣泄自己的情感了。高索朋先生去梵蒂冈了，一时不会

回来。

　　可是陶乐西亚甚至对自己也说不出有什么不痛快的原因。……

接着作者花了大量篇幅分析她的思想。丈夫是她自己选择的（那时还有另一位随和的绅士爱她，可是她选了这位脸容枯槁的50岁读书人，以为自己能帮他整理文稿，随着他进入高尚的智慧世界，享受凡人所无的精神生活），而圣城罗马是她从小就神往的地方，有多少艺术品可以欣赏！可是，到达不过几个星期，她就避着人在哭泣。

　　她甚至指不出高索朋有什么毛病。他是严谨的，一切符合礼貌，知识也广博，能够为她解释所见的罗马艺术品的历史、特点和所引起的一般评论，但是一切全无新鲜气息，只是无生命的"知识的木乃伊"：

　　　　他的那类回答，用一种办公事的有板有眼的腔调说出来的，像牧师照本宣科，不能讲出圣城的荣耀，也不能给她一种希望，以为如果她知道得更多，世界就会欢快地闪光发亮。对于一个年轻热情的人，没有比接触到这样的心灵更丧气了，那心灵饱积了多年的书本知识，而结果是一片空白，对事物没有兴趣，对人没有同情。

　　以上都引自第二十章，即表现陶乐西亚婚后觉醒的有名的一章，写得很深刻，也显出了艾略特的写法的特点，即作者是全能的观察者，她出场并发表议论，长长的抽象叙述往往代替了可见可闻的具体场面。

　　二十世纪的小说不会这样写，然而这却又是十九世纪下半叶到二十世纪初年的一些严肃作家的共同写法,例如亨利·詹姆斯,其前人则可回溯到理查森。这里面有创新,心理分析做得细致,但也有缺点,即叙述的速度减慢了。二十世纪小说家之所以用意识流手法,就是为了避免这类写法的沉重。

但艾略特也有另一类写法,着墨无多而形象鲜明,如出现在此章之前的第十九章,写的仍是陶乐西亚:

> 一个晴朗的早晨,一个青年人头发不算太长,但是茂盛而且弯曲,他的穿戴和用品表明他是一个英国人,刚看完梵蒂冈的阿波罗雕像,转身在欣赏围廊外的群山胜景,看得出神了,没注意一个黑眼睛、很活泼的德国人走了上来,拿手按着他的肩膀,用浓重的德国口音说:"快来! 这里! 过一会她会变更姿势了。"

> 他立即过来,两人轻快地越过猎手雕像,进入大厅,那里有一座被称为克莉奥配德拉的卧像,大理石雕出了人物的丰润的美,衣服宽松地爱抚地披在身上,像一片花瓣。他们刚赶上看到另一个人站在那像座下:一个有生气的花一般的姑娘,身穿贵格会式的灰色衣服,但不因大理石雕像的华美而减色。她的大氅从颈部扣着,披向身后,露出她的双臂,一只美丽的未戴手套的手托着她的下巴,这样就把一顶海狸皮帽略略推上了一点,正好围着她那简单地梳着的深棕色头发下的脸庞形成一个光环。她并没在看那座雕像,也许没想到它,她的一双大眼在做梦似地看着地板上一条带似的光线。但她觉察到了有两个生人突然停留在那里,像是在欣赏克莉奥配德拉,于是她就走开了,在大厅那边不远有一个女仆和信使在等她。

　　"你瞧这是一个多妙的对照!"德国人说,眼睛搜索着他朋友的脸,看他是否也在欣赏,但不等他开口就滔滔说了下去。"那边是古代美人,虽在安眠也没有死气,而是停住在它的形体之美的完全满足之中;这边是一个活生生的美人,胸中怀抱了无数基督教的世纪。但她应该穿得像一个尼姑,她的样子很像你们所称的贵格派。我如画她,会给她尼姑打扮。……"

西洋画里有《瞥见维尼斯》一类作品,现在展开在我们眼前的是《瞥见陶乐西亚》!而且这也不是闲笔,因为那个英国青年正是日后陶乐西亚在高索朋死后再嫁的对象。

　　艾略特不是孤立地写若干人物,而是把他们放在某种社会关系之内,这正是她的长处之一。在《弗罗斯河上的磨房》里有两家人之间的经济纠纷;在《米德尔马奇》中则除了经济关系,还有政治上自由派与保守派的矛盾。她写的 1830 年代正是英国政治上围绕延革法案进行激烈辩论的时候,她的人物对这时的大事件是持有或赞同或反对的态度的。陶乐西亚的两任丈夫,第一个高索朋是保守派,第二个即那个爱好艺术的青年则是自由派,她本人也不是那种不关心国事的太太,而是从天性上就支持社会改革的。

　　由于此书画面广阔,人物刻画深刻,在结构和布局上也体现匠心,因此一出版就受到欢迎,后世讲究小说艺术的理论家更是推崇备至。亨利·詹姆斯认为维多利亚时期的小说到此已经登峰造极,而二十世纪四十年代之末有影响的批评家李维斯更认为它是他心目中英国小说伟大传统的基石。[1]

---

　　① 詹姆斯:"此书达到了旧式英国小说的发展极限。"(1874 语,转引自《牛津英国文学之友》,第 5 版,1985,第 647 页)。李维斯有论著,即以《伟大的传统》(1948)为名。

但它不是无懈可击的。它是那类你不得不佩服然而并不完全喜爱的作品:有点沉重,有点过分复杂,作者似乎太正经,很少看到事物的两面。她自称要写出社会的"隐秘的流动性",然而由于她的哲学观是机械主义的,流动性也就无存了。我们说过狄更斯的作品中有灵气,这灵气正是艾略特的后期小说里少见的品质。

诗人小说家哈代

十九世纪下半叶还有许多出色的小说家,如乔治·梅里狄斯(1828—1909)、散缪尔·勃特勒(1835—1902)、苏格兰人罗伯特·路易士·司蒂文生(1850—1894)等等,但是从英国文学的全局和对世界的影响来说,最需要一谈的也许是哈代。

托马斯·哈代(1840—1928)开始是诗人,最后也是诗人,但在两个诗歌创作阶段之间,他花了三十年写小说。哈代曾受过建筑师训练,干过建筑和测绘工作,这一经历使他在写小说时也注意整体结构之美。

我们称他为"诗人小说家",不是说他写得虚无缥缈。正相反,没有另一个小说家比他写得更"实"。他擅长于写乡下和乡下人,英格兰中南部德文郡(即他小说里的韦撒克斯)的农村生活——连同它的劳动场面和风俗习惯——都在他的小说里有具体、生动的表现。他的文字并不轻快,而是书本气与方言的奇异结合。他似乎比别的有名小说家更深地植根于古老英国的土壤之中。

然而他会讲故事——尽管其中往往有巧合。他也会创造人物,特别是一些对外面世界有幻想的善良的乡下姑娘。他笔下的男人往往是倔强任性的。他写发生在他们之间的事情，往往是小事情，然而赋予它们以大意义——大到与人类的命运相关。乡下儿女的悲欢离合带上了命定的色彩，在每个小情节后面有一个蓄意要惩罚人类的严厉的上帝在伺机而动。

把这些融合起来的是哈代的想象力。说哈代是诗人小说家主要是指他用诗人的想象力去推进小说艺术。

哈代的几部杰作各有特点：《还乡》（1878）写一个姑娘嫁了一个曾是巴黎珠宝商的男人，以为能去大城市，却发现他只想老死乡下，因而产生悲剧；《卡斯特勃里奇的市长》（1886）写两个男人在生意上的竞争所造成的恶果；《无名的裘德》（1895）写一个石匠渴望得到教育而进行挣扎但终于失败，与他同居的女人也因无视道德习俗而陷入惨境的故事，出版后遭到许多人的攻击，说它海淫，从此哈代愤而停写小说，转向诗歌了。

紧接此前，哈代已经写了另一部重要小说，即《杜伯维尔家的苔丝》（1891）又是讲一个犯罪的女人的故事，而且作者还故意加上一个副标题："一个纯洁的女人"。

明明是一个杀人犯，怎么能说她是一个纯洁的女人？

因为她确实是善良而纯洁的，杀掉玷污了她的男人正是为了保持她的纯洁。

在哈代的全部小说里，找不到一个比苔丝更温柔可爱的姑娘了。她是乡下穷苦人家的孩子，靠劳动养活自己——劳动在本书绝不是一种点缀，而是同女主人公生命攸关的苦活：挤牛奶、收割、砍草，最后一阵还站在拖拉机上供草，一连供几小时，那艰苦、那疲倦是别的小说里罕见的。她美，但不是一个月份牌美人，因为她不止有一种非尘世的仙姿，还能干活，不怕苦，有责任心，勇敢，有独立精神。她不忍眼看家里多病的父母、一群上不了学的弟妹而不管，小小年纪就把许多事担当起来。这样一个好姑娘而仍然陷入悲剧，那就不止是因为她遇人不淑，而是出于她所不能左右的其他原因。她斗不过命运：她易于受到损害，第一遭去帮工就遭遇了坏男人的强奸，从而毁了一生。

如果说这里面有哈代的悲观哲学在起作用，那么哈代对乡间大自然的敏锐反应又提高了全书的现实性。我们看苔丝同安吉尔在奶场劳动的描写：

> 他们经常见面，也无法不见，每天总要碰上，在那个奇异而庄严的间隙里，在黎明时分，天空是紫色或粉红的。因为这里必须早起，非常之早。需要准时挤奶，挤之前先要撇奶油，三点钟以后就开始干。他们当中，有一人先听闹钟起床，再叫醒大伙。由于苔丝是一个新来者，而且人们发现她不会睡过头，所以总是由她去叫醒别人。三点刚过，闹钟一响，她就起来去敲送奶人的门，接着上楼去到安吉尔房里，压低声音叫他起来；然后叫醒其他挤奶姑娘。等到苔丝穿好衣服，安吉尔已经下楼站在潮湿的空气里。
>
> ……
>
> 有时雾更弥漫，草原躺在那里，像白色的海，几株零散的树立在那里，像危险的岩石。小鸟穿过雾进入上面的亮处，悬在翼上晒着太阳，或停在分割草原的湿栏杆上，它们现在像玻璃棒一样闪耀着。雾水的湿气像钻石一样停在苔丝的眉毛上，像珍珠一样落在她的头发上。等到白天变得更实在也更平凡时，这些湿珠也在苔丝脸上干了，她不再像刚才那样奇异

地飘飘欲仙了；她的牙齿、嘴唇、眼睛在阳光中闪着，她又仅仅是一个非常打眼的挤奶姑娘，要同世上其他女人争一日短长了。

（第20章）

这一结合了早晨的雾而描写的苔丝的两种姿态的美是不平凡的，然而又是完全现实的。在共同劳动中安吉尔对她产生了爱情，她也喜欢他；正因喜欢他，她要把曾经遭受当地男人阿列克奸污的事告诉他，他们新婚之夜就是在互相坦白的倾诉中度过的。当然一旦说了过去，两人的关系也就完全变了。

这一段新婚日子的描写显出了哈代的特殊天才。他写的是两人爱情的破裂，也指出这是由于安吉尔虽然通情达理，还是脱不出他的有钱人的家教和宗教偏见，但没有写得简单化。在他离她远走之前，两人还在一起住了三天。这是艰难的三天：两人已经行了婚礼，然而不是真正的夫妻，两人常在一起，甚至一前一后地黑夜出游，然而没有亲切。温情是有的，无限的温情，安吉尔从头至尾无一句恶言，更不必说全心希望情况好转的苔丝了。哈代是写得缠绵悱恻的——把爱情破裂写得这样缠绵悱恻、低徊不已是小说中的奇笔。但是他又是头脑清醒的。他运用了各种手段来写苔丝这样的古式大家族的后代是无法兴旺起来的；她和安吉尔行婚礼后所住的杜伯维尔老宅是不吉利的，正同那里还剩下的家族画像上只见男的狰狞、女的畸形一样。老家族随同它所代表的老农业经济是不可挽救地衰败了。

哈代是用无限依恋的心情来看旧日的农业世界的。这个世界很平凡，多的只是古迹，但它是一个紧密结合、邻舍相通的非常富于人情味的世界。别的不说,这里的交通主要靠人走路。苔丝走了多少的路!几十英里地,甚至一两天路程,都是靠步行完成。我们读者也就跟着她走上土路、石路、山路,跟着她经过一处处乡下旅店,有的她进去吃顿早餐,有的她怕人多就避开。这个世界里的劳动虽然艰苦,节奏却是不快。起初苔丝挤牛奶、做奶酪,虽说也苦,却还有和同伴说说话的机会。等到后来她立在拖拉机上供麦,她就一分钟也不能停,必须跟着机器转,情况就完全两样了:

> 这劳动的永无停息严格地考验了她,使她开始感到真不该到这个农庄来。坐在麦垛上的女人们——特别是其中的玛里安——可以不时停下来从壶里喝口啤酒或冷茶,或闲扯一、二句,一面打掉脸上身上的麦草和壳子;但是苔丝永无停歇,因为机轮永在转动,旁边的人永要供麦,她也永要把麦捆打开递过去……
>
> (第47章)

机器已经进入英国田头,生活正在改变,旧的人情味顶不过新式的效率。劳动的艰苦,加上家里发生了大变(父亲死了,全家被赶出几代传下来的祖屋),安吉尔既然忍心撇开她远走异国,苔丝又落入了阿列克的掌握。

书的结尾部分写安吉尔终于想通了,感到自己对苔丝不住,赶回英国,在一个游览胜地会到了苔丝。苔丝恨阿列克再次害了她,气愤中用刀刺死了他。接着是她跟着安吉尔在荒野和树林中五、六天的逃亡。最后他们逃到了远古时人类祭天的大石柱丛之中,苔丝再也走不动了,躺在一条石桌上面被悄悄围上来的警察捉住而处了绞刑。这最后的象征——苔丝被当作祭天的牺牲——结束了这部奇特地感人的十九世纪殿后巨作。

哈代当然不是没有缺点的。最大的一个，是上面提到过的情节中巧合过多，以《苔丝》而论，婚前她曾写了一信谈被奸污经过，塞在安吉尔睡房门内，但却塞在地毯之下，未为安吉尔读到。这类巧合在他别的小说里也屡见不鲜。虽然如此，只要他写德文郡乡下，他总能深刻地抓住整体的真实，他制造的巧合也没有大碍。而他那乡土气和诗意的混合——这也表现在他的文字上——又是他特有的，正好提供了更有智性的别的小说家所缺乏的品质。他的小说一再被摄成电影又说明了他有很强的戏剧性。我们也许可以说：只要有人读小说，哈代的小说总会有人读下去。

小　　结

上面我们从十九世纪小说家里挑了八位，进行观察，已可证实一点，即这个世纪是英国小说史上一个最为关键的发展时期，无论在作品的主题、样式、风格、手法上都做出了巨大而独特的贡献。

从发展的角度来看，我们明显地看到了现实主义的加深，而且加深之道不止一途：狄更斯的深刻与艾略特的深刻是不一样的，而两者都推进了叙事艺术。

同时，我们也看到了不少人不愿囿于已成的模式，力图突破而另走一途：艾米丽·勃朗蒂和哈代都倾心于诗意化，都写出了特殊感人的小说。

大抵小说也有关闭式和开放式两种。紧贴一个小地方、小社会，把故事安排得贴切，把细节写得真实又真实，这是一种，简·奥斯丁是这种最好的例子。把小说当作散文来写,漫笔所至,人生万象都装下,这又是一种。过去的斯登,某些阶段里的狄更斯,是这种的代表。

但这只是就大致趋向而说,实际上两者是相通的,即都需要有想象力。没有想象力,小地方沉闷不堪,松懈体缺乏头绪,都不能叫我们留连。有了想象力,小地方也有活水,也能产生龙蛇;大原野更有看不尽的美景,或者有大风暴来震撼人的灵魂。特别精彩的小说家则能从小跳大,从大看小,即使困处雾城伦敦,也总要乘人不防跳上一马一车,向大道和原野尽情奔驰,如狄更斯所经常做的那样。

有的小说家则把想象力寄托在象征、神话、过去世代的牧歌、将来时代的希望,等等,所以小说的内容不断丰富,写法也不断变化,加上由于科技的进展,人对自己和环境的看法也在变化,简简单单的说故事变成了复杂的构筑叙事文体。这些在十九世纪已开其端,在二十世纪还要演化下去。

第十三章　十九世纪散文

散文在浪漫主义时期取得了重大成就之后，接着来了一个散文样式更多、成品更丰的繁盛时期。如果说在浪漫主义时期诗人的名声掩盖了散文作家的，那么在十九世纪，虽然诗歌上产生了丁尼生、白朗宁等名手，散文方面却有更多的第一流作家，活动在更广阔的写作领域：历史家卡莱尔、麦考莱；宗教人士纽曼；科学家达尔文、赫胥黎；政论家密尔；文论家安诺德；美学家罗斯金和培特；小说家狄更斯和萨克雷。

这只是一个极其初步的名单，不仅每类都可增加，如小说家就远不止已列的两位，我们已经碰见了一大群其他文章能手；而且还有未列的散文门类，仅仅游记一项，就至少有金莱克、包罗、勃登、陶地等人各有特点，值得一读。

因此，这个时期的第一个特点是：丰富。

因为丰富，许多风格并存，互相之间差别很大。十八世纪散文中相当普遍的艾狄生式风格——文雅而不炫耀、亲切而不俚俗的风格——不再占据主导地位，而班扬、笛福式的平易风格也在一个相当长的时期内缺乏强有力的推进者。多的是一类说理性、辩论式的期刊文章，而这类文章往往是用一种"中间性"的风格写的，主要在于说清问题——而这个动荡的世纪又有无数的问题需要说清——因此写得认真，有的还很深刻，但冗长，啰嗦，不够简洁。要等到这个时期之末,局面才起了变化,又有人力图改革文风,追求朴素,甚至走上假古董一路,另外有些人则致力于写美文,或走入奇幻一路。

历史想象力的发挥

我们先来看看历史著作。

英国历史家中颇有以文采著称的,如十七世纪的克莱伦顿、十八世纪的吉朋。十九世纪继续出现有文才的史家,而且为数不少,如耐比尔、弗鲁特、格林、屈维力安等人,写得最出色的则是卡莱尔和麦考莱。

托马斯·卡莱尔(1795—1881)是苏格兰人,受德国先验论的影响,反对法国启蒙主义思想,写过《英雄与英雄崇拜》、《过去与现在》等书。《法国革命》(1837)是他的主要历史著作,其中有一节叙述雅各宾派领袖罗伯斯比尔的结局,下面是最后几段:

> 这样,早上六点,胜利的国民议会休会了。消息像附在金翼上在巴黎上空飞扬,进入监狱之中,点亮了那些准备死亡的人的脸;看守人和从高贵地位降为待宰羔羊的罪人们不说话,脸色铁青。这是1794年7月14日,或称热月十日。

> 福基埃只须验明罪人,他们已处于"法律之外"。下午四时,巴黎街上空前拥挤。从司法宫到革命广场,死囚车要走的路上,只见一整条密集而动荡的人流;沿途所有的窗口挤满了人,连屋顶和房脊都站着奇怪地高兴着的好奇者。死囚车载

着各色各样的罪人，从马克西米连到费娄里欧市长到西门皮匠，一共二十三个，滚动着过去。所有的眼睛盯着装罗伯斯比尔的一辆，他的下巴裹着脏布，旁边躺着他半死的弟弟和半死的亨里欧，都已完全垮了。他们的十七小时的痛苦就要结束了。宪兵们把剑对着罗伯斯比尔，替人们指出目标。一个女人跳上囚车，一手抓住车边，一手挥动，像女先知似地大声叫道："汝之死，我之乐——乐极！"罗伯斯比尔张开了他的眼睛。"恶霸！下地狱去吧，带着所有妻子和母亲们的诅咒！"在刑台下面，人们把他放在地上，等轮到他了，把他抬了上去。他眼睛又张开了，瞧见了那带血的大斧。一个壮汉把他的上衣扯下来，接着扯掉他下巴上的脏布，下巴掉了下来，他叫了一声，声音凄厉，神情太可怕了！大力士，快下手吧！

壮汉下了手，人群一阵又一阵地欢呼。这欢呼声延伸着，响在巴黎上空，响在整个法国上空，整个欧洲上空，一直传到当今一代人的耳朵里。罪有应得，同时也不应得。啊，可悲的阿拉斯地方的律师，难道你比别的律师更坏么？在那个时代，按照他关于正直、仁慈、道德之乐等等的准则、信条、口号种种，没有人比他行事更严格。如果生在一个幸运的平静时期，他有资格成为一个绝不受腐蚀的、死板板的模范人物，会有人替他树大理石雕像和诵悼词的。他的可怜的房东，那位圣昂诺雷街上的细活木匠，爱着他；他的弟弟为他而死。愿上帝对他仁慈，也对我们仁慈！

这是充满感情色彩的历史写作，夹叙夹议，生动的描写中不时有作者的呼喊——卡莱尔是惊叹号和大写字母用得最放手的英文作家之一。他也查阅文献，尊重史实，但又让自己的想象力自由驰骋，写法则大笔煊染，靠累积产生力量——一句增强一句，一个事实、情景补充另一事实、情景——同时又忽发奇问、怪论，叫你停住思考。他不只是写叙述性、描绘性历史，他还作出判断。上引第二段实是对罗伯斯比尔一生的评论，写得有气势，也有深度。

另一位历史家托马斯·白并顿·麦考莱（1800—1859）的主要著作是《英国史》（1848—1861），原计划包括从 1688 到 1714 年的大事，但只写到 1697 年就因作者去世而中断了。然而已出的五卷赢得了广大的读者，其盛销程度不下于最受欢迎的小说，而这正是作者所要达到的目的。不同于不满英国当时状况的卡莱尔，他歌颂以辉格党为代表的国会民主制度，而文章则力求写得明白晓畅，用无数有趣的细节来烘托出大局面。以下是本书第三章描写十七世纪八十年代伦敦情景的一个片断：

> 外国人认为伦敦之不同于其他城市的特别在于它的咖啡店。咖啡店是伦敦人的家。人们想要知道在什么地方可以找到一位绅士，一般不问他住在舰队街或法院巷，而问他常去的咖啡店是"希腊店"还是"彩虹馆"。只要能在柜台上放下一个便士，谁都不会在那些地方受到拒绝。但每一等级、职业，每种宗教或政治派别又都各有自己的中心。圣詹姆斯公园附近的咖啡店是纨袴子弟聚会的处所，这些人戴着黑色或淡黄色的假发，大得盖住了头和肩，足以同大法官和下院议长所戴相比。他们的假发是巴黎货，浑身上下的装饰也是法国所产，从绣花的上衣、有流苏的手套直到系马裤的丝带。他们谈话用的是一种特殊方言，如今已不在时髦社会流行；但还可在有趣

的喜剧舞台上的浮华爵爷之类的口里听见。那里的气氛犹如化妆品商店。他们只喜欢香气浓郁的鼻烟,此外任何的烟都在厌恶之列。如果有一个不懂规矩的乡下佬敢于要店里人送上烟斗,那么全场的嘲笑和茶房们的不客气的回答立刻会使他觉得不如另走一处。而他也无须远走。因为一般的咖啡店都像卫兵室那样充满了臭烟味。外地人有时感到奇怪,为什么这么多的人愿意离开家里温暖的炉火去坐在永恒的烟雾和臭味之中。抽烟经常不断的是维尔咖啡店。它在考文特花园和波街之间,是文艺界的圣地。那里谈的是理想的赏罚和戏剧中的三一律。有一派推崇贝洛特和近代作家,另一派服膺波瓦罗和古代经典。一群人辩论《失乐园》是否该用有脚韵的诗体来写,另一群听着一个充满妒忌心的蹩脚诗人在数说着《威尼斯之保全》的不是,认为该把它轰下台来。这里顾客各类人都有:佩戴星章绶带的爵爷,穿黑袍白带的牧师,说话尖刻的律师,怯生生的大学生,穿破粗呢衣服的翻译和编资料的,等等。店里最挤的地方在约翰·德莱顿坐的椅子附近。冬天这椅子总放在炉旁最暖的角落;夏天它出现在阳台。向这位桂冠诗人鞠一个躬,听他谈拉辛的最新悲剧或波苏关于史诗的论文被认为是一种特殊待遇,至于拿一点他的鼻烟闻闻更是莫大荣耀,足以使一个年轻的崇拜者神魂颠倒了。……

麦考莱的写法是不同于卡莱尔的,没有叫喊,没有重击,只有闲谈,其风格还保有艾狄生的文雅,同是咖啡店文化的产物。只是到了麦考莱的时期,这样的文雅已经变成了自满和浅见。马修·安诺德就称他为"市侩们的宣道者"。作为一个作家,麦考莱自有他的长处(他的文论也写得出色,凡他所写都有极高的可读性),但是作为一个历史家,他的看法(所谓"辉格党史观")和某些材料的使用是受到后世学者的非议的。上引第三章的伦敦写照就被认为是片面的,过分戏剧化了的。

说理散文的各种表现

十九世纪中叶是英国和整个欧洲空前动荡的时期。我们只须举出两个年头的大事就可以看出这种情势:

1840年:英发动侵华的鸦片战争;人民宪章第一次送交国会。

1848年:法、德、波、匈、意等国发生革命;《共产党宣言》发表;宪章运动者在伦敦举行大规模示威;人民宪章第三次送交国会。

稍后一年,出了一本书,也是影响深远:

1859年:达尔文《物种起源》发表。

这也是一个政治性、文学性等各种期刊大量增加的时期,它们拥有读者之多和影响之大,使得一个外国观察者称之为"欧洲最强大的文学机器"。①

因为时局动荡,这个时期争论也多,有各种意见发表于期刊文

---

① 转引自 P. 罗杰斯编,《牛津插图本英国文学史》,1987,第327页。

章和单本著作。英国散文又把它的说理和辩论作用提到了第一位,不过带上了一种新的迫切性。

因为要说清或辩清的问题本身就是迫切的。例如所谓"英国国情"问题。

"英国国情"这个名词是卡莱尔创的,出处在他写的《宪章运动》(1839)一书里。宪章运动者在伦敦街上的呼喊声使他焦虑。他看得清楚:当时英国城乡对立,贫富悬殊,自由资本主义使得现金交易变成了"人与人之间的唯一纽带",从而为贫苦的工人农民带来无穷的灾难。这就是他所见的"英国国情"。情势的紧迫使他在四年之后又写了《过去与现在》(1843),其中有这样一节:

> 生命对于人们从来不是五月天的游戏;在所有的时候,哑巴似的几百万群众为劳作而生,他们的命运总是漆黑的,承受多种苦难,冤曲,沉重的负担,可避免的和不可避免的;毫无游戏,只有苦活,干得筋骨酸痛,心头愤怒。……

> 我还相信,自从有了人类社会,从来没有一个时候哑巴般的几百万劳动者的命运像眼前这样完全无法忍受。使一个人悲惨的不是死,甚至不是饿死;无数的人死过,所有的人都必死——我们所有的人都将在火焰车的痛苦里寻到最后归宿。悲惨的是活得可怜,而不知为什么;是工作得筋骨酸痛而无所得;是心酸、疲惫,却又孤立无援,被冷冰冰的普遍的自由放任主义紧紧裹在中间;是整个一生都在慢慢死去,被禁闭在一种不闻、不动、无边的不正义之中,就像被扔进了暴君的铜牛的该死的铁肚里一般。对于上帝所造的所有的人,这是——而

且永远是——不能忍受的。那么，又为什么要对法国革命、宪章运动、三日叛乱感到奇怪？当前这时代，如果我们仔细想想，真是史无前例的。

对于自由放任主义的痛恨，对于劳苦群众命运的同情，不可能有谁能比卡莱尔写得更有感情了。然而他像旧约中古先知那样在旷野大声疾呼，其用心却在要使得"法国革命、宪章运动、三日叛乱"那样可怕的局势不至出现。

在卡莱尔的影响之下，还产生了一批所谓"英国国情"小说，盖茨克尔夫人的《玛丽·巴顿》、夏洛蒂·勃朗蒂的《修莉》、狄更斯的《艰难年代》都是，还有政治家狄斯累利写的《希别尔，或两个民族》（1845）也是，这"两个民族"就是指英国有两大对立的民族即有特权的人和大众百姓，说法醒豁，后来成为名言。

纽曼的信仰危机

随着对于"英国国情"的关注，还出现了一个信仰危机。这在几个方面都有表现，也都产生了令人注目的散文。

宗教是其一。三十年代，一批牛津大学的教士和学者对于英国国教神职人员的世俗化和腐化享乐等等感到不满，要求整肃教规，加强宗教精神，写了许多小册子来宣传他们的主张，世称"牛津运动"。其中心人物是原住大学教堂牧师的约翰·亨利·纽曼（1801—1890）。他在青年时期原来深受新教思想影响，经过牛津运动中的争论与思考，最后连英国国教也放弃了，皈依罗马天主教,终为红衣主教。为此他受到倾向新教主义的人和昔日的友伴的攻击,于是他写了一系列文章为自己辩护,最后集为《辩生平》(1864)一书。这是一本思想自传,一本精神生活的纪录,写得细致而又确实,把他所接受过的各种影响和信仰上的转变都交代了。例如关于上帝究竟存在与否这个宗教上的根本问题,他在第五章总结部分写了这样一段话:

> 我确信上帝的存在,犹如我确信我自己的存在;但当我要把确信的理由试着用逻辑的形式表达出来的时候,我就感到难于在情感或说法上使自己满意。带着这个问题我看向外面的人的世界,而所见的景象只使我感到说不出的哀伤,因为这世界似乎推翻了我全身心所信的那个伟大真理,这就势所必然地造成了混乱,犹如否认了我自己的存在一样。如果我看着镜子,而寻不到自己的脸,所得的感觉必然类同我看着忙碌的真实世界,而寻不到它的创造主的影子一样。对于我,这就是关于这个绝对的主要真理的巨大困难。要不是从我的良心和内心有一个清楚的声音传出,那么我在看世界的时候就会是一个无神论者、泛神论者或者多神论者。我只是说我自己;我也毫不否认根据人类社会的一般事实来证明上帝存在是确有力量的,但是这些事实不能温暖我或照亮我,不能去掉我内心的凄凉的冬天,不能使我身体里长出叶子开出花,不能使我的道德生命欢腾起来。世界给我的一瞥不过是一幅先知的画卷,充满了"悲伤,哀痛,苦难"。

这是一段出色的文章,从清楚的说理进到充满激情的自白,用一系列比喻,特别是内心凄凉的冬天和身体里开花长叶的自然界比喻,来诉说灵魂里的饥饿，迫切要求得到精神的安慰。

《辩生平》中还有一段文章不涉及宗教，而写出了他由于教义之争终于不得不离开他所爱的牛津时的心情：

> 同这位朋友告别，也就告别了我原来上学的三一学院，我所爱的学院。……我做一年级生所住的房间对面的墙上，总是长满了金鱼草，我过去曾以为它是一种标帜，表明我将永远住在我的大学里，直到死亡。
>
> 23日早晨我离开了气象台。以后我从未再见过牛津，除了坐火车经过时远远望见过它的尖塔。

密尔的自由观

上面说的功利主义并非一般意义的，而是当时政治经济学家边沁所提出的理论，他认为"最大多数人的最大快乐就是是与非的衡量标准"，而所谓快乐就是肉体能感觉出来的痛苦与愉快。这是完全崇尚物质的理论，正是自由资本主义所需要的。

哲学家约翰·斯图亚特·密尔（1806—1873）由于其父是边沁的密友，从小受到功利主义的影响，但在20岁时他也经历了一次信仰危机。他在《自传》（1873）中写到：1826年秋天，他忽然心情抑郁，对于原来按照边沁所说而进行的种种努力起了重大疑问，经过几个月的苦思，终于改变看法，得出两大结论：一个是求快乐的人不能以一己的快乐为直接目的，必须先"关注别人的快乐和人类的改进"；另外一个是要"把个人的内在修养放在人类健全发展的首要需求之中",而不能只着重外边环境的理顺。

密尔果然关心人类快乐的众多问题了,其一是自由,另一是妇女解放,都有专书论述,其中《论自由》出版于 1859 年,是英文中资本主义思想的基本论著之一,中国的严复在十九世纪末叶介绍西方思想时,曾把它译成汉文,书名则改为《群己权界论》。书中论述自由的重要性不仅从个人着眼,还为一个民族的将来设想,有警句云:

> 一个国家为了手中能有驯服工具而使人民个个变成矮子,即使是为了有益的目的,也会发现靠了小人不能成就大事。

密尔还特别指出一点,即十九世纪中叶西欧和英国社会中的"一律化"趋势的危险:

> 是什么使欧洲各族属于人类中进步而非停滞的一部分?并非由于他们本身有任何优点,如有优点也只是结果,原因则在他们的性格与文化有显著的多样性。个人、阶级、民族都有极大不同:他们打开了许多不同道路,每条都通向有价值的东西。虽然这些走不同道路的人经常彼此不容,谁都认为最好能逼使别人都走自己的路,但是阻碍别人发展的企图总得不到长远的成功,倒是各人都存在了下来享受到别人给予的好处。依我之见,欧洲之能有多方面的进步发展,完全由于有这样众多的道路。可是现在这一优势已经大为减弱,而且确定无疑地在向一种中国式理想发展,即人人一律。……过去,不同的地位,不同的住区,不同的行业、职业都可以说是生活在不同的世界里;现在,他们在很大程度上生活在同一个世界里。比较以前,现在他们都读同样东西,听同样东西,看同样

东西,去同样地方,希求同样目标,害怕同样对象,有同样的权利与自由,用同样的方式维护它们。虽然还存在地位的很大区别,但是比起已经消失的则算不了什么了。而同化的趋势仍在继续。这个时代的全部政治变化促进了这个趋势,因为它们都倾向于提高在下的,降低在上的。教育的每一扩展促进了这个趋势,因为教育置人们于共同影响之下,并向他们提供共有的事实和情绪。交通的改善促进了这个趋势,因为它使远地居民能够彼此接触,使住户能在地区间迅速流动。商业、工业的增加促进了这个趋势,因为这使富裕人家的享受扩散到更广大的范围,又把一切可以夺取的目标,甚至最高的目标,交给大家竞争,于是腾达的欲望不再属于一个特殊阶级,而为所有阶级共有。比以上这些更有力地促成人类普遍同一化的因素则是在英国和别的自由国家完全确立了舆论在国家中的优越地位。随着原有各种社会高位的逐渐削平,使得它们的传统占有者不能继续无视大众的意见;随着务实的政客们越来越无心去抗拒公众的意志,即使在确知公众有意志的时候;随着这些变化,社会上再没有对于不服从众见的任何支持,再没有任何实质力量不仅其本身反对数目的优势,而且有意保护与公众不一致的意见和趋势了。

　　以上原因合起来造成一种非常巨大的敌视个人化的影响,个性已难立足,而且困难将与日俱增,除非公众中明智的一部分人能够看出它的价值,看出有不同意见是好事,即使这些意见未必能改善局势,甚至按照他们的看法反会产生不良后果。如果还想为个性争取权利的话,那么现在就是时候了,因为现在强迫性的同化还未最后完成。要抵抗同化的侵略而取得成功,必须趁早进行,因为要求所有别人都像我们自己一样的欲望其胃口是越吃越大的。如果等到生活已经被压成差不多一样的模子再来抵抗,那时候一切不同于这个模子的差异就都会被看成邪恶,不道德,甚至乖戾,违反自然。人类只要在一定时间内不常看见多样性,就会连多样性这一观念也飞快忘记了。

这是十九世纪中叶说理散文的一个好例子,立论新颖,不是掇拾人言,而是自有见地,表现出理论上的勇气,而所言"一律化"一点当时已开始为患,后来愈演愈烈,又说明作者是抓住了现代工业社会的一大问题。其表达方式则是设想周到,说理细密,以明白晓畅为目的,而屏绝十八世纪约翰逊式的对仗句法,也不用纤巧的词藻,唯一的一个明显比喻是通俗的"胃口"。严复曾说本书"文理颇深,意繁句重",但也不尽然,因为文中有一系列同样结构的句子(如"……"读同样东西,听同样东西,看同样东西。……";又如"……政治变化促进了这个趋势……教育的每一扩展促进了这个趋势……交通的改善促进了这个趋势……")逐渐加深了读者的印象,而用词总的说来是通俗的。这里有明显的十九世纪特色:要有密尔这样的明智之士才能写出这样明智的文章来。

科学家的文章

如果说密尔代表了十九世纪英国思想界的一个重要方面,那么就对后世的影响而言,更重要的一个方面却是科学思想,而其代表者是达尔文。

查理士·达尔文(1809—1882)是伟大的博物学家,进化论的奠基人,在英国科学家中的地位只有牛顿可比。他写了许多科学文章,影响最大的是《物种起源》(1859)和《人类的由来及性选择》(1871)。

他谈的是什么具体问题？文章又是怎样写的？请看下文：

地位最崇高的作者们似乎完全满足于一种看法,即认为每种动物都是单独创造的。我则认为更符合我们所知的创世主印在物质上的法则的看法是：古今栖居于世界上的生物的产生与灭绝是由于第二位的原因造成的,就同一个人的生与死一样。当我看到所有的生物不是特殊的创造品而是几种远在志留纪层还未形成之前就已存在的生物的直系后代,他们就似乎变得更加高贵了。根据过去,我们可以有把握地推断没有一种生物能把它的形貌不变地传往辽远的未来。在现存的各种中,能在辽远未来还有后代的将是非常之少,因为所有有机生物归类的情况表明每类中多数的种和许多类中的全部的种都未留下后代而完全灭绝了。至今我们已可对未来投以先知性的一瞥,以致可以预告属于主要大群的普通而已广布的种将会优胜并产生新的主要的种。由于现存的各式生物都是远在志留纪前就已存在的生物的直系后代,我们可以肯定代代相接的通常延续过程从未中断过,也从未有过大灾变使整个世界遭受破坏。因此我们可以带着某种自信看向一个可靠的未来,其长远难计不下于过去。而且由于自然选择在其运行中完全是由于并为了每种生物的好处,一切肉体与心智的才能都将发展成为完美。

这是《物种起源》中的一段,充满了科学家的自信与乐观,而写法则仍是普通英文,不过立论周密,仅有少量科学名词,如"志留纪","自然选择",而后者其实也是普通人可以立刻了解的。虽然用了"创世主"字样,但是作者一再强调的却是生物是靠自然选择而进化的,有的发展了,有的灭绝了,绝不是上帝的意志所决定的。这就同基督教《圣经·创世记》所说完全不同。达尔文自己知道这一发现的严重的离经叛道性质,所以虽从四十年代起就已陆续写成文字,却迟迟不肯发表,而一经发表,果然引起各界人士的极大注意,特别是守旧派和宗教界人士的愤怒攻击。这在当时也是有文为证的:

> 谁都读了达尔文先生的书,或者至少发表了或褒或贬的意见;虔信派人士,不论神职或世俗,用一种表示宽洪大量的温和方式挑剔它,顽固派用无知的恶毒言词咒骂它;婆婆妈妈式的男女认为它肯定地是一本危险的书;甚至饱学之士,虽然已经找不到难听的话来说了,也援引古书证明它的作者无异猿猴;而每个有思想的人则欢呼它,认为它是自由主义武库里的一挺快枪;所有的博物学者和生理学者,不论对它所提出的理论的最后命运有怎样不同看法,都承认这本书是对知识作出了坚实贡献,开创了自然史的一个新纪元。

> (《读〈物种起源〉》,1860)

写这文的是托马斯·亨利·赫胥黎(1825—1895),达尔文的朋友和辩护者,本人也是科学家,皇家学会会员,曾任会长(1883—1885),他的《演化与伦理》(1893)一书——即严复所译的《天演论》——就是阐明达尔文的学说的。

而达尔文本人，不仅不为非议所动，还在后来写的《人类的由来及性选择》一书里更明确地申明他的理论：

本书的主要结论，即人类是从一种低级组织形式演化而来，会使许多人——我遗憾地感到——高度不快。可是一点疑问也没有，我们确是从野蛮人演化而来。我永远忘不了第一次在一处荒凉、碎乱的海岸上看见一队福其安人时的惊讶，因为当时一个想法立刻出现心头——我们的祖先就是这样的人！他们完全赤裸，文身涂彩，长发纠结，因兴奋而口吐白沫，表情狂野，惊恐，猜忌。他们没有什么技术，像野兽一样能捉住什么就以什么为食。他们也没有任何组织，对于他们小部落以外的人绝对无情。谁要是在自己故土看见过野人，如果被迫承认自己身上流着一种低级动物的血，是不会感到多少羞耻的。就我自己说，我宁愿是那只英勇的小猴的后代，他可以为了保护自己的养育者而同最可怕的敌人死战；或是那只老狒狒的后代，他可以从山上飞快下来，从一群吃惊的狗当中把他的青年同伴胜利地救走；而不愿做一个野人的后代，因为他以折磨敌人为乐，杀婴儿而不心痛，待妻子们如奴隶，没有一丝儿良善，脑子里布满了最粗野的迷信。

人能上升到有机生物阶梯的最高点，虽说不是自己努力的结果，但也有理由对此感到某种骄傲。这个上升的事实，而不是从原始就被安置在那里，又会使他希望能在邈远的将来达到更高的命运境界。不过我们在此关心的不是希望或者恐惧，而只是我们理智所能发现的真理。我已经尽我之力提出了证据。我以为我们必须承认:尽管人有各种高贵品质,能对最低劣的东西有同情之心,能以仁慈对待别人,甚至最卑微的生物,能有天神般的智慧了解太阳系的运行和构成——尽管有这一切,人的身体骨架上仍然保有他的卑微来源的不可磨灭的标记。

达尔文是无畏的,一心要表达的只是人的理智所能发现的真理,但是他也说得很有感情,人的卑劣和伟大都在他的眼里:既有"以折磨敌人为乐,杀婴儿而不心痛,待妻子们如奴隶,没有一丝儿良善,脑子里布满了最粗野的迷信"的野人,也有"能对最低劣的东西有同情之心,能以仁慈对待别人,甚至最卑微的生物,能有天神般的智慧了解太阳系的运行和构成"等等高贵品质的人,这当中有一种科学家的洞察力,然而最后仍然归结到人的"卑微来源的不可磨灭的标记"——在这上天入地、回顾世界的过去、展望人的将来的纵观里,我们也看到了十九世纪自然科学的广阔无边的探索而又处处务实的精神。

美学家的忧患感

十九世纪英国散文诸家竞起,各有贡献,但是谁也夺不走罗斯金的光彩。

约翰·罗斯金(1819—1900)是美学家,后来又变成经济学家,两者之间的联系是他的忧患感。他阐释哥特式建筑的阳刚之美,却发现这样的美只能在中世纪的北欧才有,而十九世纪工业化的英国只能出现唯利是图的小人,把原来美丽的环境也破坏了,这就使他忧虑,于是关心起经济问题来。

在这过程里,他的散文风格也起了变化。他本是一个写美文的能手,用文字犹如画师用颜色,描绘过山景、云景、街景,特别是建筑,不仅端出一幅幅画图,而且文章讲究节奏,追求音乐效果。但就在这个时期,他也仍然有强烈的道德责任心,不是只见景物,而是总想到人的情况。在谈到石砌建筑外部的花饰时,他说:

> 我认为对于一切花饰该问的正确问题很简单,那就是:雕匠在刻它的时候感到愉快么? 那时候他快乐么?
>
> (《建筑的七盏灯》,1849,第 5 章)

这一看法后来被他的弟子威廉·莫里斯发展成为关于艺术的有名定义:艺术乃劳动中愉快的表现。

又如他写威尼斯圣马可大教堂的有名文章,在描绘了教堂建筑和花饰之美的大段美文之后,来了这样一段:

> 这样的华美对于下面过路的人又起了什么效果? 你可以在圣马可大教堂的门口走来走去,从日出走到日落,而看不到有一双眼睛向上看,或一张脸因它而发亮。教士和世俗的人,兵士和平民,富人和贫民,都一样路过而不看它一眼。城里最低级的商贩把他们的摊子一直伸到大教堂的门廊的内部,甚至石柱的基础都成为座位——不是由为献神而卖鸽子的信徒们来坐,而是卖玩具和滑稽画的小贩。在教堂前面的整个广场上有一连串的咖啡店,威尼斯有闲的中产阶级在那里懒洋洋地混时间,或者读着无聊的报纸。广场中间有奥国占领军的军乐队在晚祷时演奏,同教堂里的管风琴声冲突,进行曲淹

没了苦难诗,引来一大群脸色阴沉的人围观——如果这群人
能按他们的意志行事的话,会用匕首把每一个奏乐的奥国兵
刺死。而在门廊深处,整天都有一堆堆最低阶层的人,没有工
作,精神萎靡,像蜥蜴似地躺着晒太阳。无人管的孩子们,小
小年纪已经因为生活的挣扎和顽固的堕落而眼皮沉重,嗓子
因不断咒骂而嘶哑,在赌博,在打架,在瞎闹,在睡觉,一阵又一
阵,把他们的残缺的小硬币摔在教堂门廊的大理石的阶沿上作
响。而耶稣基督和天使们的石像不间断地看着下面这一切。

(《威尼斯之石》第 2 卷第 4 章)

这样的文章显示了罗斯金如何关心人——人的上进和堕落,也透
露出当时威尼斯这个美丽的水城是在奥国人的占领之下,国难加
深了下层人民的痛苦。也正因如此,他的若干卷的建筑和绘画论
著就没有写成专门家的教科书,而是有光影、有感情、有诗意的文
学作品。

他是讲究风格的,可是就在谈论散文风格的时候,他也是着重
道德品质,例如这样品评约翰逊的对称句:

我珍视他的句子,不是首先因为它们是对称的,而是因为
它们是公正的,明确的。一般人很少用这种方法判断。他们
向一个作者要求的,第一是他的话要符合他们自己的见解,不
过要说得文雅。他们可以热烈称赞麦考莱的一个句子,尽管
这句子不比夹在两张纸之间的墨水污迹更多意义;也可以立
刻否定约翰逊的一个句子,尽管它的对称犹如两片天在互相
应和打着响雷。

(《普里达立塔》第 1 卷,1886)

从这番话可以看出他的眼光：盛销的历史家麦考莱所写不过是一点墨污；而人们认为沉重、笨拙的约翰逊则有真正有意义的内容，而且持论公正，发起言来，其力量犹如天上的响雷——这一个不凡的比喻也只有罗斯金能够想出，而出现在句子之末，也有响雷般的千钧之力。

而等他在1860年左右转向社会经济问题的时候，他的文章不仅比以前纯朴了，而且趋向口语，特别是在他向工人写一系列的公开信的时候，更是尽量写得简明。我们说他变成了一个经济学家，会有人觉得是抬高了他，其实是委屈了他，因为在那经济学被称为"阴沉的科学"的年代里，他却能用常人的语言把经济的道理说得人人一见眼明，例如：

> 你口袋里的金币所以有势力，完全是由于你邻居的口袋里没有金币。如果他不需要它，它对你也就没有用处。

> （《文集》Ⅱ.27节）

罗斯金还有比他的同时代人看得更远的眼力——他较早就认识到污染问题的严重性，而且能把它同资本主义的罪恶联系起来。在一本纵论工作、交通和战争的后期著作里，他描写了他在英国南部乡下所见的痛心景象：一方面一条清澈的小河被大量垃圾堵塞了，另一方面一家酒店在门外用铁栏围住一块专供人们丢烟头、残余食物等脏物的空地。接着他指出：只需五、六个人花一天时间就可以清除河里的垃圾，而没有人干，反倒有人花三倍以上的时间去修那个丑恶的铁栏，那么原因又在哪里？他的回答是：

> 只有一个原因，在当前说来还是决定性的原因，那就是：资本家在一处可以分到利润，而在另一处不能。假如我有钱

支付劳力费,而只用它雇人来清理我的土地,我的钱一次就用完了;假如我雇人来把我的土地里的铁矿挖出来,并把它炼好卖掉,那么我就能要我的土地的租金,并从炼铁和卖铁取得利润,这样就从三方面使的资本生利。当前资本的有利投资大部分就是这样的一种经营,其中公众被劝说着去买一种对他们无用的东西,资本家从这东西的生产和销售中抽取利润,而公众一直以为他们所抽的部分是真实的全民收入,实际上则只是从半空的口袋里把钱偷出来放进已经鼓鼓囊囊的口袋里。

(《野橄榄花冠》,1866 序)

这样的文字,说这样的道理,使人对于美学家罗斯金刮目相看。然而从一个更高的意义上讲,这说理的清楚,这文字的简洁,这句子与句子之间的节奏,仍然是美的,只不过内容变成了经济学,而在罗斯金的手里,经济学不再是帮助资本家谋取利润的"阴沉的科学",而是增进人民福利的活道理。

罗斯金的忧患感其实也是卡莱尔的忧患感,而他关于艺术和社会的关系的看法则影响了一批有社会主义思想的作者——前有莫里斯,后有萧伯纳。十九世纪英国散文中有这样一脉相承的师徒传统不仅是它的丰富的一面,更是它的刚强有力的一面。

文论和文论的背后

十九世纪也是英国文论兴盛的时期,众多的期刊提供了发表文论的园地。继浪漫派之后,世纪中叶又出现了许多重要文论家,连历史家卡莱尔、麦考莱、经济学家贝杰特等都写了出色的文论,而影响最大的则是安诺德。

马修·安诺德(1822—1888)是一个教育家的儿子,本人也曾任教育督学多年,巡视各地时接触到社会的现实,感觉到在工商业繁荣的盛况之下,英国正在遭遇道德上和文化上的危机,亟思对此提出对策。同时,他又是优秀的诗人,自己有创作经验,属于英国那个作家兼批评家的特殊传统。

因此,他的文章涉及文学内部和外部的问题。就文学内部讲,他的范围也很广,往往用欧洲大陆上法、德、意等国文学和希腊罗马的古典文学来同英国文学比较。通过这类比较,他发现一个大问题,即英国没有确立文学批评的地位,这就不仅影响了创作,而且使社会缺少一种文明的智慧力量。他提倡"壮伟的风格",即一种高尚、纯朴、清澈的风格,古希腊史诗作者荷马是这一风格的最高体现者。他又认为称得上有这种壮伟风格的诗人总是表现出亚里士多德称之为"高度严肃性"的品质:荷马、但丁、莎士比亚,密尔顿都有此,所以伟大;乔叟无此,所以不能算作第一流诗人。这一论断并未完全为后世接受,反倒有人指出它只反映了安诺德本人身上缺乏"喜剧精神"。

所谓文学外部的问题,主要就是对英国中产阶级的市侩气的谴责,实际上安诺德是继续了卡莱尔等人对自由资本主义的攻击。不过他不止谴责,还提出了明确的对策。这对策就是:

> 文化,亦即熟悉世界上曾经知道和说过的最好的东西,即人类精神的历史。

（《文学与教条》,1873 年版序）

至于文化包含什么,他也在《文化与混乱》(1869)一书里作了说明,即它有两大成分:希伯来成分与希腊成分,前者给人以宗教的安慰,后者给人以智慧的启发,前者甜蜜,后者光明,合起来就是"甜蜜与光明"。这个词儿原是斯威夫特用过的,但在安诺德的手里成了一个引人注意的口号。

安诺德的散文风格的特色之一就是善于在关键地方提出醒目的概括性口号,上述"高度严肃性"、"甜蜜与光明"、"世界上曾经知道和说过的最好的东西"即是例子。又如他说:

> 诗歌的将来无限广阔,因为随着时间的推移,我们的种族会在诗歌里……寻到越来越安稳的依靠。

> 诗歌是人生的批评,这是以诗的真和美的法则为条件形成的批评。随着时间的推移,随着从别处已得不到帮助,我们种族的精神会在诗歌里寻到安慰和依靠。但是这安慰和依靠是否有力,要看诗中对人生的批评是否有力。

> 我们应该尊重地认识诗,比向来所认识的更加尊重。我们应该认识它能有更高的用处,能尽更高的使命,超过人们至今赋予它的。人类将越来越多地发现,我们将要求诗来为我们解释生活,来安慰和支持我们。没有诗,我们的科学将显得不完全;当前被看作宗教和哲学的一套也将为诗所代替。我重复:没有诗,我们的科学将显得不完全。……这日子快来了,我们会奇怪自己居然信任这一套,居然认真看待它们;而随着我们更多地看出它们的空虚,我们就会更加珍惜诗歌所能给予我们的"知识的气息和更纯净的精神"。

（《诗的学习》，1880）

这是把诗的作用大大提高了，认为它可以代替宗教。当时及后来都有许多人不同意。而文章的写法仍是依靠几个概括性的口号，不断地加以重复，给人以明白晓畅的印象，事实上则说理并不深透，断言多于证明，讲坛说书的口气俨然，缺点也是明显的。

当然，安诺德还有另外一种笔调，如写他的母校牛津大学的一段：

> 美丽的城！这样古老，这样可爱，这样未受我们这个世纪的凶猛的知识生活的侵蚀，这样宁静！"这里有我们年轻的野性汉子，全在玩着！"可是尽管牛津躺在深情之中，它的花园向月光展开着，它的高塔低声诉说着中世纪的最后魅力，谁能否认它的无法形容的魔力是在不断地吸引我们越来越接近我们所有人的真正目标，接近理想，接近完美——一句话，接近美，而美只是从另一边看到的真——其接近程度远远超过杜宾根的全部科学所能达到的。亲爱的梦幻者，你的心何等浪漫！你又何等慷慨地拿出你的一切，献给各方，献给也许不是我崇拜的英雄们，却永远不给市侩们！失败的壮举的家，废弃了的信仰的家，不得人心的名字和不可思议的忠心的家！

（《批评文集·一集》）

在这里，是诗人安诺德在唱着夜歌了。

留下更大影响的，则还是人文主义者安诺德。他的思想虽不深刻——当时著名的哲学家 F. H. 勃莱德利就用远比安诺德清晰而深刻的散文指出过他的理论上的漏洞——但是他关注的中心问题，即文学的崇高的社会使命和诗歌的教化作用，却引起了二十世纪几个重要文学理论家的共鸣:艾略特、李维斯、雷蒙·威廉斯、美国的莱昂诺尔·屈里林都是聆听过他的声音而关心同样的问题的——只不过,在新的条件下问题的复杂性早已超出牛津梦幻者的想象了。

世纪末的变化

英国散文在狄更斯等人的手里达到了表达力的新高度,正是在小说的领域里散文的表达力可以尽情驰骋。这在狄更斯之前,已有斯登做过大规模的试验;之后,乔伊斯等一整代小说家将通过更大规模的试验迎入现代主义。

但是表达力又不是一切:即使在小说散文里,含蓄、节制,甚至于沉默也是重要的,而在通常被称为散文本体的各类文章里,重要的仍是首先要把该说的内容说清楚。

而在十九世纪后半叶,随着世界的变化和科技的进步,社会情况越来越复杂,人们想说的事情大大增加了。我们在此文开头时所说的丰富是有时代原因的,而风格上的不雅洁也不尽是作家本人的能力不逮所致。在艾狄生、斯威夫特时代,社会上要传达的信息量比较小,人们的闲暇比较多,所以文章也可以写得从容;到了卡莱尔、纽曼、达尔文的时代,要传达的信息量大了许多,而且信息本身又有许多是全新的东西,再加上变动频仍,时间性增强,散文要应付新的挑战,旧的文雅风格也就不济事了。

然而另一方面,散文也不甘心只跟着社会跑,而总想对社会施加某种影响,如提高它的格调,纯净它的空气。安诺德说"诗是人生的批评",好的散文又何独不然？而要担负起这种使命,首先散文本身要有高尚、文明的品质,不仅内容要好,写法和语言也要能起示范作用。在这个意义上,散文风格就不只是一个技巧或艺术问题,而必然牵涉到散文作者的修养和世界观、散文与读者关系、散文的社会作用等等其他因素了。

返视己身,这时的英国散文确实毛病不小。不雅洁、啰嗦、冗长之外,还有大小文章的"社论体化",喜用大字和抽象名词,说法趋向堂皇,为了表示"派头"不用简捷生动的日常话说而要绕着弯打着官腔来讲,如此等等——二十世纪讲究文风的人所大力反对的"官腔"、"报腔"之类在十九世纪后半实已开始滋长。所以这时的许多文章读起来总显得累赘、板重,要点不显,缺乏层次。甚至有人说,连这个时期的不少外国著作的英文翻译也因文字板重而需要重译。

当然,仍然有写得明白晓畅、生动有力的散文,我们在前面选择的许多段落就是例子。到了世纪的靠后一段时间,大约从六十年代起,开始出现一些迹象,表明有作家在另辟途径。

途径之一是美文。这是随着唯美主义而出现的。比起欧洲大陆来,英国的唯美主义并不强大,但在八十年代曾在一部分青年之间流行,其领袖人物是华尔特·培特(1839—1894)。他是牛津大学的教师,在其主要著作《文艺复兴历史研究》(1873)中用充满美丽形象和奇异联想的文字阐释意大利画家波蒂且利等人的画作,关于达·芬奇的《蒙娜丽莎》的一段尤其有名:

> ……她比她所坐的岩石更古老;像吸血鬼,她死过多次,懂得坟墓里的秘密;曾经潜入深海,记得海沉的往日;曾同东

方商人交易，买过奇异的网；作为丽达，是海伦的母亲，作为圣安尼，又是玛丽的母亲；而这一切对她又像竖琴和横笛的乐音，只存在于一种微妙的情调上，表现于她生动的面部轮廓和她眼睑和双手的色调。……

这样的美文在当时不止培特一人写，在他以前美学家罗斯金也曾用来写过云景和哥特式建筑，两人都善于运用颜色和形象，而且十分重视节奏上的音乐感，而后者是学英文的外国学生容易忽视的。但是我们在上面已经说过，罗斯金是着重道德品质的，反对唯美倾向，后来文章也写得素净了。唯有培特始终如一，用美文谈艺术之外，还用美文讨论文艺和哲学，像是在用自己的散文风格体现自己的人生哲学，而这一哲学的精义是：

永远用一种硬朗的、宝石般的火焰燃烧，保持一种狂喜，就是人生的成功。

换句话说，人应为一纵即逝的当前的感官刺激而活，要紧的是亲身的体验——"不是经验之果，而是经验本身"。这就是他研究文艺复兴时期艺术的结论。

这样的哲学，又是用这样的文字渲染的，对于青年的吸引力是可想而知的。受培特影响的牛津的学生包括了王尔德。他称培特之作为"我的金书"，能背诵书的许多段落，特别是结论部分，并说自己也要"用一整片清澈的火焰燃烧"；不过他又同时受到罗斯金的影响，最后则在喜剧艺术上做出了他的贡献。

美文当然可具一格——十七世纪的巴洛克风格也是一种美文——但雕琢过甚，太不自然，不能利索地干散文该干的"草根子"工作，例如传达信息。培特的途径并不能把英国散文引出困境。

因而又出现了另一种努力,想要归真返璞,回到平易。进行这一努力的主要是莫里斯。

威廉·莫里斯(1834—1896)也是牛津学生,也受过罗斯金的薰陶,是前拉菲尔兄弟会的成员,不仅诗写得好,而且多才多艺,在印刷字体、书籍插图、家具、挂毯、墙纸等方面都能亲自设计并制作,用新的造型、材料和质量改革了工艺美术。由于他爱美,他也就对于当时英国城市环境的污浊和商业制成品的质地低劣很有反感,而他不明白的是:为什么同样一个匠人,在十四世纪能创造美的物品,在十九世纪就不能?在读了马克思的《资本论》之后,他找到了一个答案,那就是:因为现代工人是雇佣劳动者,受资本家剥削,劳动只是一种苦役,从中得不到愉快,哪里有心去创造美?他对于艺术的定义就是:"人在劳动中的愉快的表现"。所以他认为必须改革整个社会制度,才会有真正艺术。这样,他从爱美的艺术家变成了一个同工人并肩游行于街头的社会主义者。

社会主义者的莫里斯写过许多诗,也写过两部散文作品,即《约翰·波尔之梦》(1888)和《乌有乡消息》(1891)。两者都写梦,前者梦的是1381年英国农民大起义的情景,后者梦的是一个共产主义式的未来社会。

《乌有乡消息》是由美国人爱德华·贝拉米写的《回头看》(1887)一书引起的。那部书也是未来社会的描绘,在美国社会主义运动中颇有影响,所写的未来社会充满了新机器和新技术成品。莫里斯对此不以为然,因此在《乌有乡消息》中描绘一个用手工劳动来运转的纯朴社会,来作为回答。

书以"社会主义同盟"中人对于"革命后的明天会发生什么"的争论开始,叙述者回到家里还在思索,一觉醒来,发现已经进入二十一世纪的英国,革命早已成功,共产主义已经实现。机器、火车、大工厂都已不见,城市安静如乡村,而乡村则更是美丽清洁。叙述者坐小船沿泰晤士河上溯,看到两岸的大片森林和草地,遇见青年工人在用镐头修路,个个健康而愉快,看见人群在庆祝丰收,最后到达一所有着中世纪纯朴之美的古宅,同一位名叫艾仑的姑娘一起观赏。叙述者看着这位美丽而大方的新社会的女性,想起过去多少世代的妇女遭遇,新梦的喜悦被旧日回忆的阴影遮上了,低徊不能自已。艾仑似乎也预感到同这位旧世界来人快要离别了,打开了通向花园的过道的门,对他说:

"来吧,我们该去找大伙了,省得他们来找我们。我的朋友,我要告诉你,我看得出你容易坠入梦一般的沉思。无疑是因为你还不习惯我们这种活动中有休息的生活,对我们工作是愉快,愉快是工作。"

她停住,等我们走进那美丽的花园,又接着说:"我的朋友,你刚才说你在想我如果活在过去那充满压迫的混乱日子里将是怎样一个人。这点我倒是清楚的,因为我读过那时候的历史。我将是一个穷人,因为我父亲在过去作工的时候只是一个耕田的人。我将会受不了贫苦,那样我的美貌、聪明和开朗(她说这话时并不因虚假的羞耻而脸红或痴笑)就会被卖给有钱人,我的一生也就完了;我了解的过去情况足够使我知道我将别无选择,毫无支配自己生命的权利,而又不会从有钱人那里取得任何乐趣,甚至任何可能得到一点真正的兴奋的行动机会。我将被摧残,被毁掉,不管是由于贫困或者由于奢侈。难道不是这样么?"

"真会是这样，"我说。

她还要说什么，这时篱笆上的一扇小门打开了……

……我对艾仑看了最后一眼，转过身来，心里怀疑是否还能再见到她。

在那所美丽的古屋里，庆丰收的盛宴上，这番话却带来了旧社会的灾难，而出自一位解放了的姑娘之口，更是意味深长。无论如何，这是给了这部诗意的理想国描写以一种现实的连系，不只是一切美好，从而增加了深度。莫里斯此书的缺点是显然的：回到中古是一种幻想，后来的事实发展也证明科技的进步是无法抵挡而必须加以利用的，但是奇怪的是，比起科幻小说式的未来预测之类，他的书倒是经久耐读，原因也许在于他表达了人们对于在一个清洁美好的自然环境里用自己的手或脑来发挥人的创造性的愿望——长远不灭，而在今天情况下更加强烈的愿望。

当然，这也是由于书的文学品质。莫里斯的诗人气质使他注重人与人之间感情关系，他的艺术修养又使他喜欢描绘风景、家宅、园地和精美的用具（叙述者进入一家烟店买烟，不仅得到了最醇厚芳香的烟丝，还得到了一个红色摩洛哥皮的烟丝袋和一个上等木料的烟斗，而且一切免费），而他的文字，虽说个别地方用了一些古词和颠倒结构，基本上是十九世纪后期的口语。这就是为什么一些单凭脑力设计出来的未来社会的蓝图——包括二十世纪出现的"倒过来的"蓝图——被时间淘汰了，而莫里斯的这本充满激情但又写得素净的小书至今还有人爱。

＊　　＊　　＊

还有不少其他作家在独立地走着平易风格的路。我们略举一二重要的。

一个是路易士·凯洛尔(牛津数学教师 C. D. 道奇生的笔名)他写了《阿丽丝漫游奇境记》(1865)和《镜子奇观》(1871)两书。都是儿童读物,然而无数的成人也喜欢它们。它们文字的简洁很少有别的书可比,而且今天读起来一点也不觉得"老",因为这是一种几乎无时间性的纯正英文;文字后面则有大人和孩子对事物看法的对比,常理与学院式逻辑之间的斗智,以及纯粹的文字游戏,其中的歌谣更是玩弄声韵,有许多新创的词,意义在可解不可解之间。这两本儿童读物表面上不含说教,实则颇多嘲讽,对国王、王后、"矮胖子"(Humpty-Dumpty)之类的戳穿是很高明的,而阿丽丝和矮胖子关于语言运用的讨论实际上是对当时在官场和报刊上占统治地位的堂皇风格的一种巧妙的讽刺。

另一个是散缪尔·勃特勒(1839—1902)。他的《艾莱昂》(1872,书名原文 Erewhon 是 Nowhere 的倒写)也写一种奇幻的未来社会,在那里健康和美丽是道德,而生病则是犯罪。稍后一点他又写了长篇小说《众生之道》(1903),戳穿了当时中产阶级家庭的庄严、和睦的外表,将这类家庭中人完全受利己主义支配的极端冷酷的关系和盘托出,其大胆在当时作家中是罕见的,而其书语言简单,达意准确,被称为"近乎完美的平易风格"。[①] 他在许多问题上有奇怪想法,如说古希腊史诗作者荷马是一位女性,又如对达尔文学说的攻击,因此引起争论,但是也有人十分敬重他,萧伯纳就说他"在其所属范围内是十九世纪后半最伟大的英国作家"(《巴巴拉少校》序)。

---

① 《简明剑桥英国文学史》,1941,第808页。

*　　*　　*

说到萧伯纳,我们也就到了十九世纪英国散文纵览的终点了。

萧伯纳的散文属于二十世纪,但是他的根子在十九世纪。他是勃特勒稍晚一点的同时人,也是曾同莫里斯在伦敦街头一起游行示威的年轻战友。几股影响汇集在他的身上:对资本主义的憎恶,对社会主义的向往,对艺术的爱好,对新戏剧的提倡。就散文风格而论,他也继莫里斯、勃特勒之后走平易的路,但又加上新的因素,例如增强散文的论战艺术,使之更锋利,但又更娓娓动听。这些都有待以后再来讨论。

第十四章　十九世纪诗歌

对时代的响应

浪漫主义诗歌的衰落,开始于1830年左右,这时十九世纪已经过去了将近三分之一。下面要谈的,主要是世纪中叶及以后的情况。这正是维多利亚女王统治英国的时候,所以过去人称"维多利亚时代"。

这时期内,英国大力侵占殖民地和市场,疆土远被亚洲、非洲、大洋洲各处,成为一个"日不落"的帝国。国内一方面工商业兴盛,资本家发大财,另一方面工人农民受到更加残酷的剥削,他们的斗争也从经济方面向政治方面发展,于是而有围绕谷物法的活动和震动全国的宪章运动。

诗人们对于这个局势是敏感的,有反应的。伊班尼塞·艾略特(1781—1849)的《谷物法诗》(1830)就是一例。他称当时首相威灵顿公爵为"杀戮的圣徒",预言他强加"面包税"于穷人头上的暴虐措施必归失败:

崇高的事件即将涌现：

瞧！暴君们被受罪者挡住了！

自由的种子尽管泡在血里，却在生长！

十年以后，宪章运动更是产生了一大批诗歌，诗人有厄纳斯特·琼斯（1819—1869）、伊班尼塞·琼斯（1820—1860）、威廉·詹姆士·林登（1812—1897）、裴拉尔特·麦西（1828—1907）等。厄纳斯特·琼斯的《民主之歌》（1856—1857）不仅战斗性强，而且颇见诗才，其中《下等阶级之歌》尤为著名，其中有叠句：

我们低下，低下，低而又低，

低到不能再低，

有钱人高——是我们使他们高，

我们的命好苦，

我们的命好苦，好苦！

我们的命好苦！

接着说低下者种地，有钱人吃粮；低下者开矿，有钱人戴钻石；低下者盖屋，有钱人住宫殿；低下者纺丝，有钱人穿绸。最后，情调一变：

我们低下，低下，低而又低，

但只要一天号响，

穷人的手臂将会穿透

最骄傲的国王的心脏！

我们低下，低下，也知道自己地位，

我们只是基层群众，

　　不过杀起敌人我们并不低下，

　　　　但决不低下得去碰财宝！

此诗写法有点像雪莱的《致英格兰人民诗》，其后继者则为莫里斯写的《社会主义小唱》，这些诗贯穿起来，形成十九世纪人民战斗诗的传统。

　　中产阶级的诗人也有起来替穷苦人民说话的，如多玛斯·胡德(1799—1845)的《衬衫之歌》(1843)就是当时传诵的作品。

　　这诗是诉说女缝工的悲惨命运的，其中有这样对上层阶级的控诉：

　　你们磨损的不是布料，

　　而是人的生命！

　　另一首轰动一时的诗是伊丽莎白·勃朗宁(1806—1861)的《孩子们的哭声》(1844)。勃朗宁夫人在当时诗坛的名声超过她的丈夫罗伯特，在思想上是民主派，《孩子们的哭声》表现出她对于童工的深切同情。她让孩子们自己说出在矿井和工厂里劳动的痛苦：

　　……他们说，"我们已经累了，

　　　我们不能跑也不能跳，

　　如果我们向往牧场，那只为了

　　　能在牧场上倒下睡觉。

　　我们弯腰曲背，双膝抖颤，

　　　我们想去，却已仆面倒下；

　　在我们沉重的眼皮下面

　　　最红的鲜花也变成了苍白的雪花。

因为我们整天在漆黑的地底

　　咬着牙拖着重荷千钧;

要不就是整天在工厂里

　　无休无止地转动铁轮。

"铁轮哪,整天飞转,嗡嗡地叫,

　　我们的脸感到铁轮那股风;

我们的心晕了,头晕了,脉搏在烧,

　　四面的墙啊都在转动。

转哪,高高的窗中那块白茫茫的天,

　　转哪,天花板上爬的黑点般的苍蝇,

转哪,沿着墙边降下的长长的光线,

　　转哪,周围的一切,和其中的我们,

铁轮整天嗡嗡地转个不停,

　　有时候我们向天祷告,

'哦,铁轮!'(我们爆发出疯狂的呻吟)

　　'停停! 安静一天也好!'"

(飞白译文,下同)

　　勃朗宁夫人还有其他佳作,如长篇叙事诗《奥罗拉·李》(1857)和《葡萄牙十四行诗》(1850)。前者出版之日,风行一时,美学家罗斯金称之为"用英文写的最伟大诗篇"。① 这是过誉,但此诗确实读起来像小说一样吸引人,不仅情节生动,而且女诗人对

---

① 转引自《诺顿英国文学选》,纽约,第5版,1986,Ⅱ. 第1075页。

当时许多重要社会问题(包括妇女的地位及其家庭教育)发表了鲜明、强烈的见解。诗的主人公是一个女诗人(这在英国文学史中也是前所罕见的),她对于诗歌题材的看法就迥然不同于博学的教授们:

> 诗人们的唯一工作就是表现时代,
>
> 　自己的时代,不是查理曼大帝的,这个活生生的跳蹦、吵
>
> 嚷、骗人、恼人、工心计、向上爬的时代⋯⋯
>
> (Ⅴ,202—204)

用这样的主张,女诗人驳斥了把当前时代称为"无英雄气质的"卡莱尔,称为"转接的时代"的密尔,对于已经写了亚瑟王之死的丁尼生也间接地批评了。

在《葡萄牙十四行诗》里出现的,则是一个不同的女诗人。她温柔,然而坦率。四十四首诗写出了她同罗伯特·勃朗宁恋爱的经过:一开始她不愿让自己的病残之身变成他的负担,到后来被他的真情感动,最后情感升华到一种新的境界:

> 我究竟怎样爱你? 让我细数端详。
>
> 　我爱你直到我灵魂所及的深度、
>
> 　广度和高度,我在视力不及之处
>
> 摸索着存在的极致和美的理想。
>
> 我爱你像最朴素的日常需要一样,
>
> 　就像不自觉地需要阳光和蜡烛。
>
> 　我自由地爱你,像人们选择正义之路,
>
> 我纯洁地爱你,像人们躲避称赞颂扬。
>
> 我爱你用的是我在昔日的悲痛里
>
> 　用过的那种激情,以及童年的忠诚。

我爱你用的爱,我本以为早已失去

（与我失去的圣徒一同）;我爱你用笑容、

眼泪、呼吸和生命! 只要上帝允许,

在死后我爱你将只会更加深情。

（第43首,飞白译文）

“我自由地爱你,像人们选择正义之路”,这就使情诗脱出了一般的亲亲我我的格局,而结尾处反顾童年的激情,前瞻死亡之并非终结,更使意境深远起来。

丁　尼　生

勃朗宁夫人谈到的“活生生的时代”除了有街头和田间的斗争,还有一种精神上的不安。特别是知识分子眼见社会上物资丰富,奢侈盛行,精神生活却日趋贫乏与庸俗,感到忧虑,却苦于缺乏拯救的办法。宗教在科学的扩展面前显得无济于事了,加上英国教会本身的腐败,促使有志之士要进行改革,于是产生了牛津运动,结果造成分化,纽曼等人转而皈依罗马天主教,另一些人则趋向无神论,出现了一个信仰危机。

深刻地表达了这个危机的,是丁尼生。阿尔弗雷特·丁尼生(1809—1892)是继华兹华斯后的桂冠诗人,诗艺精湛,有许多小诗在我国也有名,如《泪,无谓的泪》、《碎了,碎了,碎了》,但其主要作品《悼念集》(1850)却是写他的精神危机的。悼念的对象是他的大学同学好友 A. H. 哈勒姆,他的早死深深地震动了丁尼生,使

355

他沉思许多问题：生与死，善与恶，上帝与自然，人在宇宙中的地
位。第五十四首写他几乎已处于绝望的境地：

> 我们仍然相信：不管如何
>> 恶最终将达到善的目的地，
>> 不论是信仰危机、血的污迹，
> 自然的苦难和意志的罪恶；
> 相信天下事不走无目标之路，
>> 相信等到造物完工之时，
>> 没有一条性命会被丢失，
> 被当作垃圾而投入虚无；
>
> 相信没一条虫被白白斩劈，
>> 没一只飞蛾带着徒然追求
>> 在无意义的火焰中烧皱，
> 或是仅仅去替别人赢利。
>
> 看哪，我们任什么都不懂，
>> 我只能相信善总会降临，
>> 在遥远的未来，降临众生，
> 而每个冬天都将化成春风。
>
> 我这样梦着，但我是何人？——
>> 一个孩子在黑夜里哭喊，
>> 一个孩子在把光明呼唤，

没有语言,而唯有哭声。

（飞白译文,下同）

最后的宽解在于承认宇宙中万物在变:

昔日绿树成荫,而今海涛滚滚。
　大地呀,阅历了多少变迁、生灭!
　看,这闹嚷嚷的十里长街
曾经是寂然无声的海心。

山峰像是影子,流动不止,
　变幻不止,无物能保持永恒;
　坚实的陆地像雾一般消溶,
像云一般变形而随风消逝。

但在我精神中我将留驻,
　做我的梦,并确信非虚;
　哪怕我唇中吐出告辞之语,
我不能想象永别之路。

（第 123 首）

变的是客观世界,不变的是诗人自己的"梦"。这比执着于过去那个似乎稳定的旧世界是进了一步,虽说仍然在自己的心里保留了一角"留驻"之地。

这组由一百三十一首短诗形成的长诗写出了诗人在丧友之后心情上的曲折变化,写得真挚,但是哀而有节,能从个人想开去,想到了当时困扰人心的许多大问题,想得深入具体,表达得也充分。

357

从技巧上说，一百多首诗始终以四行诗段（脚韵 abba）到底，文字纯净，但又有足够的变化使人读起来不厌，处处有音韵之美，这也就是功力所在。总之，《悼念集》是十九世纪英国诗歌中又一巨制。

丁尼生还有一种本领，即利用旧神话而给以新意义。《乌利西斯》一诗（1842）写这位希腊英雄从特洛伊战争回到他的小岛之后，与妻儿团聚，但不久就厌腻了做国王的平静生活。他俯瞰海水，环顾旧部，雄心再起，终于号召他们：

> 礁石上灯火点点，已开始闪烁明灭，
> 长昼耗尽，缓月徐升，大海呜咽，
> 涛拥百音千声；来吧，我的朋友们，
> 要寻找新世界，现在还不迟。
> ……
> 虽然被取走的多，留下的也多，
> 尽管我们的精力不再像往昔，
> 足以惊天动地；我们素来是、现在还是——
> 一样的脾性，一样雄赳赳的心，
> 时光和命运虽使之衰弱，但仍有坚强意志去斗争、去探
> 寻、去发现，永不退却。

（陈维杭译文）

虽说这个特洛伊战以后的乌利西斯并非丁尼生所创，而来自但丁的《神曲》，但是这"百音千声"的韵调、这番不服老的慷慨吐诉却是丁尼生的天才所赐。

丁尼生还写了几部长篇叙事诗，其代表作是《国王之歌》（1859—1885）。它主要根据马洛里的中古传奇，叙述亚瑟王和他的圆桌武士的故事，用甘姆洛宫的兴衰来象征一个古文明的起落。

故事开始的时候,亚瑟王同王后桂尼维尔年轻相爱,身边围绕着一群忠心的武士,甘姆洛宫的气氛是欢乐而高贵的。故事结束的时候,亚瑟王年老,在同叛变的侄子的交锋中受伤而死,桂尼维尔出家为尼,武士们风流云散,甘姆洛宫也就衰败了。故事的关键在王后桂尼维尔与武士兰斯洛的私通,一个背弃了丈夫,一个背弃了主公,两人都背弃了中古的封建道德守则。原来齐心合一的圆桌武士们在故事的开展过程里也有了变化,最受亚瑟信赖的人如默林也变得充满了私心。诗共十二卷,越到后来,越显得气氛阴暗,亚瑟王虽然始终保持他的高贵气质,实际上却是在被人纷纷背弃的衰败景象里伤心而死的。

丁尼生写的是一个中古浪漫故事,着眼的却是十九世纪中叶的英国社会,在英雄美人的悲欢离合里寄托了他对自己时代的忧患感。把一个高贵的文明从灿烂的清晨一直写到悲惨的黄昏,故事说得精彩,含义也非常深刻。

作为桂冠诗人,丁尼生也有歌颂英国武力之作,如写于克里米亚战争中的《轻骑兵的冲锋》(1854)。此外还有一些应景的诗,不足与他的优秀作品同日而语。

丁尼生在技巧上也进行了多方面的试验,初期学济慈,后来学斯宾塞,又学密尔顿,既精格律严格的诗体,又善于用白体无韵诗讲故事,而无论何体,都有他特殊的声韵之美。现代诗人奥登称他"可能是耳朵最灵的英国诗人",但又说他是"最笨拙的诗人"[1]——这后者可能是指他不善取巧,不走蒲柏的机智一路,倒是更适合于来写需要慢慢思考的哲理之作如《悼念集》。

---

[1]　转引自《诺顿英国文学选》(第5版),Ⅱ,第1095,1096页。

他也是一个运用语言的大师,文字纯净,流畅,毛病是有时雕琢过甚,或不必要地避免俗字。

罗伯特·勃朗宁

与丁尼生并峙的,是另一位大诗人勃朗宁。

罗伯特·勃朗宁(1812—1889)走着一条不同于丁尼生的诗歌道路,不追求优美流利,有时写得很晦涩;不追求甜美的乐调,有时写得佶屈聱牙;不师事斯宾塞、密尔顿、济慈而师事多恩。如果丁尼生更多传统性,那么勃朗宁更多现代性。

有许多事是勃朗宁开其端的,例如运用粗犷的口语和戏剧性独白的形式,探究曲折、复杂的心理变化,用韵文写短篇小说和侦探故事等等。

然而这不是说他不会写得明白易懂。他有一些小诗一直是人们喜爱的,例如《夜会》:

> 灰濛濛的大海,黑幽幽的长岸;
> 刚升起的半个月亮又大又黄;
> 梦中惊醒的细波碎浪跳得欢,
> 像无数小小的火环闪着亮光——
> 这时,我直冲的小船进了海湾,
> 擦着黏糊糊的淤沙速度减慢。
>
> 走上三里多风暖海香的沙滩,

> 穿过了三丘田野有农舍在望；
>
> 轻叩窗玻璃，接着清脆一声响——
>
> 嚓！忽地迸出火柴的蓝色火光。
>
> 充满了喜乐惊怕的轻叫低唤，
>
> 轻似那怦怦对跳的两颗心房！

（黄杲炘译文）

这完全是白描写法，完全靠迅捷的动作来写一个男人不顾路远天黑越过大海去同恋人见面的喜悦。

更有意思的是《晨别》：

> 绕过岬，大海突然来迎接，
>
> 太阳从山顶上透出来注目：
>
> 他面前是一条笔直的黄金路，
>
> 我面前是需要男人的世界。

（卞之琳译文）

短短四行，言有尽而意不断，恰似某些中国唐朝绝句。许多人以为说话的是一个女人，最后两行似是表示男人走了，自有锦绣前程，而我则孤孤单单，需要一整个男人的世界来填塞心上的空白。但是诗人自己却声明说话的是男人。那么，第三行的"他"指的是太阳，太阳照出了一条金光大道，我则离开了恋人，必须投入男人群中，拿琐事消磨自己，把她暂时忘掉。这两种解释究竟何者好，很难说，但它们能够并存，说明这首诗意蕴很深，大有可以发掘之处。读勃朗宁的作品，往往更要注意他故意略去不说的东西。

勃朗宁的另一首有名的诗，倒是意义非常确定的，那就是《迷途的领袖》：

　　　　只是为了一把银币,他离开了我们——

　　　　　　只是为了一根绶带,他想佩戴在胸前;

这指的是华兹华斯。勃朗宁曾经崇敬他,因而他的变节也就令后
来者特别痛心:

　　　　我们曾经那么爱他,追随他,敬重他;

　　　　　　生活在他神采飞扬的温和眼神下,

　　　　学习他伟大的语言,捕捉他明快的节律,

　　　　　　该怎么生,该怎么死,全把他当作榜样;

　　　　莎翁是我们的,密尔顿在我们这边,

　　　　　　还有彭斯,雪莱,都在瞧着——从坟墓里;

　　　　就他一个,背弃了自由人的先锋队,

　　　　　　就他一个,掉在了后面,沉沦为奴隶!

　　　　　　　　　　　　　　　　　　　(陈维杭译文)

在这节诗里作者还把他最爱的诗人开了一个名单:莎士比亚、密尔
顿、彭斯、雪莱,点出英国诗里的民主传统。勃朗宁自己也属于这
个传统。他不仅谴责华兹华斯,在许多作品里表达他的反王权、崇
民主的思想。一部题名《斯特拉福特》(1837)的初期诗剧就是他
借一个历史题材来写出国王查理士一世的卑鄙的。在意大利居留
的年月里,勃朗宁夫妇都支持意大利人民的抗奥斗争,罗伯特的
《意大利人在英国》一诗就是写一个意大利革命志士被奥军追捕时
受到农村姑娘搭救的故事的。有学者说诗中的志士指当时意大利
革命领袖马志尼,马志尼本人曾把它译成意大利文寄给他的母亲。①

---

① 　参阅伊安·杰克:《勃朗宁的重要诗作》,牛津,1973,第88—89页。

翻读勃朗宁的集子的时候,常常使人惊讶于他所作诗数量之大,种类之多,除了剧本,每类都有佳作,确是美不胜收。

有几首诗是谈意大利文艺复兴初期的画家的。一篇是《教兄利波·利比》,一篇是《安德利亚·台尔·沙托》,都写于1853年左右,在1855年发表。两篇的主人公都是僧侣画家,都有历史根据,但在为人和艺术倾向上却大为不同。利波是一个酒肉和尚,好色,他的画也是描绘女人身体的线条之美。当别人向他指出他应该"多画灵魂,不要管大腿手臂",他的回答是:

> 这有道理么,我问你们?
>
> 把身体画得那么难看,眼睛都无法停留,
>
> 必须看向别处,别处一样难看,
>
> 这可真是画灵魂的妙法!……
>
>
> 难道我不能呼口气,把生命的光彩加上去,
>
> 再加上灵魂,把它们都拔高三倍?
>
> 难道没有只见美貌而不见灵魂的例子?
>
> (我个人没见过,不过可以举这个例子。)
>
> 如果你能只画出美貌而没有别的,
>
> 你就抓住了上帝所创造的最好东西!
>
> (198—201,213—218 行)

他代表了新生的时代精神:崇尚人和人体之美。他是充满活力,充满想象力的,诗人用来写他的白体无韵诗也活跃生动,掺杂着他的咒语、喊声高速前进。

《安德利亚·台尔·沙托》大为不同。安德利亚也是一个画

家,而且画艺圆熟,但不求上进,只想同美丽的妻子一起过日子,而妻子却又另有所欢,他也明知自己没有达到年轻时自己和别人的期望,但又强充好汉,对老婆说艺术的完美不如生活的完美:

> 一切如上帝安排,
>
> 何况刺激应该来自灵魂本身,
>
> 别的不管事。我为什么需要你?
>
> 拉斐尔有什么老婆?朗琪罗又有什么?
>
> 在这世界上,就是有人能做不愿做,
>
> 愿做的又做不了,我看是这样。
>
> (133—138 行)

如今垂垂老矣,他的画布上——一如他的心里——只见一片灰色:

> 一切都染上了平凡的灰色,
>
> 一切都在黄昏中,你同我一样。
>
> (35—36 行)

> ……一切都是银灰色,
>
> 平静而完美如我的艺术——也不坏!
>
> (98—99 行)

他也曾有过辉煌的日子,但那是在法国,后来由于老婆之故回到意大利,如今他也不后悔:

> ……那样做是对的,我的天性告诉我;生活可以变成金色,而不是灰色,但那就太活跃了,而我只是一只视力不好的蝙蝠,阳光也不能使我离开这四面墙的世界。
>
> (167—170 行)

这蝙蝠的形象令人吃惊,但又十分恰当。诗也写得绝好,然而情调却远不同于《教兄利波·利比》了。《利波》结束时,黎明来临,画家投入活跃起来的街市;《安德利亚》则是一篇黄昏独白,画家坐在窗下,眼睁睁看他的老婆同情夫到外面去玩了。《利波》充满色彩、活动,诗行也蹦跳前进;《安德利亚》则颜色暗淡,诗行也是倦怠的,慢吞吞的。勃朗宁用两种不同而又同样卓越的技巧写出了两种精神状态。

两诗都用了主人公独白的形式。至此我们已对勃朗宁发掘独白的戏剧性的本领有所知了,但是要充分体会这一点,还得读读他另一个名篇《我已故的公爵夫人》:

> 这就是我已故的公爵夫人,画在墙上,
> 看上去就好像她还活着。我把这画像
> 称作一大奇迹;您看:教兄潘多拉的手,①
> 忙忙碌碌干了一天,她就站在了那儿!
>
> 请稍坐坐,瞧瞧她,可好? 我这可是存心
> 提到"教兄潘多拉,因为,所有那些像您
> 一样的生客,一旦看到画中这张面容,
> 辨出了她眼波中流转的热情和芳衷,
> 准会向我转过身来,(因为,除了我,没谁
> 会动一动我为您拉开了的这张幕帷,)
> 看来,他们如果敢的话,就会开口问我,
> 问我究竟是什么引出了这样的眼波;

---

① 潘多拉是勃朗宁虚构的画家名字。由于中世纪画家多是教士,故以教兄相称。

所以,您不是第一个转过头来这么问。
阁下,并不是只当着她丈夫的面,夫人
才让她双颊染上这片欢乐之晕,也许
只是教兄潘多拉碰巧说了这么一句:
"夫人的披风把夫人手腕盖住了。"或者:
"画笔永远也别想描出您颈项的颜色,
那淡淡的红晕就在这儿渐渐地消失。"
她会把这套闲扯当作是殷勤,从而使
它们也足以唤起她颊上的那片红晕。
她那颗心——我该怎样说呢——太容易欢欣,
太容易受感动;不管她看到的是什么,
她都喜欢;而她的眼睛又是不管什么
都要看。阁下!那全都是一回事!她胸前
我给的礼物,那沉沉暮色堕落在西天,
不知是哪个多事的傻瓜为她从果园
折来的那枝樱桃,还有她在廊前盘桓
骑着的那头白骡——所有这些,各样各式,
都会引来她同样的赞许,或者,至少是,
同样的红晕。她向人们致谢——那很好嘛,
可她那种道谢的劲儿,不知怎么搞的,
就像把我给她的九百年古老的姓氏,
看得和任何人给的礼物一般的价值。
可谁能降低身份来责备这类小疵疵?
即使你能说会道——这种本领我可没有——
能使这么个人也明白你的要求,并说:

　　"就这一点，那一点，您叫我讨厌；这么做

就不够，那么做又过了头。"——假如他能够

就此接受教训，也不公然地和你顶牛，

真是的，也不找出一套借口，——即使如此，

那也还是有失身份，我宁可永远不失

我的身份！噢，阁下，毫无疑问，她会微笑，

当我走过她身边；可谁走过时不得到

同样的一笑？事情在发展，我下了命令，

于是，一切微笑全都结束，她就活生生

站在了这儿。劳驾起身行吗？让我们去

楼下，和大伙儿在一起。我再重复说一句，

贵主人伯爵大人慷慨大方闻名遐迩，

这足以保证我对于嫁妆的正当要求

不会不被接受，尽管我从一开始议姻，

就已声明在先，伯爵大人美貌的千金

才是我最终的目标。请别客气，让我们

一块儿下楼吧，阁下！请注意这尊海神，

正在驯一匹海马，据说可是件宝贝呢，

它可是因城的克劳斯为我用铜铸的。①

（陈维杭译文）

　　这诗里也有一个故事。说话的是一个意大利文艺复兴时期的公爵，他预备再度结婚，对象是一位伯爵的千金，为了确定嫁妆该

---

① 因城指因斯布鲁克，是使者主人伯爵大人所统治的蒂罗尔的首府，以雕刻著名。

给多少,伯爵派了一位使者来谈判,公爵现在领了这个使者在看他的艺术收藏品,中间有他已故的夫人的画像。

公爵带着自豪,谈那幅像画得如何传神,特别是表达出了"她眼波中流转的热情和芳衷"。已故的那位夫人年轻,美丽,而且心地善良,"太容易欢欣/太容易受感动;不管她看到的是什么/她都喜欢;而她的眼睛又是不管什么/都要看"。但问题也出在这里。公爵不喜欢她那种不加区别地对所有的人都和善的样子,"就像把我给她的九百年古老的姓氏/看得和任何人给的礼物一般的价值"。她的价值标准太低了,不符合他的贵族地位,"有失身份",而"我宁可永远不失我的身份"。她喜欢微笑,对任何人都一样,于是公爵"下了命令/于是,一切微笑全都结束"。

这就是说,为了维持他的尊严,他派人杀死了夫人。这是一个贵族杀妻的故事。

然而这个残暴的人却又自夸有绝好的艺术趣味,因此还在赞美那幅画像,"她就活生生/站在了这儿"。接着同使者讨论起未来夫人的嫁妆问题,明明是贪婪,却又要最后装作艺术鉴赏人,把那铜铸的海神驯马雕刻称赞一番。而不论残暴还是贪婪,他都出之以最合礼貌的文雅语言。

这一切通过公爵的独白说出来,显然中间有几次被使者打断,但回答了又说下去,篇幅不长而把情节和心情都生动地表达了,戏剧性很强。诗人找到了一个适当的情景,做了微妙的加工,把那类工于计算、阴谋杀人而又拿艺术作为掩饰的意大利文艺复兴时期的大贵族的性格写活了。

*　　*　　*

勃朗宁还写了许多其他作品,有的并不成功。他的剧本没有在舞台上站稳脚跟,而最初的长诗《索尔代罗》则因过分晦涩而失败。独白诗之中,也有写得冗长枯燥的,如《关亡人斯勒齐先生》。在他生命的最后二十年里,他的诗才只偶然显现,佳作不多。

但他最长的作品《环与书》(12卷,21,000行,1869)虽有缺点,却是他的诗歌生涯里的巅峰之作。

它又是一个关于文艺复兴时期人物心理的故事。故事原有所本,勃朗宁是在一本黄皮旧书里发现它的。它是一件谋杀案。基托伯爵杀死了他的年轻妻子庞璧利亚,说她与教士卡蓬萨契私通。庞璧利亚的养父母也同时被害,因为他们正向基托索取她的嫁妆,原因是她不是他们的亲生女儿,按法律应由他退回嫁妆。卡蓬萨契虽然热爱庞璧利亚,却未同她私通,只是不忍看她在伯爵那里受罪,帮她一起逃走罢了。

作者以谋杀案的审判为中心,写旁观者、当事人、律师对案子的看法,各自作了长长的独白,内容大相径庭,最后由教皇裁决,将基托和帮凶四人一起处以死刑。

勃朗宁所探讨的问题是真理的绝对性与相对性。对于同一事实,却有若干种不同的陈述,主要受陈述者的个性和好恶影响。基托杀了妻子,却说自己是在执行高贵者的任务,不算犯罪。两方的律师关心的是如何在法庭上表演各自的辩才,对于事实真相并无兴趣。

到全书末尾,作者出来向"英国公众"说话,表明这个故事:

> 教训在此,即我们人类言语是无用的,
> 我们人类的证词是虚假的,我们的声名
> 和评价不过是废话和空气。

他又说仅仅申明事实是不能令人信服的,能指明真理的是艺术:

> 在墙上的简单图像之上——
>
> 从你的心里取来音乐,一音一拍也不漏,
>
> 比斐多汶钻得更深——
>
> 写一本意义超过事实的书,
>
> 使眼睛满足,还能拯救灵魂。

"在简单图像之上",我们也可以说是在符号之上,亦即这里包含了符号与意义的关系问题。

对于这部长诗的评价并不一致,有人认为某些地方过分冗长(如教皇的独白),有人认为人物性格写得太黑白分明,不够复杂,但多数评论者都承认它的重要性。它出版之日,历史学家卡莱尔称之为"一部有极大天才和无比的独创性的书",[1]后来散文家 G. K. 吉士特顿说此诗"主要是一个侦探故事……具有侦探故事同样的激动人的品质",[2]小说家亨利·詹姆斯也认为诗中"有内在的小说"并对它进行了研究,[3]现代派创始人埃式拉·庞德称此诗为"严肃的试验",[4]最近还有文学史家认为弗琴尼亚·吴尔夫的《波浪》和福克纳的《喧哗与骚动》都受到此诗的影响。[5] 无论如何,这部规模巨大、形式新颖的叙事诗的实验性、现代性和重大的影响是不可否认的,连同其他作品一起更证实了勃朗宁是二十世纪现代

---

① 托马斯·卡莱尔:《评论与杂文》,Ⅱ,第 87 页。

② G. K. 吉士特顿:《罗伯特·勃朗宁》,1903,第 168 页。

③ 亨利·詹姆斯:《〈环与书〉中的小说》,见《关于小说家的笔记》,1914,第 315—316 页。

④ T. S. 艾略特编:《埃式拉·庞德的文学论文》,1954,第 33 页。

⑤ 艾力斯台·福勒:《英国文学史》,1987,第 264 页。

主义诗歌的祖先之一。

世纪中叶的其他诗人

十九世纪中叶还有众多其他诗人。

其一是艾米丽·勃朗蒂（1818—1848）。前面说过，她以长篇小说《呼啸山庄》出名，这是一部极不平凡的作品，其特点之一就是写得诗化。此外她也写过几首抒情诗，也写得不同寻常。一首八行的短诗宣告了想象力的安慰作用：

> 我在最远处最欢欣，
> 我能捧着灵魂离开泥土之身，
> 在月明的大风之夜，
> 眼睛能游过几层光亮的世界——
>
> 当我不在此地，也无别人在旁——
> 没有地、海和无云的天堂——
> 只有精神远游，
> 穿过无限的天地悠悠。

她的主调是凄冷。如《忆》的起句是：

> 你冷吗，在地下，盖着厚厚的积雪，
> 远离人世，在寒冷阴郁的墓里？

而《歌》则哀叹一位女子躺在荒野里，已经为世所忘：

当初他们以为悲哀的潮水

　　将流遍未来的年代，

但如今哪儿有他们的泪？

　　他们的悲痛又安在？

……

即便他们永远望着她，

　　并且哭叫到泪泉枯干，

她也静静睡着，不会回答，

　　哪怕答以一声长叹。

（飞白译文）

感情的强烈一如《呼啸山庄》，悲哀而又任性一如她自己的身世，仅仅30岁就永别了她所爱又所恨的约克郡荒野。

　　另一位是爱德华·费兹裘罗尔（1809—1883），他是诗歌翻译家，所译十一世纪波斯诗人峨墨·伽亚姆的《鲁拜集》（1859）学者们认为有许多不忠于原文之处，却以其清新的东方情调和一种但求今世欢乐的思想打动了作家们和普通读者的心，成为文学史上名译之一。在我们中国，也有诗人郭沫若的再译本。

　　还有亚瑟·克勒夫（1819—1861）。也是一位颇具特色的诗人，作有长篇叙事诗《包西》（The Bothie of Tober-na-Vuolich，1848），书信体长诗《旅之恋》（1858），对话体长诗《两魂人》（1865），另有短诗如《休说斗争无用》、《最新十诫》（都见于《诗集》，1862），在内容上他敢于表达对基督教义的怀疑，在格律上他能运用六韵步诗体(hexameter)而把它写得口语化。

对当代政治经济,克勒夫也持激进见解。他的《最新十诫》就挖苦地说:

> 你只许有一个上帝,
> 谁会花钱买两个呢?
> 不许崇敬雕像,
> 除非出现在金币之上。
> ……
> 不许偷窃,空夸手灵,
> 远不如欺诈能得多金;
> ……
> 不许贪婪,自有传统批准
> 各式各样的竞争。

他的民主精神,一如他的口语化与讽刺性,足以追踪前贤拜伦,而《旅之恋》等篇则又呈现后世现代派诗的某些特点,如用非英雄主义的态度写巷战。

马修·安诺德在前面散文章已经谈到。他同时是一个重要诗人。他是克勒夫的好友,在克勒夫死后曾写古典田园哀诗《色息斯》(1866)悼他。同克勒夫一样,他对宗教怀疑,也忧时愤世,心情如在《多佛滩》一诗中所表达的:

> 今夜海洋平静,
> 潮水涨满,月光皎洁
> 照耀海峡——法国海岸
> 煜煜清光消失;英国海岸悬崖

银白闪烁无际,峙立在静谧海湾。

到窗前来,夜晚空气甜蜜。

只有大海和月光漂白的陆地

交接之处,漫长一线浪花飞起。

听啊! 你听那冲击轰鸣:

波涛卷去卵石又掷回高岸,

时而发作、时而停顿、反复无穷

带着徐缓、震颤的节奏

送来永恒的悲哀乐声。

索福克勒斯很久以前

在爱琴海岸倾听这声音。

因而想到人世间的不幸

正如潮水涨落纷纭;①

我们在遥远的北方海岸,

也从这声音听出一种思想。

信仰的海洋,

也曾一度涨潮,围绕着大地的海岸,

像折起的闪光的腰带。②

但是现在我只听到

---

① 参看古希腊三大悲剧诗人之一索福克勒斯现存七悲剧之一《安提戈涅》,第583行。

② 这两行难懂,大意谓涨潮之际海水紧紧包围着陆地。大海的力量"聚集"起来像褶起的衣服褶皱,退潮则像把褶皱展开。

大海抑郁、拖长的落潮吼鸣，

沿着世界上巨大、阴郁的边岸

和赤裸的卵石沙滩，

退入吹拂的夜风。

啊，亲爱的，让我们

相互忠诚，因为看彻人间，

犹如幻乡梦境

五光十色、美丽新颖，

实在没有欢乐、没有恋爱和光明，

没有肯定、没有和平、也无从解除苦痛。

人生世上犹如置身于黑暗旷野，

到处是争斗、奔逃，混乱惊恐，

如同愚昧的军队黑夜交兵。①

（吕千飞译文）

这首诗写得真挚深刻，形式典雅，是安诺德的名篇之一。

另一名篇《学者吉普赛》（1853）根据一篇十七世纪的旧文，写一个牛津大学学生离开学校，随同一批吉普赛人去流浪，想学得他们的神秘知识。诗里充满了牛津附近乡野之美，把步行漫游的乐趣写得异常动人：

我知道，你总爱幽静的去处。

---

① 此诗一般认为作于 1851 年，但没有定论。此处战争可能指 1848 年的革命，也可能指 1849 年法军包围罗马城。

在牛津渡口,夏天的晚晌,

欢乐的骑手回家,遇见你

横舟于泰晤士上游的巴拉小港;

你让扁舟系岸绳索沉下拉起,

在清凉河水中涮着手指湿漉,

你倚靠船舱沉思梦想,

怀里抱着花朵堆积

采自僻远的韦支乡里

两眼凝视月光下河水流淌。

(吕千飞译文,下同)

　　诗人对于那位学者的流浪生活是羡慕的,赞他"目标明确坚定,真个义无反顾",而反顾自身:

我们和你不同:你等待上天降下火花,

我们却是随便信仰,信疑参半,

我们从没有明确意向或深刻感受,

我们的高见卓识从来不付诸实践,

我们决心不坚,从来没有成就;

对我们说来,从每个新年出发,

都会有新的开始和新的失望,

我们犹豫、踌躇,消磨志气,

明天会失去今天赢得的阵地——

　　归纳起来,就是:

你诞生在理智蓬勃、清朗的时代,

生活愉快奔流似泰晤士闪亮波涛。

当时,现代生活的奇症怪病——

反常的匆骤、分裂的目标,

头脑过载、心脏麻痹——尚未流行。

这就又回到了我们在前面提过的世纪中叶的信仰危机了。

这首诗是许多人喜欢的,但安诺德本人并不完全满意,曾写信给克勒夫说:"你喜欢《学者吉普赛》使我高兴,但它对你产生了什么作用? 荷马使人激动,莎士比亚也使人激动……《学者吉普赛》充其量不过唤起了一种愉快的忧郁。这不是我们需要的。"①

也许因为他觉得写诗已进入了死胡同,五十年代以后他不再创作,把生命的后三十年留给了散文著述,写出了《文论》一二集、《文化与无政府》、《文学与教条》等有影响的书,在那里继续着他对时代病态的剖析和对庸俗市侩的攻击。这一点,我们已在《十九世纪散文》章讨论过了。

前拉斐尔兄弟会

安诺德之后,英国诗坛仍然动荡,其征象之一是出现了一个名为"前拉斐尔兄弟会"的小团体。这个团体中人主要是画家,他们厌恶学院派画家刻板的古典主义,主张回到意大利文艺复兴早期拉斐尔以前的画风,着重题材的意义、细节的真实性、色彩的鲜丽

---

① 转引自《诺顿英国文学选》,第5版,1986,Ⅱ,第1362页。

等等。他们之中,不少人写诗,在诗中也追求这些效果,诗情画意往往是一致的。

他们的领袖是但丁·加布里耶尔·罗塞蒂(1828—1882)。他的诗作有济慈的影响——可惜是济慈的过分艳丽的一面。他的名作是《神女》(1850),写一女子死后在天堂等待还在尘世的爱人来临。这首诗用了宗教题材,却看不出作者有多少宗教信念,写法也近乎浓艳。他还写了一组十四行诗悼念他的亡妻,题为《生命之屋》(1870),其中有好诗,如《包括》、《题字》等,而《新婚之眠》则被人指摘为"性感"。更值得吟咏的,倒是他的题画诗《白日梦》,其中第二节写出了一种罗塞蒂特有的意境:

> 在梦幻之树四面伸展的荫影中,
> 梦直到深秋还会萌生,但没一个梦
> 　能像女性的白日梦那样从心灵升华。
> 看哪! 天空的深邃比不上她的眼光,
> 她梦着,梦着,直到在她忘了的书上
> 　落下了她手中忘了的一朵小花。

(飞白译文)

这里有一种梦的神秘同女性的吸引力的混合。写得更切合人生而又给人回肠荡气之感的则是另一首小诗:

顿　悟

我一定到过此地,
　何时,何因,却不知详。
只记得门外芳草依依,

阵阵甜香，

围绕岸边的闪光，海的叹息。

往昔你曾属于我——

只不知距今已有多久，

但刚才你看飞燕穿梭，

蓦地回首，

纱幕落了！——这一切我早就见过。

莫非真有过此情此景？

时间的飞旋会不会再一次

恢复我们的生活与爱情，

超越了死，

日日夜夜再给我们一次欢欣？

（飞白译文）

他也是一个译诗家，人们至今记得他所译的法国维庸的诗，特别是他那有名的复句：

去年之雪今安在？

加布里耶尔·罗塞蒂的妹妹克里丝蒂娜（1830—1894）也是诗人，比她哥哥更多宗教虔诚，更专心致志于诗艺，内容上能突破前人。例如她写的一首十四行诗，题为《在一位画家的画室里》：

他所有画布上都是同一张脸，

同一个形象，或坐或行或倚窗，

　　我们发现她在这些帘幕后隐藏,

　　镜子反映出她何等惹人爱怜。

　　有时是皇后,全身珠光闪闪,

　　　有时是青枝绿叶间无名姑娘,

　　　或是圣女、天使——但每幅画像

　　都有同样含意,即不增也不减。

　　画家日夜饱餐着她的秀色,

　　　她也回盼画家,真诚而温情,

　　　如明月般皎洁、阳光般欢乐,

　　　而不在等待和哀怨中憔悴凋零。

　　不像她,却像希望照耀的时刻,

　　　不像她,却像她进入他的梦境。

(飞白译文)

这是写实诗,写她哥哥如何经常画她的嫂子。这也是女权主义者之作,因为当中有对于惯常的美女画法的隐含批评。她认为被画者的真实面貌和心情并未表达出来,只是一个画家想象中的人。不妨将它同前面引过的她哥哥的题画诗《白日梦》一比,就可以看出她对于她哥哥那类辽远、神秘的境界并不赞赏。

　　克里丝蒂娜的诗才也是广的,少作《小妖精的集市》(1862)就成功地用民歌格律写出了一个有意义的童话故事。她的抒情诗也有新意,例如:

歌

　　　在我死后,亲爱的,

　　　　不要为我唱哀歌;

不要在我头边种蔷薇，

　　也不要栽翠柏。

让青草把我覆盖，

　　再洒上雨珠露滴；

你愿记得就记得，

　　你愿忘记就忘记。

我不再看到荫影，

　　我不再感到雨珠，

我不再听到夜莺

　　唱得如泣如诉。

我将在薄暮中做梦——

　　这薄暮不升也不降

也许我将会记得，

　　也许我将会相忘。

（飞白译文）

这就不只是凄戚，而别有一种超脱，其效果也更动人。

而《终点》一诗，又对死亡这一主题作了新颖的处理：

顶着日生夜长的草儿，

　　顶着生意盎然的花朵，

　　在听不见急雨的深处，

　　我们将不为时间计数——

凭那一一逝去的暮色。

> 青春和健旺将已作罢，
>
> 美貌不再有什么价值——
>
> 在那里，区区一方地，
>
> 把地球似乎一度难以
>
> 容纳的，一股脑装下。

（黄杲炘译文）

"区区一方地"而能把"地球难以容纳的一股脑装下"，从极小到极大，这突然的变化是有不尽回味的。

同前拉斐尔派有联系，然而在诗歌上终于另走一路的，是威廉·莫里斯。

前面已经谈到，莫里斯写过著名的散文作品《乌有乡消息》。他是一个传奇性人物，一个真正的多面手。他实现了自己政治思想上的变化，从一个资产阶级自由派成为一个工人阶级的革命者。

在诗歌上，他的发展也是明显的。起初，他是一个叙事诗人，处女作《桂尔尼亚的辩护及其他》（1858）颇有朝气，只是悲剧性有点不足。四卷本长篇叙事诗《地上乐园》（1868—1870）包含许多有趣的故事，作者显然以乔叟的继承人自居，但作品缺乏《坎特伯雷故事》的浓厚生活气息。其中的各月份的插曲倒是优美可诵的，而书首的"歉词"道出了作者写此诗时的心情：

> 我无法歌唱天堂或地狱，
>
> 我无法减轻压在你心头的恐惧，
>
> 无法驱除那迅将来临的死神，
>
> 无法召回那过去岁月的欢乐，
>
> 我的诗无法使你忘却伤心的往事，

> 无法使你对未来重新生起希望，
>
> 我只是个空虚时代的无用诗人。

（朱次榴译文）

其实时代并不"空虚"，倒是充满了矛盾、冲突，诗人也并不"无用"——莫里斯自己后来写的诗就起了战斗作用。但是这拖曳的韵律，这类似中古行吟诗人的措辞和口气，确是给人一种如入梦境的感觉。当然，能说出"空虚"与"无用"也表明诗人对自己和同时代其他人的诗作的价值，开始起了疑问。

接着而来的《西格特与尼布龙根族的败亡》（1877）果然诗风一变，文字古朴了，音律刚强有劲了，写的是北欧英雄不屈于命运的悲壮故事。对于北欧史诗的研究和翻译，莫里斯是当时英国少数先行者之一。

更大的变化却在1883年以后。这时他已是一个社会主义者，以创作为工人阶级的斗争服务，写出了像《我的与你的》那样古朴而意义重大的诗：

> 世乱盖源于两字，
>
> 无非你我各为私。
>
> 若将你我皆弃捐，
>
> 天下即可有安宁；
>
> 不占钱财少束缚，
>
> 人人自由无痛苦。
>
> 四海之内皆兄弟，
>
> 酒食共享归集体。
>
> 永不再分你与我，

四方太平无屠祸。

钱财本乃身外物，
生不带来死何护；
诚请上帝赐众享，
民皆有食无饥荒；
人人都有衣鞋穿，
生活幸福而温暖。
而今贪婪正肆虐，
你争我夺意难灭，
各欲一切皆掠走，
中饱私囊为己有。

（朱次榴译文）

这是《为社会主义者唱的歌》（1884—1885）中的一首，是中古北欧民谣的仿作。文字也带中古的朴素，宣传的则是社会主义道理。莫里斯继承了宪章派革命诗歌的传统，但避免了标语口号化，在韵律方面也比前人丰富而多变化，即使他写工人的葬歌，气氛也是悲壮而不凄惨：

是谁在行进——从西向东来到此地？
是谁的队伍迈着严峻缓慢的脚步？
是我们，抬着富人送回来的信息——
人家叫他们醒悟，他们却如此答复。
别说杀一人，杀一千一万也杀不绝，
杀不绝，就别想把白昼之光扑灭。

（《死之歌》，飞白译文）

除了短诗,后期也有一个较大作品,即一个二百行的长诗《希望的香客》(1886),主题是巴黎公社的斗争。在当时和以后的著名诗人中,没有另一个曾花这样的大力,写这样大的作品去歌颂巴黎公社。在艺术上,此诗也有特色,用的是两行一韵的双韵体,但每行长达十四五个音节,又有自由体的壮阔气势,语言仍是古朴的口语体,素净而亲切,充满了激情:

> 这样一天一天过去
>
> 我变得忧郁,沉思,于是有一个晚上,
>
> 我们坐在房里,傍炉拉杂而谈,
>
> 但主要是谈战争以及战争会带来的种种,
>
> 因为巴黎已接近陷落,各种希望油然而生,
>
> 在我们信共产主义的人中间;我们谈到了该做的事,
>
> 当德国人走了,在疮痍满目的法兰西,
>
> 只剩下两类人对立;叛卖者和被叛卖者。
>
> 　　　*　　　*　　　*
>
> 那盼望已久的日子终于降临巴黎:邪恶
>
> 　的侏儒发狂,
>
> 举刀一砍,想要摧毁巴黎,却不料刀断
>
> 　人亡;
>
> 巴黎自由了,城里再无敌人和白痴,
>
> 而今天的巴黎,明天会变成全部法兰西。
>
> 我们听到了,我们的心在说:"不消多
>
> 　久,整个地球……"
>
> 终于来了那盼而又盼的一天,我知道了

> 生命的价值，
>
> 因为我看到了从未见过的景象——一整个
>
> 民族人人欢欣，
>
> 我这才知道我们常说的未来前景，
>
> 自己曾在悲伤和痛苦里宣传过的，但心
>
> 里也曾怀疑，
>
> 不知道这是产生于对当今的绝望还是对
>
> 将来的希冀——
>
> 而现在我亲眼看到了，实实在在，就在
>
> 身边。

这些诗行写出了革命者眼见新天地到来的兴奋，但又写得何等实在，在欢欣中不忘曾经有过的悲伤和绝望，也就更加令人感到真切了！

虽说这首长诗并未最后完成，但是有一点已经确定无疑：莫里斯自己已经完成了从"空虚时代无用诗人"到社会主义革命歌手的重大转变。这样，他也就超越了前拉斐尔派。

前拉斐尔派的诗作只是英国诗史上的一个插曲。罗塞蒂兄妹的作品中不乏好诗，然而整个说来，它们是哀艳有余而深刻不足，继承了浪漫主义前人的某些弱点，特别是济慈的梦幻意境和诗歌语言，而没有他们的革命理想主义和切入人生的现实精神，没有他们语言上的多面性和新鲜感，所以前拉斐尔派创新不多，感人不深，在意境和技巧上只引向唯美主义。发展浪漫主义传统并且开辟新路的任务还得靠别的人来完成。

世纪末图景

从前拉斐尔派到世纪末,英国诗坛上表面上也颇热闹。要等热闹过去,尘土落下,我们才能看清一幅大概的图景。

这图景,简单说就是:直到九十年代没有出现第一流大诗人;到了九十年代,一方面是唯美主义抬头,另一方面是普及性诗歌盛行。

说没有大诗人,也许人们会问:那么,又怎样看待梅里狄斯和司文朋?

乔治·梅里狄斯(1828—1909)的《现代之爱》组诗(1862)是大值一读的。英国爱情诗多得很,但很少有把婚姻的破裂经过写得这样坦白的。不仅有妒忌的煎熬和爱的宽洪,还有在客人面前的假装门面:

> 请客时,她是女主人,我是主人,
> 几曾有过更欢快的宴会?她让
> 谈话浮在知识界题目的海洋上
> 不往下沉。客人们看不见鬼魂。
> 我们表面上眼睛闪光,玩着球,
> 这是一场引人兴趣的游戏,
> 可用"盖住尸骨"作为名义。……

(第 17 首)

这所谓"鬼魂"就是两人婚姻已经破裂的真实情况,现在却演一场表面欢笑的戏来"盖住尸骨",当事者的心情的痛苦也就可想而知了。应该说,这组诗的情节有如小说,是有创新的,语言也明白如话而有回味。但是梅里狄斯没有其他好诗来支持或扩大他的成就,他主要仍是一个小说家,而且是引进新题材的重要小说家。

　　阿尔裘能·查理士·司文朋(1837—1909)则全力务诗,诗作甚多,而且诗艺纯熟,掌握各种格律,下笔达到不能自休的程度。诗剧《阿塔兰忒在卡吕登》(1865)和诗集《诗与谣》(1866)使他成名,但前者的无神论和后者对传统道德的公然唾弃又使他成为社会上人的攻击对象。他同前拉斐尔派的人来往,但不像他们那样受济慈影响,而师事雪莱,实际上则更崇拜法国的雨果和波特莱尔。后者的《恶之花》刚在1857年出版于巴黎,这是西欧诗歌史上一个里程碑,可以说从此开始了现代主义。司文朋看中了波特莱尔"对于悲哀和奇特的事情的专注","对于痛苦的锐敏和残酷的享受",[①]他在悼念波特莱尔的诗《欢呼与道别》(1868)里也说:

>　　对你永远是炽热又懒散的荣耀,
>
>　　　受诱于更沉重的太阳,更辽阔的天空……

在他自己咏海的诗里也出现这样的诗行:

>　　你甜蜜而又坚硬的吻像酒一样强烈,
>
>　　　你广阔的拥抱尖利得叫人痛苦。

>　　　　　　　　　　　(《时间的胜利》,第11—12行)

似乎类似《恶之花》了,但这类诗只停留在词汇和比喻的表层,而没

---

① 致友人书。转引自《诺顿英国文学选》第5版,1986,Ⅱ,第1551页。

有深入到波特莱尔的核心,因为这里缺乏法国诗人的城市穷巷的烦腻和精神上——而不仅仅是感官上——的痛苦。

司文朋诗里的世界仍然是古希腊的异教神话世界,他一再歌颂的是波罗塞潘那样的地狱王后,亦即代表死亡与睡眠的女神,他之反对基督教也是因为它使人间失去了灿烂的希腊文明世界:

> 你征服了,呵,苍白的加利利人;由于你
>
> 　呼吸,世界变得灰暗了,
>
> 我们喝了忘河之水,全靠死亡作为滋养。
>
> 桂冠只绿一季,爱情只甜一天,
>
> 爱情因背叛而苦,桂冠不出五月就枯。
>
> 睡,让我们睡吧? 因为世界终究不甜,
>
> 旧的信仰粉碎而倒,新的年代只会毁坏,
>
> 命运如无岸的海,灵魂如仅存的岩石。……
>
> 　　　　　　　　(《波罗塞潘颂》,第35—41行)

"苍白的加利利人"指耶稣。这样的诗当然是离经叛道的,然而司文朋的懒散的乐调却冲淡了它的尖锐性,正如他的另一名篇、传诵一时的《阿塔兰忒在卡吕登》中的合唱《当春日的猎犬》也因缺乏实质的内容而只剩下了优美的音韵和华丽的词藻。

这也就使得司文朋担负不了革新维多利亚时期诗风的任务。

*　　*　　*

同样地,九十年代出现的唯美主义也只摆出了一种姿态而没有大的创新。

英国的唯美主义是短命的。在前面散文章已经谈到。牛津大学古典文学教师华尔特·培特在 1873 年写了一本名叫《文艺复兴

历史研究》的书，用充满美丽形象和奇异联想的文字阐释意大利画家波蒂且利和达·芬奇等人的画作，进而表达一种人生哲学，即人世多艰辛，人应为感官享受而活：

> 永远用一种坚硬的、宝石般的火焰燃烧，保持一种狂喜，就是人生的成功。

他认为在"冰霜与阳光交替的短短一天"的人的一生中，最重要的是取得亲身经验——"不是经验之果，而是经验本身"。这一学说经过他的学生王尔德的全力宣扬，在年轻人当中产生了巨大影响。其中包括组成"韵客社"的一群诗人：道生、L. 约翰逊、赛门斯、里斯、叶芝。

这些人各有表现，其中叶芝后来发展成为二十世纪最重要的英语诗人之一。在组社当时，他们的领袖是道生。

厄纳斯特·道生（1867—1900）的名作是《辛娜拉》（1891）：

> 昨夜，呵，昨晚，在她的吻同我的吻之间，
> 落下了你的影子，辛娜拉！你的气息留在
> 我的灵魂上，在吻和酒之间，
> 我因一个老的感情而感到苦恼、心酸，
>   确实，我苦恼而垂下了头，
> 辛娜拉，我对你是忠实的，用我的方式！
>
> 通夜我感觉她温暖的心在我的心上跳动，
> 通夜她躺在我臂里睡在爱情中，
> 确实她那出卖的红唇给我以甜吻，
> 但我因一个老的感情而感到苦恼、心酸，

> 当我醒来,发现黎明是灰色的,
>
> 辛娜拉,我对你是忠实的,用我的方式!
>
>
> ……

他虽另有所欢,但忘不了昔日所爱的辛娜拉,所以此诗的拉丁文副标题是:"我已不是我在善良的辛娜拉管辖之下那样光景"。

如果还想了解一下这种世纪末的颓废情调,不妨再读下诗:

> 火焰已消亡,它的残灰也散尽,
>
> 这正是一切诗人最后的歌词。
>
> 金酒已饮残,只剩下些微余沥,
>
> 它苦如艾草,又辛如忧郁……

(《残滓》,戴望舒译文)

拿《恶之花》里的片断来相比:

> 看睡在涵洞下垂死的太阳,
>
> 我的爱,再听温柔的夜在走路,
>
> 就好像一条长殓布曳向东方。

(《入定》,戴望舒译文)

我们就可以看出:同样是写残局,写死亡的临近,一个是宣告式的,用的是传统词藻,只写出了浮面的情绪;另一个则用"把长殓布曳向东方"那样使人吃惊的形象来传达深刻的感受。

唯美主义没有能够成为十九世纪末期的英国诗的出路。它本身不久也销声匿迹了。

＊　　　＊　　　＊

所谓普及型诗歌,本是各个时期都有的。九十年代的特点在于:1.吉卜林的诗作盛销空前;2.出现了新品种。

路特雅·吉卜林(1865—1936)是小说家又兼诗人,在两方面都有成就。他的盛销诗集首推《兵营谣曲》(1892)。他擅长于写在印度的英军普通士兵的感受,用伦敦下层市民的土腔俗语和杂耍剧场的通俗歌曲乐调来造成一种特殊效果,内容上则夸耀英帝国的军威,"白种人的责任",英国人的坚毅和幽默,而对"处于法律以外的次要种族"则揶揄,嘲笑,有时也觉得有趣,但只是用一个主人和保护者的眼光来看他们,而更多的时候是觉得他们怪诞,不可解,因此他以为:

> 东方是东方,西方是西方,
>
> 两者永远不会碰上

对于英国读者,则他笔下的东方情调有着异常的诱惑力:

> 在古老的毛淡棉宝塔下,朝东看着大海,
>
> 有一个缅甸姑娘坐着,想着我,
>
> 棕榈树上吹着风,庙宇里钟声齐鸣:
>
> "回来,英国兵,回到曼德勒!"

特别是当他把伦敦作为对照:

> 但这些都已丢在身后——好久以前,辽远地方,
>
> 从银行开出的公共汽车不开往曼德勒;
>
> 我现在伦敦琢磨着十年老兵的吩咐:
>
> "你如听见过东方的召唤,你别的再不需要。"

对，你别的再不需要，

除了那咖喱气味，

那阳光，棕榈树，庙里的铃声丁当，

在通向曼德勒的大路上。……

我讨厌在这些石头路上磨坏我的皮鞋，

该死的英国细雨唤醒了我身子骨里的热病，

就算有五十个小女仆跟我从契西走到河街，

把爱字说个不停，她们又懂什么？

愚蠢的脸，邋遢的手，还有——

天哪！她们懂什么？

我有一个更干净、更甜蜜的姑娘，

在一个更清更绿的地方，

在通向曼德勒的大路上。……

（《曼德勒》）

这里叠句"在通向曼德勒的大路上"的运用，更使得这首诗可诵可吟。然而吉卜林的普及不只因为他有卓越的技巧，更根本的原因还在他抓住了一个重要的历史时刻，在英帝国达到极盛但已露出败象的转折关点以伦敦小市民的代言者自居，用他们喜欢的通俗方式写出了他们的感受。

从英国诗的发展来说，则吉卜林的胜利是对于前拉斐尔派和唯美主义者的一种惩罚。一批诗人越来越走向幽深、孤独、自我欣赏的境地，必然会有另一批诗人出来用易于为大众所接受的声音将诗魂唤回。至于这些人当中包括像吉卜林这样的帝国主义者，则是英国的具体环境使然。

*　　*　　*

比吉卜林所作更通俗的还有一种特殊诗歌,即轻歌剧里的台词。从七十年代起吉尔勃特和沙利文合作的一系列轻歌剧——《军舰辟纳福号》(1878)、《忍耐》(1881)、《天皇》(1885)等——在伦敦演出取得巨大成功。W. S. 吉尔勃特(1836—1911)是它们的剧本作者,他的台词,配上苏利文的城市节奏的音乐,打动了一般市民听众。他善于用挖苦的笔调写贵族、律师、政客、将军们的丑态,也涉及文艺界某些装腔作势的人物。在《忍耐》里,有一段歌曲题为《如果你亟求用一种高度美学化的方式出风头》,其中一段如下:

> 让俗气的人们去拥挤吧,你倒能成为高雅的美学使徒,
>
> 　只要把一束罂粟或百合拿在你中古式的嫩手里,
>
> 　　迈着花步沿劈卡迪里大街走来,
>
> 　　大伙儿准会说:
>
> 　"如果他只需要我绝对不需要的那种吃素的爱情,
>
> 　他可真是一个纯而又纯的纯洁青年!"

这里指的是王尔德,但不止他一人,"高雅的美学使徒"指整个唯美派,而"罂粟或百合"和"中古式的嫩手"则又进而指前拉斐尔派诸人。这是伦敦小市民对于所谓"高雅"艺术的又一反击。从诗歌本身讲,则是把高雅诗与普及诗之间两极化的趋势更加扩大了。

属于普及但又别创一格的则是"荒谬诗"或"无意识诗"(nonsense verse)。

所谓"无意识"是指诗中讲的事情虽然样样清楚,合起来却看不出什么意思。可举一例如下:

有个老头他心想

大门已经半掩关，

老鼠把他衣帽咬，

好好先生正打鼾。

此诗作者是爱德华·李亚（1812—1888），他自题此作为《打油诗》（limerick），而名其诗集为《无意识书》（1846）。打油诗是各个时代都有的，但在维多利亚时代却上升为一种特殊艺术。1841年创刊的《笨拙》杂志每期都有这类作品，可见自有一批读者爱它。打油诗大多按律押韵，大量运用双关语，并在双声叠韵上下功夫。

　　另有一位是我们的熟人，即写儿童读物的路易士·凯洛尔他也写此类诗，插入所作《阿丽丝漫游奇境记》（1865）和《镜子奇观》（1871）。插诗最有名的是《阿丽丝》一书中的Jabberwocky，其首节的原文是：

'Twas brillig, and the slithy toves

　　Did gyre and gimble in the wabe;

All mimsy were the borogroves,

　　And the mome raths outgrabe.

关于这节诗的意义，小姑娘同矮胖子（Humpty-Dumpty）有一段有趣的对话：

　　矮胖子听了第一节，打断她说："够了。诗里有好些难字。Brillig指的是下午四点——你开始为晚饭broiling① 东西的

────────────

①　烤。

时候。"

"很好,"阿丽丝说,"那么 Slithy 呢?"

"Slithy 的意思是 lithe and slimy①。Lithe 就是 active②,你知道一个字像一个大箱子,装得下两个意思。"

"我懂了,"阿丽丝想着什么似的说。"那么 toves 是什么?"

"Toves 是像獾一类的东西……"

就这样一问一答,矮胖子把所有的难词都解释了。

不知道《阿丽丝》是否乔伊斯的爱读书籍之一? 他后来写的《芬厄根守灵夜》是可以从矮胖子的阐释里得到若干启发的。

小　结

浪漫主义大潮退落之后,十九世纪英国诗坛的情况大致如上。

这是英国诗歌比较困难的一段时期。一方面,前人的伟大业绩一时承接不上,要等到世纪中叶才由丁尼生和勃朗宁打开局面。另一方面,英国现实的急剧发展又需要新的诗歌。众多诗人作了努力,在表现社会动荡和信仰危机方面也做出了成绩,勃朗宁还在技巧上做了创新,但是总起来说,没有全面性的突破。前拉斐尔派只是一种回退,莫里斯虽能超脱他们,却未能带动别人,反而让唯美主义在九十年代占了上风。邻近品种小说的更大发展使得诗歌

---

① 柔软的和黏滑的。
② 活跃。

相形见绌了。

　　然而新的因素也在成长。从勃朗宁夫人起，就不断有人试验新题材，新写法。即使在九十年代，唯美主义也带来了法国象征派的初步影响，普及性品种的发展也给诗歌一种活力，就连"无意识诗"也包含着后人要加以发展的某些因素。

　　在大西洋彼岸，惠特曼已经对英语诗进行了从内容到节奏都是全新的大试验大改革，而在英国本土，叶芝和哈代刚露头角，这些人连同大批后来者将合力把诗歌推上一个新的活跃阶段。

第十五章　二十世纪文学：
总图景；新戏剧

一个总图景

站在九十年代之初来回看本世纪的英国文学，我们看到一个什么样的图景？

首先触入我们眼帘的是：传统多处被突破了，出现了巨大的创新。

当然，这首先是由于英国的现实起了重大的变化。两次世界大战，一次经济大萧条，福利国家建立，帝国解体，撒切尔主义抬头，而在此一切之上还有科技的飞速进展。这些都影响了人的思想感情，特别是敏感的作家。读者群也起了变化。过去是向图书馆借书看，现在则买廉价平装本，看了就扔。过去他们多数是维持风化的卫道者，现在他们把性和暴力视为当然。

于是在文学上，也是新事物层出不穷。

第一，有新戏剧运动。十九、二十世纪之交，在伦敦和都柏林，几个爱尔兰人把一些不甚讲究情节而发挥辩才或诗情的奇特剧本搬上了舞台。等到世纪后半，则出现了一批愤怒的年轻人在演出人生的"荒诞"。

第二,人们眼见现代主义在诗歌、文论和小说上的兴起和没落。这一过程持续相当久,起于十九世纪末欧洲大陆,当时文学连同姊妹艺术一起向传统进攻,但到了二战之后,现代主义没落了,变成了后现代主义,或另一种形式的现实主义。

第三,新的文学形式随电子革命而出现,风靡一时:电影、广播、电视都创造了大众喜爱的文学新形式。

第四,英语文学在世界上已有多个中心,英国文学只是其中之一。

现在,我们根据这个次序,分而叙之。

新戏剧:萧伯纳

在英格兰,新戏剧是萧伯纳(1856—1950)创始的,而萧受到易卜生的启发。

萧的剧本有两个特点:1.在内容上讨论社会问题和时事;2.在技巧上不重情节,而以辩论为主。

这样一说,人们会以为萧的戏剧是枯燥无味的。实际情况恰恰相反。他的题材是有重大社会意义的,写法常能令我们动情,而在舞台上展开辩论又恰好使他能够充分施展他的辩才和运用语言的能力。

所谓辩论,是指这样的对白:

> 华伦夫人:……凭什么我不该这样做? 我们在布鲁塞尔搞的买卖是个真正高级的;女人在那儿过日子比在

安·简恩中毒的工厂里福气得多。我们养的女孩子没有一个受过我在饭馆里、或是滑铁卢酒吧间、或是自己家里受的那份儿罪。难道你愿意我在那些地方待下去,不到四十岁就变成一个苦老婆子吗?

薇薇:不愿意。可是你为什么单挑那个行当呢?只要会攒钱,会经营,什么行当都干得成。

华伦夫人:不错,只要能攒钱。可是请问,一个女人干别的行当,攒得起什么钱?一星期挣四先令,还要自己做衣服,请问能不能攒钱?干脆办不到。不用说,要是你脸子不好看,只能攒那么点儿钱,再不就是你会音乐,会唱戏,会给报纸写文章,那情形当然不同了。可是利慈和我在这些事儿上头都不行,我们的本钱只是一张好脸子和一副奉承男人的本事。人家拿我们的脸子做本钱,雇我们当女店员、女茶房、女招待,你说我们难道是傻子,为什么要死守着吃不饱肚子的那几个死工钱,自己不去发这笔财。这道理说不通。

(《华伦夫人的职业》,1894)

以上是母女两人在"吵架",女儿怪母亲不该开妓院,母亲却振振有词地说这是女人的一条生路。这里有人生观同人生观的冲突,通过紧凑、精辟的对谈表达出来。

这是萧写的最早剧本之一,但已表现出他后来作品的许多特点。萧几乎没有经过一个学徒时期;在写剧之初,他已成竹在胸,要拿一种易卜生型的现实主义戏剧去震撼伦敦舞台,造成声势,使当时盛行商业剧院的时装剧、美人戏、法国式的"妥帖剧"让出位置来,由他去宣传社会主义。

这是一个野心勃勃的计划,而且人们有理由怀疑:观众是否会支持他? 那时的观众,一如今天的观众,到戏院来主要是寻找娱乐的。

然而经过他的奋斗,他的这类新戏剧却在众人围攻之下,立定了脚跟。

这里有什么原因?

文学史家可以说的首先一点是:气运使然。欧洲的旧戏剧已不能胜任表达新的欧洲现实,艺术上也陈旧了,所以随着欧洲民主和社会主义运动的兴起,一种现实主义的新戏剧的出现是势所必然的。易卜生是应运而生。萧是这股潮流在英国的先锋。他背后有整个欧洲的现实主义在支持他。

其次,由于萧充分地发挥了个人才能。我们已提到他的辩才。但关键的一点是,他能使他的辩才符合戏剧的需要。我们看他这样解释他的"新技巧":

> 这个新技巧只在现代舞台上才是新的。自从创造了语言之后,它就一直为教士和演讲者所利用。它是一种打动人的良心的技巧,剧作家只要有能力用它,没有不用它的。修辞术、嘲讽、议论、颠倒矛盾之言、警句、含有深意的比喻,以及将杂乱无章的事实归纳为有秩序的与可理解的场面等等的技巧——这些是戏剧里最老也是最新的本领;而你们的情节结构和给观众以心理准备的艺术,却只是舞台上耍小聪明的手法和因为道德上空洞贫乏而采取的权宜之计,不是戏剧天才

的武器。

(《易卜生主义精华》,1891)

这个技巧的核心在于发挥戏剧语言的潜力,而这样做只是把一个戏剧原有的功能恢复起来。同"耍小聪明的手法"——亦即别的剧作家在安排情节和机关布景的手法比起来,这就是高尚、文明的艺术了。

除了语言,萧还运用了音乐因素。他精通音乐,最初是以写音乐评论出名的。他的剧本常有一种歌剧式的结构,他把演员的长篇台词当作咏叹调来处理,对于音韵和节奏的注意又使他的对话容易上口,博得许多演员乐于演他的戏。

事实上,萧是一个奇异的混合体。一方面,他是爱尔兰来的社会活动家,服膺马克思——他曾说马克思使他"变成一个有作为的人"①——有着无数次街头激辩和会议讨论中锻炼出来的口才;另一方面,他爱好音乐、绘画,有很深的艺术修养;他写得一手好文章,是二十世纪一大散文家;在这一切后面,他又有绝好的想象力,而头脑则一直保持锐利、活跃。

这样,他写起剧来,既有新鲜的社会思想,又有卓越的艺术:前者使作品不至轻飘飘,后者又确保它们能打动人。

他的成功还在于:他一生写了五十多个剧本,却很少重复自己,总能写一个带进一点新的东西。在题材上是这样,在技巧上也这样。单以初期的剧本而论,《华伦夫人的职业》、《康蒂妲》(1894)、《凯撒与克莉奥佩屈拉》(1898)、《人与超人》(1903)、《巴

---

① A. 亨特生:《萧伯纳:花花公子与先知》,伦敦,1932,第155页。

巴拉少校》(1905)就各有不同,各都精妙,而到1913年,他又预感战争即将来临,写了一出契诃夫型的《伤心之家》;一战之后,他写了一个讨论长生问题的剧本群,定名为《回到麦修色拉》(1921),进而写《圣女贞德》(1923)和《苹果车》(1929),后来又出现了《搁浅》(1933)、《日内瓦》(1938)等一系列时事剧。这里有不断的"发明创造",一连串新鲜的智慧火花。

他还有一种持久力。他的某些题材当然是有时间性的,但也不多;华伦夫人的职业仍有别人在操,所持理由也同她当年差不多;他的"创造进化论"也许荒谬,但我们今天也未完全弄清生物演化的真相;他的历史观——如说贞德在骨子里有新教主义——也许不被教会接受,但可存为一家之言。关键还不在这些观念本身,而在他不论写任何观念,总能把它们写得戏剧化,使观众觉得这当中有道理,激发起他们的兴趣。正因如此,他的许多剧本长远保持了它们的吸引力,能够一再重演,《皮格马利翁》一剧除了演成电影,还以轻歌剧《窈窕淑女》的形式风靡在他身后。

就是谈到今后,有两点似乎也是可以肯定的。

一点仍是他的语言。剧作家都会运用语言,但谁能用得比萧更妙?萧似乎从运用英语中取得他最大的安慰,语言也给了他自己和他的观众和读者以最大的喜悦。在他的笔下,语言永远是活泼的,没有一句话叫人感到沉闷。观众不是要娱乐么?他使语言变成了他们的最高文明享受。

另一点是他的喜剧艺术。他是在英国戏剧不振的时候出而问鼎于舞台的。他同王尔德一起,把英国舞台上已经绝迹多年的喜剧艺术恢复了。但他还越过王尔德而上溯英国的风尚喜剧,上溯法国的莫里哀,一直上溯到古希腊的阿里斯多芬。这位作家似乎是最鄙弃传统的,但在他身上却存在着这样一条悠久的欧洲喜剧传统。

都柏林的神奇岁月

与萧在伦敦的戏剧活动大体同时,另有几个爱尔兰人在都柏林掀起了一场戏剧运动,这运动的目的在复兴爱尔兰文艺,是爱尔兰民族独立运动的一个构成部分。它的活动中心在都柏林的阿贝剧院。

这一运动的中心人物是叶芝、格利高里夫人、辛厄等。

叶芝是诗人,在参加了"韵客社"的活动之后,从伦敦回到了爱尔兰。同萧一样,他也对英国戏剧的当时情况不满;与萧不同,他致力于建立一种与爱尔兰的神话、历史、民俗相结合的诗剧。他自己也写剧本,例如《凯瑟琳伯爵夫人》(1892)和《胡里痕的凯瑟琳》(1902)。两者都是诗剧,都与爱尔兰民间传说中的凯瑟琳夫人有关,前者写她为了拯救饥馑中的老百姓而把灵魂卖给了魔鬼派来的两个商人,后者写她说动了一个正预备结婚的小伙子,使他不顾父母和未婚妻而参加了抗英武装斗争。

与一般人的印象不同,叶芝写的剧本数量相当大,在题材与处理上也多变化,例如后期他模仿日本能乐而写了《为舞者写的四剧》(1921),另有一个与爱尔兰十八世纪大作家斯威夫特有关的独幕剧《写在玻璃窗上的词句》(1934),也写得很出色。

格利高里夫人主要是这个戏剧运动的发起人和支持者,但也写剧。除了曾与叶芝合作过,还与海德协力写了独幕剧《月亮上升》(1906),剧情是一个受雇于英国当局的警察放走了一个爱尔兰爱国志士。这是一出有鲜明的民族主义色彩的好戏,在我国也在抗日战争时期多次上演。

叶芝的领导使这个新戏剧从头就带上了诗的色彩。这也因为爱尔兰是一个诗的国家。它的历史、传说、民俗、山水人物使得爱尔兰人富于想象,喜爱诗歌。另一方面,都柏林的天才们不走萧伯纳所走的欧洲现实主义戏剧之路,而另从爱尔兰生活里寻找题材和写法,创造出另外一种戏剧,也使现代戏剧不至偏于一面,取得了必要的平衡。

然而爱尔兰新戏剧又是充分现实的。结合爱尔兰民族解放运动就是结合了最大的现实。叶芝、格利高里夫人都处理过现实题材。等到辛厄继起,后来又出现奥凯西,现实主义更在他们的剧作里大放光彩了——只不过,像人们将要惊奇地发现的,诗的成分没有减弱,而是更加浓厚了。

约翰·辛厄(1871—1909)的最出色的剧本是《西方世界的花花公子》(1907)。这个题名包含了讽刺,因为剧的主角并不是现代西方城市里的花花公子,而是一个乡下小伙子。他原来很怕父亲,但在一次下地劳动中,由于父亲要他同一个丑寡妇结婚,激怒了他,用锄头随手打了父亲一下,以为把他打死了,于是逃亡他乡,进了一个小酒店,谈起这段经过,那个地方的人——特别是一些姑娘——把他当作英雄看待。不料他父亲也跟着来了,原来老人只受了一点皮肉之伤,并未死去。这当然使得小伙子失去了英雄的光彩,但是他也不再是原来那个胆小怕事的儿子了,第二次又同父亲争执而动手,几乎真要把他打死。

这一性格的改变是本剧写得最成功的地方。精神上的成长,

男子气的增长,对爱情的体会,这一切都使小伙子觉醒,以至最后他能对那酒店里的人说:

> 我给全体在这儿的人一万个祝福,因为你们使我终于变成了一个像点样子的家伙。我将蹦蹦跳跳地逍遥一生,从此刻起,一直到最后审判的一天。

而酒店老板的女儿,爱他胜过那胆小怕事的当地未婚夫的姑娘,也情不自禁地应和着说:

> 呵,我伤心!我确实失去了他,失去了西方世界唯一的花花公子。

这样一个卓越的、充满想象力的剧本却在首次在阿贝戏院上演时受到观众愤怒的指责。台上所表演的爱尔兰人性格太真实了,使他们难以接受。最令他们不满的是两点:1. 爱尔兰乡下人居然会同情逃犯(其实这同情包含了对英国当局的法律的不满);2. 爱尔兰姑娘们竟然不顾廉耻,同逃犯调情。剧里有一处逃犯居然扬言:"从此地直到东方世界,所有的女人都只穿贴身睡衣站在我面前。"这"睡衣"(shifts)一词是从未上过爱尔兰舞台的。

辛厄用这个词是故意的,他要来自民间的新鲜词。在本剧的序言里,辛厄曾说他不满意易卜生和左拉那类"无生趣的苍白的"语言。有一次他在爱尔兰乡下,从地板缝里听楼下厨房里女仆们的谈话,得到了一种新的戏剧语言的启示。他以为这一发现极为重要,因为:

> 在那些人民的想象力和所用的语言都丰富而活跃的国家,作家们有可能在语言上做到丰富和充沛,同时能用一种全

面而自然的方式写出真实,而真实是一切诗的根本。

*   *   *

旭恩·奥凯西(1880—1964)也在语言上作出了独特贡献:辛厄采撷了乡间语言,他发掘了城市语言。他也是一鸣惊人,一个工人作家一上来就以《枪手的影子》(1923)、《朱诺与孔雀》(1924)、《犁与星》(1926)三个剧本震动了都柏林。他写反英斗争,也写自由邦内战,都通过都柏林贫民区市民的眼睛来看,说话的口气常带讽刺,因此也曾在上演时受过观众责难。他歌颂普通人民,特别是穷苦人家的母亲们。他混合悲剧和喜剧,对话别创一格:叶芝无其土俗,辛厄缺其辛辣,阿贝戏院又响起了一种生气勃勃的戏剧语言。

后来奥凯西因被叶芝拒演他的剧本《银杯》(1928)而离开了阿贝戏院和都柏林,移居英格兰。但他继续写剧:三十年代写了《门内》,四十年代(即法西斯势力猖獗的年代)写了《红星上升》、《给我红玫瑰》、《紫尘》、《金鸡高鸣》;到五十年代还写了《主教的焰火》。

这些剧展示两点:1. 在题材上不断刷新,如《银杯》表现一战,《红星上升》写工人反法西斯斗争,连列宁像、国际歌、铁锤和镰刀的红旗都上了舞台;2. 在技巧上也大力创新,如《银杯》用了表现主义手法,《给我红玫瑰》则是用散文写的诗剧。这些剧往往是在困难条件下上演的,有的还面对强大的反对甚至禁演的威胁,因此演出往往不能曲尽其妙,造成一种印象,使不少人以为奥凯西在后期衰落了。其实他只是不愿重复自己,在不断试验,不同阶段里有不同收获。近年来他的这些后期剧本在阿贝戏院等处得到系统地重演的机会,人们对于奥凯西的艺术也就看得更加全面了。

在后期他的语言依然锐利,依然带着都柏林贫民区方言的生动和辛辣,而在《给我红玫瑰》等剧里,面对着围绕两个世界的阴郁空气,他还有意识地加重了色彩和形象性。一个青年工人这样地对他的母亲说:

> ……天黑的时候,是您的手为我带来了太阳;当您宁愿带着我挨饿,不把我放在孤儿院里去过走向死亡的温饱日子,您给了我生命,让生命作了我的玩具,就像有钱人的孩子得到一个描花的彩球一样。

这一种工人阶级的母子之情在他的剧作里是处处可见的,也充塞了他的六大卷卓越的自传。

*　　*　　*

通过上述四位爱尔兰作家的表现,我们看见几点:

1. 他们都不满英国当时商业剧院里上演的剧本,在同一时期立志要创建一种新戏剧,萧为了推进社会改革,叶芝等为了爱尔兰的民族复兴。

2. 他们采取了不同途径:萧伯纳走北欧现实主义道路,恢复了辩论的戏剧作用;叶芝、辛厄则走诗剧道路,结合爱尔兰的民俗和历史,把乡土气搬到了舞台上。

3. 他们都着重想象力,都不安现状,不断创新。

4. 他们都在戏剧语言上作出了卓越贡献。萧的爽脆、机智的对白一时无两,而叶芝、辛厄、奥凯西则从爱尔兰的乡村和城市人民中间寻到了一种通俗、生气勃勃、充满想象力的语言。又是辛厄对此作了最好的说明:

舞台上必须有现实,必须有欢乐。这就是为什么现代知识分子气的戏剧失败了,而音乐喜剧所提供的虚假欢乐又只使人作呕,它不可能代替卓越和豪放的现实所能给的丰富的欢乐。在一个好的剧本里每一段台词都应有充分味道,像花生,像苹果,而这种台词不是那些工作在嘴上绝不出诗的人们之间的人所能写出。在爱尔兰,还可继续几年,我们有一种群众性的想象力腾跃如火,壮丽而又温柔,因此我们想写东西的人在这里得到一种别处作家所无的机会——在那些地方生活的春天已被忘却,收获只剩记忆,连稻草都已制成砖了。

(《西方世界的花花公子》序,1907 年 1 月)

中间的三十年

从这批爱尔兰剧作家的神奇日子到英国戏剧的第二次大变化,要经过三十年的较平静的岁月。

说"平静"是相对而言,因为从另一角度讲,这段日子里的戏剧是繁荣的。

论剧作家,毛姆、高尔斯华绥、考华德、雷蒂根等都曾在舞台上红过;萧伯纳的衣钵没有传给任何具体的人,但问题剧的种子在不同地方开了花:从苏格兰,勃莱地送来了《睡着的牧师》等剧,在英格兰则有普里斯特莱在《时间与康威一家》等剧里探讨着时间的性质。

这个阶段还有人在写诗剧,T. S. 艾略特是主要作者,此外还有克利斯多弗·弗莱等人。他们的作品也曾在舞台上取得过成功,但到头来诗剧并未能够复兴。

英国戏剧的另一面是,多年来伦敦的演技为世界所瞩目,演员中人才辈出,劳仑斯·奥利维埃和约翰·吉尔古德是并峙的双雄。正因演技好,上演莎士比亚、琼森和其他古典剧作家的剧本也取得新的成功。

但是尽管有以上种种,戏剧创作并无大的突破。

等到五十年代,事情起了变化。就大的环境而言,福利国家已经由于 1945 年工党执政而来临,激起了希望、反对和幻灭感。1956 年的苏伊士运河危机之后,英帝国加速解体,然而在国内保守党人仍能长期执政,等到撒切尔夫人上台而更巩固。靠了福利国家的资助,下层人家的子弟得到了上大学的机会,在社会阶梯上升了,然而心情仍然抑郁。现实在变,而文艺上特别是舞台上还缺乏有力的反映。

另一方面,表达的工具和机会却比以前任何时期都多。廉价平装书的大量印行是其一;电影特别是电视的普及是其二。从欧洲大陆,从日本,新的剧本、特别是新潮影片的大量输入又使青年作家看到可以有多少新鲜方式来发掘当代主题。英国戏剧相形见绌了,以至一个年轻的剧评家直截了当地说:

> 简单的事实就是:除了重演和进口的剧本之外,伦敦戏剧界没有任何东西值得我们同一个明智的人谈上五分钟的。自从十九世纪九十年代的伟大的易卜生挑战之后,英国知识分子是在逐渐地离开戏剧。[1]

---

[1] 肯尼斯·泰能:《英国舞台一览:1944—1964》,伦敦,1975,第 147 页。

戏剧的重兴

当然,他们又终于回到戏剧。1955 年,一些人组织了一个新的戏班子,即"英国舞台班",并且在伦敦斯罗恩广场找到了一座旧房子作为他们的专用戏院,称之为"王家朝廷戏院"。这名字相当老气,但班子却充满朝气,在有远见的导演乔治·德怀恩的指引下,立志创新,首先着力于让不知名的年轻作家写的剧本得到上演的机会。他们收到的稿本之一就是《愤怒的回顾》。它在 1956 年 5 月上演,立刻一炮打响,取得成功。

剧的作者约翰·奥斯本(1929—)①是一个失业的年轻演员。他在剧里写了一个工人家庭出身的年轻人杰米·包特,娶了一个有钱小姐做老婆,住在一处顶楼上,整天无所事事,只是不断地发牢骚,找别人麻烦,能多讨厌就多讨厌。他之所以如此,是因为心中有气。剧中有这样一段台词:

杰米:……你看过有人死去么?

海仑娜:没有。

杰米:谁要是没看见人死去,那他就像一个处女那样不懂
人事。

(他刚才的好脾气消失了,他在回想。)

一年之久,我看着我父亲死去——那时我才十岁。

---

① 约翰·奥斯本于 1994 年去世。——编者注

他刚从西班牙战场回来，你知道。那里一些敬上帝的绅士们把他身上搞得稀烂，他活不长了，谁都知道，甚至我。

（他向右边走动。）

可是，你瞧，只有我一个人在乎这件事。（脸朝窗外。）他的一家人对这整个事感到很窘。又窘又气。（向外面看着。）至于我母亲，她只想到一点，那就是她为什么要同一个似乎在一切事情上都站在错的一边的人结上了缘。我母亲倒是支持少数民族的，只要是外表神气的时髦的那些。（他又走回台中。）我们都等着他死。老家按月寄钱来，只盼他安安静静过下去，不闹什么见不得人的麻烦。我母亲看顾他，不出怨言，但也仅此而已。也许她可怜他，这个她倒是能做到的。（声音中带有控诉，）可只有我一个人在乎！（他又移左，到椅子后面。）

每次我坐在他的床边，听他说话或读书，我都忍不住眼泪。这样过了一年，我也变成一个老兵了。

（他靠着椅背，身子前倾。）

那样一个发着高烧的失败者只能得到一个骇坏了的小孩子听他说话。我在那小小的睡房里消磨了不知多少时间。他半天半天地同我谈，把他生命里还剩下的一点东西倾倒出来，谈给一个孤单的、感到迷惑的小小孩子，孩子听不懂他大半的话，只感到一种绝望，一种怨愤，闻到了一个将死的人的叫人作呕的甜甜的气味。

（他围着椅子走动。）

你瞧,我年龄小小就知道了什么是愤怒——愤怒而又无能为力。而且,永远忘不了。（坐在椅上,）我懂得爱……背弃……死亡,十岁就懂得比你一生还多。

（第2幕第1场）

这不是剧中提到的唯一一次死亡。后来还有一次:杰米好友的母亲——一位工人家庭慈爱的老太太——也突然死去了,而杰米的老婆连一个花圈都不给她送去!

所以杰米的心里深刻地藏着"敌我"两种人的观念,他老婆虽然嫁了他,毕竟还是一个敌人。

这敌我之分还由于杰米同他岳父的对照而突出。岳父原是驻印英军中的一位上校,有他那类人的行为准则,不赞成女儿的婚事。然而他回到英国之后,也不能适应五十年代的那种社会。他的女儿看出了他与杰米在这一点上是相同的,曾对上校说:

您不高兴,因为什么都变了;杰米不高兴,因为什么都一样。你们两个都不知道怎样面对这个局面。

（第2幕第2场）

杰米愤怒,就是因为什么都同过去一样。奥斯本的剧本有不少毛病,结局不仅无力,而且可笑（两夫妇重归于好,玩着毛熊）,但由于他宣泄了福利社会里许多青年知识分子共同的苦闷心情,写得相当深刻,他也就能同写类似人物的青年小说家如艾米斯、勃莱因等一起,掀起了一个"愤怒的年轻人"的文艺浪潮。

在戏剧上,他是这样做的第一人。但戏剧内部,还有别的鼓励变动的因素。专门演出实验性新剧的戏院,除了"王家宫廷",还有

413

伦敦东区的琼·立特尔武德的"戏剧车间",爱尔兰人勃兰登·比汉的《怪人》(1956)和雪拉·地莲尼的《尝一下蜜》(1958)就是在那里首次演出的。后来建立了国家剧院,重组了王家莎士比亚剧团,他们也在演员奥立维埃和导演比特·勃鲁克、比特·霍尔等人的主持下进行实验和创新。

这又正是"荒诞剧"在法国盛行的时候。贝克特、尤洪纳斯库、阿丹莫夫等人的作品也对英国戏剧投下了强烈影响,特别是贝克特。

散缪尔·贝克特(1906—　)[①]原本是用英文写作的爱尔兰人,后来虽住在巴黎用法文写剧,同英国文坛的关系仍然密切。他的名剧《等戈多》就是由他自己译成英文,于1955年上演于剑桥的。

《等戈多》是西欧戏剧史上一个里程碑。它几乎没有情节,光秃秃的舞台上只有一个土堆一株树,两个流浪汉在东扯西拉,都在等一个叫作戈多的人到来,而戈多终未出现。它写的是存在主义者眼中的人生处境:愚蠢,充满幻觉,无力做任何事——一句话,荒诞。值得注意的是语言的运用。话少到不能再少,有时又重复得叫人生厌,话与话间并无多少联系,而且经常是矛盾的,如两幕都是这样结束的:

> 甲:好,我们走吧。
>
> 乙:走吧。
>
> (他们谁都不动。)

说走而又不动——这就是人生的通常处境。

出人意料的是:这样一个剧本居然演出时叫座,取得了商业上

---

① 贝克特于1989年去世。——编者注

的成功。

这些都说明，到了五十年代下半，英国剧坛已经出现一个新的局面。

六十年代以后，这个局面继续了下来。

剧作家中成就较大的有下列几位：

安诺德·威斯克（1932— ）：写法上最接近传统的现实主义，代表作为《大麦鸡汤》（1958）、《根》（1959）和《我在谈耶路撒冷》（1960）所构成的三部曲，以工人家庭生活为主题，其中的母亲一角写得出色，她对共产主义的坚信和乐观精神给人深刻印象。威斯克后来又写了《厨房》（1961）、《土豆片杂烩》（1962）、《四季》（1965）、《我们自己的金城》（1966）、《老人们》（1972）、《商人》（1978，根据莎士比亚的《威尼斯商人》改编）等。他那一类戏剧由于常用厨房作为背景被称为"厨房洗碗池"戏，他不以为忤，因为他认为：

> 对于莎士比亚，世界是舞台；对于我，世界是厨房。人们在厨房进进出出，不能久留，因此无法真正互相了解，友情、爱情、仇恨等等一发生就忘掉。
>
> （《厨房》剧本前言）

他的人物来自下层，说伦敦方言（以及有口音的外国英语），但大都生气勃勃，充满生的欲望。

爱德华·朋德（1934— ）：左派剧作家，受勃莱希特影响，作品有《得救了》（1966）、《李尔》（1972）、《女人》（1979）、《恢复》（1981）等，特点是渲染暴力，《得救了》中有一婴孩被一群青少年用石头砸死，《李尔》（根据莎士比亚同名剧改作）中有酷刑。他自已对此是有解释的：

> 很清楚，在伦敦公园里把一个婴孩砸死是一个典型英国式的克制陈述。比起对德国城市的"战略"轰炸来，这是不值一提的暴行，比起对我们大多数儿童所受的文化上和情感上的剥夺来，它的后果是微不足道的。
>
> （《得救了》剧本前言）

至于暴力本身，他以为这是在"不公正的情况下"必然发生的，是资本主义制度下的一种"贱价的商品"。[①]

哈罗德·品特（1930—   ）[②]："荒诞剧"在英国的最出色的写作者，其成名作为《生日晚会》（1958）、《看房人》（1960），后来又写了《归家》（1965）、《昔日》（1971）、《背弃》（1978）等剧，表现了人的孤独，人与人之间的隔膜，世界上无处无时不存在的威胁。剧中人物往往来自下层，动作集中于一个狭小的空间，使人感到如被禁闭。对话简洁，常有停顿与静默，表示交流的困难，以及交流变成了掩盖真相。他自己对语言的作用说过这样一番话：

> 我们听到的语言是我们所未听到的一种指引。一种必要的闪避，一种粗暴的、狡猾的、使人痛苦的或嘲弄人的烟幕，其作用在于使另外一边安于其位。真正的静默降临的时候，我们还能听到回声，但更接近赤裸状态。看待语言的一种方法就是把它当作经常用来遮盖赤裸状态的一种诡计。[③]

[①] 转引自《牛津英国文学之友》，第5版，1985，第116页。

[②] 哈罗德·品特于2008年去世。——编者注

[③] 转引自《诺顿英国文学选本》第5版（1986），Ⅱ，第2396—2397页。

那么品特的剧本也是一种诡计,不过用来剥去赤裸状态上的遮盖布而已。

品特除了写舞台剧,还常把小说改编为电影脚本,如福尔斯的小说《法国中尉的女人》就是他改编为电影的。

汤姆·斯托帕特(1937—):也是写人生的荒诞的,成名作《罗森克兰兹和纪尔顿斯丹死了》(1967)就戏演戏,把莎士比亚《哈姆雷特》中最不重要的两个配角推上了主角的地位,他们对于在丹麦朝廷里展开的悲剧也感到迷惑,无可奈何,尽量想办法磨日子,包括玩赌钱等游戏,最后还是莫名其妙地送了命。剧的主旨似乎是:人是演员,在一个不是他自己写的剧里充当脚色。"人生如舞台"本是一句老话,但在这里有了实际表现,像是脱离了象征,却落进一个更大的象征。作者运用语言也有特点,双关语之多不亚莎翁本人。斯托帕特的成就还在于他把"观念剧"同闹剧成功地结合起来,推进了喜剧艺术。

上述各人还在继续写剧,所以还有各种变化可能。除了他们,还有其他剧作家,如约翰·阿登、约翰·怀廷、乔·奥东、爱尔兰人勃莱恩·费里尔、尼日利亚英语作家伏尔·索因卡等等。除了正规剧院之外,还有所谓"边缘"(Fringe)或地下戏剧,甚至类似我国"乌兰牧骑"式的专在农村演出的游动剧团,如约翰·麦格拉斯领导的"7:84"剧团。

总之,二十世纪五十年代以后的英国戏剧有多方面的创新活动,打破了前几十年的相对沉闷的局面。若问它的主要特色何在,我们试作归纳如下:

1. 对于人的存在和前途,采取一种不带幻觉的现实看法,也就是总的说来是悲观的看法。

2. 暴力和暴力的威胁成为一大关注点。

3. 在题材上有一种利用已成的文本而加以大范围改动的现象（如斯托帕特、朋德、威斯克都利用莎士比亚剧本），这就是有些批评家称为"串文"（intertextuality）的现象，被认为"后现代主义"写作的特征之一。

4. 存在着一种打破剧种范围的趋势：舞台剧向广播剧靠拢，电影手法更广泛地应用，电视的影响超盖一切。

5. 语言的运用达到一种新的奥妙境界。过去台上雄辩滔滔，现在只有几句短促的问答或仪式似的应对。语言不只是用来表达什么，还用来刺探什么，回避什么，掩盖什么。停顿与沉默的运用变成了一种艺术。

第十六章　二十世纪诗歌

英国诗歌在二十世纪有了一个大变动，即紧接规模空前的一战之后，现代主义终于来临，活跃达三十年，卷进了两代诗人，即艾略特的一代与奥登的一代，但到世纪中叶已现衰势。

同时，各色各样的非现代主义派的诗人仍在写作，这当中各人情况不同，把他们一律划归传统派只是某些理论家为了叙述的方便而作的勉强分类，经不起事实的对质的。文学史固然要谈流派的起伏，但更重要的还是每个诗人的实际表现。

例如一位在十九世纪末写诗但到二十世纪始为人知的吉拉德·曼莱·霍普金斯（1844—1889），就不属于任何流派。他是一个耶稣会士，写诗着重内心所感（他称为"内景"），音韵上着重"跳跃韵律"，又喜创新词，很难说他是传统派，倒很有现代派前驱的味道。但不喜现代派的人也能欣赏他的《斑驳之美》那样的诗：

> 事物陆离斑驳，光荣归上帝——
>> 因为有炫彩天空像牛身的花斑；
>>> 因为有水中鳟鱼身上玫瑰红点；
> 有栗子落下如旺火；有雀儿的双翼，
>> 有分片成块土地——或起伏或轮种，或耕翻；
>>> 各行各业，用具，吊车，设备齐全。

一切相对,新奇,独特,怪异;

　变动的都带斑点(谁又知如何?)

　快必有慢;酸必有甜;暗必有明;

万物生于他,他的美常在不易:

　　　要赞他真灵。

(周珏良译文)

这个"他"是上帝。霍普金斯是把对美的感觉和对神的赞颂结合为一的。

又如哈代与叶芝,也是很难归类的,而两人都是本世纪的大诗人,需要分别在下面叙述。

哈　代

哈代在停写小说之后,重新拾起诗笔,前后所作数量极大,其中有许多至今传诵的好诗。

写夫妇之爱,很少有人能超出他。他的第一位妻子叫爱玛,是他青年所热恋,中间一度有隔膜,但等她1912年死后,他又思念不已,写了悼诗多首,总名为"旧焰余烬",其一为《呼唤声》:

我深深怀恋的女人,你那样地把我呼唤,

把我呼唤,说你如今已不像从前——

一度变了,不再是我心中的光灿

——却像开初,我们的生活美好时一般。

莫非那真是你的呼声？那就让我瞧瞧你，

　就像那时我走近小镇，你站在那里

　　等候我，是啊，就像那时我熟知的你，

　　　甚至连你那身别致的天蓝裙衣！

难道那不过是懒倦的微风

　飘过湿润的草地吹到了我身边，

　而你已化作无声无臭的阴影，

　无论远近，再也听不见？

　　　于是我，跟跄向前，

　　　四周树叶儿飘散，

　　北风稀稀透过棘丛间，

　　　犹闻那女人在呼唤。

（钱兆明译文）

这诗感情真挚，抚今追昔，低徊不已，而写法朴实，无一个艳词浮词，与一般浪漫派所作不同。浪漫派多是年轻人的诗，哈代此诗作于老年，因历经沧桑而所感更深。甚至"这女人""一度变了"也坦白说出，但如今则一切回到最初的热恋时刻，连她当年穿的"天蓝裙衣"也如在目前，于是她那一声声的"呼唤"也就更加夺人神魂了。

哈代的爱情诗还有一个特点，即把临时的与永久的结合在一起，如在《在勃特雷尔城堡》中：

　　当我弛近夹道与大路的交接处，

421

蒙蒙细雨渗透了马车车厢，
我回头看那渐渐隐去的小路，
　　在这会儿湿得闪闪发亮的坡上，
　　　　却清晰地看见

我自己和一个少女的身影
　　隐现在干燥的三月天的夜色间。
我们跟着马车在这山道上攀行。
　　见壮健的小马喘着气步履艰，
　　　　我们跳下车减轻它的负担。

我们一路说过的话，做过的事，
　　无关紧要，只是后来的情景却难忘却——
人生绝不让它轻易消失，
　　除非到了希望破灭，
　　　　感情枯竭。

那只延续了一刻。但在苍山的阅历中
　　此前此后，可曾有过
如此纯真的时刻？在一人的心中，
　　纵使千万双捷足攀过这个斜坡，
　　　　也未尝有过。

亘古的巉岩构成了山路的屏障，
　　它们在此目睹人间长河

古往今来无数瞬息时光；

　　但是它们用颜色与形态记下的

　　　　却是——我俩曾为过路客。

在我的心目中，刻板严峻的"时光"，

　　虽在冷漠的运行中勾销了那个形体，

一个幽灵却依然留在这斜坡上，

　　恰如那一个夜里，

　　　　看见我们在一起。

我凝眸见它在那里，渐渐消隐，

　　连忙回头透过细雨

瞧它最后一眼；因为我的生命快尽，

　　我不会再去

　　　　旧情之域。

（钱兆明译文）

这诗前两节回忆哈代与爱玛早年同游一个小渔港情景，第四节则提到"苍山的阅历"与早年那个"纯真的时刻"相对比，最后归结到老年，虽然"生命快尽"却仍要"瞧它最后一眼"。时间在这里是层积的，厚实的，然而却无法压倒那"纯真的时刻"的幸福和光彩，爱情的慰藉可能是偶尔感到的，但一感到却是不灭的，因此无须再去"旧情之域"，因为旧情已经永在了。这样的爱情诗早已脱离了亲亲我我式的浅薄无聊，它的深刻就在于把一个普通的人生处境同无限大的时间联系起来了。

哈代也像别的诗人一样常常想到死亡,《身后》一诗就是谈自己死后情况的,然而内容和写法又是如何不同一般:

当我不安度过一生后,"今世"把门一锁,

　　五月又像新丝织成的纤巧的翅膀,

摆动起欢快的绿叶,邻居们会不会说:

　　"他这个人素来留意这样的景象"?

若是在黄昏,如眼睑无声地一眨那样,

　　暮天的苍鹰掠过高地的阴影

落在叫风吹斜的荆棘上,注视者会想:

　　"这准保是他熟悉的情景。"

我若死于一个飞蛾连翩、温暖漆黑的夜里,

　　当刺猬偷偷摸摸地穿过草地时,

有人会说:"他为保护这些小生命出过力,

　　但没做成什么;如今他已去世。"

人们传开我终于安息的消息后,

　　若倚门仰望冬夜布满星斗的天际,

愿从此见不到我的人心中浮现这样的念头:

　　"他这个人可洞悉那里的奥秘。"

当丧钟开始为我哀鸣,一阵轻风吹过,

　　哀音随之一顿,旋即继续轰鸣,

仿佛新的钟声又起，可有人会说：

"他听不见了，过去对这却总留心"？

（钱兆明译文）

这首诗可以当作他给自己写的墓志铭来看，其中只有邻居们想起他时的几句闲谈，一点也没有把自己拔高，写得特别切实，幽默，表明自己本是平常人，只不过对春天、黄昏、小生命、钟声和"布满星斗的天际"有较多兴趣而已。

　　哈代写的是乡下人的感情，连用词都宁可古拙。他不走捷径，不追求耸动效果，像是永远植根于本乡本土。但他的时间感又使他能作历史的透视，能将眼前的乡土景物同外面世界所经历的沧桑变化对照起来，如在下面一诗里所表现的：

写在"万国破裂"时①

一

只有一个人跟在一匹

垂头踉跄的老马后

缓缓地、默默地在耙地，

他们在半眠中走。

二

只有几缕没有火光的烟

从一堆堆茅根袅起；

---

　　① 此首作于第一次世界大战初期，"万国破裂"的意象取自《圣经·旧约·耶利米书》第15章20节："你是我的战斧，我要用你把万国砸得粉碎。"

> 王朝一代代往下传,
>
> 　　这却延续不变易。
>
> 三
>
> 远处一个少女跟她侣伴
>
> 　　说着话悄悄走近;
>
> 未及他们的故事失传,
>
> 　　战史便在夜空消隐。

(钱兆明译文)

此诗用的形象全来自最古老的乡间生活:老马耕地,茅根起火,青年恋爱,它们是永在的,而王朝此起彼落,战争来了又去,却都是临时的。诗写于一战初期,哈代对于战争是有预感的,曾在1914年4月写一次大炮演习:

> 那夜你的大炮,出人不意,
>
> 震动了所有我们所躺的棺材,
>
> 打碎了沿海峡的玻璃窗,
>
> 我们以为最后审判的日子已来。
>
> ……
>
> 大炮扰乱了时辰,
>
> 轰鸣着复仇的决心,
>
> 声音远传司道顿塔和甘米洛,
>
> 和俯视祭天石柱的群星。

(《海峡炮轰》)

这最后二行就是把战争同英国的远古文化的毁灭联系了起来。现在战争终于来临,最后审判的日子已到,万国破裂了,哈代却说:人生永在,战争则必然"在夜空消隐"。这样大笔挥洒的沉郁之作,着墨不多而包蕴甚大,只有哈代才办得到。

这位乡下人又是一个真正的艺术家。他曾经受过的建筑师训练使他注意诗章形式上的完整。

他掌握的诗段形式也多,简练、古朴如:

> 冬日将至;
> 但它不能再带回
> 我的衷情之悲,
> 谁能死两次?

(《在阴郁中〈一〉,钱兆明译文》)

民谣式、戏剧性如:

> "你为何站在湿淋淋的稞麦里,
> 嘴唇苍白,失去感觉,水浸到膝,
> 而炉火就在附近?"我说。
> "我告他我愿意他死掉,"她说。

(《稞麦田里的女人》)

而同样都表达了强烈的爱和恨。

几百首这样的短诗,加上一部篇幅特长的史诗剧《群王》(1904—1908),使哈代成为诗中一大家。他的作品十分耐读,普通读者喜欢他。现代派人如艾略特则说他"有一种极端的感情主义,而我认为这是一种颓废的征象"。[1] 照例,艾略特对于不崇信正统基督教的作家是要攻击的,不过把"颓废"安在朴实、沉郁的哈代头

---

[1] 约翰·海华德编:《T.S.艾略特散文选》,企鹅社,1953,第196页。

上是太荒谬了。事实上，就在现代派内部，奥登是佩服哈代的，后来的重要诗人拉金更以哈代为师。近年来哈代的诗名大有盖过其小说家令誉之势。对于我们，两者同样可贵，两者结合于一身更是哈代的伟大所在。

叶　芝

叶芝是爱尔兰人，他同爱尔兰民族解放运动和文艺复兴运动的关系，特别是他创建爱尔兰新戏剧的功绩，我们已在另章谈过了。

叶芝的创作主体是诗，而以诗而论，他经历了几个变化阶段。

起初，他是一个象征派诗人，写得朦胧，甜美而略带忧郁，充满了美丽的词藻。他又是一个热情的人，曾经长期苦恋爱尔兰著名美人毛德·岗，1891年写过这样动人的情诗：

当 你 老 了

当你老了，头白了，睡思昏沉，

炉火旁打盹，请取下这部诗歌，

慢慢读，回想你过去眼神的柔和，

回想它们过去的浓重的阴影；

多少人爱你年青欢畅的时候，

爱慕你的美丽、假意或真心，

只有一个人爱你那朝圣者的灵魂，

> 爱你衰老了的脸上的痛苦的皱纹；
>
> 垂下头来，在红光闪耀的炉子旁，
>
> 凄然地轻轻诉说那爱情的消逝，
>
> 在头顶的山上它缓缓踱着步子，
>
> 在一群星星中间隐藏着脸庞。

（袁可嘉译文）

而他同毛德·岗之终未结合，是因为两人政见不合，他是温和派，而她是激烈派，主张积极开展反英武装斗争，而且认为民族解放事业比个人幸福更重要。叶芝诗中所说"朝圣者的灵魂"就是指她那一心向往爱尔兰的独立自由、勇往直前的气概。

但是这个阶段过去了，叶芝对于爱尔兰和毛德·岗都采取了更加现实的看法。总的一点是：爱尔兰的中产阶级唯利是图，辜负了这个时代，而毛德虽然"高贵，纯净，有如火焰"，也生错了时代，这个庸俗的现代世界不可能为她提供另一个史诗时代：

没有第二个特洛伊①

> 我有什么理由怪她使我痛苦，
>
> 说她近日里宁可把最暴烈的行动
>
> 教给那些无知的小人物，

---

① 古希腊时期，特洛伊王了帕里斯到希腊一城邦作客，受到款待，他却引诱王后海伦与之私奔，于是引起十年战争。海伦是有名的美人。诗中的"她"指叶芝追求多年而不得的毛德·岗，他把她看作第二个海伦。特洛伊最后为希腊联军攻陷，全城大火，所以有末行的"焚烧"。全诗大意是：毛德·岗参加爱尔兰独立运动，出于她高贵的天性，但当前的世界是庸俗的，过去的英雄时代不可能再来。

让小巷冲上去同大街抗衡,①

如果它们的勇气足以同欲望并肩?

什么能使她平静,而心灵

依然高贵,纯净有如火焰,

她的美又如强弓拉得绷紧,

这绝非当今时代认为自然,

由于它深远、孤独而又清高。

啊,这般天性,又怎能希望她改换?

难道还有一个特洛伊供她焚烧?

同时,在诗艺上叶芝也做了深刻的反省,决心丢掉旧的华丽外衣:

外　衣

我为我的歌织就

一身五彩的外衣,

上面缀满从古老的

神话中抽出的锦绣;

可愚人们将它夺去,

穿起来在人前炫示,

俨然出于自己之手。

歌,就让他们拿去,

因为需有更大勇气

才敢于赤身行走。

（傅浩译文）

---

① 指毛德·岗同情贫民,号召他们起来反对上层人物,故云。

正是由于"敢于赤身行走",他用了具体、清楚的一般人语言谴责了都柏林的紧守钱柜的庸人们：

一九一三年九月①

你们需要什么？为什么神智清醒了，

却还在油腻的钱柜里摸索寻找，

在一个便士上再加半个便士，

战战兢兢地祈祷之后再作祈祷，

直到骨子里骨髓全部干掉？

人们生下来只是为了祈祷和贮蓄，

浪漫的爱尔兰已经死了完了，

随着奥利莱进了坟墓。②

他们可是另外的一群，

提起名字就会止住你们的嬉笑。

他们在世上犹如狂飙掠过，

但没有时间用来祈祷，

绞刑吏早为他们结好绳套，

天知道他们有什么可以贮蓄！

---

①　此诗的起因是：休·联爵士愿将其所藏法国印象派名画捐献给都柏林市，条件是该市能建造一座画廊，不意遭到许多阻碍，于是撤回捐献（虽然后来在他死后实现了此事）。叶芝对此深有所感，写了此诗，慨叹爱尔兰人的庸俗保守。诗中的"你们"指都柏林市的有钱市民。

②　约翰·奥利莱(1830—1907)，爱国志士，终身为爱尔兰独立而奋斗，曾因此坐牢与流亡。

浪漫的爱尔兰已经死了完了，
随着奥利莱进了坟墓。

难道孤雁长飞①，在每个海洋上
展翅，就是为了这样的局面？
为了它流了多少的血，
费兹求洛②把生命贡献，
艾密特③和吴夫·董④上了刑台，
勇士们慷慨地抛出了头颅。
浪漫的爱尔兰已经死了完了，
随着奥利莱进了坟墓。

如果我们能倒转岁月，
唤回那些被放逐的人们，
连同他们的孤独和痛苦，
你会喊："哪一个金发女人
使得每个母亲之子这般疯狂！"
他们对自己付出的看如尘土。
让他们去吧，他们已经死了完了，
随着奥利莱进了坟墓。

---

① 指流亡在外的爱尔兰天主教徒。
② 爱特华·费兹求洛勋爵（1763—1798），发动抗英起义，受伤而死。
③ 罗伯特·艾密特（1778—1803），1802 年发动抗英起义，失败后被处死。
④ 吴夫·董（1763—1798），爱尔兰志士，曾引进法军助战，但为英军俘获，死于狱中。

　　然而不久发生了一件大事,使他对于爱尔兰和爱尔兰人再度改变看法,这就是1916年的复活节起义。爱尔兰的知识分子和工人们联合起来,占领了都柏林邮政总局,向世界宣布爱尔兰共和国的成立。虽然起义被英军用大炮镇压了下去,领导者十五人全被处死,整个爱尔兰却醒来了:

> 一切变了,彻底变了:
> 一种可怕的美已经诞生。

这两行是叶芝《一九一六年复活节》一诗中的叠句,从写成之日起就紧紧抓住了人们的心,成为现代英语诗里传播最广的警句之一。

　　叶芝此诗写得异常真诚。他原是反对武装起义的,对于参加起义的某些人他也嘲笑过,有的甚至是他憎恨的,例如毛德·岗的丈夫:

> 这另一个人是粗鄙的
> 好虚荣的酒鬼,我曾想。
> 他曾对接近我心灵的人
> 有过一些最无理的行动,
> 但在这支歌里我要提他:
> 他也从荒诞的喜剧中
> 辞去了他扮演的角色,
> 他也和其他人相同,
> 变了,彻底地变了:
> 一种可怕的美已经诞生。

(查良铮译文,下同)

于是在诗的最后,一连串的人名形成了一个光荣榜:

> 我用诗把它写出来——
>
> 麦克多纳和康诺利,
>
> 皮尔斯和麦克布莱,
>
> 现在和将来,无论在哪里,
>
> 只要有绿色在表层,
>
> 是变了,彻底地变了:
>
> 一种可怕的美已经诞生。

这时候,叶芝已经取得一种硬朗、透明的新风格,文字早已不再朦胧,而采取普通人的语汇,在音韵上也为了反对过分优美而用半韵、近韵、眼韵,然而诗句仍然很美,什么事经他一写就能奇异地吸引我们:

> 一个老人是猥琐的东西,
>
> 一件挂在竹竿上的破衣。

极普通的道理,经过叶芝用极普通的语言和形象一点明,就令人读了又读,难以忘怀。

这两行出自《驶向拜占廷》一诗。它也是叶芝的主要诗篇之一,连同《二次圣临》、《拜占廷》等篇构成他创作上的另一阶段。这也是使读者感到困惑的一个阶段,因为在这些诗里,叶芝用上了他的一套神秘主义体系——不只是月亮、盘梯、旋锥等几个形象,而是一整套与扶乩相联、设想得很周密的体系。有的评论者认为非将这套体系搞清楚,很难了解这一阶段的叶芝作品。事实却是:这个体系是外加的,是一种"机关布景",叶芝的诗才往往超越了

它,而他的写法又像所有伟大作家的写法一样总是虚实并重、感觉
融化了思想的,以致我们不但可以了解,而且能够欣赏这样的
诗句:

> 盘旋盘旋在渐渐开阔的旋锥中,
>
> 猎鹰再听不见驯鹰人的呼声;
>
> 万物崩散,中心难再维系;
>
> 世界上遍布着一派狼藉,
>
> 血污的潮水到处泛溢,
>
> 把纯真的礼俗吞噬;
>
> 优秀的人们缺乏坚定的信念,
>
> 而卑鄙之徒却狂嚣一时。

(《二次圣临》,傅浩译文)

这里的困难只是"旋锥",但我们可以将它作为一种象征看待。猎
鹰与驯鹰人的关系也是容易了解的:人已不能操纵自己养驯了的
猛禽。等到第三行"万物崩散,中心难再维系"出现,主旨已显,后
面一系列的列举更使我们感到这是在谈世界已为暴力统治。此诗
写于1919年,正值一战刚结束、俄国十月革命已发生、而爱尔兰本
身又在遭遇英军蹂躏(即所谓"黑褐战争")的当儿,诗人痛切地感
到他所珍惜的高雅文明("纯真的礼俗"、"优秀的人们"等等)在崩
溃了。

也是这一阶段及以后的作品使得某些评论家把叶芝称为"现
代主义者"。叶芝确实注意到了正在兴起的艾略特等所作的现代
主义诗,在哀叹西方文明的危机一点上他也可以引艾略特和庞德
为同调,然而他又在重要方面不同于这些美国来人:他的爱尔兰根

435

子,他与农村民俗文化的联系,他与民族解放运动的错综关系,他的高傲而又肯内省的气质等等都是他们所没有的。他们是现代城市诗人,而叶芝则来自更古老的文明。

因此而他歌颂拜占廷。两首与拜占廷有关的诗都是叶芝的主要诗篇。拜占廷是一个艺术完美的象征。他唱道:

> 因此我扬帆驶过波涛重重,
> 来到这神圣名城拜占廷。

> 啊,伫立在上帝圣火中的圣徒们,
> 正如墙上嵌金的壁画中的一样,
> 走出圣火来吧,自旋锥中降临,
> 来教导我的灵魂练习歌唱。
> 耗尽我的心吧;它思欲成病,
> 紧附在一只垂死的肉体身上,
> 迷失了本性;请把我收敛进
> 那永垂不朽的技艺之中。
> 一旦超脱自然,我将绝不再择取
> 任何自然物做我外在的身形,
> 而只要那古希腊金匠锻铸的
> 鎏金或镀金的完美的造型,
> 使那睡意昏沉的皇帝保持清醒;
> 或栖止在一根金枝上唱吟,①

---

① 拜占廷宫里有金银树,树上有金鸟啼鸣。象征不朽的艺术。

唱给拜占廷的贵人淑女们听

过去、现在和将来的事情。

（《驶向拜占廷》,傅浩译文）

"思欲成病"、"垂死的肉体"都出自官感世界,而与此相对的是永恒美丽的艺术世界,所以诗人发出了呼吁:"请把我收敛进那永垂不朽的技艺之中"。而技艺的力量就在眼前:通过美丽的诗句——一如通过古希腊的"完美的造型"——诗人终于唱出了"过去、现在和将来"——一切时间都被他的艺术囊括了。

至此叶芝诗才的发展似乎已经登峰造极了,不料后面还来了一个阶段,这就是他在担任爱尔兰自由邦上议员以后的时期。他写《在学童中间》,表达他面对活泼的儿童时的沉思,这里面有回忆,有期望,有哲理的探讨,还有对于艺术和人生的关系的再认识:

辛劳本身也就是开花、舞蹈,

只要躯体不取悦灵魂而自残,

美也并不产生于抱憾的懊恼,

迷糊的智慧也不出于灯昏夜阑。

栗树啊,根柢雄壮的花魁花宝,

你是叶子吗,花朵吗,还是株干?

随音乐摇曳的身体啊,灼亮的眼神!

我们怎能区分舞蹈与跳舞人?

（卞之琳译文）

这最后一行又是透视人生和艺术的警句,引起了多少人的思索和赞美!

也是在这最后阶段里,他还写了《疯女简和主教谈话》:

437

我在路上遇到了主教，

他和我谈了又谈。

"这对乳房已松弛下陷，

那血管很快会枯干；

到天堂的高院大宅去住，

别去那肮脏的猪栏。"

"美与丑本来是一对近亲，

美需要丑，"我大声叫道，

"朋友们散了，这个真理，

坟墓床榻否不了，

懂得它，要靠肉体下贱，

也要靠心灵高傲。

"妇人会变得骄傲顽强

当她对谁动了情，

爱情却筑起她的殿堂，

在排污泄浊之境，

啥也不会独立或完整，

除非已开缝裂纹。"

（袁可嘉译文）

过去一味唱着"孤云野鹤"的诗人终于下到最普通的土壤了，认识到爱情的"殿堂"筑在"排污泄浊之境"。话说得粗鲁，但这是一个历经爱情和斗争、哲理探讨和美学思考的人才能达到的粗鲁。有些真理就是粗鲁的，只有大诗人如叶芝者才能敏锐地看到并有勇气把它透彻地说出来。

1939 年 1 月,在二战即将爆发,"欧洲所有的恶犬在吠叫"的时候,叶芝去世了。一位年轻诗人写诗哀悼他,结束的几段是:

> 跟去吧,诗人,跟在后面,
> 直到黑夜之深渊,
> 用你无拘束的声音
> 仍旧劝我们要欢欣,
>
> 靠耕耘一片诗田
> 把诅咒变为葡萄园,
> 在苦难的欢腾中
> 歌唱着人的不成功;
>
> 从心灵的一片沙漠
> 让治疗的泉水喷射,
> 在他的岁月的监狱里
> 教给自由人如何赞誉。

> (奥登:《悼念叶芝》,查良铮译文)

我们无须另寻墓志铭了。

一战与英国诗歌

第一次世界大战持续四年(1914—1918)之久,参战各国死伤八百七十万人。英国一国动员了八百万人,死七十八万,伤二百万。死伤总数远远超过二战。

这些数字所没有说出的,是一战对于欧洲人民造成了怎样大的精神创伤。

原来人们相信社会进步,以为人类会越来越文明,这次战争打破了这种幻想,它用重炮猛轰、壕沟战、潜水艇封锁、毒气战、空袭之类的手段展示了空前的野蛮。若干世纪人类文明所积累的最高贵最美的宝物到此付之一炬。

以英国而论,整整一代年轻人在战争里牺牲了。这当中包括了许多优秀诗人:鲁泊特·勃鲁克,维弗莱德·欧文,爱德华·托马斯,艾撒克·罗森堡,等等。

在战争初起时,这些人中也有壮气如虹的,例如剑桥的青年学者勃鲁克(1887—1915)。他的《兵士》一诗写于1914年,是传诵一时的名作,其起句云:

> 如果我死了,只要想到我一点:
> 　　那就是外国土地的一角
> 变成了永恒的英格兰。……

意思是:他是英国的好儿子,他埋骨所在的异国土地也就永远标志着英国的光荣。

比这早十几年,哈代也写过一首类似的诗,叫作《鼓手霍奇》,其末节是:

> 那个不知名的原野一角
> 　　将永是霍奇所在;
> 他北方人的笨拙的胸和脑,
> 　　会长成南方的某种树,

闪着怪眼的远地星宿

永远主宰了他的司命星。

此诗写于 1899 年左右,正当英国与南非布尔人作战时期,哈代的意思是霍奇这个英军鼓手奉命入侵南非,死在远乡,也就会化为他乡之魂,夜夜寂寞地面对异国的群星,情调是凄冷的。联系到他在 1914 年写的《海峡炮轰》一诗,我们清楚地看出老诗人对战争问题看得深远,关心的是平民战死他乡,而不是像勃鲁克那样挥舞战旗。

就在同样死于一战的诗人当中,穷苦的艺术学生罗森堡(1890—1918)在 1914 年听见战争的消息,反应也截然不同于剑桥才子勃鲁克:

呵! 古老的猩红的诅咒!

腐蚀吧,毁灭吧!

还给这个宇宙

它最初的青春!

(《初闻战争的消息》)

等到战争一展开,尽管政客们在国内大讲帝国的荣耀,尝到了前线的苦头的诗人们一齐控诉起来。

一战的典型打法,是每方掘战壕守卫自己土地,然后用大炮猛轰敌方,伺机出击,但往往受阻于敌方战壕之前,形成一种胶着状态。除了被炮火打死打伤之外,兵士们还在战壕里过着浑身泥泞、被水泡、被蚤子咬的非人生活。罗森堡就写过《抓蚤子》一诗。但是最能表达战壕战的情景的,却要数欧文(1893—1918)写的《奇异的会见》一诗:

我似乎脱离战斗,逃进了

花岗岩下一条沉闷的大坑道,

惊天动地的战争早把岩石挖通,

那里挤满了呻吟着睡觉的人,

有的苦思,有的已死,都不动弹,

等到我试着一碰,有一位跳起紧看,

呆板的眼光像是认识我又怜悯我,

他凄然举起手向我祝福;

我看他的笑,知道这是在阴森的土地,

他的笑是死的,我知道我们站在地狱里。

他的脸刻画着千种痛苦,

但没有上面人间的血污,

也没有炮弹落地或发着啸声。

"奇怪的朋友,"我说,"这里没有理由要伤心。"

"没有,"他说,"除了那毁掉了的岁月,

那希望的破灭。你希望过的一切

都曾出现于我的生活,我曾狂野地搜寻

世界上最狂野的美人,

不是静止于眼睛或秀发的美,

而有嘲笑时间跑得不快的气概。

如果有悲哀,也是此处所无的深厚悲哀。

多少人曾因我欢乐而笑,

我的悲痛也有东西留下,

但现在也得死了;我还有真话没谈,

战争的遗憾,战争所散播的遗憾。

现在人们只满足于我们弄糟了的东西，

如果不，就闹个翻腾，然后被抛弃。

他们会敏捷，然而是母老虎的敏捷，

谁也不掉队，虽然整个民族也会后退。

我有过勇气，也感到过神秘，

我有过智慧，也掌握过技艺，

我没参加过世界的后退，

退向那无墙的虚幻堡垒；

等血流成河，阻塞了战争车轮，

我将上前用清净的井水冲洗它们，

甚至告诉他们深藏心里的真纯道理，

无保留地倾倒我精神上的秘密，

但不能通过伤口，不能面对战争的粪坑。

多少人额角不露伤口而鲜血内涌！

我是你杀死的敌人，朋友，

我暗中认识你，昨天你皱着眉头，

对着我冲来，又刺又砍，

我抵挡了，可我的手发冷，无心再战。

现在，让我们睡吧……"

这诗里有许多值得我们思考的东西，其一是战争破坏了文明生活的希望（"那毁掉了的岁月"，"那希望的破灭"），其二是参战双方的士兵之间是感情相通，互相怜悯的。"诗意在于表现怜悯"——欧文自己在诗集序言里这样说。至于那阴惨气氛，那方死犹生的境界，则是诗人的艺术所致；而闲谈式的韵律又增加了诗的现实感。

提到欧文,人们常要同时提到沙逊。什格菲尔特·沙逊(1886—1967)是一个幸存者。他除了写战场所见,还控诉号召战争的人,其武器是讽刺:

他　们

主教告诉我们:"小伙子们回来的时候

将会不同,因为他们已为正义的事业

打过仗,向魔鬼作了最后的冲锋;

他们战友的血赢得了新的权利

去抚育一个荣誉的种族,

他们向死亡挑了战,面对面地较量了。"

小伙子们回答:"我们谁也不同了!"

"乔治失去了双腿,比尔成了瞎子;

吉姆的肺被打穿,活不长了;

伯特染上了大疮;你看不见有谁

从了军而没有一点变化的。"

于是主教说:"上帝之道无边!"

这批战争诗人之中,爱德华·托马斯(1878—1917)的作品有一种沉静、忧郁的风格,它的美更衬出战争的丑恶。可以先举一首四行小诗作例:

樱　桃　树

樱桃树垂向古老的大路，

过路人都已死了，只见一片落英，

满地花瓣像准备谁的婚礼，

这阳春五月却无一家成亲。

请再看一首略长的：

枭

我走下山，饿了，但还没饿昏，

冷，但身上还有一点热气，

顶得住北风；疲倦了，正好能享受

屋顶下一夜的好睡。

在旅店里我有吃，有火，有休息，

还记得刚才怎样饿，冷，疲倦。

黑夜完全关在门外，除了

一阵枭叫，叫得何等悲惨。

这叫声来自山上，清楚，嘶长，

不是乐音，没有理由高兴，

它告我我逃过了什么，

而别人没有，在我投宿的一夜。

> 我吃的有味道，我的休息
>
> 也有味道，但我清醒，因为有
>
> 那臬为所有躺在星空下的人嘶叫，
>
> 士兵们，穷人们，他们无一点乐趣。

这样一个敏感、优秀的抒情诗人于1917年1月被一发炮弹击中而死，使人更诅咒战争的残酷。

以上只是一战激发出来的诗的一部分。幸存者除沙逊外，还有艾特蒙·布伦登、罗伯特·格雷夫斯、赫伯特·里德等，也写了不少战争诗，并在以后的诗创作上各有建树。

还需一提的是大卫·琼斯（1895—1974），一个有着威尔士血统的艺术家兼诗人。整个一战时期，他都在战壕里作战，战后写了一部作品《在括弧中》（1937）。这部作品是诗与散文的混合体，叙述一个叫约翰·波尔的普通士兵在战争中的痛苦经验，但又掺和着古威尔士的传说，这种拼贴画式的写法有如艾略特的《荒原》——实际上，《荒原》也是一战的产物，不过这已超出身历其境的人所写的范围，需要我们另节讨论了。

现代主义：艾略特

1917年，一战还在进行，一本题名《普鲁弗洛克及其他观察》的诗集出版了。作者叫作汤玛斯·斯登司·艾略特（1888—1965）。

这是一个新人，而且"新"得不同于其他初露头角的诗人。

首先,他是美国人,后来才加入英国籍。这也是一个迹象,表明二十世纪发生于英国文坛的事情不少是由美国人发动的,小说上的亨利·詹姆斯,诗歌方面的庞德、艾略特就是较显著的例子,形成一种所谓"跨大西洋"作家群。

其次,他是一个评论家兼诗人,对于诗歌、文学以至文化都有一套可以称之为现代主义的理论,并且把这理论实践于他自己的创作,作出了重大的创新。

第三,他以欧洲文明的代表者自居。他看出了它当前的深刻危机,因而更加坚决地要维护以罗马天主教为中心的西欧文明传统。

第四,他又倾心于"时髦"艺术,同十九世纪末就风起云涌于西欧各国的新艺术流派是声气相通的。

第五,他在英美诗坛和理论界有巨大影响,而且这影响还流传到世界其他国家。

＊　　　＊　　　＊

然而他的第一部重要作品却并无爆炸性。《普鲁弗洛克的情歌》是一个出入于贵妇客厅的中年知识分子的独白,道出了他的迷惘、迟疑和(仍然存在于他身体中的)爱欲,他想求婚而又缺乏勇气:

> 在客厅里女士们来回地走,
>
> 谈着画家米开朗琪罗。
>
> 啊,确实地,总还有时间
>
> 来疑问,"我可有勇气?""我可有勇气?"
>
> 总还有时间来转身走下楼梯,

把一块秃顶暴露给人去注意——

（她们会说："他的头发变得多么稀！"）

我的晨礼服，我的硬领在颚下笔挺，

我的领带雅致而多彩，为一个简朴的别针所确定——

（她们会说："可是他的胳膊腿多么细！"）

我可有勇气

搅乱这个宇宙？

在一分钟里总还有时间

决定和变卦，过一分钟再变回头。

因为我已经熟悉了她们，熟悉了一切——

熟悉了那些黄昏，和上上下下的情景，

我是用咖啡匙子量走了我的生命；

我知道每当隔壁响起了音乐

话声就逐渐低微而至停歇。

　　　所以我怎么敢提出？

（查良铮译文）

这一切是一个普通读者可以看得下去的，甚至可以欣赏的。

当然，它还是有新颖之处。那通篇的口语体文字使人想起勃朗宁，但比勃朗宁要干净利落，而且时时混合着知识分子的谈吐，例如：

我可有勇气

搅乱这个宇宙？

这样就使文字不是简单一体，而多了几个方面，变得复杂——犹如现代知识分子的心情。

但是更会引起注意的,却是诗中出现的一类奇特比喻:

> 正当朝天空慢慢铺展着黄昏
>
> 好似病人麻醉在手术桌上

过去的诗里,特别是浪漫派的诗里,有这样形容黄昏的么? 当时诗坛盛行着所谓"乔治派"(指活跃在英王乔治五世时期并被收进爱德华·马什爵士编的《乔治时期诗选》的一些人)的田园诗,那里面的黄昏仍然是美丽的,绝不会同手术桌和麻醉剂结缘。艾略特这样写,表明他是一个现代城市诗人,在从新的现实里寻求哪怕是不愉快的形象。又如:

> 我是用咖啡匙子量走了我的生命
>
> 那我怎么能开始吐出
>
> 我的生活和习惯的全部剩烟头?
>
> 啊,我变老了……我变老了……
>
> 我将要卷起我的长裤的裤脚。

一样简单的物件("咖啡匙子","剩烟头"),或者一个简单的动作("卷起……裤脚"),代表了一种生活,一片心情。艾略特称这类形象为"客观关联物",[①]即一旦说出就能立刻让读者联想出一种情景。既然写的是现代生活,那么比喻当然也应该取自现代事物,也无所谓美丑,主要看恰当不恰当。这类比喻,连同"客观关联物"

---

① 这个名词出现于艾略特论《哈姆雷特》文,见其《论文选》,第145页。

的理论,代表着一种新的诗歌观,同当时流行的乔治派所持的后浪漫主义诗歌观是迥然不同的。

　　五年之后,一战方停,艾略特又出版了《荒原》(1922)。这是他的首要作品。他的声誉,他的影响,主要建在此诗之上。

　　《荒原》是一首五章长诗。它给人的第一印象是:芜杂,凌乱,不知所云。我们抄第三章《火诫》的一部分于下:

> 　　不真实的城
>
> 　　在冬日正午的棕黄雾下
>
> 　　尤金尼迪先生,斯莫纳的商人①
>
> 　　没有刮脸,口袋里塞着葡萄干
>
> 　　托运伦敦免费,见款即交的提单,②
>
> 　　他讲着俗劣的法语邀请我
>
> 　　到加农街饭店去吃午餐
>
> 　　然后在大都会去度周末。③
>
> 　　在紫色黄昏到来时,当眼睛和脊背
>
> 　　从写字台抬直起来,当人的机体
>
> 　　像出租汽车在悸动地等待,

---

　　①　斯莫纳是土耳其西部一海港,那里生产葡萄干。艾略特曾说过这是真事,他确是遇见过这么一位商人。

　　②　"托运伦敦免费",指葡萄干的标价,在运去伦敦时是运费和保险费不计价的。"见款即交的提单"指见票即付的支票付款后,提货单即交于买主。

　　③　大都会是游览城市布里敦的豪华旅馆。布里敦离伦敦60英里。

我,提瑞西士,悸动在雌雄两种生命之间,①

一个有着干瘪的女性乳房的老头,

尽管是瞎的,在这紫色黄昏的时刻

(它引动乡思,把水手从海上带回家)②

却看见打字员下班回到家,洗了

早点的用具,生上火炉,摆出罐头食物。

窗外不牢靠地摊挂着

她晾干的内衣,染着夕阳的残辉,

沙发上(那是她夜间的床)摊着

长袜子,拖鞋,小背心,紧身胸衣。

我,有折皱乳房的老人提瑞西士,

知道这一幕,并且预见了其余的——

我也在等待那盼望的客人。

他来了,那满脸酒刺的年青人,

小代理店的办事员,一种大胆的眼神,

---

①　提瑞西士,古希腊的盲先知。悲剧家索福克勒斯在《俄狄浦斯王》剧中曾写到他。当底比斯的土地受到诅咒(另一个类似的荒原),是提瑞西士找到了诅咒的原因。他有着"干瘪的女性乳房",是指:传说他被神变为女性,七年后又变为男人。他看到"在这沙发式床上演出的一切",一种繁殖行为变为没有意义的行为了。艾略特注解说:提瑞西士虽然只是旁观者而非"角色",却是本诗中最重要的人物,他结合了其他一切人物。正如独眼商人、葡萄干推销员,都融入腓尼基的水手,而这水手又和那不勒斯的腓迪南王子(莎士比亚《暴风雨》中的角色)无大差别。同样,一切女人都是一个女人,而这两性又都汇合在提瑞西士身上。提瑞西士所见的,事实上就是本诗的主体。

②　作者自注说他写这一行时想到了"港岸边"或驾渔舟黄昏时返回的情景。这一行近似古希腊女诗人莎弗的诗:"金星啊,你把灿烂的黎明散开的一切聚回来;你把绵羊、山羊和孩子带到母亲跟前。"这一行也使人想起斯蒂文生的《镜魂曲》诗中的句子:"水手回了家从海上而来"。

自得的神气罩着这种下层人，

好像丝绒帽戴在布雷德福暴发户的头上。①

来的正是时机，他猜对了，

晚饭吃过，她厌腻而懒散，

他试着动手动脚上去温存，

虽然没受欢迎，也没有被责备。

兴奋而坚定，他立刻进攻，

探索的手没有遇到抗拒，

他的虚荣心也不需要反应，

冷漠对他就等于是欢迎。

（我，提瑞西士，早已忍受过了

在这沙发式床上演出的一切；

我在底比斯城墙下坐过的，②

又曾在卑贱的死人群里走过。）③

最后给了她恩赐的一吻，

摸索走出去，楼梯上也没个灯亮……

她回头对镜照了一下，

全没想到还有那个离去的情人；

心里模糊地闪过一个念头：

"那桩事总算完了；我很高兴。"

---

① 布雷德福，英国北部的工业城市。那里多大战中投机致富的暴发户。

② 他曾在底比斯城墙边的市场上，预言俄狄浦斯王的悲惨下场，见索福克勒斯悲剧《俄狄浦斯王》。

③ 作者自注："在荷马史诗《奥德赛》中，奥德赛曾在阴间见到提瑞西士。"

当美人儿做了失足的蠢事①

而又在屋中来回踱着，孤独地，

她机械地用手理了理头发，

并拿一张唱片放上留声机。

（查良铮译并注）

当然，经过注释（包括艾略特本人的注释），这首诗还是可懂的。它有一个总骨架，即西洋神话中渔王的故事。全诗里最动人的句子莫过于：

我坐在岸上

钓鱼，枯干的平原在我背后。

（第5章:《雷声所语》）

荒原指经过了一战的整个欧洲。一切崩溃了，只见狂人突奔（这狂人是指东欧原野上的革命队伍），而西欧城市里则只有猥琐的人在过着无生气的生活，其标志为无爱情的性行为，如引文中所写的小伙计同女打字员之间的一类。诗人认为比战争破坏更严重的是整个文明社会的毁灭，尤其是宗教信仰的丧失，荒原最缺的水是人的灵魂里的水。救济之道在于用宗教来净化灵魂，诗的后部响起了梵文字所组成的雷声，它是上帝的告诫:施舍，同情，自制！最后还加上连续的三声Shantih，表明一切归于非人所能理解的平静。

如果说这些是古老的教训，诗的写法则是实现了重大的创新，

---

① 作者自注:"参见哥尔德斯密斯《威克菲尔德的牧师》中被引诱的奥利维娅的歌。"按歌中说:"当美人儿做了失足的蠢事,/发现男人的负心已经晚了,/什么魔符才能使她消愁,/怎样才能把她的污点洗掉？唯一的妙法既为她文饰,/又在众目下使她躲过羞耻,/还能为她的恋人带来悔恨,/绞得他心疼——那就是,去死！"

453

只不过新中有旧罢了。新在用了口语体和城市节奏,更在用了拼贴画的办法,把截然不同的情景并列或连接。叙述中杂有抒情,有时突然出现一阵叫喊。旧在用了许多古典和外国文学里的典故、引语。在《荒原》中出现的外文达七种之多,古典作品被引用的达三十种。没有一个现代诗人像艾略特这样喜欢大掉其书袋,几乎把写诗变成了卖弄学问。然而艾略特却有他的理由。征引一句古诗或外国文带来一大片情景,这背后有文化,有历史,他要把这些东西并列、重叠,因为他认为当代文学脱离不了传统,而传统又时时需要更新,所以任何优秀的文学作品里必然是有古有今、古今并存的。这一理论他在论文《传统与个人才能》里着力阐明,成为他的文学观的一大支点,而在《荒原》里首先实践了。

如果把他的引语略作分析,我们会发现他除了引基督教《圣经》、佛经和人类学著作之外,文学方面引得多的是奥维德、但丁、莎士比亚、韦勃斯特、密特尔登、马伏尔、波德莱尔、魏尔伦等人。不能说这一单子代表了他全部喜爱的读物,但当中仍有消息可寻——至少,他在评论文章里大力推荐过的英国十七世纪诗剧和法国象征派是赫然在目的。他的欧洲文学佳作单子是有倾向性的,正同他的欧洲文明支柱不是泛神或异教时代的荷马和维吉尔而必然是天主教的但丁一样。

这是因为除了他本人的天资,构成艾略特的诗才的还有几种成分:1. 西欧古典文学;2. 惠特曼的美国诗风,特别是以口语入诗的传统;3. 十七世纪英国诗剧和玄学派诗;4. 法国象征派诗,除了波德莱尔,还有给他以城市性风格的朱尔·拉福格。是这些成分——旧的、新的,甚至时髦的——在艾略特身上有一个他自己爱说的"同时的存在"。但是超越这一切的还有一个成分,那就是他对基督教的执著信仰。他的艺术是为基督教服务的;基督教教义渗透并融化了一切。

正因如此,在《荒原》之后,他又写了一系列以宗教为主题的作品:《空心人》(1925)、《圣尘星期三》(1930)、《岩石》(1934)、《大教堂谋杀案》(1935)——最后两部是诗剧。

艾略特久有志于复兴诗剧。他的一系列关于十七世纪诗剧的论文就是阐明诗剧优于后世的现实主义剧本,认为:"人的灵魂,在紧张的感情状态里,是努力用诗来表达自己的。"①现在他来写宗教剧,得到实践的机会了。

《大教堂谋杀案》确是一部出色的现代诗剧。它抓住了一个有历史意义的主题,即 1170 年英国大主教汤玛斯·贝克特因维护教会反抗王权而被英王亨利二世派人刺死的故事,剧中有明显的冲突。它采用了古代诗剧里的某些手法,如古希腊悲剧常有的歌队(chorus),中古道德剧里常有的象征性人物,如四个"诱惑者"。它遵守三一律,一切动作都发生在大教堂内,每幕都集中于一个短时间内,两幕的间隔不出一月。它全部用韵文,但在四个武士向众人说明他们杀大主教的动机时,却用了散文,比韵文低一个调子,表明这是世俗的诡辩,不是真正严肃的说理。它的形式严整如仪式,幕与幕间、人物与人物间(第一幕的四个诱惑者对之以第二幕的四个武士)有一种对称的美。它不是一味紧绷着弦那祥紧张得叫人透不过气来,而颇有轻松的段落,如四个诱惑者的某些言词,他们与四个武士后来所谈又对英国人自傲的某些性格特点(务实,直言直语,同情弱者等等)进行了挖苦。在这一切之上,它的韵文台词

___

① 《关于戏剧诗的对话》(《论文选》,第 46 页)。

是既通俗又有诗意的,例如:

> 人类不能承受太多的真实。

(2 幕 1 场)

> 你们用结果来辩论,像这个世界所做的,
> 用结果来判断一件事情的好坏,
> 你们服从事实。

(2 幕 2 场)

又如当大主教听着四个武士向他走来的时候,他说:

> 我整个一生里,它们就向我而来,那些脚步,
>   整个一生
> 我等待着。

(2 幕 2 场)

又如歌队在剧本开始处唱的一段:

> 这里没有长远的城市,这里没有永久的停留。
> 不吉的风,不吉的时,不稳定的利益,稳定的危险,
> 呵,迟迟迟,时间迟了,太迟太迟了,年岁腐烂了;
> 凶杀的风,怨恨的海,灰色的天,灰灰灰,
> 呵,汤玛斯,回去;大主教,回去,回到法国去。……

.(1 幕)

这样的语言是实在而又灵活,庄严而又有生气的,韵律也动听而多变。艾略特在这里解决了一个困难问题:如何为一个以宗教为主题的现代诗剧找到适当的语言。

　　总起来说,这个剧做到了艾略特自己对于诗剧提出的最大要

求,那就是:

> 对于最简单的观众,有情节;对于喜欢思索的,有性格以及性格与性格之间的冲突;对于有文学趣味的,字句和说法;对于有音乐感的,韵律;对于更敏感更聪明一点的观众,逐渐展现出来的意义。①

换言之,打动不同层次的观众,做到雅俗共赏。

然而这个成功却只是局部的。他虽适宜于写以中古教会为背景的诗剧,但是等到他接着来写以现代生活为主题的诗剧,如《团圆》(1939)、《鸡尾酒会》(1950)、《心腹职员》(1954)、《元老》(1959),他却不能得心应手了。这些剧本也有在舞台上取得成功的,但是终究没有产生持久的效果。原因也许是:1. 他还不够熟悉现代生活,特别是知识分子圈子以外的生活;2. 他还没能掌握一种能应用于更大范围的现代戏剧韵文。依然是语言问题困扰着当代想写诗剧的人,就像艾略特这样一个有雄心、研究、理论和一定实践经验的诗人也没有能够完全解决这个问题。

可是在他熟悉的范围内,他却取得了诗艺上的又一次飞跃,部分原因就在他成功地提炼了一种适宜于表现沉思的诗歌语言。

这里指的是他最后的一部大作品:《四个四重奏》(1943)。第一个四重奏发表于1936年,另外三个于1940—1942年间,最后又合集印行,主要是二战时期作品。它有一个结构骨架,即四个四重奏代表一年四季,又代表空气、土、水、火四大元素。纳进这个骨架的是与诗人有关的四个地区:英国考茨武尔德一处花园、东柯克

---

① 艾略特:《诗的用处与批评的用处》,1933,第453页。

（诗人祖先居住之地）、美国米苏里和新英格兰（诗人出生和求学之地），最后是小吉丁（一个在历史上有名而诗人又在二战当中到过的村子），因此诗还带有自传色彩，充满了记忆，掌故，今昔对比，而全诗则是这些所烘托出来的对时间的一部长篇沉思录。

每个四重奏也有一种格局，即分为五部分：第一部分按照季节和地点提出所沉思的主题；第二部分重申主题，先用抒情诗，后用抽象的词句；第三部分写厌世之思；第四部分是短歌或一段祈祷文；第五部分小结，往往涉及艺术。这种格局是受音乐上的四重奏启发的。艾略特曾说他佩服贝多芬作于后期的钢琴四重奏，在那些作品里音乐达到最纯净的境界了。

他自己所作也力求语言纯净。第一个四重奏一开始，他就用纯净的语言端出了时间主题：

> 现在时间与过去时间
>
> 也许都存在于将来时间，
>
> 而将来时间包含在过去时间。
>
> 如果所有时间永在，
>
> 所有时间也就不可赎回。
>
> 可能发生过的是一种抽象，
>
> 永远都有可能性，
>
> 但只在玄想的世界中，
>
> 可能发生的与已经发生的
>
> 都指向一个终点，即是现在。

这样的诗句是不是太抽象了？抽象是题旨所定，诗人的本领在于接受抽象而又加以变通，方法一是运用韵律，每行一般有四个重拍(这是古英语诗中常用的办法),产生一种乐感;二是使语言既显纯净的美,但又在纯净中使它流动,意义不是停顿在一点,而是进展的——在这里就是交代各种时间(过去,现在,将来)之间的辩证关系,要旨在着重它们不仅是连接的,而且是交叉重叠的。

但是除了抽象的段落,作品中还有写得十分具体的地方,例如:

> 我站在这里,正当路途之中,活过了二十年——
> 二十年大半荒废了,界乎两次战争之间的年代——
> 努力学着用词,每一次尝试
> 都是一种全新的开始,也是又一次失败,
> 因为刚学会凌驾于词之上,
> 就无须再说想说的事,或者想说
> 也不愿再用老的方式。因此每一尝试
> 都是一种新的开始,一种向说不出的东西的进攻,
> 而所用的工具是拙劣的,不断退化的,
> 处在一大堆不明确的感觉
> 和一群不听话的情绪之间。

(二奏,V)

这也就是上文提到了的带自传性质的段落。作为一个文人,他沉思语言与时间的关系,这种时候他的语言也不同于开始那段,而是纯净中更多一点实的东西,一点艺术意境:

> 言词流动,音乐流动
> 但仅在时间中;仅仅是活着的东西
> 只能死。言词成为讲话,又进入

静默。靠形式,靠格局,

言词和音乐才能进入

静止,如一个静止的中国花瓶

在静止中永远流动。

(一奏,V)

这些段落是本诗中最吸引读者的一部分,因为其中充满了一个作家对于他所善用的语言的深刻感受。

然而不止语言,还通过语言达到一个民族的过去与将来:

既然我们关心言语,言语就逼使我们

纯净部落的方言,

并要心灵顾前又思后。

(四奏,Ⅱ)

换言之,语言之中有历史:

我们称为开始的经常是结束,

作一次结束就是作一次开始。

结束是我们的出发之处。每一个正确的

片语和句子(那里每一个词都是恰到好处,

各就其位,互相衔接,互相衬托,

既不晦涩,也不炫耀的词,

旧和新的一个不费气力的交易,

普通的词,然而精确,毫无俗气,

正规的词,意义确凿,但不迂腐,

完整的乐队跳舞在一起)

每一个片语和句子是一个结束和开始，

每一首诗，一个墓志铭。任何一个行动

都是一步，走向断头台，走向火焰，走向海的喉咙

或走向一块无法辨认的石碑：那是我们的出发之处。

我们和正在死的人一起死去：

看，他们逝去，我们随他们而去。

我们和已死了的一起诞生：

看，他们归来，他们随身携带我们。

玫瑰的时刻和杉树的时刻①

同样的持久。一个没有历史的民族

从时间中得不到拯救，因为历史是一个

无始无终之时刻的图案。这样，当一个冬日下午，

光线渐渐暗淡，在一座僻静的教堂里，②

历史就是现在和英格兰。

（四奏，Ⅴ，裘小龙译文）

这就把诗带回到了四十年代正处于战火中的英国。早在此节之前，诗人已经用一种特殊的方式两次提到了德军对英国的轰炸：

在黎明前的那一不能肯定的时刻③

接近那漫无止境的长夜的终结

在漫无终结中重现的终结

---

① 玫瑰是爱情和生活的象征，杉树是悲哀和死亡的象征。

② 小吉丁的一所教堂。

③ 二次大战时，艾略特是伦敦监视德国空袭的一个民防队员，这段诗里，艾略特为自己绘写了这样一次空袭后，走在巡逻路上的情景。

当黑色的鸽子①吐着闪亮的舌头

　　在他归途的地平线下经过

　　　　　　　　（四奏，Ⅱ，裘小龙译文，下同）

俯冲的鸽子以白炽的②

恐惧之焰划破天空，

这样的舌头高声宣布

从罪恶和谬误中的唯一解脱。

唯一的希望，或者绝望

　　在干柴堆和柴堆的选择之中——

　　从火焰到火焰去获得拯救。

　　　　　　　　　　　　（四奏，Ⅳ）

情景不同，语言也不同，但是思考的仍是老问题：如何解脱罪恶与
谬误？火的净化依然是唯一出路。艾略特仍是那个写《荒原》和
《大教堂谋杀案》的诗人，他是前后一致的，但是时间也没有停顿，
两次战争之间的二十年并未白过，他的智慧和艺术修养都更成熟
了，终于使他在二战最黑暗的时刻写下了一部深刻而美丽的沉
思录。

　　　　　　　　＊　　　＊　　　＊

　　艾略特同时是一个批评家。他的创作同他的批评是相辅相成
的：他写评论文章来阐释他的创作，他的创作又反过来印证他的评
论。他的影响之所以大——大到全世界各个角落都有他的模仿者

────────────

　　①　德国轰炸机。
　　②　鸽子既象征着轰炸机，又象征着有多舌火焰的圣灵。这两种火，毁灭性的和
净炼性的火，形成诗的总体象征。

和鼓吹者——原因之一就在于他有这种双管齐下的办法。

但他并非孤军作战；他是整个西欧现代主义潮流里的一个力量。我们已经谈过他"时髦"的一面：提倡法国后象征主义诗人戈比埃和拉福格就是一例。他比别的英国评论者更深刻地理解波德莱尔的精神品质，认为这位象征主义大诗人的撒旦主义是"企图从后门进入基督教"。①

他的注意力也不限于文学，而遍涉西欧各门现代艺术和政治。他主编过一个季刊，名叫《标准》（1923—1939），起了联系英国与大陆文化界的重要作用。他支持法国法西斯派别"法国行动"的文章就是发表在这个刊物上的。

在英国，他也有前辈和友军，如庞德和 T. E. 休姆。庞德同他一样是美国来人，曾活跃于英国文坛，特别在一些"形象主义派"诗人（Imagists）中间。他对艾略特的诗作有不小影响；《荒原》是经过他作了重大删削之后才成现状的。休姆阵亡于一战中，以反浪漫主义著称，提倡"坚硬、干净的形象"，对艾略特的诗和理论也都有影响。

此外，艾略特也曾是勃鲁姆伯里集团中人如弗琴尼亚·吴尔夫的门下客，在提倡西欧新艺术和反对英国文坛上的旧习气等方面是与他们一致的。

在学院派中，剑桥大学的理却慈和李维斯都是较早给《荒原》等诗以好评的有影响人物。他们的理论也属于现代主义范畴。

然而尽管有这些联系，艾略特又有他对于西欧特别是英国现代主义的独特贡献。

---

① 《论文选》，第 383 页。

第一，在理论上，他大力主张现代主义要同欧洲古典主义旧传统结合。他之所以在《传统与个人才能》一文里宣扬古今同时存在论就是为此。他最好的论文之一是论但丁的，因为他看出了但丁在西欧古典主义中的中心地位，而这又是从他的宗教观出发的。他在现代主义和古典主义中间搭了一座桥，这就使得现代主义就在比较保守的人之间也显得"体面"。

第二，由于是一个创作实践者，他能对写诗的个中甘苦和技巧问题说出究竟，如他的"客观关联物"论，他的诗人只是一个无个性的"催化剂"论，他的诗剧理论，诗须散文化理论，"听觉想象力"理论，等等。他并不长于作抽象概括，虽然他的哲学训练在这方面是有帮助的；他长于提出前人未提的问答，而他的回答常能发人深思，加上他善于选择例证——他引的诗句常常是令人难忘的——他也就能比一般评论家说得更内行，更深入，更有权威性。

第三，他对于作家、作品的评论常有独到见解。前面已提到过他的但丁论。就一般读者而论，他最精彩的文论可能是关于玄学派诗和十七世纪英国诗剧的两组文章。例如他说丁尼生和勃朗宁不能像多恩那样"感觉到他们所想到的，其直接犹如闻到了玫瑰的香气。一个想法对于多恩是一种经验，经验又改变了他的感觉"。[1]他又说：

> 另一方面，多恩的最成功、最典型的效果是由短词和突然的对照造成的：

---

[1] 《论文选》，第287页。

金发如镯绕白骨

　　这行诗里最强烈的效果来自"金发"和"白骨"的联想突然
形成了对照。这种形象与形象的套叠和联想的多层是多恩所
熟悉的一些剧作家用词的特点,常见于密特尔顿、韦勃斯特、
顿纳、更不必说莎士比亚的作品中,也是他们语言的活力的一
个源泉。①

这就把玄学派和十七世纪诗剧家们的一个重要特点说清楚了,而
事实上由于他也用这类技巧,这也就是在间接地阐释他自己的
作品。

　　第四,他对于整个英国诗史有一个迥然不同于前人的看法。
颂扬玄学派与十七世纪剧作家只是他对诗史的总看法的一个组成
部分,他的最激烈的论点是这两类作家所创的大好局面受到了密
尔顿的破坏:

　　在十七世纪出现了感觉的脱节,直到现在我们还未恢复
过来。而很自然地,这一脱节由于十七世纪两位最有力的诗
人——密尔顿和特莱顿——的影响而更糟。……语言虽变得
更加精致了,感觉却粗糙起来。②

在别的地方,他还说密尔顿宛如"中国长城"一般横亘在两代诗人
之间。一直到1936年他还在坚持说密尔顿是一个"坏的影响"。③

---

① 《论文选》,第287页。
② 《论文选》,第288页。
③ 见约翰·海华德编:《艾略特散文选》,企鹅社,1953,第123—131页。

这话引起了评论界和学术界的强烈反对，于是在 1947 年艾略特作了一次措辞巧妙的"战略退却"，承认密尔顿仍是一个伟大的诗人，但仍认为"感觉脱节"说"还保有一些正确性"，①只不过它的根源不在文学，而在十七世纪的英国革命。应该说，这是一次重写英国文学史的企图，其背后动机是要驱逐英国文学中的民主力量。他之不喜欢雪莱、拜伦、哈代、萧伯纳等人也是出于同样动机。

第五，他的评论文章不止谈文学，而涉及宗教、社会、文化、教育等广泛题目，收成集子并造成一时影响的就有《一个基督教社会的想法》(1939)、《古典与文化人》(1942)、《文化定义的笔记》(1948)等书。这些文章的中心思想，像在他的诗里一样，是现代社会必须建立在基督教义之上，这是唯一革除各种弊病的方法。

* * *

把艾略特的诗和评论放在一起来看，我们会看出：

他是一个现代主义者，由于他诗艺精湛又善于阐释，在英语世界以及更广大的地区里传播现代主义方面起了广泛而深刻的影响；他又是一个基督教宣传家，一个古典主义者，在这点上不同于多数西欧的现代主义者。

奥登一代

在艾略特之后出现了 W. H. 奥登(1907—1973)、台·路易士(1904—1972)、斯蒂芬·斯本德(1909—　)和路易斯·麦克尼斯

---

① 《艾略特散文选》，第 139 页。

（1907—1964）等在牛津大学受教育的青年诗人，称为"奥登一代"。

他们在技巧上受到艾略特的影响，但在诗歌内容上却不同，这主要是因为他们生在英国经济大萧条的年代里，在政治倾向上是左派，有的还去西班牙同佛朗哥的法西斯叛军作战，所以写的题材多是英国国内的失业和世界反法西斯斗争，例如斯本德写道：

> 他们懒懒地站在街口，
>
> 看见朋友们耸一耸肩头，
>
> 又把口袋朝外一翻，
>
> 表示了穷人不在乎难堪。

这是失业者的画像。又如他写西班牙内战失败之后：

> 农民跟着驴子的呼叫声
>
> 重又唱起结巴的歌。

（《一个城市的陷落》）

麦克尼斯也在《秋天日记》里形容有一群反对资本主义制度的人：

> 多数人接受一切，生下来就给活儿套上，
>
> 　　习惯于逆来顺受，随遇而安，
>
> 有些人不让套上或者想套而套不上，
>
> 　　就祈祷有一个更好的天国出现，
>
> 像人们在议论里描绘的，或当作口号
>
> 　　用粉笔或油墨写在墙上板上的，
>
> 可能有一天会在人的身体里寻到寄托，
>
> 　　用新的法律和秩序博得他们的欢喜，
>
> 那时候有本事不愁使不上，精力

> 也不会集中于竞争和贪污，
>
> 不再在顺从中受剥削，更谈不上效忠
>
> 一个绝对无效的、疯狂的制度，
>
> 它让少数人用最高档的价格
>
> 过最高档的生活，而百分之九十九的人
>
> 从没参加过宴会，却要收拾碗碟，
>
> 把过去多少世代的油污洗干净。

他们都从不同角度反映了三十年代英国人民的愤怒和希望，在技巧上则写得具体，都有类似艾略特所称为"客观关联物"的形象：一种耸耸肩的姿势，一个把口袋一翻的动作，"把过去多少世代的油污洗干净"，等等。此外，他们喜欢用"高压线塔"、"涡轮机"、"仪表"等现代工业性语言。因此他们的现代主义色彩其实是掩盖着现实主义。这些人英才勃发，一齐降临诗坛，宛如一个新的英雄时代来到，就连老诗人叶芝在编《牛津现代诗选》的时候也收进了他们的作品，并自叹不如。

他们的领袖是奥登。他的诗路比同伴们更广，成就更高，影响也更大。

他也关心当时国内外大事，但在一般的左派政治意识上加了弗洛依德的心理分析；写法上更俏皮，回头走拜伦甚至蒲柏的路，各种诗体掌握更纯熟，从十四行、催眠曲、诗剧直到《夜邮》那样的电影解说诗，因而他的作品有一种更加爽朗的现代面目，其风格的特色十分明显：

> 农家的河没受到时髦码头的诱惑

> 他紧抱忧郁像一块田地
>
> 他的躯体的各省都叛变了
>
> 逐渐的毁坏像污迹一般伸开
> 当所有用以报告消息的工具
> 一齐证实了我们敌人的胜利

他也能把实物写成一种品质,像十八世纪诗人那样使用人格化的抽象名词,如"邪恶"、"痛苦"、"迫害者"之类,而所传达的是一种现代思想的概括,所用的形象(如"心灵的一片沙漠"、"岁月的监狱"、"家宅为羞耻所密封"等等)更纯然是现代的,带有现代的明快,也带有现代的焦灼。

总起来说,他抒发的是现代敏感。就在他吟咏几百年前的名画时,他的诗传达的也仍是现代敏感:

美 术 馆①

> 关于痛苦他们总是很清楚的,
>
> 这些古典画家:他们深知它在
>
> 人心中的地位,深知痛苦会产生,

---

① 本诗的主题是:人对别人的痛苦麻木无感。诗人在美术馆里看到勃鲁盖尔(1525—1569,尼德兰画家)的油画《伊卡鲁斯》,深感到它描绘的正是这一主题。"伊卡鲁斯"是希腊神话中的人物,他和他的父亲自制翅膀飞离克里特岛,在飞近太阳时,他的翅膀由于是用蜡粘住的,融化了,他也跌落海中而死去。诗中描写的景色大多是勃鲁盖尔画中所有的。

当别人在吃,在开窗,或正作着

　　无聊的散步的时候;

深知当老年人热烈地、虔敬地等候

神异的降生时,总会有些孩子

并不特别想要它出现,而却在

树林边沿的池塘上溜着冰。

他们从不忘记:

即使悲惨的殉道也终归会完结

在一个角落,乱糟糟的地方,

在那里狗继续着狗的生涯,

　　而迫害者的马

把无知的臀部在树上摩擦。

在勃鲁盖尔的《伊卡鲁斯》里,比如说;

一切是多么安闲地从那桩灾难转过脸:

农夫或许听到了堕水的声音

　　和那绝望的呼喊,

但对于他,那不是了不得的失败;

太阳依旧照着白腿落进绿波里;

那华贵而精巧的船必曾看见

一件怪事,从天上掉下一个男童,

但它有某地要去,仍静静地航行。

(查良铮译文)

这是奥登的名诗之一。对于诗中提到的画家勃鲁盖尔,人们欣赏的是他的写实风格,是他对画中人物(特别是农民)的嘲讽笔触,而奥登却着重这位古典画家对于人生痛苦的了解之深,这就是一种现代看法。他又指出画中的村民眼看别人遭难而无动于衷,"安闲地从那桩灾难转过脸",这是现代笔法,用"安闲"字样更衬托出这一边有人死亡一边别人照常过着日子的人生处境——一种无可摆脱的存在主义式的处境。

过去也有不少中外诗人以诗咏画,但这种敏感、这种讽刺性的对照却只产生于这个多灾多难、但又复杂、矛盾的二十世纪。

他的早期作品里还出现过一些可称为城市志(如《布鲁塞尔》、《澳门》、《香港》)和人物志(如《蒙田》、《路德》、《兰波》、《麦尔维尔》)的短诗,每首都由若干充满现代敏感的警句组成,例如:

布鲁塞尔的冬天

寒冷的街道缠结如一团旧绳,
喷泉也在寒霜下喋不出声,
走来走去,看不清这城市的面容,
它缺少自称"我乃实物"的品性。

只有无家者和真正卑微的人们
才像确实知道他们身在何处,
他们的凄惨集中了一切命运,
冬天紧抱着他们,像歌剧院的石柱。

阔人们的公寓耸立在高地,

> 几处窗子亮着灯光,犹如孤立的田庄,
>
> 一句话像一辆卡车,满载着意思,
>
>
> 一个眼光包含着人的历史,
>
> 只要五十法郎,陌生人就有权利
>
> 拿胸膛给这无情义的城市以温暖。

奥登的诗还有一种戏剧性,因此描写大的变动——如战争——就十分在行。他的另一首名诗《西班牙,1937》曾经传诵一时,就是因为他始终抓住了戏剧性的对照:昨天与今天,今天与明天,广场与陋室,城市与渔岛,苦难与希望,希望与希望的实现——

> 明天,对年轻人是:诗人们像炸弹爆炸,
>
> 湖边的散步和深深交感的冬天;
>
>   明天是自行车竞赛,
>
> 穿过夏日黄昏的郊野。但今天是斗争。
>
>
> 今天是死亡的机会不可免的增加,
>
> 是自觉地承担一场杀伤的罪行;
>
>   今天是把精力花费在
>
> 乏味而短命的小册子和腻人的会议上。

(查良铮译文)

回旋式地不断对照,诗的形式也舒卷而前,无取于优雅的然而也能变成打油腔的脚韵,而恢复了古英语诗的重读音,恢复了英雄气概,同时又通过现代色彩的形象——"诗人们像炸弹爆炸"、"乏味而短命的小册子"、"腻人的会议"——表示这是此时此地、二十世

纪三十年代西班牙战场上的产物。

　　奥登也用同样的戏剧性、同样的对照、同样的现实感来写中国人民的抗日战争。1938年,他同小说家衣修武德来到武汉,并去前线采访。奥登用诗,依修武德用散文,写下了他们在中国战场上的见闻,合作而成《战地行》一书,于1939年出版。这本书可不是"乏味而短命的小册子",而是一部优秀作品。衣修武德的散文部分很精彩,奥登更在此中写出了若干他最好的十四行诗。

　　书里十四行诗共二十三首,以"战时"为总题。以第十八首为例:

> 他被使用在远离文化中心的地方,
> 又被他的将军和他的虱子所遗弃,
> 于是在一件棉袄里他闭上眼睛
> 而离开人世。人家不会把他提起。
>
> 当这场战役被整理成书的时候,
> 没有重要的知识在他的头壳里丧失。
> 他的玩笑是陈腐的,他沉闷如战时,
> 他的名字和模样都将永远消逝。
>
> 他不知善,不择善,却教育了我们,
> 并且像逗点一样加添上意义;
> 他在中国变为尘土,以便在他日
>
> 我们的女儿得以热爱这人间,
> 不再为狗所凌辱;也为了使有山、

有水、有房屋的地方,也能有人烟。

(查良铮译文)

它表现了一个英国诗人对普通中国士兵的深切同情,而且他充分理解他们"在中国变为尘土",是为了"他日我们的女儿得以热爱这人间,不再为狗所凌辱"。这是用现代技巧写的现代内容的诗。当时在昆明有几个中国青年诗人,如穆旦和杜运燮,呼吸着同样的战争的气氛,实践着同样的诗歌革新,完全为奥登所作倾倒了,以至于学他译他,有的人一直保持着这种感情,直到今天。

然而奥登自己,人和诗,却变了。1939年欧洲战场尚未大打,这位原来反法西斯的诗人却离开战争中的英国去了美国。

刚到美国的时候,他仍写出了一些好作品,如《新年书信》。以后他逐渐转向宗教题材,在诗艺上仍试验不断,间有佳作,如《石灰石赞》(1948),写出了他对历史和人在自然中地位的透视,深刻隽永;特别是《阿基利斯的盾牌》(1955)一诗仍然用了他的戏剧性的对照法,但是调子却要沉郁得多,去写神话世界与现代生活之间的巨大差别。阿基利斯的母亲以为盾牌上会刻出敬神的仪式场面,实际上却只见这样的景象:

> 铁丝网圈起一块指定的地,
> 　等着的官员感到闷,有人开了个玩笑,
> 卫兵们流着汗,因为天很热,
> 　一群普通的老实百姓
> 　在外面瞧着,不动也不说话,
> 三个苍白的人被带过来,绑在
> 　三根竖立在地上的柱子上。

这就又回到了二十世纪这个残忍好杀的时代,也回到了早先奥登的诗艺。

可惜这样的佳作少了,终其一生奥登没有写出人们期待他会写出的巨著。他究竟是否是一个二十世纪的主要诗人变成了一个争论的题目,然而对于三十年代的过来人,他的辉煌的早期诗是没有别的作品所能替代的。

燕卜荪的奇异的诗

威廉·燕卜荪(1906—1984)是奥登的同代人。同奥登是朋友,但不属于他那小圈子。他也写诗,诗风不同于奥登,代表了一种特殊类型的现代主义。

他同时是一个锐利的批评家,所著各书——《七类晦涩》(1930)、《田园诗的若干形式》(1935)、《复杂词的结构》(1951)、《密尔顿的上帝》(1961)等——构成了现代主义诗学的中心理论,影响深远,在英美文论界地位的重要只有他的剑桥老师 I. A. 理查兹和另一个剑桥教师 F. R. 李维斯可比。

他的诗作不多,1955 年出版的《合集》总共只收五十六首诗,连同注解不过一百一十九页。这些诗大部分非常难懂。人们说他追随十七世纪的玄学派,实际上他比玄学派更不易解。文字是简单的,其纯朴,其英国本色,有如《阿丽丝漫游奇境记》,但是内容涉及二十世纪的科学理论(如爱因斯坦的相对论)和二十世纪的哲学思潮(如维特根斯坦的逻辑与语言哲学),有时单独的句子是好懂的,连起来则又不知所云了。

然而这样的诗仍然值得一读，因为它代表了诗的一种发展。这是二十世纪的知识分子的诗，表达的是知识界关心的事物。其所以难，是因为西方现代科学、哲学的许多学说本身就不易了解，而诗人本人对它们的探索也远比一般人深（我们不要忘了他在剑桥拿了两个第一，其一是英语，另一是数学）。这些学说是重要的，影响到现代人的意识或世界观。但他写的又不限于抽象思维，对于现实生活里的矛盾与困惑，对于爱情，对于战争，甚至异国的战争，如中日战争，诗人也都是深有所感并吟之于诗的。在形式方面，他又严格得出奇，不仅首首整齐，脚韵排列有致，而且还有法文 Villanelle 式的结构复杂的回文诗。整个说来，他的韵律是活泼的，愉快的，朗读起来，效果更好。十分现代的内容却用了十分古典的形式，这里有一点对照，一点矛盾；但这也增加了他的诗的吸引力。有些诗人的作品一见眼明，但不耐读；燕卜荪的相反，经得起一读再读，越读越见其妙。

这类诗也构成英国诗里的新品种。燕卜荪自己说过：

> 本世纪最好的英文诗是象征式的诗，写得极好，但这类诗搞得时间太长了，今天的诗人们感到它的规则已成为一种障碍，而文学理论家一般又认为除象征式诗以外，不可能有别类的诗。①

但他认为可以有别类的诗，即"辩论式的诗"。燕卜荪本人写的就是这类，其中心是矛盾冲突：

> 诗人应该写那些真正使他烦恼的事，烦恼得几乎叫他发

---

① 《纽约时报书评），1963 年 9 月 22 日，第 39 页。

疯。……我的几首较好的诗都是以一个未解决的冲突为基础的。[1]

因此,他不是在做文字游戏,而是在写现代知识分子所关心的重要问题,而方式则是通过思辨和说理。例如:

> 肥皂水张力扩大了星宿,
>
> 天上反映出圣母的韶秀
>
> 迎接上帝打开更多空间。
>
> 错了! 是我们在空间盘旋,
>
> 以超过光速的飞船
>
> 毁灭多少个星星宇宙,
>
> 让它们死亡不留痕迹。

> （《远足》,柯大诩译文,下同）

同样,他的警句也不是仅仅展示机智,而是包含着对人生意义的领悟的:

> 一切人类依之生存的伟大梦想,
>
> 不过是幻灯投射到地狱黑烟上。
>
> 什么是真正实在?
>
> 手绘的玻璃一块。

或者是这样一种在前途茫茫中的悲壮的决心:

> 还是和我一起在盼待一个奇迹,

---

① 《威廉·燕卜苏同克里斯多弗·里克斯的谈话》,收在伊恩·汉弥尔登编《现代诗人》一书内,伦敦,1968,第186页。

（不管它来自魔鬼还是神祇），

　　　　找那不可能的东西，

　　　　绝望中练一身技艺。

　　　　　　　　　　　　　　（《最后的痛苦》）

　　实际上不只是"技艺"，因为还有对人的关切。他是一个外表冷静而内心非常热烈的人。东方吸引了他：他在日本和中国都教过书，特别是中国，两度居留，一共七年（1937—1939，1946—1951），教书极为认真负责，造就了一大批英国文学研究者和许多诗人，见证了中国的抗日战争、解放战争时期的大学气氛和解放后的新气象（在人民共和国成立之初，庆祝十一和五一的游行队伍里有着他们夫妇），而且把他的感想写进了诗，其中包括一首题为《中国》的短诗，一个取自李季《王贵与李香香》的片断的翻译，和他的唯一的长诗《南岳之秋》。战时设在湖南南岳的西南联大文学院的师生的生活是非常艰苦的，但是他过得很愉快，这首长诗忠实地传达了他的印象和感想，当中包括了幽默、疑问和自我嘲讽，而主调则是愉快；他的轻松的口气和活泼的节奏加强了这一效果。这愉快不仅表明他在南岳"有极好的友伴"（如他自己所说），而且用一种诗歌手段传达了他对于中国人民前途的信心。

二战中的英国诗人

　　一战中涌现不少诗人，然而二战开始之时，台·路易士却讽刺地问道：

战争诗人何在？

他们已把宗教、市场、法律
置于愚昧和露骨贪婪的奴役之下，
现在又借用我们的语言，要求
我们为自由的事业执言。

我们时代的规律却是——
这个成不了不朽诗篇的主题——
我们这些靠诚实的梦为生的人
只能面对大恶保卫小恶。

不仅是他们/我们之分毫不含糊，使人想起了沙逊在一战时写的《他们》一诗，而且从这两诗的不同也可看出二战时诗人对于政治经济问题更敏感了。奥登的诗友台·路易士是一位反法西斯积极分子，眼看搞慕尼黑"绥靖政策"的一帮政客仍在台上，对于他们叫喊为自由而战的虚伪是看穿了的。

等到希特勒大举进攻，敦刻尔克撤退的耻辱继之以"不列颠之役"空战胜利的光荣激起了全国的敌忾心，一批年轻的战士写起诗来。这当中有雪尼·基斯，阿仑·路易士，基斯·道格拉斯，罗伊·富勒，亨利·里特，阿仑·罗斯。前三人死于战场。其中基斯·道格拉斯(1920—1944)所作至今耐读。例如下诗：

贵　人　们

——"我看我正在变成上帝"（罗马皇帝维斯巴西安临终语）

这匹高贵的马，眼光无畏，

骨骼修长,抬起头看炮弹爆炸。
家郡的景象消失了,
他依然把烟斗嘴放回口里。

彼得不幸被八八炮打死了。
炮弹炸飞了他的腿,他死在救护车里。
我看见他在沙里爬,口里说:
不公平,他们把我的脚打掉了。

我怎么能活在这群文雅的
过时英雄之间而不哭泣?
简直是独角兽,
落进两重传奇之中,
他们的愚蠢和仁侠精神同受尊敬,
个个是蠢人又兼英雄,同享不朽。

平原是他们的板球场,
山像赛马的几重障碍,
绊倒了几个骑手而已。这里的
石块和黄土下,他们安放了自己尸骨,
仍然带着他们有名的冷漠,我想
我听见的不是炮声,而是猎号。

　　诗人对于那群绅士们是熟悉的,用了几个对他们的价值观至
为重要的名词:公平,仁侠精神,冷漠(即什么也不动声色)。他们

的日子是在赛马和打板球中消磨的,因此特别爱马,认为马最高贵,而板球之对英国上层阶级犹如足球之对英国工人,集中体现了一切他们所崇拜的品德。他们在现代战场上被消灭了,但仍然像临死的罗马皇帝一样,自认为上帝。基斯·道格拉斯在诗里所写的这一题材,表明了二战时期一部分英国作家对于旧秩序崩溃的复杂心情。

对于惯于纵马行猎的乡绅,诗人就是怀着这种既惋惜又无能挽救的心情。而对于死于坦克中的敌人士兵他却充满了怜悯:

毋　忘　我

三个星期过后,战士们已经走了。
我们回到那噩梦似的战场,
找到了老地方,看见
那个兵伸开手足躺在阳光下。

大炮皱着眉,炮管投下了
盖倒一切的阴影。那一次
我们遭遇,他发了一弹,
像鬼怪般打中我的坦克。

瞧,在炮的掩体下丢弃着
他的女朋友的弄脏了的相片,
上面写着:"斯蒂菲,毋忘我",
好一手整洁的哥特体书法。

　　　　我们看他像是心满意足，

　　　　降低了身份，付清了账，

　　　　受着他的武器的嘲笑，

　　　　火炮坚固完好，而他已腐烂。

　　　　而她如能看到，一定会哭，

　　　　恶毒的苍蝇在他的皮肤上爬，

　　　　纸样的眼珠上满是尘土，

　　　　肚皮裂开了一个大洞。

　　　　在这里情人和杀手混合为一，

　　　　一个身体，一颗心。

　　　　选中了杀手的死神

　　　　也给了情人致命伤。

另一个诗人，也在北非战场上战斗过的绍莱·麦克林（1911—　）①
就在描写爱人形象的时候也想到了沙漠里的死亡：

　　　　不是那种叫人舒服的形象，

　　　　会有诗人放在高楼架上的，

　　　　而是会在沙漠里变大的形象，

　　　　在那里血即是水。

　　　　　　　　　　　　　　　　　　（《形象》）

情绪复杂，背景扩大，这些诗同一战开始时的英雄战歌和后来的战

---

① 麦克林于1996年去世。——编者注

壕悲鸣是截然不同的。

另外一种战时情绪是对于刻板、机械的军营生活的厌倦,如亨利·里特的《部件》一诗所表达的。"部件"指步枪的部件,诗中仿照一个军士的口气在向新兵发号施令:

> 这是保险机,只消用大拇指
> 一拨就开。别让我看见有谁
> 用别的手指。拨开不费力
> 只要你拇指用点劲。花朵
> 柔弱而静止,不许任何人
> 　　用手指去碰。

> 你们看这是枪栓。它的作用是
> 打开枪膛。可以把它
> 来回快拉。我们把这个
> 叫作松开弹簧。来回快拉,
> 早生的蜜蜂在叮花弄花,
> 　　人们把这个叫作松开春光。

每段诗里前四行是军士的话,讲部件,后两行则是诗人的旁白。他用大自然的花草来对照前面的军士呵斥,也表达新兵们心不在焉,恨不得回到田园中去的心情。两者之间的联系则是军士话里的某个词句,一重复就看出它的滑稽可笑。当然,诗人的用意还不止此,他是在表达一个更为普遍的常人的处境:一边是权威,是命令和拘束,是愚蠢和滑稽;另一边是自由,是大自然的美丽风光,是脆弱和无可奈何。战争不过使这个处境变得更加难以忍受罢了。

二战时期,青年诗人所作大抵如此。他们的心情不同于一战时的诗人们,既没有特别的兴奋,也没有格外的懊丧。人们的浪漫热情似乎已在西班牙内战的年月里消耗尽了,而二战主要是大规模的闪击战运动战,或者是千里外来的空袭,也就缺少战壕里的禁闭感和阴暗心情。在诗艺上,有些嘲讽的新手法,但主要是传统写法,没有多少现代派色彩。

在战前已经出名的诗人当中,有几位却在战争时期写出了重要的新作品。

一个是艾略特。他在《四个四重奏》最后一部《小吉丁》(1942)里写了德机空袭英国,我们已在前面引过。作为德国轰炸机象征的"黑色鸽子"的闯入使他知道不论他怎样追求永恒,他无法摆脱当今。事实上,他对当今的战争是有亲身体验的:作为一个民防队员,他曾眼见德国轰炸机俯冲下来。然而他现在站在小吉丁的教堂里,这地方同十七世纪英国历史的关联——英王查理一世在被国会军最后击败之前曾秘密来此——又使他想得更远,看出当今就是历史:

> 一个没有历史的民族
>
> 没有从时间解脱,因为历史的格局
>
> 由无时间的片刻构成。这样,当光线暗淡下来,
>
> 在这冬天下午的一个僻静教堂里
>
> 历史是当今和英格兰。

《四个四重奏》标帜着诗人艾略特的最高成就,他自己最喜欢的是最后的这部《小吉丁》。这时候的艾略特已经无须借助于新奇的形象和突兀的拼贴,也就是放弃了现代派的典型手法,而能用透

明而又有乐感的语言写出他沉痛的思考,战争使他纯净了,也使他更加深刻了。

另一位是女诗人伊迪斯·席特维尔(1887—1964)。她原来长于用新奇的手法写富于声色之美的"艺术诗",在战争的刺激之下转向现实的题材,所作反而取得了前所未有的硬朗和深刻。下诗就是一例:

雨,还在下

(一九四〇年通宵达旦的空袭)

雨,还在下——
黝黑像人世,阴暗如同我们的损失——
瞎了眼,像那十字架上
一千九百四十颗钉子。

雨,还在下
发出心跳的声音,又变成
铁锤敲打
在那"陶器匠的场地"上,还有
那圣墓上不虔诚的脚步:
　　　　　　雨,还在下
落在"血腥地"上,那儿渺小的希望
在生育,而人们的头脑
培育着贪婪,那该隐额头里的蛀虫。

雨,还在下

落在那十字架上挨饿的人的脚上
耶稣,他日夜钉在那儿,宽恕我们——
宽恕戴夫斯和拉撒路:
在雨里脓疮和黄金是一体

雨,还在下——
血,还在流,从挨饿的人受伤的肋胁;
他在心灵里担负着一切创伤
那些发过光又死了的,那最后微弱的火花
在那自我谋杀者的心里,那可悲的,不通情理的

黑暗的伤疤,那被诱捕到的大熊的伤口,
那瞎了的、哭泣的大熊,他的主人
鞭打着它可怜的肉躯,
那被狩猎者捉到的野兔的泪水

雨,还在下——
啊,我将跃向我的上帝:谁把我拉下来?
瞧,瞧耶稣的血流在天空:
从那被我们钉在架上的额角流出
深深流入垂死者,流入干渴的心
那藏着世间火花的心——为痛苦所染黑
像凯撒的桂冠。
而后,有一个人发话了,他
像人们的心,一度是孩童,睡在群兽中——

　　"我仍然爱,仍然发出天真的光——我的血——为了你。"

(郑敏译文)

这雨,像艾略特的黑色"鸽子"一样,是指空袭;艾略特只是附带提到,席特维尔则整诗都谈它。空袭之中,两人都充满了宗教感,只是表达方式人各不同。艾略特用了"纯净的方言",席特维尔则用了人们熟悉的圣经故事——特别是"在心灵里担负着一切创伤"的耶稣和耶稣的血:流在天上的,踩在犹大脚下的,从"那被我们钉在架上的额角流出"的血。但是血不会白流。尽管雨不断在下,死亡在不断袭击,耶稣却宣布了爱:

　　"我仍然爱,仍然发出天真的光,我的血——为了你。"

这也就表示:在炸弹如雨的恐怖情况下,诗人并无畏惧,也未绝望。

　　席特维尔不仅写空袭,还写原子弹爆炸:

　　歌声在闪光中死亡……去了何处?

　　溶化了,完结了——

　　只剩下红影染污了无记忆的石头。

(《玫瑰的颂歌》,1948)

这闪光就是原子弹的闪光,它消灭了歌声,只有石头留下了它红色影子的污渍。诗题里的"玫瑰"也是基督教常用的象征,天堂的玫瑰即是炼狱的火焰。

　　在这点上席特维尔着墨不多,却尖锐地写出了二战后英国人民的心态——对二战最后一段日子的原子恐怖的感受——震撼灵魂的深刻感受。好容易打败了法西斯,正待欢庆,却又出现了有毁灭全人类的力量的新的恶魔。这种感受驱使千万人上街游行,要求禁止原子武器,走在队伍前头的是老哲学家罗素。

回头来看英国诗歌,我们就会认识到:二战时期的英诗不仅不是无甚作为,而是很有成就:一大批年轻诗人涌现,用了新鲜的笔调写出了他们的复杂感情,几位老诗人(艾略特和席特维尔之外,还有将在另章提到的缪亚和狄伦·托马斯)得到了进一步的发展,在这个时期写出了他们最深刻的思考,而在技巧上不再执著于现代派手法。

世纪后半的诗坛

世纪中叶诗坛的一个显著现象,是现代主义的衰落。如上面所说,就连现代主义主要人物艾略特也在后期作品中失去了现代主义特色。

诗人仍然不少。年长一点的如罗伯特·格瑞夫斯(1895—)[1]仍然在写传统形式的诗,但也颇有新意,例如:

波斯人的说法

> 爱好真理的波斯人不多谈
>
> 在马拉松打的小小前哨战。
>
> 至于希腊人夸张的传说,
>
> 把那个夏天的一次搜索,

---

① 格瑞夫斯于 1985 年去世。——编者注

一次武装的侦察行动,

不过了用了三旅步兵一旅骑军,

(作为他们左翼的支援,

只有从大舰队抽出的几条老式小船)

把这些说成是对希腊的大举侵略

而且陷于大败——他们认为不值一驳;

偶然提起了,他们不承认

希腊人说的主要几点,只着重

那是一次有益的练兵,

给波斯皇帝和民族带来了英名:

面对坚强的防御和不利的气候,

诸兵种协同作战,形成百川汇流!

这里提到的马拉松之役是西方世界连小学生都知道的,西方史家称为希腊联军对抗波斯帝国大军入侵所取得的决定性胜利。但是波斯人又是怎么说的? 诗人提供了一个答案,所以题名《波斯人的说法》,意思是:各有各的说法,都是一面之词。至少,这可以使受"欧洲中心"论熏陶了多少世纪的西欧人头脑清醒一些。

又如约翰·贝起曼(1906—1984),也是自行其是,自得其乐,集中写英国城市郊区的传统生活,又用白体诗写了长篇自传(《为钟声所召》,1960;《高与低》,1976;《空气转冷》,1972),赢得了大量平素不读诗的普通读者,也受到奥登和拉金等同行的赞誉。

年轻诗人之间,1954 年左右出现了一个"运动派",成员是一些"愤怒的青年",如艾米斯、台维、恩赖特、韦因、拉金等,他们以燕卜苏为榜样但去其晦涩,讲究写得平淡,合理,却又语含机智,常有讥讽。他们既反对艾略特——奥登式现代主义,也反对以威尔士诗人狄伦·托马斯为代表的新浪漫主义,在内容上趋向灰色,平凡,与"愤怒青年"们的小说一样,同为福利国家的产物。他们的共同缺点是:天地不大,一如其成员之一唐纳德·台维所说:

> 只有小块地,小诗,
>
> 再不见庞大的、
>
> > 阴沉的、余音不绝的空间,
> >
> > 像维吉尔所开辟的。

(《论诗艺》)

到1957年后,成员们对'运动'已不感兴趣,这个流派也就消失了。

然而留下了一位重要诗人,即拉金。他是世纪后半英国最出色的诗人之一。

*   *   *

菲力普·拉金(1922—1985)关心社会生活的格调,喜欢冷眼观察世态,在技巧上师法哈代,务求写得具体、准确,不用很多形容词,而让事实讲话。

以他最有名的诗篇《降灵节婚礼》为例,他写铁路沿线的英国情况,着墨不多,而英国的病态历历在目:

> 浮着工业废品的运河,
>
> ……没有风格的新城,
>
> 用整片的废汽车来迎接我们。

而人物呢?

> 一些笑着的亮发姑娘,

> 她们学着时髦,高跟鞋又加面纱,
>
> 怯生生地站在月台上……

这是新娘们。她们的家属则是:

> 穿套装的父亲,腰系一根宽皮带,
>
> 额角上全是皱纹,爱嚷嚷的胖母亲;
>
> 大声说着脏话的舅舅……

对于这样一些人组成的英国社会,诗人当然是提不起什么兴致的。因此他的语言也是平淡的,闲话式的,他的韵律也是低调的,有嘲讽式的倒顶点,而无高昂的咏叹调。

拉金的笔下几乎不见一片绿叶,不是他不爱田园,而是他知道这一切"在消失中"(这正是他的一首诗的题目),他眼见即将来临的命运是:

> 这样,英格兰也就消失,
>
> 连同树影,草地,小巷,
>
> 连同市政厅,雕花的教堂唱诗台;
>
> 会有一些书收进画廊传世,
>
> 但是对于我们这一帮,
>
> 只留下混凝土和车胎。

没有掩饰,没有原谅,没有迁就,这就是当代的英国写照。

我们还可以看看他怎样写内景:

家

> 家是悲哀的。它没有改变,
>
> 还为最后离开的人保持了舒适,

> 似乎在想他回来。长时间
>
> 它没有一个人可以讨好,很泄气,
>
> 没有勇气去丢掉偷学来的体面
>
>
> 而回到当初开始时的决心:
>
> 痛痛快快,来一个归真返璞,
>
> 当然早已放弃。你了解这类事情。
>
> 瞧瞧这些画,这些银刀叉,
>
> 这钢琴凳上的乐谱。还有,那花瓶。

下中层阶级的家庭场面展开在读者面前,连同那用来支撑"体面"的"画","银刀叉"、"钢琴凳上的乐谱"。末尾一句"还有,那花瓶"像是突然想起,实是画龙点睛之笔,而且是讽刺的倒笔——只有那类家庭才在乎有没有一个作摆设的花瓶。

同样传神之笔还有:

> 无帽可脱,我摘下
>
> 裤腿上的自行车夹子,不自然地表示尊敬
>
> （《上教堂》）

没有什么动作可以更好地表达福利国家里下层青年的心态了!

然而更值得一提的,还是这诗里有一种新的品质,即心智和感情上的诚实。《上教堂》写出了二十世纪中叶英国青年知识分子对宗教的看法:并不重视,认为教堂将为时间所淘汰,但最后却来了这么一段自白:

> 说真的,虽然我不知道

> 这发霉臭的大仓库有多少价值，
>
> 我倒是喜欢在寂静中站在这里。

原因是：人有一种饥饿，要求生活中有点严肃的东西。这就是诚实。表现上的准确也是一种诚实，拉金的技巧是与拉金的内容一致的。而准确是一种当代品质，科学技术要求准确；准确也是一种新的美：运算的准确，设计的准确，施工的准确，都是美的。就诗而论，在多年的象征与咏叹之后，来了一位用闲谈口气准确地写出五十年代中期英国的风景、人物和情感气候的诗人，是一个大的转变。也许可以说：拉金和他的诗友们做了一件早就该做的事，那就是：以回到以哈代为代表的英国传统的方式写出了一种新的英国诗，这样也就最后结束了从二十年代起就开始树立于英国诗坛的现代主义统治。

*　　*　　*

另一个活跃于五六十年代的重要诗人是休斯。

塔特·休斯（1930—　　）①写的是纯然不同于"运动派"的诗。像是针对他们的天地窄小，他专写掠过长空的猛禽；针对他们的平淡，他着力写暴力。这两者，都可以在《栖息着的鹰》一诗里看出：

> 我坐在树的顶端，把眼睛闭上。
>
> 一动也不动，在我弯弯的脑袋
>
> 和弯弯的脚爪间没有弄虚作假的梦：
>
> 也不在睡眠中排演完美的捕杀或吃什么。

---

① 塔特·休斯于1998年去世。——编者注

高高的树真够方便的!
空气的畅通,太阳的光芒
都对我有利;
地球的脸朝上,任我察看。

我的双脚钉在粗粝的树皮上。
真得用整个造化之力
才能生我这只脚、我的每根羽毛:
如今我的脚控制着天地

或者飞上去,慢悠悠地旋转它——
我高兴时就捕杀,因为一切都属于我。
我躯体里并无奥秘:
我的举止就是把别个的脑袋撕下来——

分配死亡。
因为我飞翔的一条路线是直接
穿过生物的骨骼。
我的权力无须论证:

太阳就在我背后。
我开始以来,什么也不曾改变。
我的眼睛不允许改变。
我打算让世界就这样子下去。

(袁可嘉译文,下同)

这真是可怕的文字,毫无过去诗歌的优美情调,一切是那样残酷,而残暴者又是那样自豪:它任意捕杀,"分配死亡",它也"不允许改变,……打算让世界就这样子下去。"

不只是一首诗如此,而有一连串同样可怕的作品。他这样写《鼠之舞》:

> 鼠落进了罗网,它落进了罗网,
>
> 它用满嘴的破铁皮般的吱吱声咒天骂地。……

连韵律都是咬牙切齿似的。在《乌鸦的第一课》里他写上帝如何被乌鸦捉弄:

> 上帝想教乌鸦说话。
>
> "爱,"上帝说,"你说,爱。"
>
> 乌鸦张开嘴,白鳖鱼猛冲入海,
>
> 向下翻滚,看自己有多大能耐。
>
> "不,不,"上帝说,"你说爱,来,试一试,爱。"
>
> 乌鸦张开嘴,一只绿蝇,一只舌蝇,一只蚊子
>
> 嗡嗡飞出来,扑向杂七杂八的华宴。
>
> "最后试一次,"上帝说,"你说,爱。"
>
> 乌鸦发颤,张开嘴,呕吐起来,
>
> 人的无身巨首滚出来
>
> 落到地上,眼睛骨碌碌直转,
>
> 叽叽喳喳地抗议起来——

> 上帝拦阻不及,乌鸦又吐起来。
>
> 女人的下身搭在男人脖子上,使劲夹紧。
>
> 两个人在草地上扭打起来。
>
>   上帝奋力把他们拆开,又咒骂,又哭泣——
>
> 乌鸦飞走了,怪内疚地。

这是令人作呕的诗,而最后"怪内疚地"又是讽刺的一笔。实际上,不是乌鸦有那么多能耐,它还是上帝的化身,这一番问答无非点出上帝的伪善。

就当他写植物时,他也写像尖刀一样会割人的蓟:

> 每支蓟都是复活的充满仇恨的爆发,
>
> 从衰亡了的北欧海盗的地下遗迹
>
> 抛掷上来的紧握手中的一大把
>
>
> 残缺的武器和冰岛的霜冻。……

他似乎是把可怕的词汇和凶狠的韵律统统用上了。

然而骂他残酷却骂错了,残酷的不是他,是大自然,是世界,特别是这空前残酷的二十世纪现实世界。他也不是在宣扬暴力,而是在唤醒人们注意暴力这个现象,不要生活在幻觉中,因此他避免写得软绵绵的,而用准确、坚硬、强烈的文字。无论你喜欢不喜欢,休斯的诗构成世纪后半英国诗的一个特色。

近年来休斯也写些有关地方上风土人情的诗,并配以插图或相片。这当中有他对于另一个困扰二十世纪的问题——即保持环境清洁——的关心。1984 年,他被封为桂冠诗人。

＊　　＊　　＊

休斯的出现曾被有的批评家认为是英国诗的一个转机,[1]但那是六十年代的事。休斯以后,又出现了什么大的变化?

大体说来,从七十年代起有两股力量表明一种新的诗的敏感在涌现出来。一股出现在北爱尔兰,以显默斯·希尼为代表;另一股出现在英格兰,以托尼·哈里逊为代表。希尼将在下章讨论,这里先介绍一下哈里逊。

托尼·哈里逊(1937—　)是工人家庭子弟,靠奖学金上过里兹大学,写的诗有强烈的工人阶级意识。他通晓古典和西欧、非洲多种语言,曾经译过莫里哀的《恨世者》、拉辛的《费德尔》,埃斯基罗斯的《哦莱斯蒂亚》[2],并为纽约大都会歌剧院写歌词。他力求用好语言,然而目的却不像艾略特那样在于"纯净部落的方言",而是要替一些几乎说不出话来的人发言。这些人就是多少代的"哑巴",如他家庭里的上辈成员。他曾写诗表明这点:

遗　传

> 你居然成了诗人真是神秘!
> 你这诗才来自何处?
>
> 我说:我有两个伯父,乔和哈利……
> 一个口吃,一个是哑巴。

---

[1]　A.阿尔伐莱士:《新的诗歌》,1962,序。

[2]　即埃斯库罗斯的《俄瑞斯忒亚》。——编者注

不只伯父,他父亲——一个锅炉工人——也是"哑巴":

> 他渴求能从人的语言解脱出来,
>
> 那压了他一生的,铅一般沉重的舌头。

(《标以 D 字》)

哈里逊要打破这世代的"遗传",于是写起诗来。这使他更敏锐地感到语言中也有"他们"与"我们"之分。有一系列的诗谈到"词汇表"(关于词典)、"女王的英语"(即所谓上等人英语),另有一首干脆就以《'他们和我们'》为题,其中有一段是:

> '诗是国王们的言词。你是那类
>
> 莎士比亚只让演丑角的家伙:写散文去吧!
>
> 所有的诗,包括伦敦佬济慈的,你知道,
>
> 都已由我们配音成了 RP,就是
>
> "公认的发音",请相信我们,
>
> 你的言语已在"公认者"们的手里。'
>
> '我们说[ʌs],不说[uz],老兄!'这就封住了我的嘴。
>
> ……

(《他们和我们》)

英语标音符号在诗里出现,这大概是第一次。原来拼成 us 的英语词有两种读法:"公认者"们即上等人读成[ʌs],工人、下层阶级读成[uz]。这里阶级分野特别明显,所以过去萧伯纳曾说:一个英国人一张嘴,就无法不遭到别的英国人恨他。

而哈里逊的对策不是像有些受了高等教育的工人子弟那样,

也去鹦鹉学舌地学 RP 即"公认的发音",而是去做一个"食火者":

> 我将不得不吞下父亲们的火一样的语言,
>
> 把它化成一连串打结的火绳,去点燃
>
> 多少代压抑着的沉默,一直回到
>
> 亚当寻找创世名词的当年,
>
> 尽管我的声带会因受烤而变黑,
>
> 也将有火焰不断地唱歌。

(《食火者》)

这样的一个歌手唱出来的歌当然也不同寻常。

他唱他对父母的深切感情,透过一个儿子的眼睛看工人家庭里的爱:

> 虽然我母亲已经死了二年,
>
> 爹还是把她的拖鞋放在煤气炉旁烘着,
>
> 在她睡的床一边放一个暖水袋,
>
> 并且按时替她去续月票。
>
>
>
> 客人不能随便进屋,得先打电话,
>
> 他总约你一个钟头后才去,
>
> 这样他可以有时间把她的东西拿走,
>
> 像是他仍然炽烈的爱是一种犯罪。……

(《远距离,2》)

他写了多首关于父母的诗,不止题材是关于他们,写法也希望他们喜欢,这一点成为他写作的艺术信条,如他在一首里所说:

爱 读 的 书

那个夏天我读易卜生、马克思和纪德。

他给了我一个"你别太骄傲"的脸色。
"我有时觉得你读书太多了,
我从来没有时间来一阵好读。"

"好读!敢情!你的工会的日程表!
威士忌和啤酒瓶上的招贴!
你从来没有兴奋得要发狂,
由于读了卡夫卡或者《李尔王》。
你唯一关心的记录只有你的投镖游戏,
或者他妈的那足球……"

     （这一切我只在心里说。）

我现在接受你关于"艺术"的看法,
把它们写进我的诗,这是一种约定。

这些谈你的诗,爹,希望你喜欢,
在你从比斯顿进城的公共汽车上,
它们是为你这样没有时间的里兹人读的。

一旦我写诗,我就不能把你忘掉!

这些诗都用了活泼的口语,写得具体确切,直接打动读者。同时,他也不讳言工人本身的弱点,如他父亲对一切文化的鄙视。

当然,哈里逊也用他那火焰般的文字写别的题材——从传统解放出来了的题材。这当中有他在美国、非洲、东欧、拉美工作或游历的观感,对"黑色的"北英格兰的既恨又爱的感情,对于死亡的凝思,对于政治、经济问题的看法,还有就是性生活,包括同性爱。这后者曾引起人们的非议,但他仍把它当作现实人生的一部分而写得酣畅。在这等地方他是完全"当代"的——当代生活里的不安、紧张、疑惑都可以在他的诗里找到。同时,他对语言的造诣和过去优秀文学的修养又使他的诗艺成熟,写出了名篇如《给约翰·济慈一个金橘》,其中既有当代的忧患感:

> 历史,人的一生,心,脑,
>
> 流向味蕾又流回。
>
> 比济慈多活十几年
>
> 使我老了但并不更聪明,
>
> 只是知道了已经不会早死,
>
> 但青春也留下了未歌颂的甜味,
>
> 剩有日子和金橘来表达
>
> 人的存在因他的虚无而成熟。
>
> 不只是十六年的间隔
>
> 带来了史多的恐怖、希望和怕惧,
>
> 而是在济慈的死和我的生之间
>
> 这地球又有了一百年的历史——

> 岁月如张开的火山口,杀气腾腾,
>
> 边沿上有血水成泡,向人狞笑;
>
> 一个像缸一样大小的东西爆炸了,
>
> 夺走了一切静寂,一切颂诗,
>
> 草木窒息于秽气之中,
>
> 这是济慈和朗普里埃从不知道的;
>
> 全身脱水的海仙,断腿的林神拖着残躯
>
> 爬过废渣成堆的无树土地,
>
> 喷毒的火焰咬着吞着
>
> 年纪不到济慈死时一半的儿童……

又有身处非洲黎明中的新鲜感:

> 烈日烧化了黎明的薄雾
>
> 我摘了一个金橘,树枝溅了我一脸
>
> 清凉的露水,作为一天的开始。
>
> 黎明的糖浆使果子闪光
>
> 在梦一般的橘林果园中。
>
>
> 像盖尔微在久雨之后,
>
> 椴树绿得发亮,几乎叫人痛苦,
>
> 沾着冷露的果子昨夜一整夜
>
> 在空气里兀自金黄一片。
>
> 新的一天来了。呵,日子! 我的精神
>
> 用约翰·济慈的精神欢迎金橘。

呵,金橘,没有早死是一种安慰,

又甜又苦,祝福诗人的舌头!……

现实、历史、欧洲、非洲、痛苦、希望,联贯起来的是一个后生诗人对于济慈这样一个永远年轻的纯真诗人的爱,英国诗歌就这样代复一代地传了下来。

第十七章　地区文学中的诗歌

　　地区文学指英格兰以外的英国地区的英语文学,即爱尔兰、苏格兰、威尔士地区的英语文学。

　　爱尔兰英语文学同英格兰本土的文学关系密切难分。远的不说,十八世纪以来,斯威夫特、哥尔斯密斯、谢立丹、伯克、萧伯纳、叶芝、辛厄、奥凯西等都用英语写下了佳作,他们的情况大部已在前面有关章节中介绍。

　　苏格兰作家中,我们已经叙述了亨立生、邓巴、费格生、彭斯等人的贡献。他们用英语或与英语相近的苏格兰方言——更多的情况是,把两者混合起来——写作。

　　威尔士语同英语差别较大,有从六世纪行吟诗人泰力申开始的本族文学传统,但至今只有少数人还用威尔士语写作,多数作家用英语,其中狄伦·托马斯、R. S. 托马斯、格文·托马斯等建立了全英的乃至国际的声誉。

　　如果从文学品种来看,我们会发现一点,即这三个地区的作家虽在戏剧、小说、散文等各方面都有贡献,但以诗歌的成就最为突出。这三个地区的居民大多是凯尔特(Celtic)族人,他们富于想象力,历来爱好吟咏。在二十世纪,他们继续发扬了这个传统。我们在下面要集中讨论的主题就是:凯尔特的诗歌天才在二十世纪英国文学中所起的作用。

苏　格　兰

我们先看苏格兰。

在本世纪二十年代,出现了一个"苏格兰文艺复兴运动",发起者是诗人休·麦克迪尔米德(1892—1978)。他经历了一段艰难的发展过程。一开始,他用英语写作。不顺利,于是改用苏格兰语。然而这是一种奇特的苏格兰语,是人工凑成的,其成分是从字典上找来的古苏格兰词和低地区方言,合称"拉兰斯语"。

这是文学史上一次真正的新开始,所产生的作品至今令人惊奇,其中一首诗是:

摇摆的石头

在收获季节寒冷的半夜,
世界像一块石头
摇摆在天空下。
凄凉的回忆起了又落,
像风卷雪花。

像风卷雪花,我已认不了
石头上刻着的文字。
何况浮名如青苔,
历史如地衣,

> 早把一切掩埋。

这短短十行里有广大的空间，又有历史和历史中的人，最纯朴的自然形象，低徊不已的韵律，最后留下一种凄凉而又清醒的情绪。既是来自苏格兰传统的，又是现代的；新鲜，但又耐读。无怪乎直到今天，朋友和敌人都一致称赞这些"充满魅力的早期抒情诗"。

然而诗人并不以此为足，进而用拉兰斯语写了长诗《醉汉看蓟》(1926)，这是人们公认的麦克迪尔米德的杰作。一个醉汉是诗的主人公，而这在盛产威士忌酒的苏格兰是有代表意义的；诗写的是这个醉汉从烂醉到清醒的过程，在这过程里他认识了苏格兰现状；诗的中心象征是蓟树，过去苏格兰的国徽曾以蓟树为图案，所以这个中心象征就是苏格兰的象征。醉汉在各种情况下看着蓟树，蓟树也起了各种变化(有一阵变成了一个泡在药水里的胎胞)，每一种变化代表了苏格兰生活的一个方面，这就给了诗人以评论苏格兰现状的机会。他热爱苏格兰，明白一个诗人对于民族的责任：

> 一个苏格兰诗人必须负起
>
> 拯救人民于危亡的重任，
>
> 他宁死也要劈开活埋他们的土坟。

但他又明白苏格兰人的许多毛病：忘本，萎靡，自私，自我陶醉，自我欺骗，等等，因此诗里多的是辛辣的嘲笑，讽刺。连大罢工的失败他也归咎于苏格兰人性格中的弱点。由于是醉汉之谈，诗句写得跌宕生动，无所顾忌，除了发表评论，还写出了对人生、政治、文艺、哲学等等的看法，提到了艾略特、陀思妥耶夫斯基、马拉美、尼采、弗洛依德、匈恩贝格等作家、思想家，还译了俄、法、德文的作品

片断,因此内容十分丰富,从整体上看是一个醉汉的长篇戏剧性独
白,有一个中心故事,又包括了许多不同内容和风格的独立片断,
诗中有诗,如那首令叶芝折服的《呵,哪个新娘》:

呵,哪个新娘

呵,是哪个新娘手拿一束
白得耀眼的蓟花?
她那怕事的新郎哪能料到
他今夜会发现个啥。

比任何丈夫亲密,
比她自己还亲密,
人家不要她的贞操,
只不过施了一个诡计。

呵,谁已先我而来,姑娘,
他又怎样进的门?
——一个我没生就已死的人,
是他干了这坏事情。

只留给我一点贞操,
在你那尸体般的身上?
——没有别的可给了,丈夫,
无论找古今哪个姑娘。

但我能给你好心肠，

还有一双肯干的手，

你将有我的双乳如星星，

我的身子如杨柳。

在我的唇上你会不再介意，

在我的发上你会忘记，

所有男人传下的种

曾在我处女的子宫聚集……

（1926）

这是一个最基本的人生处境，充满了世代的神秘感，又有最动人的感情因素，非常难写，而作者却用民谣的问答形式写得既实在，又深远，像《圣经》中《雅歌》一样美丽。

《醉汉看蓟》还包含了《受难的玫瑰之歌》，是谈 1926 年震动全英的大罢工的。这标志着麦克迪尔米德创作发展的一个方向：政治诗。随着诗人本身的政治信仰的变化——从民族主义者变成了共产主义者——他又写了《一颂列宁》（I931）、《二颂列宁》（1932），表达了他对于列宁所领导的俄国十月革命的热烈的向往，而且这不是一时的兴奋，以后他一直坚持这个方向，尽管世事变幻，在 1955 年又发表了《三颂列宁》。这些颂诗也不是标语口号或浮泛的赞词，而是用精湛的艺术写的对于历史、革命、人类文化前途的成熟思考。《一颂》论列宁在人类史上的地位，说明他如何"给首要事情以首要地位"。《三颂》结合格拉斯哥海港城市的悲惨现状，向列宁呼吁，要求他那"直冲天庭"的"自由之火"来照亮这个城市。《二颂》受到的注意最多,因为在这里诗人拿起了一个多少别人感到棘手的问题,即诗同政治的关系。

他看出诗的现状是不能令人满意的。他首先反躬自问:

> 有人在工厂和田地读我的诗么,
>
> 　　或在城市大街的中心?
>
> 如果没有,那我就不曾尽到
>
> 　　我该尽的本分。

> 如果我不能打动街上的老百姓
>
> 　　或者灶旁的家庭主妇,
>
> 那我纵有天下的一切聪明,
>
> 　　也救不了这该死的失误!

别的作家,包括他所佩服的乔伊斯,也通不过这样严格的考验:

> 一切伟大的都自由而开阔,
>
> 这些人又开阔到了何方?
>
> 充其量只打动了边缘上一小撮,
>
> 对人类没有影响。

解决的途径是有的,那就是求教于列宁:

> 诗同政治都要斩断枝节,
>
> 抓紧真正的目的不放手,
>
> 要像列宁那样看得准,
>
> 而这也是诗的本质所求。

列宁的远见加上诗人的天才，

将要产生多大的力，

古今文学里所有的一切，

都不能同它匹敌。

不是唱小调去讨好庸人，

而是拿出全部诗艺，

就像列宁对工人不用速成法，

而讲了整套马克思主义。

有机配合的建设工作，

实干，一步一步前进，

首要事情放在首要地位，

诗也要靠这些产生。

换言之，诗也应当关心"首要事情"。这种将来的诗无所不包，政治
也可以纳入：

因此，在诗与政治之间，

问题已经最后明朗。

诗包括政治，而且应是

人群中最伟大的力量。

对于这种将来的诗，麦克迪尔米德倒是做了实际努力。三十
年代中期以后，他的诗风逐渐有了改变。先是不再用拉兰斯语，而
用英语写作了；接着他致力于写他称为"现代史诗"的长诗，其显著
成品就是《悼念詹姆斯·乔伊斯》（1955）。

《悼念》共长六千行,但在作者的计划里还只是一首更长的诗的一部分。它至少有两个主题。一个是人必须像列宁所指出的,承继前人的全部文化遗产。因此诗里也大量采用外国词,引征外国作家、科学家、思想家、艺术家,包括中国的书法家:怀素、赵子昂、黄山谷、王羲之、乾隆皇帝的"炫耀自己的庸俗作风",苏东坡的:

> 丰腴而活泼的笔法,
>
> 像一个胖子肌肉松弛而态度潇洒……

另一个主题是作家必须发挥语言的全部潜力,他所悼念的乔伊斯正是这样做的。语言不是小事情,它是"人的文化生活的最神秘的一点"。作家应该竭尽全力,寻求最能表达人的敏感的语言:

> 一种能尽各种功用的语言,
>
> 它有一种奇妙的透澈,又有火光样的品质,
>
> 流泻如清泉,飞腾如大鸟,
>
> 一片金黄如太阳照耀下的田园景色。
>
> 凡我们要表达的都表达得快速,明亮,准确,
>
> 像上帝那样有绝对把握。……

因此在语言上进行的创新活动有着十分重大的意义:

> 在字典里探险意味着
>
> 跋涉在人心的一切深渊和一切高峰,
>
> 承受人的精神的一切考验,
>
> 在一切过去文学的瓦砾堆里,
>
> 在一切将来文学的原料堆里。

麦克迪尔米德在这里点了题:语言潜力的发掘是同继承和发展人类全部文化遗产大有关系的——前者乃是后者的前提。正是这一联系使他有别于也着力发掘语言潜力的西欧现代主义者,他们一般是只联系个人哀怨或止于语言本身的。

《悼念詹姆斯·乔伊斯》和其他后期作品不是多数读者喜欢的,因为它们篇幅奇长,内容庞杂,不易看懂。然而它们有许多出色的长段,特别是那些带个人回忆和论艺评文的片断,在形式上则不再是民歌的短章,而采用了布莱克式、惠特曼式的滔滔长行,出现了一种新的音乐。诗人本人认为他中年变法是必然的,是一种跃进:

> 最伟大的诗人往往要经过一次艺术上的危机,
>
> 一个同他们过去成就一样巨大的转变,
>
> 有的诗人接近于转变却未能完成,例如华兹华斯。……
>
> 我今年四十六岁,出身坚毅、长命的乡下佬家庭,
>
> 庸人们惋惜我诗风的改变,说我抛弃了
>
>   "有魅力的早期抒情诗"——
>
> 可是我已在马克思主义里找到了我所需的一切。……
>
>   (《首先,我写的是马克思主义的诗》)

正是这一变法使麦克迪尔米德进入一个新的境界,增加了一个新的方面,使他在苏格兰成为彭斯之后第一大家,在整个英语世界里的诗坛上成为叶芝的侪辈。

在他的带动之下,苏格兰语诗歌首先出现了一个"复兴"局面,产生了优秀诗人如威廉·素塔(1898—1943)、罗伯特·加里奥克(1908—1981)、西德尼·古德塞·史密斯(1915—1975)。

　　当然,对于多数苏格兰诗人来说,英语是他们的选择,因为从小学之听之说之写之,用起来最省力。

　　英语诗人之中,首先必须提到艾德温·缪亚。

　　缪亚(1887—1959)的声名可与麦克迪尔米德并驾齐驱,但是完全不同的一种类型的诗人。首先,他用英语写作,并且认为"苏格兰只能靠用英语写作才能创造出民族文学"。[①] 其次,他不写政治诗,而写哲理诗,并且写得异常动人。

　　所谓哲理诗,不是指他在诗里阐明什么系统哲学,而是指他写出了对于人生一些根本问题的深刻的观察和思考。他思考得最长最深的是时间与永恒的关系。《时间主题的变易》(1934)和《旅行和地方》(1937)这两个集子是他在这方面的代表作。时间在无情地流逝,但信仰可以使人不被卷走,而信仰主要是指相信人"一只脚还踏在伊甸园中",有一天他能重返乐园。人世间"善与恶紧密并存于罪孽与慈善的土地上",形成了

　　　　时间的创造反为时间所困扰

的局面,但是对伊甸园的记忆将使人回归失去的乐土。在缪亚的最后一首诗《我曾受教诲》里,他直截了当地说出了他的信念:

　　　　如今时间越来越短了,我看出
　　　　柏拉图写了最真实的诗,
　　　　这些影子
　　　　是真实所投。

---

① 艾德温·缪亚:《司各特与苏格兰》,第178页。

这就是说：人世种种只是永恒理念的仿作，受时间制约的人类历史不过是一则永恒寓言的影子。

但这只是最后的彻悟。在大部分岁月里，缪亚感到时间是一个谜，人生是一场梦。他所受影响不止来自柏拉图，还来自尼采和卡夫卡。他同他的妻子维拉是最早把卡夫卡的作品译成英文的人。而他对于回归伊甸园的不断强调则来自他从现实生活里受到的创伤：他生在奥克尼岛，在那里度过了快乐的童年，14岁时随家移居格拉斯哥，干各种体力活，环境十分恶劣，于是他感到奥克尼岛是伊甸园，而格拉斯哥这个工业城市则是地狱。这就给了他对伊甸园的怀念以一种尖锐性，一种迫切感。后来，他们夫妇有机会在德国、捷克、意大利、奥地利等国工作和游览，他的心情开朗了，艺术境界也扩展了，这时候他的作品里也出现了西欧现代主义的影响，原来就喜欢的梦样的世界现在带上了卡夫卡式的气氛：冰冷无趣，荒诞，令人焦灼，却又无法拒绝。

然而缪亚并不悲观。他有伊甸园作为他回归的目标。他也未曾忘怀现实的苏格兰，写过《苏格兰，1941》、《苏格兰之冬》、《堡垒》等诗，同他的诗友们一起在痛定思痛地重温苏格兰的历史教训：

> 这可耻的故事该怎么说？
> 我到死都要坚持：
> 我们被出卖了，无法挽救，
> 黄金是我们唯一的敌国，
> 而对它我们没有作战的武器。

（《堡垒》）

现实世界和个人幻想,二十世纪和纯朴古代,原子战争和伊甸园,一齐出现在他最有名的后期诗篇《马》里:

> 那场叫世界昏迷的七日之战过后
>
> 不过十二个月,
>
> 一个傍晚,夜色已深,这群奇怪的马来了。

这是诗的开端。接着是对于原子大战之后的一个海滨村子的描写:

> 太冷静了,
>
> 我们听着自己的呼吸声音,感到害怕。
>
> 第二天,
>
> 收音机坏了,我们转着旋钮,没有声音;
>
> 第三天,一条兵舰驶过,朝北开去,
>
> 甲板上堆满了死人。第六天,
>
> 一架飞机越过我们头上,栽进海里。
>
> 此后什么也没有了。

这一切写得很"实"。实中也有诗人所感:

> 但现在即使收音机出声,
>
> ……
>
> 我们也不愿听了,不愿再让它带回来
>
> 那个坏的旧世界,那个一口就把它的儿童
>
> 吞掉的旧世界。我们再也不要它了。

而接着却是既"实"而又宛如梦境的一景:

> 几架拖拉机停在我们的田地上,一到晚上
>
> 它们像湿淋淋的海怪蹲着等待什么。

这第二行的比喻是超现实主义式的,丑恶,不洁,带着威胁。这也属于旧世界,于是:

> 我们让它们在那里生锈——
> "它们会腐朽,犹如别的土壤"。
> 我们拿生了锈的耕犁套在牛背后,
> 已经多年不用这犁了。我们退回到
> 远远越过我们父辈的地的年代。

这时候,事情起了变化:

> 接着,那天傍晚,
> 夏天快结束的时候,那群奇怪的马来了。
> 我们听见远远路上一阵敲击声,
> 咚咚地越来越响了,停了一下,又响了,
> 等到快拐弯的时候变成了一片雷鸣。
> 我们看见它们的头,
> 像狂浪般向前涌进,感到害怕。
> 在我们父亲的时候,把马都卖了,
> 买新的拖拉机。现在见了觉得奇怪,
> 它们像是古代盾牌上的名驹
> 或骑士故事里画的骏马。
> 我们不敢接近它们,而它们等待着,
> 固执而又害羞,像是早已奉了命令
> 来寻找我们的下落,
> 恢复早已失掉的古代的友伴关系。
> 在这最初的一刻,我们从未想到

它们是该受我们占有和使用的牲畜。

它们当中有五六匹小马，

出生在这个破碎的世界的某处荒野，

可是新鲜活跳，像是来自它们自己的伊甸园。

后来这群马拉起我们的犁，背起我们的包，

但这是一种自由的服役，看了叫我们心跳，

我们的生活变了；它们的到来是我们的重新开始。

这里有许多值得思索的东西：马群的声音打破了原来的死寂，它们的涌进带来了力量和壮美；马与拖拉机的对照，马背后的千百年尊严和浪漫的历史；马与人从古就有的友伴关系；马驹的新鲜活跳，"像来自……伊甸园"；"自由的服役"；新生活的开始。缪亚的理想是世界各处千百个诗人多少世纪来的理想：归真返璞；但针对原子战争来写却显出当代西方的特色，而文字的简洁明快与基本形象——马群与机器——的恰当则是缪亚的独特贡献。《马》确是如诗人艾略特所称道的，一首"原子时代伟大而可怕的诗篇"。①

　　二十世纪的苏格兰还有不少其他英语诗人。在缪亚之前，有约翰·戴维森（1857—1909）。他写了大量作品，诗、小说、剧本都有，以一首民谣体的城市讽刺诗《三十先令一周》最有影响，但后来因穷困和久病不愈而自杀了。

　　在缪亚之后，有较大成就的英语诗人是诺曼·麦开格、艾特温·摩根、乔治·麦开·布朗、伊恩·克赖顿·史密斯、艾伦·波尔特等人。

---

①　T. S. 艾略特：《缪亚诗集》前言，伦敦，费泊出版社，1952。

苏格兰的第三种语言是盖尔语。说盖尔语的人虽已数量甚少，然而盖尔语的作品还在不断出现，在二十世纪反而出现一个中兴局面。这部分地是由于爱尔兰共和国大力提倡盖尔语和盖尔文化，影响所及，1968 年苏格兰盖尔族人地区的中学也开始教授盖尔语，后来小学也设课了；部分地也是因为出现了一批盖尔语作家，如乔治·坎贝尔·海(1915—　)[1]、德里克·汤姆森(1921—　)、唐纳德·麦考利(1930—　)，伊恩·克赖顿·史密斯也有盖尔语作品，特别是由于出现了一位盖尔语大诗人——Somhairle Mac Gill-Eain，即绍莱·麦克林。

麦克林(1911—　)生在拉赛岛，以后大部分时间生活和写作在附近的斯凯岛上。他在爱丁堡上大学，先用英语写诗，诗风模仿艾略特、庞德，但不久觉得路子不对，回头用盖尔语写，写出了既有纯朴的岛民情感又有当代西欧意识、在艺术上则充分发挥盖尔语的音乐性、形象性等特点的抒情诗，主要的诗集有《写给埃姆赫的诗》(英译本 1971)、《大潮与小潮：1932—1972 年所作诗选》(盖尔语、英语对照本，1977)。

爱情是他咏唱的主题之一。他可以唱得十分动人，所咏的人和景总是那样的明丽、新鲜：

黎　明

你是库林山上的黎明，

克莱拉峰上的白天，

---

① 乔治·坎贝尔·海于 1984 年去世。——编者注

> 金色河流里懒洋洋的阳光，
>
> 地平线上的一朵白玫瑰。
>
>
> 阳光下港湾里白帆闪闪，
>
> 蓝色的海，金色的天，
>
> 年青的早晨在你的发上，
>
> 在你洁白的双颊上。
>
>
> 黎明的珍宝，夜晚的珍宝，
>
> 你的脸和你的好心，
>
> 纵有灾祸似灰色木桩
>
> 刺透了我的年青早晨的胸膛。

他善于用人同大自然对照，但这是斯凯岛上的特殊的大自然：

> 如果没有你，库林山会变成
>
> 严峻的青色堡垒，
>
> 狼牙般的城墙像一根带子
>
> 围困了我内心的全部激情。

（《青色堡垒》）

这一再提到的库林山高踞在斯凯岛的西南部，是那种突兀的、峻峭的、怪石峥嵘的荒山，顶峰经常藏在云雾里，对人疏远着，甚至显得有敌意。在这种背景之前，爱人显得更美，爱情也更甜蜜了。

库林山是实际存在，又是一个形象。麦克林所用的别的形象也有一种特殊的尖锐性，与众不同，如说

> 时间如鹿,正在哈雷格的树林中
>
> 　　　　　　　　　　　　　　(《哈雷格》)

或者

> 诗似略带疯狂的狗,
>
> 如狼群把美追踪。
>
> 　　　　　　　　　　　　　　(《狗与狼》)

以及我们在上面引过的

> 纵有灾祸似灰色木桩
>
> 刺透了我的年青早晨的胸膛。
>
> 　　　　　　　　　　　　　　(《黎明》)

这些——鹿、狗、狼、木桩——都是常见之物,不是从字典上寻来的怪词,但是同所比喻的时间、诗、灾祸的联结却是异乎寻常的,促使人们警觉。

然而麦克林所写的爱情却并不神奇。他不是一个时代错误的浪漫歌手。他的独特之处——也是他的现代性——在于爱情常常带来令人不安的因素:困惑,迷惘,甚至逼他做出痛苦的选择。有一首诗就是以《选择》为题:

> 我同我的理智
>
> 去到海边散步,
>
> 我们走在一起,
>
> 它却离我几步。
>
> 它转头向我问道:

你是否听到风声，
你那美丽的白姑娘，
星期一就要成婚？

我按住我那沸腾的心，
不让它跳出撕裂的胸膛，
接着我答道：恐怕是这样，
我用不着为此撒谎。

难道我能摘下
那颗闪亮的金星，
把它收进口袋，
用加倍的谨慎小心？

在西班牙的危急时候，
我不曾死在十字架上，
又怎能期望命运
给我新的奖赏？

我走上了卑鄙的小路，
狭窄，干燥，冷清，
又怎能面对爱情
雷电般的轰鸣？

但如果让我再作选择，

> 再能挺立在海隅
>
> 我将怀着完整的心
>
> 跳出天堂，或者地狱！

古老的民歌格式，却包含着现代情感，甚至现代政治——西班牙内战。诗人因为家事，没能上西班牙前线打佛朗哥，引为奇耻大辱，所以才发出这"雷电般轰鸣"的叫喊。人们会指出：这叫喊是指爱情。是的，但是诗的用意却在于：政治信念同爱情一样，需要全身心投入，需要"完整的心"，而这绝不是谨慎小心的人、走上"狭窄、干燥、冷清"的"卑鄙的小路"的人所能做到的。把爱情和现代政治这样结合起来，是麦克林的特点之一。

麦克林对于自己和自己作品是经常进行反省的，十分谦虚的，有一度他还自问：

> 我看不出我的工作有什么意义，
>
> 用一种垂死的语言写我的内心。

（《我看不出》）

但事实却是：由于他和其他作家的努力，由于他们用卓越的艺术使现代感情、现代意识流溢在盖尔语中，这一"垂死的语言"复活了。

威　尔　士

现代威尔士英语诗人之中，成就最大的是两个托马斯，即狄伦·托马斯和伦奈特·司图亚特·托马斯。

狄伦·托马斯（1914—1953）像彗星一样划过英国诗坛，20岁成名,39岁就死去了,留下了许多诗篇、短篇小说、广播剧、朗诵唱片。

《死亡与出场》(1946)是他的一本重要集子的名称,也可以用来概括他所关注的题材:生与死,但不是平平淡淡的,而是充满了神秘和戏剧性的,死如跌入难测的黑夜,生如挑幕出场。在这两者之间,则是血液、本能、欲望、潜意识连同想象和梦幻混杂在一起,产生他的一些超现实主义的诗歌。

超现实主义诗歌当然不是突如其来的,托马斯不过把柯尔律治的浪漫诗歌里神秘和梦幻的因素进一步发展了,加上了弗洛伊德的性意识学说,加上了一个年轻威尔士人的想象力。他的榜样在英格兰引起了以乔治·巴克为首的所谓"新神启派"的模仿,虽然未成大气候,却也对艾略特、奥登等现代派所写的灰色诗给予了一种抗衡。从英诗全局说,托马斯的这路诗也可以称为新浪漫主义诗。

但他又是执著于现实生活的。下面这首诗——他最有名的作品之一——歌颂的是生命力:

通过绿色的茎管催动花朵的力

通过绿色的茎管催动花朵的力
也催动我绿色的年华;使树根枯死的力
也是我的毁灭者。
我也无言可告佝偻的玫瑰
我的青春也为同样的寒冬热病所压弯。

催动着水穿透岩石的力

也催动我红色的血液；使喧哗的水流干涸的力

也使我的血流凝结。

我也无言可告我的血管

在高山的水泉也是同一张嘴在噬吸。

搅动池塘里的水的那只手

也搅动流沙；拉着风前进的手

也拖曳着我的衾布船帆。

我也无言可告那绞死的人

绞刑吏的石灰是用我的泥土制成。

时间的嘴唇像水蛭紧贴泉源；

爱情滴下又积聚，但是流下的血

一定会抚慰她的伤痛。

我也无言可告一个天气的风

时间已经在群星的周围记下一个天堂。

我也无言可告情人的坟墓

我的衾枕上也爬动着同样的蛆虫。

（巫宁坤译文，下同）

他用了新鲜的形象和奇异的组合表达了人同自然之间有着内在的、动态的、力的联系，荣枯与共，生死同命。

他也写诗"怒斥"（他自己的话）死亡，不仅写了《死亡也一定

不会战胜》,还在父亲病危期间写了下面这首奇异的哀诗:

不要温和地走进那个良夜

不要温和地走进那个良夜,
老年应当在日暮时燃烧咆哮;
怒斥,怒斥光明的消逝。

虽然智慧的人临终时懂得黑暗有理,
因为他们的话没有迸发出闪电,他们
也并不温和地走进那个良夜。

善良的人,当最后一浪过去,高呼他们脆弱的善行
可能曾会多么光辉地在绿色的海湾里舞蹈,
怒斥,怒斥光明的消逝。

狂暴的人抓住并歌唱过翱翔的太阳,
懂得,但为时太晚,他们使太阳在途中悲伤,
也并不温和地走进那个良夜。

严肃的人,接近死亡,用眩目的视觉看出
失明的眼睛可以像流星一样闪耀欢欣,
怒斥,怒斥光明的消逝。

您啊,我的父亲,在那悲哀的高处,

　　现在用您的热泪诅咒我,祝福我吧,我求您。

　　不要温和地走进那个良夜。

　　怒斥,怒斥光明的消逝。

　　对生命和死亡的凝思表明他如何关注整个人的存在问题,为此他探究了子宫的秘密和性的既摧毁又创造的力量,从而又联想到神话和基督教教义。在《在我胎动前》一诗里就是既有子宫又有基督:

　　　　在胎动形成血肉以前,

　　　　用液态的双手敲击着子宫,

　　　　我飘荡无形如同柔水

　　　　那柔水凝成我家毗邻的约旦

　　　　我是麦尼莎的兄长

　　　　是生息蠕虫的姊妹。

　　　　……

　　　　我生自血骨鬼魅,

　　　　非人非鬼却是人之鬼。

　　　　我被一根死亡的羽毛击倒。

　　　　我是生者活到最后,

　　　　一丝呼吸,而这呼吸带给

　　　　我的天父他垂死基督的口信。

　　　　你俯拜于十字架和祭坛上

　　　　记念着我又怜惜着他

他以我的血肉筋骨为盔甲

又出卖了我母亲的子宫。

（周强译文）

中国学者周强解释说：这首诗写的是"母胎中基督凭着自由自在的本能冲动，用'液态的双手'和感觉预示他从出生到被钉上十字架的未来生活的全部经历"。①

对于这首超现实主义的诗里所写的基督教事物，教会人士必然是要摇头的，中产阶级的绅士们则会觉得一切写得太赤裸裸，太离奇，太可怕了。托马斯的"宗教诗"实际上是反宗教的，是对正统教义的叛逆，这点可以在另一首题名《耶稣被钉死在十字架上》看出：

这是山顶的磔刑，

时间的神经浸在醋中，绞架的坟冢

涂满鲜血有如我泣哭的闪亮荆棘；

世界是我的创伤，上帝的玛丽亚在忧伤，

像三株树样弯躬着，小鸟一样的乳房

长长伤口的女人带着扣针垂泪。

这是天空，杰克基督，每一个快乐的角落

在迫于天命的铁钉中驱赶着

直到从我们的双乳间，从极点到极点

三色虹环绕着蜗牛催醒的世界。

（周强译文）

---

① 《二十世纪英国文学史》，外研社，1994，第616页。此节有关狄伦·托马斯的论述，主要根据该书，原执笔人为周强。

这又有超现实主义的形象。玛丽亚的"小鸟一样的乳房"使人想起萨尔瓦多·达利的画。然而诗人要强调的是:圣母玛丽亚承受着一切对夏娃的惩罚,不仅要遭受孕育生命的痛苦,还要为后代的死忍受巨大的折磨。她是生命创造的源泉,但在基督被钉死在十字架上后,她就不再是生殖力和创造力的象征,而是促使人变为神,有限转为永恒。在她的悲剧中,性升华为永恒荣耀的象征。

但托马斯没有停顿在这类神启式的想象中。他也追怀童年,用跳跃的节奏和新鲜的形象写出了《羊齿山》等名篇。他的散文也写得绝好,有一系列自传性的短篇小说收集在《作为小狗的年轻艺术家的写照》(1955)。而同时,西欧的残酷现实更使这位年轻诗人警觉起来。

他开始关心时局。在那法西斯横行、英国统治阶级对希特勒、莫索里尼搞"绥靖政策"的日子里,他有感而写了下诗:

那只签署文件的手

那只签署文件的手毁了一座城市;
五个大权在握的手指扼杀生机,
把死者的世界扩大一倍又把一个国家分两半,
这五个王置一个王于死地。

那只有权势的手通向倾斜的肩膀,
手指关节由于石灰质而僵硬;
一支鹅毛笔结束了一场
结束过谈判的屠杀。

> 那只签署条约的手制造瘟疫，
>
> 又发生饥馑，飞来蝗灾，
>
> 那只用一个潦草的签名
>
> 统治人类的手多了不起。
>
>
> 五个王数死人但不安慰
>
> 结疤的伤口也不抚摸额头；
>
> 一只手统治怜悯一只手统治天，
>
> 手没有眼泪可流。

（巫宁坤译文）

等到战争爆发、空袭开始，托马斯又写了一系列关于德军轰炸伦敦的诗，如《拂晓空袭中的死者中有人已经百岁》、《空袭后的葬礼》、《拒绝为死于伦敦大火中的孩子哀悼》。在最后一首中，诗人写道：

> 孩子之死的威仪和炽烈。
>
> 我不会去屠杀
>
> 相伴着严峻真理的人类
>
> 也不会再为
>
> 天真和青春悲悼
>
> 去亵渎呼吸的驻地。

（周强译文）

意思是：如果自己一般地表示哀悼，那就等于再一次屠杀了这孩子，因为人类现有的语言不够神圣，难以表达这种哀痛，反而会亵渎真挚的情感。虽然如此，他还是用激动的语言，说出了他的痛苦

和愤慨,而诗的结语则是又一度斥责了死亡:

> 有了第一次死亡,便不会再有别次。

二战结束之后,狄伦·托马斯写了一个广播剧《胶乳树下》(1952),讲一个海滨小村里的人在一天内各自倾诉内心的秘密,用了乔伊斯式的掺杂着幽默、情感和淫猥的语言。剧的大部分是用韵文写的,实际上是一个诗剧。情节是含有讽刺的:一个监察员进入这个村子,感到里面的人失去了理智,下令将它封闭起来,以免传染整个世界,然而最终这个村子成为疯狂的世界里唯一幸存的头脑清楚、幸福欢乐的地方。由于托马斯以天才横溢的诗笔写剧,剧本写得活泼酣畅,播出后得到很大的成功。可惜的是,一年以后,作者就在美国朗诵诗歌的旅途中遽然去世。

*　　*　　*

当时威尔士另有一个重要诗人,他就是伦奈特·司图亚特·托马斯(简称 R. S. 托马斯,1913—　　)①。他出生比狄伦·托马斯早一年,但是成名晚得多,到了五十年代中期才引起英格兰文坛的注意。

这两位托马斯都写诗,然而诗的内容和写法大为不同,形成对照。狄伦属于古代行吟诗人传统,又采取了超现实主义的手法,将宗教和潜意识特别是性意识结合在一起,诗中意象奇崛,联想突兀,在可解不可解之间,然而色彩神奇,节奏如唱歌如念符咒,自有一种叫人入迷的力量。R. S. 托马斯恰恰相反,他的语言朴素,内容也实在、具体,不作任何浪漫的姿态,却写出了真正的威尔士。

---

① R. S. 托马斯于 2000 年去世。——编者注

这是他笔下的威尔士风光：

> 住在威尔士会感到
>
> 黄昏时天空发狂，
>
> 如有鲜血泼洒，
>
> 染红了纯洁的河水
>
> 和所有的支流。
>
> 也会感到
>
> 盖过拖拉机的吼声，
>
> 和机器的低哼，
>
> 在森林里有战斗，
>
> 响鸣着疾飞的箭矢。
>
> 你不能活在现在，
>
> 至少在威尔士不能。
>
> 语言就是一个例证，
>
> 那柔和的辅音
>
> 听起来很奇特。
>
> 深夜黑暗中有叫声，
>
> 是枭鸟在对月亮说话。
>
> 还有黑影重重，像是藏着伏兵。
>
> 蹲在田野边上不出声，
>
> 威尔士没有现在，
>
> 也没有将来，
>
> 只有过去，
>
> 一些脆弱的古董，

> 风雨侵蚀的高塔和堡垒，
>
> 连鬼都是假的；
>
> 倒塌的废石场和旧矿洞，
>
> 和一个无精力的民族，
>
> 由于近亲繁殖而衰弱不堪，
>
> 在一支旧歌的骸骨上捣腾。

而人呢，请看他写的一个农民：

> 他名叫泼列色起，不过是一个
>
> 威尔士荒山中的普通人，
>
> 在云山深处养几只羊；
>
> 碰到剥甜菜，他把它的绿皮
>
> 从黄色的菜筋削掉，这时他才
>
> 露出得意的痴笑；或者使劲翻土，
>
> 把荒地变成一片土块，在风里闪光——
>
> 日子就这样过去。他很少张口大笑，
>
> 那次数比太阳一星期里偶然一次
>
> 穿过上天的铁青脸还少。
>
> 晚上他呆坐在他的椅子上
>
> 一动不动，只偶尔倾身向火里吐口痰。
>
> 他的心是一块空白，空得叫人害怕。
>
> 他的衣服经过多年流汗
>
> 和接触牲口，散发着味道，这原始状态
>
> 冒犯了那些装腔作势的雅士。
>
> 但他却是你们的原型。一季又一季

他顶住风的侵蚀,雨的围攻,

把人种保留下来,一座坚固的堡垒,

即使在死亡的混乱中也难以攻破。

记住他吧,因为他也是战争中的得胜者,

星星好奇地看他,他长寿如大树。

没有一点儿美化,诗人是完全不带任何幻想来看威尔士的现实的,包括农村里两代人之间的潜在的仇恨:

佃 户 们

这是痛苦的风景。

这儿搞的是野蛮的农业。

每个农庄有它的祖父祖母,

扭曲多节的手抓住了支票本,

像在慢慢拉紧

套在颈上的胎盘。

每逢有朋友来家,

老年人独占了谈话。孩子们

在厨房里听着;他们迎着黎明

大步走在田野,忍着气愤

等待有人死去,一想起这些人

他们就像对所耕种的土壤那样

充满了怨恨。在田埂的水沟里

他们看自己的面容越来越苍老,

一边听着鸫鸟的可怕的伴唱,

　　而歌声对他们的允诺却是爱。

这最后一行是讽刺之笔:人们告诫年轻人要爱长辈,实际上他们却只有恨——巴不得这些老家伙早死! 而这当中的主要原因是为了财产。

　　也许这强烈的对长辈的仇恨是一种现代感情,也许这本是古老的感情,只不过过去隐藏在心里现在不怕公开了,那么这后者也是一种现代趋势。R. S. 托马斯毕竟是一个现代诗人,他笔下的威尔士并非所谓"永恒的威尔士",它也在变,在表面的停滞之下缓慢地变着:

农　　村

谈不上街道,房子太少了,
只有一条小道
从唯一的酒店到唯一的铺子,
再不前进,消失在山顶,
山也不高,侵蚀着它的
是多年积累的绿色波涛,
草不断生长,越来越接近
这过去时间的最后据点。
很少发生什么;一条黑狗
在阳光里咬跳蚤就算是
历史大事。倒是有姑娘
挨门走过,她那速度
超过这平淡日子两重尺寸。

> 那么停住吧,村子,因为围绕着你
>
> 慢慢转动着一整个世界,
>
> 辽阔而富于意义,不亚于伟大的
>
> 柏拉图孤寂心灵的任何构想。

那挨门走过的姑娘就是变的象征——她的速度"超过这平淡日子两重尺寸",而最后一节则意境突然放大:围绕着这小小村子有一整个外面世界在慢慢转动,一个超过哲学家所能构想的"辽阔而富于意义"的现实世界。

这个现实世界,R. S. 托马斯并不喜欢。商业化更是他所反对的时代趋势:

时　　代

> 这样的时代:智者并不沉默,
>
> 只是被无尽的嘈杂声
>
> 窒息了。于是退避于
>
> 那些无人阅读的书。
>
> 两位策士的话
>
> 得到公众倾听。一位日夜不停地
>
> 喊:"买!"另一位更有见地,
>
> 他说:"卖,卖掉你们的宁静。"

诗人所难以忘怀的,还是威尔士民族的历史和传统。《家谱》一诗不过二十一行,却穿越了漫长的人类历史:

535

> 我是长长石洞的居住者，
>
> 洞是黑的，我在壁上用线条
>
> 画了牛。我的手最先成熟。

这是人类的开始，而最后的结局是：

> 我是新建城市的陌生人，
>
> 很快就花完了泪水的钱包，
>
> 于是塞进更实在的铜钱，
>
>
> 取自黑暗的来源。现在我站在
>
> 短短白昼的强硬光线里，
>
> 没有根子，却长了许多枝叶。

这所谓新建城市是指二战后出现于英国的"新城"（New Towns），是"福利国家"的产物，其中是一排排红砖屋子，很快就变成了新的贫民区，人们彼此是陌生的，靠泪水赚来的钱经不起花，于是从"黑暗的来源"另找收入。这样的地方只有"短短白昼的强硬光线"，"没有根子"，没有传统。

同样的历史感使他写《泰力申，一九五二》：

> 我曾是历史上的各类人物，
>
> 我感到世界和流逝的时间的神奇，
>
> 我看过邪恶，也看过阳光
>
> 赐福四月天空下无邪的爱。

泰力申是古代威尔士的行吟诗人，据说在六世纪建立了威尔士文学传统。像许多传说中的英雄一样，他实是威尔士民族的集体象

征,人们以为他曾目睹各时代的兴废大事,曾为魔术师、国王、逐臣,经验过人生的一切甘苦。R.S.托马斯也是这样写的:

> 我曾是默林,在遥远的国家里
> 遨游于森林,……
>
> 我曾是格林突尔,在无边的黑夜里
> 观测着星空,……
>
> 我曾是戈隆维,不容于故土,
> 被赶到大海上去尝生活的苦味;……
>
> 国王,乞丐,傻瓜,我全都当过,
> 知道身体的甜蜜,头脑的诡诈,
> 永远是泰力申,我展示新世界的升起,
> 它倔强地美丽,为了满足心灵的渴望。

这是R.S.托马斯回顾泰力申过去多少世纪的变化得出的结论:不管怎样变化,内在的泰力申是完整的,他追求各种经验,然而目的在于"展示新世界的升起"——历史感给了这位通常是苦涩的诗人以一点希望。

　　R.S.托马斯是教士,职业的宗教人士,但他的宗教信仰是有过变化的。这在他的诗里也有反映。1966年写的《在教堂中》一诗有这样一段:

> 黑暗中再无声音
> 除了一个人的呼吸,

> 他在向空虚
>
> 考验他的信念,把问题
>
> 一个个钉上无人的十字架。

这是来自他的教士生涯的实际感受。每当礼拜结束,教堂无人了,灯也关上了,他感到一阵空虚,于是对着十字架提出了各种疑问。

他经常同上帝进行着对话。有时候,他甚至像旧约中约伯那样质问上帝:

> 在你为我盖的
>
> 教堂里,你却向机器
>
> 屈膝

> (《独白》,1972)

有时候,他听到了上帝的回答而感到宽慰:

> 但我的耳朵听到了
>
> 一个声音说:为什么这么急,
>
> 凡人? 连这些海洋
>
> 都受过洗礼。这教堂里
>
> 有一个圣徒的名字,时间也无法
>
> 免去他的圣职

> (《莱恩之月》,1975)

经过疑问,证实,再疑问,再证实,诗人最后的决心是:

> 我孤独一人
>
> 立在一个转动的星球的表面。能做什么?
>
> 只能像米开朗琪罗的

> 亚当,把手伸进不可知的空间,
>
> 期待有接应的手来触碰。

（《门槛》,1981）

这向不可知的空间伸手是一个悲壮的行动,因为是伸向神秘莫测的洪荒,但是对于必有另一只大手来接应的信心鼓舞了诗人,使他感到他毕竟是有一种力量可以依靠的。

上面的例子都说明一点,无论写威尔士的地与人,还是写自己的宗教情感,R. S. 托马斯都是异常地真诚,不作任何伪饰。

他的诗歌语言也是相应地朴素。如果有任何一点玩弄词藻,卖弄技巧,那么效果就会完全不同。

然而他的诗里并不是没有艺术。朴素而不平淡,这当中就有艺术。

他能寥寥几笔就描出一幅饶有意味的风俗画:

> 晚上他呆坐在他的椅子上
>
> 一动不动,只偶尔倾身向火里吐口痰。
>
> 他的心是一块空白,空得叫人害怕。

又如:

> 很少发生什么;一条黑狗
>
> 在阳光里咬跳蚤就算是
>
> 历史大事。

他用的形象对内容十分贴切,但又常有令人吃惊之笔。《威尔士风光》的开始是一个明显的例子:

> 住在威尔士会感到

539

> 黄昏时天空发狂,
>
> 如有鲜血泼洒,
>
> 染红了纯洁的河水
>
> 和所有的支流。

这就不止使人吃惊了,而使人想到了暴力。同样有暴力威胁的还有:

> 扭曲多节的手抓住了支票本,
>
> 像在慢慢拉紧
>
> 套在颈上的胎盘。

这就把"痛苦的风景"的实质形象地表达出来了。

他写得异常简洁,但又能小中见大,于是而有从一个停滞的村子跳到转动着外面世界的意境上的突然放大。我们已经提到过的亚当"把手伸进不可知的空间"当然是更惊人的放大,用意在把宗教信仰放在创造宇宙的大背景之内。

由于这一切,还由于他在节奏上有时采取霍布金式的"跳跃节奏",他的表面平静的诗行实际上是很有戏剧性的,朴素的语言实际上是充满强烈情感的。

他也有放松的时候,如这样讨论诗艺:

夜 饮 谈 诗

> "听着,诗应出之天然,
>
> 像花茎,以粪为肥,
>
> 在迟钝的土壤里慢慢生长,

终于成为不朽的美丽白花。"

"天然？别见鬼！乔叟怎么说的，
作诗需要长年的辛苦，
不辛苦诗就没有血液。
听任天然，诗只会乱爬，
像枯草一样无力，又怎能穿透
生活的铁壳！伙计，你得流汗，
得苦吟到断肠，如果你想
搭个楼梯接诗下凡。"

　　　"你说这话
像是从来没有阳光突然照亮心灵，
使它不再在黑路上摸索。"

"阳光得有窗子
才能进入里屋，
而窗子不是天生的。"

　　　就这样，两个老诗人
拱肩喝着啤酒，在一个烟雾腾腾的
酒店里，四周声音嘈杂，
谈话人用的全是散文。

诗写得自然，生动，跌宕自如，而最后忽来新意：诗的对手毕竟是无所不在的散文。

*   *   *

回头来看,狄伦与 R. S. 托马斯代表了当代威尔士诗的两个方面:一个色彩鲜丽,韵律迷人,联想丰富而奇特,是浪漫的行吟式的诗;另一个像经过多年雨水冲刷过的白石,用非常朴素的词句写古老而又有现代意义的题材,是沉思的诗,经得起一再重读。两人合起来,使威尔士的诗歌天才在二十世纪得到了新的发展。

北 爱 尔 兰

现在我们来看爱尔兰。

由于叶芝的诗名太大了,人们容易忘了爱尔兰还有其他优秀诗人,如奥斯丁·克拉克(1896—)①、派屈里克·卡文纳(1905—1967)、托马斯·金塞拉(1928—)等人。但是要说有大的突破的话,则要等到六十年代之后希尼出现于诗坛之后。

显默斯·希尼(1939—)生活在北爱尔兰,上过贝尔法斯特大学,开始写诗的时候,自称是"自然学家"。但他的自然不是华兹华斯式的田园山水,而是劳动中的农民。他写他母亲搅奶油、他父亲挖地,一首有名的诗就叫《挖掘》:

> 在我手指和大拇指中间
>
> 一支粗壮的笔躺着,舒适自在像一支枪。

---

① 奥斯丁·克拉克于 1974 年去世。——编者注

我的窗下,一个清晰而粗厉的响声,

铁铲切进了砾石累累的土地:

我爹在挖土。我向下望

看到花坪间他正使劲的臀部

弯下去,伸上来,二十年来

穿过白薯垄有节奏地俯仰着,

他在挖土。

粗劣的靴子踩在铁铲上,长柄

贴着膝头的内侧有力地撬动,

他把表面一层厚土连根掀起,

把铁铲发亮的一边深深埋下去,

使新薯四散,我们捡在手中,

爱它们又凉又硬的味儿。

说真的,这老头子使铁铲的巧劲

就像他那老头子一样。

我爷爷在土纳①的泥沼地

一天挖的泥炭比谁个都多。

有一次我给他送去一瓶牛奶,

用纸团松松地塞住瓶口。他直起腰喝了,马上又干开了,

利索地把泥炭截短,切开,把土

---

① 土纳,北爱尔兰地名。

撩过肩,为找好泥炭,

一直向下,向下挖掘。

白薯地的冷气,潮湿泥炭地的

咯吱声、咕咕声,铁铲切进活薯根的短促声响

在我头脑中回荡。

但我可没有铁铲像他们那样去干。

在我手指和大拇指中间

那支粗壮的笔躺着。

我要用它去挖掘。

(袁可嘉译文)

这首诗有几点值得注意:第一,这是现实主义的、描写性的诗,描写他父亲挖地如何一下又一下用力,在英国诗里是不多见的;其次,这里有一点家史,他父亲挖地,父亲的父亲也挖地,说明他一家人对土地的感情之深;第三,到他情况变了,他用起了笔,然而他仍要用笔挖掘。他的笔不是雅致的文具,而是"粗壮的",有如枪。

北爱尔兰是一个民族和宗教斗争的"热点",正需要这样的诗笔。从小就生活在紧张的环境里的希尼用他这支特殊的笔写他儿时经常遭遇的场面:

警 察 来 访

他的摩托车立在窗下,

一圈橡皮像帽斗

围住了前面的挡泥板，

两只粗大的手把

在阳光里发着热气,摩托的

拉杆闪闪有光,但已关住了,

脚蹬子的链条空悬着,

刚卸下法律的皮靴。

他的警帽倒放在地板上,

靠着他坐的椅子,

帽子压过的一道沟

出现在他那微有汗水的头发上。

他解开皮带,卸下

那本沉重的账簿,我父亲

在算我家的田产收入,

用亩、码、英尺做单位。

算学和恐惧。

我坐着注视他那发亮的手枪皮套,

盖子紧扣着,有绳子

连结着枪托。

"有什么别的作物?

有没有甜菜、豌豆之类?"

"没有。"可不是明明有一垄

545

萝卜,在那边没种上

土豆的地里? 我料到会有

小作弊,默默坐着想

军营里的黑牢的样子。

他站了起来,整了整

他皮带上的警棍钩子,

盖上了那本大账簿,

用双手戴好了警帽,

一边说再见,一边瞧着我。

窗外闪过一个影子。

他把后底架的铁条

压上账簿。他的皮靴踢了一下,

摩托车就嘟克、嘟克地响起来。

完全是素描,空气中充满了对立,有具体的形象:"法律的皮靴",
"军营里的黑牢","我坐着注视他那发亮的手枪皮套"。没有问
候,没有亲善,倒是有欺骗——父亲故意漏报一笔萝卜收入。孩子
注视着这警察的摩托车和手枪,而警察在临走时也不忘多看几眼
这未来的抗英枪手。诗的节奏也是硬邦邦的,没有任何轻柔、甜美
的声音。

这是写压迫、敌对、恐怖的诗,然而又是用了卓越的诗才写的,
一切精心安排,犹如敌对双方精心安排每一场战斗一样。

七十年代以来,北爱的局势变得更加紧张,扔炸弹和枪击的事几乎每天发生。希尼的笔下出现了《伤亡者》(1979)一诗,写一个他常在小酒店碰到的失业工人的遭遇:

> 虽然他转过背,却仍在注意
>
> 我这没把握的艺术。
>
> 他被炸成了碎片,
>
> 在戒严时刻出去喝酒的当儿,
>
> 别人都遵守宵禁,三天前
>
> 他们打死了
>
> 德里的十三个人。
>
> 墙上涂了字:伞兵13,
>
> 沼地一边:0。那个星期三
>
> 每个人都不敢
>
> 作声,浑身发抖。

针对这样的局势,希尼不断地思索自己的地位:

> 我不是拘留犯,也不是告密者,
>
> 只是一个内心流亡者,长头发,
>
> 爱思索……

(《曝光》)

这是自我曝光,带有一种自责。但既然手中握了"粗壮的"笔,挖掘还可继续下去,还可挖得深些。

果然,一挖深,诗人就有新的发现。其结果,就是写出了一系列所谓"沼泽诗"。这名字是从丹麦考古学家 P. V. 格洛勃的著作

《沼地的人》而来,书里记载了在裘特兰半岛的沼泽地泥炭层中埋藏着古代被杀害的人的尸体。希尼读了此书,得到了一种历史的透视,于是写了《惩罚》、《格劳巴尔人》、《奇异的果子》等诗。针对一具被杀害的青年女尸,他写道:

> 被杀害了,遗忘了,无名的,可怕的
>
> 砍头姑娘,目光压倒了斧子,
>
> 压倒了宣福礼①,压倒了
>
> 人们开始对她感到的尊敬。

(《奇异的果子》)

他从身边天天发生的暴力行为回溯到了古时的暴力行为,认识到暴力有长远的根子,与远古的部落仪式和迷信有联系。只有把这些可怕的事不断挖掘出来,才能使人的头脑清醒一些,现实一些。

希尼的诗艺是与这种认识相一致的,他不唱浪漫派的田园曲,也不走现代派的炫新路子,利用传统的格律而把弦拉紧,一个字一个字像是蹦出来的。他认为诗人要从努力解决技巧上的困难中见功夫,这样取得的诗的形式才经受得住历史的冲击。仅仅是内容上有积极意义还是不够的,必须在形式上也有一种坚定性和战斗性:"风格是用来伤害对手和下达命令的工具"②。他以他的美国诗友罗伯特·洛厄尔所作《鱼网》一诗为例,说明此诗表面上似乎是谈诗人在不断修改旧作中老去,但它的形式给予了另一种提示:

> 诗行的钢铁框架使诗篇没有坠入自我陶醉;它不是一篇

---

① 天主教主教宣布被处刑犯人"升天"的典礼。

② 显默斯·希尼:美国现代语言学会(MLA)1979 年会上发言。

言词,而是一种精心制成的形式,也是一种故意发出的声音,一开始像音叉那样甜美,而结束时则只听见一下下猛烈的撞击,像是有人在毫不客气地猛叩门上的铁环。此诗有一种内在的生命,它在千方百计地向一个形式行进——理解了这一点就会使我们不只注意它表面上所作的"无能为力"的宣告,而还注意到洛厄尔对于诗艺所给他的职责的内在的信任。我们看出了这点也就受到作者所作承诺的鼓励,并在这种承诺里听到了权威的声音。①

诗艺如此,诗艺观如此,离开乔治派、现代派、"运动派"等等都已相当远了。在战火纷飞的北爱尔兰,英语诗进到了一个新的起点。

---

① 显默斯·希尼:美国现代语言学会(MLA)1979年会上发言。

第十八章　二十世纪小说

英国小说经过十九世纪的大发展,在二十世纪继续前进,在深化主题和构筑叙事文体方面下了大力,开始了一个现代主义阶段,出现了许多内容和写法都很新颖的作品,但时间不长,到了二战就成了强弩之末。

现实主义小说始终占主导地位,不过它也在发展,而且吸收了现代主义小说中的某些特点。在世纪初年和二战以后,都有一批优秀的现实主义小说问世。

七十年代以来,又有一类不同于传统现实主义作品的小说出现。其中有些被批评家们称为有后现代主义色彩。

世纪初年的经营

世纪初年,有两类小说家在做着努力。两者实际上有共同之处,不过从表面上看,一类更重内容,一类更重写法。实际上,当然,内容与写法并不是容易分开的,而有抱负的小说家总想从两者的完美结合中产生新的佳作。

从普通读者的立场看,则事情变得简单一些,即:不管你们怎样写,给我们一些有趣又有意义的故事看吧!

对于这样的呼声,着重内容的一类作家似乎更注意倾听。有三位可作他们的代表,即:吉卜林、威尔斯和高尔斯华绥。

吉卜林写的诗,我们已在前面谈过。他的小说一样出名。他在思想上是一个帝国主义者,曾经提倡"白种人的担子",亦即白种人应以驯化异族为己任。在世纪之初,他是英国最盛销的小说作家,1907 年诺贝尔文学奖的得主。他写的作品主要以印度为背景,有三类至今还有人读,即儿童故事,如两本《林莽之书》(1894,1895);短篇小说,有集子如《大兵三个》(1888);长篇小说《基姆》(1901)。

《基姆》是吉卜林最出色的作品。主人公基姆是一个爱尔兰军士留下在印度的孤儿,碰上了一位西藏喇嘛,陪着他在印度大地上由北往南,后来又由南往北跋涉,穿越被称为印度"生命之河"的大干道,读者也跟着他们师徒两人看到了南亚次大陆上的芸芸众生和生活百态。基姆虽是英国孩子,却从小同印度下层人民一起生活,完全土化了。他好奇,爱好大干道就是因为"每走一步就看见人和新的景象",感到无比快乐。书中有这样一段旅途描写:

> 钻石般明亮的黎明使人、鸦、牛一起醒来。基姆坐了起来打了一个呵欠,通身感到愉快。这才是世界的真面目,这才是他喜欢的生活——忙乱,叫喊,扣上皮带,打牛前进,轮子滚动作响,生火,做饭,只要会欣赏,到处可见新鲜景象。早晨的雾卷成一片银云散去,绿色鹦鹉成群地嘶叫着掠向远处的河流,附近所有的井架轮子都在转动。印度醒来了,基姆在这一切之中,比任何人更清醒,更兴奋……

吉卜林写得具体生动,例如基姆沿途为喇嘛和自己乞食,就碰到过各种食物和各种方式的烹调,在碰到好心的施主的时候总能吃到热腾腾的咖喱饭和各种甜品。这些是通过一个正在成长的穷苦孩子的感官接触来写的,全书洋溢着一种生的乐趣。

然而此书不是西欧的流浪汉小说,因为它更丰富,其中还有几种文化的会合和冲突。单是宗教就有佛教、基督教、伊斯兰三大教和它们的各种宗派,民族的成分也异常复杂,各有习俗和禁忌,彼此间还有历史上和现实生活的矛盾,地区上从平原到山地也带来了自然和社会的变易。师徒两人也代表两种世界观,一个寻求大彻大悟的智慧,一个则珍惜父辈传下来的英帝国军人的荣誉——后来基姆终于成为英军情报机关的一员,帮助上级挫败了西北边境上一起由俄法间谍策动的叛乱。

后卷的气氛起了变化。师徒两人又转头南行,然而都没有第一次南行那样的情绪了。喇嘛说自己得了灵魂上的病(因为在遭遇俄国间谍打他的时候他曾动怒),而他的弟子则有身体上的病。基姆感到通体无力,陷入比一场大病还难受的全身心的疲惫,倒在大地上,昏死过去。经过一位北方贵妇的一个时期的调养,才恢复过来。这时喇嘛告诉他,他已寻到了他一直在找的"落箭之河",原来就在他所在的脚下有一条河涌流而出。他的灵魂出了壳,进入大灵魂,但为了弟子之故又回到躯体。这样,两人重生,他们的寻求结束了,基姆也经验了世务,丧失了天真。

单从这样的一本小说读者就会感到:吉卜林是一个有特色的作家,把新的题材——即印度的各种景象和人物——带进了小说领域,写法别致,故事吸引人。作品有一定的深度,即他还写了南亚次大陆上白人文化与当地几种文化的遇合和矛盾。然而他对于印度人民的了解限于英国统治者的所见所闻,虽说他对英国官僚和教会人士也常有嘲讽,但是白人的使命感使他始终把印度普通人民看成"一半是魔鬼,一半是儿童"。

*　　*　　*

H. G. 威尔斯(1866—1946)在二十世纪初年也享有大名,而且不仅以小说见长,同时又是社会思想家,一度是费边社的成员,还曾写过一本《世界史纲》,在中国史学界也颇有人知。

他首创英国科幻小说。他出身下层市民家庭,在商店学过徒,但后来有机会进入专科学校学习自然科学,所以对于科技并非外行。从欧洲文学全局讲,科幻小说不自威尔斯始,在他之前已有法国人茹尔·凡尔纳写了《八十天周游全球记》等大批小说,中间既有科技发明的想象,又有异国旅行和冒险的乐趣,受到广大读者的欢迎。但是威尔斯所作有一个很大的不同,即他把他对社会现状和人类将来的批判性思考带进了这类幻想小说。

《时间机器》(1895)是威尔斯的第一本科幻小说,内容是一个工程师坐了一架他自己发明的机器,飞向遥远的将来(作者把时间算得很精确,具体定为 802701 年),落在一个地方,那里有两种人,一种人住在地上,叫作哀洛埃人,生活优裕,但身体萎缩,不会做工,也不再繁殖;另一种人住在地下,叫莫洛克人,他们怕见光(连划一根火柴都可以叫他们害怕),但像蚂蚁一样能干,繁殖也快。这两种人实际上代表了剥削者和工人阶级,作者在这里用了"有财者"与"无财者"两个口语词(haves and have-nots)①。工程师很快看出这地方不是乐园,而是充满了斗争,或不如说斗争正在结束,

---

①　这两个词后来在海明威的小说中出现时,受到人们注意,其实在此之前,不仅威尔斯用过,还有别的人从十九世纪三十年代起就已开始用了。

因为哀洛埃人已不会做事,不会维护他们的文物和建筑,只会玩乐,他们柔软光滑的身体正在一一被拖进莫洛克人的地洞,被当作鲜肉吃掉。他自己驾来的时间机器也在抵达的当天晚上被偷走,后来他发现这是莫洛克人干的,经过一番战斗,他夺回了它,驾了它回到人世,向他的朋友们叙述这段经过。

1898 年出版的《星际战争》在科学想象力和现实性描绘上都比《时间机器》进了一大步。它写的是火星人入侵地球,而他们选择的降落地点是英国伦敦地区。火星人是乘着庞大的金属容器下降的,他们行走如飞,而且有两种厉害武器,一是热波,另一是毒气,英国虽出动了全部炮兵,仍然无济于事,不久就全军覆没,伦敦全城落入火星人的手里。火星人形状奇怪,只有滚圆的大头,有眼而无鼻(因此也无嗅觉),口旁长了十六根细长的触手,与大脑神经相通,可以支持身体行动。他们没有人的消化器官,不吃东西,只靠注射别的生物的鲜血维持生命。但是无敌的火星人却有一个致命的弱点,即火星上没有病菌,等他们在地球上接触到瘴气和病菌就全部死亡了。人由于同病菌不断进行斗争,在自然选择的法则下"经过几十亿人的死亡,获得了地球上的生存权,这是任何别的东西夺不走的,即使火星人再强大十倍也夺不走。人没有在地球上白死白活。"

威尔斯写此书是在十九世纪之末,他的科学想象力应该说是敏锐的。但是书的可读性主要在它的现实性描绘。无论写火星人或战斗场面,威尔斯都提供可信的细节,而英国城乡的生活更是写得逼真。1938 年美国名演员峨孙·威尔斯在电台上广播这本小说中的一部分,引起新泽西州人民的惊恐慌乱,以为真的是火星人入侵了,可见其逼真到了什么程度。其实作家的用意更在暴露英国城乡人民怎样安于布尔乔亚式的刻板生活,突然来了火星人,多数人惊慌失措,但也有保持平时的稳重,不肯相信的,同时也有乘机抬价和敲诈的,甚至出现了掠夺别人财物的强人,当然也有临危不惧的、见义勇为的,如叙述者的弟弟在大溃退的洪流中救了驾马车的两位老太太,就体现了英国人所珍视的一种性格。

从小说写法来说,威尔斯走的是十八世纪以来现实主义小说的路,好处是实事实写,决不马虎,例如写他所熟悉的伦敦城区,一大堆街名相继出现,宛如笛福写摩尔·费兰德斯当年。威尔斯的文字也不平庸,读起来是流利顺畅的。他的叙事法是朴素的:在《时间机器》里就是工程师一个人讲故事;在《星际战争》里为了避免只有叙述者一人讲郊区情况,他替他设计了一个弟弟,让弟弟来谈伦敦城里的情况,第一部分的最后四章都是那位弟弟的所见所闻。其结果是:全书不是一个统一体。此外,有些重要的情节只有一、二句话带过,而没有细谈,如火星人怎样靠注射别的生物的鲜血维持生命。这种写法也有好处,即平静地叙述,不追求耸动效果,而这对于新兴的科幻小说是一个优点。威尔斯是严肃对待这个新的文学品种的,从头起就着重科学发展所带来的社会问题。

威尔斯还写了另外一类小说,内容是城市小业主、小职员和学徒的生活和遭遇,如《爱情和鲁维轩先生》(1900)、《基普斯》(1905)、《波里先生的历史》(1910)等,其中以《托诺·朋盖》(1909)最见功力。托诺·朋盖是二种"万应药",靠了它一个小市民爱德华·邦德雷伏发了大财,并且进而成为伦敦金融界的大人物,最后在同行的倾轧中失败了。书中的"我"则是他的侄子乔治,他既是叙述者,又是参与者,同时还有他自己的其他活动,如搞飞行器的试验。书从乔治的幼年讲起。他的母亲是一个贵族家庭的管家,他也跟她住在贵族家里,过着一个高级仆人的儿子的不快乐的生活,终于因为跟上等人孩子打架而被送到他叔父那里学徒,叔父的小杂货店不久倒闭,去伦敦当了别人伙计,乔治因得了一笔奖学金也去了伦敦,在那里上了一所传授科技知识的专科学校。他原来学习专心,后来因为发生了两件大事而无意学下去了,一个是他叔父因搞了托诺·朋盖而发财了,要他帮着经营;另一个是他同一个名叫玛莉恩的姑娘恋爱,有了钱也就很快结婚了。

这是本书前半的内容,也是写得真实而有深度的部分。威尔斯写乡下的世家大宅和附近市镇的生活,描写是细致而生动的,写乔治跟着母亲在厨房同高级仆人们喝茶,听到的谈话宛似出自狄更斯笔下。写叔侄两人初到伦敦的生活,特别是乔治作为一个穷学生的生活,也显示了威尔斯本人对那类生活的熟悉,而伦敦城也以其既杂乱、肮脏又丰富、恢宏的本来面目出现,反而有一种奇异的吸引力。不同于别的一些作家,威尔斯不沉溺于回归田园的梦,而喜欢城市和城市中人。他让乔治说:

> "不,我不喜欢那些乡下的青年,我也不相信在世家制度统治下的英国农村是培养正大光明的人的地方。现在人们纷纷说大批人从农村出走如何不好,城市生活又怎样腐化了全国人民,其实都是胡说。我的看法是:甚至贫民区的城市居民也在精神上比他们的乡下表弟们高尚得多——更有胆子,更有想象力,更干净。"

而乔治原来是在乡下长大的。同样,乔治也很小就认识到英国贵族家庭出来的人的真面目,而且是一次打架中亲身体验:

> 他看我冲去,叫了一声"好呵!"摆出一副姿势,像是有点

气派，挡住了我的拳头，回拳打我的脸，没料到居然打中了，于是得意地笑了起来。这就使我更火了。他的拳法不比我差，只有更好——他还不知道我究竟懂不懂拳——但我打过一两次架，空手打到底，我能给人很凶教训，也受到了别人给我的很凶惩罚，但我不信他真的打过架。果然，只打了十秒钟我就感到他是虚弱的，看得出他有那种现代英国上层人士的特点，那就是不刺刀见红，喜欢用一些模棱两可的话定出规则和所谓荣誉的细节，其实只是把荣誉分割得什么也没有了；还有就是事情明明还只做了一半就宣布大功告成了。他以为他先打的一拳再加一两下就够了，既然我嘴唇出血、血流到衣服上就该认输了。所以我们没打一分钟，他就没劲了，只比划几下，而我却敞开地猛打，想打哪里就打哪里，同时像在学校打架那样喘着气恶狠狠地问他受够了没有，没想到按照他那套高贵的规则和软弱的训练，他既不能挺起来把我打倒，又不能认输。

这段引文显出威尔斯的长处，即他透视英国阶级分野及其不同道德守则的眼光；也泄漏他的短处，即这当中关于荣誉之类的话并非人物当场的实感——一个处于打架现场的孩子不会想到那么多那么深——而是作者外加的。通过人物的内在感觉来突出意义还不是作者所能做到的事。

书的下部写托诺·朋盖的巨大成功和最后的失败。在这过程里，叔侄两人都变了。叔叔贪婪的胃口越来越大，投机的手伸入许多行业，财产数额最高时达到一百万英镑；个人爱好和趣味也变了，收买古董、名画之外，不断购置产业，最后又在乡下兴造一所规模惊人的新宅；本来美满的婚姻生活也起了变化，他开始有外遇，疏远了原来的好妻子（她是整部书里唯一使人感到可亲的女性，而且眼光敏锐，早就看出丈夫走上了歪路）。作者对他的描绘也有点概念化了。另一方面，乔治却经历了几度幻灭：在事业上他看得出靠卖假药赚钱不是他所向往的成功，于是寄望于制造滑翔机和气球，搞了个私人作坊，在试飞中也出过事，受过伤；在爱情上，他同玛莉恩的婚姻完全失败，而在搞试飞的时候又碰上了他在母亲做过管家的贵族大宅时的童年玩伴贝约屈里丝，现在她已长成一位能在高头大黑马上一显身手的大小姐了。他向她求婚，但她虽说也爱他，甚至在他破产之后还同他同居了十几天，却始终不肯嫁他，原因是她早已失身于人。她自己说得明白：

> "我对你能有什么好处？一个有坏习惯和坏朋友的女人，一个有污点的女人。"

在最后分手的时候，她说得更为彻底：

> "你在幻想，说大话，但你知道真相。我只是一个女流氓，卖了身，完蛋了。……一个女人一旦变坏了，就永远坏了，连骨髓都脏了，没救了。"

作者花了大力来写这段恋爱经过，甚至有专门一章写他们"在废墟里的热恋"，他笔下似乎从来没有出现过这样炽热的情感，这样如入地狱的绝望之感。这也是本书下半比较深刻的部分。

在他叔父的骗局还未完全被揭露的时候，乔治还曾作过一次最后的挽救努力。他租了一条船去到非洲，挖了那里一种有放射性的矿物，为此还开枪打死了一个当地人，然而在归程上那条木船经不住放射性的腐蚀,海水大量涌入,终于沉没了。现在叔父已死,他自己的事业和爱情都已完全毁灭,于是只得重新干点机工和设计驱逐舰的工作,回到他原来靠劳动过活的社会地位。

总起来看,威尔斯是一个有敏锐头脑的作家,把不少新思想带进了小说领域。当时英国小说家之中,没有另一个人有他的科学眼光和社会批判精神。在艺术性方面他也不是无所作为,《托诺·朋盖》题材新颖,写法上有一种史诗般的宏大结构。但是他的小说缺乏一种内在的统一性,人物没有足够深度,他们的某些思想不是内心深处的体会,而是作者外加的议论。即使是他着意经营的邦德雷伏叔侄两人也显得单薄:叔父越来越写得漫画化,乔治虽然表现了一定程度的内心幻灭感,但也没有灵魂上的煎熬。因此虽然情节上有大起大落,我们读者却没有感到相应的震撼。

*　　*　　*

约翰·高尔斯华绥(1867—1933)不仅写长篇小说,还写剧本,而且是颇为成功的剧本,如《银盒》(1906)、《斗争》(1909)、《正义》(1910),其中提出了劳资冲突之类的社会问题,剧作家的同情是在穷苦人民一面。

但是虽然他有多方面的文学活动,对于他的当代以及后世的读者,他主要的作品始终是长篇系列小说《福赛特世家》三部曲(1906—1920)及其后续《现代喜剧》三部曲(1924—1928)。他最优秀的作品在这里;1932年他得诺贝尔文学奖也是因为他在《福赛特世家》中的"卓越的描述艺术"。

《福赛特世家》包含三部小说:《有产业的人》(1906)、《进退两难》(1920)和《出租》(1921)。

它有独特的题材,即英国中等阶级上层一个大家庭的内情。

这个家庭的发迹从一个道塞特郡的"石匠，后来成为建筑工头"的祖先开始，他积累了财产三万英镑，从乡下搬到了伦敦，生有六子四女。三部曲开始时，这十个男女的最长一代已经年老，第二代已进入中年，第三代也到了婚嫁年龄。

《有产业的人》是整个系列的第一部，高尔斯华绥的几乎全部特点也表现于此。

他是一个苦心经营的作家，不惜工本的现实主义者。书的第一章"老乔连家的招待会"写老乔连为他孙女琼同建筑师包星尼订婚举行的家庭集会。福赛特全家——除了两个人——聚集在此。作家把他们逐个介绍。首先是第一代的十位，89岁的老姑妈安和她的三位老妹妹，80岁的老乔连和他的五位弟弟。这些人是英国中产阶级的柱石，长兄老乔连是几家公司的董事长，财产近二十万镑，弟弟们或是律师，或是房地产经纪人，或是矿主，或是出版商人，各自成家，各有房产，各属有名的俱乐部（英国有身份的人都少不了一个能在那里吃饭、会友的俱乐部），空闲的时候喜欢收购古家具和名画。他们处事看人，都用财产作为衡量的标准，在这一点上都是不折不扣的"福赛特家人"。

然而每人却又有鲜明的个性。老乔连是全家之长，最稳重，又最果断，但又很重人情。当他的儿子小乔连背离妻子同一个外国人保姆私奔的时候，他为了维护家风，保护幼小的孙女——即现在同建筑师订婚的琼——而断绝了同他的关系，但现在十五年过去了，琼已长大，成家有望，他又去寻找小乔连另起门户的一家，后来终于改写了遗嘱，恢复了儿子的财产继承权。这种父子之情在本书里是写得细致而动人的。

同老乔连大不一样的是他的弟弟詹姆斯和侄子索姆斯父子。

他们对产业权抓得更紧,而产业在索姆斯眼里不止是房产、地产、名画、古董,还包括妻子。他是经过多时追求,五次遭到拒绝之后,才使得艾琳尼答应同他结婚的。

艾琳尼是美人,教授之女,没有财产。所有的福赛特男人都倾倒于她的美貌和风度,但他们又都因为她无钱而倾向于把她看成是一件艺术收藏品,特别是她丈夫索姆斯本人。

当然,索姆斯并不是没有情感的人。他愿意两人婚后过得快乐。但很快他发现她对他是冷冰冰的,她可以对别人笑,但一看到他就一丝笑容也没有了。而且,不久家族中人就在传说:她向索姆斯提出要一间单独的睡房。为了讨她欢心,索姆斯给她买大量时装、首饰,还决定花大钱在乡下风景特美的地方盖一座新屋,并把设计的任务交给了刚同琼订婚的建筑师包星尼。

包星尼是艺术家,在所有福赛特人的眼里是"非我族类"的化外之民。他也没有钱,但是有才,在建筑上有新的设计思想,对于索姆斯之类本无兴趣,但为了艾琳尼的缘故,把这所新屋盖得十分精美。因为,这个不羁之才尽管刚同琼订了婚,却深深地爱上了艾琳尼。

本书的最精彩部分正是写包星尼同艾琳尼的爱情的发展。两人都已各有所属,而且艾琳尼还是琼的好友,然而两人志趣相投,不仅不守福赛特家族的一套成规,还公然破坏它,一个英俊,一个秀美,都热爱有真正情感的生活,盖房子又使他们增加了接近的机会,爱情也就像不可抗拒的命运那样把他们卷了进去。

高尔斯华绥写这段爱情却一反写实的常态,用了虚笔。艾琳尼有机会坐三叔司维新的马车去到乡下新屋的所在地,同在那里监工的包星尼见面。司维新这位胖绅士不久就坐在椅子里打盹

了,他们两人则在附近草地上散步。然而司维新的福赛特人的警觉没有离开这对男女:

> 他在打盹,但他的警觉的福赛特灵魂却在远游,进入到天知道什么样的幻想的丛林。它跟着这两个年轻人,看他们在那片小树林里做什么——春天在那树林里正是火炽一片,花长花开的香气,无数鸟的歌声,地上风信子和正在甜蜜地生长的花草形成了地毯,阳光在树顶闪耀着;它看他们偎依着走在窄窄的小径上,偎依得那样紧,他们在做什么? 它看到艾琳尼的眼睛像一对小偷,把春天的心都偷了出来;司维新作为一个看不见的道德监护人,他的灵魂跟他们在一起,同他们停下来看一只刚死的鼹鼠,毛茸茸的,它采的蘑菇和身上的银色的皮还没沾上雨点或露水;他的灵魂同他们一起再往前走,走过一片空地,那里有啄木鸟在干活,风铃草被践踏了,一支树干摇晃着压在地上;又同他们一起越过树干,走到树林的边上,那里伸展着一片未被发现的田野,从远处传来了布谷鸟的叫声。
>
> ……
>
> 接着他的福赛特灵魂——躲闪着,怀着不安,飘动在他们头上,想要发出声音,注视着她坐在树干上,她的动人的身体摇晃着,她笑着向下看那年轻人,年轻人朝上看她,眼睛很怪,非常之亮;又看她溜了下来——啊,掉了下来,呵,滑了下来——滑到他的胸口;她那柔软、温暖的身体抓住了他,她的头怕接触他的嘴唇而向后仰;他吻她;她一缩;他的叫声:"你一定知道——我爱你!"

这一晃忽的写法在整部书里是一种文体上的变异,通常高尔斯华绥写一种地道的、文雅的英语,他受过的牛津教育和律师训练使他字斟句酌(因此他写法庭审判和模仿法律文书特别拿手),但在这里他作了变动,使叙述带上了诗的抒情。

同时也带有一种不稳定的情调,艾琳尼偷走了春天的心,却感动不了索姆斯的福赛特人的心。他发现了她同包星尼的恋情,采取了一个福赛特人的对策,即重申他的财产权,于是有一晚趁她没有锁门,闯进睡房去"执行了他的夫权"。

对于包星尼,他也作了报复。由于包星尼盖房花钱超出了预算三百五十镑,他把他告上法庭,法庭判包星尼赔偿。这个建筑师本来就没钱,现在面临破产的局面,又在同艾琳尼的最后一次见面里知道了她遭遇了强暴,于是悲愤交加,在一个雾沉沉的日子冲进急驶的马车丛中,在轮子下了结了一生。

在艺术家同福赛特人的斗争里,艺术家永远是失败者。福赛特人有全部的英国上层社会作后盾,以及他们的法庭、教会、律师事务所、同业公会等等。包星尼之不可恕,在于他——如书中一个人物所指出的——触犯了索姆斯的钱袋和家庭,而这两者在福赛特人的眼里都是神圣不可侵犯的,因为他们是产业的标志。

选择福赛特人作为典型是有深意的,展开的情节也是动人的,使得此书不仅在当时赢得了大量读者,而且在六十年代后期改编成为电视系列片也取得了很大的成功。

包星尼死去了,福赛特人却是长存的。在《有产业的人》以后的系列小说里,故事还要开展下去。艾琳尼同索姆斯离了婚,在长期孤处之后嫁给了小乔连,一个略有不同的福赛特,他曾经背弃家族传统,但最后仍被老乔连拉了回去。他们的儿子璋碰上了索姆斯后来同另一个妻子生的女儿弗娄,发生了爱情,然而小乔连把他母亲和索姆斯的往事告诉了他,使他同弗娄的关系终于破裂。一代的恩怨传到了另一代,而索姆斯这个最典型的福赛特人却起了变化,从一个产业的坚决捍卫者变成了一个软心肠的好父亲,以致在家宅失火的时候,他为了保护弗娄而受伤身死。

这些以及更多曲折的情节构成了系列小说的绝好材料,然而作者原有的对福赛特人的批评精神却减弱了。也许,没有这些后续的发展,仅仅只有《有产业的人》一部,包星尼之死和艾琳尼的身心创伤会具有更大的悲剧性?开创了一个家族的连续记载是高尔斯华绥在英国小说史上的贡献之一,然而《有产业的人》的十分精彩的开始却是难以为继的;后续各书虽然也能抓住我们的注意,但有点像一般的社会言情小说,缺少一种可喜的辛辣味了。

这种冲淡在一个意义上又是无可避免的。这是因为高尔斯华绥本人从家世、教育、经历就是一个福赛特,十分熟悉福赛特人的生活、思想、情感,所以才能把他们写得那样逼真。他分析并且批评他们,但在心的深处,他又对他们怀有爱惜之心——如果每个福赛特都能像老乔连就好了!老乔连是他真正的英雄,所以包星尼盖的精美屋子由他从索姆斯手里买了过来,最后享受那艺术成品的还是这位家族的族长。好像这也是一种"诗的公正"。

《有产业的人》的结构有如包星尼的屋子,也是比例匀称,首尾衔接的。每一章都推进情节,而又各有中心,结尾都写得干净利落而有余音——光是这一点就值得别的作家学习。

很多外国读者是喜欢高尔斯华绥的作品的,他曾是世界笔会较早几任会长之一。想要较深地了解英国上层人士(他书里的所谓上层中等阶级),了解他们活动所在的伦敦及其城区的商业和法律机构以及俱乐部之类,想要提高自己的英语修养的外国人,读读高尔斯华绥是大有好处的。作为有一定深度的消遣读物,《福赛特世家》是难以超越的。然而这深度是有限的,在艺术上也没有大的创新,要看大力推进小说艺术的大师,还得到福赛特世界以外的地方去寻找。

＊　　＊　　＊

除了上述三人,一战前就已出名的小说家中还有班纳特和毛姆等人,都是讲故事的能手。根据这些人的作品,可以小结如下:

1. 这些小说家各有特点,在题材上各有新的贡献,吉卜林写印度,威尔斯引进科幻,高尔斯华绥写上层中产阶级家族,班纳特写"五镇"那类的小城生活,毛姆写东南亚海岛上见闻,都充实了英国小说的内容。

2. 他们都在思想上各有关注,多数留意到英国外面的世界,由此而意识到不同社会不同文化的遇合和冲突,把这些写进作品扩大了英国小说的思想境界。

3. 在写法上他们都是现实主义者,各有一定的技巧上的创新,然而缺乏全面革新的意识。这一点使他们易于为一般读者接受,但也限制了他们把小说写得更加深刻的能力,因此而受到后起作家弗琴尼亚·吴尔夫的猛烈批评。

另一种努力

在吉卜林、威尔斯等人写作的时间前后,有几个小说家在做着另一种努力。他们之中,两个原是外国人,后来入了英籍,即詹姆斯和康拉德,另一个是福特·麦道克斯·福特。他们各有不同,但都自觉地注重小说艺术。

亨利·詹姆斯(1843—1916)是任何美国文学史都要着重讨论的小说大师,然而在英国文学史甚至文化史上也有他的地位。这倒不只是因为他曾长期住在英国,最后又于死前一年加入了英国国籍,而主要因为他的作品和小说理论形成的影响。他有直接描写英国和英国人性格的作品,但更多的作品写美国人去到欧洲大陆后的体会和心情,有人把他在这些作品里的主题归纳为"美国人的天真碰上了欧洲人的世故"。其实这当中的美国人有两种:一种保持新大陆的天真,另一种则染上了欧洲的世故,回头又用它来对付别的美国人。

《一位女士的画像》(1881)写的就是在欧洲的不同类型美国人。书题中的"女士"指美国姑娘伊莎白,她富有而单纯,在欧洲成为一些男人追逐的对象,然而她不接受一位英国贵族和一位从波士顿赶来的旧交的爱情,却嫁给了另一个美国人,以为他是专心艺术的,实则此人品质恶劣,所追求的是她的钱,而艺术只是一个幌子。伊莎白对于艺术和艺术家的向往显现出欧洲古文明对于天真的美国人的魅力,这是詹姆斯常写的主题,这种向往变成了一种悲剧式的迷误也是他常有之笔,但是这里却增加了一个新的因素,即背弃——伊莎白背弃了她自己的良知,正如她丈夫背弃了她的爱情。然而到书末故事并未结束。那位波士顿人还在等着伊莎白,最后还在暮色沉沉的花园里对她作了一番暴风雨式的倾吐,虽然她克服了自己的激动心情而仍然上了回到她丈夫所在的罗马的火车,一位旁观者却对失望的波士顿人说:"你好好等着吧!"

这部长篇写得细致,对人物心理分析深刻,同时也有戏剧性,不少场面十分动人,而在这一切之上还有伊莎白的变化——从一个天真活泼但又颇有主见的姑娘变成了一个充满幻灭感的妇人，而在过程里她对自己和社会有了比较清醒的认识。这些都显示出詹姆斯小说艺术的成熟。

詹姆斯的中短篇也很有特色，例如《丛林中的野兽》(1903)。它写的是一个男人害怕恋爱的后果，明明是爱上了一个女人，她也有意于他，他却始终没有开口向她求爱，直到她死了他才醒悟到机会已经失去，永远不能再来了。这个较长的短篇是出色之作，写出了年华流逝而两人还在等着，虽多次见面，仍然欲言又止，女的有一次几乎直露心事，但男的仍然没有抓住时机，眼看她一天天衰弱下去，终于病死，他自己最后也在她的坟头倒下了。一种秋天挽歌式的悲哀情调弥漫着，两人的谈吐都合礼而文雅，但底下却有情欲，这野兽在丛林般的人世里伺机而动，小说的标题点出了作品没有明言的主旨。

詹姆斯在后期又写了三部长篇，其中《大使们》(1903)一书是他自己认为"通盘而论，在我所有的产品中是最好的"。这时候他又回到了美国人在欧洲这个主题，然而看法起了变化。美国一位有钱的寡妇听说儿子在巴黎不务正业，同一个法国女人鬼混，派了一位中年绅士去劝他回国，绅士去后发现那年轻人似乎颇有作为，而同他来往的那个法国女人不仅风度优雅，俨然名门闺秀，两人之间也不像有不正当的关系。其实这是绅士的错觉，他的美国式天真被那对男女的欧洲式世故欺骗了。因此他这位"大使"有辱使命，惹得寡妇又从美国另派一位"大使"即她的女儿去到巴黎，了解到了真相。但这时绅士自己却变了，他对年轻人的最后劝告是："尽情地生活，否则就是错误。……生活！生活！"

作者在这里清楚地说出了在《丛林中的野兽》中就已暗示的教

训:人不能让人世的禁忌、顾虑、礼俗等等妨碍自己真正的快乐,应该投入生活。这两本同年出版的作品道出了詹姆斯晚年的更加现实的人生观。

詹姆斯的重要性还在于他的小说理论。他第一个明白提出了小说是一种特殊的艺术形式。英国小说的毛病,他以为正在于"没有理论,没有信念,没有一种对本身的感觉,不认识小说应是一种艺术信念的表现,是选择和比较的结果"。[①] 针对这种弊病,他提出应向法国和俄国小说学习:法国的福楼拜和俄国的屠格涅夫是他服膺的大师。在他们手里,小说是精心制作的艺术品,是有头有尾,"连续而浑成一体,像任何其他有机体"。[②] 这个有机体论也是前人未道的,它意味着故事与主题、形式与内容是不可分的。同样,他称赞屠格涅夫的是:他消除了"那种常见的笨拙的假定,即认为题材与风格……是可以分割的不同东西"。[③]

詹姆斯的小说理论不仅见于成篇的论文,还见于他写在自己许多作品前的序言。[④] 这些序言除了讨论所涉及的小说的起源和写成经过,还阐明技巧问题,总起来说就是叙述的方法问题。引人注意的是有关联的两点:1. 叙述者是谁;2. 叙述的观点如何。詹姆斯的小说一般不是由作者自己出面叙述,而把这个任务交给一个书中人物,往往是一个次要人物,他报告他所见所闻,包括他当时的疑问、犹豫、期望等等,这样叙述者就是参与者,不是过去小说中

---

① 《小说的艺术》,见莫里斯·劳伯茨编:《亨利·詹姆斯论小说艺术及其他论文》,纽约,1948,第3页。

② 同上书,第13页。

③ 同上书,第120页。

④ 后来由 R. P. 勃拉克摩尔收集,编为《长篇小说的艺术》,纽约,1934。

的无所不知的局外观察者,可以避免作者的说教,而增加叙述的真实性和生动性。这后面两点又可以归纳为戏剧性。詹姆斯对别的小说作者的劝告是:戏剧化! 戏剧化! 戏剧化! 只是这不是指舞台上的喧闹、夸大和摆弄姿态;正相反,这是指小说中的叙述不是讲演出什么,而是描绘出什么,是把一件事的过程写出来,特别是心理活动的过程,包括各种精致、深刻、甚至不确定、不清楚的感觉。他自己做到了这些,因而为同时小说家康拉德赞为"感觉的历史家",后来的评论者则称他为"小说家的小说家"。

詹姆斯的理论奠定了现代小说理论的基础,他的小说也实现了从维多利亚时期小说到现代小说的转变。他的理论因有卓越的实践而更可信,而他的实践又不断丰富而发展了理论。因此他的影响也特别大。在他在世之日,就有他的朋友福特·麦道克思·福特和康拉德等人在同他一样把小说作为一种特殊艺术形式,各自写出了重要作品。他们还进而研究小说中的时间次序问题,在作品里试验了"时间变换"和"时间并存"。这种试验再进一步便发展成为二十年代乔伊斯作品《尤利西斯》中的印象与感觉的交叉重叠。不仅小说中如此,现代派诗作如庞德的《诗章》和艾略特的《荒原》也故意割裂或拼贴时间。这里当然还有物理学和哲学上新的时空观的影响,但是在小说领域里这类变化却是随着亨利·詹姆斯的艺术形式论和有机体说而来,他是现代主义的前驱之一。

*　　*　　*

约瑟夫·康拉德(1857—1924)原是生在乌克兰的波兰人,17岁当海员,21岁在英国船上工作而学起英语来,37岁辞去船长职务而以写作小说为生,这时他已入了英国籍。他的小说不同一般,大多写船上和海外所见,描写海难、台风和深入非洲内陆的冒险旅行等等,而且探索人在危急时所表现的本性等问题,挖掘得很深,而写法则讲究艺术,采用了间接叙述法和多种观察角度,再加上他后来练出了一手好英文——一种首先学自英国海员而不是仅靠阅读书本而得的、略带外国情调然而非常富于表达力的英文,使他成为现代英国小说大家之一。

他的著名作品有长篇小说《水仙号上的黑家伙》(1897)、《吉姆爷》(1900)、《台风》(1902)、《诺斯屈罗摩》(1904);中篇小说《黑暗的中心》(1902);后期又写了政治性长篇小说《密探》(1907)和《在西方注视下》(1911)。

这些作品中公认的杰作是《诺斯屈罗摩》。书题的意思是"我们的人",指一个从意大利来到一个南美银矿地区的海员,原是一个英俊、勇敢、坚强的人,在银矿区很得人心,曾为避免一大笔银子落入反动军队的手中冒险将它转移到一个岛上,但后来他变了,偷用了这笔银子。这里的主题是:银子的腐蚀力量。与此相联的是当地的政治,这个地区经历了革命、反革命和另一次革命,但实际上只是一些资产阶级政客在操纵,而当地的真正统治者是银矿主人英国资本家。在这样的社会里,即使是自命为腐蚀不了的"我们的人"也仍然是被腐蚀了。然而康拉德还进一步点明:人之所以被腐蚀,还由于他的本性有弱点,所以到了要紧关头就抗拒不了诱惑。

中篇小说《黑暗的中心》也是既指处于非洲大陆中心的刚果丛林,又指人心深处的黑暗。这是康拉德写的最惊心动魄的故事。故事是一个叫作马洛的人在伦敦泰晤士河上一只小艇上对几个同事讲的,内容是他在刚果的一次旅行。他被一家正在掠夺刚果财富的欧洲大公司任命为刚果河上一条轮船的船长,抵达刚果之后,才知道他的船已在河的上游触礁,于是随同公司的其他人员从陆路通过丛林去到出事地点,把船修好之后又驾船去到更远的一个象牙收购站,准备在那里接回收购站站长库茨。库茨是公司里有名的能干人物,他所收集的象牙比所有其他收购站放在一起还多,但现在病得厉害,所以公司要他回去。船在快到收购站之前受到丛林里部落一次弓箭和梭标的袭击,到站之后又受到他们包围,但库茨虽然重病,却仍能制止他们,因为他在当地部落中有极高威信,被敬为神。他们不愿库茨离去,所以才来袭击。

库茨被抬到船上不久就死去了,但在死前同马洛谈过他在丛林中的真正感受,临终说了两个字:"恐怖!恐怖!",他托马洛把一包信件交给在英国的未婚妻。马洛回去之后照办了,但看她那对库茨的深情,在她问他死者最后的遗言的时候,他不忍心告她真话,而出现了这样的一幕:

> 我打起精神,慢慢地说:
>
> "他最后说的是——你的名字。"
>
> 我听到轻轻一声叹息。接着我的心停住了,被一个狂喜而又可怕的声音打住了,声音中含有想不到的胜利和说不出的痛苦。"我料到是这样——我肯定是这样!"……她料到,她肯定。我听见她在哭,把脸埋在手里。我感到那屋子会在我逃离之前倒塌在我头上,连天也会掉在我头上。但是什么也没有发生。天不会因为这样一点小事掉下来。天是不是会掉呢,我又想,如果我给了库茨以他应得的公道?他不是说他只求公道么?但是我不能呵,我不能告她真话,那样做太黑暗了,整个儿太黑暗了。……

　　这一幕是康拉德的精心之笔。他在1902年5月写给登载这篇小说的《勃腊克武德》杂志的编辑的信里说："《黑暗的中心》最后关于马洛同姑娘会见的那几页等于是把整篇三万字的叙述归结到对于一整个方面的人生的一个设想性的看法,这就把小说提到更高的平面,而不仅仅是一个关于一个在非洲中部发了疯的人的掌故了。"

　　那么,这个"设想性的看法"究竟是什么?

　　小说的叙述者马洛是白种人,他眼睛里的非洲黑种人是难以了解然而似乎通情达理的,而那里的白种人则几乎都是坏蛋。他们都是那个大公司的职员,到非洲的目的就是"经商",为此他们奴役和屠杀当地人民(书中写到一队带着铁链的黑人犯人在劳动,也写到法国军舰经常盲目地向丛林开炮),霸占并破坏当地资源(在行程的起点马洛看到了公司总部所在地怎样已被糟蹋成为一个废机器和破铜烂铁的大垃圾堆,帝国主义对于美丽非洲的环境大破坏是永远不能饶恕的罪行之一!),余下的时间就用来彼此勾心斗角,干各种自私、肮脏的勾当。书里的一个经理是这种人的典型。他们代表了西方文明。库茨有所不同。他有一点理想,曾经谈到过要更好地对待当地人的庞大"计划"。他用的手段也不同,因此他能接近当地部落并赢得他们的信任,但是目的仍在于从他们取得更多的象牙,也是为了利润,为了更好地为公司服务。他也仍然依仗白人的快枪,对于不服他的当地人是严厉惩罚的。书里提到马洛在第一次见到库茨的收购站的时候,发现站旁有一排铁栏杆,杆上插着砍下来的黑人人头。同别的白人一样,库茨也是对他们实行恐怖统治的。他临死喊的两声"恐怖"究竟是对自己喊,还是对别人喊,这也是康拉德留给读者的问题之一。无论如何,这当中有库茨自己的噩梦,这喊声最终来自他心灵深处的一片黑暗。

康拉德是用了他全部的艺术来写出这个深刻得可怕的故事的。他使马洛一身而兼二任,既是当事人,又是叙述者,由于身当其事而叙述更为可信,但又不让他变成中心人物。也许我们可以说,书的中心不是人物,而是马洛所经验的向刚果内地的旅程:一切都是旅程中的见闻,而旅程不只是走向非洲黑暗的中心,也是走向人的灵魂的黑暗中心。

因此这书里虽然有行动,有实物,却又是一部以气氛见长的书。进入刚果内地的旅程从头到尾笼罩在一片阴沉的空气之下,丛林是阴沉而静止的,充满着不知名的威胁;刚果河是流动的,但也是阴沉的,似乎从未见过阳光;同样阴沉的是旅行者的心,特别是叙述者马洛的心,他自始至终没有片刻的愉悦——只有在修船的劳动中才暂时摆脱了不安。

在这种气氛之中,作为商品的象牙是实物,又是象征。书中人人处处都在谈着象牙。连库茨的脸也似"雕刻在老象牙上的死亡的活跃形象"。象牙是从地下掘出来的,是不易摧毁的,象征着非洲古老的文明,库茨则来自欧洲文明,"整个欧洲在造成库茨中有份",库茨的困境也象征了欧洲文明的危机。

在世纪的最初,康拉德就已经看到了这个危机,看到了帝国主义的可憎面目,又有新颖的艺术把他所见深刻地表达出来,他对于英国小说的贡献又何止是仅仅推进了叙事技巧!

＊　　　＊　　　＊

同康拉德的名字常常联系在一起的是小说家福特·麦道克斯·福特(1873—1939)。他曾与康拉德合作写书,另外编过两个有影响的文学杂志,即《英国人评论》(1908—1909)与《跨大西洋评论》(1924—1925），提倡法国式的小说写法，培植过不少后来出了大名的作家，如劳伦斯和海明威。他自己也写法国式小说，主要作品是《好军人》(1915)和《阅兵礼的结束》(1924—1928)。后者包括四部长篇小说：《有些人不》、《再无阅兵礼》、《一个人可以挺立》、《熄灯号》。

《好军人》的情节并不复杂，写的是两对夫妇十年中的交往。一对是有钱的美国人，丈夫是书中的叙述者；另一对出自英国世家，妻子是天主教徒，丈夫是大地主，拥有庄园，自己当军官，书名上的"好军人"就是指他。他是一个忠于旧传统的"英国绅士"——"好军人，好地主，分外仁慈、谨慎、勤快的地方审判官，正直、诚实、公平、讲原则的社会人物"——但是碰上了一个信天主教的冷酷、精明的妻子，在家里得不到温暖，于是有多次婚外恋，其中一次是同美国人即叙述者的妻子，一个从头就对丈夫不忠的纵欲者，最后一次则是同一个寄养在他家的纯洁姑娘，全书以姑娘发疯、好军人自杀作结。

写法却是曲折、细致的：前后移动的时间次序，多次的补叙与插话，对于人物动机的分析与再分析，但是只要你有耐心，并不给你烦琐之感，倒是逐步深入，把这几个上层社会人物的内心世界一层剥一层地暴露出来：那位好军人在他那习惯性的坚毅和礼貌之下的空虚感，他那妻子的天主教虔诚之下的工于心计和残酷，叙述者妻子的美国式纵欲和虚伪，小姑娘由于父母不和、身世飘零而产生的失落感。

然而叙述者本人却处于一个特殊情况：他是事件的目击者，一定程度上的受害者，充满了好心，却对别人没有丝毫影响。他甚至不能确定他所见所闻是否完全真实。他之所以常要翻来覆去地重叙经过,并且通过不同人物同他的谈话来展现对同一事件的不同看法,就是因为作者要表达出一个比通常的"现象不是真实"更复杂的道理,即有时现象就是真实,或现象有部分真实性。

书的风格就是要体现这种复杂性的风格,语言完全是所谓有教养的人的文雅语言,而且是英国上层人士的语言,连美国夫妇的谈吐也没有美国特色,只听见修整的句子连串而来,但又不是一泻到底,而是常有回旋和重复,有时则欲言还休,没有下文。这就是福特的叙述策略,他认为传统小说的毛病就是"一泻到底",所以他要同亨利·詹姆斯、康拉德等人一起来试验新的叙述法。

等到福特来写《阅兵礼的结束》,另一位"好军人"式的英国绅士成了故事的主角,只是时间变成了第一次大战当中。战争是写到了的,但是前线战斗写得不多,主要是写英军后方的混乱。这混乱实际上是英国传统在崩溃的一种表现,不过在战争环境里显得更加突出罢了。英国战胜了,但这也是一种嘲弄,因为战后的社会生活仍然是一片混乱或者更糟:人际关系的传统准则被破坏了,代之而起的是商业资本家的精明、残酷、没有文化教养。

这四部小说里的主要人物都出自上层,而且是在乡间拥有祖传地产的世家中人。他们对面临的大变动态度并不一致,多数人是接受它,设法从中取得好处,只有少数人坚持传统的价值标准。

这后者当中就有本书的主角克利斯多弗·铁琴斯。他还年轻,也有头脑,对于某些新事物并不反对,倒是看出了自己亲友中老一辈人的虚伪和卑鄙。譬如在《有些人不》的开始部分,几位上层人士由于一些要求女权的妇女扰乱了他们玩高尔夫球,要警察逮捕她们,铁琴斯却挡住了警察,使她们得以脱逃。因此他受到了一位老世交的将军的责备,两人之间有这样一段对话:

"……人们说你很有头脑。谢谢天,你不是我的部下。
……我相信你是一个好小伙子,可你是会叫一整师人吵起来
的那种人。……简直是一个——那人叫什么来着? 一个德累
弗斯!"

"您以为德累弗斯真的有罪么?"铁琴斯问。

"该死!"将军说。"比有罪更坏——你不能信他,可又找
不到证据不信他,他是这号人,世界的祸害!"

铁琴斯说:"啊!"

"就是这号人,"将军说,"这号会使世界不得安宁的人。
你不知道该怎么办。没法判断。他们使你感到极不舒服。……"

没有绅士们向来自夸的公平感,他们但求天下不乱,可以舒服下
去。也没有真正的道德原则。将军早就说过:

"一个军人的第一职责——所有英国人的第一职责——是
在别人指责他的时候能够设法像样地圆谎。"

将军还不是最坏的,还有政客和银行家等等,连世家的传统文化也
缺乏,而主宰着英国的就是这批人!

铁琴斯却坚守他的道德准则。他妻子西尔维亚跟人跑了,后
来要回来,他仍以礼相待;她并不从此改悔,而是想尽各种办法折
磨他(而她又是一个天主教徒,同《好军人》中的女主角和以后要在
伊弗林·沃的小说里出现的信天主教的厉害女人属于一个类型)。
她恨他到了极点,有一次她对她母亲和家庭老教士说起了恨他的
原因:

"你们想知道我为什么恨我的丈夫。我可以告诉你们。

这是由于他的单纯的、绝对的不道德。我不是指他的行为，我是指他的想法。他对我常作演讲，不论讲什么，都叫我恨不得拿刀捅他，我发誓真是这样。但我又说不出他错在那里，就在最简单的事上我也不能证明他错了。但是我可以叫他难受，我当然要。……他老是坐在那把靠背椅上，笨手笨脚地，像一块石头那样一动不动，一坐几小时。……可是我能叫他痛苦。呵，不声不响地叫他痛苦。……他是你们会称为忠心的人。忠于他那瘦鬼朋友，叫麦克麦斯特的。……忠于他的母亲，每次他说起总要极其神秘、可笑地称她为圣徒——新教徒哪有圣徒！忠于他那老保姆，因为她照顾孩子，还有那孩子。……我只要在他谈他们的时候把眼睛张大一点，是的，只把眼皮升起一点，就会叫他难受万分。他的眼球就要乱转，痛苦得不得了。……当然，他什么话也不说，因为他是英国绅士。"

(《有些人不》)

英国绅士就是留心不伤别人感情，自己也不表露感情。对朋友和亲属忠诚更是他们的道德准则，但在西尔维亚眼里变成了不道德。西尔维亚接受了现代社会的准则，要丈夫也随她转变，而他坚决不肯，这便是两人之间感情不合的真正原因。福特把西尔维亚写得极为生动，不只是人物创造上的成功，还体现了他对她那类迎合新风尚的旧世家子女的心理的深刻了解。她们是公然乱搞男女关系而不以为耻，反以为荣的。

而铁琴斯则不仅在家不得安宁，在战场上也处处吃亏。他爱惜士兵，在一次敌军炮击中救了两条命，却因衣服沾了战壕的泥土，军容不整受到上级申斥。他实干，却被撤职，人们还怀疑他替法国人搞情报。最后,他得了弹震症,有一阵连自己的名字也记不起来。

然而他不是可怜虫,因为他顶住了所有压力,在同一位女教师——一个女权主义者——的往来里获得了真正的爱情。在一群片面地想又片面地活的人们之间,他是一个真正完整的人。西尔维亚发现她无法腐蚀他,也无法毁灭他。他的健忘症过去了,他是明智而坚强的。但他又只是一个"最后的托雷党人",怀抱着一种十八世纪式的世界观,同新时代是完全不合调的,而这整个四部曲也只是对于一个垂死社会的安魂曲。

全书长达八百三十页,多处运用意识流手法,而在第四部《熄灯号》里达到了技巧试验的高潮,即全书是由九个长长的内心独白组成,主要是铁琴斯的长兄马克的回忆和想法,这时他已重病在床,说不出话来了。铁琴斯本人只在最后露了一面,马克见他手里拿了刚被西尔维亚命人砍倒的家园内宅门前的大树的一根支干,知道了家业已经转手,平静地死去了,铁琴斯个人问题也暂时解决了:西尔维亚答应同他离婚,他同女教师的关系合法化了,家业则由他同西尔维亚生的儿子小马克继承,不过这孩子从小就由母亲作主成了天主教徒。这样世代信奉英国国教的老铁琴斯一家有了继承人,但是连同原有宗教信仰在内的老传统却切断了。这部大书也就在这一系列内心独白的流动中,用一种不甚清楚的结局结束了。

阅兵礼已到尽头,铁琴斯这一类人也快灭绝,随他灭绝的则是英国乃至西欧社会的一种生活和行为方式以及它的价值观。

这不能不说是一个重大主题,福特是用了全力来写它的,因而写得细致,复杂——可能太复杂了,穷研小说写法的人不免显得有点做作,但毕竟还留下了一些东西,那就是不抱幻想、不带感伤情绪地观察世态的诚实态度和从不同角度去发掘现实的认真精神。

*　　　*　　　*

通过以上三位作家的情况来看,在小说写作上进行探索的努力是得到了丰硕成果的。但是以为他们的探索仅限于叙事艺术却又片面了,因为他们也十分注意主题,既有新的主题(詹姆斯的新大陆和古欧洲社会文化的碰撞,康拉德对于殖民主义和西方文明的批判),也有挖掘得更深的老的主题(詹姆斯对于男女爱情的深思,康拉德对于人的本性、动机的探讨,福特对于英国世家及其价值标准崩溃的考察等等)。他们并不是艺术至上者,仍是现实主义者,福楼拜和屠格涅夫那类现实主义者,只不过认为小说应是一个统一体,其中内容与形式是有机结合,密不可分的。在他们的小说里,艺术起到了使主题深化的作用,越是写得好越能把人生的丰富和变化挖掘得深。

他们并不总是成功的,有的时候他们小题大作,有的时候技巧过剩,他们的文字一般是比较难的,詹姆斯的后期作品里往往句子盘旋而又盘旋,显示思想的曲折,但也阻碍了叙述的进程。他们已经显现了后来现代主义小说家要更加发展的某些品质,已经不同程度地染上了一种高雅文明病:对普通读者的淡漠,而读者也就对他们报以淡漠。这是可惜的,因为他们作品中有好东西,而普通读者不得其门而入,也就更向易懂的通俗读物靠拢。

现代主义小说

福特的四部曲主要是写一战中的英国社会的,但也有战壕描写,所以也是战争小说。一战当然还产生了别的长篇小说,如阿尔亭顿的《一个英雄之死》(1929)。然而英国似乎没有足以同海明威的《再会吧,武器》和雷马克的《西部前线无战事》相比的一战小说。

但是一战仍然是一种催化剂。它催出了英国的现代主义。两部现代主义经典之作出版于1922年,它们是艾略特的《荒原》和乔伊斯的《尤利西斯》。

我们已在另章讨论过现代主义诗歌,现在集中谈谈现代主义小说。

什么样的小说是现代主义小说? 英国批评家大卫·洛奇提出三点特征:[1]

1. 形式上有试验、创新,与已有叙述方式明显不同;

2. 内容上着重感觉,包括半自觉与不自觉的内心活动;

3. 叙述不按照一般时间顺序,而采取一种复杂、流动的处理办法,常有颠倒与回溯;叙述的角度是有限的或多方位的,没有一个万能的、无所不知、无所不在的叙述者。

凡包括上述三点中一、二点或全部的可以算作现代主义小说。

---

① 大卫·洛奇:《现代主义小说的语言:比喻与换喻》,收入马尔肯·布雷贝利与詹姆斯·麦克法连合编,《现代主义》,企鹅社,1976,第481页。

　　根据这个标准,我们在前面讨论过的詹姆斯、康拉德和福特的作品都是现代主义小说。但是我们又发现,它们又都具备现实主义成分,只有多少之别。这一点也会被我们将要讨论的作品所证实。历史上,近代小说是现实主义的产物,后来虽有各种变化,还是不能完全脱离现实主义,脱离了就连小说本身也不存在了。

　　就拿现代主义小说的最著名的例子《尤利西斯》来说,它就有坚实的现实主义基础。这是因为它的作者詹姆斯·乔伊斯(1882—1941)不仅仅是一个现代主义者。

　　他最初写短篇小说,收在《都柏林》(1914)这个集子内。这里的十五篇小说都是写他熟悉的爱尔兰当地人的,写法兼有莫泊桑与契诃夫之长,其中最长的一篇《死者》更是公认的现实主义杰作。

　　他接着写《青年艺术家的写照》(1916),一本自传性小说,主人公斯蒂芬就是乔伊斯自己,并要在《尤利西斯》中重新出现。书的写法仍是传统的现实主义式,但在所提到的问题(如艺术创造里的"顿悟"问题)和对于语言的创造性运用上已经显出后来写作的趋势。

　　等到他来写《尤利西斯》,他对小说艺术进行了重大的革新。六七百页的一本大书集中写1904年6月16日一天都柏林市民勃鲁姆和他的青年朋友斯蒂芬两人的生活和思想活动,用的是意识流技巧和多方位叙述观点,在结构方面模仿古希腊史诗《奥德赛》,史诗上有某一情节的一章,小说里也有相应的一章,亦步亦趋,但精神上大为不同,例如史诗里尤利西斯的妻子潘尼罗披在丈夫多年没回来而当地又有许多男人逼她改嫁的情况下仍在苦苦守着他,而小说里勃鲁姆的妻子莫莉则公然让情夫出入自己的家。尤利西斯是智勇双全的冒险家,勃鲁姆则是一个做广告生意的犹太人,胆小怕事,明知妻子有外遇也不敢过问,在街上走路也生怕碰上她的情夫而改道。这里面有对照,有无言的评论,古代的英雄世界让位于现代社会的平凡生活了。然而乔伊斯并不采取漫画手法。勃鲁姆不是一个丑角,而是有一定正义感的好心人,他的感情、趣味有其精细、高尚的一面:当他看人们在一家餐馆饕餮大吃,其状有如荷马史诗中的食人兽的时候,他就觉得无法忍受,立即饿着肚子冲出餐馆。莫莉也不是一个简单的荡妇,她充满了同情心,爱好花草,色彩,一切流动的、美丽的东西;她虽有外遇,却又嫌她那情夫粗鲁、庸俗,到头来还是她那老实的丈夫可以依靠。而青年斯蒂芬——这个永恒的知识分子,永恒的艺术家和思想家——提供了另一种现代人典型:敏感,内向,落落寡欢,然而又真正地坚强。

这些细节描写的真实构成了此书的现实主义基础,不过基础之上是一个现代主义的结构,一个庞大的文学比喻。

最大胆的创新还在于本书的语言。乔伊斯对于语言的创造性运用不限于新创词和双关语,而在他把语言提到作品中最重要的位置,超过情节,超过人物,似乎一切真实出自语言,语言就是真实,而语言本身则是流动的,活跃的,具备一切可能性的,连半睡半醒的感觉也能胜任地表达出来,如在本书的末尾一段:

> ……海洋有时候真像火一样的红哩夕阳西下太壮观了还有阿拉梅达那些花园里的无花果树真的那些别致的小街还有一幢幢桃红的蓝的黄的房子还有一座座玫瑰花园还有茉莉花天竺葵仙人掌少女时代的直布罗陀我在那里确是一朵山花真的我常像安达卢西亚姑娘们那样在头上插一朵玫瑰花要不我

佩带一朵红的吧好的还想到他在摩尔城墙下吻我的情形我想
好吧他比别人也不差呀于是我用目光叫他再求真的于是他又
一次问我愿意不愿意真的你就说愿意吧我的山花我呢先伸出
两手楼住了他真的我把他搂得紧紧的让他的胸膛感到我的乳
房芳香扑鼻真的他的心在狂跳然后我才开口答应愿意我愿意
真的。

（金隄译文）

这是莫莉的内心独白,四十页无段落,无标点,只到最后才出现一
个句号,意识流的运用到了最放肆的地步。如果我们细读,还会发
现这长篇独白里有许多很美的东西:建筑,花朵,色彩,芳香,一个
年轻女人的爱。它还有一种肉体的温暖,一种黎明的预感,末尾的
一声"真的"(原文是 yes)给予了全书以一种正面的肯定。

应该说,乔伊斯所写的一天生活是丰富的,多方面的——还包
括了人生里不体面、滑稽可笑的一面。他的语言游戏增强了这一
方面的效果。书里存在着一种喜剧精神。由于有喜剧精神,《尤利
西斯》里的人生就比詹姆斯、康拉德、福特的作品所包含的要广阔
得多,也活跃得多。

喜剧精神也同样存在于乔伊斯的最后一部作品《芬尼根守灵》
(1939)之中,语言的创造性运用到此达到了极限:不仅大量创造新
词,而且放手改造旧词,每句话里都有字典上找不到的词——但是
如果你朗读,你就会发现一些纸面上奇形怪状的词是你经常听到
的普通用语。为了示范,乔伊斯自己读了一节,灌成唱片。人们从
他的都柏林口音中听到了对于利菲河的咏叹。原来书里有两个女
人在洗一对夫妇的脏衣服,边洗边聊天,而美丽的利菲河就在她们

身边流过去,时间也在悄悄流逝,终于天黑了,水边一片迷茫,看不清人脸,听不真声音了。

此书的结构是圆周式,一上来就是这样一句:

> river run past Eve and Adam's, from swerve of shore to bend of bay…

> (河流流过夏娃亚当之家,从河的岸到海的湾……)

这是头,然而头即是尾,尾即是头,你可以从中间开始,但是过一阵你又回到了那里,整本书就像流水一样是不能斩断的。

然而虽有这种种阐释,应该承认:此书是难懂的,普通读者是同它无缘的。

毫无疑问,在试验性写作方面,在语言的创造性运用方面,乔伊斯走得比谁都远。经过几十年的禁止和争论,《尤利西斯》作为现代主义杰作的地位也已确定。问题是:他的影响如何? 一方面,直接模仿《尤利西斯》的小说家极少——也许因为它是无法模仿的;另一方面,学乔伊斯的样子自由地、大胆地运用英语的人则大有人在,包括英语非其本族语的外族作家。意识流的手法虽非乔伊斯一人独有或第一个运用,但他的示范显然使它产生了更大的影响,连现实主义小说家也乐于接受了。这一切扩大了小说艺术的领域。扩大与解放——把小说从传统的模式里解放出来——乔伊斯的最终功绩也许是在这里。

* * *

弗琴尼亚·吴尔夫(1882—1941)也是要把英国小说从传统的现实主义模式解放出来,为此她在1919年4月就对当时文坛上最负盛名的几位小说家——高尔斯华绥、班纳特、威尔斯——提出了挑战。她指摘他们是"物质主义者"：

> 这三位都是物质主义者。由于他们只注意肉体而不注意精神，所以使我们失望，并给我们一种感觉，即英国小说越快拒绝他们，不管用什么客气的方式，越快另走一路，哪怕走进沙漠，就越对它的灵魂有益。[1]

她又进一步说明：

> 我们给他们的作品挂上一个"物质主义者"的标记，意思是：他们写的是不重要的东西。他们用了绝大的本领和绝大的辛勤，却只为了使琐碎的过眼烟云式的东西显得是真实和持久的。[2]

换言之，他们小说里缺乏真实的生活：

> 生活不是一系列对称排列的马车上的车灯，生活是一个明亮的光圈，一个从我们有意识之始就一直笼罩我们的半透明的外壳。小说家的任务难道不是表达这种不断变化的，这种未知的、无约束的精神世界，愈少和外来物、外界混杂愈好，不论这精神世界会表现出多么畸形和复杂？[3]

这时她已经注意到正在杂志上发表《尤利西斯》的片断的乔伊斯，认为他是注重精神的，所作虽不够丰满，却是有生气的。

另一方面，她又大力主张走俄国人的路：

---

[1] 《普通读者》一辑，1925，荷加斯社1984版，第147页。
[2] 同上书，第148页。
[3] 同上书，第150页。

> 要对现代英国小说发表几句最起码的议论的话,那就无法不谈俄国人的影响,而一谈俄国人我们就不能不冒风险,说出一种感觉,即如果写小说而不写俄国式的,那就是浪费时间。[1]

她自己的小说没有俄国小说的深刻,但确实不同于"物质主义者"们的作品。她善于捕捉感觉,意识,一瞬间的心情变化,生活果然是一个"明亮的光圈"。她也用意识流的手法,但还有许多别的技巧:交响乐乐章式的结构,对于节奏和"肌理"(texture)的注意,文字的雅洁,整个写法的诗化趋势,等等。

这一切都可以在她的代表作《到灯塔去》(1927)里看得出来。书分三部分:第一部"窗"最长,写的是拉姆齐夫人想带孩子们——特别是6岁的詹姆斯——去海上灯塔而因天气变了没有去成;第二部"岁月流逝"最短,不过一天的事,几个人又来到度假别墅,房屋依然而人事已非,十年过去了,中间爆发了一次世界大战,拉姆齐夫人的一个儿子阵亡,她本人也死了,但是人们忘不了她;第三部"灯塔",长度介乎一二部之间,写拉姆齐先生终于带了已长大成人的詹姆斯和他的姊姊堪姆去了灯塔,完成了他妻子生前的愿望。三部之间的联系是一位叫作丽莉的女画家,在拉姆齐父子到达灯塔的一刻,她那多年没有完成的拉姆齐夫人的画像也终于完成了。

书的中心是拉姆齐夫人。她善良,能干,有绝好的风度,但为丈夫、儿女、朋友们而活。丈夫是一位大学者,"当前最好的形而上学哲学家",但是脾气大,难服侍;八个儿女活泼任性,她注意每个

---

[1] 《普通读者》一辑,1925,荷加斯社1984版,第153页。

人的健康发展,特别爱护最小的詹姆斯;朋友里面多怪人,有尖刻的青年学者,不得意的老诗人,关心政治的老头,还有就是那位女画家和一对青年男女。拉姆齐夫人要使每个客人在她的别墅里都过得称心如意。在第一部分之末,作者写一次晚餐,花了很大篇幅(35页),比整个第二部分(22页)还长许多,十年岁月的消逝竟然抵不过一次饭桌上的闲谈!然而对于闲谈或者说富于智慧的谈话的爱好正是这小圈子的人的生活的一部分,他们重视的就是人与人之间的文明交往。而拉姆齐夫人照顾着他们,"把一切都归纳到纯朴",把他们之间的"那些可怜的无聊纠纷和小小恩怨化为一种……一种叫你难以忘怀的东西,几乎像一件艺术珍品"。

这里面有一点自传成分。拉姆齐夫人那一圈子是弗琴尼亚·吴尔夫所属的"布鲁姆斯伯里"小圈子的缩影,而拉姆齐先生——那位男性中心的大哲学家——则是她父亲莱斯利·司蒂芬的写照。这点自传成分增加了小说的真实性,同时又被她用来作为一种象征。拉姆齐夫人和丽莉代表艺术,拉姆齐先生则代表一种理性精神,两者平时是对立的,但在最后到达灯塔的那一刻,艺术和人生达到了暂时的统一。

灯塔也既是实物,又是象征。书的最后有一段描写:

　　小时候看灯塔,它是一座银色的,朦胧的塔,有一只黄色的眼睛突然在傍晚柔和地发光。现在,詹姆斯看着它。周围是被海水刷白了的岩石,塔光秃秃地直立着,墙上有黑色和白色的条纹。他也看到了塔上的窗,甚至晾在岩石上的刚洗衣服。原来这才是灯塔!

　　不,小时候看见的也是灯塔。没有任何东西只是一个东西。那另外一座也是灯塔。……

没有任何东西只是一个东西:灯塔可以是奇幻的、浪漫的楼台,也可以是"光秃秃的"现实。弗琴尼亚·吴尔夫的眼光毕竟比那些"物质主义者"高明。

＊　　＊　　＊

D. H. 劳伦斯(1885—1930)算不算现代主义小说家? 这也许是一个需要讨论的问题。他在叙述技巧上没有大的创新,在运用语言上也无多少试验,但在加深人的感觉上却下了功夫,不止写性心理,而且写西方工业社会对于人性的扭曲,用一系列情绪紧张的小说强有力地表达出来。如果说现代主义包含一种对现存文化的批判,那么劳伦斯是最富于这种批判精神的。

他是一个矿工的儿子,父亲经常酗酒,母亲却有文化,决心不让儿子像她丈夫那样下矿挖煤,因此家庭常有争吵——劳伦斯的第一部重要小说《儿子们和情人们》(1913)就是写这样一个工人家庭,有浓厚的自传色彩。像劳伦斯一样,书里的儿子也是偏爱母亲的。但是母亲对儿子的占有性的爱却又阻碍了儿子同年轻女人的恋爱,最后儿子还是脱离了母亲的影响,开始了他自己的生活。劳伦斯后来认为,他把父亲写得太粗暴了,实际上他有真正的活力,是一个完整的人,而母亲所重视的文化教养则含有虚假的东西。

批评家们对于《儿子们和情人们》是接受并加以称赞的,但是1915年出版的《虹》却遭到反对,并被官府以"诲淫"的罪名查禁。其实这是一部探索人与人之间的关系——上代与下代之间、男人与女人之间的关系,用一种既逼真地写实又带有诗意的象征的手法写的新型小说。它本是劳伦斯计划写的规模更大的长篇《姊妹们》的第一部,第二部就是下面要提到的《恋爱中的女人们》,后来他决定两书各自出版,然而人物有联系,姊姊尤修拉与妹妹古德仑在两书都出现。《虹》里有三代女人:从波兰来的利迪亚,她的女儿安娜,安娜的女儿们即尤修拉与古德仑。尤修拉的逐渐成长是书的主题,她与另一个波兰移民的后裔安东的恋爱是后半部的主要情节,然而她终于觉得他不合她的理想而与之破裂。破裂的原因中有她对于所处地方——英格兰中部一个矿区——的憎厌。最后,他走了,同别人结婚了,尤修拉从一场大病里恢复过来,凭窗小坐,看到了虹:

> 这虹跨在大地上。她知道那些猥琐的人——那些带着硬壳各自在腐败的世界上爬行着的人——还活着,这虹也在他们的血液里跨着,会在他们的精神里活跃起来,他们会抛弃他们衰败的硬壳,新的、清洁的、赤裸的身体会迸发出来,得到新生,升到上天的光、风和清洁的雨中。她在虹里看到了人世的新建筑,把那些旧的、脆弱的乌糟糟的屋子和工厂一扫而空,世界重新用真理的活的材料建立起来,适应了那笼罩一切的天。

这里有诗,有象征,然而是同当地当时的现实密切结合的。这是劳伦斯的典型笔法。

《恋爱中的女人们》(1921)是劳伦斯自己认为他最好的作品。它继续了尤修拉和古德仑的故事。她们在继续寻求圆满的婚姻关系。姊姊尤修拉找到了伯金,一个教育视察员。妹妹古德仑有矿山主的儿子裘拉德·克里区在追求,但她总是不满意。最后四人去欧洲大陆阿尔卑斯山度假，裘拉德感到对古德仑的爱已经无望，灰心而死于风雪之中。裘拉德经营煤矿是很有办法的，矿工恨他又承认他干练，他代表机器文明，而学绘画的古德仑代表艺术，这两者在作者的眼里是不相容的。

以上几书都以中部英格兰为背景，这也是劳伦斯自己生长之地。他熟悉那一带，但又深感那里生活的沉闷，他小说里的不少人物也是既爱又恨那些地方的。在《恋爱中的女人们》中，古德仑曾经说过一段话：

> 同时来了那个嘲弄人的问题："为了什么？"她想到矿工们的老婆，忙于地板革，花边窗帘，忙于给女孩们穿上高统靴。她想到矿井经理们的老婆和女儿，忙于凑人打网球，忙于争在社会阶梯上高人一头的可怕竞争。肖特兰在那里，连同它的毫无意义的显要名声。还有克里区一家的毫无意义的一群。伦敦在那里，连同下议院，连同社交界。我的天！
>
> 尽管那样年轻，古德仑摸到了英国社会的整个脉搏。

这段话同尤修拉看见虹时的感想是一致的，两人都"摸到了英国社会的整个脉搏"，只不过尤修拉还寄希望于"新生"，古德仑则表示了完全的决绝。

婚姻关系也是《贾泰莱夫人的情人》（1928）的主题，这一次劳伦斯露骨地写了性行为。贾泰莱夫人的丈夫因一战中受伤而半身不遂，她同自家猎场看守人麦乐士发生了关系。两人属于不同阶级，夫人说上等人的英语，而麦乐士在同她接触时却是一口当地方言。他经常揶揄上层人士，这给了小说以恋情之外的社会意义。然而他也表现了一种大男子主义，把女性当作蹂躏的对象。此书先在外国出版,在英国一直遭禁,直到1960年因企鹅社大量印行平装本而为政府提出公诉,打了一场大官司,不少文艺界知名人士出庭作证,证明其为高尚的创作,才取得公开发行的权利。

最近批评家们重提此书,出现了不少反面的意见。六十年代人们从性的解放的立场称赞它,现在人们又以女权运动的眼光责骂它,有人并发现了劳伦斯的白人至上的种族主义。显然,这些议论里都有正确的部分,然而一本书不等于全部作品,整体来说劳伦斯究竟该怎样评价?

先让我们来听听F.R.李维斯的意见。1955年,他出版了《小说家劳伦斯》一书。一上来,他就写道:

> 需要说的是这个,即劳伦斯首先是一个伟大的小说家,最伟大的中间的一个,他将首先作为英国传统里一个主要小说家活下去。

（第18页）

他驳斥了几位名人(罗素、艾略特)对劳伦斯的指责,如说他只着重血性的本能,有感情而缺乏智慧等等,进而分析了《虹》与《恋爱中的女人们》两书,认为《虹》有一种"高超的发明,即发明了一种形式",足以表达"穿越几个个人生活的连续性和韵律",又进而指出:

> 而在《虹》之内,又包含了多少的英格兰!这方面除了在作家的笔下是不会有任何其他记录的。这本书在这方面的丰富足以使任何读者都可以看清:作为一个社会历史家,劳伦斯在小说作者中是无人超越的。事实是,严格地说,他是无人能比的。《虹》告诉我们在一个实际的社会里精神遗产是怎样传播下去的,同文化的一般进展又形成什么关系。《恋爱中的女

人们》在表达当代英国（即1914年的英国）方面有一种惊人的
广度，《虹》则有历史的深度。只凭这两本书就足够把劳伦斯
放在最伟大的作家之列了。

（第173页）

"最伟大"的评价可能会有争论，需要更多时间才能看清；因为劳伦
斯的缺点也是明显的：他常对读者进行说教，有时因追求象征而陷
于抽象，他的世界过于紧张，因此也就偏于一面，等等。但这无非
是说：他不是一个完美的、而是一个有强烈个性的作家。李维斯据
以立论的作品分析则是难以驳倒的，提出劳伦斯的特有的英国气
质尤为不易之论。如果我们加上劳伦斯对当代西方资产阶级文明
的病态的深刻体会，他在深化人的感觉方面的持续努力，加上他在
艺术上把现实主义同诗与象征结合的成就，我们就不能不承认他
对于现代英国小说是有重大贡献的。

＊　　　＊　　　＊

E. M. 福斯特（1879—1970）也是英国气息浓厚的小说家，不过
他笔下的英国既不是哈代笔下的农村，也不是劳伦斯笔下的矿区，
而是一个相当平静的所在，其中尽是知识分子，而且是在自由主义
空气熏陶之下成长起来的上层知识分子，他们讲人情，重智慧，但
又对许多事情——特别是别人认为神圣不可侵犯的事情——抱有
怀疑主义的态度。

这主要是因为福斯特自己就是这样的一个人。他是布鲁姆斯
伯里圈子里的一员，同弗琴尼亚·吴尔夫等高雅人士是朋友。他
曾这样描写自己：

> 我实际上是我的时代和教养所造成的——一个布尔乔亚，

依从英国宪法，依从而不是支持，至于这样做不甚体面，则我并不在乎。[①]

又说：

我属于维多利亚时期自由主义的残渣。[②]

他不怕说出真相，口气中微带自嘲，这也是他那一类英国知识分子的典型态度。

他主要的长篇小说是《印度之行》(1924)。这个印度却不是吉卜林的富于浪漫传奇色彩的印度，而是一种文化，一个社会，其价值标准迥然不同于英国。福斯特写几个从英国到那里旅行的中层阶级妇女好心地想要了解这个真正的印度，当地也有阿齐斯那样的医生愿意同英国人交朋友，但是在一次到马拉巴岩洞的出游中发生了一件意外的事：一位英国小姐说是医生在洞里侮辱了她，医生由此而入狱，后来她虽撤回了控诉，但是裂痕已经造成，印度人回归自己的圈子，英国人或感幻灭，或更信印度只能让英国用老办法统治下去。

人物之中，有一个叫作费尔丁的英国教师，在当地办一个学校。他不同于一般的英国殖民主义者，常同阿齐斯等人往来，以为可以用人情和常理超越两种文化的障碍，在当地的知识分子中找到友谊。他竭力为阿齐斯辩白，等到案子撤消后阿齐斯在别的地方成家立业的时候，又去看他，阿齐斯却告他：只有等英国统治者被赶出印度之后，他们两人之间的友谊才有可能。

---

① 《阿平求·哈维斯特》，1936，1940 版，第 63 页。
② 《为民主制度欢呼两声》，1951，第 67 页。

另外一个感到幻灭的英国人是莫尔太太。她是从英国来印度看望在那里做行政官的儿子朗尼的。她不是知识分子，而是一位中产阶级家庭妇女，温和，充满了好心，愿意多接触印度人。她发现儿子到印度任职以后，已经完全接受殖民主义者的一套观点了。他对她说：

> "我是到这儿来工作的，请注意，是用武力把这个该死的国家抓在一起，不让它分散的。我不是一个传教士或一个工党议员或一个迷迷糊糊的感情过剩、充满同情心的文人。我只是政府的仆人，这是您要我选择的职业。事情就是这样。我们在印度不叫人感到舒服，我们也无意叫人舒服。我们有更重要的事要干。"
>
> ……
>
> 他说得很坦率，不过她希望他不要说得那么带劲。朗尼居然对他的地位的缺陷方面反而感到高兴！他何必要火上加油地说什么他不是到印度来叫人舒服的，而且还从中得到满足。她想起了他在名牌中学上学的日子。少年时的人道思想已经脱落了，说起话来像一个懂事而又有所不满的大孩子。如果刚才这番话不是用他的声音说的，也许会叫她听了注意，可是他那自满的腔调，他那红红小鼻子下嘴巴移动的自以为是的能干样子，使她感到——很不合逻辑地——这不可能是关于印度的最后论断。如果他有一点点遗憾的意思，不是那种装样子的而是出自内心的真正遗憾，那就会使他变成不同的人，大英帝国也会变成不同的机构了。

（第5章）

这里有两种态度,一种是朗尼的英国官方的态度,另一种是自由主义者的态度,两者并不真正对立,朗尼说得直截了当,而他的母亲——也就是作者福斯特自己——总希望处事要有点温情,特别在人对人的关系上。

有的读者会说这里只有微小的不同,但是像福斯特那样的自由主义知识分子却珍惜这小小的不同。他们知道铁一样的现实不是他们所能更动的,但希望能有一点松动,一点让人情和文明有容身之地的空档。福斯特在另一本小说里曾说过一句有名的话:"务求联系!"指的是人的脑和心、智慧和情感要联系起来。扩而大之,就是说人与人之间要有联系,互相理解,互相同情。这原是布鲁姆斯伯里圈子中人奉行的人生信条之一,其根源在于剑桥学者 G. E. 莫尔的伦理哲学。现在他把这条应用到英国人与印度人之间来了。书的悲剧性的结束——莫尔夫人死去,阿齐斯远走,印英之间裂痕加深——说明作者没有幻觉,而他试图把两方面联系起来也是一种诚实的努力。

*　　*　　*

以上我们选了几个小说家的代表性作品来试图说明现代主义小说是个什么样子,但是读者会看出,彻头彻尾的现代主义小说是难找的。只有乔伊斯的《尤利西斯》和弗琴尼亚·吴尔夫的《到灯塔去》有较多的现代主义特征,但即使它们也未能完全抛弃现实主义。至于劳伦斯的作品则在形式和语言上都属现实主义,只在加深感觉一点上不同于传统小说。福斯特的《印度之行》也大体上是传统小说,只在引进英印文化的冲突一点上有新的贡献。前面所引的洛奇的三点显然是不够的,没有包括比加深感觉更大的精神上的特征,例如对人生经验的更细致的辨别,认识真实的非确定性与临时性,体会当代都市生活的复杂性与对人性的异化作用,等等,而如果我们把背景放大,把文学中的现代主义同改造全部艺术的大潮流联起来看,那么显然还缺了重要的一点,即发挥语言的各种可能性的试验。

现代主义小说是不易下定义的,作家也不是按定义来创作的,我们只能根据某些有一定共同趋势的小说作出一个临时的小结,即:1.它们都力图创新,在内容和写法上扩大了小说的领域。2.它们的基础都是现实主义。3.它们都比较"内向",不乐于处理重大时事题材。

而二十和三十年代正是大事不断发生的年代:经济大萧条,法西斯势力猖獗,接着是第二次世界大战。反映这类现实的任务,还是落在各色各样的现实主义小说家身上。

现实主义长卷

从三十年代起直到二战,英国小说似乎暂时忘掉了文学新潮,继续走现实主义的路。这时期出现的小说家如阿尔陀斯·赫胥黎、J. B. 普里斯特莱、乔伊斯·卡里、克里斯多弗·依修武德等都有佳作,其中依修武德——他是奥登的朋友,曾来过抗日战争中的中国——所写的《与柏林再会》(1939)描绘希特勒虽未上台但法西斯势力已很猖獗的柏林,无论技巧和语言都有特色,曾引起不少人期望他能有更好的作品出现,他却到美国潜心于东方神秘主义去了,虽有几部小说问世,建树终于不大。这时期最大收获之一是苏格兰小说家路易士·格拉西克·吉本写的三部曲《苏格兰文之书》

（1932—1934）。

二战激发了一批好小说,如伊丽莎白·鲍文的《炎日方中》（1949）,亨利·格林的《陷落》（1943）,《爱》（1945）和《回》（1946）,伊弗林·沃的《荣誉之剑》三部曲（1952—1961）。这三位都是早在三十年代就已活跃的作家,亨利·格林被视为现代主义作家,沃则以一系列社会讽刺小说出名。在上列小说中他们都是用的现实主义技巧。

二战之后到六七十年代作品繁多,其中有试验性小说,如以写《等待戈多》等剧出名的散缪尔·贝克特的三部长篇小说:《莫洛哀》（1951）、《马隆死了》（1951）、《难以取名》（1953）,都是先用法文写后译成英文的,女作家克里斯丁·勃鲁克·罗斯的仿法国"新小说"之作,如《出去》（1964）、《这般》（1966）、《之间》（1968）、《通过》（1975）,安东尼·伯吉斯的《带发条的桔子》（1963）创造了一种俄文式的英文作为一群少年流氓团伙之间的黑话,也带试验性。

但是虽有这些试验,现代派小说的整体影响已经大为减弱,有一部分新起作家特别对它有反感,故意写得灰色,以表达福利社会里一部分青年知识分子的灰色情绪。这就是金斯莱·艾米斯、约翰·布雷因、约翰·韦恩等"愤怒的年轻人",所作有《幸运的吉姆》（1954）、《顶层的空间》（1957）、《大学后的漂泊》（1953）等。这当中工人作家爱伦·西利托的长篇小说《星期六晚和星期天早》（1958）是力作,尤其出色的是他写的中篇《长跑运动员的孤独》（1959）,它的题材是新的（少年罪犯收养所的内情）,艺术上也有突破。这一派新起作家都走现实主义道路,甚至连文字也不屑讲究。

此外我们还看到：

1. 一连串长篇系列小说——即所谓"长河"小说——问世,其著者如 C. P. 斯诺的《陌生人和兄弟们》(1940—1970)和安东尼·鲍威尔的《伴着时光之曲而舞》(1951—1975),前者十一部,后者十二部。这类系列长篇都用平铺直叙的写法。

2. 一群妇女作家涌现:陶丽期·莱辛、缪里尔·司巴克、艾里斯·茂道克、玛格里特·特莱布尔等都写出了优秀小说。各人写法不一,莱辛晚期转向科幻小说,司巴克技巧试验较多,茂道克喜作哲学探索,但她们的主要写法都是现实主义的。

3. 地区小说活跃:苏格兰除了吉本,还有别的小说家,如乔治·麦开·布朗,他的《格林伏伊》(1972)也是出色之作;女作家司巴克也是苏格兰人。威尔斯有格文·汤玛斯,所作《一切都背叛你》(1949)、《世界听不见你》(1951)是写工人斗争的长篇小说;狄伦·托马斯除了写诗,也写短篇小说。这两位将诗意渗进了现实主义小说。

现实主义是一个总趋势,但其中有许多不同表现。它也不是一成不变的,也在不断吸收新东西,包括现代主义中某些东西。

下面我们挑选几个小说家,略作讨论。

＊　　　＊　　　＊

前面已经提过,三十年代小说的最大收获之一是路易士·格拉西克·吉本写的《苏格兰文之书》。这是一个三部曲,包括《日落之歌》(1932)《云谷》(1933)和《灰岩》(1934)。

吉本是笔名,真名叫詹姆斯·莱斯里·密切尔(1901—1935)。他青年早熟,曾用笔名写过几部小说,是用正规英文写的。但他也早就感到苏格兰作家写英文总有隔膜。为了写这部三部曲,他在语言上作了重大革新。用他自己的话说,就是"要把英语纳入苏格兰口语的韵律和节奏之中,并且随着这一改造的需要而放进少量的苏格兰方言词汇"。① 他实现了自己的意图,创造出一种新的散文风格,以长句为主,江河似地涌流向前,一如我国研究者吕千飞所形容的:

> 那独特语言的特殊效果便是从苏格兰的土地发出的声音,他那抑扬顿挫的轻快节奏使人感到耕马在轻快地拖动犁铧,听到山海风雨吹洒林树的摇撼和啸呐,听到劳苦的、恋爱的、争吵的人们的唠叨。正如苏格兰作家布朗所评论的:"吉本笔下的土地和天空都会说话。"②

书的主要人物是克利丝,农民家的女儿,由少而长,恋爱而怀孕。情人被征召入伍去打第一次世界大战,因企图逃回家乡而遭枪毙。后来她又经历了两次婚姻,离开家乡,终于来到一个工业城市,在那里她的儿子伊万成长为一个坚强的工人和一个共产主义者。生活是艰苦的,残酷的,克利丝却没有被压垮,始终保持着她的勇气,坚强而又甜蜜,从做女儿的时候起就使人感到可亲。她上过大学,眼光更开阔了,但不减对于家乡土地之爱,在应付各种世事之余仍然向往于云海夕照之景。作者的笔触是完全现实的,但又染上了色彩和诗情,而散文的节奏则又提供了音乐。

他也创立了一种与他的风格一致的叙述技巧,其特点是一连串的叙述句,很少对话,如有对话则纳入叙述句,使得一个长段能

---

① 《一个苏格兰语的丰收节》,第 154 页。
② 吕千飞:《吉本和他的〈苏格兰文之书〉》,《外国文学》1984 年 11 期,第 68 页。

够一气呵成,例如这样写克利丝的父母是怎样认识而相爱的:

> 他从公园里骑了一匹马冲了出来,一只手拍着另一匹马,阴郁的眼睛忽然闪着光,朝着珍·茂道克喊道:高兴上来,就跳吧! 她回叫了一声:高兴! 就抓住马鬃向上一跳,葛则力伸手把她接住,拉她到马背上坐好。两人就快跑离开比赛地方,珍坐在马上,身子压着她那金色的长发,一边向葛则力的阴郁然而关切的脸大声笑着。
>
> (《日落之歌》,Ⅰ,《耕种》)

这叙述的迅捷速度是同两个年轻人的活力和热情一致的。

而等到他们结婚之后,随着艰苦日子的到来,情、景都变了,叙述也慢了下来,纳入在叙述之内的对话则更加严厉无情:

> 珍的男人越来越阴郁了,他的心变得僵硬、冷酷。不过珍的秀发的闪光还是能打动他。克利丝常听他在深夜痛苦地喊着向母亲接近。母亲的脸变得有点怪,像在问着什么问题,眼睛似乎在回头看,看那些永远不能再来的春天,而它们曾是多么温柔而有生气的眼睛啊! 现在只有同女儿单独在一起的时候,她才吻他们,搂他们。老三、老四生下来了,母亲的美丽的脸变得越来越硬板板。有一夜孩子们听见母亲对父亲叫喊:一家四个孩子够好了,再不要了! 父亲大发雷霆,对她喊道:谁说够了? 上帝要给几个,就得生几个! 你得照办,女人!
>
> (《日落之歌》,Ⅰ,《耕种》)

结果却是悲惨的。在极为艰难地又生下一对双胞胎之后,母亲——过去曾是那样美丽、温柔、充满活力的珍——终于忍受不住,用药毒死了那对孪生儿和她自己。

生活在这样环境里的克利丝却有一点不同于她的父母,那就是她喜欢上学,功课好,后来还上了大学。因此,在她的心里就有两个世界、两种语言老在冲突:

> 克利丝就这样读书、上学。于是有两个克利丝在争夺着她的心,在折磨着她。今天你恨那土地和土地上人们的粗俗谈话,学问是有光彩的好东西;明天你随山上传来的鸪鸟的叫声醒来,那声音深沉又深沉,一直打进你的心,你脸上沾了土地的气味,你几乎要哭了,一切太美了,苏格兰的土地和天空太甜蜜了。你在炉火光里看见一些人的脸,父亲的,母亲的,邻居的,在上灯以前,疲倦而和善的脸,你所爱的亲人的脸,你要用他们熟悉和用过的语词,他们在遥远以前的青春日子里用过而忘了的词,你要告诉你的心这些词是如何经过艰苦夺取才保持下来的,这些人的日子又如何劳累,他们的斗争如何永无休止。可是下一分钟,这一切都离你消逝了,你变成英格兰人,回到英语词,它们是那样棱角分明,干净,真实——过一会儿,过一会儿,它们就从你的喉咙里顺利地滑了出去,但你知道它们永远地说不出有任何一点值得说的价值的东西。

> （《日落之歌》,Ⅰ,《收获》)

苏英两语的冲突就这样深深藏在女主人公的意识里,也紧密地织进了书的叙述文体。

三部曲中,《日落之歌》与《云谷》得到普遍的称赞;第三部《灰岩》写工业城市里工人斗争的新题材,显得有点松散。但整个三部曲仍是二十世纪苏格兰小说中的非凡成就,也是"苏格兰文艺复兴"的重要收获。同休·麦克迪尔米德的诗一样,这部在内容、技巧、语言上都有重大创新的作品使人们知道这一文学运动绝不仅仅是一个口号。

吉本勤奋异常,在七年之中完成了十六部书,但也因此损害了健康,只活了 34 岁就死去,使人们感叹:如果他能活得长些,苏格兰小说又会有些什么新开展?

*　　*　　*

伊弗林·沃(1903—1966)在青年时期就有文名,写过一系列社会讽刺小说。1930 年他成为天主教徒。二战胜利之时,他的新作《重游勃赖茨海特》(1945)出版,盛销一时。但他的更重要的作品得推《荣誉之剑》三部曲,它包括三部长篇小说:《武装的人》(1952)、《军官与绅士》(1955)和《无条件投降》(1961)。

一开始,二战只是人们所称的"假打"。作者这样淡淡地写道:

> "英国宣了战,但对盖说来,仍然是忙于申请和约见,生活没有变动。没有炸弹落下来,也没有毒气或大火从天而降。由于灯火管制,街道黑暗,有些人摔跤骨折了。如此而已。"

(《武装的人》企鹅版,第 24 页)

盖即是本书的主人公盖·克劳区贝克,是一个天主教世家子弟。到他这一代,家业已所存无几,原来的宅第已经租掉,虽然不愁衣食,但不能无忧无虑地过活了。他原来住在意大利,战争前夕,回到英国,利用旧关系,到处写信,找人,一心要参军打仗,总算有一支叫作"戟兵"的老部队收了他。

作者对这支"戟兵部队"的训练和生活花了大量篇幅来描写,

让我们看见许多奇怪人物和古老习俗，就连日常的上操、住宿、吃饭等等也写得不厌其详，然而并不令人感到枯燥，这是因为作者对许多旧事物怀有半带嘲讽半带欣赏的心情，而他的文笔又确实出色。他对英军中的官僚主义是有所讽刺的，战时乱糟糟的局面也没逃过他的眼睛，然而都是从军官观点看事物，听不到一点士兵们的痛苦，更谈不上抗议了。这也是沃同写二战的美国小说家的一个明显差别。

在人物的描述上他展示了对英国上层社会的深刻了解，也是嘲讽中带欣赏，例如主人公盖就有一类世家子弟的特点：既无聪明才智，又不能干，却有他的一套行为准则，要尽一个上层家庭出身的人对国家的责任，对人讲"绅士"道德，尽管经常吃亏——老婆离婚、亲友白眼等等——却坚持要做一个"像样的失败者"（a good loser）。他在军中的遭遇也这样。别的军官总是先他而提升，等了一段时间之后他好容易做到了一个临时连长，却因他的部队首长——一位独眼准将——为了显示能力指使他搞了一次未经总部批准的登陆袭击而被撤职调回英国本土。这第一部就在这样一场滑稽剧里结束。

第二部《军官与绅士》一开始写伦敦连夜遭受猛烈空袭，然而俱乐部里的绅士和军官们照常饮酒作乐。独眼准将的冒险行动受到上级注意，不仅不受处分，反而得到重用，盖也因而被派到苏格兰海外一个小岛一个新成立的突击队里任职。这一部分写得漫画化，沃似乎恢复了他青年时期的讽刺笔法。这样的讽刺还要一再重现，例如写高级军官的颠顿，在伦敦采访的美国记者的庸俗和傲慢，某些贵族子弟变成总部公关人员后的投机取巧，英国某些上层妇女的淫逸生活，等等。其中有这样一个片断：一次在法国海岸的

小小偷袭被官方渲染成为大捷,一个临阵畏缩的小军官(他原是在
大客轮上专门服侍贵妇小姐的理发师)被吹成大英雄,又是表扬,
又是升级,并被派到兵工厂之类的地方去作鼓舞士气的巡回报告。
但等沃写盖所在的突击队被派往克里特岛去同入侵的德军作战和
战败的部分,又回到了写实的笔法,用无数细节写出了这场战斗的
沉闷,紊乱,官兵之间的隔膜,最后是英军只有一部分乘舰撤退,留
下了几千人在岛上向德军投降。盖却一直坚持着,最后才偶然搭
上一只小船,在海上漂流几天之后于昏迷中被搭救,醒来时发现已
经躺在埃及亚历山大城的英军医院里了。

故事并未就此结束。盖恢复知觉之后,发现一个熟人已经先
他而回到了埃及。他是盖所在部队里的一个中级军官,明知上面
命令是叫他留在岛上掩护退却,在最后时刻却舍弃士兵,私自上了
撤退的军舰,到达亚历山大后还说他是临时听说命令改了才这样
做的。盖是情报军官,对上级命令作了笔记,知道这是谎话。然而
那个军官却有当地英国上层人士保护,他们把他赶紧调往印度,而
盖却因知道真情而被他们弄回英国,说是他脑子有病。

沃写这一段经过是有深刻用意的,因为临阵脱逃在任何军队
都是大罪,当然更为英国上层人士的所谓绅士准则所不容。这一
点,那个军官是完全清楚的。在溃败的那天晚上,他来找盖,问他
上级的最后命令究竟是怎样说的,是不是有人弄错了。盖回答说:

"我这里有总部的书面命令:黎明时投降。不过先不让士
兵们知道。"

"可是他们知道了。"

"司令官今晚乘水上飞机先走。"

"是呀,不等船沉就先跑。"

"拿破仑在莫斯科战役后也没留在部队。"

……

一阵沉默。

"司令官待在这里等待做俘虏,也不明智。"

"一点也不。我们谁待在这里都不明智。"

又一阵沉默。

"可怜的弗丽达,"艾沃说。"可怜的弗丽达。等我再见她,她已成了一个丑老太婆。"

(第 200 页)

艾沃就是这个军官的名字,弗丽达是他的老婆。接着,他又同盖讨论:如果今天还有人找他决斗,他怎么办?

"一笑置之。"盖说。

"对,当然这样。"

"你怎么现在还想到决斗?"

"我是在想荣誉问题。荣誉是随着时代而变的,对不对?我的意思是,一百五十年前如果有人找我们决斗,我们只能照办。现在我们一笑置之。一百五十年前,这可是一个难对付的问题。"

"对,道德神学家们没能制止决斗——民主时代才做到了。"

"那么,下次再打仗,我们完全民主化了,军官把士兵丢在后面也可算是很荣誉的事情了……"

(第 220—221 页)

可见,艾沃是早已打算逃跑了。作家写这段对话,不只是为以后情节留下伏笔,更是为了点出:在这个至关重要的行为准则问题上,英国的上层社会已经在精神上崩溃了。而结合"民主时代"来谈,则是因为二战不同于一战,已经有人在称它为"人民战争"了。书中就有一位担任军部公关官员的苏格兰贵族说:

> "这是一场人民战争,而人民不要诗歌,也不要鲜花。鲜花只有臭味。上层阶级都上了黑名单。我们只要人民的英雄——向着人民,为着人民,选自人民,紧跟人民,出自人民。"

（第 101 页）

在第三部《无条件投降》中,盖倒是真正接触了人民战争,不过不是在英国,而是在南斯拉夫。但在去那里之前,他先又经历了一段百无聊赖的候差时间。好差使总是落到别人手里,他能得到的是副职、闲职,有一阵在伦敦坐办公室,设法参加了跳伞训练却又负了伤。这期间他的老父去世,他变成了古老家族的主人。在养伤的时候,过去的妻子弗琴尼亚看他承继了产业,又回到他的身边,但这时她已怀了别人的孩子。为了拯救这位"受难的姑娘",盖又做了一次传奇中的侠士,虽已不再爱她,仍然同她重新结婚,把孩子认作是他的。经过一个短时期的重度蜜月,他被派到南斯拉夫一个小地方做英军与游击队的联络军官。在那里没过多久,从伦敦传来消息:在一次德国飞弹袭击中弗琴尼亚被炸死,但新生的婴儿却已先送到了乡下由盖的姐姐养着。

在南斯拉夫盖又体会了战争的紊乱和残酷,但又增加了新的经验,那就是当地的复杂的政治局势,既有铁托领导的游击队同米哈伊洛维奇的部队的冲突,又有各民族之间的矛盾,背后还有大国之间的勾心斗角。在那样的环境中,"掷兵部队"的荣誉观念更是

无济于事了。游击队为了向来视察的美英军官团显示实力而举行
了一次对法西斯民团的进攻,但战斗不顺利,"戟兵"的老首长独眼
将军单兵突击,死在敌人的碉堡下面。然而盖·克劳区贝克虽已
饱经沧桑,几度幻灭,却还不放弃要做好事的念头:

> 上级的申斥使他不快,但更强烈的是一种怜悯之心,虽然
> 不及对弗琴尼亚和她孩子的感情,但一样地感到在这个充满
> 仇恨与毁灭的世界里,他得到了一个机会,可以做一件小事来
> 弥补一下时代的过失。
>
> （第 192 页）

这件小事就是他答应了当地受游击队虐待的一群犹太人的请求,
向上级要飞机来把他们接走。上级怪他多管闲事,后来勉强同意
了,飞机也来过,但因大雾不能降落,最后大雪盖住了机场,终于无
成,反而由于盖的举动引起了当地农民对犹太人的更大不满,最后
他们的代表——一对工程师夫妇——被游击队作为间谍处决了。

　　这就是战争所带来的无数灾难之一,而战争,作家通过工程师
太太在最后一次见到盖时说的话指出,是一种"死亡的意愿":

> "……我觉得到处都有一种战争的欲望,一种死亡的意
> 愿。甚至善良的人也认为战争可以满足他们的荣誉感。他们
> 可以通过杀人和被杀来显示他们的大丈夫气概……这样的人
> 英国没有么?"
>
> "上帝宽恕我,"盖说,"我就是这样的一个。"
>
> （第 232 页）

　　这是盖的新认识。他投军到"戟兵部队"是为了荣誉——他自

己的,更是他那有几百年历史的家族的;如今,在战争之末,他认识到了荣誉观念的空虚,于是所谓"荣誉之剑"——这是整个三部曲的总称——在这价值观纷纷变动的二十世纪中叶就只是一种嘲笑了。

小说家安东尼·伯吉斯认为《荣誉之剑》"不仅是沃最优秀的作品,而且是英国作家对于二战文学的唯一主要贡献。沃在1966年突然去世,大西洋两岸的读者终于认识这部巨著远不止是一些富于机智、文笔高雅的有趣片断的串合。作者记录了一个时代的衰落和消亡,其技巧无人能及,其深度是人们以前没有在他身上发现的"。[①]

* * *

格雷厄姆·格林(1904—1991)也是早在三十年代就已出名,但他的文学活动一直持续到八十年代之末,作品极多,仅长篇小说就达二十六部之多。

他在1926年皈依了罗马天主教,这对他的写作有深刻影响。他并不在作品里宣传正统教义,小说里的主人公往往是有缺点的天主教徒,然而他关注人的存在的精神意义,对于人生的罪恶问题挖掘很深,同时他有卓越的小说艺术——简单说,就是能在现实主义的大范围内独创一种有戏剧性又有深度的叙事方式,而在文字风格上又有敏感而又简洁的当代色彩,不愧是整个二十世纪的主要小说家之一。

1940年出版的长篇小说《权力与荣耀》就是以宗教为主题的。小说取材于格林1937—1938年冬天对墨西哥的访问,描写的是笼

---

① 《英国文学》,朗曼出版社,1971年新版,第226—227页。

罩在宗教迫害恐怖气氛中的墨西哥。在一些省,所有的神父都被驱逐出境或被迫宣布放弃他们的宗教信仰。但是,不久当地政府就发现还有一个神父正在秘密活动。警官——一个狂热的革命者——下决心要把神父捉拿归案。在他的心目中,神父甚至比来自美国的武装匪徒还可恶,只要根除宗教的影响,墨西哥人就能过上好日子。年老的神父很清楚他自己的危险处境,他企图偷渡出海,转移到一个安全的省份去。但在开船前,他答应一个孩子的恳求,放弃自己逃生的机会,返回内陆为那孩子临死的母亲作弥撒。在那之后,他不得不东躲西藏,以避开警官对他的追捕。神父本人并不是圣人,他不仅是个酒鬼,而且还有一个私生子。没想到,当他又一次来到这母女俩居住的小山村时,恰恰是她们俩救了他的性命。后来,他在逃亡途中遇见了一个混血儿。他知道这个自称是天主教徒的混血儿肯定会为那悬赏的七百比索奖金而出卖他。摆脱了混血儿之后,神父却因买私酒而被捕入狱。由于没钱付罚款,他不得不天天清扫牢房。出于对老人的同情,警官把他放了,并给了他五个比索。不久,混血儿又找到了神父,说是一个受伤的美国匪徒需要他去做祷告。明知这是个圈套,神父还是去了。被捕后,警官把神父押到省会,在那里神父被确认犯有叛国罪而被处死。临刑前,神父回顾了自己的一生。他认为不仅在事业上而且在人生道路上他也是一个失败者。但是,神父并没有白死。就在他被处决的当天晚上,又一个神父开始了秘密的宗教活动。

从表面上看,书中的两个主要人物——嗜酒成性的神父和唯命是从的警官——代表了墨西哥的政治和宗教斗争中的两股势力。但是,读者不难看出,格林在小说中并没有企图塑造颇有个性的角色——他甚至都没有给他们起个名字,他只是借这两者之间追捕和反追捕的一系列事件来暗喻更深一层的涵义。很明显,骑在骡背上逃亡的神父和《圣经·新约》中受难前的耶稣有许多相似之处。那个为了七百比索而密告神父的混血儿恰恰是出卖耶稣的犹大的翻版。更有意味的是小说中的另一个细节。一个名叫路易斯的小男孩在小说的前半部分对他母亲讲的一个虔诚的故事持怀疑态度,更使他感兴趣的是警官佩戴的闪闪发亮的左轮手枪,看起来墨西哥的希望似乎在手握军权的墨西哥政府。但是,神父遇难后,路易斯马上改变了立场,是他首先用一个吻迎来了新到的神父。从路易斯的转变中,我们可以看到已故的神父所代表的宗教势力最终战胜了推行强权政策的政治势力。这和天主教教义中对耶稣复活的叙述又有着相似之处。格林正是运用这种讽喻的手法,突出表现了全书的主题——上帝的权力和荣耀。小说中的神父并不真是耶稣的化身。相反地,他代表的只是一个普通的人,一个有着不少弱点、并企图逃避现实、推卸责任的人。是在黑暗的牢房里神父第一次真正意识到了上帝的力量,第一次产生了要彻底忏悔自己的罪过,相信上帝的恩典的决心。这也就是他人生道路上最后一段历程的开端。他的死触动了他周围不少的人,同时也使警官意识到了他内心的空虚。具有讽刺意义的是,恰恰是这样一位神父为警官——权力和地位的象征——指出了拯救自身灵魂的道路。

二次大战后,格林发表了另外两本宗教题材的小说:《问题的核心》(1948)和《爱情的结局》(1951)。格林对于《问题的核心》曾有一段自述:

> 我曾经为一个下地狱的人写了一本小说——《布赖顿硬糖》——又为一个上天堂的人写了另一本——《权力与荣耀》。

现在我又写了一本关于在炼狱中涤罪的人的书。

（1951 年 10 月 29 日《时代》周刊）

《问题的核心》的背景是英国在西非的一个殖民地。警察局长斯科比少校十五年来兢兢业业，是当地居民公认的一位正直的政府官员。但是，殖民当局在遴选地区专员时却没有考虑他。消息传来，斯科比陷入极度的失望之中，觉得他十五年的努力已付诸东流。在家庭生活方面，斯科比也不幸福。他的孩子在前几年夭折。斯科比太太多愁善感，在殖民官员的家眷中是孑然一身。起先，她期待着丈夫的晋升能使她获得心理上的一种平衡，现在她则坚持要外出旅游，以躲开周围压抑的气氛。不得已，斯科比只好去向叙利亚商人优素福借钱，以支付他妻子的旅费。几天以后，一艘英国客轮被德国潜艇击沉，但船上的乘客和船员被及时地营救上岸。斯科比爱上了乘客中刚刚失去丈夫的罗尔特太太。但是，罗尔特太太并不满足于充当斯科比的"地下"情妇，她嘲笑斯科比过分小心谨慎，指责他连公开他们之间关系的勇气都没有。一时冲动，斯科比给她写了封情书，结果信落到了优素福的手里。为了赎回信，斯科比被迫帮助优素福走私钻石。罗尔特太太怂恿斯科比与他的妻子离婚，身为天主教徒的斯科比则觉得他的信仰和良心都不允许他这样做。度假归来的斯科比太太更增添了他的烦恼。他们一起去教堂，然而，斯科比却无法向上帝忏悔，因为他不愿意放弃与罗尔特太太的关系。他知道，根据天主教的教义，他的灵魂将被永远罚入地狱。斯科比的精神压力越来越大，而周围则没有一个人可以给他带来任何心理上的安慰。在他看来，自我解脱的最好方法就是自杀。为了使他的妻子在他死后能拿到他的人寿保险赔偿金,他假装心绞痛,还改写了自己的日记,编出他的"病史"。具有讽刺意义的是,就在斯科比健康状况"不断变化"的时候,有消息说殖民当局又在讨论他的升迁问题,只是由于健康原因不得不暂停考虑。但是,现在这个消息对斯科比已经没有任何作用了。在服用了过量的抗心绞痛药后,斯科比平静地离开了人间。只有他妻子觉得斯科比死得蹊跷。当她埋怨神父拒绝为斯科比祷告时,神父回答说:没有人可以说斯科比是邪恶的,应被打入地狱,因为谁也不理解上帝的仁慈之心。

《问题的核心》是一本颇有争议的小说,特别是格林为小说的主人公斯科比选择了自杀这一结局,引起了不少天主教作家的不满。因为根据天主教教义,自杀是最深重的罪孽之一,是要被永远打入地狱的。

从五十年代的中期开始,在创作中格林的兴趣开始从宗教转向国际政治。《沉静的美国人》(1955)、《喜剧演员》(1966)和《荣誉领事》(1973)就是这个时期的代表作。《沉静的美国人》是一本以越南抗法斗争为题材的小说,主题是处于政治冲突和种族矛盾困境中的人。作品中的两个对立面是中年的英国记者福勒和32岁的哈佛高材生派尔。由于三年前格林访美的申请刚刚遭到拒绝,许多美国评论家很自然地把这两个事件联系到了一起,指责格林在这本小说中的强烈反美倾向。如果仔细地回味一下福勒在小说的开头对派尔的评论,就不难看出作者对西方"民主"口号的讥讽:

> 他(指派尔)年轻、无知,愚蠢地卷了进来。和你们一样,
> 他对整个事件并没有概念。……他从未见过课堂上没有提到

过的事情。教科书的作者和他的老师们把他骗了。当他看到一具尸体时，他甚至连伤口也找不到。他真是一个捍卫民主的斗士，对赤色分子的最大威胁。

（第26页）

很明显，小说的主题是二十世纪文学作品的一个老课题——因愚昧无知而付的可怕的代价，因为无知中包含着可笑的自以为是，傲慢和道德上的盲目性。

六十年代初发表的《病毒发尽的病例》(1961)代表了格林小说创作中的一个新起点。虽然小说的背景是刚果的原始森林，在这方面与那三本国际政治题材的小说有相似之处，但是从它的内容上来看，这本小说更接近那四本宗教题材的作品。而它的新意则在于小说描述的并不是人生的历程，而是人的内心世界的一种旅程。书名中的"病毒发尽"是有关麻风病的一个专用名词，指的是那些濒危的麻风病人。他们的病情不会再度恶化，可是，他们的躯体已经被病毒吞食得残缺不全。主人公凯瑞虽然四肢完好，但他的灵魂就像是病毒发尽的麻风病人一样，已经濒临死亡，因为他已经变得麻木不仁，毫无知觉。其实，凯瑞是一个知名度很高的教堂设计师，同时也是一个臭名昭著的色狼。但是，对于建筑和女色的迷恋只不过是他自我爱怜的一种外部表现形式。现在，这两者对他已经失去了任何吸引力，他一心只想躲避他的过去，这就是他从文明世界逃到刚果境内密林深处一座教会主持的麻风病医院的真正原因。这使我们想到，康拉德曾在他的代表作《黑暗的中心》里描写过船长马洛沿刚果河而上，探索非洲腹地的经历。在旅途中，马洛体验到了非洲的酷热，原始丛林中的孤独感，和野蛮部落人的

613

神秘感,而这些恰恰象征着人类心灵中的阴暗面。但是,格林笔下的凯瑞却自己背着沉重的十字架。他自己也不清楚为什么他最后决定在这所教会医院落脚。当科林医生提出这个问题时,他只回答说他乘坐的那条汽船不再往前走了。凯瑞或许是想使自己重新成为社会上有用的一员,但是,心灵上的阴影、沉重的精神包袱压得他喘不过气来,直到他最后离开人间。《病毒发尽的病例》并不是格林最成功的作品之一,但是在这部小说中,格林成功地塑造了对于宗教持多种态度的不同角色,这样也就更现实地反映了二十世纪西方人的精神世界。

七十年代,格林写了两本与南非有关的小说。《荣誉领事》(1973)描写的是一起发生在南非的政治绑架案件。《人的因素》(1978)描写的则是一个双重间谍。60多岁的莫里斯·卡斯尔是英国情报局六处的官员,为了帮助他的黑人妻子的朋友——南非黑人组织的成员——他成了克格勃的一个"鼹鼠"。东窗事发后,克格勃帮助他逃到了莫斯科,但是他的妻子和孩子却留在了英国。据说,卡斯尔的创作原型是格林的挚友、1963年逃到苏联的英国情报官员基姆·菲尔比。八十年代,格林又发表了《日内瓦的菲舍尔医生》(1980)、《吉河德主教》(1982)和《第十个人》(1985)三部小说。其中,《第十个人》的初稿创作于四十年代,但直到四十多年后才和读者见面。

应该承认,格林的宗教信仰对于他的文学生涯有很大的影响,但是,从创作的初期起,格林就在他的作品中表现出了对当代政治和社会问题的兴趣。正是由于这种广泛的兴趣才使他的作品没有局限于宗教这单一主题。随着不断扩展的题材,天主教教义的局限性变得越来越明显。由于意识到了这种局限性,格林在他的创作中才没有机械地追随宗教的清规戒律,而是把他的视线转向了人文主义,转向对于人的内心世界的探索。格林既不是一个神学家,也不是一个哲学家,而是一个小说家,是一个善于把他的切身经历用文学形式奉献给读者的作家。在格林的作品中,读者看到的并不是艾略特诗作中那种一片干旱的荒原,而是一个被评论家称作"格林之原"的世界,一个由多种信仰、多种性格、多种经历的人组成的错综复杂、扑朔迷离的精神世界。

*   *   *

格林已于 1991 年初在法国逝世,留下的文学遗产是丰富的。他有广大的读者群,而同时连最苛刻的批评家也承认他对当代小说做出了独特贡献。

这独特在于:他的小说写得深刻,但又有很高的可读性;所以深刻,是因为作为一个天主教徒,他十分关注善与恶的问题,但又把它放在当代世界的紧张不安的环境里来审视,不但不逃避现实,而且特别找当代政治斗争的"热点"来作为对象地:革命中的墨西哥,崩溃中的大英帝国的非洲殖民地,抗法战争中的越南,推翻了巴蒂斯塔统治后的古巴,等等;不同于许多作家,他关注当代世界的大事件,努力写出被压迫、居于下风的人民的良善。他创造了一些令人难忘的人物,有宗教精神然而不守教规的天主教徒,犯了罪而真正良善的普通人,当代城市街角路灯下等着什么的小瘪三,处于没有爱情的婚姻中的女人,饱经沧桑感到幻灭的老记者,宁愿在蛮荒中了此残生的建筑师,对什么也不忠诚的双重间谍,等等,大都孤独、怪僻,在冷静的外表下有着当代社会特有的焦躁不安。作家对他们既同情,又冷峻地剖析其动机和灵魂。在语言风格上他也相应地有着当代的简洁和当代的敏感:叙事手段极为经济,而在

用词和比喻方面则呈现现代主义诗歌的某些特色,例如:

> 那丑恶犹如他手上的手铐。

> 每公里都有一座土堡,耸立在平坦田地上犹如一个惊叹号。

> 黑夜突然降落,像石头一下子坠地。

> 夫妇俩只能说些门面话,他们的动作像是不真实的;虽然彼此身体可以碰着,却像隔着整个非洲的海岸线,说的话就像是一个不会写信的人用的套话。

这样的语言和比喻常给人以一种猝然之感,增强了作家所要传达的当代人之间紧张或冷漠的特殊空气。

然而在这一切之上,格林又紧紧掌握住小说家的最古老也最重要的本领:善于说故事。正是这古老与新颖的结合构成了格林对于现代小说的重大贡献:他在现实主义小说里添加了精神上的深刻性,同时又推进了叙事艺术。

*　　*　　*

在二战以后出名的小说家中,威廉·戈尔丁(1911—　)①与众不同,无论在题材上,还是写法上都显示出较大的独特性。

他仍然运用现实主义的叙述方式,却用来探索有关人性善恶的根本问题。

他在牛津大学毕业后做过中学教员,二战时在海军服役。正

---

① 威廉·戈尔丁于1993年去世。——编者注

是这场空前规模的激烈战争改变了他的人生观。他自己说过：

> 如果你在二次大战前见到我，你会发现我是一个理想主
> 义者。脑子里充满了我们这一代人，特别是在欧洲的同龄人
> 所共有的一种简单幼稚的信念：认为人类可以发展到完美无
> 疵的阶段。只要消除社会上的某些不平等因素，对社会问题
> 采取一些切实可行的措施，我们就可以在地球上创造一个人
> 间天堂。但是，我们从二次大战中得到了一些启示。这场战
> 争不同于欧洲历史上所经历过的任何其他战争，它给予我们
> 的启迪不是关于战争本身，或国家政治，或民族主义的弊病，
> 而是有关人的本性。

(《蝇王》, 纽约 1962 版, 第 180 页)

戈尔丁的这番话不仅是对他自己在二次大战前后思想观点变化的
一个总结，而且也一针见血地道出了他在文学创作中的着眼点，对
于人性的探讨恰恰是戈尔丁的小说，特别是他在五十年代发表的
四部小说的主题。

第一部小说《蝇王》出版于 1954 年。《蝇王》描写的是一群 6
至 12 岁的英国小学生。为了躲避一场原子战争他们乘机出逃，后
因飞机失事而漂落到太平洋中一个荒无人烟的小岛上。这群孩子
中有一对好朋友，皮吉和拉尔夫。肥胖的皮吉患有气喘病，又戴着
深度近视眼镜，因而，在学校里他经常成为孩子们的笑柄。拉尔夫
的父亲是皇家海军的一位官员，因此他很清楚为了使他们尽快得
到营救，必须马上在岛上生起一堆火。拉尔夫吹一只海螺把分散
在岛上的孩子们都召集到了一起。海螺成了权威的象征，拉尔夫
也被公推为孩子们的首领。但是，杰克和他带领的唱诗班的孩子

617

们很快形成了另外一个团伙。他们不愿意服从拉尔夫的领导,更不愿意整天忙于搭窝棚和看管那个作为信号的火堆。他们学着野蛮人的样子把脸抹黑,开始在森林中打猎。而当他们一旦尝到了火烤的、带有血腥气的野味,他们就再也不愿以水果为主要食物了。

当一些年幼的孩子被密林中的一个"怪兽"吓得夜不成寐时,杰克和拉尔夫同意暂时停止他们之间的争斗,共同进山搜寻。当看到悬挂在树上的那个神秘的怪物时,他们吓得逃回了各自的营地。这时,杰克和他的那群"猎手"杀死了一头正在哺乳幼畜的母猪,并把猪头砍了下来插在一根木桩上,作为奉献给那个林中怪物的祭品。一个名叫西蒙的孩子被猎手们的血腥举动吓坏了。他逃进了密林,碰巧发现那个被称为"怪兽"的东西原来是一具早已腐烂了的飞行员的尸体和他那仍挂在树梢上的降落伞。但当西蒙跑回来报告时,那伙已经走火入魔的猎人把他错看成是祭奠用的小猪,扑上去把他砍死了。

岛上的暴力行动不断升级。一天晚上,在夜幕的掩护下,一伙猎人偷袭了拉尔夫的营地,抢走了皮吉那副已经摔裂了的近视眼镜。当拉尔夫和皮吉第二天去讨还眼镜时,一个猎人用弹弓击中了皮吉,使他滚下山坡坠海而死。很快,拉尔夫手下的孩子全被杰克拉了过去,他自己则成了猎人们围追的"猎物"。就在这个危急的时刻,一艘路过的英国巡洋舰把这群已经堕落成野人的英国孩子带离了荒岛。这当儿:

在他们当中,拉尔夫全身沾满了污垢,头发就像是一丛野草,脸上还挂着两行鼻涕。想到已经永远失去了的单纯可爱的孩提时代,人类心灵深处的阴暗面,以及落海而死的他那聪慧真诚的朋友皮吉,拉尔夫伤心地哭了。

（第 178 页）

人们常常把戈尔丁的《蝇王》与十九世纪儿童文学作家巴兰坦的小说《珊瑚岛》相比,认为这是二十世纪为成年读者创作的又一部类似的探险作品。但是,在巴兰坦的《珊瑚岛》中,孩子们在轮船失事后很快在荒岛上建立起了一个颇有秩序的群体,就好像是维多利亚女王统治下的英国的翻版。而在戈尔丁的《蝇王》中,流落到荒岛上的孩子则因离开了文明世界而使人性中某些固有的邪恶得到了充分的发展,沦为残杀同类的野蛮人。虽然,这些孩子在书中的结尾处被水手救上了船,但这些巡洋舰上的水兵不也是为了同样的一个目标——残杀人类——而游弋海上的吗？正如戈尔丁在讨论《蝇王》的主题时曾提出的问题:"那么谁将来拯救这些成年人和他们的巡洋舰呢?"（第 180 页）

《蝇王》是一本充满了道德说教的寓言体小说。小说的英文题目 *Lord of the Flies* 是希伯来语 Ba' alzevuv 的译文,在希腊语中为 Beelzebub,即撒旦,魔鬼。在小说中,这个魔鬼的形象不仅指挂在树上早已腐烂了的飞行员的尸体和那个被杰克和他的猎手们砍下并插在木桩上作为祭品的猪头,更主要的是指这些孩子心灵深处固有的邪念。

《蝇王》初版时并没有产生轰动一时的效应。虽然,英美评论界的反应不错,但是,小说并没有引起公众的注意。直到小说的简装本于 1959 年问世后,它才引起了广大读者的重视。后来,小说又被搬上了银幕。今天,《蝇王》被一致公认为是戈尔丁的代表作。

《继承人》是《蝇王》之后戈尔丁发表的第二本小说,1955 年第一次在英国出版。和《蝇王》一样,小说《继承人》的背景也是远离现实生活和现代文明的一个神秘的岛屿。书中描写的是被称为"人们"和"其他人"的两个原始部落之间为了生存而进行的较量:与环境搏斗,部落间的厮杀,以及同族人内部的争斗。"人们"是旧石器时代尼安德特人的一个分支,是一群没有思维能力,仅凭直觉和有时闪现在他们头脑中的影像来支配行动的低等原始人。而"其他人"则已经学会用兽皮遮体,并掌握了制造弓箭和木筏及酿酒的原始技术。这是一群以打猎为生,并被称为"人类"的高级原始人。显然,在为生存而进行的争斗中,"人们"处于明显的劣势。在他们的首领麦尔死后,勒克是唯一幸存的男性。一个名叫法的年轻女人劝勒克和她一起逃离这个地方,但勒克则坚持要从"其他人"手中救出被抓的两个孩子。从他们隐藏的大树上,勒克和法目睹了"其他人"的生活。食肉,杀人和放荡的性生活对于勒克和法来说简直是不可思议。一个和法交上朋友的对方部族的女孩子也被她的同族人作为狩猎的祭品而杀死。最后,法在救孩子的过程中坠河身亡,勒克成了这个低等原始部族的唯一幸存者。在小说的最后一章里,"其他人"乘船离开了这块血腥的土地。这时,他们已经具有了人类的理智和情感。他们为死于他们刀箭下的无辜生灵而感到难过,但是,他们认为这种血腥行动应归罪于"恐惧"和"愚昧"这两个魔。和戈尔丁的其他小说一样,《继承人》也是一本寓言体小说。小说以代表人类进化高级阶段的"其他人"战胜和最后消灭更原始的"人们"为结局。但是,在这些更接近人类的"其他人"身上,读者却看到了现代人心灵深处所固有的邪恶意识。然而,和他的第一部小说相比,《继承人》着力描写的是人类生存的强烈欲望,而不是一本以人性恶为主题的说教体小说。

《继承人》在语言的运用上作了一个大的创新,其中心在于动词的选择。当作者写"人们"的时候,他的多数句子包含不及物动词;而写"其他人"的时候,则多数句子包含及物动词,而且是描述强有力的动作的及物动词。前者表示"人们"是古人,处于即将灭亡的境地,因而是无力的,被动的;后者表示"其他人"是新来者,即将取古人而代之,所以是充满精力、咄咄逼人的。[1] 这样大规模地通过动词的及物与不及物来区别两种人的精神状态是过去作家所不曾尝试过的。以本书而论,它是内容所要求的,而反过来它又使内容得到了更充分的表达。

在此以后,戈尔丁继续写作小说,几乎每书都引进新的题材:《品彻马丁》(1956)以二战为背景,写一个被鱼雷击中的军舰的幸存者如何回忆他的一生,对过去利用朋友、骗取他们的信任感到良心有愧;《自我堕落》(1959)的主人公回忆了二战前和战时的生活,探索了一个问题,即他自己的堕落是何时开始的。六十年代戈尔丁也有几本新作,但要等到更近的《隐约可见的黑影》(1979)和《进年仪式》(1980)才在小说艺术上有更大开展。后者获得了有声望的布克奖,接着1983年戈尔丁又被授予诺贝尔文学奖。

戈尔丁现已进入八十高龄。回顾他一生的创作,成品虽不算多,质量却是高的。他不赶浪头,不媚俗,关心有关人的本性的根本问题,在手法上运用寓言,但又结合当代生活,在语言上也有创新,在同时的作家中是卓然独立的一个大家。

---

① 这一分析是现代文体学的收获。它是由英国语言学家韩立德(Michael Halliday)在一篇重要文章里提出的,见其所著《探索语言的效能》,伦敦,1973。

　　然而他最受欢迎也最有代表性的作品始终是《蝇王》。《蝇王》是寓言,但是任何人看得出其中对法西斯主义式行径的谴责。戈尔丁教过中学,对于孩子们的情况是熟悉的,因此在人物的描绘中又有作者的实际生活经验在内。孩子们天真的丧失是本书的主题之一,然而这不能只怪外面世界,根本的原因还是人性中有潜在的邪恶意念,其表现就是使用暴力,而暴力正是困惑二十世纪社会的一大难题。天真的孩子们都这样易于变坏,那么比孩子们更世故、更卑劣的成人们又怎能不杀人,不打仗? 这当中有许多要求读者不仅深思,而且赶紧起来采取行动的迫切问题。把这一切通过生动的情节和细致的心理描写表达出来,戈尔丁给予现实主义小说以一种新的深刻性和一种新的严肃精神。

　　他是完全当代的,但又充满历史意识。他明知道十九世纪巴兰坦的《珊瑚岛》是广泛流行的儿童故事,却要反其道而行,把巴兰坦笔下的小英雄们建立起来的海岛乐园变成了恐怖的地狱。他拒绝参与重建维多利亚时期大英帝国的反历史梦想,要读者清醒地面对当代真实的英国。所以他这本名著里是书中有书的,但不是搞学究式的游戏,而是为了使这个当代故事更加深厚,从而更有助于明天的世界。

*　　*　　*

新 的 征 兆

　　上面所叙述的四位小说家——吉本、沃、格林、戈尔丁——都是在现实主义小说的大范围内做出了各自独特的贡献,不仅在主题上,也在技巧上。他们的背后还有无数其他小说家,但仅从他们的作品看,就可以肯定一点,英国小说在二战以后的年代里仍然在健康地发展,出了不少十分优秀的作品。

然而新的变化又是必然的。七十年代后期以来,出现了着重写幻觉的小说,如 D. M. 托马斯的《白色旅馆》(1981),出现了大卫·洛奇写的校园小说如《换位》(1975)、《小世界》(1984),还有苏格兰女作家斯巴克写了《驾驶座上》(1970)那样的"反小说",仿佛不是艺术模仿人生,而是人生模仿艺术。受到注意更多的则是约翰·福尔斯(1926—)[1]的几本小说,特别是《法国中尉的女人》(1969)。

《法国中尉的女人》有许多特点。

首先,它对英国十九世纪小说进行了滑稽模仿,而且模仿得很成功。如果删去小说中作者的介入,当代事与物的侵入,就其形式、内容、风格、体例、语言、对话等等而言,不少读者很可能会错认为此书出自一个十九世纪作家之手。作者对莱姆海湾、大海、海岬、壁垒、伦敦、孤独地站在海岬一头的黑衣女郎(即萨拉)的描写很像出自托马斯·哈代的笔下,完全是传统主义的。

小说的故事情节、人物的对话、章首警句、脚注、历史史料……把读者带入十九世纪英国的氛围。当读者沉醉在这一历史故事中时,作者采用"全能视角"的传统手法,以叙述者的身份突然介入故事的发展,提醒读者,叙述者是当代人。小说开始不到十页,作者在第三章就说:"查尔斯喜欢把自己看作是一个科学型的年轻人,因此,如果消息传来,说起未来的飞机、喷气发动机、电视、雷达,他

---

[1] 约翰·福尔斯于 2005 年去世。——编者注

大概不会感到惊奇……"这种"时代错乱"在书中处处可见。把二十世纪当今频频插入十九世纪维多利亚时代，形成强烈的时间反差和时代对比，其目的有二：一是突出小说的虚构性，二是让读者站在二十世纪的时间台阶观察十九世纪的英国社会，并且以当代的新思维为标杆去衡量、评价维多利亚时代道德、传统的虚伪性。

不少评论家把此书看作为一部历史小说。而作者本人在其1969年所写的《关于一部未完成的小说的笔记》一文中开宗明义地声明："我现在正在写的这部小说（暂定名为《法国中尉的女人》）背景是大约一百年前。我并不把它看成是一部历史小说，我对这一品种并不感兴趣"。的确，当我们读这部小说时，我们惊叹它对维多利亚时代的历史模仿的准确和成功。然而，最重要的是，作者让读者看到了这个时代中产阶级和上流社会人物的虚伪，宗教信仰在科学冲击下的衰落，以及价值观念的变化。女主人公萨拉是作为一个时代的叛逆者出现的，是一个在思想观念和道德情操上已步入二十世纪的新型女性。其他角色都有明显的维多利亚时代烙印，即便是比较开明的葛罗根医生也不例外。他对萨拉的种种离经叛道的行为诊断为歇斯底里偏执狂，忧郁症，追求性的满足的幻想症。实际上他是维多利亚时代的卫道者。

书中有不少篇幅谈论性的问题。查尔斯与萨拉发生性关系，惊讶地发现她竟然还是个处女（他原先以为她早已失身于法国中尉）。他感到内疚，赶紧去教堂忏悔，觉得自己由于她而"被钉上了十字架"。这个曾经在巴黎和许多女人鬼混了好一阵子的人此时突然感到深受良心的谴责，何其虚伪！这个时代的中上层人物在性行为上放纵者不少，可总是装出一副道貌岸然的样子。正如书中第三十九章所说："对我们所轻描淡写的那种事，维多利亚人却把它看得很严肃。而他们为表现严肃就不公开谈论性的问题……可背后却是另一回事。"

在这样一个时代，萨拉伪造自己的经历，谎称自己已委身于法国中尉，是他的情妇，是一个堕落的女人。她视维多利亚时代的假道学为粪土，宁可扮演一个因堕落而被社会遗弃的女人，并以"自我放逐"获取自己的自由和独立。在小说的二十章，萨拉向查尔斯倾诉了她同法国中尉的关系：

> ……为什么我把一个女人最珍惜的东西献给了一个我并不爱的男人，去满足他一时的需要？……我这样做，因为这样我就可以成为另外一个人，因为人们可以因此指着我说，那边走着的那个女人就是法国中尉的婊子——是呀，就让他们叫我婊子吧。这样，他们就知道了我已经蒙受了苦难。正像这片土地上许多城镇里的其他人一样，我在受苦。我不能同法国中尉结婚。所以，我嫁给了羞耻……使我得以活下来的是羞耻，是因为我知道我同其他女人不一样……有时候我几乎可怜那些妇女。我认为我获得了一种她们难以理解的自由。

萨拉的确是用一种常人不能理解的方式寻求自己的独立、解放和自由。她对维多利亚社会的控诉是犀利的。她对查尔斯说：

> 人们告诉我，我周围的人善良、虔诚，是基督的信徒。可是，在我看来，他们比最残酷的异教徒还残酷，比畜牲还愚蠢……我这般受苦受难，多不公正……我睡着时才愉快；一旦醒来，噩梦就开始……我为什么是这样的穷出身？为什么我生来就不是弗里曼小姐？

　　萨拉是促使查尔斯思想转化的关键人物。因为同她相爱,他解除了他与蒂娜的婚约,受到法律和舆论的制裁。他叔叔老年结婚使他丧失了继承爵位和财产的希望。萨拉又突然不知去向。这一切使他尝到了人生的苦味,被"放逐"的滋味。在这番经历后,查尔斯才发现自己摆脱了"他的时代、他的祖先、阶级"。在小说的第四十八章,查尔斯去教堂忏悔,忽然醒悟起来:

　　　　查尔斯突然领悟到了基督教的教义……

　　　　他站在那里,觉得自己仿佛看到了整个时代,看到了这个时代骚动不安的生活和它那硬如钢铁的戒律成规,它压抑的情感和滑稽的幽默,它严谨的科学和不严谨的宗教,它腐败的政治和一成不变的阶级观念。这一切都是他的最大的隐蔽敌人。他曾经受蒙蔽。这个时代完全没有爱与自由……而且,没有思想,没有目的,没有恶意,因为欺骗就是它的本质。它没有人性,只是一台机器。这就是困扰他的恶性循环。

　　萨拉的姿色并不如查尔斯的未婚妻蒂娜。从门第来说,蒂娜才是他门当户对的配偶。他为什么抛弃了蒂娜,迷上了萨拉?正如书中所说:"吸引他的,不是萨拉本身,……而是她所象征的某种感觉,某种可能性。她使他感到被剥夺的滋味。"最吸引他的正是萨拉的"与众不同"(Otherness)。她为获取自身的自由与独立所采用的手段、她那我行我素的性格、笼罩着她的浓重的神秘感……这一切使查尔斯意识到他一直恪守的维多利亚成规和道德观的虚伪性和在它们的重压下他所牺牲的个人意志和自由。于是查尔斯决心"认识自己",实现自我。

　　此书的特殊之点还在于它有四种不同的结局。第一种结局是查尔斯与萨拉结婚。花好月圆，有情人终成眷属。第二种结局是查尔斯的幻觉——在萨拉失踪后，他没有再见到她，最后同蒂娜结婚。第三种结局是叙述者突然出现，走进查尔斯的车厢，见了查尔斯后，萌发一个念头，想要"在此时此地结束查尔斯一生，让他永远停顿在通往伦敦的路上。"第四种结局是萨拉为了保持已经得到的独立和自由，拒绝同查尔斯结合。每一结局都体现作者的一种用意，如第一种花好月圆式的结局是对维多利亚时期小说公式的嘲笑，第四种结局表示萨拉确实是一个新女性，而总的说来，四种结局并陈代表了小说美学的一个新观点，即：小说作者终究要放弃对于书中人物、情节的绝对控制权，而小说本身则始终是一种开放的艺术形式。

*　　*　　*

这样，我们看到福尔斯用十分贴切的维多利亚时代的语言、对话、手法和小说形式再现了维多利亚英国，也复制了维多利亚时代的小说，在毫不隐讳地抄袭了维多利亚小说家的传统写法的同时，又嘲弄了这一传统。

嘲弄的方式不止一端，除了模仿、抄袭、开放性的结尾之外，作者还不时跳出来现身说法。例如前十二章已经把女主人公萨拉刻绘得活龙活现，深深地吸引了读者。可是，他笔锋一转，把故事的叙述刹住，突然提出了一个怪问题："萨拉是谁？她是从哪个隐蔽的角落钻出来的？"在第十三章开头，作者自问自答地说道：

> 我不知道。我现在写的这个故事完全是想象。我创造的这些人物只是在我头脑里。如果说到现在为止我一直伪装我知道我的人物的心灵和灵魂深处的思想，这是因为我在按我

的故事所发生的时代被人们所接受的常规写作(正像我采取了当时的一些词汇和"口吻"一样),那就是说,小说家仅次于上帝。他可能并不知道一切,但是他装着什么都知道。我是生活在阿兰·罗布-格里耶和罗兰·巴特的时代。如果说这是一部小说,按小说一词的意义来讲,它不能算是一部小说。

所以,我也许正在写一部同别人换了位置的自传;也许我正住在我在虚构的小说中的一栋房子里;也许查尔斯就是伪装的我。也许这一切只不过是一场游戏。像萨拉这样的现代妇女确实存在,可我从来也不了解她们……

你们也许认为,一个小说家只需掌握好拉线,他的木偶就会活生生地行动起来,就能按你的要求产生对他们的动机与意图的全面分析……

小说家还是一个上帝,因为他在创造(就是那最自以为了不起的先锋派现代小说也不能完全铲除它的作者);所不同的是:我们不是具有维多利亚时代形象的上帝,无所不知,而且发号施令,而是一种新的神学的形象。我们的第一个原则是自由,而不是权威。

福尔斯在他1973年出版的《诗集》前言中还说:

所谓现代小说的"危机"与其自觉有关。基本上,小说是一种游戏,是一种允许作品与读者玩捉迷藏游戏的巧计,所以,它的过错是它的形式所固有的。严格地说,小说大体上是个很巧妙而且能令人信服的假设——也就是说,它与谎言有密切的血缘关系。心理上对说谎有所自觉,不安,使大部分的小说家孜孜于描写现实;也使揭发这个游戏(即在作品中使得谎言,亦即小说创作过程的虚构本质凸显出来)成为当代小说的特色之一。小说家们既致力于杜撰,去构设未曾发生的人物以及未尝发生的事件,但他们若不能以假乱真,就得从实招供。

写小说是"上帝游戏"这是福尔斯进行创作时的中心思想之一。《法国中尉的女人》中的叙述者既是小说家的化身,又是一个虚构的角色。在第五十五章,书中人物查尔斯突然遇到了作者本人:

> ……火车的汽笛声响了。查尔斯此时心想,他终于可以如愿以偿地一个人安静地呆在这个隔间里。但是在火车启动前的最后时刻一个下巴长满胡子的面孔在窗前出现。查尔斯冰冷的目光同这个急于要上车的男人的更加冰冷的目光相遇。
>
> 这个后来者说了声,"先生,对不起"之后就迳直向隔间的另一头走去。他坐下;此人看上去四十岁左右……查尔斯心想,这家伙肯定是个让人讨厌的人,他正是这个时代最典型的那种讨厌鬼——如果他要同他搭讪,他绝不会理他。
>
> ……
>
> ……这个长着一嘴预言家大胡子的男人开始盯着查尔斯看……
>
> 现在我怎么用你呢?
>
> 现在我该把你怎么办呢?

于是才产生了一个念头,即上面提到过的第三种结局:"在此时此地结束查尔斯的一生,让他永远停顿在通往伦敦的路上"。

福尔斯在《关于一部未完成的小说的笔记》中,对小说叙述者

（第一人称和第三人称小说叙述者）、叙述声音、视角等问题阐述了他的意见。他说："在我的故事中，不时作为第一人称进行评论的，而且最后还闯入故事中的那个'我'，并不是 1967 年真正的我本人，而是另一个角色，虽然他和一般的虚构角色属于不同的范畴。"福尔斯的意思是：读者切勿对第一人称的叙述者给予绝对的信任，并将他视同作者本人。叙述者时而显示他的权威，时而放弃这一权威，这可以给读者更广阔的想象天地，去重新评估幻觉与真实的分野。《法国中尉的女人》是一部试验性很强的小说，各种叙述技巧的运用就是本书探讨的重点之一。

小说这样写可能让读者扫兴，因为当读者已经深深地陷入了作者在小说中所创造的情景和氛围时，他突然把读者从这情景中拉出来，似乎向你大吼一声，"别上当，这全是假的，全是虚构，尽是谎言！"福尔斯和其他后现代主义作家这样做，其目的是揭穿传统作家的全知全能的假面具，以便扩展读者的视野，并对小说的成规、法规以及作者的权威提出质疑。

＊　　＊　　＊

福尔斯的意图和技巧显然同其他被称为后现代主义小说家有一些共同之处——上帝般的玩弄，文字游戏，多类虚构等等；但是一个很大的不同却在于：一般的后现代主义小说由于难懂而拒绝普通读者的接近，福尔斯所作则吸引大量读者。他认为作者与读者之间是"一种卿卿我我的关系，像恋爱，像真正的友谊"。[①] 他的小说非常好读，读者的兴趣很高，显然他没有忘记：尽管小说是游戏，它仍然要担负它自古以来就担负了的任务：会说故事。在这点

---

① 1991 年对牛津学生谈话，见《今日牛津》杂志，1991 年三一节号，第 4 页。

上福尔斯仍是笛福、费尔丁、狄更斯的继承人,而他把对小说艺术的革新和对读者的关怀结合起来,也是历来有为的现实主义小说家常做的事。

现代主义也好,后现代主义也好,都离不开现实主义——离开了就没有读者。诗也许可以对外关门,小说则非有读者不可。它是二十世纪文学的主要品种,一直是读者众多的;除非它甘心情愿把一切都让给电视,今后也需要读者来爱护它,启发它,刺激它,给它以新鲜见解。福尔斯紧抓住读者是对的,但他的写法则既不是最好的,更不是唯一的。他自己还会变化,而小说这条长河更在不断流动之中。

第十九章 二十世纪散文

二十世纪至今已进入九十年代。回顾一下,这是一个变动巨大的时代。英国经历了两次世界大战,殖民帝国体系的解体,经济的大萧条与重振,科技的飞速发展,生态环境问题的日趋严重,近年来北爱尔兰局势继续恶化,而欧洲一体化的进程则明显加快。

英国散文也在变动。除了上述大事件的各种影响,还有文化或文学内部出现新事物的影响,使得英国散文在继续保持传统的优点之外,又增加了新的品质。

萧伯纳的散文特点

是些什么新事物呢?按出现的先后来说,首先是新戏剧运动。

新戏剧的中心人物是萧伯纳,我们已在前面介绍过。他同时是本世纪最大散文家之一,让我们再拿一些实例论证一下。由于萧的剧本不是英国人习见的那一类,几乎没有多少情节,而以讨论社会问题为主,舞台变成了讲坛,人物在不断辩论,这就需要剧作家拿出散文的全部能耐,才能吸引住观众。

萧本人恰恰具备这些条件。他是雄辩的街头演说家,社会主义的传道士,新文艺的辩护律师,他不写诗但有行吟诗人的听众意识和韵律感;他不仅会修辞,而且也会抒情。

他几乎什么都是,但有一点不是:没有唯美主义的气味。他曾说过一句话:"如果仅仅为艺术,那我是连写一句话的劳力也不肯花的。"①

对于这样的一位作家,散文风格就不是有些文人所标榜的美丽而又神秘的东西。萧自己就说过:

> 强调得有效果就是风格的始终,一个没有什么可以强调的人没有风格,也不可能有风格。……你们的文人以为他会得到班扬或莎士比亚的风格而无需班扬的信仰或莎士比亚的敏感,只要注意不犯语法错就成了。……这类学院式的艺术比做假古式木器买卖还要坏得多。
>
> (《人与超人》前言)

这就有力地回答了所有美文家关于风格的种种议论:谈什么风格,先得真有话说。

然而同样有话可说,萧似乎比别人说得更有吸引力,更动听,这当中仍然有说法问题,或者说艺术问题。

拿萧的任何一段台词、一节文章来看,我们会发现:他力求把事情说清楚,他的语言是平易而又文雅的普通话,没有学院气,但也不俚俗;不特别现代化,但又不陈旧;句子有时很长,容纳得了各种随时涌上心头的想法,但又层次分明,读起来顺口。他常辩论抽象道理,但通过具体、生动的比喻和例证。在这些地方,他是斯威夫特风格的出色的继承者。

---

① 《人与超人》前言,企鹅1948版,第 xxxvii 页。

清澈见底的明晰是他的第一特点,其次才是有力的强调,而强调不止一途,例如这样说富人在统治一切:

> 说话的是钱,印书出版的是钱,在无线电台广播的是钱,统治着国家的是钱;而国王们和工党领袖们同样地必须听命于钱,而且最为矛盾,叫人目瞪口呆的是:他们还必须出钱去维持富人们所办的企业,保证他们的利润。
>
> (《苹果车》序)

或者这样地点出英国人的伪善:

> 没有一件特坏或特好的事你会不发现英国人在干,但你永远不会看见英国人认错。他做什么事都有原则:同你打仗是为了爱国原则,抢你的钱是为了商业原则,奴役你是为了帝国原则。
>
> (《风云人物》)

以上的写法像狄更斯,也是利用重复来强调。然而又不是简单的重复,因为论点是一步一步地推进的,在过程里还产生了讽刺效果。

他也善于对比,通过对比来揭出事情的荒谬或者真实的原因:

> 当一个笨人做一件使他感到羞耻的事,他总宣称他在执行任务。
>
> (《凯撒与克莉奥佩屈拉》,第3幕)

> 能动手的做事,不能动手的教人。
>
> (《给革命者的格言》)

> 讲理的人使自己适应世界,不讲理的人坚持要世界适应

自己,所以一切进步得靠不讲理的人。

（同上）

家是姑娘的牢狱,女人的教养院。

（同上）

我爱的女人水性杨花,而爱我的女人却穷凶极恶地忠诚,两者恰可相等。

（《荡子》第 2 幕）

有时他也直接点出:

暗杀是检查制度的极端形式。

（《被拒绝的声明》,第 1 部分）

最大的恶和最不赦的罪是贫穷。

（《巴巴拉少校》序）

所有伟大的真理都以离经叛道之言开始。

（《安娜绛斯卡》）

这些也就是萧的警句。同也是爱尔兰人,而且大体同时的王尔德的警句相比,词锋一样犀利,而思想更为深刻。

萧又以颠倒之言（Paradox）出名,剧本里大大小小颠倒的场面也所在都是。其实颠倒是不合理的社会的真相,话虽颠倒,其中却包含了真实:

一个人感到羞耻的事越多,他就越是体面。

（《人与超人》第 1 幕）

人生只有两个悲剧,一个是不能如愿,一个是如愿。

（《人与超人》第 4 幕）

英国人不尊重他们的语言,不肯教他们的孩子们好好说
它。……一个英国人一开口,不可能使别的英国人不鄙视他。

(《匹克梅梁》序)

布卢姆斯伯里街上的高层知识圈

大约 1905 年左右,即在萧已经写了从《鳏夫的房产》到《巴巴
拉少校》等十几个剧本、新戏剧已经发展成为一股力量的时候,伦
敦英国博物馆附近布卢姆斯伯里街上一座房子里常有一批高层知
识分子在谈艺论文。屋子的主人是思想史家莱斯利·斯蒂芬的一
对女儿,姊姊是画家,妹妹是小说家兼文评家即后来出名的弗琴尼
亚·吴尔夫,座上客中有经济学家凯恩斯,传记作家斯屈奇,小说
家 E. M. 福斯特,艺术史家罗杰·弗赖,艺术评论家克赖夫·贝尔,
社会学家莱昂纳特·吴尔夫,等等,全与剑桥大学有点关系,全奉
行剑桥哲学家 G. E. 莫尔所说的:"最有价值的东西是人际交往的
乐趣和对美的东西的享受。……这两者形成社会进步的合理的最
终目的。"

这些人全有才,不少在本门业务里达到极高造诣,如凯因斯之
于经济学。合起来,他们代表了英国资产阶级知识界在二十世纪
初期的最高文明层。

他们醉心于艺术上的新颖表现,同当时正在横扫欧洲大陆的
哲学、建筑、绘画、音乐、舞蹈、诗歌等等的新潮是合流的。他们多
数是能文之士,写起文章来也追求新的内容和表现方法。

当然各人表现不一。我们只能举少数例子,先从斯屈奇说起。

里顿·斯屈奇(1880—1932)写的作品不少,传记就有三部,一是成名作《显要的维多利亚时期人物》(1918),一是巩固他的声誉的《维多利亚女王传》(1921),第三部《伊丽莎白与艾撒克斯》(1928)则因虚构较多,渲染也过分,反为人病。不过三书都写得生动有趣,可读性极高。

能够做到这一点,主要原因在于:所挑选的人物代表社会生活的一个重要方面,而且各有性格特点,例如《显要的维多利亚时期人物》包括一个红衣主教,一个改革英国贵族中学教育的学者,一个去克里米亚前线救护伤兵的名门闺秀,一个镇压过太平军后来死在苏丹人矛下的英国将军。其次是作者利用弗洛依德的学说对人物做了细微深入的心理分析,揭出他们秘密的动机和愿望,透露他们的弱点,例如红衣主教霸道,名门闺秀仗势欺人,而将军则私下贪杯,这就同以前的英雄崇拜式的"正式"传记不一样,显出布卢姆斯伯里高层知识分子的反偶像精神。

至于斯屈奇的文笔,除了会叙述经过,会描绘细节,最大的特点是能在字里行间传达一种嘲讽口气。

例如在《维多利亚女王传》里,在写到女王的丈夫阿尔伯特亲王的时候,有这样一段:

> 为了研究是否可以利用重建国会两院的机会鼓励联合王国的艺术的问题,即将成立一个皇家委员会。首相庇尔凭他的敏锐的判断力,邀请亲王担任委员会主席。这正是一项适合阿尔伯特的工作:他爱好艺术,他办事讲究方法,他喜欢接触——密切而又不失身份地——显要人物,这些都能在这工作

里得到满足。果然,他带着热爱投入了它。他在委员会第一次会的开场白里说到该把要讨论的题目分成"范畴",有的成员有点害怕了,因为他们认为这一名词带有德国形而上学的危险色彩。但当他们看到亲王殿下对于壁画的技术过程有非凡的专门知识,他们的信心恢复了。在讨论到装饰新屋墙面的美术品是否应起道德作用的时候,亲王强烈地主张应该这样。他指出,虽然许多人对于这些装饰品不过顺路看一眼,画家却不应因此就忘了还有别的人会带着思考的眼光来审视它们。这一理由说服了委员们,于是决定画上的题材必须是能促人上进的一类。按照委员会的指示,壁画完成了,可是不幸的是,没过多久它们就变得——即使对于最富于思考的眼光——完全看不清了。似乎亲王殿下对于壁画的技术过程的专门知识还不够全面。

(《维多利亚女王传》第 4 章)

最后一句话的嘲笑口吻是清楚可闻的。嘲笑的对象首先是那位来自德国的阿尔伯特亲王,笑他不甘寂寞,爱插手英国事务;表面上似乎懂得很多,实则一知半解,壁画之终未成功即是明证。但也附带嘲笑了博女王欢心而迎合亲王的首相庇尔,也把委员会成员的眼光短小和小心翼翼的神情烘托出来了,而关于装饰品是否该起道德作用的整个讨论是如何保守、可笑而最后完全枉费心机,作者只提壁画根本看不清了这一事实,让读者去自己咀嚼。

对于维多利亚女王本人,作者着力写的是她在感情上是一个普通人,特别在她登基之初是一个天真的小姑娘,碰上她的首相墨尔本勋爵(即下面引文中的 M. 勋爵)是一个老练的政客,二者之间

的对照是这部传记的最有趣的章节之一,试译一段于下:

> 青春和快乐给每一时刻镀了金,日子过得十分开心,而每个日子都跟着墨尔本勋爵转动。她的日记至今仍然清晰地让我们看到这位年轻君主在登基最初几个月里的生活——令人满意地有规律,充满了有趣的公务,同时又有简朴的乐趣,主要是骑马、吃东西、跳舞之类的切身享受,总之是一种节奏快、自在、绝少时髦社会习气的生活,本身就完全充实,无须外求了。早晨的阳光照在日记的册页上,而在这玫瑰花般的光圈里出现了"M.勋爵"的身影,比实际更光彩,至高无上。……我们至今还看到他们在一起,奇妙的一对,在日记的朴实无华的册页里奇幻地双双出现,被八十年前黎明的光照得神奇地发亮:一个是仪表修整的高层绅士,须发灰白,浓眉,灵活的嘴,善于表情的大眼;在他旁边是小个儿女王——白皙,苗条,文雅活泼,穿着朴素的姑娘服装和小披肩,抬头看着他,亲切地,崇敬地,张着蓝色的凸眼,嘴唇半开着。他们就这样出现在日记的每一页,每一页上都有M.勋爵,M.勋爵在说话,M.勋爵在开玩笑,给人教益,同时又愉快而体贴,而维多利亚则吮进他每一句甜言,笑得露出了牙肉,尽力想记住每个字,等他一走就立刻跑去记在日记本上。他们的长时谈话接触到许多题目。M.勋爵评论书籍,讲一、二句对于英国宪法的看法,顺便也谈人生,并且一个接一个地讲十八世纪伟人的故事。当然还谈公事——也许是加拿大总督德仑勋爵来了报告,M.勋爵就当面念起来。但首先他得稍加解释。"他说我应该知道加拿大原属法国,1760年才由于伍尔夫率军远征而割让给

英国。'那是一个大胆的举动',他说。加拿大原来全归法国人,英国人后来才去。……M. 勋爵解释得很清楚(比我这里写的清楚得多),还说了许多别的有关的话。然后他就把德仑勋爵的报告念给我听。报告很长,他念了半小时之久,念得很好,声音柔和悦耳,而且常带表情,不用说我是感到了很大兴趣。"谈完公事,也谈私事。M. 勋爵谈过他少年时代,她听到他说"那时他留长发,当时小伙子都这样,直到他十七岁——(他在那年龄是多么英俊啊!)"她也发现了他的一些奇怪习惯和趣味——例如他从不戴表,真是特别!"M. 勋爵说:'我总是问我的佣人什么时刻了,他就随他的意思回答我。'"有一次,看见乌鸦在绕着树飞,"像是要下雨了",他说他可以坐着看乌鸦一小时也不厌,"而听我说我不喜欢乌鸦感到惊奇……M. 勋爵说:'乌鸦是我的乐趣'。"

这里展现的其实不止天真与老练的对照,还有一些特殊属于英国王室和贵族的东西,其一就是英国老成的政治家怎样训练年轻的君主——墨尔本勋爵实际是首相兼师傅。他在女王面前既要表现自己的风趣,同时又在各种场合给她以政治教育。文中大量引用女王的日记增加了传记的可信性,但完全是经过作者精心挑选的——这当然是从十八世纪鲍斯威尔起就已开始的办法。

斯屈奇的文名今不如昔。所谓"新传记"的反偶像精神在1920年左右颇为耸动,今天则视为平常了。为了嘲讽,他选用的细节,虽然生动有趣但未必真实,如他说戈登将军贪杯就有人驳斥。他的文笔确有"艺术",但好的散文是虽有艺术而不显,而雕琢过甚,却易引起反感。不过他还有讲故事的本领和模拟人物口气的技术,再加他所写的人物有其本身的吸引力,也许他的少量最好作品今后还会有读者喜爱的。

＊　　＊　　＊

弗琴尼亚·吴尔夫的小说我们已有所知。她也是一个散文家。早在二十年代,她就写书替知识妇女说话。这本书叫《一间自己的房间》(1929)。它从文学创作的角度说明了妇女的天才怎样受到男性中心社会的压抑。她认为女作家想要有为,首先得有经济独立和生活上不受干扰,才能去"写你想写的东西,这才是唯一重要的事情",对此做任何让步就是"最卑鄙的背叛。"

凡接触过她的文字的人,几乎没有一个不认为她写得美。这美当然不是传统的华丽辞藻所构成的,甚至不是她的朋友里顿·斯屈奇的那种讲究章法的美,而是她自己在《一间自己的房间》里提倡的"女性的句法"之美:清澈,灵活,清新,在这些背后则是有新思想的头脑。

以上这些品质也许在她的随笔式的文论里更能看得清楚。

她的文论不仅评论,而且转述书的内容,模拟作者的口吻,引用作者的警句,有些段落写得如同作者的内心独白:

> 医生和智者可能反对,那就把他们赶回他们的阴沉的哲学去吧。让我们这些凡人感谢大自然的恩赐,用她赋予我们的每一感官,尽可能变动我们的生活,这里转一下,那里瞧一下,走向温暖,在日落之前尽情享受青年的亲吻,聆听歌唱卡土鲁斯爱情诗的美丽声音。

(《普通读者》,企鹅版,第74页)

这是转述蒙田《随笔》的内容,用蒙田自己的口气说出他的享乐

641

主义。

她也善于比较,而且写法也是异常形象化:

> 在全部文学之中,有几个人曾经用笔成功地描绘了他们自己呢?只有蒙田、彼比斯,也许还有卢梭。勃朗的《医生的宗教》只是一块有色玻璃,通过它我们只能模糊地看到星斗在奔驰和一个奇特的、激动的心灵。在鲍斯威尔的著名传记中,他的脸倒是在一面明亮光滑的镜子里出现,不过也只是在别人的肩膀之间偷看我们而已。

> (同上,第67页)

邱吉尔的雄辩与文风观

以上讲的,是文学之士的散文。但是写文章的高手,向来不限于文学家,各界人士都有。邱吉尔(1874—1965)就是一个。首先,他是雄辩家。他在第二次世界大战时期所讲的话当中就有许多成为名言。当德军席卷欧陆,英国危在旦夕的时候,邱吉尔受命组阁,在下院表明他的决心,说了这样的话:

> 我想对下院说,也曾对参加本届政府的人说:"我拿不出什么东西,除了热血,苦干,眼泪,汗水。"

> (1940年5月13日下院讲话)

他又告诫国人,胜利不是可以轻易取得的,而要靠自身的艰苦努力:

谁也不能保证战争的胜利；理该胜利的，就会胜利。

（《他们最得意的时刻》，1949，第 484 页）

等到那年夏天，皇家空军以少击众，摧毁了进攻英国的纳粹空军力量，取得了一个关键性的胜利的时候，他又告诉下院：

在人类斗争史上，从来没有这样多的人应为这样大的事感激这样少的人。

（1940 年 8 月 20 日下院讲话）

除了演讲，他还写了大量传记和历史，都是颇有文采的。他的英文之所以写得好，他自己认为是得力于他从小就注意英文的基本结构：

由于我长期留在学校的最低一级，我倒取得了聪明学生所没有的一大优势。……我把普通英国式句子的实质结构——这是一个极好的东西——吸进了我的骨髓。当然我是偏向学英文的学生的，不过我也可以让那些聪明学生学拉丁文作为一种荣耀，学希腊文作为一种享受。

（《我早年的生活》，1930）

这是他在回忆在哈罗中学上学情况时说的，那时他不是一个"聪明学生"，考试不及格，所以长期留在最低级，不想却把英文真正学好了。

他的英文是道地的英国英文，有许多传统的优良品质，如善用最朴素的基本词汇，句子结构合乎习惯而不求表面上的逻辑性；同时，他也很会修辞：排比、对照、平行结构、形象化说法、节奏和音韵上的特殊效果等等无所不能，有时也过于堂皇，但是首先做到的一点是清楚准确地达意。这似乎是一个起码要求,但是多少人能真正做到? 特别是在当时英国的政界,多的是含糊其辞的政客,一度担任首相的麦唐纳尤其以冗长、模糊为人所病,清楚达意的文风就变成一种难得的品质了。

邱吉尔是十分关心文风的。他不仅自己以身作则,力求用好英文,并且在担任首相期间,派了一位官员专门写了一本关于英文用法的书,印发政府各部门,要求公务人员在起草白皮书、通知、布告、备忘录等等政府文件的时候写朴素的纯正英文。这本书即是《朴素的词》(1948),后经增补向社会扩大发行,书名改为《朴素词用法 ABC》(1951),作者是欧纳斯特・高厄斯爵士。

这本书要求政府起草公文的人使用人民能懂的本质英语,而不要用"官腔"(officialese)。所谓官腔就是从古时法律文书传下来的某些措辞公式,加上一些抽象大词,尽量把简单的事情说得堂皇。还有一种趋势,即喜用书面式的典雅而反对口语体的道地说法和习惯结构。例如把前置词放在句末被看成是一种不雅,如果写

It is something he dreamt of.

本是道地英语,但有人却硬要把它改成

It is something of which he dreamt.

这倒是合乎拉丁式语法了,但也就不是活的英文了。邱吉尔对这种趋势极为反感,一次看文件时针对一个类似的句子批了一句:

This is the sort of English up with which I will not put.

任何人一看,都会觉得好笑,因为显然通常的说法应是:

This is the sort of English I will not put up with.

邱吉尔这个大忙人居然还有兴致和幽默感来写下了这个妙批！可见他是怎样注意文风的。

文风问题的复杂性

关心文风的，不只邱吉尔一人。在世纪之初，就有富勒兄弟在《国王的英语》、《现代英语用法》等书里告诫读者：

> 能用短词、简单词就不用长词、大词；能用盎格鲁-撒克逊词就不用拉丁词……

等等。后来又出现了大量论风格、修辞和惯用法的书，大多是崇尚平易风格的。但是批评者所提出的修改却往往是逻辑性强而失去了原有的风趣和文字魅力，变成淡而无味的白开水了。等到作家乔治·奥威尔写了《政治与英语》（1946）一文，文风的讨论才进入一个新的阶段。

此文原在伦敦文学杂志《地平线》上发表，由于它论点的鲜明、提法的尖锐和牵涉到当代政治而引起文坛内外的注意。它一上来就引了五段文章，两段出自教授之手，其中一个是颇负盛名的政治思想家拉斯基，两段是政治性杂志文章，还有一段来自英共小册子。他认为这五段文章呈现两个共同的毛病，即：1. 都用了陈旧的比喻；2. 都不精确。奥威尔认为原因是："作者或者有意思而不能表达，或者粗心大意地说了别的什么，或者根本不在乎所说有无意义。这种含糊其辞与说话无能的结合是现代英国散文最显著的特点,尤以各类政治文章为最"。

但是奥威尔又认为事情还不是毫无希望。经过少数有心人的努力,文风的败坏是可以遏制的。他提出了六条具体办法:

1. 不用已在出版物见过的明喻,暗喻,或任何类似辞藻;

2. 能用短词就不用长词;

3. 能少用一词就坚决少用;

4. 能用主动语态就不用被动语态;

5. 能用普通英语词就不用外国词、科学词、专门词;

6. 为了不致说根本不像话的话,以上哪条也可以不遵守。

奥威尔自己写了大量散文和两本很有影响的政治讽刺小说(《畜牧场》,1945;《一九八四》,1949),文笔果然平易畅达,并且创造了一些新说法,如"新闻体话"(newspeak),"大哥","比别人更平等"等,为后人所引用。

科学文章的哲理化;新领域的开辟

二十世纪后半的各体散文之中,科学著作首先值得介绍。科学著作也有各种各样,有主要针对研究人士的,也有面对一般读者的。十七世纪皇家学会创建之始提出的"数学般的平易"仍是一种风格准绳,但是近来似乎又多了一个要求,即除了清楚地交代事实之外,还要能联系大的文化思想局面,用一位哲学家的话来说,就是能"把所研究的科学哲理化"(R. G.科林伍德,《自然这个观念》,牛津,1945,第2页)。

剑桥大学的李约瑟就是能把自己的研究哲理化的一人。他前半生研究生物化学,后半生研究中国科技史,写出了皇皇巨著。他不只是记录中国人的创造发明,还把它们放在世界文化的大图景中来看,同西方科学进行比较,点明两者的差别,例如:

> 在一个官僚主义化的、重文学的社会的世界观的激励下,学者们竭尽全力去研究历史学,语文学,考古学。结果不是产生西方那种足以改变时空世界的可怕力量,而是建立了一个巨大的学问结构,其中尽是关于一个民族的过去的知识。只是到了晚近两世纪,欧洲才有勉强能与之相匹的同样结构。
>
> 1704 年 7 月 9 日,这一学问结构的最伟大的建造者之一的阎若璩在北京病倒了。这病只消用后来近代科学发现的一种药的几个毫克就可治愈,可是他却长眠了。这一图景既说明了中古中国人文主义的高贵,也说明了它的弱点。
>
> (《中国科学与文化》第 2 卷,第 395 页)

这是高度的"哲理化",这也是绝好的散文。

科学家中能文之士当然不只李约瑟一个。世纪初年的天文学家金斯和物理学家艾亭顿就是以能用普通人可懂的朴素文字解释科学现象著称的,后来又出现了生物学家霍尔丹(J. B. S. Haldane),他的面向一般读者的科学小品《论大小合适》都收进了遥远中国的英文教科书里。霍尔丹也是高瞻远瞩,能够"哲理化"的科学家,但他不肯谈宇宙究竟是什么。他说的是:

> 我自己的怀疑是:宇宙不仅比我们已经想象的更怪,而且比我们能够想象的更怪。
>
> 我看到了一个新的天和一个新的地,因为旧的天和旧的

地都消逝了。

（转引自 K. 克拉克,《文化》,1969 年,第 345 页）

一位文化史家引了他的话,加了一句:"我们的新的宇宙的不可解性我看是现代艺术之所以混乱的最后原因。"科学与艺术原是相联的。

七十年代之初,科学家勃朗诺斯基在 BBC 电视上做了一系列西方科学史的演讲,后来讲词作为《人的上升》(1973)一书出版,更是赢得了几百万的观众和读者。

J. 勃朗诺斯基(Jacob Bronowski,1908—1974)先在剑桥大学学数学和物理,后来研究生命科学,"运气使我一生中研究了两门生长性的学问"。他是有重要研究成果的专家,但他的兴趣是全部科学、全部文化,对于诗歌研究也下过功夫,所著《威廉·布莱克与革命》(1944,1965)是颇多新见的文论,受到文学界的推重。现在在《人的上升》中,他把深奥的科学原理如相对论用浅近但不庸俗化的语言介绍给一般听众,又把科学发展史上的重要人物的个人特点生动地描绘出来,而在这一切之上,又点明了重要科学发现对世界全盘文化的意义。这是只有广博而又深思的科学哲学家才能做到的。

在面对电视观众的时候,他是面对着新的挑战。他不仅成功地回答了这个挑战,而且把它看作一个新的机会,利用了电视屏幕上的图像和动作来补语言的不足,大大扩充了科学的普及面。语言仍是重要的,只不过要更口语化,更亲切,但又要更精炼,更突出要点。

我们且看他怎样谈爱因斯坦。

他先讲背景和爱因斯坦在青年时代想到的前人从未想过的问题：

牛顿的宇宙滴答滴答地运行着，大约二百年没出一点故障。如果他的鬼魂能在 1900 年前任何时间来到瑞士，所有的钟都会同声奏鸣颂歌。可是就在 1900 年，离那古老的钟塔不过二百码的地方，住着一个新来的青年人，他不久就要使所有的钟表吵闹起来。他就是阿尔伯特·爱因斯坦。

大约此时，时间与光开始闹别扭了。1881 年阿尔伯特·密切尔逊做了一个实验（六年后他又和爱德华·莫莱一起再做了一次），把光朝许多不同方向发射，吃惊地发现不论他怎样移动仪器，光的速度总是一样。这是不符合牛顿定律的。就是这一物理学中心的小小嘀咕声首先使科学家激动而提出了各种问题。这大约是 1900 年。

很难说年轻的爱因斯坦都及时地知道了这一切。他在大学不是一个用功的学生。但可以肯定，当他去伯尔尼的时候，已经在他还是十几岁的孩子的年月里，早就问过自己：如果从光的观点来看，我们的经验又会是什么样子？

对于这个问题，回答是充满矛盾的，因而是困难的。但像所有的矛盾一样，最难的不在提出答案，而在怎样提出问题。牛顿和爱因斯坦这类人的天才在于：他们提出透彻的、天真的问题，结果引来了灾难性的回答。诗人威廉·古柏曾称牛顿为"婴孩似的圣哲"，就因为他有这种气质，而这一形容语也完全适合爱因斯坦，他的脸上也总是有一种对世界感到神奇的表情。不论是他谈骑在一道光上或者谈在空间中坠落，总是充满了对这类原理的美丽、简单的说明。

（《人的上升》,1973,245—247 页）

然后勃朗诺斯基在电视屏幕上演出了一幕戏:他坐了一辆旧式电车,像爱因斯坦过去常做的那样,从钟塔去到他当时工作所在的瑞士专利局。接着勃朗诺斯基报道:

> 爱因斯坦十几岁时所想的问题是:"如果我骑在一道光上,世界将是什么面貌?"假设这辆电车是附在那道让我们看得见大钟的光线上向外移动,当然钟就冻结了。骑在这道光线上的我,这电车,这车厢也在时间里固定了。时间终止了。

（同书,第 247 页）

于是产生了一个疑团,即当人竭力要跟上光的速度的时候,人就隔绝于时间的流动之外。这也就是说,没有统一的时间。由此而引起的另一个疑团:处于不同场所的人有不同的经验;坐电车的人与街上走路的人对时间、距离等等各有不同的"值"。这就是相对论的核心。

因此,爱因斯坦的宇宙完全不同于牛顿的宇宙:

> 对于牛顿,时间与空间形成一个绝对的框架,其中世界的物质活动按照稳定的秩序进行。他的世界是上帝眼中所见的世界,对每个观察者都是一个样子,不论站在什么地方或用什么方式移动。作为对照,爱因斯坦的世界是一个人眼中所见的,你所见与我所见是相对的,即按照彼此的地点和速度而不同。

（同书,第 249 页）

说明了相对论的原理之后,勃朗诺斯基回头再讲爱因斯坦在瑞士的快乐日子,那时候没有人期待他"下金蛋",而他却成果累累,从狭义相对论进到量子效果、广义相对论、场论。这期间,1919 年 5月 29 日在巴西和西非沿海的日食观察证实了广义相对论。英国皇家学会会员忙着彼此转告消息。艾丁顿打电报给立特尔武德,立特尔武德立即写了一个便条报告罗素。而爱因斯坦自己却在研究之余,坐咖啡店,抽雪茄烟,跟同事们闲聊,而他想的中心问题总是:"人们实际上怎样彼此交流? 互相之间传送什么信号? 我们怎样取得知识?"

最后,勃朗诺斯基对于爱因斯坦在人类文化史上的地位,说了这样一番话:

> 爱因斯坦是一个哲学系统而不只是数学系统的创造者。他有一种天才,能找到一种哲学观念使人们对实际经验得到一个新的看法。他不是像一个天神那样观察自然,而是作为一个开路人,也就是虽然身处紊乱的自然现象之中但仍相信它们有一个共同的格局,只要我们用新鲜的眼光就可看出。……

> 这样,在他的一生中,爱因斯坦使光联上时间,时间又联上空间,使能量联上物质,物质联上空间,空间又联上引力。在他生命的终结,他还在致力于寻找引力与电力磁力之间的统一性。在我的回忆里,他在剑桥大学评议会厅里作学术演讲的时候,只穿一件旧毛衣,一双毡便鞋而不穿袜子,那一次就是对我们谈他在找它们之间的联系,以及他碰上了什么困难。

穿旧毛衣、毡便鞋、不喜欢背带和袜子——这些可不是故作姿态。那一天我们看见他,他似乎是在表达一个从诗人威廉·布莱克得来的信念:"诅咒背带,祝福放松。"他不关心世俗的成功,体面,随大流;大部分时间内他不知道一个像他这样地位崇高的人该怎样行事。他恨战争,残酷,伪善,尤其恨教条——只不过恨字不足以表达他所感到的那种带悲痛的反感,他认为恨本身也是一种教条。他拒绝担任以色列国的总统,因为(他解释说)他不善于考虑人的问题。这是一个不高的标准,别的总统也大可采纳,只不过能通过这标准的不会有几个罢了。

在牛顿和爱因斯坦两人面前谈人的上升几乎是一种冒犯,这两位是像上帝一样阔步行走的。牛顿是旧约的上帝,爱因斯坦则是新约的上帝。他充满了人情,怜悯,巨大的同情心。他心目中的大自然本身就是一个有某种天神般气质的人,他经常说自然就是这样子的。他喜欢谈上帝:"上帝不玩掷骰子","上帝没有恶意"。最后,有一天尼尔斯·玻尔对他说:"不要再叫上帝干这干那吧。"这话不全公平。爱因斯坦是一个能问非常简单的问题的人,而他的生活和工作所表明的是:当回答也是简单的时候,你听到了上帝在思考。

(同书,255—256页)

勃朗诺斯基的文章所表明的,不只是有文才的科学家能写出一部好的普及性的科学史,不只是这样的科学史能够写得既生动又有思想深度,而且还告诉我们一点:科学当中有人和人的想象力,因此科学又须连同哲学、文学、艺术一起放在全盘文化中来考虑,第一流科学家往往既是极专的专家,又是广博的通才。

那么,这与散文又有什么关系? 有,至少可提两点:一是散文真要写得出色,要有内容,在现代就是对于现代世界要有深入的观察和深刻的思考。二是散文能够进入新领域;勃朗诺斯基借重图像和声音把散文带进了电视这一新领域,而这样做的时候不仅没有减弱散文,反而增强了它的力量和艺术性。

报刊文的今天

散文用得最多的领域是报纸和期刊。

从新闻报道说,当今的英国大报可分两种:一种,如《泰晤士报》,仍有较长的文章,尤其在"特写"方面如此;另一种,也是大多数,则新闻趋向于短而醒目,一句话或一段话,配以照片,力求迅速及时。它们喜欢用有力的一个音节的动词,如 rap, probe, bid, swoop, axe 等。星期日出的各报更加杂志化,凡所谓"高质报"(quality papers)都少不了书评、剧评、影评、艺评之类,文章也往往长于大众化的日刊。

在周刊方面,也是时事评论与艺文评论并备,虽然各刊因传统而有所侧重。从研究散文的观点来看,期刊的文章也许更值得注意,因为它们比一般日报更讲究文字。

不妨拿几家有历史的期刊为例,略作描述。

一家是《经济学者》。此刊历史久远,创刊于 1843 年,第二任主编为著名政论家和文评家贝杰特(Walter Bagehot),代表自由资产阶级的观点,文章一律不署名,原来以论政经问题为主,本世纪六十年代经过革新，内容扩大。根据1990年7、8月几期来说，它有下列栏目：1.社论，一期五、六篇；2.世界时事，首先是当前大事（如海湾问题）然后又分述英国、美国、欧洲、亚洲，其他国家；3.商业、财政与科学技术；4.经济与财政指南（有关汇率、银行利息之类的最新数字）；5.书评、艺评，一期六、七篇；6.读者来信。

它的书评虽只是若干栏目之一，并非重点，但也值得一读。一般写得短小精悍，褒贬分明，而且注意所评书的文字质量，如不久前评论有关中国历史的两本新书时说：

> 的确，这两本书哪一本也没有能真正写出中国的恢宏气派。斯本司先生对文化谈得较多，但他的写法往往是拖沓的。格雷先生放浪不羁，甚至写得有趣，但他有不少错误。

（1990年6月28日，第133页）

这样一种笔法是相当典型的。真正令人感到有新意的是这家刊物的科技报道，常有写得内行而又可读的长篇专题文章（关于计算机、环境保护、通讯技术之类），此外关于广告业、某一国家或区域的综述也很有内容。

另一家是《新政治家》，现与《新社会》合出，英文全名为 The New Statesman and Society。它原是作为费边派机关刊于1913年创办的，标榜社会主义但声明不属任何政党，撰稿人中初期有萧伯纳和韦勃夫妇，后来有凯恩斯，弗琴尼亚·吴尔夫，G. D. H. 科尔，J. B. 普里斯特莱，V. S. 普里切特等人。它的历届主编中在任最长的是金斯莱·马丁（1931—1960）。在政治上它倾向工党左派，编辑方针是"异议，怀疑，考查，不顺从"，对于当前的政治和社会问题多有评论，笔调尖锐。不少读者则为它的文艺栏所吸引，上述撰稿

者中有不少是作家和文艺评论家。近年来继续注意国际与英国国
内政治之外，着重对社会问题的调查性专题报导，如卖淫、吸毒、艾
滋病、少年犯罪、环境恶化，甚至伦敦马拉松跑比赛的经济内幕，等
等。1990 年上半年有一系列文章以苏联与东欧的时局演变为鉴，
探讨西方社会主义的将来，有些撰稿人如汤普孙（E. P. Thompson）、
霍勃斯包姆（Eric Hobsbawn）等仍然坚持反资本主义的立场。针对
欧洲一体化的进程加快，1990 年 6 月 22 日一期登了该刊记者访问
乔治·斯旦纳、穆瑞尔·斯帕克、艾杜河杜·巴洛齐爵士等十几个
国内外各界人士，请他们谈如何看待"欧洲人"这一观念，其中女小
说家斯帕克（《珍·布罗迪小姐的盛年》的作者）的回答是：

> 我是欧洲人，这一点我从未怀疑过。我的父母两方面都
> 有欧洲祖先，年代久远，但至今联系牢固。生在苏格兰的人如
> 我自己和我父亲从来都意识到存在一个把苏格兰同欧洲结合
> 在一起的"古老联盟"。
>
> 现在欧洲人身份已不仅仅是一种努力目标，也不是拿破
> 仑当年的梦想，而是一个事实。不列颠失去了帝国，只是欧洲
> 海岸外的若干岛屿而已。
>
> 至于欧洲的将来，我个人的希望是：英国将继续把它最好
> 的东西献给欧洲，即它的语言。英语是了不得的语言，是极好
> 的材料，既可用来完成实际任务，又可用来表达各色各样的观
> 念。没有另一种语言像它。它已经代替了法语而成为国际标
> 准语。希望它能兴旺下去。

这段话出自苏格兰的女作家之口，值得注意。一方面，她记得苏格
兰在被英国合并之前，一直同大陆上国家特别是法国关系密切，因

此对于欧洲一体化,比许多英格兰人更能接受。另一方面,她又希望英语能在将来的欧洲起更大作用,虽然在苏格兰有不少人是寄望于苏格兰语的复兴的。这也提醒我们:欧洲统一化虽是大势所趋,却还有不少民族问题和语言问题需要解决。

*　　*　　*

上面这两家杂志虽然政治立场不同,读者对象不同,但都有书评,这是英国期刊特点之一。此外有一家专门登书评的刊物,即《泰晤士报文学副刊》(The Times Literary Supplement,简称 TLS)。

它创刊于 1902 年,原为《泰晤士报》的一部分,1914 年单独刊行。许多学者、作家、评论家都为它写稿,弗琴尼亚·吴尔夫和 T. S. 艾略特等人的文论最初就是发表在这里的书评。但那时候文章都不署名,一直到 1974 年才放弃这个传统,改为一律署名。刊物虽自称"文学副刊",实则范围远远超出,最近所讨论的门类有:人类学、考古学、建筑、艺术、目录学、传记(包括书信、日记)、古典文学、商业、经济学、小说、翻译小说、历史(古代史、通史、中古史、近代史、当代史)、幽默、语言学、法律、文学与文学批评、数学、音乐、自然科学、哲学、诗歌、政治、社会研究、新出期刊等等,除工程技术外几乎无所不包。评论的作者都是内行专家,所论也就有一定的权威性,不仅常为书籍广告引用,而且普遍受到学术界的注意。

这个刊物几十年办下来,似乎在内容和形式上都一仍旧贯,依然是八开报纸大张,而字体很小,密密麻麻,看起来相当费力。实际上,变化还是有的。如封面现在除图片外还有各种字体的标题,比较醒目;栏目上也增加了戏剧、电影、电视、各种展览的评论,而内容上也比以前更注意外国动向和新思潮,不时有成组的文章集中谈某一地区、学派、理论之类。

书评一般可分两种：一种，以简述所评书的内容为主，加上一些评语；另一种，就所评书所涉及的学术问题专写一篇论文，发表评者个人学术见解，只在开始或末尾略略提到所评的书。当然，理想的书评应该兼有两者的优点，但仍有一个如何在两者之间保持一种平衡的问题。《泰晤士报文学副刊》上两种书评都有，但最好的是既客观地介绍所评书的作者来历，书的内容，甚至所包含问题的渊源和发展，又明确地表达评者的个人判断的一类。这类书评不只使购书者知所适从，往往还能引起同行学者进一步的讨论，从而推进了学术。过去《泰晤士报文学副刊》的首篇和中篇评论文章属于此类，往往把同样性质或专题的新书若干种放在一起来评，文章也写得较长。近年来仍有此类长评。

《泰晤士报文学副刊》还提供了一个争论园地，即它的读者来信栏。有的读者注意此栏超过书评本身，原因之一是许多重要学术讨论在这里进行，被评者在此反驳，评者又驳，第三者也参加进来，有时同一争论持续多期，来回辩难，参加者中不乏知名学者。在1990年2月16—22日一期，有两封来信反驳加布里尔·乔西波维奇所写的贬低巴斯捷尔纳克的文学成就的书评，其中一封来自思想家艾撒亚·柏林，全文如下：

先生：

加布里尔·乔西波维奇（他的评论我通常是带着很大的兴趣和尊敬读的）在上期贵刊对于鲍里斯·巴斯捷尔纳克的名誉进行了攻击，使我惊讶并感到痛心。乔西波维奇所说巴斯捷尔纳克对于犹太人和犹太教的态度我认为大体是正确的。这一点在《日瓦戈医生》一书里就有很多证据，并为作家的一位好友和热烈的赞美者——诗人安娜·阿赫玛多娃——所证实。我所知的唯一的另外一位对他的犹太家世感到同样深刻痛苦的人是美国政治记者华尔特·李普曼。但我觉得这一点与巴斯捷尔纳克的诗的价值无关。

我不知道乔西波维奇懂不懂俄文；我猜想他是不懂的。通过翻译来评价抒情诗容易导致荒谬的判断。普希金过去和现在都是俄国最伟大的诗人，但译他的诗往往产生无力的、拜伦式的打油诗。甚至弗拉特米尔·纳博科夫的十分怪诞的《尤金·欧尼根》译本也是这样。乔西波维奇引用了纳博科夫对巴斯捷尔纳克的攻击。纳博科夫自己作品的精湛技巧是没有疑问的，但他常常——也许是故意地——发些怪论。他告诉过我（大概还写过）陀斯妥耶夫斯基写的是廉价的惊险小说，《战争与和平》只适合无头脑的小学生阅读，《堂吉诃德》是最沉闷的小说之一，也许就是最沉闷的小说了（而他又写过相反的话）；等等。乔西波维奇对于诗人巴斯捷尔纳克的优缺点的意见我看类似托尔斯泰的某些见解；托尔斯泰认为易卜生和福楼拜不值一提，提到歌德则嘲弄一番，还说华格纳的系列歌剧之所以有名，只因观众显然被搞糊涂了，出于伪善和势利才捧他；我们还可以加上早期艾略特之论弥尔顿，或早期李维斯之论狄更斯。同乔西波维奇的书评一样，这些都属于批评上的奇谈怪论。巴斯捷尔纳克一百周年在他自己国内受到全国的热情感人的纪念，这绝不是——我愿向贵刊的读者保证——建筑在一个巨大的错误之上的。当然，乔西波维奇像我们所有的人一样，有权发表他的看法；我希望我也能被允许陈述己见。

鲍里斯·巴斯捷尔纳克是一个卓越的诗人，我们时代的伟大诗人之一，连那些感到他的同时代重要诗人如曼特尔斯坦、阿赫玛多娃、支维塔也娃更符合他们感情的人也都承认他的伟大。加布里尔·乔西波维奇怎么说也不会减少，更说不上摧毁，对他的天才的认识。对于《日瓦戈医生》，是有许多不同看法的。我认为它是一部杰作。对于怀疑这点的人，我只能推荐三十多年前它的英译本出版时候的两篇评论，作者是艾德蒙·威尔逊和司图亚特·汉姆夏，他们的评论本身也早已成为文学精品了。

艾撒亚·柏林

（1990年2月16—22日，第171页）

这封信用了谈话的笔调——艾撒亚·柏林除了是名学者，还是才智出众的闲谈家①——明确地然而又是彬彬有礼地反驳了乔西波维奇的见解。其中牵涉到许多人（包括托尔斯泰，纳博科夫，艾略特，李维斯，与巴斯捷尔纳克同时期的几位苏联诗人），谈到了诗歌翻译的缺点，谈到了好的书评之为文学作品，也谈到了犹太作家问题——而人们知道，艾撒亚·柏林本人就是犹太人，出生在俄国，8岁才移居西欧，所以又精通俄文，这一点就使他在反驳不懂俄文的乔西波维奇时更有优势。

柏林写的也是一种散文，一种谈文学而不用文学术语的文雅的谈话体散文。

---

① 他在这里提到了艾德蒙·威尔逊。威尔逊也极为佩服他，曾在一封写给朋友的信上生动地描写两人对谈的情况："我们整夜作着精彩的谈话，时间不长，却谈了不知多少问题，都谈得有内行知识，有真正的智慧，又都闪耀着机智。"详见拙作《读艾德蒙·威尔逊的书信集》一文（收入《风格和风格的背后》，人民日报出版社，1987）。

随意文体；小品文

随意文体指的是书信、日记、回忆录、自传、小品文之类，在二十世纪仍然大量涌现。

这里存在的一个问题是：日记与书信之类是私人的，本来不是为发表的，但又常有写时就着眼发表的情况，这就影响了内容和写法。大抵发表于作者身后的日记更可信，文字也更随便，往往三言两语，接近电报体。这当中，有的作者仍然有所顾虑，未必写下了全部真实心情。书信的情况更复杂，因为除了内容上需要斟酌还得考虑写给谁，根据收信人地位、亲近程度等等而要选择不同语气、措辞，有多少写信人的真实自我在内是很难说的。

回忆录和自传也有真实性多少的问题，写法也因人而异，有的写得很精心，并不随意。

写得精心而又显得随意的则是小品文。

英国是小品文发达的国家。培根创立之后，十八世纪有艾狄生、斯威夫特、哥尔斯密斯诸家，至十九世纪又有兰姆、海什力特的浪漫主义小品文，可谓代有传人，在内容和写法上也有变化发展。

二十世纪仍有不少出色的小品文家。

世纪初年的一位大家是麦克斯·比尔博姆（Max Beerbohm，1872—1956）。他活到 80 多岁，从王尔德的文友演变成为三十年以后广播电台上的常客，经历了文坛上各种流派的起伏，而始终以温和的讽刺见长。他的漫画也很有名，也主要是讽刺文坛人物的。

我们看他的一篇 1935 年的广播稿《重游伦敦》，可以略见他的风格一斑。文章开始处引约翰孙博士的话:"谁要是厌倦了伦敦,谁也就厌倦了生活。"然后讲他自己生在伦敦,是一个伦敦佬(Cockney),又谈到几个地区的风景人物,对一只山羊特别关注:

> 他是一个身材高大、漂亮的家伙,琥珀色的眼睛显得很有智慧。他从不睡觉。他总是对变化着的街景兴趣无穷。我看什么也逃不过他的眼睛。我希望他在最后退休的时候能够写回忆录。一天又一天,他看到了许多值得一看的东西。
>
> (《主要是广播》,1957,第 5 页)

读到这里,我们可能以为这是兰姆重生了——除了句子较短,用字较平易之外,这亲切口气,这幽默笔调,这奇幻的想象宛如《伊利亚随笔》。同比尔博姆一样,兰姆也是一个伦敦佬,始终爱着他的城市,曾经在华灯初上时站在滨河路上看到周围"如此充实的生活而流下泪来。"但是再看下去,我们就发现:兰姆消失了,代之而出的是一个把某些伦敦地区看作地狱的悲观者:

> 对于一个初游伦敦的有头脑的外国人,你首先请他看什么?除了这里那里一点残迹和几处弯曲隐秘的小角落外,没有什么会使他感到兴奋或有意思的。近年来到处出现的新建筑的总的效果同一个有头脑的外国人在许多别的地方能看到的并无不同——芝加哥,举例说,或者柏林,或者比茨堡。伦敦已经国际化了,民主化了,商业化了,机械化了,标准化了,庸俗化了,其程度如此广泛,使得一个人在把它介绍给外国人的时候无法感到骄傲,只能感到一种合理的谦卑。维吉尔指引但丁看地狱的时候,大概就有这种感觉。
>
> (第 7 页)

这情感就不同于兰姆了;兰姆不会说得这么强烈。比尔博姆也在用字上下功夫,如用了一连串表示"化"了的形容词,但这是为了增强他要表达的憎厌感,而后者是一种二十世纪人对城市生活的新感觉。

要尝尝他的温和的讽刺味道,我们可以看看一篇他于1954年写的广播稿:《一件事》。文章是这样开始的:

> 我想是1906年初春一个下午吧,我同亨利·詹姆斯之间发生了一件事。后来我觉得这事奇怪地但又确实地像他所写的一篇短篇小说的素材。他写过不少小说是关于这个题材的,即一个年长、地位崇高的伟大作家同一个热诚的青年崇拜者和追随者之间的关系。

(同上书,第119页)

事情本身很简单:那天中午比尔博姆赴宴归来,走向他住的塞维尔俱乐部,想去看亨利·詹姆斯在一个刚出版的杂志上发表的一篇小说,走得很急,路上却遇到了詹姆斯本人。詹姆斯约他一起去看一个画展。比尔博姆没有答应,推说下午有事,就同詹姆斯分手了。

后来比尔博姆问自己:是什么使我说了那句谎话的?他的回答是:不是别的,主要只是因为他要赶回俱乐部去读那篇詹姆斯新写的小说。

这篇短文是这样结束的:

> 现在我坐在塞维尔俱乐部,读着这篇小说。当然写得极好,但是我发现我的心常要跑野马。小说似乎写得不够典型,没有强烈的詹姆斯本色,比不上他可以用我们之间刚发生的

事作为题材来写的小说,关于一个门徒忠诚地——还是不忠诚地?——爱大师的作品超过大师本身的故事。

(同上书,第 120 页)

这可说是用大师之道还治大师其人了,但可能还有其他隐含的意思,也许是表示文学的真实与实际生活的真实之间的距离,总之文章虽然极短,不过两页,而寓意却是深远的。

比尔博姆中年以后,长期客居意大利。而在英国本土,特别是在伦敦,还有大批其他小品文家,其著者如切斯特登,贝洛克,E. V. 路卡斯,J. C. 司规亚,罗伯特·林德(笔名 Y. Y.)等。他们的小品文大都登在报刊上,往往是在出版日之前赶写出来的,有人(如切斯特登)甚至是用电话口述由报馆的人笔录的,是不折不扣的急就之章。

对于这类文章,布卢姆斯伯里圈子中的一个主要人物莱昂纳特·吴尔夫曾经有所议论。他以林德为例,说他是:

> 那些无懈可击的报人之一,他们每周都要写一篇无懈可击的小品文(用报界的行话说就是"中间篇"),犹如每周要做一条无懈可击的香肠,达三十或四十年之久,内容则是什么都有什么都没有。

(转引自《牛津英国文学之友》,1985 年第 5 版,第 595 页)

二战以后的情况是:兰姆式的小品文不多见了,切斯特登、林德、司规亚式的小品文也少见,报刊上多的是用随意笔调写的文论、影评、艺评之类和"每周日记"。这所谓"日记"目前在《新政治家》和《听众》等刊是一常规项目,有一直是一个人写的,也有轮换着人写的,大抵每篇若干则,互不关联,内容可以从当前时事和新闻人物一直谈到执笔人近来所遭遇的某事以及感想之类,文笔也各有不同。

从风格着眼,二战以来的众多随意文体作家之中,有两个表现特色较多——而且恰好是形成对照的十分不同的特色。

一个是西里尔·康诺利(1903—1974)。他主编的《地平线》(1939—1950)是二战及其以后一段时期伦敦的主要文学杂志,发表过一批新颖作品,吸引了不少读者。康诺利本人常在上面写前言和随笔式文章,例如在一期美国专号上发表了他访问纽约、旧金山等地的日记,记录了街景、建筑、饭馆、所见的人物和他们的谈吐等等,其中这样写旧金山:

> 旧金山城人物可爱,建筑丑陋,大多是地震之后照1910年样式盖的,有一个很大的唐人街区,其中一切都是假货——除了中国人。它的气候奇怪,潮湿(虽然冬天阳光充足),而树木花草则不知该属北方还是南方,迟疑不决之状令人生气,结果达成了一种英国波默斯那样不南不北的折中。

> (《地平线》93—4期,1947年10月,第10页)

而在他那曾经盛销的散文集《不安的坟墓》(1945)中,则是这样的笔墨:

> 海明威的伟大在于:活着的作家之中,只有他的书饱含感官享受的记忆:阳光、海水、食物、酒、性爱,同时阳光中又有一点阴影,即一种悔恨之心。

> (第64页)

而接下去,果然来了悔恨,却是康诺利自己的:

八月三十：清晨又流泪了；精神极坏。快四十岁了，只感到一事无成：不是一个作家，只是一个蹩脚演员……

快四十岁了，将带着我这浑身虚荣、厌烦、罪愆、悔恨的尸体进入另一个十年。

（第64—65页）

他也充满了对法国的回忆：

城市秋天淡淡的初步印象。有些事记忆起来是由于声音，气味或者气候的变化，犹如某些曲调在一年中一定时候重现于脑海。随着广场上第一次扫落叶，第一个多雾的早晨，第一次看见梧桐树叶变黄，我记起了巴黎，记起了在旅馆里找秋季住处的所有兴奋……

巴黎的下午：旅馆里睡房安静，客厅空无一人，床上堆满了衣服和杂志。……礼拜天下午的无聊，烦闷使德昆西去抽了鸦片，也产生了超现实主义：这是私造炸弹的好时候。

（第62—64页）

这类回忆在出书的1945年左右是有感染力的，因为当时正在打仗，法国还不能马上重访，加上伦敦因挨炸而啼痕处处，所以不少读者被这本书吸引了。但是书的写法也是一个因素。康诺利用的是感情色彩极浓的笔调，写下一系列短句，每句都带来一种或是享乐或是伤感的联想，形成一种恣意渲染的风格。

同这类文字形成鲜明对照的，是奥威尔的作品。我们在前面已经讨论过奥威尔对于文风的意见。他主张写得清楚、确实，有什么说什么，不用大字抽象字，等等。他自己的文章又是什么样子？可以从一篇《穷人怎样死法？》（1946）说起。

此文记录了他在巴黎过穷日子,因病被送进公共医院的情况。入院之初,先填表,洗澡,换衣服,然后被领进一间大房,房里沿墙一溜三排床铺,躺着各种病人,空气极坏。他刚躺下,就看见对面床上一个病人在接受一种治疗:

> 首先医生从他的黑包里拿出十几个像酒杯的杯子,接着学生在每个杯子里点上火柴,去掉空气,然后把杯子倒扣在那人的背上和胸部,吸起了一个个黄色的大疱。过了一会儿我才意识到他们在干什么。原来这就是拔火罐,一种你可以在老的医学课本里读到的疗法,而我一直模糊地以为是人们用来医马的。

第二天奥威尔也被拔了火罐。再过几天,他亲眼看到了一个病人死去:

> 一天早晨我旁边那个皮匠扯我的枕头叫醒了我,那时护士们还未到来。"57号!"他把手臂举过头顶,做样子。病房里有一盏灯点着,勉强可以看见东西。我看见57号老头侧身躺在那里,缩成一堆,他的头悬在床边,脸对着我。他在晚上死了,谁也不知道确切时间。护士们来了,听到了他的死讯,毫不在乎,照样做她们的事。过了很久,可能一个多小时之后,两个护士并排进来,像一对军人走正步,木底鞋嘎嘎作响。她们把尸体裹在床单里,但没有把它移走。这时光线更好了,我有时间把57号好好看了一下。我是侧身躺在床上看的。奇怪的是,他是我看到的第一个欧洲人尸体。以前我看过死人,但总是亚洲人,而且常是暴死的。57号的眼睛还睁着,嘴也张着,他的小脸现出痛苦挣扎的表情。最使我难忘的是他脸上

的白颜色。过去它就是苍白的,现在则同床单的颜色差不多了。

这些都是当时实况,不能写得更清楚更具体了,但并不只是客观叙述,而是有情感在这里面的。奥威尔着重要传达的是医院里上上下下对待病人的冷冰冰的态度。57 号死前不过几天,还被一群学生围着,一位大夫"双手摆动他那脱光了的上身,犹如一个女人摆弄擀面棒",大讲他这个"病例",在整个过程里"对他没有笑一下,点个头,或任何认识的表情"。

我们再来看看奥威尔是怎样写文艺评论的。他写过大量书评,篇篇写得明白晓畅,篇篇都有自己独特的见解。这里只举一篇为例,即《李尔,托尔斯泰和弄臣》(1947)。

此文针对托尔斯泰对莎士比亚的攻击,要弄清攻击的原因。托翁特别讨厌《李尔王》一剧。为什么这部大多数人公认的伟大悲剧却惹起了托尔斯泰那样强烈的反感?奥威尔经过分析,提出的答案是:因为托尔斯泰发现李尔就是他自己的写照。两人都想放弃权力和土地,但两人又都想得到一种补偿,即内心的满足。

奥威尔接着说:

当然,我们不能假定托尔斯泰认识到这种相似之处;如果你向他指出,他也未必会承认。但是他对此剧的态度必然受到它的主题的影响。放弃权力,分掉土地,这是一个他有理由感到深刻触动的题目。因此他可能被莎士比亚在这里所提出的教训所激怒,所扰乱,超过其他剧本——例如《麦克白斯》——因为它们不密切接触他自己的生活。但究竟什么是

《李尔王》的教训呢？显然有两条教训，一条是清楚的，另一条是隐含在故事之内的。

莎士比亚一上来就假定：如果你使自己失去权力，你就是让人来打击你。这不是说所有的人都会反过来攻你（肯特和弄臣就始终站在李尔一边），但是很可能有人会这样。如果你丢掉你的武器，会有不那么正派的人把它们捡起来用的。如果你被人打耳光又转过另一边脸，那么另一边脸会被人打一记更重的耳光。这样的事不一定总会发生，但应该估计会发生，发生了你就不要抱怨了。这第二记耳光也可以说是你转过脸来的行动本身就包含了的。所以首先，这里有弄臣所提出的世俗的、常识性的教训："不要放弃权力，不要送掉你的土地"。但还有一个教训。莎士比亚没有明确地说出这个教训，他是否充分意识到它也无关紧要。它隐含于故事之中，而故事毕竟是他编造的，或者是照他自己的意图改过的。这教训是："你一定要送掉土地就送掉吧，可不要指望靠这样做来赢得快乐。如果你为别人而活，那就一定要为别人而活，而不要把这当作一个间接的办法给你自己找好处"。

莎学专家是否同意奥威尔的见解，我们不敢说；我们只感到，从来没有一个莎学专家或评论家或任何其他动笔的人曾经把这个复杂的问题分析得这样清楚，这样透彻，而其中没有一个专门名词，没有一个术语，全凭平易的词、自然的句式和明快爽朗——而不是吞吞吐吐、欲说还休——的散文节奏来一起完成的。

新品种：广播与电视上的散文

二十世纪英文散文的新品种是广播的散文，用于声音广播或电视。广播是天天进行的，所以数量极大，种类繁多，而且不断有新的形式出现。

我们在这里虽然只能挑选很小一部分现象略作叙述，但却意识到这一新品种出现的非凡重要性。这也是人类历史上的一个重要变化。过去，我们的远祖从口头交流进入到书面传达是跨了一大步，现在我们从书面文字又进入声音和图像的新天地，传递信息可以做到，"即时"，地球缩小了，人的知识面和娱乐机会却大大增加了。同时，也带来了新的嘈杂，新的庸俗，新的污染，对个人生活的新的侵犯等等不良后果。

因此，对于广播和电视的节目的挑选十分重要；正是在这些地方可以看出一个民族一个社会的道德素质和文化修养。

对于英国广播和电视节目有各种不同反应。毫无疑问，它们是有意识形态上的偏向和侧重点的。它们都有大量的低级趣味的东西，造成了恶劣影响，特别对于青少年。但是也有一部分节目有较好内容和较高艺术性的；它们是英国一些有志之士奋斗和努力的结果。

例如英国广播公司（BBC）曾经播放多年的"第三套节目"（Third programme）。它开始于1946年，这正是二战结束，工党上台，英国人民处于一种渴求变革的心情中的兴奋岁月。这个节目反映了当时一部分知识界的希望和趣味。它有较多的比较严肃的文艺项目：古典和现代新兴音乐，学术性演讲，诗歌朗诵，广播剧等等。仅仅在这个节目开始的第一周（1946 年 9、10 月之交）内就播出了如下项目：萧伯纳的《人与超人》全剧，密尔顿的《科莫斯》全诗，法国话剧《门后》，一个小型歌舞讽刺剧，大量的演讲，内容包括俄国小说，欧洲电影，现代建筑；还有大量的音乐项目。许多作家、艺术家、学者参加了进来，提供了颇有新意的作品，如牛津学者考格希尔用现代口语体英语译的乔叟的《坎特伯雷故事》，诗人麦克尼思写的广播剧《黑塔》，诗人狄伦·托马斯写的广播剧《在乳树下》；后来贝克特、品特、斯托派特等新派剧作家也多次提供项目。

当然，在英国广播公司内部，始终有"高雅"与"普及"之争，最后经费一紧，导致"第三套节目"终于 1970 年停播。但它存在了二十多年之久，这在一个完全商业化了的社会里几乎是不可思议的。即使在普通的所谓"国内"节目里也有值得一听的项目，如"批评家们"。这是每周一次（星期日上午）请几个不同方面的评论者参加的座谈会，发言者各主一门（电影、戏剧、音乐、新书之类），别人也插话提问，互逞才智，有一种即席发言的活泼和风趣，也就更能体现广播散文的特色。也许因为比较"高雅"，这个项目后来转到了第三套播出。

另外还有一个经常性节目叫"美国来信"，每周一次，一刻钟，讲的人叫爱历斯戴·柯克。柯克出生于英国，上过剑桥大学，后来作为记者被派往美国，长期留在那里，但仍每周播讲这个节目，四十多年后的今天还在进行，在变化频仍的广播行业中可算是历史最悠久的节目之一了。

"美国来信"往往从时事谈起，但不一定是政治经济的大事，谈话也不是作新闻报导，而是以此为楔子，进而谈到美国社会的某种现象,中间穿插以掌故、名言、笑话,特别是个人观感,合起来是一篇很好的随笔小品。柯克播讲时声音柔和,善于用词,善于在紧要关头运用"略停"的艺术,结束处必有妙语,语言是当代口语体,雅俗咸宜的一类。1990 年他应邀在苏格兰格拉斯哥作一年一度的"'听众'演讲",他对自己的方法有所说明:第一,人们以为"美国来信"是信口讲的,其实篇篇都是笔下精心构作;第二,他在写稿前总要先浏览各报,或者耐心静坐,"直到看到或听到了什么事:一个场面,一次遇合,一个回忆"使他的思想能够顺畅地流动起来。接着他说了这样一段话:

> 每次碰到最新新闻节目,我想听到的——一旦弄清了事实、问题焦点和专家们的正反面意见之后——我想听到的就是一二十个当场目睹的群众中男男女女的看法。根据我的经验和有线新闻广播网(CNN)提供的证据,普通人不唠叨,也不躲闪。他们有清楚的想法,话也简短尖锐。在这个扩展着的"一人一票"的世界里,他们的意见所向更可能决定事情的结果,而不是按照几个记者临时想到的他们以为会出现的那样变化。

> 你们恐怕已经看到,我对广播的主要关注在于新闻以及如何传播和解释新闻。我个人的兴趣,且不说热癖,同四十年前没有两样,那就是学着写好稿子以便向最大可能的听众群讲得有点效果。我不是故作姿态,但我要说我还在学习怎样运用语言,以便使许多国家里各类型、各阶层、各种族说英语的人都能听懂,这也许是一个过高的野心,但什么时候你接近于实现它,你所得的收获也大。在从事新闻报导的一生中,没

671

有哪次干活顺手的喜悦能赶得上邮箱里信件所告诉你的,说你的某次广播触及了一些听众的心灵和思想,他们是道塞郡的一个公共汽车司机,堪培拉的一个法官,孟买的一个学生,约克郡的一个家庭主妇,斯里兰卡的一个空间科学家,北京的一个中学教员,利比亚的一个护士。

(《听众》,1990 年 7 月 5 日,第 5 页)

这一段文字来自他的这次演讲,但大体上也能代表"美国来信"的写法,而柯克所关心的两点,即取得最大的群众效果和不断提高运用英语的本领,也使我们看到:在广播散文的这一领域里内容的选择和技巧的运用也是十分重要又十分费力的,只不过这里包括了声音的运用,多了一个新的方面。

等到电视普及,又多了一个图像方面的因素,而且很快又出现了彩色图像。声和像,音乐和彩色,艺术手段不仅多了,而且合成了许多新的艺术形式,能够轻易地及时地进入千家万户。但是语言仍然是重要的:新闻报导、现场采访、座谈、访问、演讲、演戏、唱歌等等都缺不了"人的圣洁声音",只不过由于一切都高速进行(而不是像看书那样不受时间限制),更需要说得利索,带劲,同时又更有艺术。

英国电视上较好的一种节目就是专题系列演讲。除了我们在上面已经谈过的勃朗诺斯基的科学史讲座《人的上升》之外,还有肯尼思·克拉克的艺术史讲座《文化》,美国学者 J. K. 盖尔布莱斯的经济史讲座《不稳定的时代》等。这类演讲的文字稿后来又加上彩图编成书发行,也成了畅销读物。

勃朗诺斯基和克拉克的长处在于:利用了电视这个新的传播

工具和综合艺术体的巨大可能性,同时又保持了语言的优点。勃朗诺斯基的讲法我们已经在上面介绍过了。现在来看看克拉克的《文化》(Kenneth Clark: *Civilisation: a personal view*, 1969)。

这一系列演讲的内容是西方文化史,重点在西方艺术史,正是曾任伦敦画廊主任和牛津大学司来德艺术讲座教授的作者所擅长的。他也了解文学作品,书中对但丁就有长段论述。但丁对于光的描写是许多批评家曾经指出过的,克拉克也在此提到,说了这样一句:

> 像这一系列演讲中的所有英雄一样,但丁把光看作精神生活的象征。在他的伟大诗篇里他准确而又简练地描写了各种光——黎明的光,海上的光,春天叶子上的光。

(第85页)

于是电视屏幕上就出现了黎明、海水、树叶和光的照射,跳动,充分发挥了电视这一新的传播工具的优势。但是解说词并不追随图像,而是早已先走一步,指出了光是一种象征,在它后面是但丁的精神世界。

他讲米开朗琪罗也是从拍摄的实物即有名的雕像《大卫》开始:

> 就其本身看,大卫的身躯可以是古代的一件异常刚毅、生动的艺术品;只在我们看到他的头部的时候,我们才觉察到它有一种古代世界从未有过的精神力量。我知道这一品质——我称之为英雄的品质——不是多数人认为文化所应该包括的。它鄙视只求方便,不惜牺牲一切我们认为构成文明生活的乐趣。它是快乐的敌人。可是我们又承认蔑视物质障碍,

673

甚至抗拒盲目的命运力量,是人的最高成就。既然说到底,文
化依靠人把他的心智和精神的力量扩展到极点,我们也就必
须承认米开朗琪罗的出现是西方人历史上伟大事件之一。

(第 123—124 页)

在这里,摄像机也是先照雕像的全身,然后镜头上伸,用特写形式
放大照头部。但是同上引但丁的光的例子一样,解说词是从实物
而延伸到精神上的东西——这一次是文艺复兴时期的英雄品质。
这样,语言给了图像所没有的深度。

语言还有其他独特的品质,如机智。这也是克拉克利用的。
我们只举一例:

教皇家族的庞大的宫殿只是私人贪婪和虚荣的表现。
……追求堂皇无疑是人的一种天性,但是搞过了头,它就变成
非人性的了。我不知道是否有任何一个能帮助人类精神前进
的思想产生于或写于一个特大的房间里——也许只有英国博
物馆的阅览厅是例外。

(第 192 页)

不消说,这后者指的思想当中包括马克思主义。

这些例子说明:在电视这一最新的艺术综合体里,语言的古老
的优点仍然可以发挥。它可以介绍,提问,归纳,起画龙点睛的作
用;它可以用警句和机智来使平常的图像取得一种深刻的精神品
质;它也能像古代行吟诗人和雄辩家那样来打动人,促使人去想去
行动——只不过,在声音和图像这些颇有力量的新伙伴之间,语言
必须更加有为而已。不如此,则语言也会受到削弱,如为了能普及
而过分简单化。其实,听众是有判别和欣赏能力的,他们所要求的

仍然是生动活泼、有内容、有韵味的真实语言。

口述历史

另一个新品种是口述历史。

当场笔录别人的谈话，这是早就有了的，口述历史之新在于利用录音机，全部谈话都可录下，而且声音腔调不失其真。其次，带了小型录音机，到处可去，只要人们愿意，谁都可以录下，这就大大扩充了谈话者的范围，把说方言的乡下人、老头、小孩、城市街头上的闲人，更不必说各行各业人士，统统包括了进来。

所谓历史，是指这些谈话反映社会情况，保存下来成了历史见证，比过去笔写的历史更真实更可靠。

在这些活动当中，关键在于要有一个主持者。他要计划谈话围绕什么大题目，该提什么小问题，现场如何应付各种人物各种情况，事后又要整理录音所得材料，加以剪裁，把需要的部分或甚至全部笔录下来，工作量是非常大的。

所得成品则大有价值。不仅是真实的历史记录，而且是真实的口语。从研究广义散文的角度看，又是当代各类散文中的一种。现在英美大学里设有口述历史的档案库，保存了许多人的口述回忆之类的录音带。

这类口述历史成书而盛销的，在美国有斯透兹·特克尔的《工作》(1972)及其后续各书。

英国也有。罗伯特·布赖斯的《埃肯菲尔德——一个英国乡村的写照》(1969)就是一本，它出版在《工作》之前，同样是用录音机录下而后加以整理的。后来布赖斯还编了一本《冬天景象:对老年的沉思》(1979),也是找多人录音而成的口述历史。

《埃肯菲尔德》是一个索福克郡村子的名字,作者在那里访问了许多人,其中有:老农、青年、教徒、教堂里打钟的人(他把打钟变成了一种艺术),侍候贵族和阔佬的仆人,各种工匠、小学教员、兽医、一个诗人、一个掘墓人。他们谈的内容异常丰富,而且具体:日常生活、农活、摘苹果、做啤酒、养马、酿酒、园艺、各种手艺、村里政治。什么样的政治?请听一位中年农业工人的话:

> 我们大多是社会主义者,投起票来就是那样。

(第 98 页)

一位青年种树工人说得更具体:

> 例如这儿有一位太太。她在上次大选的时候让她的两个日工和花匠没完没了地干活,一边却又给当地的保守党找车,送点心。工人是投工党票的,可是在投票日却要为保守党人像黑人那样干活!……在这个郡的另一边,五年前的一次选举中,一个牧师是保守党,他把母亲日安排在投票那天,拉了一大车的女人到牙默斯去玩。有几个女人还是想法投了票,但多数来不及投。搞这一套是因为预料所有的普通妇女都会投工党的票。

(第 109 页)

可见在表面平静之下,村子里的阶级分野十分明显,斗争是在或明或暗地进行着,保守党采取的对策听起来似乎是原始的,可笑的,然而却是处心积虑,无孔不入的。

还有一种变化则是属于生产方式的,也牵涉到所谓"代沟"。村子里老一辈农民喜欢用手干活,手不碰到就不放心。在年轻一代的眼里,他们则是一群怪物:

> 如果随他们的,那么明天就会把马又牵到地里来。
>
> （第 113 页）

只有极少数老农不喜欢过去那种生活:

> 我可不愿看旧年头再来。时间一过,什么坏事也会显得好玩。可是它从来也没好玩过。事实就是那样。
>
> （第 100 页）

手工匠人们则有他们的骄傲,行业越老越骄傲。例如盖茅草屋顶的老师傅。有人嫌他要价高,他回答说:

> 但你得记住这工钱会保你的屋顶六十年——了不得的、漂亮的屋顶,冬暖夏凉。没比的。茅草顶风吹不进,不怕霜冻,看着也顺眼。我常常张大眼睛瞧我在二十年前盖的茅草顶,它们是越来越棒了。
>
> （第 155 页）

接着他讲他盖的是什么样的茅草顶:

> 我盖的茅草顶厚达十四英寸,不管用稻草还是芦苇。芦苇是用木插子钉紧的,木插子是一块平板,上面有好些钉马掌用的钉子,下面有一个斜把。干这是苦活。你从屋顶下部开始向上钉,直到顶部,把一捆捆的芦苇按位置钉齐,然后用你在冬天从树林里砍的榛木条联起。我们用榛木是因为它是现有的最容易穿透而不裂开的木头,也最容易找到插钉点。再

就是花样。我们每人有自己的花样，你可以说这是我们的签名。一个盖茅草顶的人只消看一眼屋顶上的花样就可以说出是谁干的活。

（第 156 页）

说得具体，听得认真，也许是因为这行业正在慢慢死亡。用着同样的对老行业的关心，布赖斯又记下一个鞍工的经验之谈：

马皮硬极了，一般都派专门用场，比如作厚手套。我们管牛皮叫"尼子"皮。过去牛就叫"尼子"。牛皮软，好加工。一年买那么一两次，从伊普斯维治买来，先在搁板上放好，再往里搓大块大块的羊油和俄国牛脂之类。往牛皮里涂油要用骨头涂，就像士兵用骨头往皮靴上涂油。上过油的皮子就放在搁板上晾着，过好几个月才用。

我们做的马具从来不坏，你说是不是。可这下我们不是完了吗！东西做得太好，过一阵子就让我们丢了饭碗。

（第 160 页，杨国斌译文）

最后一句话也道出了今昔干活的不同：过去老工匠讲究质量，做出来的东西可以让买的人享用一生，这样倒断了他自己生计，而现在大批用机器快速生产的用品不经久，也根本不预备经久。

这些老行业的消逝使这本书带上了一种挽歌调子，但是村子里的生活还是有欢乐的。例如捡麦穗，捡得高兴的原因之一是可以捉弄麦地的主人：

但在收割季节来了一个变化——捡麦穗。女人们聚在一块，问：'斯卡莱可以去捡了么？大磨斯好了么？'——这都是田地的名字,她们的意思不是问麦子割了没有,而是地里的'警察'折掉了没有。'警察'是指田主们留在地当中的最后一堆麦束,表示还要回来把地里的散麦子耙一遍,完了才能让人来捡麦穗。有一个田主老是让人等着,成为习惯。一天晚上一个小伙子把他的'警察'偷走了。第二天早上捡的人涌进来,捡到了大量麦子,因为地还没有耙过。全村的人都在笑,除了那个田主。第二年他早早就耙了,我可以告诉你。

(第 37 页)

对于年轻人,还有地里偷闲中的恋爱。一个果园工人讲他在 16 岁时的经验:

> 夏天最好。女人们都来了,都爱瞧你一眼。你捉弄她们,她们也捉弄你。那时,常有一群姑娘从弗罗姆灵骑车来这儿摘苹果。我十六岁那年,果园里就迎面来了这么一位姑娘,对我说:"我看看你的表。"
>
> 我没吭声。
>
> "那你是不想给我看?"
>
> 我还没吭声。她又不是看不见,表在我的背心上,就放在苹果树底下。
>
> "我要拿走了……"
>
> "拿吧。"
>
> "这可是你说的!"
>
> "我看你是非要不可,"我说,"那就请便。"
>
> 她真拿了,故意要闹。表上有一条链子。她就把它挂在她的胖脖子上,整整一下午。我心里着急,但不想叫她看出来。

她时不时从旁边走过,冲我喊:"来,把表给你!"

我不吱声。五点来钟,她要回家了,才把表还我。她像给我戴项链似的把表套在我的脖子上,说:"给你吧,傻蛋。"

我还是不跟她说话。

第二天一早她又来了,直接来到我要开始干活的地方。她把胳膊伸得长长的,使劲笑着,嘴贴到我脸上。天哪,她肯定是把我当她的早饭什么的了。

我推她。我说,"别!当心,他来了!"——他真来了——弗莱切那老家伙,我们的工头。她这才放开我,可过后又来了。我正躺在割下的果树枝上吃东西。四面都是深草。

"别慌,"她说。

我没吭声。

"这会儿没人了,"她说,说完就像一吨重的砖头压到我身上来。我除了草什么都看不见。一阵剧烈颤动。说不上我是不是已经成了大人。

吃茶点的时候,女人们用围裙兜满苹果急着往家赶——一路尖叫自不必说。她们看见我也发出一阵叫嚷,有几个还把车铃弄得丁零响。我那位姑娘扯着嗓子说:"别惹他了!他就像他那块破表——上紧弦还挺好用的呢!"

好一阵哄笑!可惜你没听见!

那是我生平第一次。

天哪,那年夏天才叫带劲。

(227—228 页,杨国斌译文)

这是一段独白的实录。这段独白是朴实而又清新的,像果园的土壤那样有滋养力,像说话者所采摘的果子那样喷发着自然的香气。

＊　　＊　　＊

散文的将来是敞开的。口述历史也好,广播和电视散文也好,只代表散文的触须目前到了何处,而不是散文的终结。就拿口述历史来说,录像机的出现在改变着只有口述者的声音而无他的面容和所在环境的图景的局面,能把声音立刻转成文字的计算机的出现又可以免去从录音笔录的漫长而琐碎的工作,但同时人的主持仍然重要,文字的作用仍然不能忽视。录音带、录像带可以存档,编资料出书则仍然要人来整理,选择,写成文字。在语言史上,变动最快最大的是口语,而文字则有一定的稳定性,规范性,对于增加民族的凝聚力和保持文化的连续性起了重要作用。从表达力讲,有些东西例如最隐秘的思想感情口里说不出来,文字却有方法传达;而说得动听的东西写成文字,往往显得淡而无味,不够亲切。可见文字自有它的特殊效果。看来长远存在的将依然活跃,而科技的进一步发展又会带来目前还难预测的许多可能性,在这两者之间散文的变化也将是无穷无尽的。

第二十章　英国文学与世界文学

现在我们到了旅程的终点。把英国文学的发展、成就和特色作了一个概貌式的观察之后，现在要放眼世界，看看这个文学在整个世界文学里的地位和作用了。

世界各地区的英语文学

没有哪一种语言的文学能有英语文学那样的世界影响，这首先是因为英语是世界上最通行的语言。从使用语言的人数来说，汉语(11亿人)超过英语(9亿人)。但是汉语的使用者大部集中于一个地区，其历史的与现实的影响也主要在亚洲。英语的使用者则遍布欧、美、亚、非、大洋各洲，其中以英语为母语的三亿人，为第二语言的三亿人，为第一外语的至少三亿人[1]。不仅人数多，而且应用面广：商业、科技、通讯、体育、出版、电影和大众广播(包括报纸、广播、电视)等等方面，英语都是世界上第一通用语言。世界历

---

[1]　数字根据 W. F. Bolton 与 David Crystal 编《英语》(《圆体文学史》第10卷，1988)第1章《一种英语还是多种英语?》，第324—330页。此书的结论是：全世界英语"经常使用者"是十亿。

史上，还没有哪一种语言达到过这样广泛的覆盖面和使用率。

上述出版，包括文学作品的出版，而在电影和大众传播方面，文学作品也常被用作脚本和资料，从而更加扩大了它们的影响。在以英语为母语的地区之外的广大地区，能读英语作品的人也大量存在，比能说英语的人更多。所以英语文学的影响还不限于上述九亿人，在地区上也是无远不达的。

问题是：英国文学（包括英国国内地区文学）在英语文学中又占什么地位？

二十世纪的情况是：美国文学已经崛起，在二战以后，影响更广及全球；加、澳、新文学也佳作迭出，向世界显现了各自的特色。南非也出现了成就卓著的白人作家如陶丽丝·莱辛、内丁·戈德玛等。因此到了二十世纪八十年代，世界上英语文学已有几个中心，英国文学只是其中之一。

虽然如此，英国文学却还远不是一个无足轻重的地区文学，而仍然保持着世界性影响。这是因为：1. 它的强大而深远的历史性影响还继续存在。莎士比亚、英文圣经、密尔顿、浪漫派诗歌、十八世纪以来的现实主义小说等等的灵魂还深藏在现代英语的肌理之中，特别是在书面体英语之中。不论使用者是在伦敦、纽约、多伦多、威灵顿或"英语世界"的任何其他地方，也不论使用者本人自觉或不自觉，他们所写的英文总逃不掉这些过去精灵的或多或少的影响。

2. 英国文学还在发展，还富有创造力，表现于戏剧的持续活跃，小说的名作迭出，诗歌时代有大家，文学理论的务实精神和对文化全局的关注，表现于这个文学对人类命运和世界前途的继续关怀和对艺术的不断探索。

3. 英国在传播事业方面占有质的优势，特别在文学性节目方面——众多优秀作家参加广播剧的写作（如路易斯·麦克尼斯、狄伦·托马斯、散谬尔·贝克特），电视剧里的莎士比亚、狄更斯、奥斯丁、哈代等人的作品改编，文化、艺术、科学史、经济史的系统讲座（事后又将讲稿出版，如克拉克的《文化》、勃朗诺斯基的《人的上升》都是图文并茂的高级普及读物），报纸、杂志、广播、电视中对于书评、影评、艺展评、音乐会评、作家艺术家访问记、座谈会、讨论会等等的注意，使得英国人的口才和辩论艺术更得到发挥，也更受到世界上各地听众和读者的注意和欣赏。

4. 一个连带的现象：在遍布全球的前英帝国殖民地里出现了一批当地人作家用英文写出的重要作品，有的影响远远超出了本地区。这些作家主要受英国文学的熏陶，而他们所作也在一定程度上影响了英国文学。

这最后一点值得多说几句。一种侵略者的语言之所以能够推行于沦为殖民地的国家或地区，无不是靠着军队、官吏、商人、传教士为先导的，也就是必然要引起当地人的抵抗与敌视的，用它来作为表达最隐秘的思想感情的文学语言更是无法接受的。然而由于这些地区原来语言众多而无一具有成为全区标准语的条件，而英语在这些地区又占有政治、经济、教育、社会生活种种方面的优势等原因，在亚、非、西印度群岛等处，从十九世纪中叶以后，陆续出现了一些用英文写作的当地作家。到了二十世纪中叶，至少在下列三个地区，英文创作不仅繁荣，而且成就卓著，为全世界瞩目：

1. 印度：远的不说，从本世纪三十年代起，就有几代重要英文作家出现。首先是慕尔克·拉其·安南德（1905—　）[1]，R. K. 纳

---

① 慕尔克·拉其·安南德于 2004 年去世。——编者注

拉扬（1907—　）①和拉茄·劳（1909—　）②。这三人是印度英文小说最初的"三巨头",各有特色:安南德在《贱民》（1933）、《苦力》（1936）等作品里写殖民地贫民生活,以浓重有力的现实笔法著称;纳拉扬的名作是《英文教员》（1945）、《引路人》（1958）等,善用嘲讽,有契诃夫之风;劳所作如《堪萨普拉》（1938）、《蛇与蝇》（1960）更有思辨色彩,更有诗意,笔下出现的人物也有更丰富的内心生活。三人运用英文也各有其妙:安南德流畅,纳拉扬细致,劳则力图通过英语创造一种新的印度风格。

　　以上所述的都是小说家。除了小说家之外,还有大量的印度知识分子用英文写哲学、历史、政论、传记、自传等类著作,例如哲学家拉达克里希南、政治家尼赫鲁、学者耐拉德·却杜里（1897—　）③。最后一位的《一个不为人知的印度人的自传》（1951）写出了一个印度知识分子怎样体验两种迥然不同的文化在他身上冲突而又融合,最后在英语和英语文学里寻到了归宿。

　　2. 西印度群岛:主要英文作家是特立尼达的 V. S. 耐波尔（1932—　）④。他是印度移民的后裔,然而在国际文坛上的名声似乎超过多数印度本土作家。他的成名作是《神秘的按摩师》（1957）,以后又陆续写了《别司瓦斯先生寻屋记》（1961）、《模仿者》（1967）、《游击队》（1975）、《河湾》（1979）、《寻找中心》（1984）等小说,通过写特立尼达社会,画出了殖民主义崩溃后第三世界共同面临的政治、社会、文化的困境,而其写法虽纯是现实笔

---

① 　R. K. 纳拉扬的生卒年为（1906—2001）。——编者注
② 　拉茄·劳生卒年为（1908—2006）。——编者注
③ 　耐拉德·却杜里于1999 年去世。——编者注
④ 　即 V. S. 奈保尔,2001 年获诺贝尔文学奖作家。

触,却颇具艺术匠心,如用写书的艰辛来象征独立后政治的困境,而不同文化和生活样式之间的矛盾和混合则始终是他关心的主题。另一个重要英文作家是出生于圣卢西亚岛的诗人德立克·沃尔考特(1930—),他于 1992 年得诺贝尔文学奖。

3. 非洲:当地作家中用英文写作的不少,如南非的比特·艾勃拉姆斯、姆法利利、恩科西、福迦,肯尼亚的恩古其,加纳的阿伍纳,乌干达的别的克等,在国际上最有名的是尼日利亚的阿契贝和索因卡。钦纽亚·阿契贝(1930—)是小说家,所作《分崩离析》(1958)、《不再自在》(1960)、《上帝之箭》(1964)、《人民之人》(1966),着力写当地部族文化的崩溃,然而用意和写法却迥然不同于选用同样题材的白人作家,即不仅写出部族文化落后、野蛮的表面,还写出它的精神内涵是平衡、合理、追求全部族的幸福的,也就恰是不野蛮的。

另一个尼日利亚重要英文作家是伏尔·索因卡(1934—),1986 年诺贝尔文学奖得主,所作以剧本为多,如《沼泽地居民》(1963)、《狮子与珍宝》(1963)、《森林舞蹈》(1963)、《疯子与专家》(1970)、《死亡与国王的骑兵》(1975)、《翁岳西歌剧》(1979)等,还写过两部长篇小说、自传、文论和一些诗。事实上,他主要是诗人,剧本中也有大量韵文,然而这些诗剧既有大胆的艺术创新,又充分利用舞台特点,因此戏剧性也很强。他尽力运用非洲神话,特别是约鲁巴部族的宗教神话,其中的英雄既是创造者,又是毁灭者,人的历史只是创造与毁灭的不停止的轮回,而最后一切都归于失败。索因卡认为这是远比西方物质主义的哲学更接近真实的宇宙观。

阿契贝和索因卡都是有心人,对于非洲的过去和现在都有深刻的观察和见解,同时在艺术上又都有创新。这一切都是通过英文来表现的。上面已经说过,前殖民地的作家使用殖民者的文字,是有许多原因的。以尼日利亚而论,由于境内民族众多,语言不下二百种,而殖民者在各级学校里推行英语教育已达一百年之久,在政治、经济、文化生活各方面运用英语已成习惯,英语是远比任何部族语言更为通行的语言,就在 1960 年独立之后,官方语言仍然定的是英语。

然而用一种异族的语言写作,毕竟带来很多问题。阿契贝对此作过这样的思考:

> 对一个非洲人,用英语写作有严重的不利之处。他常发现自己写的情景和思想方式在英国生活方式里没有直接的对应物。这时他可以有两条出路:一条是试着在规范英语的范围之内说出所要说的,另一条是推展这个范围,让英语来适应自己的思想。第一条路会产生胜任而无精打采的、平淡的作品,第二条路则会产生新的东西,对英语会有价值,对他想要传达的材料也会有好处。但是这条路也会不易控制,可以导致拙劣的英文被当作非洲文或尼日利亚文而被接受或加以辩护。我认为有能力扩展英语范围来适应非洲思想格局的人应该通过充分掌握英语——而不是对它缺乏了解——来实现这个目标。①

这也可以说是所有用英文写作的另有母语的作家,特别是第三世

---

① 钦纽亚·阿契贝:《新国家里作家的作用》,《尼日利亚杂志》第 81 号(1964 年 6 月)。

界的作家,共同面对的问题。

双向交流:文学翻译

上面牵涉到了双向交流。另一个双向交流的领域是文学翻译。

英国文学作品被译成外国文学的数量是巨大的,越是在英语不普及的地区,亦即多数知识分子不能直接阅读英文作品的地区,翻译越是显出了它的作用。具体说来,有下列几点可以注意:

1. 虽说以数量论,被译成外文的以二十世纪作品为多,然而吸引最优秀的译者的却主要是古典名著。以莎士比亚为例,二十世纪的名译者是苏联的帕斯捷尔纳克,中国的卞之琳,日本的坪内逍遥,法国的纪德,德国的斯蒂凡·格奥尔格,意大利的蒙塔里,等等,全是重要诗人或作家。这些名著的存在,尤其是莎士比亚诗剧的存在,给了英国文学以一种特殊光彩的地位,在那些尊重文学传统的国家如中国、日本更是如此。

2. 二十世纪作品中,受到一般读者欢迎的主要是普及性娱乐性小说,然而在各国知识分子之间,英国文学的声誉却建立在它的一批新锐作家身上(包括以英国为发迹之地的爱尔兰作家),戏剧家如萧伯纳和辛厄,小说家如乔伊斯、劳伦斯、福斯特、吴尔夫和奥威尔,诗人如叶芝、艾略特、麦克迪尔米德、奥登、拉金、休斯、希尼等。这些人的作品通过译本在世界各国流行,连难译的诗歌也有多种译本,译者往往是诗人,他们通过翻译受到更深更直接的影响,进而仿作,在当地形成新的诗派。

3. 广义的散文方面，一方面传统的文学散文如随笔、小品受到许多国家的读者欢迎，另一方面哲学、历史、科学、政论文章也为世界知识界所注意，例如罗素、汤因比、李约瑟、邱吉尔等人的著作。

4. 通过文学作品的译本，世界的读者对英国人民的生活方式、社会现状、情感生活和理智活动等等了解得更真切、更细致、更深入，而翻译又对所译成的各国语言起了刺激、刷新的作用，大规模的翻译活动将许多新成分引进语言，而语言的革新又扩充和加深了人们的敏感，增加了人们的知识和情感经验，从而引起更重大的包括意识形态方面的后果。

反过来，英国文学也受益于大量外国文学作品的翻译。

英国历史上有过几次大的翻译活动。十六世纪译希腊、罗马古典和大陆上法、意、西等国的文史哲名著，大规模重译《圣经》，出现了许多名译家与名译，引进了新思想，重温了一度中断的欧洲根本哲学，促成了英国的文艺复兴。此后复辟时期译法国作品，十九世纪译中东各国作品和北欧史诗，也都给英国文学以程度不同的影响。

在二十世纪，翻译依然活跃，而且同几次大的文学革新运动有密切关系，例如：

1. 易卜生的引进与新戏剧运动

世纪初，威廉·亚丘等人已译了易卜生的几个剧本，在伦敦演出，遭遇到保守派剧评家的抨击、却为一般观众所喜爱。有志于改革戏剧的萧伯纳更是从易卜生剖析社会问题的戏剧里获得启发，著文阐发了它的重要性之后，又开始写起他自己的剧本来，于是英国戏剧一百年不振之局为之改观，一种以辩论说理为主、从而更加突出台词的重要的新型戏剧产生了。

然而英国观众和文学界对于易卜生的认识是有发展的。由于后来他的全部作品被译成英文，由于他的更多剧本上演和被改编，而且改编者中有克里斯多弗·弗莱和约翰·奥斯本等戏剧创新家，人们发现易卜生除了是现代现实主义话剧的奠基人之外，还是善于利用象征手法来探索人的悲剧性存在的诗剧作家。

2."俄国人的影响"与现代主义小说

第一次世界大战前后，康斯登丝·迦耐特（1862—1946）致力于介绍俄国文学，把屠格涅夫、托尔斯泰、陀斯妥耶夫斯基、契诃夫、果戈里和赫尔岑的重要作品相继译成英文出版了。后来的人对她的译文颇多批评，然而这些译本在出版之初却造成了重大影响，特别在讲究小说艺术的作家之间。弗琴尼亚·吴尔夫通过它们认识了俄国小说，完全被它的深刻有力镇住了，曾经写道："确实，俄国小说的主角是人的灵魂，在契诃夫是微妙、幽深的灵魂，随着无穷的喜怒哀乐而变化；在陀斯妥耶夫斯基则是更深更广的灵魂，它可以突发恶疾或可怕的热病，但仍然是作品的中心。"①

另一位作家——凯瑟林·曼殊斐尔——在1921年这样写信感谢康斯登丝·迦耐特：

> 年轻一代得益于你的，远超过我们自己所认识的。你的书改变了我们的一生，一点也不假。②

曼殊斐尔虽是新西兰出生，却在英国建立了文名，公认为最优秀的

---

① 《普通读者》，1925，1984贺迦斯出版社重印本，第178页。
② 转引自玛格丽特·特雷勃尔编：《牛津英国文学之友》，第5版，1985，第380页。

短篇小说家之一,而她的作品正是有契诃夫之风的。

契诃夫的影响还不限于短篇小说。他的剧本《三姊妹》、《樱桃园》和《凡尼亚叔叔》译成英文在伦敦上演之后,不仅一再重演,至今不衰,而且剧团和演员都以能否把它们演好作为自己的戏剧艺术是否真正已臻化境的考验。在伦敦高雅社会里,契诃夫至今都是一个人们乐于谈论的名字。

3. 东方文学的新输入

东方文学也有卓越的翻译家。第一个要提起的是阿瑟·韦莱(1889—1966)。他从未到过东方,一生在大英博物馆工作,靠自学学会了中文和日文,1918年出版了他的《中国诗一百七十首》,这是他的翻译事业的开始。此后他陆续译、写了《诗经》(1937)、《猴儿》(即《西游记》的节译,1942)、《白居易的生平与时代》(1949)、《李白的诗和生平》(1950)、《敦煌曲子与故事》(1960)、《蒙古秘史及其他》(1963)等书。在日本文学方面,他的主要译作是《源氏物语》(1925—1933)。就中国诗而论他所译主要是唐诗,而译法一反过去英国汉学家如迦尔斯等之所为,不求形似(因此不押韵)而求神似,特别注重传达中国古诗的具体性和形象性,译文则文字不求古雅而重现代人喜欢的明净含蓄,诗律则以音节的轻重表现内在的节奏。这种译法以其新颖的现代色彩为后来译者所崇,但不是没有缺点,如适宜于着重白描的诗人如白居易,而对沉郁苍凉的诗人如后期的杜甫就不甚胜任了。但由于韦莱的诗人气质和艺术修养,凡他所译都讲究风格,受到英国诗歌爱好者的广泛欣赏,其成就超出翻译,译本本身已成为二十世纪英国文学的珍品了。

韦莱之后,译中国诗而成绩突出的有A.C.格雷姆和大卫·霍克斯。格雷姆的《唐后期诗》(1965)做了韦莱所未做的工作,即将杜甫、孟郊、韩愈、李贺、李商隐、杜牧等人的带有象征主义色彩的诗译了出来,译文与注释都很出色。霍克斯译了《楚词:南方的歌》(1959),把在楚国山水间跋涉的诗人的心声——"长太息以掩涕兮,哀人生之多艰"——用一种纯正而富于韵律感的文字传达了出来,草木的瑰丽和芬芳,诗人"上下以求索"的执着的追求,加上水边的丽人,云中的飞骑,构成了一个特有的浪漫世界。

但是霍克斯的主要贡献却在《红楼梦》的全译(1973—1986)。[1] 在此以前,这部重要的中国长篇小说在世界上只有长短不一的节译本。霍克斯认为节译不仅不足以传达此书的长处,而且是一种亵渎,因为在他看来,此书的一字一句都是起艺术作用的,因此:

> 我的不变的原则是译出一切——甚至双关语。……这部书是一个伟大的艺术家用他的生命之血写的。所以我认定凡能在书里找到的都是有用意的,必须想尽办法译出。我不敢说我每次做得成功,但是如果我能传达出一点点这部中国小说给我的乐趣的话,我就没有虚度此生了。[2]

曹雪芹是有福的,碰上了一位这样热情的异国知己!霍克斯所全力以赴的,是不折不扣的全面翻译。凡书中所有,不论是景物器皿和服饰的描写,或是诗词、对联、题词、谜语、行令猜拳等等表现汉语特点的笔墨,一律都要译成可解可读的现代英语。第一卷于1973年出版。人们果然发现这是一个不凡的译本,不仅确是全译,

---

[1] 霍克斯译了三卷,止于80回;第四、五卷(81—120回)由他的女婿约翰·闵福德续成。

[2] 《石头记》,英国企鹅出版社,第一卷,1973年,译者序。

而且可读性极高；叙述部分和对话固然译得出色，就连大量诗词也译得铿锵可诵。

几乎同时，北京也出版了一个优秀的全译本，译者为杨宪益、戴乃迪夫妇。人们不免将两个译本加以比较，多数的看法是：论准确性，霍译似不如杨译，而英文的可读性则过之。无论如何，《红楼梦》有两个优秀的全译本几乎同时出版，是国际文学翻译界的一件大事。从此各国的读者能够完整地欣赏这部中国古典名著了，而作家、学者、思想家也会从深入研究本书中获得从小说写法到中国社会、历史、文化等等的新的认识。

4．世界文学的再认识

霍克斯的《红楼梦》和《楚辞》译本由英国企鹅书社出版，属于该社《企鹅古典丛书》。这套丛书是当代英国文学翻译成品的展览，规模大，包罗世界各国古今文学名著（包括古英语、中古英语作品的今译）；质量高，除了注意准确性之外，着重可读性，其第一任主编E．V．里欧对于译者们的要求是："写真正的英文！"为了做到这点，所选各书不论过去英国有无译本——甚至有名的译本——一律用现代英语重新译过。丛书于1946年开始出版，第一本书就是里欧本人所译的荷马史诗《奥德赛》，由于译文自然、清新，立刻成了盛销书。接着推出了一系列希腊、拉丁和近代西欧名著。至今，丛书出版已过四十年，范围继续扩大，近来还将英国名著也包括在内，而在翻译方面，始终注意精选译本，并相机更新。但丁《神曲》原来用了作家陶乐赛·赛游斯的译本，三卷出完之后，最近又增出马克·慕沙的新译。《源氏物语》不用韦莱的译本，而用了美国人E．G．赛登斯蒂克的更精确的全译本。普鲁斯特的大部头小说《忆往事》虽然用了司各特·蒙克里夫的名译，却请特伦斯·基尔马丁作了全盘订正。诗人罗伯特·格雷夫斯译的公元二世纪北非作家阿普利厄斯的《金驴》、考格希尔用现代口语译的乔叟的《坎特伯雷故事集》、雷克斯·华纳译的古希腊史家散诺芬的《波斯之役》、罗伯特·费兹求拉尔德译的弗吉尔的《伊尼德》等等是这套丛书中另一些著名译本，它们和重译的《变形记》、《巨人传》、《堂吉诃德》、《浮士德》、《悲惨世界》、《战争与和平》、《卡拉玛左夫兄弟》、《死魂灵》、《魔山》、《好兵帅克》等等合起来，为英国读书界提供了一大套准确、流利可读而又价格低廉的现代译本，普及了各国最著名的作品，提高了读书趣味，使知识界对于世界文学有一个比较全面的认识，这样也就对英国文学和英国文化生活本身投下了长远的良好影响。这是一个壮举，对文学翻译既展示了它的成绩，又促进了它的发展，收获之大，使得里欧在主持了丛书十年之后能够兴奋地说："现在翻译界已经接近伊丽莎白朝的盛况了！"①

结　束　语

以上说的是英国文学对于世界文学有贡献，也有吸收，在取与予，作用与反作用之间继续它的历史进程。

但这个双向交流是异常复杂的，随着世界形势的发展（包括科技和交通的飞速进步，传播工具的无远不达）而更加复杂，中间还常有逆流与回潮。

一切还在发展，我们必须继续注视新生事物，研究将要出现的

---

① 见《凯瑟尔文学百科全书》，伦敦，1958年，《翻译》条。

新格局。

　　然而到今为止的英国文学,对于世界的读书界、文学界、知识界,又呈现一个怎样的总的图景呢?

　　不同的人会有不同的一瞥。我们的一瞥大致是这样的:

　　时与空:约一千五百年的历史,三个阶段:古英语文学,中古英语文学,近代英语文学。活动频繁,成品大量涌现的是第三阶段。英国原是欧洲西南角一个岛国,在十九世纪对外武力扩张到了顶点而成为世界大帝国,到二十世纪五六十年代殖民地纷纷独立,又只剩下联合王国的本土。于是英国人有双重经验和双重眼光,既是岛国的,又是世界的,两者交叉,重叠,使得英国文学更加丰富,也更加深刻,特别是从十六世纪到今天。

　　品种:从世界文学的标准来看,英国戏剧是突出的高峰,从莎士比亚到萧伯纳又到目前活跃于伦敦剧坛的一批剧作家的发展史表明:古今并茂,至今精力旺盛。

　　英国诗也是成就卓著。十六七世纪戏剧是诗剧,写剧的能手都是诗人,除诗剧外还有大量其他的诗,如密尔顿的《失乐园》等。十八世纪体现欧洲启蒙时期理性精神的讽刺诗社交诗也在艺术上达到很高成就。十九世纪的浪漫主义诗歌更是世界文学上另一高峰,可以说诗歌的现代化就是从此开始的。二十世纪的现代主义诗歌也有世界影响,就在远离英国的地区也引起了热烈的仿作和激烈的反对。

　　从笛福开始的现实主义小说是替英国文学赢得世界上最多读者的强项,而且一直在有力地发展,到狄更斯等人而登上另一高峰,他们写出了更深刻的现实,同时又更加发挥了想象力;在十九、二十世纪之交又出现了哈代的泥土气与命运感同样浓厚的诗意小说。二十世纪有乔伊斯、劳伦斯、吴尔夫、格林、沃等大家,现代主义小说在这里发端,高级普及性读物也从这里大量输往世界各地。

各类散文:随笔这一形式原从法国学来,但在英国似乎得到更大发展,十八十九世纪都有高手,当前略见衰微。日记、书信、传记、自传、闲谈录等类也不断有佳作,特别是文学传记至今活力旺盛。英国的报刊文章也是以文笔著称。更重要的,是学术界、知识界大多注重散文风格,因此在历史、哲学、科学、社会学、艺术各方面都有第一流人物写出色文章。

文论:英国文论不长于建立大系统,却有一条从特莱顿到奥威尔的作家论作品的文学批评传统,不仅立论务实,文章可读,而且在文学发展的重要关头,能够撇开旧说,提出新观点,指出新方向,甚至开创一个新的文学运动,如约翰逊、华兹华斯、柯尔律治、里却兹、艾略特等人所为。

*　　*　　*

如果上述图景大致不差的话,那么我们可以进而一问:英国文学最吸引世界读者的又是些什么特点,什么品质?

所能提供的,依然只是个人的观察:

首先是它的人文主义。它不常作悲天悯人的泛论,却总能从实际出发来关心人的命运。有些作家特别着重人与人之间的疏通,如 E. M. 福斯特曾说:"只求能联系!"另一些作家身处黑暗、悲惨、甚至血污的环境而心中的理想之火不灭,追求并设计一个公平、安乐的新社会。一部《乌托邦》何止只照亮了英国文艺复兴一个时期,或英国一个国家!它也不是绝唱;类似的构思出现在后人的作品里:雪莱的诗,威廉·莫里斯的故事,甚至莎士比亚的剧本。

其次,它的现实主义。英国式的现实主义像是比别的类型的更加脚踏实地,更加真切,使人怎样也忘不了笛福写的伦敦下层社会,费尔丁写的通往伦敦的大路,狄更斯写的雾和暗淡街灯下的幢幢怪影……然而又不是那种无生气的琐碎描写,而总是伴随以幽默、讽刺、幻想、诗情。贯穿它的是一种强烈的生的欲望:准备去体验各种生活,承受一切后果,但又不放过任何欢乐,因此即使在写最悲惨最丑恶的现实时,它也只使人愤怒或沉思,而不绝望。

第三,它的想象力。布莱克、柯尔律治、济慈都极言想象力的重要,并用他们的作品作了证明。没有想象力就没有诗,没有文学。然而想象力不止是想得高,想得远;更重要的是,它是催化剂,能由此及彼,小中见大,一瞬中见永恒。英国现实主义的不同凡响,正因有丰富的想象力在不断给它灵气。想象力又使英国文学实现了许多互相矛盾的成分的结合:悲剧与喜剧,史诗与抒情诗,乡土之爱与世界眼光,教育使命与娱乐作用,以及下文要提到的传统与创新,等等。

第四,它的创新精神与历史感。英国的文学天才富于创新精神:十六、十七世纪的诗剧、十八世纪的现实主义小说、十九世纪的浪漫主义诗歌、二十世纪的现代主义写作等等都是创新的产物。然而它又有深刻的历史感,看得出事物的连续性,创新的结果是传统得到了丰富和扩展。它有大的文学运动,却不多见小的文学会社;它有倾向,却不常揭标某种主义;它的文论常以随笔小品的形式出现,而没有发展成为在巴黎、柏林、罗马街头张贴的流派宣言。对于仅仅是时髦的东西,它有一种内在的抵抗力。这也表示了它的成熟与平衡感。

第五,它的语言艺术。仍然是一种奇异的结合:一方面,它最重写得实在,朴素,用简单的本色语言;另一方面,它又大量创新词,新结构,新音调,追求奇幻效果,把语言的表达力推到最远的一点。莎士比亚如此,狄更斯如此,乔伊斯也如此。传达工具本身变成了作品内容的重要因素——一个无处不出现的角色,有时是唯一的大角色。英语本身的特点,例如它的几重来源(兼有日尔曼语的深沉豪迈和罗曼斯语的文明优雅),它的演化(演化到几乎丢掉了所有的词尾变化和许多语法规则),它对世界各种语言的开放性和吸引能力,它在现代商业、科技、交通、体育、大众传播工具等方面的广泛运用,都为英国作家提供了最丰富的语言资源,听凭他们来发掘它的最大潜力。

行文至此,似乎可以结束了。

但是不,还须补充一点。上述各点,只是把英国文学的优点集中提了出来。它不是在所有的时候都能做到这些,也不是它的所有作家都具备这些。每个优点本身都有伴随的问题与不足之处,何况英国文学作为一个整体放在世界文学的天平上还有不如其他国别文学的显然缺点,例如论深刻不如俄国,论明智不如法国,论活力不如美国,近年来大作家大作品似乎少了,等等。这些都有待继续观察和研究。

而同时,英国文学,带着它的优点和缺点,它的光荣感和忧患感,它现在的成就和困惑,它对将来的希望,正在进入本世纪的最后十年,已经听得见二十一世纪的召唤了。

索　引

M

简要参考书目

此书目只包括少量较近出版、有代表性的文学史、文学选本和文学批评著作，未列作家集子。

Ⅰ. 中文书部分

1. 文学史：通史、断代史、品种史

苏联科学院高尔基世界文学研究所：

《英国文学史》1789—1932（中译）人文，1984

《英国文学史》1870—1955（中译）人文，1983

安尼克斯特：《英国文学史》（中译）

王佐良、周珏良主编：《英国二十世纪文学史》，外研，1994

王佐良：《英国诗史》，南京译林，1993

王佐良：《英国散文的流变》，北京商务，1994

王佐良：《英国浪漫主义诗歌史》，人文，1991

2. 选本

王佐良等主编：《英国文学名篇选注》，北京商务，1983

3. 评论

范存忠：《英国文学论集》，外国文学

王佐良：《英国文学论文集》，外国文学，1980

4. 语言史

李赋宁：《英语史》，北京商务，1991

Ⅱ. 英文书

1. 工具书 General reference

The Oxford Companion to English Literature, 5th ed. by Margaret Drabble,

1985

2. 文学史 Histories

The Oxford History of English Literature, ed. F. P. Wilson, Bonamy Dobrée et al, 12 vols, 1945—

The New Sphere History of Literature in the English Language, 10 vols, London, 1970—

The New Pelican Guide to English Literature, ed. Boris Ford, 7 vols, 1982

Baugh, A. C. et al, *A Literary History of England*, New York, 1945

Burgess, Antony. *English Literature*, London, new ed. 1971

Chen, Jia. *A History of English Literature*, 4 vols, Beijing: Commercial Press, 1986

Conrad, Peter. *The Everyman History of English Literature*, London: Dent, 1985

Fowler, Alastair. *A History English Literature*, Oxford: Blackwell, 1987

Legouis, E. and Louis Cazamian. *A History of English Literature*, Eng. tr. London, new ed. 1971

Rogers, Pat. *The Illustrated Oxford History of English Literature*, 1987

Sampson, George. *The Concise Cambridge History of English Literature*, 1941

Baugh, A. C. and T. Cable. *A History of the English Language*, London: Routledge and Kegan Paul, rev. ed. 1978

Strang, Barbara. *A History of English*, London: Methuen, 1970

3. 选本 Anthologies

The Norton Anthology of English Literature, 2 vols. 5th ed. by M. H. Abrams, 1985

The Oxford Anthology of English Literature, 2 vols. ed. Frank Kermode and John Holland

4. 评论 Criticism

Abrams, M. H. *The Mirror and the Lamp*, New York, 1953

Auerbach, Erich. *Mimesis*, tr. Willard Trask, Princeton, 1953

Eagleton, Terry. *Literary Theory: An Introduction*, Minneapolis, 1983

Eliot, T. S. *Selected Essays*, London, 1932

Empson, William. *The Structure of Complex Words*, London, 1951

Frye, Northrop. *Anatomy of Criticism*, Princeton, 1957

Leavis, F. R. *The Great Tradition*, London, 1948

Lewis, C. S. *Allegory of Love*, Oxford, 1936

Nowottry, Winifred. *The Language Poets Use*, London, 1962

Ricks, Christopher. *Milton' s Grand Style*, Oxford, 1963

Weliek, René and Austin Warren. *Theory of Literature*, 3rd ed. New York, 1956

Wilson, Edmund. *Axel' s Castle*, New York, 1931

Woolf, Virginia. *The Common Reader*, 2 series, London, 1925, 1932